과속 연애

§ **과속 연애 1** §

2019년 4월 24일 초판 1쇄 인쇄
2019년 5월 01일 초판 1쇄 발행

지은이 § 이경미
발행인 § 곽동현
기획&편집디자인 § 신연제, 이윤아
발행처 § (주)조은세상

등록 § 제2002-23호(1998년 01월 20일)
주소 § 경기도 연천군 미산면 청정로1355
TEL § 02)587-2966
E-mail romance@comics21c.co.kr
Blog http://goodword24.bolg.me

값 12,000원

ISBN 979-11-6432-198-8 | ISBN 979-11-6432-197-1(set)

VOL
01

GOOD
WORLD
ROMANCE
NOVEL

과속 연애

Speeding Love

이경미
장편소설

(주)조은세상

CONTENTS

1. 7
2. 28
3. 47
4. 59
5. 76
6. 96
7. 119
8. 138
9. 160
10. 181
11. 200
12. 224
13. 247
14. 271
15. 294
16. 317
17. 340
18. 364
19. 379
20. 395
21. 413
22. 438
23. 460
24. 483
25. 511

1.

싱그러운 꽃 장식이 가득한 웨딩홀에 행진곡이 울려 퍼진다. 새하얀 드레스를 입은 아름다운 신부가 꽃길을 따라 천천히 걸음을 옮겼다.

떨리는 심장을 진정시키기 위해 애쓰며, 신부는 정면을 주시했다. 꽃길의 끝에 두 사람이 신부를 기다리고 있다.

자체발광하고 있는 훤칠한 자태의 신랑과 말쑥이 차려 입은 꼬마신사.

행복감에 신부의 가슴이 터질 듯 울려댄다.

그런데 얼굴이 자세히 보이지 않는다. 그녀를 향해 미소 짓고 있는 미려한 입술들만 보일 뿐, 도무지 두 사람의 얼굴이 명확히 확인되지 않았다.

"……누구 ……둘 다 얼굴을 좀……."

희미하기만 한 두 사람의 얼굴을 확인하려 안간힘을 쓸 때였다.

딱!

이마에 불이 번쩍하는 통증에 해담은 잠에서 깨어났다.

"꿈도 참 요란하게 꾼다. 빨랑 안 일어나? 지금이 몇 신데 아직도 처자빠져 자고 있어?"

괄괄한 음성이 날아들어서야 해담은 이마를 문지르며 꾸물꾸물 눈을 떴다. 어머니, 지선이 이마에 딱밤 한 대를 더 내리꽂을 기세로 손가락을 야무지게 구부린 채 눈을 부라리고 있었다.

해담은 흐릿한 눈을 비비며 지선을 향해 입을 삐죽였다.

"조금만 더 이따 깨우지. 막 얼굴이 보이려고 했는데."

"염병하네. 해가 중천에 뜬 지가 언젠데 조금 이따 깨워?"

어머니의 욕설에도 아랑곳 않고 벽시계로 시선을 준 해담이 더더욱 입술을 내밀었다.

"씨이, 아직 8시도 안 됐구만 해가 중천이래. 방학 첫날인데 조금 더 자게 냅두면 안 돼요?"

"8시도? 야, 주신이는 꼭두새벽부터 약수터 가서 물 떠오더라. 지 부모님 잘 드신다고. 주신이처럼 부지런하지는 못할망정 깨우기 전에 일어나기는 해야 할 거 아냐?"

"걔는 군대 제대한 지 몇 달 안 돼서 그 습관이 남아 있으니까 그런 거죠."

"군대 가기 전에도 너랑은 비교도 안 되게 애가 빠릿빠릿하고 성실했어. 그러니 우리나라 최고 대학에도 턱하니 단박에 붙었지."

"아우, 알았어! 알았다고요. 일어나면 되잖아요."

그냥 듣고 있으면 끝도 없이 이어질 옆집 놈과의 비교에 해담은 벌떡 상체를 일으켰다.

"엄마 가게 나가니까, 국 끓여 놓은 거 데워서 밥 차려먹어."

"알았어요."

"그리고 이따 가게로 나와. 진희 씨 일 생겨서 오늘내일 못 나온다니까, 니가 대신 좀 해."

"시간당 만 원. 콜?"

"그럼, 앞으로 용돈 포함해서 먹고 입고 자고 싸는 모든 비용, 니 손으로 벌기. 콜?"

"……그냥 나가겠사옵니다."

그냥 최저시급으로 딜해보는 건데. 괜히 만 원부터 부르고 봤네. 늘 그렇듯 본전도 못 찾았다.

"집 청소랑 빨래 대충 해놓고 나갈게요."

고개를 끄덕인 지선은 더 말하지 않고 몸을 돌렸다. 지선이 완전히 밖으로 나간 뒤 해담은 다시 벌렁 침대에 누워 베개를 꽉 끌어안았다.

가물가물하지만 행복했던 결혼식 꿈을 떠올리자 슬그머니 입가가 올라갔다.

"분명 신랑은 유신 오빠였을 거야. 근데, 그 꼬맹이는 뭐지?"

고개를 갸웃거리던 해담은 이내 베개를 더욱 꽉 끌어안았다.

알 게 뭐야. 어차피 꿈인데.

중요한 건 신랑이 유신과 거의 흡사했다는 것이다.

"그 훤칠한 기럭지에 살인미소. 내 주위에 그런 비주얼은 유신 오빠밖에 없……진 않네."

또 하나 있다. 그런 비주얼이.

유신 오빠의 동생 놈, 주신.

옆집에 사는데다 동갑이라는 이유로 주야장천 비교의 빌미를 제공하는 장본인이었다.

"그래도 꿈속의 상대가 그놈일 리는 없지. 오빠면 몰라도."

유신과 달리 주신과는 눈만 마주쳐도 서로 으르렁대기 바쁜 사이니까.

"에이 씨, 아침부터 비교나 당하고. 기분 잡쳐."

기지개를 쭉 켠 해담은 이내 몸을 일으켰다.

해담의 어머니 지선은 동네 주택가와 그리 멀지 않은 곳에서 〈소반〉이라는 수제 도시락과 반찬 가게를 운영 중이었다. 테이크아웃 전문이라 규모는 작았지만, 지선의 손맛이 좋아 인근에서는 꽤나 입소문이 난 곳이었다. 혼자 시작해서 이제는 주방 직원과 점원까지 둘 정도로 매출도 상승했다.

딸랑딸랑.

"엄마, 저 왔어요."

풍경 소리를 내며 가게 안으로 들어서자 지선이 기다렸다는 듯 가게 로고가 찍힌 봉투 하나를 내밀었다.

"이거, 장 씨 할머니 댁에 좀 갖다드리고 와. 어딘지 알지?"

해담은 도시락과 반찬통 등이 담긴 봉투를 들여다보며 슬쩍 미간을 찌푸렸다.

"엄마, 차라리 사람을 써서 본격적으로 배달 서비스를 해요. 이게 얼마나 비효율적인데요. 호의가 계속되면 권리인 줄 안다고요. 너도나도 다 이러면 어쩌려고요. 누군 배달해 주고 누군 안 해주면 욕먹는단 말이에요."

"시끄럽고. 얼른 갔다 오기나 해. 할머니 다리 다쳐서 거동 불편하셔."

"아."

그 말에 더 토 달지 않고 해담은 묵직한 봉투를 받아들고서 밖으로 향했다. 바깥으로 나가자 서늘한 바람이 코끝을 아리게 스치고 지나갔다.

"물 들어올 때 노 저으랬다고. 입소문 좋게 났을 때 전단 광고도 하고, 배달 서비스까지 하면 매출이 팍팍 늘 텐데. 우리 엄마는 너무 욕심이 없다니까. 너무 소박해."

사실, 해담은 지선이 운영하는 가게를 체계적으로 발전시켜 체인점까지 오픈하는 게 꿈이었다. 그래서 공부 머리가 없음에도 불구하고 죽도록 노력해서 경영학과에 들어갔다. 물론 재수까지 해서야 겨우 인서울 대학에 턱걸이하긴 했지만.

"방학 첫날부터 무급으로 알바나 해야 하다니. 내 팔자야."

작게 중얼거리며 골목길을 걸을 때였다. 순간, 해담의 동공이 커지고 심장이 마구잡이로 뛰기 시작했다.

골목 끝에서부터 낯익은 은색 스포츠카 한 대가 미끄러지듯 가까워지고 있었기 때문이다.

'어우, 씨! 하필 이렇게 개떡 같은 꼬라지일 때!'

바람에 흐트러진 머리를 빠르게 매만져 보았으나 이미 훌쩍 다가온 스포츠카가 해담 앞에서 멈추었다. 이내 까맣게 썬팅된 유리창이 쭈욱 내려오고 그녀가 남몰래 짝사랑 중인 옆집 오빠, 유신이 얼굴을 내밀었다.

"오빠, 안녕하세요. 오랜만이네요."

꽤나 잘나가는 벤처 기업을 운영 중인 유신은 요새 일이 바빠 집에도 잘 들어오지 못하는 듯했다. 덕분에 요즘 유신 보기가 하늘의 별 따기였다.

"어, 그래. 해담이 오랜만이네."

"바쁘셨나 봐요."

"조금. 요 며칠 일이 밀렸었거든."

"많이 피곤해 보여요. 얼굴이 핼쑥해졌어요."

그럼에도 유신은 여전히 꽃미모를 자랑하고 있었다. 유신이 날렵한 턱선을 어루만지며 멋쩍게 웃었다.

"안 그래도 더 무리하다가는 죽을 거 같아서 회사 땡땡이치고 집에 가는 길이야."

해담은 얼굴에 과도한 걱정이 표출될까 봐 겨우 안면근육을 추슬렀다.

"아직도 많이 바쁜 거예요?"

"아니. 급한 건 마무리했거든."

그럼, 이제부터 자주 볼 수 있다는 뜻? 아싸, 가오리!

"어디 가는 길이야?"

"배달 심부름 가요."

"배달? 네가 배달도 해?"

"아아, 요 앞에 사시는 할머니께서 다리를 다치셨대요. 그래서 필요하신 거 가져다 드리는 거예요. 힘든 분들은 돕고 살아야죠."

유신의 눈이 부드럽게 풀어졌다.

"해담이 진짜 착하네. 보통은 이런 심부름 안 하려고 하는데."

오예. 점수 땄다.

"타. 추운데 태워줄게."

목적지가 코앞이라 가깝긴 했지만, 잠시나마 유신과 함께할 생각에 냉큼 고개를 끄덕이려는데 무뚝뚝한 음성이 흘러나왔다.

"태워주긴 뭘 태워줘. 요 앞에 간다는데."

예쁜 미소가 가득하던 해담의 얼굴이 단박에 살벌하게 굳어졌다. 해담은 고개를 슬쩍 숙여 조수석 쪽으로 시선을 주었다.

형제 아니랄까 봐 비주얼 면에서는 유신과 꼭 닮은 주신이 팔짱을 낀 채 삐딱하니 정면을 응시하고 있었다. 저 도도하게 쭉 뻗은 콧날이 오늘따라 더욱 얄밉게 느껴진다.

"너도 있었냐?"

해담의 이죽거림에 주신이 상대하기조차 귀찮다는 듯 툭 내뱉었다.

"형 그만 가. 나 바빠."

저, 저, 개싸가지가!

"웃겨 진짜. 야, 안 탈 거야. 나도 너랑 같은 공간에서 숨 쉬기 싫거든?"

잔뜩 시근덕거리며 쏘아붙인 해담은 유신을 응시했다.

"오빠, 가세요. 저 가는 곳 별로 안 멀어요."

"안 멀다잖아."

다시금 거드는 말에 해담은 눈이 째져라 주신을 노려보았다. 주신은 여전히 정면만 응시할 뿐이었다. 두 사람을 번갈아 본 유신이 고개를 절레절레 내저었다.

"차는 내 건데 둘이서 타네, 마네 하냐. 바로 옆집 살면서 너희처럼 사이 나쁘기도 참 어렵겠다. 식구들끼리는 다 사이가 좋은데, 어떻게 된 게 너희 둘은 만나기만 하면 못 잡아먹어서 안달인지 모르겠다."

"쟤가 원래 성격이 사교적이지 못하잖아요. 지금도 괜히 못되게 굴고요. 아님, 뭐, 전생에 원수지간이었을 수도 있고요."

유신이 작게 웃음을 흘리고서 해담을 응시했다.

"진짜 안 멀지?"

"네. 바로 요 앞이에요."

"그래. 그럼, 나중에 또 보자."

"네, 오빠."

유신이 이내 차창을 올리고 차를 출발시키자 해담은 차가 보이지 않을 때까지 손을 흔들며 중얼거렸다.

"어우, 저 재수탱이 자식. 내가 네놈 형수님이 되는 순간, 너부터 집에서 쫓아낸다. 꼭."

처음부터 주신과의 사이가 이토록 나빴던 건 아니었다. 어릴 때는 꽤나 친했었다. 하지만 사춘기를 지나면서부터 주신의 무뚝뚝함 때문에 데면데면해졌다. 급기야 고등학생이 되자 주신이 그녀를 무시하기까지 하는 바람에 이렇게 악화되고 말았다.

"엄마의 비교도 한몫했지, 뭐. 어지간히 저놈이랑 비교했어야지."

'주신이는 이번에도 전 과목 1등급 받았다더라. 넌 성적표 어쨌어? 과목 중에 하나라도 1등급, 아니, 2등급은 있냐?'

‘영주 언니는 밥 안 먹어도 배부르겠네. 주신이 떡하니 S대에 붙었으니. 내 딸년은 재수 확정인데. 그래 봤자 S대는커녕 서울에 있는 대학도 갈까 말까 할 판이구만.’

물론, 그 비교는 여전히 현재진행이었다. 아니, 앞으로도 쭈우욱 계속될 게 뻔했다.

옆집에 사는 한.

♥

겨울이라 유독 어둠이 빨리 내려앉은 저녁이었다. 지선의 도시락 가게는 당일 준비한 재료가 다 소진되어 조금 이른 시간에 영업이 끝났다. 점심시간에 손님이 많이 몰리는 날은 어김없이 일찍 가게를 마감한다.

“엄마, 홀 청소랑 정산은 제가 하고 갈게요. 먼저 들어가세요.”

힘든 주방 청소가 끝나갈 무렵, 해담은 부쩍 피곤한 기색의 지선을 향해 말했다.

“네가 혼자서 다 한다고?”

“콧구멍만 한 홀 청소 얼마나 걸린다고요. 정산도 10분이면 다 하는데요, 뭘.”

“아이고, 그럴래? 안 그래도 오늘따라 허리가 뻐근한 게 영 피곤하네. 네 아빠도 곧 퇴근하신다고.”

마치 기다렸다는 듯 지선의 얼굴이 확 펴지자, 얼마나 힘들면 이러실까 싶어 해담은 마음이 짠해졌다.

잠시 뒤, 지선과 주방 직원이 나란히 퇴근길에 오르고 해담은 혼자 남아 홀 청소를 했다. 그런 다음 포스기 앞에 앉아 정산을 하고 있을 때였다.

딸랑딸랑.

고요한 내부에 풍경 소리가 울려 퍼졌다.

"죄송합니다만, 저희 영업 끝났……."

거의 반사적으로 몸을 일으킨 해담은 시선을 들고서 잠시 눈을 깜빡였다. 초등학생 정도로 보이는 똘망똘망, 예쁘게 생긴 남자아이 하나가 입구에 서서 물끄러미 해담을 응시하고 있었다.

누구인지 전혀 기억에 없는데, 이상하게도 낯이 익어 조금 멍해졌다고 할까.

"뭐 사러 왔니? 근데, 오늘 영업 끝났거든? 다음에는 조금 더 일찍 올래?"

해담이 때리던 멍을 버리고서 친절하게 말했다.

"……."

하지만, 아이는 대꾸 대신 여전히 커다란 눈으로 해담을 바라볼 뿐이었다.

'얘, 뭐지? 영업 끝났다는데 왜 안 나가는 거야?'

난감함에 머리를 긁적이던 해담은 순간, 머리를 스치는 생각에 퍼뜩 메모지와 볼펜을 집어 들었다.

[오늘 영업 끝났거든? 다음에는 조금 더 일찍 올래? 아니면 예약도 되니까 미리 전화해 주면]

막 거기까지 썼을 때였다.

"……성함이 이, 해자, 담자 맞으시죠?"

응? 내 이름을 알잖아?

"어, 응. 내가 이해담이 맞는데. 나를 알아?"

"엄마."

아이의 입에서 짤막하게 나온 말에 해담은 눈을 동그랗게 떴다.

"나? 그거, 설마, 나한테 한 말은 아니지?"

"맞아요, 엄마."

해담은 황당함에 잠깐 동안 속눈썹을 파닥거리다 피식 웃음을 흘렸다.

"요즘 애들이 역할 놀이니 뭐니 하면서 논다더니 뭐, 그런 거 하는 중이야? 아님, 벌칙 수행? 얘, 누나 바쁘니까 그만 나가 줄래?"

"……그런 거 아니에요, 엄마."

"어우, 어색해. 아무리 장난이라고 해도 스물둘에 엄마 소리 들으니까 되게 징그럽네."

어이없이 말한 해담은 허리를 조금 굽혀 아이와 시선을 마주했다.

"얘, 있잖아. 벌칙 수행이든 역할 놀이든 다 좋은데. 너, 나중에 지금 일 떠올리면 너무너무 쪽팔려서 이불킥을 백만 번은 할걸? 이런 흑역사를 남기고 싶니? 저기 봐봐. CCVTV에 다 찍히고 있단 말이야."

"그게 아니라…… 저 정말 엄마 아들 맞아요."

"아. 엄마와 아들인 척 인증샷 찍어서 친구들한테 확인시켜 줘야 되는 거구나? 그럼, 핸드폰 줘 봐봐 찍어줄 테니까. 얼른. 누나 바쁘다니까?"

해담은 어떻게든 짜증을 내지 않고 아이를 내보내기 위해 고군분투했다. 아이가 조금 난감한 표정으로 눈동자를 굴리다 이내 해담을 바라보았다.

"어릴 때 동네 어른들께 버르장머리 없이 굴다가 외할머, 아니, 엄마의 엄마한테 혼나신 적 있죠?"

해담의 동공이 조금 확장되었다.

사실이었다. 무남독녀라, 아주 어릴 때는 정말로 버릇이 없었다. 지선에게 안 죽을 만큼 혼난 뒤로는 싹 고쳤지만.

"태권도 두 달, 서예 한 달, 수영 다섯 달. 아, 속셈학원은 일주일 만에 그만두셨다죠? 학원 다니고 싶다고 졸라대서 보내면 몇 달을 못 넘기고 그만두셨다고 하더라고요."

순간적으로 해담은 말문이 콱 막혔다. 정말 그랬다.

사춘기가 되기 전까지는 진득하니 앉아 있는 건 물론이고, 활동적인 것도 반복되면 지겨워서 하지를 못하는 성격이었다.

"너, 그걸 네가 어떻게 알아? 누구한테 들었어?"

"외할머니요."

"네 외할머니가 누구신데?"

"임 지자, 선자 쓰시는 외할머니께서 말씀해 주셨어요."

임지선이면…… 우리 엄마? 얘 뭐야? 뭔데 우리 엄마 이름도 알고 내 어릴 적 이야기도 아는 건데? 외할머니는 또 뭐고!

"아. 그리고 중학교 2학년 때 가출하신 적 있죠? 근데, 가출한 거 아무도 모르셔서 뻘쭘해 하셨다면서요."

잊고 있었던 기억 하나가 해담의 머리에 두둥실 떠올랐다.

중2 겨울방학 때, 덕질하던 연예인 오빠야의 한정판 앨범을 사달라고 조르다 안 돼서 가출을 감행한 적이 있었다.

큰 결심으로 아무에게도 알리지 않은 채 기차를 타고 경기도에 사시는 외할머니 댁으로 갔다. 기왕 가출하는 거 며칠, 화끈하게 외박까지 할 생각이었다. 물론. 외할머니께 꼭 비밀 엄수 부탁드리고.

그렇게 막 외할머니 댁 대문 앞에 다다랐을 때, 아버지 형진의 전화가 걸려 왔지만 받지 않았다. 뒤이어 문자 한 통이 날아왔다.

[해담아, 너 왜 화를 안 받아? 니 엄마, 아빠와 말다툼하고 그 길로 가출했는데 여태까지 연락이 없다. 아무래도 외할머니 댁에 간 것 같은데, 넌 어디니? 메시지 보는 대로 아빠한테 전화해.]

갑자기 소름이 확 돋고 뒤가 시린 느낌에 돌아보는 순간, 지선의 차가 떡하니 대문 앞에 도착한 것이다. 해담을 본 지선 역시 놀라긴 마찬가지였다.

"야, 이해담. 네가 여기 어쩐 일이야?"

"어? 아, 아빠랑 싸우고 가출하셨다면서요? 혹시나 해서 할머니 댁에 와봤는데, 내, 내가 먼저 도착했네. 역시 KTX가 빠르긴 빨라. 하하."

처음이자 마지막이었던 위대한 가출은 그렇게 혼자만의 비밀로 남게 되었다.

뭐, 뭐, 뭐? 그걸 알아? 그건 정말 나밖에 모르는데?

"너, 너, 그, 그 얘기는 어디서 들었어?"

너무 기가 막혀 말도 더듬더듬 흘러나왔다.

"엄마가 아빠한테 말씀하시는 거 들었어요. 우연히."

"니 엄마 아빠?"

"엄마는 엄마시고, 아빠는……."

"야, 장난치지 말고!"

해담이 미간을 찌푸리며 매섭게 말하자, 아이는 조금 주뼛거리면서도 억울한 표정을 지었다.

"장난 아니에요. 저, 진짜 엄마 아들이라고요."

"와, 나 진짜 미치겠네. 얘, 난 겨우 스물두 살에, 결혼은커녕 연애도 한 번 안 해봤거든? 근데, 네가 내 아들이라고? 그럼, 넌 뭐, 미래에서 오기라도 했단 말이야?"

아이가 이제야 말이 통한다는 듯 얼굴을 펴며 고개를 크게 끄덕였다.

"네. 맞아요. 바로 그거예요."

허허허허. 그냥 해본 말인데, 진짜 미래에서 왔단다.

해담은 팔짱을 끼고서 눈을 가늘게 떴다.

"아아. 그렇구나. 타임머신은 어디다 세워 두고 왔니? 그거 들키면 큰일 날 텐데."

"믿기 어려우시다는 거 알아요. 그치만 다 사실이에요. 아니면, 제가 어떻게 지금까지 말씀드린 걸 다 알고 있겠어요?"

사실, 그래서 해담은 이 아이를 내쫓지 못하고 있는 건지도 모른다. 마냥 미친 소리로 치부하기에는 그녀에 대해 너무 자세히 알고 있다.

다른 건 몰라도 가출 사건은 정말 그녀밖에 모르는 일이었다. 그걸 알다니, 귀신이 곡할 노릇이었다.

"얘, 차라리 네가 귀신이라면 이해하겠는데, 그래. 귀신이라면 내가 믿겠거든? 근데, 미래에서 온 내 아들이라니, 너 같으면 믿겠니?"

"아빠가 누구신지는 안 궁금하세요?"

대답 대신, 조금도 예상치 못한 되물음에 해담은 훅, 숨을 들이켰다. 꼭 남편이 누군지 안 궁금해? 라고 묻는 것만 같다.

"야, 야. 내, 내가, 왜 말도 안 되는 걸 궁금해 해야 되는 건데? 전혀 안 궁금하거든?"

젠장 미래니 뭐니, 믿을 수가 없기는 한데, 이상하게 무진장 궁금해지는 건 뭐란 말인가! 이 귀신같은 어린 녀석의 페이스에 자꾸만 말리는 기분이었다.

아빠가 누군데?

라는 말이 혀끝까지 치밀었으나, 해담은 가까스로 눌렀다.

내가 지금 이상한 꼬맹이랑 뭐 하고 있는 거야?

"얘, 안 되겠다. 너 계속 이상한 소리로 어른 놀리면 경찰 아저씨 부를 거야. 그러니까 그만 나가라, 응?"

싸늘하게 말하고서 일부러 카운터에 놓인 수화기를 집어 드는 시늉을 할 때였다.

딸랑딸랑딸랑. 다시 방문자가 있음을 알려왔다.

"죄송합니다. 저희 오늘 영업 끝났……."

손님인 줄 알고 친절한 목소리로 말하며 고개를 돌린 해담의 심장이 찰나 동안 빠르게 뛰어댔다.

가게에 발걸음을 한 게 다름 아닌 주신이었기 때문이다. 유신과 비슷한 외모 때문에 한 번씩 덜컥덜컥 가슴이 내려앉고는 한다.

"네가 우리 가게에는 어쩐 일이야?"

자동으로 뾰족한 음성이 나갔다. 주신 역시 떨떠름한 표정을 하고서 주방 쪽으로 시선을 주었다.

"아주머니는."

"먼저 들어가셨는데?"

"퇴근하셨다고?"

"어. 근데, 네가 왜 우리 엄마를 찾아?"

흠. 작게 한숨을 흘린 주신이 귀찮은 듯 툭 내뱉었다.

"넌 알 거 없고."

"어, 그래. 나도 코딱지만큼도 안 궁금해."

해담은 코웃음을 치고서 주신에게 그만 나가라는 턱짓을 해보였다.

그 순간이었다. 자칭 미래에서 왔다는 꼬맹이가 주신을 향해 입을 연 것은.

"아빠?"

조금도 예상치 못 했던 말에, 해담과 주신의 시선이 동시에 아이에게로 박혔다. 그저, 사람을 잘못 봤겠지, 생각하는 듯한 주신과 달리 해담의 얼굴은 경악스럽게 일그러지고 말았다.

"야, 야, 너, 방금 뭐라고 했어?"

해담을 흘끔 본 아이가 주신에게로 고개를 돌리고서 입술을 열었다.

"아빠라고 불렀어요."

"쟤가 네 아빠라고?"

"네. 지금은 앞머리가 있어서 조금 헷갈렸는데 확실해요. 최, 주자 신자 맞으시죠?"

아이가 여전히 주신을 올려다보며 당당히 말했다.

처음 보는 꼬맹이가 자신을 아빠라고 부르는데다 이름까지 정확히 알고 있자 주신도 조금 얼떨한 표정이 되었다.

"너 나 아냐?"

"당연히요. 우리 아빠시거든요."

"내가?"

"네."

어이없는 웃음을 흘리는 주신과 아이를 바라보던 해담은 문득, 기묘한 기분에 휩싸였다. 저 이상한 꼬맹이와 주신이 너무너무 붕어빵처럼 닮아 보였기 때문이다.

아마, 처음 아이를 마주했을 때 낯이 익다 싶었던 것도 주신의 어릴 적이 떠올라서 그랬던 모양이다.

"얘, 뭐냐. 왜 나한테 아빠래? 내 이름은 또 어떻게 알고."

주신의 삐딱한 물음에 해담은 이마를 긁적이며 대꾸했다.

"나한테는 엄마라던데?"

주신의 표정이 황당하다 못해 불쾌하다는 듯 사정없이 구겨졌다.

늘 무덤덤하기 그지없던 주신의 얼굴이 이토록 광속으로 변하는 건 처음이었다.

허허허허. 너만큼 나도, 아니, 내가 훨씬 더 불쾌하거든?

"너 아는 애야?"

해담은 대답 대신 꼬맹이를 잠시 응시하다 이내 주신의 팔을 잡아끌었다.

"잠깐만 따라와 봐."

"왜."

해담은 팔을 빼내려는 주신을 겨우겨우 끌고서 주방으로 왔다.

"뭐 하는 거야."

주신이 손을 탁 쳐내는 바람에 해담은 눈을 세모꼴로 떴다.

"아무리 그래도 애를 면전에다 두고 쟤가 이상하다는 말을 할 수는 없잖아."

"너 모르는 애야?"

"어, 몰라. 마감하고 있는데 들어와서는 나 보고 엄마래. 자기가 미래에서 온 내 아들이라고."

피식. 주신의 입에서 실소가 튀어나왔다.

"타임머신은 안 들키게 잘 숨겨놨대?"

좀처럼 농담을 하지 않는 주신이 조금 전 자신과 비슷한 말을 던지자 해담도 풉, 웃음을 흘렸다.

웃음으로 이완된 서로의 얼굴을 바라보던 두 사람은 누구랄 것 없이 벌레 씹은 것처럼 싸늘히 표정을 굳혔다. 해담은 다시 말을 이었다.

"네가 생각해도 말이 안 되는 얘기고, 쟤가 정신이 온전치 못한 게 맞지?"

"뭘 묻냐. 아무한테나 엄마, 아빠 하는 모양인데."

"네 이름 아는 건 어떻게 설명할 건데? 내 이름도 정확하게 알고 있었단 말이야."

"누구한테 들었겠지."

"이름뿐인 줄 알아? 나에 대해 너무 잘 알아. 우리 엄마 이름도 알고, 나 어릴 적 일도 다 알아. 더 기막힌 건, 나밖에 모르는 일을 쟤가 알고 있더라고."

물끄러미 해담을 응시하며 들은 주신이 갑자기 팔짱을 끼고서 눈을 가늘게 떴다.

"이해담. 너 지금 뭐 하냐."

조소 가득한 말투에 해담이 눈을 깜빡였다.

"뭘 하다니? 내가 뭘?"

"저 꼬맹이 데리고 나 상대로 몰카라도 찍냐?"

충분히 나올 수 있는 반응이지만, 해담은 비웃음을 날렸다.

"내가 유명인도 아닌 니 몰카를 찍어서 어따가 쓰게?"

"그럼 나 붙잡고 이럴 게 아니라, 저 꼬맹이를 내쫓든 해. 경찰에 신고를 하든.”

“하. 누군 뭐 너랑 마주 보고 서서 이러는 게 좋은 줄 알아?”

“두 분! 그만 싸우세요.”

또랑또랑한 목소리가 날아들었다. 언제 다가왔는지 아이가 주방 입구에 서서, 조금 울먹이는 듯한 표정으로 해담과 주신을 응시하고 있었다.

마치 부모의 싸움에 상처 받은 아이의 모습이랄까.

해담은 움찔, 어깨를 굳혔다. 뭐, 뭔데, 이 자괴감은.

“갑자기 나타난 저 때문에 혼란스러우신 거 알아요. 그치만 싸우지는 마세요. 그리고 곧 저를 믿게 되실 거예요.”

확신에 찬 아이의 말에 주신이 조금 짜증스럽게 미간을 구기더니 이내, 걸음을 옮겼다.

“둘이서 놀아라. 간다.”

주신이 긴 다리로 성큼 홀을 가로질러 입구에 당도하자 아이가 외쳤다.

“아빠, 꼬리뼈에 하트 모양 점 있죠? 그거 저도 있어요.”

막 유리문을 밀려던 주신의 손이 거짓말처럼 멈추었다.

“…….”

등을 보인 채 수 초 동안 서 있던 주신이 느릿하게 몸을 돌렸다. 조금 놀란 듯한 주신의 표정에 해담은 눈을 동그랗게 떴다.

“너 꼬리뼈에 점 있어? 근데, 하트 모양이야? 진짜? 그렇게 생긴 점도 있구나. 웬일.”

주신의 숱 많은 눈썹이 미미하게 휘었다.

“닥쳐.”

“뭘 그거 가지고 발끈해? 그냥 신기해서 한 말인데. 어머, 혹시 창피해서 그래?”

해담을 삭 무시한 주신이 아이에게로 눈을 돌렸다.

"너한테 그 점이 있다고?"

"네. 할아버지한테도 있고, 큰아빠한테도 있고, 아빠한테도 있고, 저한테도 있어요. 우리 집안 남자들 내력이라고 아빠가 알려주셨잖아요."

"아빠?"

"네. 아빠가 직접 말씀하셨어요."

아이가 정확히 자신을 바라보며 대답하자, 주신은 헛기침을 뱉었다.

"못 믿으시겠으면 보여드릴게요."

갑자기 아이가 바지를 벗을 듯 허리춤에 손을 대자 해담은 으앗! 작게 비명을 질렀다. 주신이 급히 다가가 아이의 팔을 움켜쥐며 행동을 저지했다.

"야, 됐어. 됐다고."

"믿어주시는 거예요?"

주신은 자세를 곧추세우고서 슬쩍 미간을 구겼다.

"그건 아니고. 네 꼬리뼈 따위는 보고 싶지 않거든."

흐음. 작게 숨을 내쉰 주신이 해담을 응시했다.

"일단 근처 지구대에 전화해."

"경찰을 부르자고?"

"나에 대해서도 대충 아는 거 같고. 너에 대해서도 꿰고 있다면서. 누구한테 들었는지, 이러는 목적이 뭔지, 경찰 불러보면 답이 나오겠지."

그렇게 말한 주신은 다시 아이에게로 고개를 돌렸다.

"마지막 기회야. 지금이라도 장난친 걸 반성하고, 이러라고 누가 시켰는지 말하면 그냥 보내줄게."

"장난도 아니고 누가 시킨 것도 아니에요. 저는 지금 사실만을 말씀드리고 있는 거예요."

"반성을 안 하네."

팔짱을 낀 채 조금 지겨운 얼굴로 중얼거린 주신이 해담에게 눈짓을 해보였다.

해담은 잠깐 생각에 잠겼다가 이내 고개를 끄덕였다. 뭔가 꺼림칙하기는 했지만, 그게 최선의 방법일 듯싶었다. 해담이 전화기가 놓인 카운터로 향하자, 아이가 이마에 손을 턱 얹었다.

"하아. 어차피 저는 지금 사람이 아니라, 경찰을 불러봤자 아무 소용도 없어요. 오히려 문제만 더 복잡해질 거예요. 두 분께서 너무 못 믿으시니, 하나만 더 말씀드릴게요. 그 누구한테도 들을 수 없는 두 분만의 비밀을 제가 알아요. 엄마 비밀부터 말씀드릴까요?"

해담의 발걸음이 주춤 멈추었다.

뭐, 뭔데. 저 귀신같은 녀석이 무슨 말을 하려고!

그런데, 빌어먹게도 궁금하긴 또 무진장 궁금했다.

"뭐, 또 뭐, 뭘 아는데?"

"엄마, 귀 좀."

"야, 그 엄마란 소리 좀 안 할 수 없니?"

열 오른 얼굴에 손부채질을 하면서도 해담은 슬쩍 자세를 낮추었다. 아이가 쪼르르 다가와 해담의 귀에 아주 작게 속삭였다.

"엄마, 큰아빠 짝사랑 중이시죠? 최, 유자 신자 쓰시는."

순간, 커다란 돌덩이로 뒤통수를 가격 당한 것처럼 해담은 정신이 얼얼해졌다. 정말, 특급 비밀이었다. 유신을 짝사랑하는 건 가족은 물론이고 친한 친구조차 전혀 모르고 있었다.

그녀 마음속에만 조용히 간직해둔 일급비밀.

해담은 아이의 어깨를 붙잡고서 눈을 마주 보았다.

"너, 너. 누가 그래. 네가 그걸 어떻게 알아."

"말씀드렸잖아요. 저 미래에서 왔다고."

해담은 귀신을 본 것 같은 얼굴로 아이의 어깨를 스륵 놓았다.

"뭐해. 경찰 부르라니까."

"최주신, 잠깐만."

잔뜩 복잡해진 해담의 표정에도 주신은 코트 주머니에서 휴대전화를 꺼내 들었다. 아이의 시선이 곧장 주신에게로 향했다.

"전 아빠의 비밀도 알아요. 아무도 들으면 안 되는 거요."

해담과 달리 주신은 조금도 동요되지 않고 휴대전화로 근처 지구대 번호를 검색했다. 주신의 행동에 아이가 급히 카운터로 가 메모지에 글을 쓰기 시작했다.

그 사이 번호를 찾은 주신은 망설임 없이 통화를 연결시켰다.

"……수고 많으십니다. 신고할 게 있……."

아무 거리낌 없이 말하던 주신은 아이가 다급히 휘갈겨 쓴 메모를 내미는 순간, 거짓말처럼 입이 얼어붙었다. 그리고 순식간에 얼굴이 달아오르더니, 귀까지 시뻘게졌다.

주신의 이런 모습은 난생처음이라 해담은 눈을 동그랗게 뜨고서 다가갔다.

"뭔데, 뭔데."

굳어 있던 주신이 황급히 정신을 차리고서 메모를 가로챘다. 찔러도 피 한 방울 안 날 인간을 저토록 당황시킨 게 뭘까 궁금했지만, 이미 메모는 구겨진 채 주신의 주머니 속으로 들어가고 말았다.

"……아. 죄송합니다. 제가 잘못 본 것 같습니다. 수고하세요."

없던 일로 지구대와의 통화를 끝낸 주신은 여전히 붉은 얼굴로 아이를 응시했다.

"네가…… 이걸 어떻게 알아."

"아빠가 직접 저한테 말씀해 주신 거예요. 사나이들끼리의 약속이니 비밀 지키라고 하시면서요."

주신의 입술에서 기막힌 한숨이 흘러나왔다.

"너 진짜 뭐냐."

주신에 이어 해담도 반쯤 홀린 얼굴로 아이를 바라보며 말했다.

"너, 정말 뭐야? 진짜 미래에서 오기라도 한 거야?"

아이는 커다란 눈을 깜빡이며 해담과 주신을 번갈아 보며 입술을 움직였다.

"하아. 힘드네요. 정식으로 인사드릴게요. 제 이름은 최진서, 아홉 살입니다. 저는 미래에서 온 두 분의 아들이구요."

2.

전면 간판만 꺼진 도시락 가게는 폭풍의 눈처럼 고요했다.

갑자기 웬 아이가 떡하니 나타나서는 내가 미래에서 온 네 아들이다, 하는데 황당하지 않을 사람이 어디 있겠는가. 자신의 존재를 입증하듯 해담과 주신에 대해 속속들이 알고 있으니 더 당황스럽기도 하고.

"백 번 양보해서 네가 미래에서 왔다고 치고. 내 아들…… 흠, 이건 일단 보류."

"네. 편하실 대로 하세요."

"그 미래에서 여기까지는 어떻게 온 건데."

"맞아. 나도 그게 궁금해."

팔짱을 낀 채 주신이 떨떠름하게 묻자 해담이 옆에서 고개를 끄덕였다. 두 사람을 물끄러미 번갈아 본 진서가 작은 머리를 가볍게 흔들었다.

"두 분이 저를 완전히 아들로 믿어주시기 전까지는 말씀드릴 수가 없어요."

"이봐, 믿어주길 원한다면 숨김없이 다 털어놔야지."

"아들로 믿어주시는 게 먼저예요. 그래야 제 사정도 믿어주시겠죠."

꼭 닮은 두 사람이 기싸움을 하고 있는 모습이 영락없이 부자지간 같아 해담은 헛웃음이 날 지경이었다.

지이잉. 지이이잉. 그때, 해담의 휴대전화가 진동을 해댔다.

액정에 반짝이는 지선의 이름을 확인하고서야 해담은 마감도 끝내지 못했음을 깨달았다. 해담은 한숨을 흘리고서 전화를 받았다.

"네, 엄마. 마감 거의 다 끝났어요. 곧 가려던 참이었어요."

묻지도 않았건만 선수를 쳤다.

-혹시, 주신이 가게에 왔냐?

생각과 다른 물음에 해담은 주신을 응시했다.

"네. 지금 옆에 있어요."

-그럼, 좀 바꿔 봐.

무슨 일인지 궁금증이 일었지만 해담은 핸드폰을 주신에게 내밀었다.

"우리 엄마. 너 바꾸라셔."

주신이 핸드폰을 받아들고서 귀로 가져갔다.

"네. 저예요, 아주머니. ……아닙니다. 괜찮습니다. ……네. 알겠습니다."

귀를 쫑긋 세우고 대화 내용을 들으려 했으나 통화를 끝낸 주신이 핸드폰을 내밀었다.

"너, 우리 엄마랑 뭐 하는데?"

"알 거 없고."

해담이 발끈하려 하자 주신이 곧장 덧붙였다.

"지금 그게 중요한 게 아니잖아."

하긴. 주신이 엄마와 뭘 하든 지금 그게 무슨 상관이야. 마른하늘에 떨어진 날벼락, 아니, 초특급 우박인 이 꼬맹이가 최대의 문젯거리였다.

"이제 어떡해?"

주신이 묘한 표정을 지었다.

"뭐. 확인해 보면 알겠지."

"확인이라니?"

대꾸 대신 주신은 까만 눈을 말똥말똥 거리며 서 있는 진서에게 턱짓을 해보였다.

"따라와."

"네?"

"미래에서 오셨다니 당연히 갈 데도 없을 거 아냐."

"아, 네. 저 갈 데 없어요."

해담이 끼어들었다.

"너희 집에 데려가게?"

"확실히 확인할 때까지만."

짤막하게 대꾸한 주신이 몸을 휙 돌리자, 진서는 해담에게 꾸벅 허리를 숙여 보였다.

"엄마, 먼저 들어갈게요."

해담이 입을 탁 벌렸으나 진서는 이내 주신을 따라 가게 문을 열고 나갔다.

다시 내부가 고요해지자 해담은 멍하니 속눈썹을 깜빡였다.

"지금 이게 말이 돼? 안 되는 거잖아."

황당함에 머릿속이 얼얼했지만, 해담은 터벅터벅 카운터로 가 앉았다. 아까 하다 만 정산은 마저 해야 하니까.

♥

"다른 사람들 앞에서 네가 미래에서 왔다느니, 내 아들이라느니, 그딴 말 입 밖에 꺼내는 순간 쫓아낸다."

집 대문 앞에 선 주신은 안으로 들어가기 전 진서에게 확실히 주의를 주었다. 진서가 똘망똘망 주신을 올려다보며 크게 고개를 끄덕였다.

"네. 걱정 마세요. 저 그 정도로 바보는 아니거든요."

기가 찬 웃음을 흘린 주신은 잠긴 대문을 열고서 안으로 들어갔다. 잔디가 깔린 마당을 거쳐 현관문 앞에 선 주신은 다시 한 번 더 진서를 내려다보았다.

"내가 누구라고?"

"우리 형 친구입니다."

"여기는 왜 왔다고?"

"집에 어마어마하게 복잡한 일이 생겨서 잠깐 동안 신세를 지게 됐습니다. 그 어마어마하게 복잡한 일은 제가 너무 어려서 잘 모르구요."

진서가 한 치의 더듬거림도 없이 똑똑히 대답을 해서야 주신은 현관문을 열었다. 거실로 들어서자 소파에 앉아 책을 보고 있던 어머니, 영주가 슬쩍 시선을 들었다.

"벌써 들어오니? 볼일 있어서 좀 늦을 거라며."

"네. 그렇게 됐어요."

가만히 고개를 끄덕인 영주가 진서를 물끄러미 응시하다 주신에게로 시선을 옮겼다.

"누구니?"

주신이 뭐라고 대꾸하기도 전에 진서가 허리를 꾸벅 숙였다.

"안녕하세요, 저는 최진서입니다."

"어머, 그래. 안녕. 인사성도 참 밝지."

주신이 퍼뜩 덧붙였다.

"친구 동생인데, 당분간 제가 데리고 있으려고요. 집에 사정이 좀 생겼대요."

"그래? 얘 부모님도 네가 데리고 있는 거 알고 계시고?"

"네."

"그래, 그럼."

주신이나 유신을 워낙 믿기에, 아무런 의심도 없이 흔쾌히 허락한 영주가 갑자기 피식 웃음을 터트렸다.

"얘, 누가 보면 친구 동생이 아니라, 네 아들인 줄 알겠다. 어쩜, 너 어릴 때랑 똑같이 닮았니?"

"……."

주신은 순간적으로 머리가 비쭉 서는 듯했다.

"그……럴 리가요."

어색한 웃음을 보인 주신은 진서의 팔을 붙잡고서 허둥지둥 2층으로 향했다. 방으로 온 주신은 한숨을 푹 흘리며 진서를 바라보았다.

"거기 얌전히 앉아 있어."

"네."

진서가 가만히 책상 의자를 빼서 앉자 주신은 핸드폰을 꺼내 들었다. 아무래도 확실히 확인을 하려면 도움이 필요했다. 주신은 S유전자 연구소의 연구원으로 근무 중인 외사촌 누나에게 전화를 걸었다.

"누나, 저 주신입니다. 유전자 검사 때문에 전화 드렸어요."

같은 시각.

정산을 손으로 했는지 발로 했는지 구분조차 못 할 정도로 멍하니 끝낸 해담은 집으로 향하는 중이었다. 매서운 바람이 덜 잠긴 지퍼 사이로 파고들었지만, 그마저도 느끼지 못했다.

막 골목으로 접어든 해담의 발걸음이 우뚝 멈추었다. 너무 허황된 상황에 간과하고 있던 한 가지가 뇌리를 스쳤기 때문이다.

"……걔 엄마가 나고, 걔 아빠가 주신이라면……."

해담의 얼굴이 순식간에 경악으로 일그러졌다.

"그, 재수탱이 놈, 최주신과 내가 미래에 부부라고?"

유신 오빠가 아니라, 그, 개싸가지가 내, 내, 내 남편이라고? 하하하, 이런 미친.

"악! 말도 안 돼!"

♥

"얜 누구냐?"

이른 아침 식사 시간이었다. 식탁 앞으로 온 아버지, 태석이 진서를 응시하며 물었다. 기다렸다는 듯 진서가 퍼뜩 일어나 허리를 꾸벅 숙였다.

"안녕하세요, 저는 최진서입니다."

"주신이 친구 동생이래요. 집안에 어마어마하게 복잡한 일이 좀 있어서 당분간 여기서 지낸다네요."

영주가 지난 저녁에 들은 걸 덧붙이자 태석은 더 묻지 않았다.

"그 녀석, 참 똘똘하니 잘생겼네."

"고맙습니다."

다시 예의 바르게 진서가 고개를 숙이자 태석과 영주가 흐뭇한 표정으로 웃었다. 반면, 진서와 나란히 앉은 주신은 어색한 표정으로 식탁만 응시했다.

"유신이는 아침 안 먹는대?"

"급한 일 마무리했다고 오늘 좀 늦게 나가도 된대서 더 자게 냅뒀어요."

고개를 끄덕인 태석이 식사를 시작하자 다른 사람들도 수저를 들었다.

"세상에, 진서 예의도 바르지. 어른 먼저 먹으니까 수저 드는 것 좀 봐. 요즘 이러는 거 드문데."

영주가 감탄이 가득 담긴 눈으로 칭찬을 하자 진서는 해맑게 웃으며 대답했다.

"엄마가 그렇게 가르쳐 주셨어요. 어른보다 먼저 먹는 거 아니라고 하셨거든요."

"아유, 말도 어쩜 이렇게 의젓하게 하니. 이런 아들, 아니, 손자 하나 있으면 얼마나 좋을까."

켁. 순간, 주신은 하마터면 마시던 물을 그대로 뿜을 뻔했다. 억지로 꿀꺽 삼키는데, 뒷목이 뻐근해져 왔다.

"거참 희한하네. 친구 동생인데 너랑 닮았냐?"

역시나 그냥 넘어가지 않고 태석이 한 마디를 던졌다.

"원래 잘생긴 사람들끼리는 닮아 보인대요."

이번에도 진서가 천진한 얼굴로 말하자, 영주와 태석이 웃음을 터트렸다. 반면, 주신의 입매는 자꾸만 굳어져 갔다. 앞으로 식사는 무조건 따로 해야겠다는 다짐을 했다.

"그래. 있을 수가 없는 일이잖아. 말이 안 되지. 미래에서 온 아들? 너무너무 비현실적이지. 만화나 영화도 아니고."

애써 그렇게 되뇐 해담은 밤새도록 자는 둥, 마는 둥해서 퀭한 얼굴을 하고서 방을 나섰다. 욕실로 향하는데, 대문 초인종 소리가 커다랗게 울려 퍼졌다.

"누구지? 택배 올 것도 없는데."

물먹은 솜처럼 무거운 발을 움직여 인터폰 화면을 들여다본 한쪽 눈썹을 세웠다. 사춘기 이후로 단 한 번도 집에 발걸음 한 적 없는 놈, 주신이었다. 해담은 화면을 터치하고서 전혀 반갑지 않은 투로 물었다.

"네가 웬일이야, 우리 집에 다 오고?"

분명, 그 진서라는 아이 문제로 온 거겠지만, 늘 그렇듯 까칠한 말이 흘러나갔다.

-문이나 열어.

역시나 만만치 않게 딱딱한 대꾸가 흘러나왔다. 실랑이하기도 귀찮아 해담은 대문을 열어주었다. 그리고 현관문의 도어록까지 해제시키자 꽤나 거칠게 문이 열렸다. 주신이 잔뜩 날 선 얼굴로 불쑥 현관 안으로 들어섰다.

"이해담. 너, 왜 전화 안 받아."

본능적으로 한 걸음 뒤로 물러선 해담은 미간을 찌푸렸다.

"나한테 전화했었다고?"

"몇 번이나 한 줄 알아? 일부러 내 전화 안 받냐?"

짜증이 가득 섞인 음성에 해담은 어이없는 표정을 지었다.

"아니, 언제 나한테 전화했다고 짜증이야? 기다려봐."

해담은 방으로 가 곧장 핸드폰을 들고 나왔다. 주신이 보는 앞에서 패턴을 풀고 해담은 통화 목록을 보여주었다.

"자 봐. 너한테 걸려온 게 어디 있어? 봐봐."

핸드폰을 받아들고서 액정을 확인한 주신의 얼굴이 의아함으로 물들었다.

"없지? 없지?"

해담은 신경질적으로 주신의 손에서 핸드폰을 확 가로챘다.

"어디 딴 데다 전화 잘못 걸고서 나한테 안 받는다고 짜증질이야?"

"너, 설마 내 번호 수신차단 했냐?"

"내가 아무리 그래도 네 번호를 수신차단 했……."

팔짱을 낀 채 내뱉던 해담은 순간, 머릿속에 번쩍 번개가 내리꽂히는 듯했다.

해, 했네. 했다. 수신차단.

2주 전쯤인가 3주 전쯤인가, 하여튼 동네서 마주친 이 자식이 너무 재수 없게 굴어 그렇게 해버렸다. 어차피 서로 통화할 일도 없을 거라 생각하고서.

"한 거 맞네."

묘하게 가라앉은 주신의 음성에 해담은 아무런 대꾸도 못 했다. 실수니 뭐니, 거짓말로 변명해 봤자 통하지도 않을 것이고, 굳이 그러고 싶지도 않았다.

흠, 흠, 헛기침을 한 해담은 퍼뜩 화제를 돌렸다.

"참, 그 애는 아직 집에 있어?"

"어."

"아직도 자기가 미래에서 왔대?"

"어."

"뭐 이상한 점이라거나, 수상한 행동 같은 건 안 해?"

"그런 거 없어. 다른 건 다 평범한 아이들과 똑같아."

한숨을 푹 흘린 해담은 다시 질문을 던졌다.

"지금 그 애는 뭐 해?"

"책 읽는 거 보고 나왔어."

"너네 집에 걔가 읽을 만한 게 있어?"

"만화책, 소설책만 보는 너보다는 수준이 높더라고."

"만화책, 소설책이 어때서? 내가 그 아이들을 보면서 얻은 지식이 얼마나 많은데."

주신의 이마에 슬쩍 핏대가 섰다가 가라앉았다.

"됐고. 그 얘기하자고 온 건 아니니까."

삐딱한 표정으로 주신이 말을 이었다.

"머리카락이나 몇 개 뽑아서 줘."

"내 머리카락? 머리카락은 왜."

라고 묻던 해담은 이내 그 뜻을 알고 눈을 동그랗게 떴다.

"너, 혹시 친자확인 검사 뭐, 그거 하려고 그러는 거야?"

"그러려고."

너무 무덤덤한 대꾸에 해담의 입술이 턱 벌어졌다. 마치, 사랑과 전쟁에서나 나올 법한 대화를 나누게 될 줄은 꿈에도 몰랐으니까. 더군다나 다른 사람도 아닌 주신과.

"그거 너무 오버 떠는 거 아냐? 정신이 이상한 애 말만 믿고 유전자 검사라니."

"그 애가 단순히 정신 나가고 이상하기만 해, 넌?"

"……."

주신의 되물음에 해담은 잠시 말문이 막혔다. 솔직히 그게 아니니, 이렇게 신경이 쓰이는데다 밤새 잠도 제대로 못 잔 거였다.

"그래서 확실히 알아보려고."

"……."

해담이 선뜻 이러지도 저러지도 못한 채 눈동자만 이리저리 굴리고 있자 주신이 툭 내뱉었다.

"넌 하기 싫어?"

해담은 작게 입술을 깨물었다. 비현실로 치부하고 싶은데, 너무너무 궁금하고 찝찝한 이 기분은 뭐란 말인가.

만에 하나, 정말로 진서, 그 아이의 말이 맞다면…….

생각만으로도 오싹, 소름이 돋아 해담은 고개를 내저었다.

"에이. 그럴 리가 없지. 미래에서 온 아들이라니. 불가능한 거잖아. 더군다나 너랑 나? 말도 안 되는 일이야."

주신의 눈매가 날카롭게 가늘어졌다.

"왜 그렇게 단정 짓는데."

"뭘?"

"너와 나. 왜 말도 안 되는 일이라고 생각해?"

지금 이걸 질문이라고 한단 말이야?

"그거야 너는 나 싫어하고, 나도 다르지 않으니까 그렇지. 넌 참 오랜만에 우리 집에 왔는데도 전혀 들어올 생각 없고, 난 빈말이라도 들어와서 차 한 잔 하라는 말도 안 해."

"……."

"마주치기만 하면 얼굴 붉히고 으르렁거려. 그런데, 너랑 내가? 변태들이 아니고서야 당연히 불가능한 거 아냐?"

"……."

주신은 찡그린 것도 아니고, 편 것도 아닌, 알 수 없는 표정으로 물끄러미 해담을 응시했다. 잠시 동안 뚫어질 듯 해담을 바라보기만 하던 주신이 입술 끝을 비스듬히 올렸다.

"겁나?"

"무슨 뜻이야?"

"그 애 말이 맞을까 봐. 겁나냐고."

해담은 마른침을 삼키고서 눈싸움을 하듯 주신과 시선을 부딪쳤다.

"당연히 겁나지. 너랑 부부가 되는 게 내 미래라고? 그럴 바에는 내가 평생 혼자 살다가 늙어 죽겠다."

꿈틀. 주신의 숱 많은 눈썹이 움직였다. 뒤이어 입매마저 묘하게 굳어졌다. 마치 그녀의 말에 상처를 입은 것 같은 표정에 해담은 잠시 당혹감을 느꼈다.

"그 정도로 끔찍하단 말이지."

공허할 정도로 낮게 가라앉은 음성이 귀를 파고들었다. 주신의 까만 눈동자가 지독히도 싸늘히 해담의 얼굴에 와 닿았다.

"네가 너무 이러니까 더 확인해 보고 싶어지잖아."

"뭐?"

"우리 아이가 맞는지."

'우리 아이'라는 말에 해담이 아연실색한 표정을 지었다.

"우리는 무슨 우리야? 절대, 네버, 에버! 그럴 일 없거든?"

"절대라는 건 없어."

기막힌 표정을 지으며 해담은 화난 고양이처럼 눈을 떴다.

"너, 내가 너무 질색하니까, 일부러 더 이러는 거지? 너도 끔찍한 건 마찬가지잖아?"

주신은 대답 대신 한쪽 손을 스윽 해담에게로 뻗쳤다. 놀라 눈을 동그랗게 뜨는 해담의 얼굴을 빤히 들여다보며 주신은 그녀의 머리에 손을 올렸다.

"어떤 결과가 나올지 진심으로 궁금해졌어. 네 덕분에."

음산하게 중얼거리며 주신이 느릿하게 해담의 머리칼을 쓰다듬기 시작했다.

살벌한 표정과는 달리 더없이 부드러운 손길로.

전혀, 조금도 예상치 못한 행동에 돌처럼 굳은 해담이 입만 쩍 벌리고 있자 주신이 속삭이듯 말했다.

"내가 뽑을까. 네가 뽑을래."

정신이 번쩍 든 해담은 그제야 여전히 머리를 쓸어내리고 있는 주신의 손을 탁 쳐냈다.

"좋아. 뽑아줄게. 나도 확실히 해두지 않으면 상당히 찝찝할 것 같거든. 결과는 보나마나겠지만."

도전적으로 턱을 치켜들고 있는 해담과 그런 그녀를 내려다보고 있는 주신의 눈이 한동안 허공에서 얽혔다.

"음, 어디 보자. 모근까지 아주 야무지게 잘 채취했네."

주신의 외사촌 누나인 기영이 세 개의 지퍼백에 각기 담긴 샘플을 이리저리 살펴보며 말했다.

해담의 머리칼을 확보하자마자 주신은 곧장 S유전자 연구소로 기영을 찾아와 마주 보고 앉은 상태였다.

"검사 결과는 언제쯤 나올까요."

"내일이면 알려줄 수 있어."

기영이 주신을 빤히 응시했다.

"검사 대상 중에 미성년자가 있는 경우, 법정대리인의 동의가 있어야 하고, 법정대리인을 증명할 수 있는 서류 없이는 검사가 안 되는 것 정도는 알지?"

"그래서 누나한테 부탁하는 거예요."

"평생 부탁 같은 거라곤 눈곱만치도 안 하는 네가 직접 나를 찾아온 걸 보면 꽤나 친분이 두터운 사람의 일인가 봐?"

주신의 심각한 표정을 본 기영이 이내 고개를 끄덕였다.

"그래. 검사해볼게."

"고마워요."

"결과 나오면 연락할게."

"네."

기영의 눈빛이 묘하게 빛났으나 주신은 알지 못한 채 몸을 일으켰다.

♥

하루 종일 손님이 끊이지 않고 도시락 가게가 붐볐기에 해담은 바쁘게 시간을 보냈다. 덕분에 잡생각 같은 걸 할 틈이 없어 좋았다.

하지만, 날이 저물고 마감 청소를 끝내자 잊었던 생각들이 머리를 급습했다.

'사촌 누나가 유전자 센터 쪽에 근무한다고 했으니까 거기다 부탁했겠지? 결과는 언제 나올까. 며칠은 걸리나? 어우, 씨. 내가 왜 이딴 생각을 하고 있는 거야? 그 요상한 꼬맹이 때문에…….'

"이해담!"

귀를 찔러대는 지선의 고성에 해담은 생각을 접었다.

"아니, 이노무 계집애가 무슨 생각을 하길래 몇 번을 불러도 대답을 안 해?"

"왜애."

입고 있던 앞치마를 벗으며 해담은 지친 표정으로 지선에게 시선을 주었다. 정산을 하느라 안경을 쓴 지선이 혀끝을 차고서 말했다.

"엄마 조금 더 있다가 갈 테니, 너 먼저 들어가라고."

"왜? 정산이 안 맞아요?"

"그건 아니고."

"그럼, 끝나고 같이 들어가요."

"엄마가 볼일이 좀 있어서 그래."

"무슨 볼일?"

지선이 안경 너머로 인상을 팍 써보였다.

"낼모레 쉰에 딸년한테 보고까지 하리?"

"웬 과민반응? 이 아줌마 수상한데. 춤바람이라도 난 거 아냐?"

"저년이 엄마한테 말하는 본새 좀 봐."

"욕쟁이 엄마만 하겠어요?"

틀린 말이 아니라, 피식 웃은 지선이 이내 손을 휘휘 내저었다.

"얼른 들어가기나 해. 네 아빠도 오늘 늦으신다니까, 저녁은 알아서 챙겨 먹고."

"알았어요."

"그리고 자, 이거."

지선이 하얀 봉투를 내밀었다.

"이틀 알바비. 최저 시급보다 조금 더 넣었어."

오오! 역시 돈의 힘은 강했다. 흰 봉투를 보자 묵직하던 머리가 아주 조금은 맑아졌다.

"엄마, 알라븅."

"븅 같은 소리 하지 말고, 가."

냉큼 봉투를 챙긴 해담은 가게를 나왔다.

"진짜 수상하긴 한데. 뭐 하시는지 몰래 지켜봐?"

눈을 가늘게 뜨고서 유리문을 바라보던 해담은 이내 고개를 젓고서 몸을 돌렸다.

"남자 만나는 것만 아니면 됐지 뭐."

살을 에는 듯한 칼바람이 마구잡이로 불어대자, 주머니에 손을 푹 찔러 넣은 채 해담은 집으로 향했다.

"어떻게 써야 이 알바비를 알차게 잘 썼다고 소문이 날까. 아, 맞다. 저번에 보니까, 엄마 아빠 발에 각질 장난 아니던데. 각질 제거제나 사드릴까. 이봐, 이봐. 세상 나 같은 효녀가 어디 있어?"

머리를 잠식하고 있던 복잡한 생각은 잠시 미룬 채 자화자찬을 하며 집 근처에 다다랐을 때였다. 바로 이웃인 주신의 집 대문이 열리더니, 유신이 밖으로 나오는 게 시야에 포착되었다.

이 죽이는 타이밍이라니! 역시나 유신 오빠와 나는 운명이라니까!

"유신, 옵……."

'빠'는 입 안으로 쏙 밀어 넣고서 해담은 미간을 구겼다. 유신이 아니라 주신이었기 때문이다. 둘이 너무 비슷해 조금 떨어져서 보면 이렇게 헷갈릴 때가 한두 번이 아니었다.

"에이, 눈 버렸네."

홱 고개를 돌려 집 대문 쪽으로 향하는데 우렁찬 목소리가 울려 퍼졌다.

"엄마!"

윽. 그 꼬맹이까지 함께 나온 모양이었다. 해담은 못 들은 척 빠르게 대문까지 걸음을 옮겼다.

"엄마!"

하지만, 또다시 들려온 외침에 해담은 퍼뜩 주변을 둘러보고서 몸을 돌렸다.

"얘, 나 니 엄마 아니거든? 그렇게 좀 부르지 말아 줄래?"

반가움이 가득하던 진서의 똘망한 눈이 금세 어두워지자 해담은 한숨을 푹 내쉬었다.

와 나, 미치겠네. 애한테 자꾸 뭐라고 할 수도 없고. 그렇다고 자꾸 엄마 엄마 하는데 그냥 듣고 있을 수도 없고.

잔뜩 난감한 얼굴로 해담은 주신에게로 시선을 주었다.

"……검사 의뢰는 했어?"

주신이 말없이 고개만 끄덕였다.

"그럼, 결과는 언제 나온대?"

"내일."

짤막한 대답에 해담의 눈이 한껏 커졌다.

"내일? 아니, 뭐 그렇게 빨리 나와?"

"시간 끄는 것보다는 낫지."

하긴. 이 이상한 해프닝을 계속 신경 쓰는 것보다는 결론이 빨리 나는 게 좋긴 했다. 분명, 결과는 뻔할 테니까.

그럼, 도대체 이 아이는 뭐지?

잠시, 복잡한 얼굴로 진서를 응시하던 해담은 이내 생각을 접었다. 어떡하긴 뭘. 경찰의 도움을 받는 거지. 어쩌면 얘 부모가 아들 찾느라 고생하고 있을지도 모르는데.

"결과 나오면 바로 전화해."

툭 뱉은 해담은 이내 대문을 열고 안으로 들어갔다. 그런 그녀를 물끄러미 응시하던 주신은 잔뜩 풀 죽어 있는 진서의 어깨를 툭 쳤다.

"가자. 어른 기다리시겠다."

♥

다음 날 아침이 밝았다. 해담은 여느 날과 달리 지선이 깨우지 않았음에도 이른 시각에 가뿐히 일어났다. 어쩐지 좋은 일이 일어날 것만 같은 아침이었다.

"해가 서쪽에서 떴나. 잠귀신이 깨우기도 전에 일어나고."

식탁을 차리던 지선이 진심으로 놀란 듯 말했다.

"오늘 해 서쪽에서 뜬 거 맞는데. 못 보셨어요?"

"노잼이다. 그런 거 하지 마."

지선의 면박에 오히려 해담이 푸흡, 웃음을 터트리고서 식탁 차리는 것을 도왔다.

"방학이라고 퍼져 있지 말고 뭐라도 해."

"알바해도 돼요?"

지선이 국 푸던 국자를 획 치켜들었다.

"농담, 농담이에요."

해담이 움찔하며 퍼뜩 내뱉자 지선은 아무 일도 없었던 듯 태연히 국을 떴다.

"그 시간에 영어 단어 한 자를 더 외우고 스펙을 쌓아. 정말 알바 필요한 사람들 밥그릇 빼앗지 말고."

지선은 해담이 번듯한 직장을 갖기를 원했다. 만에 하나 해담의 꿈이 도시락 가게를 키우는 것인 걸 알면, 아마 기함을 할 것이다.

"안 그래도 오늘 학원 등록하려고요."

"얼마 필요해."

"저 돈 있어요. 어제 주신 것도 있고요."

"더 필요하면 말해."

"그럴게요."

해담은 친구들처럼 아르바이트도 도전해 보고 싶고, 일찍 사회 경험도 해 보고 싶었다. 하지만, 지선이 일절 금하니 꿈조차 꿀 수가 없다. 해담은 속으로 한숨을 삼키며 국들을 식탁으로 옮겼다.

주신에게서 전화가 걸려온 것은 정오가 되기 전이었다. 여전히 자신의 번호가 수신차단 되어 있을 거라고 예상이라도 한 듯 집전화로 걸려 왔다.

학원을 등록하기 위해 외출 준비 중이던 해담은 집전화기에 뜬 발신자 번호를 보고 주신이라는 것을 알았다. 끝 네 자리는 학창시절부터 지금까지 동일한 걸 썼으니까.

결과가 나온 모양이었다. 몇 번이나 심호흡을 한 다음에야 해담은 통화를 연결시켰다.

"여보세요."

-나야.

어쩐지 평소보다 훨씬 낮은 음성에 해담은 마른침을 꿀꺽 삼켰다.

"어떻게 됐어?"

-집 앞으로 갈게. 나와.

불길한 예감에 해담은 목이 조이는 듯했다.

"그, 그냥 말해."

-그래, 그럼. 그 아이는…….

"아냐! 잠깐만, 됐어!"

아무래도 직접 확인하는 게 좋을 것 같았다. 어쩌면 주신이 골탕 먹일 작정으로 거짓말을 할 수도 있고.

"내가 지금 나갈게."

-알았어.

통화를 끝낸 해담은 자꾸만 쿵쾅쿵쾅 뛰어대는 심장을 억누르며 방을 나섰다.

대문을 열고 나오자 마침, 주신도 밖으로 나오고 있었다. 해담을 발견한 주신이 성큼성큼 다가왔다.

그 잠깐 동안 해담은 주신의 얼굴을 보며, 마음을 읽어보려 무던히도 애썼다. 하지만, 늘 그렇듯 주신은 무표정하게 다가올 뿐이었다.

"들어봐. 결과 녹음한 거니까."

주신이 핸드폰을 몇 번 터치한 다음 해담에게 내밀었다. 해담은 애써 태연한 척 핸드폰을 받아 들고서 귀에 갖다 대었다.

주신의 외사촌 누나인 기영의 음성이 흘러나왔다.

-검사한 결과, 부모 양쪽 모두 성염색체를 제외한 특정 15개의 STR유전자형이 아이와 99.99퍼센트 일치해. 친생자관계가 성립된다는 뜻이야.

3.

해담은 아주 예전부터 아빠처럼 다정하고 가정적인 사람이 이상형이었다. 물론, 잘생기고 기럭지 길고, 능력까지 있으면 금상첨화다. 그 모든 이상적인 조건에 딱 부합하는 사람은 유신밖에 없었다.

그런데, 그런데…….

"근데, 왜! 왜 하필 최주신인데!"

싸가지 없는데다 무뚝뚝하기는 우주 최강이고, 거기다 사람 무시하는 데는 일가견이 있는 그놈과 부부가 되는 게 미래라니. 매일매일 지지고 볶고 싸워댈 모습이 안 봐도 비디오였다.

머리끝까지 뒤집어썼던 이불을 들추고서 벌떡 몸을 일으킨 해담은 멍하니 허공을 응시했다.

-검사한 결과, 부모 양쪽 모두 성염색체를 제외한 특정 15개의 STR유전자형이 아이와 99.99퍼센트 일치해. 친생자관계가 성립된다는 뜻이야.

핸드폰 속 기영의 음성이 계속해서 귀에 맴돈다. 결과를 듣자마자 학원 등록이고 뭐고 그대로 다시 집으로 들어와 버렸다. 주신이 뭐라 하건 말건 그 순간은 아무것도 들리지 않았다.

"아니, 어떻게 이런 말도 안 되는 일이 있을 수 있어? 내 아들이라고? 미래에서 온 내 아들? 그것도 최주신과 나 사이에서 나온?"

하! 도무지 믿을 수가 없어 실성한 사람처럼 웃음만 튀어나왔다.

♥

"야, 야. 천천히 좀 마셔라. 술도 잘 못하는 애가 오늘따라 왜 이렇게 들이붓냐?"

중학교 시절부터 지금까지 쭉 베스트 프렌드인 유정이 해담을 말렸다. 술 한 잔 하자는 갑작스런 연락에도 두말 않고 나와 주는 자매 같은 친구였다.

"말리지 마. 나 오늘 미친 듯이 술 고프거든."

벌컥벌컥, 맥주를 들이켠 해담은 빈 잔을 머리 위로 들어올렸다.

"이모오! 여기 500 한 잔 더 주세요오."

가뜩이나 술만 마시면 빨개지는 해담의 얼굴이 호프집의 조명 덕에 더더욱 짙어졌다.

"평소에는 500 한 잔이면 쩍 하는 애가 왜 미친 듯이 술이 고플까나? 너, 무슨 일 있지?"

"어."

"그래? 그럼 마셔."

"무슨 일인지 안 물어보냐?"

"물으면 얘기해 주기는 할 거고?"

"아니."

"그럼, 그냥 처드세요."

늘 그렇듯 유정은 해담이 말해줄 때까지 묻지 않았다. 하지만 이번 일은 유정에게도 말해줄 수가 없다. 누가 믿겠는가? 정신병원에 끌고 가지 않으면 다행이지.

해담은 다시 가득 채워진 맥주잔을 입으로 가져갔다.

"야, 안주도 좀 먹으면서 마셔라."

유정이 포크에 찍어주는 파인애플 한 조각을 마지못해 먹는데, 열통이 확 터질 것만 같았다. 겨우겨우 꾹꾹 누른 해담은 아무렇지도 않은 척 맥주를 마시고서 유정을 응시했다.

"야, 유정. 만약, 만약에 어느 날 갑자기 어떤 꼬맹이가 나타나서 내가 미래에서 온 니 아들이다, 이러면 기분이 어떨 것 같아?"

"왜. 미래에서 아들이라도 나타났냐?"

"야! 무, 무슨 그런 말도 안 되는 소리를 하냐?"

도둑이 제 발 저리다고 너무 과도하게 흥분을 해버렸다. 다행히 유정은 별다른 반응 없이 대꾸했다.

"그러니까. 그 말도 안 되는 질문을 왜 하냐는 거지. 내 심오한 뜻은."

"아니, 그냥. 소설 속에 그런 내용 많잖아. 그래서 물어보는 거야."

유정이 피식 웃었다.

"갑자기 아들이 뚝 떨어져 준다면 나야 완전 고맙지."

"뭐?"

"아, 나도 결혼은 하는구나 싶어서. 취직도 하기 힘든 세상에 연애랑 결혼이 가당키나 하냐? 그런데, 아들까지 있다면야 뭐, 나름 성공한 삶이군, 할 것 같은데?"

예상과는 전혀 다른 대답에 해담은 입술을 삐죽 내밀었다.

"근데, 그 아이가 너랑 완전 원수지간인 인간한테 아빠라고 하면?"

"오, 인간관계 회복했구나 하겠지. 원수를 사랑하라는 말도 있잖아."

일어날 수 없는 일이기에, 역시나 유정은 건성건성 대답했다.

말자 말아.

"그럼, 넌 어떻게 할 건데?"

이번에는 유정이 질문을 던지는 바람에 해담의 얼굴이 순식간에 굳었다.

"야, 또 뭘 그렇게 심각한 얼굴이냐?"

그게 지금 내 인생 최대의 고민이라서 그런다, 왜.

한숨과 함께 맥주를 더 마신 해담은 후우, 더운 숨을 내뱉고서 입술을 움직였다.

"바꿔야지. 그 운명. 내가 원하는 사람과 이어질 수 있도록."

"오, 소신 있어."

그저 장난처럼 받아들인 유정과 짹, 잔을 부딪치고서 다시 술잔을 기울였다. 이미, 주량을 훨씬 넘어섰지만 해담은 착잡한 마음을 달래고자 말없이 술을 들이켰다.

그러다, 갑자기 생각난 듯 유정이 손바닥을 짝 쳤다.

"참, 참. 야, 나 며칠 전에 서점 갔다가 최주신 봤다?"

'최주신' 이름 한 마디에 취기가 오른 해담의 눈이 절로 세모꼴로 떠졌다.

"오늘 같은 날은 걔 얘기 안 할 수 없냐? 술맛 뚝 떨어지잖아."

"아니, 난 고등학교 졸업하고는 처음 보는 거잖아. 그래서 반갑더라고. 먼저 인사했는데, 걔가 날 기억도 못 하더라? 완전 민망해서 죽는 줄 알았어."

"그 자식이 원래 그래. 공부만 잘했지, 인간관계는 완전 개애떡이라니까. 재수탱이 자식."

해담이 혀 꼬부라진 소리를 내고서 짜증스러운 표정을 지었다.

"아, 씨이. 그 자식 얘기하니까 머릿속이 더 복잡해졌잖아."

그러고서 벌컥벌컥 술을 마시는 해담을 향해 유정이 묘한 표정을 지어 보였다.

"너 걔 전화번호 알아?"

"걔 번호는 뭐 하려고?"

"뭐하긴. 슬쩍 연락 한번 해보려고 그러지. S대생에 비주얼까지 예술이잖아."

"미친! 남자가 없어서 그 싸가지한테 들이대게?"

살벌하게 유정을 째려보던 해담은 뇌리를 스치는 생각에 마음을 바꾸었다.

그래. 운명은 내가 개척하는 거라고.

해담은 건들건들, 시뻘게진 얼굴로 테이블에 두었던 핸드폰을 집어 들었다.

"번호 알려주게?"

"어어. 알려줄 테니까 잘해 봐. 네가 최주신이랑 엮여주면 나야 완전 땡큐거든. 내친김에 너, 걔랑 결혼까지 해라. 제에발."

"미친. 뭐래."

"잠깐 기다려 봐봐. 내가 그놈 번호를 수신차단 해놨거든. 끝 네 자리는 아는데, 중간 게 아리까리하네."

"뭐?"

유정이 기막힌 표정을 지었지만 해담은 가물가물한 눈을 억지로 치뜨며 핸드폰을 만지작거렸다.

"……이걸 어떻게 하더라…… 하아. 내가 술이 됐나. 내 폰인데, 왜 남의 폰 만지는 것 같냐?"

유정 역시 조금 달아오른 얼굴로 킥킥 웃었다.

"야. 당연히 술이 됐지. 진작에 주량 넘게 마셔놓고. 너 딱 꽐라 직전이야, 기집애야. 야야, 이리 줘 봐."

해담이 핸드폰을 내밀자 이번에는 유정이 핸드폰을 헤집기 시작했다.

"어라, 내 거랑 달라서 헷갈리네?"

미간을 찡그린 채 액정을 들여다보던 유정이 아주 한참만에야 얼굴을 폈다.

"오예, 여기 있다."

만세라도 부를 기색으로 유정은 주신의 번호를 수신차단 목록에서 해제시켰다. 그 사이, 한계치를 넘긴 해담은 고개를 꾸벅꾸벅 거리고 있었다.

약간 김이 샜지만 유정은 팔을 뻗어 해담의 어깨를 흔들었다.

"야, 야. 전화 한번 해볼까?"

"어어?"

"최주신한테 전화해 본다고."

"……몰라 ……하든가 말든가. 아니, 아니지…… 꼭 해서…… 너, 걔랑 결혼까지 해라…… 알았지이?"

손을 휘휘 내젓고서 해담은 다시 졸기 시작했다.

"가스나 완전 떡실신 됐구만, 떡실신 됐어."

입술을 삐쭉거리던 유정이 이내 눈을 반짝반짝 빛내기 시작했다.

쌔근쌔근 깊게 잠이 든 진서를 물끄러미 응시하는 주신의 얼굴이 형언할 수 없는 복잡함으로 물들었다.

미래에서 온 아들. 최진서.

솔직히 유전자 검사를 부탁할 때까지도 설마, 하는 마음이 더 컸다. 한데, 기가 막히게도 이 아이의 말이 맞았다. 더군다나 그 상대가 다른 사람도 아닌 이해담이라니.

이 모든 상황을 어떻게 받아들여야 할지 주신은 복잡한 심경이었다.

"결과가 나오면 명쾌해질 줄 알았는데, 더 심란하잖아."

쓰게 웃으며 중얼거린 주신은 이불을 목까지 덮어주었다. 방을 나서려는데 책상 위 핸드폰이 요란하게 진동을 해댔다. 혹여, 진서가 깰까 봐 주신은 퍼뜩 핸드폰을 들어 올렸다.

"이해담?"

액정을 확인한 주신의 눈썹이 휘었다.

"수신차단은 풀었나 보네."

잠시 핸드폰만 응시하던 주신은 곧 전화를 받았다.

"왜."

주신의 목소리가 절로 딱딱하게 나갔다.

-어, 저, 저기, 최주신? 최주신 번호 맞지?

분명 해담의 번호인데, 수화기를 타고 나온 목소리는 그녀가 아니었다. 게다가 어딘가 모르게 발음이 새고 있었다.

주신의 고개가 삐딱하니 옆으로 기울었다.

"누구?"

-아, 난 정유정이라고 하는데. 해담이랑 친한 친구. 왜애, 며칠 전 시내에서 내가 먼저 인사했는데…….

잠깐 며칠 전 일을 떠올려 보니, 웬 여자가 동창이라고 아는 척하긴 했던 것 같았다.

"그런데?"

-……어, 그게 있잖아. 내가 해담이랑 술을 마시고 있는데, 이 기집애가 완전 떡이 돼가지고 술집에서 졸고 있거든.

주신의 입매가 미미하게 굳어졌다.

-음, 그래서 네가 옆집 산다니까, 너한테 전화를 하긴 했는데, 근데……아무래도 내가 전화를 잘못한 것 같다. 미안해, 이만 끊을…….

"어딘데."

-어, 어?

"거기 어디냐고."

-어, 응. 여기가 어디냐면…….

위치를 듣고서 통화를 끝낸 주신은 미간을 구겼다.

"가지가지 하네."

주신은 장롱 문을 열어 손에 잡히는 코트 하나를 꺼내 입었다. 습관적으로 코트 주머니 속에 손을 넣는데, 구겨진 종이 하나가 만져졌다. 종이를 꺼내 정체를 확인한 주신의 얼굴이 순식간에 확 달아올랐다.

도시락 가게에서 진서가 급히 휘갈겨 써서 보여준 그의 비밀.

[아빠, 엄마가 첫사랑이라면서요.]

그랬다. 빌어먹게도 그의 첫사랑은 다름 아닌 해담이었다.

누구에게도 보인 적 없는 그 자신밖에 모르는 비밀.

저 꼬맹이가 알고 있다는 사실에 얼마나 놀랐던지. 누가 볼 새라 메모를 찢어 휴지통에 넣는데, 희미한 음성이 들려왔다.

"……어디 나가세요?"

방금 전의 통화로 가물가물 잠이 깬 진서였다. 몸을 돌린 주신은 침대에 걸터앉아 진서를 응시했다.

"자고 있어."

"어디 가시는데요?"

주신의 입술이 묘하게 비틀렸다가 원래대로 돌아왔다.

"네 엄마 데리러."

♥

고요한 방 안에 핸드폰 진동 소리가 끊이지 않고 울려 퍼졌다.

이불을 머리끝까지 뒤집어쓴 채 혼절한 것처럼 자고 있던 해담은 진동 소리로 인해 어슴푸레 잠을 깼다.

"……으으, 머리야……."

눈을 뜨기도 전에 머리가 쪼개질 듯한 통증으로 인해 절로 신음이 나왔다.

당장받지이이이잉. 당장받지이이잉.

계속 이어지는 진동 소리가 딱 그렇게 들려왔다. 해담은 오만상을 찌푸린 채 핸드폰을 집어 들고서 통화를 연결시켰다.

"여보세요."

-어이그. 목소리 꼬라지하고는. 아직도 못 일어난 거야?

지선이었다. 해담은 겨우겨우 눈을 뜨고서 시계를 보았다. 시곗바늘은 1시를 가리키고 있었다.

새벽은 아닐 테고, 헉, 설마 오후 한 시?

-하긴. 술이 그렇게 떡이 돼서 들어왔는데 일찍 일어나는 게 이상한 거지. 맞다. 유정이랑 같이 술 마셨지?

그 말도 안 되는 결과로 인해 도저히 맨정신으로 있을 수가 없었다. 근데, 도대체 얼마나 마셨는지, 집에는 어떻게 들어왔는지 도무지 기억에 없다.

"엄마, 저 어제 몇 시에 들어왔어요?"

-잘한다, 잘해. 필름 끊긴 게 자랑도 아니고. 그걸 왜 나한테 묻냐? 네가 정신 똑바로 차리고 기억을 해야지.

"죄송해요. 다음부터 안 그럴게요. 그래도 내가 뭐 맨날 그러는 것도 아니고……."

-내가 정말, 주신이 보기 쪽이 팔려 죽겠다, 쪽이 팔려 죽겠어!

지선의 음성이 확 높아졌으나, 해담 역시 지지 않았다. 지금 주신과는 잔소리라도 엮이고 싶지 않았다.

"또 최주신 얘기가 왜 나와요? 나 술 떡 됐다고 걔한테 쪽팔릴 게 뭐 있어요?"

수화기 밖으로 기가 막힌 듯한 지선의 웃음소리가 튀어나왔다.

"하긴. 필름 끊겨서 기억을 못 하니 쪽팔릴 것도 없겠다. 야 이노무 기집애야, 너 어제 주신이 등에 업혀 들어왔어."

순간, 얼음물을 뒤집어쓴 것처럼 정신이 번쩍 들었다.

"최, 최, 최주신한테 내가 업혀 들어왔다고?"

-그래, 이 기집애야.

"아니, 내가 왜 최주신한테 업혀 들어와요? 걔랑 같이 있었던 것도 아닌데."

-그걸 나한테 묻냐? 네가 기억해야지?

쯧쯧, 혀끝을 찬 지선이 말을 이었다.

-북엇국 끓여 놨으니까, 안 내켜도 한 숟가락 뜨고 정신 차려. 주신이한테 고맙다는 인사 꼭 하고. 주신이만 아니었어도 어제 넌 나한테 맞아 죽었을 거니까.

지선이 전화를 끊자 해담은 벌떡 상체를 일으켰다. 욱씬욱씬, 머리가 아파 죽을 것 같았지만, 기억나지 않는 간밤의 일을 찾아야 했다.

"아니, 같이 술 마신 건 유정인데, 최주신한테 업혀 들온 게 말이 돼?"

유정에게 전화를 걸기 위해 통화 목록을 살피던 해담이 미간을 구겼다.

"이게 뭐야. 마지막 통화 기록이 최주신이잖아."

기억을 떠올리려 애썼지만 먹물을 들이부은 듯 머릿속은 온통 까맣기만 했다. 술김에 무슨 짓을 저질렀는지 알 길이 없어 불안감이 엄습해 왔다.

해담은 곧장 유정에게 전화를 걸었다.

-어. 해담. 살아 있냐?

"어. 살아는 있는데. 나 어제 어떻게 된 거야? 우리 엄마가 나 최주신한테 업혀 왔다고 하시던데."

-기억 하나도 안 나? 어제 내가 최주신 번호 알려달라고 한 것도?

유정의 말에 그제야 그건 생각이 났다.

"아, 맞다. 네가 그랬지?"

-어. 그래서 내가 수신차단 풀고 전화 걸었고.

그러고 보니 유정이 전화 건다고 했었던 것도 같았다.

“그럼, 내 마지막 통화 기록 그게, 네가 전화한 거지? 내가 전화해서 막 지랄하고 그런 거 아니지?”

-그냥, 내가 전화해서 최주신한테 오라고 한 게 다야.

“어우, 다행이다. 난 내가 전화해서 미친 짓 한 줄 알았잖아.”

그제야 안도의 한숨을 흘리는데 유정이 의미심장한 말을 흘렸다.

-근데, 너희 둘 사이 안 좋은 거 맞아?

“그게 무슨 말이야?”

-최주신 말이야. 너 취했다니까 두말 않고 데리러 오더라? 거기다 너 부축해서 데리고 나가는 모습이 전혀 견원지간처럼 보이지는 않았거든. 오히려 남자친구 같은 느낌이 들던데?

푸하! 기가 막히고 코가 막힌다!

“남자친구 같은 느낌 좋아한다. 야, 그럼, 술 취한 사람 붙잡고 지랄하는 게 정상이냐? 네가 오라니까 온 거겠지.”

-아니, 너도 좀 그랬고.

“내가 뭘?”

-최주신 오는 거 보고 내가 너 깨웠거든. 근데, 너 눈 떠서 걔 보자마자 실실 웃더라? 되게 반가워하는 거 같았어.

“내, 내가?”

-어. 니, 니가요. 어찌나 헤실헤실 거리던지, 내가 민망할 정도였다고.

‘헤실헤실’이라는 유정의 말을 듣는 순간, 기억 하나가 섬광처럼 뇌를 긁고 지나갔다.

‘왜 자꾸 나 보고 헤실거려?’

낮게 묻던 음성.
해담은 미간을 찌푸린 채 또 다른 파편을 살려냈다.

'술 깨고 딴소리하면 죽는다.'

그리고 다가오던 입술.
뜨겁고, 숨이 막히고, 어질거리던…….
헉! 숨을 들이켠 해담은 하마터면 핸드폰을 바닥에 떨어뜨릴 뻔했다.
-암튼 너네 그렇게 원수지간처럼 안 보였어. 그리고 너 그냥 실실 쪼개면서 얌전히 최주신 따라간 걸로 끝. 실수하거나 그런 거 없었으니까 걱정 안 해도 돼.
아니야. 아니야. 그게 끝이 아니라고오!
"어, 응. 알았어. 나중에 맑은 정신일 때 통화해."
-오냐.
유정과의 통화를 끝낸 해담은 멍하니 허공을 응시했다.
"이 미친년아 대체 무슨 짓을 한 거야."
하나, 둘 기억이 되살아나니, 새까맣기만 하던 머릿속이 점차로 밝아지기 시작했다. 대로 해담의 눈은 경악으로 물들고 얼굴은 점점 잿빛이 되어갔다.
맙소사. 사고를 쳐버렸다.
그것도 아주 초특급 대형 사고를.

4.

해담은 머리가 어지러운데다 너무 졸렸다. 그녀가 술을 마시는지, 술이 그녀를 마시는지 모를 정도로 과음을 했으니까.

“야, 야. 저기 최주신 오네. 왔어.”

유정이 신나서 말했지만 해담은 눈을 끔뻑이며 졸음과 싸웠다.

“어쩜 재는 얼굴도 예쁜데, 피지컬도 저렇게 훌륭하니. 비주얼만 봐서는 정말 재랑 결혼해 보고 싶다. 이해담, 정신 좀 차려 보라니까?”

유정이 어깨를 흔들어서야 해담은 백만 톤은 될 법한 눈꺼풀을 들어올렸다.

그 순간이었다. 몇 겹이나 되는 진한 쌍꺼풀을 만들며 뜬 눈에 유신이 포착된 것은.

어…… 유신 오빠다, 유신 오빠아. 나 보러 왔나보다…… 나 보러…….

술집 내의 시선이 일제히 모아질 만큼 화려한 비주얼로 유신이 다가오고 있었다.

씨이…… 그 꼬맹이가…… 유신 오빠의 아들이면…… 얼마나 좋아. 그럼, 이렇게 괴롭지도 않을 텐데…….

그럼에도 유신을 보니 절로 실실 웃음이 새어나온다.
"술을 얼마나 마신 거야."
"어, 그게 조금 많이. 아니, 얘가 좀 괴로운 일이 있나 봐."
대답하는 유정을 흘끔 본 주신이 해담에게로 시선을 돌렸다.
"일어날 수 있겠어?"
해담이 말 잘 듣는 학생처럼 크게 고개를 끄덕이고서 몸을 일으켰다. 비틀. 커다랗게 몸이 흔들리자 주신은 다급히 해담의 팔을 붙잡았다.
헤실헤실. 해담이 게슴츠레 주신을 바라보며 미소를 짓는다.
"잘한다. 몸도 못 가누고."
쌀쌀맞게 툭 내뱉고서 주신은 해담의 허리에 한쪽 팔을 둘러 그녀를 부축했다.
"다리에 힘주고 천천히 걸어봐."
이번에도 해담이 고개를 끄덕거리고서 얌전히 주신을 따랐다.
"계산은 조금 전에 내가 했어. 물론, 해담이 카드로."
유정이 퍼뜩 옆으로 따라붙으며 말했다. 주신은 대꾸 대신 흐느적거리는 해담의 허리를 더욱 꽉 붙잡았다.
"저기, 나중에 전화해도 돼?"
"아니."
이번에는 0.1초도 지나지 않아 곧장 대답이 흘러나왔다. 취기가 돌고 있음에도 유정은 민망함에 얼굴을 붉혔다. 당황스러움을 감출 길이 없어 유정은 헛기침을 하고서 해담을 응시했다.
"해담아, 조심해서 가. 나중에 통화하자."
"……잘 가, 정유정…… 내 친구 이름은 정유정…… 거꾸로 해도 정유정."
유정의 얼굴이 더더욱 시뻘겋게 달아올랐다.
"나, 난 이쪽으로 가면 돼."

주신은 고개만 살짝 까딱여 보이고서 해담과 함께 몸을 돌렸다. 그런 두 사람의 뒷모습을 잠시 동안 물끄러미 응시하다 유정 역시 제 갈 길로 갔다.

해담을 부축한 채 택시를 잡으려던 주신은 이내 생각을 바꾸었다. 이대로 집으로 들여보냈다가는 아마, 해담은 지선에게 맞아 죽을 것이다.

"이기지도 못하면서 적당히 마시지."

해담이 이렇게 인사불성 될 정도로 술을 마신 이유를 알고 있기에 더 딱딱하게 말이 나갔다.

'너랑 부부가 되는 게 내 미래라고? 그럴 바에는 내가 평생 혼자 살다가 늙어 죽겠다.'

그렇게 되게 생겼으니 괴로운 거겠지.

주신은 자꾸만 바닥으로 무너져 내리려는 해담을 더욱 꽉 붙잡고서 근처 공원으로 향했다.

추위와 어둠이 무겁게 깔린 공원은 인적 없이 스산했다. 주신은 가로등 불빛이 비치는 벤치에 해담을 앉혔다.

"여기 있다가 정신 좀 들면 데려다줄게."

워낙 술에 취해 알아듣기는 할지 의문이었지만 그렇게 말하고서 주신 역시 털썩 해담 옆에 앉았다.

헤실헤실. 해담이 가물거리는 눈으로 주신을 바라보며 웃는다. 사춘기 이후, 처음으로 보는 해담의 미소에 주신의 심기가 불편해졌다.

아니, 당황스러웠다.

검사 결과를 본 해담은 하늘이 무너지는 듯한 얼굴을 하고 들어가 버렸으니까.

"왜 자꾸 나 보고 헤실거려?"

괜스레 무뚝뚝하게 내뱉었지만 여전히 해담은 생글거렸다. 어쩐지 기분이 미묘해져 고개를 돌리려는데 해담의 자그만 입술이 열렸다.

"……좋아하는데에……."

순간적으로 주신의 심장이 사정없이 아래로 추락했다.

발음이 꼬이긴 했지만 확실히 들었다. 하지만, 이내 주신은 마음을 가라앉혔다.

"술주정 하지 마. 버리고 갈 거니까."

"……지인짠데."

그러더니 건들건들 손을 들어 주신의 한쪽 얼굴을 턱 감쌌다. 따귀를 때리듯 철썩 소리가 나긴 했지만 일단은 주신의 얼굴에 손을 갖다 댔다.

손의 뜨거운 열기가 고스란히 얼굴에 느껴진다.

"하아…… 어쩌면 이렇게 자알 생겼을까. 이러니 어뜨케 안 반해."

분명히 정신 나간 술주정이다. 틀림없이 그랬다.

그런데, 주신의 심장은 자꾸만 시큰시큰 반응을 하고 있었다.

"안 되겠다. 그만 가자."

얼굴에 닿아 있는 손을 떼기 위해 팔목을 움켜쥐는 찰나, 해담이 말가니 그를 응시했다.

"……키스해도 돼요?"

이런 미친.

주신은 욕설이 뱉어지려는 것을 간신히 눌렀다. 심장이 밖으로 튀어나올 것처럼 놀라 해담이 존대를 했다는 것도 인식하지 못했다.

"어디서 이상한 술버릇을 배워서……."

주신은 말끝을 맺지 못한 채 눈썹을 찡그렸다. 해담이 눈을 지그시 감은 채 조그만 입술을 쭈욱 내민 것이다.

"오늘…… 안 해보면 펴어엉생 후회할 것 같아서……."

주신의 가슴이 계속해서 아플 정도로 거세게 울려댄다. 이미 지워서 없애 버렸다 여겼던 사춘기 시절의 감정이 스멀스멀 피어오른다. 해담의 빨간 입술이 얄미우리만치, 사정없이 주신의 이성을 흐트러뜨린다.

"빨리요오."

해담의 재촉에 주신의 까만 눈동자에 화륵 불길이 치솟았다.

"술 깨고 딴소리하면 죽는다."

낮게 내뱉고서 주신은 한 손으로 해담의 목덜미를 감쌌다.

그 시절, 무던히도 꿈꾸었던 해담의 입술이 닿는 순간, 짜릿한 전율이 주신의 온몸에 요동쳐댔다. 술에 취한 해담을 상대로 이러면 안 된다는 걸 알지만, 욕심은 점점 더 커져만 갔다.

주신은 자그만 턱을 눌러 입술을 열고서 입 안으로 혀를 밀어 넣었다. 달큰하고도 부드러운 혀가 맞닿자 형언할 수 없는 열기가 솟구쳤다.

"음."

낮게 한숨을 흘린 주신은 다급히 혀를 빨아들였다.

"……숨 막혀."

해담이 작게 몸을 바르작거리는 것쯤은 아무런 장애물도 되지 않았다. 옴짝달싹할 수 없게 해담의 얼굴을 감싸 쥔 채 주신은 여리고 말랑한 속살을 맛보았다.

해담의 뜨거운 숨결을 고스란히 삼키며 주신은 농밀하게 키스를 이어나갔다.

지난밤의 일이 선명히 다 떠올랐다. 드문드문 흐릿한 게 있기는 해도 중요한 건 모조리 다 생각이 나고 말았다.

'키스해도 돼요?'

'빨리요오.'

"악! 미쳤어, 미쳤어, 미쳤어!"

해담은 미친 듯이 이불킥을 난사하며 비명을 질렀다. 그녀는 정말로 맹세코 주신이 아니라 유신인 줄 알았다. 둘이 너무 닮아 평소에도 가끔 헷갈리더니, 술 마시고 사고를 치게 될 줄이야.

아아, 아니다. 유신 오빠야 앞에서 그 추태를 부렸으면 더 쪽팔려 죽었을 것이다.

"아무리 그래도 최주신에게 키스 구걸을 하다니!"

마구 발작을 해대던 해담은 문득, 움직임을 멈추었다.

"근데, 최주신은 왜, 왜 나한테……."

차마 '키스'라는 말이 입 밖으로 나오지 않아 얼버무리고 말았으나 너무 이상했다. 분명, 그녀가 덮친 건 아니었으니 주신이 먼저 키스를 한 건 맞았다.

왜? 그 싸가지가 도대체 왜?

평소 성격이라면 백 퍼센트 그녀를 버리고 갔을 것이다. 아니, 아무리 유정의 전화라 할지라도 그냥 무시하고 말았을 것이다.

순간, 설마, 하는 생각이 뇌리를 스치고 지나갔다.

"검사결과 때문에 운명을 받아들이기로 한, 뭐 그런 시나리오는 아니겠지?"

그게 아니고서는 주신의 행동이 도저히 설명이 되지 않았다.

"기막혀. 웃기지도 않아. 최주신이 운명론자였어? 그럴 리가 없……."

다고 하기에는 간밤의 키스가 너무도 선명히 머릿속에 각인이 되었다.

뜨겁던 주신의 감촉이 떠오르자 해담의 얼굴이 순식간에 달아올랐다. 귀까지 뜨끈뜨끈해지는 게 손발이 다 없어질 것만 같았다. 솔직히, 연인들이나 나눌 법한 키스였으니까.

그때 핸드폰이 진동을 해댔다.

"헉."

액정을 확인한 해담은 핸드폰을 집어던질 뻔했다. 최주신 이름 석 자가 깜빡여 대고 있었기 때문이다.

해담은 징그러운 물건을 대하듯 핸드폰을 퍼뜩 협탁에다 엎어 놓았다.

"미치겠네, 진짜!"

가쁜 숨을 몰아쉬며 머리를 마구 쥐어뜯어 봤지만 뾰족한 수가 떠오르지 않았다. 다시 핸드폰이 진동하기 시작했다. 이번에도 주신의 이름이 떠올라 있자 해담은 아예 전원버튼을 꾹 눌러 버렸다.

"이제 어떻게 하지."

해담은 참담한 심정으로 무릎을 끌어안은 채 얼굴을 묻었다.

♥

해가 뉘엿뉘엿 넘어가는 늦은 오후, 뜨거운 물에 샤워를 하고 나자 어느 정도 머리가 맑아졌다. 그리고 고민의 해결책도 떠올랐다.

"그렇지. 결론은 버킹검이지. 방법은 이것밖에 없다고."

그녀는 절대 운명론자가 아니었다.

술떡이 되어 구걸한 키스에 홀라당 넘어갈 정도로 쑥맥……은 맞지만, 인생을 통째로 맡길 마음은 없었다.

"이참에 독립을 하는 거야. 최주신과는 우연히라도 절대 마주치지 못할 만큼 멀리 가는 거지."

그러면 지금 정해져 있는 미래를 충분히 바꿀 수 있을 것이다. 지선을 설득하는 게 관건이긴 했지만, 공부와 스펙 쌓기 등을 무기로 내세우면 충분히 승산이 있었다.

문득, 최진서 그 아이가 머리에 커다랗게 떠올랐다. 엄마라고 부르던 목소리가 귓가에 맴돈다. 순식간에 마음이 불편해지는 게 꼭 얹힌 것처럼 답답해져 왔다.

“안 돼, 안 돼. 생각하지 말자. 내 운명은 내 거잖아. 난 그 애를 못 봤다. 만난 적이 없다, 레드썬!”

냉정하게 마음을 다잡고서 해담은 핸드폰을 켰다. 문자 폭탄이나 부재중 전화가 수두룩할 줄 알았건만, 주신은 일절 그런 건 하지 않았다.

대신.

딩동딩동! 조용한 집 안에 벨소리가 커다랗게 울려 퍼졌다. 심장이 덜렁 추락하는 느낌에 해담은 조심스레 거실로 나가 인터폰을 확인했다.

‘악, 최주신!’

주신은 행동파였다.

딩동딩동! 머뭇거리는 사이 다시 벨소리가 터져 나왔다. 잠시 잠깐, 그냥 없는 척해버릴까 하는 마음도 들었지만, 해담은 생각을 바꾸었다.

그래서는 아무것도 해결되지 않으니까.

간밤의 키스가 아주, 매우, 많이 신경 쓰였으나 기억 안 나는 셈 치고 모르쇠로 나가면 그뿐이었다.

후욱, 숨을 들이켠 해담은 두말 않고 버튼을 눌러 대문을 열어주었다. 현관문까지 잠금을 해제시키자 이내 주신이 성큼 모습을 나타냈다.

“어서 와. 안 그래도 너한테 할 말 있었거든.”

애써 태연한 척 그렇게 말하는데 해담의 가슴이 마구잡이로 울려대기 시작했다. 주신을 코앞에서 마주하고 보니, 모르쇠가 조금도 작동하지 않는다. 어제의 기억이 미친 듯이 뇌를 주물러댄다.

주신은 별다른 표정 없이 신발을 벗고 거실로 발을 디뎠다.

“엄마한테 들었어. 어제 나 데려다 줬다면서. 내가 술을 많이 마셔서 어제 기억이 전혀 없거든. 암튼 고마워. 어떻게 된 건지는 모르겠지만.”

냅다 선수를 치고서 해담은 흘끔 주신의 눈치를 보았다. 주신은 여전히 아무런 말없이 저벅저벅 소파로 가 앉았다. 청바지에 감싸인 기다란 다리를 꼬고서 그가 해담에게 턱짓을 해보였다.

"앉아. 나도 할 말 있으니까."

제발 지난밤 이야기만 하지 않기를 바라며 해담은 주신의 맞은편에 앉았다. 오랜만에 이렇게 주신과 마주 보고 앉아서인지 괜히 더 어색했다.

"나부터 할까. 너부터 할래."

주신의 물음에 해담은 그 사이 말라버린 입술을 혀로 축이며 말했다.

"내가 먼저 할게."

"해, 그럼."

늘 그렇듯 주신이 냉한 표정으로 툭 내뱉었다.

갑자기, 저 차가운 성격에 어쩌면 그토록 뜨거운 키스를 할 수가 있었을까 하는 의문이 떠올랐다.

얼굴을 감싸 쥐던 커다란 손과 거친 숨결이 차례대로 뇌를 점령한다. 금세 열이 확 오르려 하자 해담은 생각을 날렸다.

'미친! 어제 일은 기억에 없는 거야. 좀 지워라, 응?'

해담은 차분하려 애쓰며 입술을 움직였다.

"과학적으로 설명할 수 없는 신기하고 이상한 일이 벌어졌다는 건 알겠어. 진서라는 그 아이가 한 말이 모두 사실이라는 것도 이제 믿어져. 그런데."

해담은 한 박자 쉰 다음 계속 말을 이었다.

"그런데, 난 정해진 운명 같은 건 없다고 생각해. 현재의 선택을 어떻게 하느냐에 따라 미래는 충분히 바뀔 수 있는 거니까. 진서 그 아이가 나타났다고 해서 내 인생을 딱 그렇게 맞춰 둔 채로 살고 싶지는 않아. 머리 좋으니까, 더 말하지 않아도 되지?"

한 번도 해담의 말을 자르지 않고 가만히 듣기만 하던 주신이 알 수 없는 표정을 지었다.

살짝 비틀린 입술이 비웃는 것 같다. 아니, 묘하게 화가 난 것 같기도 했다.

잠시 동안 속을 알 수 없는 얼굴로 응시하기만 하던 주신이 입을 열었다.

"최유신이었으면 생각이 달라졌겠지?"

한없이 낮은 음성과 갑자기 튀어나온 유신의 이름으로 인해 해담은 머리에 벼락이 꽂히는 느낌이었다.

무미건조한 표정으로 주신이 말을 이었다.

"간밤의 일을 곰곰이 생각해 봤지."

"나, 난 어제 일이 기억이 안 나서……."

해담이 어떻게든 당황한 티를 내지 않으려 애썼으나, 주신은 틈을 주지 않았다.

"이상하긴 했어. 나 보면서 웃는 것도, 좋아한다고 한 것도."

해담은 가쁜 숨만 몰아쉴 뿐 아무런 말도 할 수가 없었다.

"단순히 주사라고 치부하기에는 너무 감정이 많이 담겨 있더라고."

돌연 주신의 입매가 딱딱하게 굳어졌다.

"나를 형으로 착각하고 한 행동들이었어."

해담은 눈을 질끈 감았다가 떴다.

완전히 망했다. 지금껏 누구에게도 보인 적 없는 감정을 이렇듯 허무하게 들켜버리다니. 다른 사람도 아닌 주신이라니.

"그런데."

더없이 차가운 음성이 흘러나왔다.

"설레었어."

해담의 입이 쩍 벌어졌다. 도대체 저 얼굴 어디에 설렘이 있단 말인가!

"고민이 됐었는데 네 주사 덕분에 교통정리가 확실히 됐어."

아연실색한 해담의 눈을 들여다보며 주신은 입술 끝을 올렸다. 그가 스산

한 음성으로 속삭이듯 말했다.

"난 정해진 그대로 가."

뭐?

해담은 잠깐 자신의 귀를 의심하다 이내 황당한 표정을 지었다.

"최주신. 너, 지금까지 내가 했던 말들 제대로 듣기는 한 거야?"

"당연히."

"그런데 정해진 대로 간다는 말을 하고 있는 거야? 넌 정말, 너랑 나랑 가능할 거라고 생각해?"

"가능하니까 저 애가 존재하고 있는 거겠지."

해담은 이마에 손을 얹은 채 한숨을 내뱉었다.

"실수일 거야, 분명."

"뭐?"

주신의 미간이 구겨졌지만 해담은 아랑곳 않고 말을 이었다.

"실수가 아니라면 너와 내가 부부가 될 리가 없지."

"이해담."

경고하듯 주신의 음성이 한껏 낮게 깔렸다. 그럼에도 해담은 그만둘 수가 없어 그를 똑바로 응시했다.

"네 말대로 나, 주신 오빠 좋아해."

"……."

"아무도 눈치채지 못하도록 속앓이만 했지만, 고등학교 때부터 좋아했어. 자그마치 3년이라고. 그런데, 내가 주신 오빠가 아닌 너와 부부가 된다고? 분명, 어젯밤처럼 착각해서……."

"적당히 해."

날 선 주신의 목소리가 그녀의 말을 잘랐다. 주신의 싸늘한 눈동자가 그녀를 꿰뚫기라도 할 듯 날카롭게 번뜩였다.

화를 삭이듯 작게 호흡을 들이마시고서야 주신이 입을 열었다. 입술 끝을 미미하게 비튼 채.

"착각한 거 치고는 우리 어제, 너무 진한 키스 나눈 거 아닌가."

으악! 해담은 순간적으로 튀어나오려는 비명을 아슬아슬하게 눌렀다.

"어, 어제 일은 자세히 기억이……."

주신이 피식, 웃음을 흘렸다. 잔악하리만치 스산한 미소에 해담은 오싹 소름이 돋아 올랐다.

"기억 안 난다면서 왜 네 얼굴은 다 알고 있는 것 같은 표정일까."

해담은 머리에 정통으로 벼락이 관통한 것처럼 어지러움을 느꼈다. 아닌 게 아니라, 어젯밤의 농밀했던 그 키스가 다시 뇌를 장악하는 바람에 얼굴이 온통 시뻘겋게 달아올라 버렸으니까.

"설마, 나와 그런 키스를 나누고도 계속 형과 잘되길 바라는 건 아니겠지?"

해담은 순식간에 바닥 아래 심연 속으로 확 추락하는 것 같은 기분이었다. 어젯밤 일을 기억하고 난 뒤부터 가슴 한구석에는 파문이 일고 있었는지도 모른다.

애써 덮어 두고 있었던 것뿐.

주신의 말이 맞았다. 실수든 착각이든 주신과 그런 키스를 나눈 주제에 어떻게 형인 유신과 남녀 사이로 발전하길 기대할 수 있단 말인가.

정해진 운명이니, 진서의 존재니 하는 걸 떠나서, 이제 유신과의 미래를 꿈꾸는 것조차가 막장이었다.

하지만, 막상 주신의 입을 통해 확인 사실까지 당하니 심장이 갈가리 찢기듯 처참한 심정이었다.

"걱정 마. 막장 드라마 찍고 싶은 생각 없으니까."

가까스로 그렇게 내뱉고서 해담은 노려보듯 주신을 바라보았다.

"그리고 너도 아니야."

"왜."

"왜라니. 몇 번이나 말해?"

"아니."

주신은 미미하게 한숨을 흘리고서 이내 덧붙였다.

"형이, 최유신이 왜 좋은 건데. 좋은데 이유 없다는 거 말고."

해담은 팔짱을 낀 채 눈을 가늘게 떴다. 이제 하다하다 최주신과 이런 대화까지 나누게 될 줄이야.

"너와 반대인 모든 면이 다."

주신의 숱 많은 눈썹이 살짝 찌푸려졌다.

"네가 기준이라는 건 아니고. 유신 오빠는 무뚝뚝하지 않아서 좋아. 다정다감하고 따뜻해. 어른스럽고, 배려심도 가득해. 사귀든 결혼을 하든 한결같이 나를 감싸줄 것 같아. 유신 오빠는 봄날에 살랑살랑 부는 미풍이고, 따사로운 햇살이고, 달콤한 솜사탕이야. 그래서 좋아, 됐어?"

심히 오글거리는 찬사에 주신의 입에서 곧장 조소가 튀어나왔다.

"팬레터 쓰냐."

눈을 가늘게 뜨고서 주신을 째려본 해담은 고개를 절레절레 내저었다.

"그에 비하면 넌…… 진짜, 참, 어우. 쌍욕 튀어나올 것 같아서 차마 내 입으로는 말 안 할게. 안 해도 알지?"

주신이 내가 뭐, 하는 표정을 지었지만 해담은 계속 철벽을 쳤다.

"넌 다시 태어나도 내 스타일이 아니라서 절대 남자로 안 보이거든? 그러니까, 진서라는 그 애 때문에 억지로 나와 엮이려고 할 필요 없어. 내 결정은 변함없으니까."

완벽히 결정타를 날린 해담은 이 문제로 더 질질 끌고 싶지 않아 소파에서 몸을 일으켰다.

이쯤 했으면 주신도 충분히 기분 나빠 마음을 돌릴 것이다. 굳이 이런 말까지 들어가며 운명이니 뭐니 할 만큼 주신이 그녀에게 관심이 있는 것도 아니고.

해담은 바짝 타는 속을 달래기 위해 주방으로 걸음을 옮겼다.

"단정 짓지 마."

바로 뒤에서 들려온 주신의 음성에 놀랄 새도 없었다. 어느 틈에 다가온 주신이 해담의 팔목을 움켜쥐고서 휙 돌려세웠다.

새까맣게 번뜩이는 주신의 눈동자가 해담의 얼굴에 내쏘아졌다.

"내가 남자로 보이는 날이 오면 어쩌려고."

해담은 주신에게 붙잡힌 팔을 빼내려 애쓰며 코웃음을 쳤다.

"그런 날이 오는 거 보다, 나는 전설이다가 실사판 되는 게 훨씬 더 빠를 거 같은데?"

주신의 입술에 옅은 비웃음이 걸렸다.

"그런데 왜 내 키스는 느꼈을까."

켁! 순식간에 해담의 목덜미가 뜨끈뜨끈 달구어졌다.

"그, 그놈의 어제 일은."

"아아. 기억을 못 한다고 했지."

삐딱하니 꼬아 말한 주신이 입가에 걸린 비웃음을 싹 지웠다.

"그럼 기억나게 해줘야지."

뭐?

채 어떻게 방어 태세를 취하기도 전이었다. 주신의 한 팔이 해담의 허리를 감고 바짝 끌어당겼다. 나머지 한 손은 뒷머리 속으로 파고들어 해담을 옴짝달싹 못하게 속박했다.

너무 순식간이라 비명조차 나오지 않았다. 해담은 놀란 토끼처럼 눈을 동그랗게 뜨고서 억지로 입술을 움직였다.

"너 미쳤어? 지금 뭐 하는 거야."

"네가 기억을 못 하는 게 억울해졌거든. 제대로 확인시켜 주려고."

허리를 감고 있는 주신의 팔에 더욱 힘이 들어가자 해담은 헉, 숨을 들이켰다.

"그러지 마. 하지 마. 그러기만 해봐."

두 손이 자유로웠지만 주신에게 바짝 밀착되어 있는 상태라 해담이 고작 할 수 있는 거라곤 등을 두드리고 꼬집는 정도밖에 없었다. 그래 봤자 겉옷을 입고 있는 주신에게 아무런 충격도 주지 못했지만.

해담이 고개를 돌리지 못하게 단단히 옭아맨 주신은 천천히 고개를 숙였다. 사냥감을 서서히 궁지에 몰아넣듯.

벗어나기 위해 마구 바동대던 해담은 제 풀에 지쳐 가쁜 숨을 몰아쉬었다.

코가 맞닿을 거리에서 주신의 고개가 비스듬히 기울어졌다. 숨결이 느껴지고 서로의 입술이 맞닿을 듯 바짝 가까워진다. 주신에게서 묵직하고도 시원한 스킨 향이 해담의 코끝에 와 닿았다.

입술이 스치듯 닿으려는 찰나 해담은 눈을 질끈 감은 채 한껏 몸을 움츠렸다.

그리고 이내 차갑고도 단단한 감촉이 해담의 입술에 와 닿았다.

어?

그 느낌은 분명 주신의 입술이 아니었다. 해담은 여전히 움츠린 채로 슬그머니 눈을 떴다. 여전히 바로 코앞에서 그녀를 내려다보고 있는 주신의 얼굴이 눈에 들어왔다.

그녀의 입술에 닿아 있는 건 주신의 엄지손가락이었다.

"안 해. 강제로는."

중얼거리듯 말하는 주신의 음성이 조금 거칠어져 있었다. 주신은 살짝 벌어져 있는 작고 도톰한 입술을 가볍게 엄지로 쓸고서 해담을 놓아주었다.

쟤, 쟤 방금 뭐 한 거야?

여전히 놀라서 멍한 상태로 있던 해담은 조용한 공간에 울려 퍼지는 핸드폰 벨소리에 정신을 차렸다.

주신이 해담에게서 두어 걸음 물러선 다음 주머니에서 핸드폰을 꺼내 들었다.

"네. 어머니."

건조하게 전화를 받은 주신이 갑자기 한쪽 눈썹을 휙 올렸다.

"뭐라고요? 어쩌다, 아니, 지금 바로 들어갈게요."

통화를 끝낸 주신이 심각한 표정을 하고서 해담에게로 고개를 돌렸다.

"진서 다쳤대."

예상치 못한 소식에 해담의 동공이 사정없이 확장되었다. 어쩐지 심장이 덜컥 내려앉는 기분이었다.

"뭐? 얼마나. 많이 다친 건 아니지?"

"나도 자세한 건 몰라. 집에 가보면 알겠지."

낮게 말하고서 성큼성큼 현관으로 향하던 주신이 걸음을 뚝 멈추고서 해담에게 시선을 주었다.

"넌 안 가?"

해담은 찔끔했다가 이내 턱을 치켜들었다.

"내가 왜 가."

주신의 표정이 꽤나 서늘해졌다.

"넌."

"엄마라는 소리 할 거면 그만둬. 그 말, 정말 너무 부담스럽고 싫어."

"애가 다쳤다는데 전혀 걱정 안 돼?"

"……."

물론 걱정이 된다. 꼭 진서가 아니더라도 누군가가 다쳤다는데 안 될 리가 없다. 인정을 하고 안 하고의 문제를 떠나 본능적인 감정인 거니까.

그럼에도 해담은 마음을 다잡았다.

"나이 스물둘에, 갑자기 나타난 아홉 살짜리한테 엄마 노릇이라도 하라는 거야? 아님, 알지도 못하는 모성애, 뭐 그런 감정이라도 꺼내 보라는 거야? 난 그런 거 몰라. 못 해. 안 해."

머리가 시키는 대로 말을 하는데도 심장 한구석은 가시에 찔린 것처럼 따끔거린다.

그녀를 응시하고 있는 주신의 입매가 미묘하게 굳어졌다.

"마음대로 해. 그런데."

말을 끊은 주신은 한숨을 내쉬었다.

"그 애에 대해서 아는 사람은 너와 나, 둘뿐이야. 믿고 의지할 사람도 우리 둘밖에 없다는 뜻이고."

특유의 냉기 가득한 눈빛으로 해담을 바라본 주신이 더 미련 없다는 듯 홱 몸을 돌렸다. 어쩐지 한파가 몰아치는 것처럼 해담의 가슴이 한껏 싸해졌다.

주신이 현관 밖으로 완전히 나가자 해담은 그제야 발을 동동 굴렀다.

"어디를 얼마나 다쳤다는 거야? 많이 다쳤으면 어쩌지?"

해맑게 웃던 진서의 얼굴이 떠오르자, 그녀가 다치게 한 것도 아닌데 죄책감이 그녀를 옭아맨다. 믿고 의지할 사람이 주신과 그녀밖에 없다는 말이 뇌에서 떠나지 않는다.

"염병. 내가 미쳐, 진짜!"

평소 지선이 하던 욕설을 내뱉으며 해담은 밖으로 내달렸다. 어쩐지 가서 확인하지 않으면 밤새도록, 아니, 며칠 내내 괴로울 것만 같다.

5.

밖으로 뛰쳐나와 쾅! 대문 닫는 소리에 막, 자신의 집 대문을 열던 주신이 고개를 돌렸다. 퍼뜩 자세를 곧추세우고서 해담은 흐트러진 머리칼을 귀 뒤로 넘겼다.

"엄마 노릇, 뭐 그딴 거 하려는 거 아니니까 오해하지 마. 애가 다쳤다니까 그냥, 걱정되는 것뿐이야. 원래 옆집 강아지가 다쳐도 걱정하는 게 인지상정이잖아."

주신이 열린 대문을 그대로 두고 돌연 성큼성큼 다가왔다.

"뭐, 뭐, 왜. 왜 이쪽으로 와."

"뭐라도 걸치고 나오지."

그제야 해담은 집에서 입던 반팔 티셔츠에 추리닝 바지만 걸치고 뛰어나왔다는 걸 인지하고 확 추위를 느꼈다.

그런 해담을 응시하며 주신은 입고 있던 점퍼를 벗었다. 주신이 입고 있던 겉옷이 해담의 어깨에 걸쳐졌다. 따스한 온기와 주신에게서 나던 스킨 향이 동시에 느껴진다. 해담이 동그랗게 뜬 눈으로 바라보자 주신이 괜히 미간을 찌푸렸다.

"난 긴팔 입었거든. 누구와 다르게 치매 초기가 아니라서."

무뚝뚝하게 내뱉고서 주신이 휙 대문으로 향했다.

"저 봐, 저 봐. 하여튼 좋은 일 하고도 욕 처먹을 말만 골라 하지."

눈을 가늘게 뜨고서 주신의 뒤통수를 노려보던 해담은 이내 발걸음을 옮겼다.

해담은 주신이 현관문을 열기 직전 걸치고 있던 점퍼를 내밀었다.

"아주머니한테 괜한 오해 받기 싫어."

"……."

주신은 대꾸 없이 옷을 받아 들고 문을 열었다.

"니들이 웬일로 같이 오냐?"

영주가 막 거실로 들어서는 해담과 주신을 발견하고 번갈아 보았다.

"안녕하세요, 아주머니."

"그래. 어서 와. 둘이 같이 집에 오는 거 참 오랜만이다?"

그간 지선의 심부름이나, 양가가 함께 식사를 하는 등의 일로 해담이 수시로 방문을 하긴 했다. 하지만 사춘기 이후로 주신과 함께 온 건 처음이었다.

"요, 요 앞에서 마주쳤어요. 진서가 다쳤다고 해서요. 저도 아는 애……."

해담의 변명이 끝나기도 전에 반팔을 인식한 영주가 눈을 동그랗게 떴다.

"세상에, 너 그러고 온 거야?"

"제, 제가 열이 좀 많아서요."

"아무리 그래도 그렇지 반팔이 뭐니, 이 추위에."

영주의 눈이 홱 주신에게로 향했다.

"얘, 넌 그 점퍼 그렇게 그냥 들고 있을 거면 해담이나 좀 입혀주지 뭐 했니?"

"……."

"하여튼 내 아들이지만 인정머리라곤 병아리 눈물만큼도 없다니까? 난 저렇게 안 키웠는데 왜 저렇게 컸는지 몰라."

쏟아지는 비난의 화살을 주신이 꿋꿋이 맞고 있으니, 움찔하는 건 해담의 몫이었다.

"진서 다쳤다면서요."

주신이 주위를 둘러보며 본론으로 들어갔다.

"아이고, 내 정신."

손뼉을 짝 친 영주가 말을 이었다.

"그게, 간장이 떨어져서 진서한테 심부름을 좀 보냈거든."

"애한테 심부름을 보냈다고요?"

"아니, 내가 가려고 했지. 근데, 고 싹싹한 녀석이 굳이 자기가 갔다 오겠다잖아. 기특해서 용돈도 줄 겸 거스름돈은 가지라 그러고 보냈지. 근데, 발을 헛디뎌서 앞으로 넘어졌다지 뭐야. 한 손에는 간장 봉투를 꼭 들고 들어오는데 어찌나 마음이 짠하던지……."

속사포처럼 다다다 상황 설명을 하던 영주가 마지막에 가서야 말끝을 흐렸다.

"그래서 얼마나 다쳤는데요."

주신이 조금 딱딱하게 물었다.

"어, 그게 찰과상. 넘어지면서 손바닥이랑 팔다리가 조금 까진 것 같더라."

완전히 심각한 부상이 아니라 주신뿐 아니라 뒤에 서 있던 해담까지 안도의 한숨을 쉬었다.

"진서 어디 있어요."

"방금 막 화장실 들어갔어. 똥."

대답한 영주가 퍼뜩 말을 이었다.

"병원 가보자고 했더니 극구 안 간대서 일단 연고만 발라주긴 했거든? 화장실에서 나오거든 네가 한 번 가자고 해 봐. 지금이야 잘 움직이는 것 같기는 한데 그래도 신경이 쓰여. 괜히 애 잘 봐주고 욕먹을까 봐 걱정도 되고."

"그러게 저한테 사 오라고 전화를 하시지, 왜 애한테."

막 저도 모르게 목소리를 올리려던 주신은 뒤에 서 있던 해담이 급하게 손을 잡아 저지하는 바람에 브레이크를 걸었다.

하지만, 이미 영주의 눈과 입은 커다랗게 벌어져 있는 상태였다.

"너, 너, 지금 엄마한테 소리 지르려고 그랬지?"

"……."

마음에 없거나, 눈에 보일 정도의 뻔한 거짓말하는 성격이 아니라 주신은 입을 꾹 다물었다.

"어머, 얘 좀 봐. 아무리 엄마가 어린애한테 심부름을 보내서 이 사달을 냈다고 해도, 네가 이러면 안 되지. 엄마, 진짜 너무너무 섭섭해지려고 그런다?"

"……."

"세상에. 친구 동생한테도 이러는데, 나중에 지 자식 봐주다가 어디 흠이라도 냈다가는 아주 그냥 모자 인연 끊자고 하겠다?"

잔뜩 억울한 영주의 한탄에 해담은 속으로 쯧쯧 혀끝을 찼다.

하여튼 최주신, 무뚝뚝하고 융통성 없는 건 우주 최강이라니까? 그냥 죄송하다는 한 마디면 되는데.

분위기가 시베리아 벌판처럼 급격히 냉랭해졌다. 작게 절레절레 고개를 저은 해담이 앞으로 나섰다.

"근데, 아주머니는 많이 안 놀라셨어요?"

"왜 안 놀라. 애가 손바닥에 피를 묻히고 들어오는 순간 심장 떨어지는 줄 알았는데."

해담은 순간, 그 자리에 있지도 않았으면서 뒷머리가 비쭉 일어서는 기분이었다.

"진짜 놀라셨겠어요. 청심환은 드셨어요? 없으면 제가 퍼뜩 가서 사올게요."

"얘, 그 정도로 무슨 청심환은. 너 그러고 밖으로 나가는 거 보는 게 더 심장 멎을 것 같은데?"

"그럼, 따끈한 차라도 드실래요? 어디 있는지 말씀해 주시면 제가 바로 타 드릴게요."

영주가 그제야 누그러진 표정으로 부드럽게 해담을 바라보았다.

"너네 엄마는 좋겠다. 너같이 말 잘 통하는 딸이 있어서."

"우리 엄마한테 제발 좀 그렇게 말씀해 주세요. 맨날 욕설에 구박만 하신다니까요?"

"그거야, 네 엄마 스타일이잖니. 나도 딸이나 하나 더 보는 건데."

"그러니까요. 아들이 무슨 소용이에요. 무뚝뚝한 아들 붙잡고 푸념을 할 수가 있어요, 같이 목욕탕 가서 등을 밀어달라고 할 수가 있어요? 뼈 빠지게 키워 놔 봤자 저 혼자 큰 줄 알죠."

영주가 쿡쿡 웃음을 터트렸다.

"얘, 누가 보면 너 아들 셋은 키워 본 줄 알겠다."

"아우, 전 무조건 딸만 낳을 거예요."

주신 들으라고 일부러 해담은 못 박듯 말했다.

"요즘. 아들 잘 키워 봤자 며느리 좋은 일 시킨다고 그러잖아요. 전 무조건 딸이에요."

"그게 마음대로 되니? 그리고 얘, 나 그 정도로 못된 마인드를 가진 시어머니는 안 될 거야. 며느리 좋은 일 시키는 것도 좋지, 뭐."

갑자기 영주가 해담의 손을 붙잡았다.

"그런 의미에서 너 내 며느리 할래? 둘 중 하나 골라잡으면 안 될까? 네가 며느리 한다 그러면 내가 해달라는 거 다 해줄 텐데."

"아뇨! 완전 싫은데요?"

저도 모르게 너무 곧장 진심이 튀어나가 버렸다.

"아줌마가 갑자기 기분이 좀 나빠지려고 그런다?"

"그건 제가 드릴 말씀인데요? 저한테 최주신을 떠넘기시려고요? 재를요?"

"음, 생각해 보니 그러네. 내 아들이지만 너무 냉하지. 평생 이벤트는커녕 달콤한 말 한마디조차 꿈도 못 꿀 거야, 그치?"

마치 주신은 이 자리에 없는 듯 해담과 영주는 대화를 이어 나갔다.

"그럼, 유신이 쪽은 어때? 그쪽은 좀 낫지 않겠니?"

크흡. 며칠 전이었으면 닥치고 받았을 텐데.

"그것도 좀. 저 아직 스물둘인데 아저씨를 붙이시게요? 덤핑 처리는 사양하겠습니다요."

흑흑. 오빠, 미안해요! 해담은 눈물을 삼키며 유신을 아저씨 반열에 올렸다.

"그것도 그러네. 열 살 가까이 나이 차가 나는구나. 속상하네."

"그냥, 저 같은 딸을 하나 더 보심이. 지금이라도 아저씨와 열심히 노력하시면 아직 가능하실 거예요. 파이팅."

"뭐, 얘가."

영주가 소녀처럼 얼굴을 붉히자 해담은 킥킥, 장난기 가득한 웃음을 터트렸다.

그런 해담을 물끄러미 응시하고 있는 주신의 심장이 겉보기와 다르게 빠르게 요동쳐 댔다.

사춘기 시절, 왜 그토록 해담에게만 눈이 갔었는지, 왜 해담이 자신의 첫사랑일 수밖에 없었는지 이제야 알 것 같았다.

해담만의 밝음과 맑음 그리고 저 가식 없는 예쁜 웃음이 그를 무장 해제시키고 열에 들뜨게 만들었다. 사춘기 시절의 그때보다 훨씬 더 주신의 가슴이 뜨겁게 달구어졌다.

그때였다. 벌컥 화장실 문이 열리며 진서가 나온 것은.

해담과 주신을 함께 마주한 반가움에 진서의 얼굴이 활짝 펴졌다.

"엄!"

엄마라고 하지 마! 그렇게 부르기만 해봐!

해담이 마구 눈을 깜빡여 보이자 진서가 움찔했다. 아주 찰나 동안 똘망똘망한 눈동자를 굴린 진서가 조심스레 입을 열었다.

"누님?"

어색하기 그지없는 호칭에, 해담은 요상한 표정으로 웃고 말았다.

해담은 주신의 방을 눈으로 가볍게 훑었다. 실로 오랜만에 온 주신의 방은 어렸을 때와 그다지 달라진 게 없었다. 침대나 책상 등의 가구만 교체되어 있을 뿐, 구조는 그대로였다.

주신은 진서를 의자에 앉힌 채 상처 부위에 습윤밴드를 붙이는 중이었다. 해담은 입구에 팔짱을 낀 채 서 있었고.

"밴드 붙인 곳 말고 또 아픈 데는 없어?"

"네. 괜찮아요."

"움직이기 불편한 곳은."

진서가 손목과 팔목, 무릎 등을 움직여 보였다.

"잘 움직여져요."

주신이 돌연 미간을 구기고서 진서를 응시했다.

"넘어지지 않게 조심히 다녀야 할 거 아냐."

"네. 조심할게요."

툭 내뱉는 말투와 달리 주신은 이리저리 진서의 몸을 더 살폈다.

해담은 주신을 물끄러미 응시했다. 투덜거리면서도 은근히 챙길 건 다 챙기는 게 조금 의외긴 했다.

'최주신한테 저런 면도 있네. 뭐, 나쁜 아빠는 안 되겠네.'

문득, 주신이 왜 정해진 대로 가겠다 선언을 한 건지 알 것도 같았다.

유전자 검사 결과에, 자신과 꼭 빼다 박은 붕어빵에, 며칠 데리고 있다 보니 정까지 확 들었고.

'아무리 무뚝뚝하고 냉한 성격이라도 피는 물보다 진하다는 진리 앞에서는 어쩔 수 없는 모양이네.'

진서의 팔을 걷어 본 주신이 의아한 표정을 지었다.

"이 상처는 뭐야? 오늘 그런 것 같지는 않은데."

팔목 안쪽에서부터 팔뚝 중앙까지 붉게 쭉 일직선으로 그어진 것 같은 모양이었다.

자신의 팔을 본 진서가 어깨를 으쓱해 보였다.

"저도 잘 모르겠어요. 여기 와서 긁힌 것 같은데, 언제 그랬는지는 몰라요."

주신이 쯧쯧, 혀끝을 찼다.

"덜렁거리는 게 딱 누구 같네."

순간, 발끈하려던 해담은 참을 인자를 되뇌었다. 여기서 반응하면 스스로가 엄마라는 것을 인정하는 꼴밖에 안 되는 거니까.

"얘."

해담의 부름에 진서가 맑은 눈을 마주쳐 왔다.

"진서요."

자신을 각인시키려는 듯한 느낌에 해담은 살짝 이마를 찌푸렸다.

"그래. 진서. 너, 여기는 어떻게, 왜 온 건지 이제는 말해 줄 수도 있지 않아?"

"음. 엄마, 혹시 영화 많이 보셨어요?"

윽, 또. 갑자기 영화 타령은 뭐야.

"그냥, 저냥. 왜?"

"시간 여행하는 영화들은요?"

"시간 여행?"

가만히 곱씹던 해담은 눈을 동그랗게 떴다.

"설마, 네가 그런 능력을 가졌다는 거야?"

진서는 아이답지 않게 덤덤한 표정으로 고개를 끄덕여 보였다.

"헐. 대박."

하긴. 몇 백 년 뒤에서 온 것도 아닌데 타임머신보다는 신비한 능력이 더 설득력 있기는 했다. 그럼에도 눈앞에 기묘한 능력을 가진 아이를 보고 있다는 게 실감이 나지 않는다.

그것도 미래의 내 아들…….

안 돼. 정신 차려, 이해담. 갑자기 나타난 애 하나 때문에 미래를 통째로 망칠 셈이야?

유신은 이미 물 건너갔더라도, 적어도 사랑하는 사람과의 행복한 미래를 꿈꾸고 싶었다. 억지로, 울며 겨자 먹기로 맺어지는 불행한 앞날이 아니라.

"그럼, 여기는 왜 온 거야? 뭔가 이유가 있어서 온 거 맞지? 과거로 와서 뭔가를 바꾸려거나 뭐, 그러려고 온 거야?"

갑자기 진서가 피식, 웃음을 흘렸다.

"엄마, 진짜 그런 영화 많이 보셨나 봐요."

"뭐, 뭐?"

"저 같은 어린애가 어떻게 그런 대단한 일을 할 수가 있겠어요? 엄마 아빠의 대학생 시절을 보고 싶다고 생각하니까 여기로 오게 된 것뿐이에요."

진서가 너무도 천진한 얼굴로 가볍게 대답했다.

"헐. 생각만 하면 여기저기 막 다닐 수 있다는 뜻이야?"

"설마요. 될 때보다 안 될 때가 훨씬훨씬 더 많아요. 마음먹은 대로 다 되면 제가 위대한 초능력자게요?"

위대한지는 모르겠지만, 너, 초능력자 맞거든?

어쩐지 이 꼬맹이에게 휘둘리는 것 같은 느낌은 그저, 기분 탓이겠지.

"그럼, 왔으니까 갈 수도 있는 거지?"

"네. 그렇죠."

"언제 가는데?"

사실은 제일 궁금하던 거였다.

주신이 잘못된 결정을 내리게 된 이유가 진서 때문이니, 이 아이만 눈앞에서 사라져도 언제 그랬냐 싶게 다시 방향을 잡을 것이다. 그래서 그다지 오고 싶지 않던 주신의 방까지 따라올라 온 거고.

"제가 언제 가냐고요?"

"어, 응."

"제가 언제 가냐면요."

해담은 마른침을 꿀꺽 삼켰다.

"몰라요. 저도."

또다시 아주 천진한 표정으로 진서가 대꾸했다. 해담은 욕설이 튀어나오려 하자 급히 흡, 숨을 들이켰다.

이 자식, 지금 분명 나 농락하고 있는 거야. 저 해맑은 얼굴로!

"아니, 너 있던 곳에서, 가족들이 막 찾고 있으면 어쩌려고 이렇게 천하태평이야?"

"어차피 제가 있던 곳 기준에서 여기는 지나간 과거일 뿐이라, 돌아가면 1분도 안 지나 있으니 상관없는데요?"

맙소사. 그러니까, 얼마든지 여기서 비비다 돌아가도 아무 상관이 없다는 뜻이다.
갑자기 해담의 뇌리에 불길한 생각이 스쳐 지나갔다. 저 해맑은 얼굴로 양가의 어른들을 다 휘어잡은 뒤, 제가 미래에서 온 당신들 손잡니다! 하고 빵, 터트리면 온 가족이 합세해서 주신과 그녀를 결혼시키기 위해 혈안이 될 거라는 그런 시나리오가.
'안 돼! 절대!'
해담은 이마에 한 손을 턱 얹은 채 마음을 가다듬었다.
'그래. 독립, 최대한 빨리, 멀리 독립을 하는 거야. 남자친구도 만들고. 그러면 여기서 비비든 어른들을 휘어잡든 무슨 상관이야.'
미래는 얼마든지 스스로의 힘으로 바꿀 수 있으니까. 그나마 다행인 건 진서가 주신 판박이지, 그녀와는 거의 닮은 구석이 없다는 거다. 만약 그녀와 닮은 곳이 있었더라면, 그녀 역시 마음이 조금 흔들렸을지도 모른다.
"진짜, 다행이지. 저 꼬맹이가 나랑은 닮은 데가 없어서."
한숨처럼 생각이 입 밖으로 튀어나가고 말았다. 주신과 진서의 시선이 동시에 그녀에게로 꽂혔다.
"아니, 그게."
"저 엄마랑 꼭 닮은 데 있어요."
해담이 뭐라 변명을 늘어놓기도 전에 진서가 말을 받았다. 그러고서 신고 있던 양말 한쪽을 벗었다.
"보세요. 엄마랑 똑같죠?"
어린아이다운 작은 발이 드러나자 해담은 입술을 턱 열었다.
와, 완전 똑같다!
그녀는 엄지발가락이 남들보다 유달리 길어서 전체적으로 못생겨 보였다. 긴 엄지발가락 때문에 늘 신발은 한 치수 이상 크게 사야 했다. 진서가 까딱까딱, 꼼지락꼼지락 발가락을 움직여 보였다.

발가락을 바라보는 주신의 입매가 비웃듯 비스듬히 올라가 있자 해담은 팍 인상을 써 보였다.

"무슨! 난 그 정도로 길지는 않거든?"

갑자기 없던 발 콤플렉스가 생길 것만 같았다. 아니, 늘 아닌 척했지만, 사실은 이미 콤플렉스로 여기고 있던 모양이었다. 이렇게 열이 확 오를 정도로 민망한 걸 보면.

"그리고 제 성격도 엄마 어렸을 때랑 똑같다는 말 많이 들었어요. 아빠는 저랑 완전히 다르셨다고 하셨어요."

하긴. 최주신은 어릴 때부터 애답지 않게 싸늘하다는 말 많이 들었으니까.

"나, 갈 거야."

해담은 몸을 돌렸다. 여기 더 있다가는 이상하게 저 녀석에게 홀릴 것만 같다. 문고리를 잡는데 훌쩍 다가온 주신이 그녀의 팔목을 낚아챘다.

"잠깐만."

해담이 고개를 돌려 째려보듯 바라보자 주신이 점퍼를 내밀었다.

"이거 입고 가."

밖에서 주신이 어깨에 걸쳐 주었던 그 점퍼였다.

"됐어. 엎어지면 코 닿는 덴데."

해담이 손을 빼려 하자 주신은 더욱 꽉 손목을 움켜쥐었다.

"말 들어. 감기 걸려서 골골대지 말고."

"언제부터 내 걱정을 했다고 이러실까?"

"네 걱정은 무슨. 어머니한테 그냥 보냈다고 또 한소리 들을까 봐 그래."

툭 내뱉고서 주신은 잡고 있던 해담의 손을 점퍼의 한쪽 소매에 밀어 넣었다. 여전히 문고리를 잡고 있는 다른 손마저 떼어내 나머지 소매에 꿰었다. 마지막으로 지퍼를 목까지 쭈욱 올린 다음, 주신은 해담의 어깨를 붙잡고서 휙 돌려세웠다.

"가. 이제."

어이없는 표정을 짓던 해담은 그가 떠밀다시피 하는 바람에 옷을 입은 채 방을 나올 수밖에 없었다. 등 뒤로 문이 닫히자 해담은 이마를 긁적였다.

"내가 간다 그랬는데 쫓겨나는 것 같은 이 더러운 기분은 뭐야."

헐렁하다 못해 폭 감싸인 채 굴러다닐 것 같은 자신의 모습을 이리저리 본 다음에야 그녀는 아래층으로 향했다.

"그냥 최주신만 닮지, 나는 왜. 아니, 하필 못생긴 발가락이 뭐야."

어쩐지 기분이 더더욱 복잡해졌다.

해담이 완전히 아래층으로 내려간 듯 방 밖이 조용해지자 진서가 휴, 한숨을 내쉬었다. 진서는 조금 걱정스러운 얼굴로 주신과 눈을 마주쳤다.

"저 방금, 엄마한테 너무 건방지게 굴지 않았어요?"

"……."

주신은 대꾸 대신 물끄러미 진서를 응시했다.

"왜, 왜 그렇게 보세요?"

"너, 정말 네가 언제 돌아가는지 몰라?"

진서는 마른침을 꿀꺽 삼켰다.

"네, 네. 정말 언제 돌아가는지는 확실히 몰라요."

"그럼?"

"그, 그냥. 돌아갈 때가 되면 느껴져요."

"그냥 느껴진다고?"

"네, 그게 네."

"그 느낌이 뭔데."

"어, 음. 두 분이 좋아하게 되신다거나."

주신의 집요한 물음에 그렇게 대답하던 진서가 이내 합, 입을 닫았다가 퍼뜩 뱉었다.

"아니, 아니에요. 그게, 저도 확실히는 잘……."

"됐어."

잠시 묘한 시선으로 진서를 바라보던 주신은 더 묻지 않고 작은 어깨를 툭툭 다독였다.

"언제든 네가 가고 싶을 때 가."

♥

"학원 등록은 했어?"

이른 아침 식사 시간, 지선의 기습 질문에 젓가락을 움직이던 해담의 손이 움찔 멈추었다.

"네, 니오."

지선이 혀끝을 쯧쯧 찼다.

"하긴. 술 처먹고 한밤중에 업혀 다닐 시간은 있어도 학원 다닐 시간은 없지?"

"제가 알아서 할게요."

"곧 3학년이야. 금세 졸업반 되고. 남들보다 늦게 대학 들어갔으면 더 열심히 해야 할 거 아냐."

지선의 잔소리에 묵묵히 밥을 먹던 형진이 끼어들었다.

"그만해요. 애 밥 먹다가 체하겠어요. 고3 올라가는 것도 아니고 대학생인데 너무 그러지 말아요."

"요즘 대학생들이 얼마나 치열하게 스펙 관리하는 줄 알아요? 그렇게 안 하면 제대로 된 회사에 취직이라도 할 수 있을 것 같아요? 다른 애들 등록금 걱정으로 알바하러 다닐 시간에 공부하라는 게 뭐 심한 말이라고 체해요?"

지선의 입바른 소리야 늘 듣는 거지만 오늘따라 유달리 거북했다. 그래서

인지 집안에서는 금기된 말이 튀어나가고 말았다.

"엄마는 내 나이쯤 임신해서 결혼하서 놓고 너무 나만 잡는 거 아니에요?"

"쿨럭!"

형진이 사레가 들려 다급히 물을 들이켜서야 해담은 아차, 싶었다.

흘끔 눈동자를 돌리자 지선이 숟가락을 찌부러뜨릴 정도로 꽉 쥐고서 파르르 떨었다. 눈에서 레이저광선이 쏘아져 나올 것만 같은 무시무시한 기운에 해담은 퍼뜩 저자세로 나갔다.

"알았어요. 오늘 당장 등록하러 갈게요. 등록하고 인증샷 바로 보내면 되죠? 죽도록 공부만 할게요."

확실한 다짐에 지선이 겨우 기운을 누그러뜨렸다.

"다 너 잘되라고 이러는 거야. 네가 주신이처럼 시키지 않아도 알아서 하면 내가……."

"여기서 최주신 얘기가 왜 나와요?"

가뜩이나 여러모로 기분이 복잡해서 미칠 것 같은데 또 주신과 비교가 시작되자 해담의 음성이 곧장 높아졌다.

"아니, 이 기집애가 어디서 소리를 질러?"

"최주신이랑 비교 좀 안 하면 안 돼요? 엄마 그럴 때마다 정말 마녀 같은 거 알아요?"

"뭐, 뭐? 마녀?"

"엄마가 뻑하면 비교하니까 내가 최주신이라면 경기가 일어나고, 엮이기도 싫을 정도로 거부감이 드는 거잖아요."

"그래요. 당신 한 번씩 너무 심해요. 어떨 때 보면 당신이 주신이 낳은 게 아닌가 싶을 정도라고요."

형진까지 거들자 지선은 더 말하지 않고 입을 닫았다.

전세역전. 이 순간 슬쩍 독립 의사를 밝혀 볼까 하다가 해담은 입 안으로 쑥 밀어 넣었다. 지금은 아니었다.

일단, 학원 등록을 하고 며칠 동안 열심히 하는 모습을 보인 다음에 해야 씨알은 먹힐 테니까.

♥

"누님."

"으악!"

외출 준비를 마치고 밖으로 나온 해담은 바로 옆에서 들리는 소리에 비명을 질렀다. 깜짝 놀란 해담과 달리 진서는 하얀 얼굴에 미소를 가득 담고 있었다.

"얘, 너 사람 놀래킬래?"

벌렁거리는 가슴을 진정시키는 사이 진서가 바짝 다가왔다.

"누님, 어디 가세요?"

엄마도 싫지만, 이 누님이라는 말 역시 적응 안 되기는 매한가지다.

"어. 내가 무지무지 바빠서."

해담이 매정하게 시선을 삭 거두려 하자 진서가 퍼뜩 양손을 내밀어 보였다.

"이거요."

공손히 모아 내밀어진 손에는 빨간색 봉투가 들려 있었다.

"내일이 크리스마스잖아요. 그래서 제가 만들었어요."

맞다. 오늘이 크리스마스 이브고, 내일이 크리스마스지? 며칠 동안 하도 놀랄 일을 많이 겪다 보니 완전히 망각하고 있었다.

"고맙긴 한데, 나, 나, 그런 거 안 좋아하거든?"

애써 매몰차게 말하는데 심장이 따끔거린다. 설마, 이럴 줄은 몰랐던 듯 진서의 동공이 한껏 확장되었다.

"내가 바빠서."

해담은 진서를 지나쳐 저벅저벅 걷기 시작했다.

이해담. 크리스마스라고 애가 카드 한 장 주는데, 그것까지 외면할 필요는 없잖아?

아니야. 잘했어. 언제 갈지도 모르는 애한테 감정 휘둘리면 안 돼. 이런 식으로 자꾸 다가오면 어떡해? 잘한 거라고. 절대 뒤돌아보지 말자. 절대.

그렇게 되뇌는데 갑자기 얼음장 같은 차가운 감촉이 그녀의 손을 움켜쥐었다. 화들짝 놀라 돌아보자 언제 따라왔는지 진서가 그녀의 손을 붙잡고 있었다. 진서가 따라온 것보다 손이 너무 차서 경악할 지경이었다.

"너, 손이 왜 이렇게 차가운 건데?"

"아. 나오시면 드리려고 기다렸거든요. 조금밖에 안 기다렸어요."

그러면서 해담의 손에 카드를 꼭 쥐어 주었다.

"조심히 다녀오세요!"

여전히 씩씩하게 외친 진서는 후다닥 달려 집 안으로 자취를 감추었다.

"……."

해담은 멍하니 손에 쥐어진 카드를 응시하다 한숨을 푹 흘렸다.

"미치겠네, 진짜. 완전 나쁜 년 된 기분이잖아."

씁쓸한 얼굴로 카드를 가방에 밀어 넣고서 해담은 터덜터덜 발을 움직였다.

♥

잔잔한 음악이 흘러나오는 커피숍. 창가 자리에 누구나 한 번쯤은 돌아볼 만큼 훌륭한 외모의 남자가 이어폰을 낀 채 핸드폰을 바라보고 있었다.

자신에게로 흘끔흘끔 쏠리는 걸들의 시선들을 무심한 척 흠뻑 즐기며.

잘생겼다는 감탄사 역시 이어폰을 꽂고 있음에도 아주 잘 들려 왔다. 이어폰은 그저 단순히 꽂고만 있을 뿐, 아무 소리도 흘러나오지 않는 상태였으니까.

"야, 야. 창가에 앉아 있는 저 남자 진짜 잘생겼지 않아? 혹시 신인배우 뭐, 그런 거 아냐?"

"내가 슬쩍 볼게. 언냐가 어지간한 연예인들은 다 꿰고 있잖냐."

방금 막 커피숍에 자리를 잡고 앉은 여자들의 대화가 들려 왔다. 얼마 전 군대를 제대하고 민간인이 된 민혁은 이런 관심이 너무도 좋았다.

"어? 나 저 사람 아는데?"

"정말? 니가 어떻게 알아?"

"저 사람 나랑 같은 고등학교 출신이야. 두 해 선배고."

"헐. 정말?"

"어. 확실해. 나 1학년 때 우리 학교에서 완전 얼짱으로 유명했었어."

"와. 대박. 그럼, 가서 인사 한 번 해보면 안 돼?"

민혁은 입술 끝이 점점 올라가려는 걸 겨우 억눌렀다. 후배랍시고 인사라도 해오면 다정하게 받아줄 정도의 의향은 있었다.

"싫어. 저 선배, 얼짱보다 더 유명한 수식어가 있어. 그리고 진짜 대단한 얼짱은 따로 있었어."

올라가던 민혁의 입술 끝이 미미하게 굳어졌다.

더 하지 마. 거기까지 하라고.

하지만 민혁의 속내와 이어폰이 조용한 걸 알 리 없는 여자는 그 이름을 입에 담고야 말았다.

"최주신 선배라고, 저 선배는 그 선배한테 외모로는 비비지도 못해."

썅. 진짜. 하지 말라니까.

"헐. 그렇게 미모가 뛰어나?"

"어. 그래서 인기투표 같은 거 하면, 저 선배는 그 선배한테 늘 개처발렸었어."

민혁은 눈동자를 매섭게 빛내며 벌떡 몸을 일으켰다. 그는 마치 런웨이 모델처럼 긴 다리를 움직여 그 테이블로 향했다.

민혁이 테이블 앞에 위협적으로 멈추어 서자 여자들이 화들짝 놀라 입을 닫았다. 민혁은 안절부절못하는 여자들을 쓱 눈으로 훑어 내리고서 비웃음을 걸었다.

"하. 어디서."

저음의 목소리가 울려 퍼졌다.

"씹다 뱉은 껌같이 생긴 것들이 내 얼굴 평가질을 하고 앉았네."

"뭐, 뭐라고요? 말이 너무 심한 거 아니에요?"

후배가 퍼뜩 테이블 밑으로 친구의 신발을 밟고 고개를 내저으며 저지했다.

"심한 건 니들 얼굴이고요. 그 코, 그 입, 완전 개족같이들 생겼네. 야, 내 발가락이 니들보다는 억만 배는 더 예쁘게 생겼겠다. 내가 니들처럼 생겼으면 시바, 자살했을 거다. 그 얼굴을 들고 어떻게 거리를 다니냐? 사람들 눈 썩는 건 생각 안 해?"

여자가 입을 턱 벌린 채 기가 막혀 부들부들 거리자 민혁은 한 마디를 더 던졌다.

"돈 많이 벌어서 꼭 성형해. 못 그러겠으면 자살 강추한다. 오케이?"

서늘하게 여자들을 내려다본 민혁은 휙 몸을 돌렸다.

"아, 시바. 저것들 때문에 기분 다 잡쳤네. 쯧."

카운터로 가 계산을 한 민혁은 코트 자락을 휘날리며 커피숍을 나갔다.

그가 완전히 사라지자 여자가 바르르 떨며 외쳤다.

"뭐, 뭐 저런 미친놈이 다 있어?"

후배라는 여자가 고개를 절레절레 흔들며 한숨을 내쉬었다.

"저 새끼, 얼짱보다 더 유명한 수식어가 개똘추야, 개똘추. 미친 다혈질로 유명했거든."

"기막혀, 진짜. 나 막 손 떨리는 것 봐. 저 인간, 길 가다가 누구한테 시비 털다 죽도록 얻어맞았으면 좋겠다."

"싸움도 잘해. 운동신경 작살이거든. 근데, 그것도 최주신 선배한테는 안 돼. 그래서 최주신 선배한테 엄청난 열등감 느낀대. 주변 사람들은 다 아는데 혼자 아닌 척, 쿨한 척하느라 친구 관계 유지하고 있대. 큭큭."

"헐. 정말? 그 최주신 선배라는 사람 한 번 봤으면 좋겠다."

그렇게 주신이 의문의 몇 승을 챙기는 그 순간,

커피숍 밖으로 나온 민혁은 앞에서 휴대폰만 바라보고 걸어오던 한 여자와 사정없이 부딪치고 말았다.

"진짜. 오늘 일진 왜 이따위야."

"아, 정말 죄송합니다. 제가 뭘 좀 하느라 미처 못……."

허리를 굽실거린 여자가 막 고개를 들고 민혁을 보는 순간 눈을 동그랗게 떴다.

"……설민혁?"

민혁 역시 여자의 얼굴을 확인하고 동공을 확장시켰다.

"이해담?"

해담의 이름을 입 밖으로 내뱉는 순간이었다.

짝! 하는 찰진 소리가 울려 퍼졌다. 해담이 아주 야무지게 민혁의 따귀를 올려붙인 것이다.

커피숍 안 여인의 저주가 아주 살짝 통한 듯.

6.

“괜찮아?”

“…….”

“아직 많이 아파?”

“…….”

민혁은 팔짱을 끼고 다리를 꼰 채, 마주앉은 해담을 한동안 뚫어져라 응시했다. 전혀 미안함이 없는 해담의 표정에 민혁은 미간을 팍 구겼다.

“장난해? 겨우 너한테 싸다구 한 대 맞은 게 아파서 이러는 걸로 보이냐?”

“알아. 쪽팔려서 그런다는 거. 그래서 건너편 커피숍까지 온 거잖아.”

해담이 어깨를 으쓱하며 여전히 태연하게 대꾸했다. 기막힌 웃음을 흘린 민혁이 다시 미간을 구겼다.

“너, 여자라서 산 줄이나 알아. 확, 씨.”

“내 이름 팔아먹을 때는 여자라서 좋았지?”

해담이 커피를 한 모금 마시고서 훅, 치고 들어오자 민혁은 쓰윽 이마를 쓸어 올렸다.

“그건, 뭐. 미안하게 됐다. 선임 새끼가 워낙 악질이라서 말이지.”

"너 군 생활 편하자고 친구를 팔아먹어? 장장 6개월 동안 빽하면 전화 와서 껄렁한 소리만 날려대는데, 쌍욕 나오는 거 혹시 너 맞아 죽을까 봐 겨우 참았거든?"

"알아."

"아는데, 휴가는커녕 제대해 놓고 코빼기도 안 비쳐?"

"마주치면 네가 이럴 거 뻔한데 뭐 하러."

"촛대까지 까버릴걸."

"사람 하나 살린 셈 쳐."

"그냥 쌍욕 날리고 맞아 죽게 두는 건데."

민혁의 입술 끝이 슬쩍 위로 올라갔다.

"아니. 나 말고 그 선임 새끼."

"뭐래."

"계속 나한테 개지랄 떨었으면 죽여 버리려고 했거든."

"그럼, 네가 더 고마워해야지. 내 덕분에 살인자 안 된 거니까."

해담이 눈 하나 깜짝 않고 응수하자, 민혁은 슬쩍 이맛살을 구겼다.

"한 마디도 안 지는 이해담 성격 여전하네."

"뭐든 네 위주로 생각하는 너도 여전하고."

냉하니 말한 해담은 김이 모락모락 나는 커피 잔을 입으로 가져갔다.

민혁은 주신과 마찬가지로 같은 동네에, 같은 초중고를 다닌 친구 사이였다. 사춘기 이후 사이가 완전히 멀어진 주신과 달리 민혁과는 그럭저럭 친구 관계를 유지하고 있었다. 민혁을 마지막으로 본 게 군대 가기 전이었으니, 이렇게 마주한 건 거의 2년 만이었다.

"아까 거긴 무슨 일로 왔냐?"

민혁이 물었다.

"3층 영어 학원에 등록했어. 엄마한테 인증샷 보내다가 너랑 부딪친 거고."

"야. 고등학생도 아니고 아직도 그런 걸 일일이 다 확인시켜 드리냐."

내 말이. 해담은 작게 한숨을 흘렸다. 어쩐지 지선에 대한 불만이 터져 나올 것 같아 화제를 돌렸다.

"넌 무슨 일인데?"

"5층 베이킹 학원 등록하고 차 한 잔 마셨지."

"베이킹 배우게?"

"어. 방학 동안 배우려고. 뭐, 가끔 맛은 보여줄게."

"그러시든가요."

심드렁히 대답하는 해담을 물끄러미 응시하던 민혁이 이내 의자를 뒤로 뺐다.

"다 마셨으면 이만 일어나자."

"어."

"집으로 갈 거야?"

"어."

"그럼, 내가 태워줄게. 나도 어차피 볼일 끝났거든."

해담이 한쪽 눈썹을 세웠다.

"뭐, 어머니 차라도 끌고 온 거야?"

"아니, 내 거."

입대 전에는 없었는데. 그 사이 차 한 대 뽑았나? 뭐, 워낙 있는 집에, 귀하디귀한 늦둥이 막내아들이니 민혁의 부모님이 덜컥 사줬대도 위화감은 없었다.

"그래, 그럼."

고개를 끄덕인 해담은 가방을 메고서 몸을 일으켰다. 육 개월을 이상한 전화 받아주느라 개고생했는데 백 번쯤은 더 얻어 타야 직성이 풀릴 듯했다.

계산을 하고 민혁을 따라 다시 길 건너 학원 건물로 온 해담은 뭔가 기분이 싸했다.

주차장으로 들어선 민혁이 커다란 바이크 앞에 딱 서는 바람에 해담은 경악스러운 표정을 지었다.

"설마, 네 거라는 게 그거야?"

"어."

아무렇지도 않게 대답한 민혁이 바이크의 탑박스 안에서 헬멧을 꺼내 해담에게 내밀었다.

"이 추위에 그걸 타고 가느니 집까지 걸어가겠다. 잘 가."

해담이 슬금슬금 내빼려 하자 민혁은 그녀의 팔목을 붙잡았다.

"이거 히터 기능 있는 거라 안 추워."

"바이크에 히터 기능이 있다고?"

"어. 하나도 안 추워. 타도 돼."

민혁이 눈앞에 헬멧을 들이미는 통에 해담은 얼떨결에 받아들었다.

"안 그럼 이 겨울에 뭐 하러 이걸 타고 다니냐."

민혁이 한 번 더 쐐기를 박았지만 해담은 고민할 수밖에 없었다. 태어나서 지금까지 단 한 번도 바이크를 타 본 적이 없었으니까.

갈등하는 사이 민혁이 코트를 벗고서, 탑박스 안에 있는 두툼한 바람막이 점퍼로 갈아입었다.

"라, 라이더냐? 안 춥다면서 넌 왜 그렇게 두꺼운 걸로 갈아입는데?"

"난 앞에서 바람 맞잖아. 넌 뒤에서 안 맞고."

"아."

바이크에 대해 완전 문외한인 해담은 금세 수긍을 했다. 코트를 탑박스에 넣은 민혁이 바이크 핸들 쪽에 두었던 헬멧을 덮어썼다.

정말, 그는 라이더 같았다.

"헬멧은 항상 여분으로 가지고 다니나 봐?"

"당연하지. 언제 누구를 태울지 모르는데."

너무도 당당하게 말한 민혁이 긴 다리를 이용해 바이크에 턱하니 앉았다.

두두두두두. 이내 시동이 걸리고, 해담이 거의 들어본 적 없는 무거운 엔진음이 울려 퍼졌다.

"야, 타."

잠깐 동안의 고민을 끝낸 해담은 헬멧을 쓰고서 뒷자리에 올라앉았다. 히터 기능이 된다니 바이크도 한 번쯤은 나쁘지 않을 것 같았다.

"꽉 잡아."

슬그머니 민혁의 점퍼를 붙잡던 해담은 바이크가 무시무시한 소리를 내며 출발하자 헉, 신음을 흘렸다.

주차장을 빠져나간 바이크가 본격적으로 속력을 내기 시작했다. 예상보다 훨씬 더 엄청난 속도감과 매서운 바람에 해담은 정신이 혼미해질 지경이었다. 저도 모르게 부서져라 민혁의 허리를 끌어안은 채 해담은 외쳤다.

"왜 히터가 안 돼? 얼어 죽을 것 같아!"

"빙신. 바이크에 히터는 무슨!"

희한하게도 그렇게 들려왔다. 헬멧을 쓰고 있는데다 엔진과 바람 소리 때문에 잘못 들은 모양이었다.

"뭐라고? 방금 뭐라고 했어?"

"히터 없다고, 이 빙신아!"

"너, 너! 야, 설민혁! 당장 세워!"

"싫은데? 꼬우면 뛰어내리든가!"

"이런 미친! 너, 도착하기만 해봐!"

얄미운 민혁의 허리를 꽉 꼬집고 싶었으나 자칫하다간 둘 다 황천길로 갈 수 있었기에 해담은 죽어라 참을 수밖에 없었다. 크림색 재킷 속으로 파고드는 칼바람에 온몸을 달달 떨며 해담은 이를 갈았다.

'도착만 해봐. 넌 뒤졌어!'

다짐과 달리 해담이 지면에 발을 디딘 건 장장 한 시간이 훌쩍 지난 뒤였다.

민혁은 이리저리 빙빙 돌고 돌아 영하의 칼바람, 서베리아의 위엄을 확실히 각인시킨 뒤에야 동네에 도착했다. 그것도 해담의 집 앞이 아닌 민혁의 대문 앞에.

뒤졌어고 나발이고 해담은 완전히 녹다운된 상태로 겨우겨우 바이크에서 내렸다. 매서운 바람을 고스란히 맞아 찢어질 것 같은 손을 겨우 움직여 해담은 헬멧을 벗었다. 여전히 바이크에 앉아 헬멧을 벗는 민혁이 눈에 들어왔다.

비스듬히 올라간 입술.

똘끼 가득한 눈동자.

"너, 너, 나한테 따, 따, 따귀 마닷다고 이, 이, 이부더 이런 거지?"

치아가 딱딱 부딪치고 입이 얼어버려 발음도 제대로 되지 않는다. 민혁이 여전히 입꼬리를 올리고서 어깨를 으쓱해 보였다.

해담은 들고 있던 헬멧을 그대로 바닥에 패대기쳤다.

"괜찮아. 그거 싼 거라서."

화가 나 열이 확 뻗쳐올랐으나 추위는 조금도 가시지 않는다.

"하. 내, 내, 내가 너, 너, 너랑 다, 다시 상종을 하면 사람이 아니다. 이, 이, 개애똘추야."

민혁이 극히 싫어하는 별명을 내뱉고서 해담은 몸을 돌렸다. 실랑이를 할 시간에 얼른 집으로 가서 뜨거운 물에 몸을 녹여야 했다. 해담은 저체온증으로 죽을 수도 있다는 걸 몸소 체험 중이었다.

"야. 이해담."

몇 발짝 가는데 민혁의 목소리가 들려왔다. 해담은 돌아보지 않고 감각 없는 발만 기계처럼 움직였다.

"그 선임 새끼가 왜 6개월 동안만 너 괴롭힌 줄 아냐?"

내가 어떻게 알아, 이 새끼야. 여전히 앞만 보고 발발 떨며 가는데 민혁이 말을 이었다.

"6개월 뒤에 다른 놈이 너보다 훨씬 더 예쁜 애 소개시켜 줬거든. 너 까인 거야. 큭큭큭!"

저, 개새가! 참자, 참아. 저 자식한테는 욕도 아까워.

끝까지 약 올리는 민혁을 돌아보지 않고 해담은 천근만근 남의 것 같은 자신의 발을 움직였다. 같은 동네라도 민혁의 집과는 제법 거리가 있었기에 얼어 죽지 않으려면 부지런히 가야 했다.

해담이 반응 보이지 않고 계속 전진만 하자 민혁은 눈을 가늘게 떴다.

"끝까지 안 돌아보네."

툭 내뱉고서 민혁은 차고 쪽으로 바이크를 몰았다. 차고 한쪽에 바이크를 세운 민혁은 다시 밖으로 나갔다. 이미 해담은 골목길을 빠져나가고 없는 상태였다.

텅 빈 길을 물끄러미 응시하던 민혁은 픽. 미미한 웃음을 흘렸다.

"이제야 성인 여자 같네. 군대 가기 전까지만 해도 꼬맹이 같더니."

이내 웃음기를 지운 민혁은 집 안으로 발걸음을 옮겼다.

그 사이, 해담은 바들바들 떨며 악착같이 집으로 향하는 중이었다. 저만치 대로변의 건널목 신호등이 녹색으로 딱 바뀌는 게 시야에 포착되었다.

해담은 마음이 급해졌다. 다시 신호를 받기까지 꽤나 시간이 걸리는 곳이라, 이번을 놓치면 한참 동안 찬바람과 싸워야 했으니까. 퉁퉁 언 발로 허겁지겁 달리던 해담은 신호등에 다다를 무렵 비명을 내질렀다.

"악!"

튀어나온 보도블록을 미처 발견하지 못하고 그대로 걸려 넘어져버린 것이다.

손바닥과 무릎에 깨질 것 같은 통증이 밀려들었다. 너무 아파 눈에서 습한 물기가 찔끔 흘러나온다. 살이 떨어져 나가는 듯한 괴로움에 창피함이고 뭐고 그 상태로 숨만 몰아쉬고 있을 때였다.

"이해담?"

귀에 익은 목소리가 조금 떨어진 곳에서 들려왔다. 해담은 입술을 깨문 채 눈을 질끈 감았다가 떴다.

'어, 어, 어우, 씨. 왜, 왜, 왜 하필이면!'

최주신한테 이런 모습을 보이냐고.

"왜 그러고 있어."

왜 이러고 있긴. 넘어져서 아프고 쪽팔려서 그런다.

짐짓 아무렇지 않게 몸을 일으키는데 온몸이 시큰거려 왔다. 두툼한 패딩 점퍼에, 머플러까지 완전무장한 주신이 주머니에 손을 푹 찔러 넣은 채 의아한 표정으로 다가오고 있었다.

"넘어졌어?"

"어어, 왜애."

툭 뱉은 해담은 주신이 뭐라고 하기 전에 선수를 쳤다.

"시, 시, 시비 거디 마고 그으으냥 가. 나, 지금 딱 도, 도, 도다가시기 일보 디, 디, 디딕던이니까."

어눌하고 달달 떨리는 발음에 주신이 놀란 눈으로 성큼성큼 코앞까지

다가왔다.

빨갛게 언 볼. 새파랗게 변한 입술색. 바람에 날려 사정없이 헝클어진 머리칼. 마구 흔들리고 있는 어깨.

"북극 체험이라도 하고 온 거야?"

조금 기가 막힌 음성으로 말한 주신이 감고 있던 긴 머플러를 풀어 해담의 목으로 가져왔다.

"돼, 됐어. 너어어나 해."

해담은 주신의 행동이 적응되지 않아 일단 슬쩍 뺐다.

"싫으면 말고."

주신이 아주 담백하게 머플러를 거둬들였다.

그럼, 그렇지. 해담이 표정을 감추지 못하고 입술을 씰룩이자 주신이 픽, 작게 웃음을 흘렸다.

"하여튼 얼어 죽어도 아쉬운 소리는 안 하지."

혼잣말처럼 중얼거린 주신은 머플러를 다시 해담의 목으로 가져와 돌돌 말았다.

두 번은 뺄 만큼의 여유가 해담에게는 없었다. 주신의 체온이 남아 있는 머플러가 너무 따뜻했기 때문이다.

얌전히 받아들이는 해담을 묘한 눈으로 응시하던 주신의 시선이 이내 아래로 향했다. 꽁꽁 얼어 있는 시뻘건 손으로.

"뭐냐. 장갑이라도 끼고 다니지."

"어어언제부터 내 손 걱정……."

괜스레 쌀쌀맞게 응수하던 해담의 눈이 동그랗게 떠졌다. 주신이 그녀의 양손을 한데 모아 두 손으로 감싸 쥐었기 때문이다.

"완전 얼음장이네. 이 지경이 되도록 뭘 하고 다닌 거야."

작게 혀끝을 찬 주신이 두 손을 입술로 가져가 호, 따뜻한 입김을 불어 넣었다. 조금도 예상치 못한 행동에 놀란 해담의 눈이 곧장 주신에게로 향했다.

움찔. 해담의 시선을 고스란히 받은 주신이 그대로 굳었다. 행동이 먼저 나가버려 그 역시 적잖이 당황한 얼굴이었다.

잠시 두 사람 사이에 정적이 흘렀다.

휭하니 칼바람만이 두 사람을 스치고 지나갔다.

그러다 급격히 어색해진 해담이 손을 빼내려 힘을 주었다.

"이, 이제 됐어."

"신호 바뀔 때까지만."

너무 추워 따뜻함에 목말라 있었던 걸까. 주신의 낮은 음성이 마치 감미로운 주문처럼 해담의 손에서 힘을 앗아갔다.

"……."

해담은 괜스레 민망해져 대꾸 없이 아래로 시선만 뺐다. 더 이상 주신이 입김을 불어 넣지는 않았지만, 따뜻하고 커다란 손이 나누어 주는 온기만으로도 충분했다.

녹기 시작한 손이 간질간질, 찌릿찌릿해진다. 어쩌면 간질거리는 건, 찌릿해진 건, 심장 쪽인지도 몰랐다.

신호등을 응시하는 내내 자신에게로 쏟아지는 주신의 시선이 오롯이 느껴졌다. 찬바람이 여전히 매서운 기세로 불어대는데 이상하게도 귀는 뜨끈뜨끈 달아오른다.

'어색해, 어색하다고. 최주신과 이러고 있는 거.'

그럼에도 이상하게 싫지만은 않은 이 기분은 뭐지. 아무래도 추위가 그녀의 이성까지 몽땅 얼려버린 모양이다.

시간이 멈춘 것처럼 고요함이 흐르는 사이 신호등 색이 바뀌었다. 아쉬운 듯 주신의 손이 느릿하게 떨어져 나갔다.

"난 볼일이 있어서 반대로 가야 돼."

"어, 응."

해담이 머플러를 풀려 하자 주신이 고개를 저어 보였다.

"나중에 줘."

"아니, 그래도."

"가. 얼른. 이번에도 신호 놓쳐서 나 계속 여기 세워둘 거 아니면."

주신이 등을 떠밀어서야 해담은 마지못해 걸음을 옮겼다. 건널목 중간쯤에서 해담은 흘끔 뒤를 돌아보았다.

가지 않고 여전히 그녀를 응시하고 있는 주신과 눈이 딱 마주쳐 버렸다.

두근.

괜스레 당황한 해담은 휙 시선을 돌리고서 걸음을 재촉했다.

♥

집으로 돌아와 뜨끈한 물에 샤워를 하고 나니 최악이었던 컨디션이 조금이나마 회복되었다.

머리에 수건을 둘둘 감고서 방으로 온 해담은 침대 위에 아무렇게나 풀어 둔 머플러를 물끄러미 응시했다.

"나중에 점퍼랑 같이 돌려줘야겠네."

손을 녹여주던 주신의 행동이 뇌를 급습하자 곧장 민망함이 치고 올라왔다.

"아니, 걔는 왜 안 하던 짓을 하고 그래? 거기서 덜렁 손을 맡긴 넌 또 뭐냐?"

수건에 쌓인 머리를 마구 쥐어박고서 해담은 머플러를 장롱 속 주신의 점퍼와 함께 걸어두었다.

차라리 예전처럼 못되게 굴면 훨씬 대하기가 수월할 텐데. 주신이 왜 그러는지 해담도 충분히 짐작이 갔다. 진서 때문에 그녀의 마음을 돌리기 위해서겠지.

어쩐지 주신의 행동이 계산된 것 같아 씁쓸하게 느껴진다. 당황스러워 하던 그 표정까지도.

주신의 온기가 여전히 남아 있는 것 같은 손을 물끄러미 응시하던 해담은 문득, 진서의 찬 손이 떠올랐다.

"맞다. 크리스마스카드."

가방에 넣은 채 학원 등록하러 가느라 까맣게 잊고 있었다. 해담은 허겁지겁 가방을 열고서 빨간 봉투를 꺼냈다.

산타크로스와 루돌프가 그려진 카드를 꺼내서 열자 또박또박 깨알 같은 글자들이 펼쳐졌다.

"아니, 무슨 카드를 편지처럼 길게 적어 놨어?"

헛웃음을 흘리며 해담은 내용을 훑었다.

♡엄마! 메리크리스마스입니다!

갑자기 나타난 저 때문에 많이 혼란스러우시다는 거 알아요.

그래도 저 미워하지 마시고 예쁘게 봐주셨으면 좋겠어요.

엄마가 저 미워하시면 정말, 너무너무 슬플 것 같아요. 흑흑.

이렇게 대학생일 때의 엄마를 뵙게 돼서 저는 무지무지 감동스럽거든요.

저는 엄마의 아들로 태어나서 정말 행복해요.

엄마가 제 엄마셔서 너무 좋아요.

돌아가면 더 자랑스러운 아들이 될게요.

행복한 크리스마스 보내시고, 새해 복 많이 받으세요.♡

구구절절한 내용에 해담은 이마에 손을 턱 얹었다.

"둘 다 나한테 왜 이래, 진짜."

왜 이러긴. 정해진 대로 가자니까? 운명을 받아들여, 그냥.

허공에 주신의 목소리가 환청처럼 메아리친다.

♥

"콜록, 콜록!"

목이 째질 것 같은 기침 소리가 온 집 안에 울려 퍼졌다. 전날의 한파 체험으로 해담은 딱 감기에 걸려버렸다. 온몸에 열이 펄펄 끓고, 기침, 콧물도 쉬지 않고 나왔다.

"하아. 설민혁 이 개자식을 어떻게 조져야 잘 조졌다고 소문이 나지?"

해담은 코를 탱 풀고서 침대맡에 쌓인 티슈 뭉치를 집어 들었다. 밑으로 내려서는데 몸이 휘청거리는 바람에 다시 침대에 앉고 말았다.

똑똑. 노크 소리가 들려왔다.

"네. 들어오세요."

마스크로 무장한 지선이 김이 모락모락 나는 머그컵을 들고서 방 안으로 들어왔다.

"뭐예요?"

"도라지차. 뜨거울 때 마셔."

해담은 뜨거운 컵을 받아들고서 후후, 불었다. 한 모금 마신 해담이 지선에게 미간을 찌푸려 보였다.

"아무리 그래도 딸 방에 오면서 마스크는 좀 너무 하지 않아요? 전염병 환자 된 것 같잖아요."

그러면서 해담이 콜록, 기침을 하자 지선이 질겁을 하며 두어 걸음 뒤로 물러났다.

“그럼, 전염병 환자지, 아냐? 건강은 스스로가 지키는 거야.”

“왜. 차라리 감기 나을 동안 나가서 살라 그러지.”

“그럴래?”

어이없는 표정을 지은 해담은 문득 눈을 빛냈다.

“정말 나가서 살아도 돼요?”

“이게 또 뭔 소리를 하려고.”

“아니, 우리 학교가 좀 멀잖아요. 등하교 시간도 꽤 걸리고. 그래서…….”

“학교 근처에 원룸이라도 얻어달라고?”

해담은 어지럽건 말건 고개를 크게 끄덕였다.

“그러면 등하교 때 드는 시간을 낭비하지 않고 효율적으로 쓸 수도 있고…….”

“엄마 돈 없어.”

“그럼, 내가 벌어서.”

“매를 버네, 얘가.”

지선이 살벌한 눈으로 쓰윽 소매를 걷자 해담은 입술을 댓발이나 내밀었다.

“맨날 입만 열면 스펙 쌓아라, 공부해라면서. 정작 환경은 안 만들어주고. 돈 벌어서 알아서 한대도 안 된다 그러고. 이럴 때는 내가 의사 결정을 할 수 있는 성인이 맞는지 의심…….”

“평균 A학점 이상 받아 오면 언제든 원룸 얻어줄게.”

지선이 해담의 말을 탁 자르며 단호히 말했다.

윽. 해담은 울상을 지었다. 그러니까, 절대 독립을 허락할 의사가 없다는 뜻이다.

“아픈데 헛생각하지 말고. 죽 끓여 놨으니까 입맛 없어도 밥 한 술 뜨고

약이나 챙겨 먹어."

"어디 가시게요? 오늘 가게 쉬는 날이잖아요."

지선의 입술이 슬쩍 위로 올라갔다.

"간만에 아빠랑 데이트 간다. 크리스마스잖니."

"딸은 이렇게 아파 죽겠는데?"

"너 주둥이 놀리는 거 보니 안 죽겠다."

해담이 다시 기침을 쿨럭거리자 지선이 퍼뜩 방문 쪽으로 향했다.

"저녁까지 먹고 늦게 올 거니까 먼저 자."

"네에, 네에. 알겠습니다요."

"식탁 위에 약 올려뒀으니까 꼭 먹고. 오늘 있어 보고 안 되겠으면 내일은 병원 가."

"아이고, 알았다니까요."

지선이 나간 뒤 해담은 겨우 티슈 뭉치를 쓰레기통에 넣고서 다시 침대에 누웠다. 말을 많이 해서인지 눈앞이 빙글빙글 돈다.

"크리스마스에 이게 뭔 꼴이야. 하여튼 설민혁 이 개똘추 때문에 되는 게 없다니까."

그 시각, 설민혁 개똘추는 조용한 음악이 흘러나오는 커피숍에 여자와 마주 보고 있는 중이었다. 입대하기 훨씬 전부터 사귄 여자친구 다희였다.

애플 타르트를 맛있게 먹는 민혁과 달리 다희는 아무것도 입에 대지 않고 있었다.

"우리…… 그만 헤어져."

다희가 립글로스를 예쁘게 바른 입술로 잔뜩 긴장한 채 말했다. 민혁의 대답을 기다리는 그녀의 눈동자는 여러 감정이 뒤섞여 흔들렸다.

애플 타르트를 깔끔히 먹어 치운 민혁이 찻잔을 들어 올리며 입을 열었다.

"그래, 그럼."

아무렇지 않게 커피잔을 입으로 가져가는 민혁과 달리 다희의 입술은 파르르 떨렸다.

"……왜. 도대체 왜?"

커피를 한 모금 마신 민혁이 잔을 내려놓고서 고개를 비딱하니 기울였다.

"야, 윤다희. 헤어지자고 한 건 넌데, 왜 나한테 묻냐?"

"너 군대 있는 기간 포함해서 우리, 3년 만났어. 너 군대 있는 동안 나 한 번도 한눈판 적 없고."

"그런데."

"그런데 어쩜 그렇게 쉽게 그러자 그래? 이러는 이유가 궁금하지도 않을 만큼 나, 너한테 아무것도 아니었어?"

"아."

그제야 이해한 얼굴로 민혁은 짧게 감탄사를 흘렸다. 그는 다희 쪽으로 슬쩍 몸을 기울이고서 짐짓 심각하게 표정을 구겼다.

"헤어지자는 이유가 뭐야. 크리스마스라 나오래서 나왔고. 내가 뭘 잘못했는데. 혹시 다른 남자 생겼어? 뭐, 이런 거 하라는 거지?"

건조하다 못해 갈라질 것 같은 민혁의 말투에 다희는 잠시 아무런 말없이 숨만 몰아쉬었다.

"왜. 이것도 아니야?"

"……."

여전히 대꾸하지 않고 감정을 다스리던 다희가 이내 버석거리는 웃음을 뱉었다.

"그렇게라도 해줘서 고맙네."

웃음기를 지운 다희는 옆자리에 두었던 핸드백을 집어 들었다. 의자를 빼고 몸을 일으킨 그녀가 민혁을 내려다보았다.

"설민혁. 내가 이 말까지는 안 하려고 했는데."

"그럼, 하지 마."

"……이 또라이가 진짜 끝까지."

저도 모르게 욕설을 내뱉은 다희는 흡, 숨을 들이켰다. 열 오른 얼굴에 손으로 부채질을 한 다희가 조금 놀란 얼굴을 하고 있는 민혁에게 쏘아붙였다.

"설민혁, 너. 남자친구뿐만 아니라 인간으로서도 정말 최악 중에 최악이었어. 무심하고 무관심하고 뭘 해도 심드렁하고. 사귀는 내내 내가 너한테 다 맞춘 건 알지? 군대 있을 땐 편지 열 번 보내면 답장 한 번 올까 말까였고. 도대체 나랑 왜 사귀었어?"

"예뻐서."

0.1초도 망설이지 않고 나온 대답에 다희가 인상을 썼지만 민혁은 말을 이었다.

"너도 그래서 나 만난 거 아냐?"

맞다. 저 잘난 외모 하나 보고 속절없이 빠졌었다. 누구보다 나르시시즘이 강한 인간인 줄은 꿈에도 모른 채. 알아챘을 때는 이미 너무 멀리 가버렸다.

아주 정말, 이 덜 돼먹은 놈을 좋아했으니까.

이제는 멈춰야 했다.

가슴의 피멍이 너무 아파 더는 이 관계를 지속할 수가 없다. 그럼에도 단 한 번도 잡아주지 않는 민혁이 너무도 야속하고 원망스러웠다.

"너 때문에 피폐해졌던 내 3년이 너무 아깝다."

서글픈 표정으로 말한 다희는 얼굴에 어렸던 모든 감정을 지웠다.

"잘 살란 말은 안 할게. 앞으로 꼭 너 같은 여자만 만나라, 이 새끼야."

대놓고 욕설을 날린 다희가 휙 몸을 돌렸다.

구두소리를 내며 커피숍을 나가는 다희의 뒷모습을 응시하던 민혁이 헛웃음을 흘렸다.

"하. 저게 욕도 하고. 저러니까 꼭 이해담 같네."

중얼거리던 민혁의 머리에 제대로 화조차 못 내고 와들와들 떨며 가던 해담이 떠올랐다. 솔직히 처음부터 한 시간 넘게 바이크에 태우고 다닐 마음은 없었다.

그저, 겁만 주려 했을 뿐. 그런데, 뒤에서 죽어라 허리를 껴안고 무서워하던 해담이 너무 재미있어 조금 오버를 해버렸다.

민혁은 해담에게 전화를 걸었다. 경쾌한 컬러링이 끊임없이 흘러나왔지만 해담은 받지 않았다.

"심하게 삐친 모양이네. 어제는 내가 심했나."

아니지. 그러게 누가 손을 함부로 올리래? 다 지가 자초한 거지.

스스로를 합리화한 민혁은 다시 전화를 걸었다.

♥

방금 막 씻고 욕실 밖으로 나오던 주신은 유신을 보고서 걸음을 멈추었다. 완벽히 외출 준비를 마친 유신이 스마트키를 들고 방을 나오고 있었다.

"형, 나가? 오늘 집에 있을 거라고 하지 않았어?"

"아. 갑자기 나갈 일이 생겼어. 왜?"

주신의 얼굴에 조금 난감한 기색이 떠올랐다.

"아니. 나도 곧 나가야 해서."

"어? 어머니, 아버지도 아까 모임 때문에 나가셨고. 그럼, 진서라는 개 혼자 집에 있겠네?"

"급한 일이야?"

"응. 오늘 아니면 안 되는 일이라서. 너도 급한 일이야?"

주신은 음, 한숨을 흘리고서 대답했다.

"과외를 하기로 했는데, 학생 어머니가 당분간 오늘밖에 면담 시간이 안 된다고 해서."

유신은 한쪽 눈썹을 슬쩍 위로 올렸다.

"과외를 한다고? 부모님 모르게 돈 필요해?"

"아니. 학교 선배가 부탁해서."

"뭐. 네 일은 네가 알아서 하는 거니까."

유신은 더 깊게 생각하지 않고 고개를 끄덕였다.

"근데, 아홉 살이면 몇 시간 정도는 혼자 집에 있을 수 있지 않아?"

"아홉 살이면 아직 앤데 텅 빈 집에 어떻게 몇 시간씩 혼자 둬?"

"인마. 요즘 아홉 살이면 지들 스스로가 다 컸다고 생각하는 나이야."

"말도 안 되는 소리야. 세상이 얼마나 흉흉한데."

과도한 반응에 유신이 어이없는 표정을 지었다.

"그렇게 걱정되면 과외 하는 집에 데리고 가든지. 아님 맡길 만한 사람 알아봐. 암튼 난 시간 다 돼서 간다."

유신이 아래층으로 향하자 주신은 입술을 삐딱하게 비틀었다.

"저 인정머리 없는 아재가 도대체 왜 좋다는 거야? 이해담 눈도 참 낮지."

혀끝을 차던 주신의 눈동자가 반짝 빛났다.

지이이이잉. 지이이이이잉. 지이이이잉.

끊임없이 울리는 핸드폰 진동소리에 해담은 뒤집어썼던 이불을 팍 내렸다.

"하아, 이 개똘추가 진짜."

아까부터 민혁에게서 전화가 걸려 왔지만 일부러 받지 않았다. 아마, 이 도라이 자식은 받을 때까지 할 게 분명했다. 해담은 더듬더듬 휴대전화를 집어 들고 그대로 통화를 연결시켜 귀에 대었다.

"……야, 왜 자꾸 전화질이야. 안 받으면 그만해야 할 거 아냐. 내가 너 때문에 지금……."

-나야, 누구한테 하는 말이야.

민혁이 아닌 주신의 목소리에 해담은 괜스레 심장이 철렁 내려앉는 듯했다.

"아, 너구나. 아무것도 아니야."

머리부터 발끝까지 온몸이 아픈데 민혁과의 일을 구구절절 말할 기운도 없었다.

-자고 있었어?

아무래도 감기 때문에 목소리가 잠겨 그렇게 생각하는 듯했다.

"어어. 왜."

대충 그냥 그렇게 말하고 말았다. 딱히 안부 인사를 주고받은 적이 없는데 새삼스레 감기니 뭐니 하는 것도 웃겼으니까.

-진서 좀 봐줄 수 있어?

"진서?"

-나가 봐야 되는데, 집에 아무도 없어서 애를 혼자 두고 나가기가 그래.

해담의 미간이 살짝 찌푸려졌다.

"지금?"

-어. 곧 나가야 돼서. 지금 진서 그리로 보낼게.

"하아."

너무 갑작스러워 한숨 소리가 여과 없이 수화기를 타고 나가버렸다.

-몇 시간이면 돼.

주신의 음성이 낮게 가라앉았다.

해담은 마른침을 삼켰다. 목이 따끔거려 절로 인상이 써진다.

"저기, 무슨 말인지 알겠는데, 내가 지금 좀 그래서."

-안 된다고?

"가능하면 다른 사람한테……."

-네가 안 된다는데 누구한테 부탁할까.

주신의 톤이 더없이 싸늘하게 식었다.

-너, 자는데 방해될까 봐 그러는 거야?

"……."

완벽한 주신의 오해에 해담은 말문이 콱 막혔다. 지금 감기에 걸려, 혹시라도 진서한테 옮길까 봐 그런다는 말이 쏙 입 안으로 들어가고 말았다.

최주신한테 잘 보일 필요도 없는데, 왜 구구절절 변명 따위를 해야 하나 싶기도 하고.

"어."

-그런 거면 걱정 마. 진서, 책 한 권만 줘도 몇 시간 동안 조용히 책만 보는 애니까.

"그래. 알았어. 보내. 문 열어줄게."

더 말하지 않고 주신은 전화를 끊어버렸다.

"콜록, 콜록. 콜록."

참았던 기침을 뱉으며 해담은 한숨을 흘렸다. 솔직히 몇 시간 동안 진서를 봐야 하는 게 꽤나 부담스럽긴 했다. 잠깐씩 진서를 마주하는 것도 기분이 이상한데.

하지만, 지금은 주신에게 서운한 마음이 앞선다. 너무하잖아. 아무리 그래도 자는데 방해될까 봐 애를 못 봐준다고 생각하는 건.

"아무래도 상관없는데, 뭘 또 서운해 하냐."

이런 감정이 드는 게 불편해져 자신에게 면박을 준 해담은 침대에서 몸을 일으켰다. 겨우 책상 서랍에서 마스크를 하나 찾아 쓰고, 거실로 나가자 띵동, 벨소리가 울렸다.

인터폰 화면에 뜬 진서의 얼굴을 확인한 해담은 버튼을 눌러 문을 열어주었다. 현관문까지 열자 쪼르르 달려온 진서가 꾸벅 고개를 숙여 보였다.

"안녕하세요."

"어, 응. 안녕. 혼자 왔니?"

"네?"

괜스레 대문 쪽으로 시선을 주던 해담은 진서가 눈을 깜빡이자 퍼뜩 고개를 저었다.

"아냐. 들어와."

"집 안에서 마스크는 왜 쓰고 계세요?"

신발을 벗고 거실로 들어선 진서가 의아한 표정으로 물었다.

감기에 걸려서. 너한테 옮길까 봐.

"추워서."

괜한 기대감이나 친절 같은 건 보이기 싫어 그렇게 대답하고 말았다. 물끄러미 그녀를 응시하던 진서는 더 묻지 않고 빙그레 웃었다. 그러곤 양팔로 껴안다시피 들고 왔던 책을 들어 보였다.

"저는 거실에서 이 책 읽고 있을게요."

어쩐지 주신이 일부러 손에 들려준 것 같아 귓불이 화끈거린다.

"어, 그래. 책 보기 지겨우면 TV 봐도 돼. 너무 볼륨 크게 해놓지만 않으면."

"네."

진서가 얌전히 대답하고 소파로 가서 앉았다.

"난 방에 있을게. 무슨 일 있으면 노크하고 불러."

"네. 그럴게요."

진서가 책을 펼쳐들자 해담은 방으로 들어왔다. 침대로 올라간 해담은 마스크를 벗어 머리맡에 두고서 다시 이불을 뒤집어썼다.

콜록, 콜록, 콜록.

잠시 동안 기침, 열, 어지럼증과 사투를 벌이던 해담은 혼절하듯 잠에 빠져들었다.

7.

으응…… 뭐야, 차가워.

무언가가 이마에 와 닿았다. 끈적거리는 느낌이 들기도 하고.

꾹꾹꾹. 조심스럽게 이마를 누른다. 이마에 뭔가 달라붙는 것 같은 이질적인 느낌에 해담은 눈을 번쩍 떴다.

"헉. 깨, 깨셨어요?"

흐릿한 시야에 걱정과 당황스러운 표정을 한꺼번에 짓고 있는 진서의 얼굴이 포착되었다.

"뭐, 뭐니. 너."

놀라서 상체를 퍼뜩 상체를 일으키는데 이마에 뻣뻣함이 느껴졌다. 손을 올려 이마를 더듬거리자 파스 같은 게 만져진다.

"그거, 쿨패치예요."

진서가 조금 조심스럽게 말했다.

"쿨패치?"

"그게, 계속 기침을 하셔서요. 감기 걸리신 거 맞죠?"

아, 감기. 해담은 퍼뜩 머리맡에 둔 마스크를 써서 코와 입을 가렸다.

"그래서 이걸 네가 붙였다고?"

"네에. 노크를 했는데도 아무 말씀이 없어서 들어왔더니 편찮으신 것처럼 보여서요. 혹시나 해서 이마를 만졌는데 너무 뜨겁더라고요. 죄송해요. 깨우지 않으려고 조심했는데……."

잔뜩 미안한 얼굴로 말끝을 흐리는 진서를 보고 있자니, 가슴속 한 구석이 싸해진다.

"이 패치는 어디서 났어?"

"약국에서 사왔어요."

"일부러 나갔다가 온 거야?"

"별로 안 멀어요. 뛰어갔다 오면 금방이거든요."

"나갔다가 비밀번호는 어떻게 알고……."

그렇게 묻던 해담은 머리를 스치는 생각에 이내 힘없이 피식 웃었다. 뻔했다.

"나중에도 비밀번호가 지금이랑 똑같겠지."

아주 오래전부터 해담의 집은 비밀번호를 최대한 길게 해놓고 오랫동안 바꾸지 않고 썼으니까.

"돈은 있었어?"

"네. 아빠가 쓰라고 주셨어요. 그걸로 크리스마스카드도 산 거예요."

윽. 미처 답장을 준비하지 못했기에 미안함이 밀려들었다. 전혀 개의치 않는 듯 진서는 아무렇지도 않은 표정이었다.

해담은 물끄러미 진서를 응시했다. 기분이 형언할 수 없이 복잡하고 미묘했다. 이 추위에 일부러 약국까지 달려갔다 온 성의가 너무 기특하다고 할까.

어릴 때, 감기 걸려 아픈 지선의 이마에 물수건을 올려주었던 자신이 생각나기도 하고.

"고마워."

부드러운 해담의 음성에 세상을 얻은 듯 진서의 얼굴이 활짝 펴진다.

"넘어져서 다친 곳은 괜찮아?"

"조금 따갑지만 저는 괜찮아요."

어깨를 으쓱한 진서가 손뼉을 딱 부딪쳤다.

"아, 맞다. 식탁 위에 약 있던데, 안 드셨으면 갖다 드릴까요?"

"응. 부탁할게."

진서가 말이 끝나기도 전에 방을 나갔다. 사실은 두 시간 전쯤 먹었지만 또 먹어야만 할 것 같았다.

한 번 더 먹는다고 큰일이 나지는 않겠지.

정수기에서 뜨거운 것과 찬 것을 반씩 섞은 미지근한 물과 약을 들고서 진서가 돌아왔다.

"고마워."

"뭘요."

그녀가 약을 먹자 진서가 빈 컵을 돌려받았다.

"더 주무세요. 저는 아빠 오실 때까지 거실에서 책 읽고 있을게요."

해담이 고개를 끄덕이며 어색하나마 눈웃음을 지어 주자, 진서 역시 씨익 웃고서 방을 나섰다.

다시 마스크를 벗고 반쯤 몸을 누이려는데 패치 한쪽이 떨어지는 느낌이 났다. 그녀가 깰까 봐 조심스레 붙였을 진서의 모습이 떠오르자 마음이 더 싱숭생숭해진다.

해담은 손바닥으로 패치를 누르며 베개에 머리를 대었다.

"윽. 끈적해."

몸서리가 쳐졌지만 해담은 이마를 꾹꾹 누르고서 다시 잠을 청했다.

주신은 과외 학생의 집 거실에서 학부모와 마주 보고 앉아 면담 중이었다. 새끼손가락을 쭉 뻗은 채 우아하게 차를 한 모금 마신 40대의 학부모가 주신을 지그시 응시했다.

"선생님은 가족이 어떻게 되세요?"

"부모님 계시고 형이 한 명 있습니다."

"형님도 대학생?"

"아닙니다. 사회생활 합니다. 나이 차가 조금 있어서요."

"몇 살인데요?"

"서른입니다."

"나이 차가 좀 있네요. 그럼, 결혼은 했나요?"

"아직 안 했습니다."

"저런, 노총각 히스테리 부리면 곤란한데. 설마, 사귀는 아가씨는 있겠죠?"

"그건 저도 모릅니다."

"그럼, 부모님께서는 어떤 일을……."

의도적으로 말꼬리를 흐린 학부모가 다시 차를 마셨다.

뭐지, 이건.

면담 초반 잠깐, 과외 당사자인 주영의 성적이나 성격을 언급하는 건 좋았는데, 갑자기 웬 호구조사로 빠지는지 모를 일이다.

거기다 요즘 서른은 노총각도 아닌데, 형의 노총각 히스테리까지 걱정하다니. 마치, 과외선생 면접이 아니라 사윗감을 고르는 듯한 느낌이었다.

"유난스럽다고 생각하지는 말아요. 하루 이틀 볼 것도 아닌데 기본 사항 정도는 알아야 서로 신뢰가 쌓이죠. 기분 나쁜 건 아니죠?"

학부모가 미소를 지으며 퍼뜩 덧붙였다.

"괜찮습니다. 아버지께서는 변호사시고 어머니는 글 쓰십니다."

이마에 슬며시 핏대가 솟으려는 걸 겨우 참으며 주신이 대답했다.

"아아. 그렇군요. 어머니는 어떤 글을……."

"소개해준 선배에게서 일주일에 두 번, 두 시간씩, 한 달 8회로 들었는데, 그렇게 진행하면 되겠습니까?"

거의 동시에 나온 말이었다. 도저히 브레이크를 걸지 않으면 끝나지 않을 것 같아 어쩔 수가 없었다. 그제야 학부모는 더 캐묻지 않고 고개를 끄덕였다.

"그렇게 하시면 돼요. 아. 우리 주영이도 만나보셔야죠."

"네."

학부모가 소파에서 몸을 일으키자 주신도 따라 일어났다.

"내 딸이지만, 우리 주영이가 아주 참해요. 요즘 애들 같지 않게 되바라지지 않고 유순해요. 초등생들도 한다는 메이크업도 안 하고, 교복 치마도 줄여 입지 않는다니까요? 그래서 걱정이에요. 애가 너무 순해서 못된 애들한테 해코지 당하면 어쩌나, 이용당하면 어쩌나. 요새 애들이 그렇잖아요. 만만하게 보이면 호구 취급하고. 우리 주영이가 그렇게 못돼먹은 애로 안 자라줘서 얼마나 고맙게요. 거기다 얼마나 효녀인지 몰라요."

걱정을 가장한 딸 자랑이 이어지자 주신은 머리가 지끈거리는 듯했다. 과외 자리를 소개시켜준 선배의 목을 졸라버리고 싶을 지경이었다.

지이이이잉. 지이이이잉.

주영의 방문 앞에 도착할 무렵 핸드폰 진동이 울려댔다. 핸드폰을 꺼내 확인한 주신의 한쪽 눈썹이 위로 올라갔다. 액정에 찍힌 게 해담의 집전화였기 때문이다. 어쩐지 진서일 것 같았다.

"잠깐만 실례하겠습니다."

양해를 구한 주신은 학부모와 조금 떨어진 곳으로 발걸음을 옮기며 전화를 받았다.

“여보세요.”

-아빠, 저예요.

언제 들어도 ‘아빠’라는 단어는 참 적응이 안 된다.

“어른들 들으시면 어쩌려고 그렇게 불러.”

-여기 엄마 말고는 아무도 안 계세요.

주신은 흠, 숨을 흘렸다.

“왜 전화했어.”

-언제 오세요?

“왜. 무슨 일 있어?”

-그게. 엄마가 많이 편찮으세요.

“뭐?”

-열이 펄펄 끓고요, 계속 기침하시고, 주무시면서 헛소리도 막 하세요.

조금도 예상치 못한 말에 순간적으로 가슴 한쪽이 시큰거려 왔다. 뒤이어 주신의 입술이 굳어진 채 꾹 다물렸다. 해담에 대한 걱정과 괘씸함이 한꺼번에 밀려든다.

해담은 내리 두 시간 정도를 혼절한 듯 자고 난 뒤에야 어렴풋이 눈을 떴다.

더듬더듬 머리맡에 굴러다니는 핸드폰을 집어 들고서 시계를 보았다. 어느덧 오후 네 시를 훌쩍 넘기고 있었다.

“아, 맞다. 진서.”

얘는 뭐 하고 있지? 아직 책 읽고 있으려나?

너무 홀로 방치해둔 것 같아 부스스 상체를 일으켰다. 어지럼이 밀려와 겨우 침대 끝에 걸터앉아 숨을 몰아쉬고 있을 때였다.

똑똑똑. 노크 소리가 울려 퍼졌다.

"어. 그래. 들어와."

벌컥, 문이 열리고 모습을 보인 건 진서가 아니었다. 이마가 보이도록 깔끔하게 정돈한 헤어스타일에, 긴 코트를 말쑥하게 차려입어 훨씬 더 성숙해 보이는 주신이었다.

"너, 너였니?"

당황스러움에 말이 더듬거린다. 언제부터 와 있었지? 벨소리도 못 들었는데.

주신이 안으로 들어와 등 뒤로 문을 닫자 방 안이 꽉 찬 느낌이었다.

"아프다며."

툭. 딱딱한 음성을 뱉고서 그가 성큼 다가왔다.

"뭐, 그냥. 감기."

마찬가지로 해답 역시 툭 쏟아냈다. 주신이 책상 의자를 빼서는 그녀와 마주 보고 앉았다.

서로의 무릎이 맞닿을 정도로 가까운 거리.

"진서는? 아직 거실에서 책 읽고 있어?"

"응."

가볍게 고개를 끄덕인 주신이 방을 눈으로 가볍게 훑었다.

"많이 변했네. 침대도 바뀌고 책상도 바뀌고."

그러고 보니 주신이 방에 들어온 게 참 오랜만이었다. 중학교 2학년 때까지만 해도 제 집처럼 들락거렸었는데.

아무 거리낌 없이 함께 놀던 그때의 일들이 주마등처럼 머리를 스치고 지나간다.

"어른들은 안 계시네."

"어. 데이트 가셨어. 오늘 크리스마스라고 저녁까지 드시고 오신대."

"아."

해담에게로 고개를 돌린 주신이 이마를 응시하며 슬쩍 턱짓을 했다.

"그건 뭐냐."

"쿨패치래. 진서가 이마 뜨겁다고 붙여준 거."

별안간 주신의 커다란 손이 쑥 얼굴로 다가왔다. 너무 갑작스런 행동에 해담은 눈을 동그랗게 뜬 채 숨을 죽였다.

그녀가 어떤 제스처를 취하기도 전에 그의 손가락이 이마 한쪽을 꾹꾹 눌렀다. 또 가장자리가 떨어진 모양이었다.

"내가 할게."

어색한 표정으로 말했지만 주신은 손을 거두지 않았다.

"왜 거짓말했어?"

무심한 듯 심드렁한 말투.

"거짓말?"

"음. 아니."

그가 이내 말을 정정했다.

"그냥 처음부터 아프다고 했으면 됐잖아."

주신의 손은 꾹 누르는 것에서 부드럽게 문지르는 것으로 바뀌었다. 묘한 기분을 애써 떨치며 해담은 입술을 움직였다.

"뭐, 굳이 그러고 싶지 않았어."

"내가 오해를 하든 말든 전혀 신경 안 쓴다는 뜻이겠지. 너에게 난, 오해 따위를 풀어주지 않아도 되는 그런 사람인 거니까."

"……."

"그럴 거라는 거 알고 있는데, 왜 상처 받을 것 같지?"

"웃기지 마. 네가 무슨 그런 걸로 상처를 받는다고."

전혀 주신답지 않은 발언에 즉각적으로 어이없는 반응이 나가고 말았다.

"그러게."

주신의 입가에 미미하게 쓴웃음이 어렸다가 이내 사라졌다. 패치를 붙이느라 이마에 머물러 있던 기다란 손이 미끄러지듯 얼굴로 내려왔다.

뜨거운 얼굴에 닿는 차가운 손의 감촉에 해담은 오싹 소름이 돋는 듯했다.

"열이 많이 나네. 약은?"

해담은 대답 대신 거북한 표정으로 주신의 손을 밀어냈다.

"이러지 마. 너 이러는 거 이상해."

"이러는 거라니."

"진서, 저 애 때문에 내 마음 돌리려고 괜히 나한테 친절한 척 구는 거잖아. 마음에도 없으면서."

주신이 가만히 눈을 깜빡였다.

"그렇게 보여?"

"어. 완전."

"그런 거 아니라면?"

"아니면. 갑자기 내가 막 좋아지기라도 했다는 거야? 그래서 없던 친절이 넘치고 그래?"

해담이 반쯤 기막힌 투로 비꼬자 주신의 얼굴이 조금 굳어졌다.

"나름대로 신호를 보냈다고 생각했는데."

들릴 듯 말 듯 작은 중얼거림에 해담은 지끈거리는 이마를 찌푸렸다.

"웬 신호."

"됐다."

희미하게 고개를 내젓고서 주신은 해담을 똑바로 응시했다.

"그러니까 네 눈에는 내가 무슨 행동을 해도 진서 때문에 억지로 그러는 걸로 보인다는 거네."

"당연히."

해담은 차분히 덧붙였다.

"솔직히 잠깐 동안 진서와 있어보니 네 마음도 이해가 안 가는 건 아니야. 워낙 붙임성 있게 구는데다, 여러 정황상 자꾸 정이 갈 수밖에 없다는 거 알겠거든."

"저 애가 눈에 밟힌다는 걸 길게도 돌려 말한다."

"어. 맞아. 눈에 밟혀."

해담은 담담히 인정했지만 이내 단호한 표정을 지었다.

"그런데. 그래서 더 불편하고 부담스러워."

"……."

"진서 때문에 억지로 마음에도 없는 미래를 향해 나가는 게 과연 최선일까? 그렇게 되면 행복할 거라고 생각해? 너와 나, 분명 불행해질 거고 그러면 진서도 마찬가지일 거야."

"……."

"행복이라는 게 억지로 끼워 맞춘다고 되는 게 아니잖아. 너는 지금 맞지 않는 단추를 끼우려는 것뿐이야."

한 번도 말을 끊지 않고 듣기만 하던 주신이 음, 진한 한숨을 흘렸다.

갑자기 주신이 해담에게 손바닥을 내밀어 보였다.

"뭐. 어쩌라고."

"손."

"손?"

"어. 손."

"내가 개야?"

주신의 얼굴과 손바닥을 번갈아 보던 해담은 마지못해 손을 들어올렸다. 안 그러면 계속 이러고 있을 것 같아서.

"진짜 뭐 하자는 건지 모르겠다."

툴툴거린 해담이 미간을 슬며시 구긴 채 손을 얹었다. 주신의 서늘하고 긴 손이 기다린 듯 해담의 뜨거운 손을 힘 있게 감싸 쥐었다.

일순 해담의 심장이 싸해졌다. 아니, 덜컥 내려앉는 것 같기도 했다.

"……아무 느낌 없어?"

그렇게 묻는 주신의 음성은 묘할 정도로 낮게 가라앉아 있었다. 대답을 기다리는 까만 눈동자가 한껏 짙어져 있었지만 해담은 알지 못했다.

그저 주신과 단둘이서 이러고 있는 게 어색하고 이상해 빨리 상황을 끝내고 싶은 마음밖에 없었다.

"없어. 아무 느낌."

더 이러고 있다가는 괜히 귀가 달아오를 것 같아 그렇게 대답하고 말았다.

주신의 눈매가 미미하게 가늘어졌다가 원래대로 되돌아왔다. 그가 움켜쥐고 있던 해담의 손을 가만히 놓아주었다.

"이해담."

"말해."

"넌 하루 빨리 진서가 원래 있던 자리로 돌아가기를 원하는 거지?"

"당연한 거 아냐? 그래야 너도 마음에 없는 행동 안 할 거고, 나도 평온한 일상을 되찾지. 근데, 어떻게? 방법이 없잖아. 애가 타임머신 같은 걸 타고 온 것도 아니고."

"있어."

해담은 순간 자신의 귀를 의심했다.

"뭐라고?"

"있어. 방법."

"애를 돌려보낼 수 있다는 거야?"

"어."
"어떻게? 그 방법이 뭔데?"
해담은 마른침을 꿀꺽 삼키며 대답을 기다렸다.
"우리가 가까워진 척하면 돼."
반신반의하면서도 혹해서 듣던 해담은 이내 김빠진 얼굴이 되었다.
"그게 뭐야. 너와 내가 가까워진 척이라니."
"이상하긴 하지만 진서가 직접 말한 거니 맞을 거야."
"직접 그렇게 말했다고?"
"너와 내가 좋아하는 사이인 걸 느끼면 돌아가게 된대."
"뭐, 조, 좋아하는 사이?"
"본인도 실수로 말을 흘려 놓고 놀라서 그 뒤로는 입을 다물더라고."
해담은 가만히 눈동자를 굴리며 생각에 잠겼다가 눈을 동그랗게 떴다.
"그럼, 걔. 설마 우리 엮으려고 여기 온 거야?"
"아마도."
그러니까 두 사람이 가깝지 않은 걸 알고 억지로 인연을 만들기 위해서 왔다는 의미다. 그래야 미래에 자신이 존재할 수 있게 되니까.
해담은 마음이 뒤숭숭해졌다. 진서로서는 자신의 존재 여부와 직결된 처절한 문제일 테니, 얼마나 심각하겠는가.
"어떻게 할래. 그렇게 해볼래?"
해담은 복잡한 생각들이 머리를 강타하기 전에 고개를 끄덕였다.
"지금 시도해 볼 수 있는 게 그거밖에는 없으니까 해 봐야지."
일단은, 가능하다면 진서부터 돌려보내는 게 급선무였다. 이곳에 오래 있다가 정말로 정이라도 쌓이면 무척이나 곤란해진다. 다른 건 나중에 생각할 문제였다.
"근데, 애가 속을까? 은근 눈치도 빠른 것 같은데."

"최대한 가까운 척해야겠지."

"생각만으로도 너무 어색할 것 같은데."

"어려울 거 같으면 넌 그냥 가만히 있어. 내가 알아서 할게."

"어?"

무슨 의미인지 몰라 해담이 속눈썹 깜빡일 때였다.

똑똑똑.

"저, 잠깐만 들어가도 돼요?"

노크소리에 이어 진서의 음성이 들려 왔다.

"어, 그래. 들어와, 헉."

방문 쪽으로 시선을 준 채 대답하던 해담의 몸이 갑자기 공중으로 떠올랐다.

어지럼증이 급습한 와중에도 해담은 상황을 파악했다. 주신의 한쪽 손은 허리에 나머지 손은 무릎 아래에 넣고 그녀를 들어 올렸다는 것을.

해담이 주신의 허벅지 위에 안기는 자세로 안착하자 딱 맞게 문이 벌컥 열리고 진서가 모습을 나타냈다.

"왜?"

한껏 당황해서 뻣뻣하게 굳어 있는 해담과 달리 주신이 태연하게 진서를 바라보았다.

진서는 대답 대신 아주 말랑말랑한 연인과도 같은 포즈를 하고 있는 두 사람을 물끄러미 응시했다.

놀라거나 민망해 하는 게 아닌, 관찰하는 듯한 눈빛에 주신이 해담의 옆구리를 슬쩍 손가락으로 찔렀다.

'웃어.'

해담만 들리게끔 복화술까지 선보였다.

맞다, 가까운 척.

해담은 온 얼굴의 근육을 다 동원하여 입술을 양쪽으로 째고서 진서에게로 시선을 주었다.

그런 두 사람을 1초, 2초, 3초가량 코난처럼 날카롭게 바라보던 진서가 이내 평소처럼 해맑게 웃었다.

"아빠, 저, 밖에서 조금만 놀다 오면 안 돼요?"

"조금 있으면 해가 질 텐데."

"6시 전에는 올게요. 여기 계실 거죠?"

흘끔 손목시계로 시선을 내렸던 주신이 고개를 끄덕이고서 물었다.

"근데, 어디 가려고?"

"아. 근처에서 놀려구요. 친구 만나기로 했거든요."

주신과 해담의 눈썹이 동시에 올라갔다.

"여기 친구가 있어?"

"네. 며칠 전에 알게 된 친구예요. 석유리라는 애예요."

이름을 말하는 진서의 얼굴이 아주 조금 불그스름하게 달아올랐다.

"어머, 여자친구 생겼니?"

"예? 아, 아, 아니, 아니에요. 그런 거. 그, 그, 그냥 친구예요. 친구."

완전히 당황해서 손사래를 친 진서가 '호오' 하는 표정의 주신과 해담의 얼굴을 보고서 꾸벅 고개를 숙였다.

"다, 다녀오겠습니다!"

진서가 바람처럼 문을 닫고 사라졌다.

"아. 귀엽다. 진짜."

"우리 때와는 비교도 안 되게 빠르네."

입가에 미소를 머금고서 쿡쿡, 웃던 해담과 주신의 시선이 그대로 부딪쳤다. 자세가 자세인 만큼 서로의 숨결이 느껴질 정도로 가까운 거리.

그제야 해담은 자신이 주신의 무릎 위에 안겨 있는 중이었다는 것을 떠올렸다.

두근.

그 사실을 인식하자마자 심장이 울려댄다. 몇 번 맡아 보았던 주신의 스킨 향과 허리를 감고 있는 단단한 팔이 차례대로 존재감을 알려 왔다.

이대로 가슴팍에 기대어 잠들고 싶을 정도로 포근한 느낌에 심히 당황스러웠다. 귀뿐 아니라 얼굴까지 시뻘게질 것 같아 해담은 시선을 내렸다.

"이, 이제 진서 갔으니까."

"그래."

주신이 미련 없이 팔을 풀자 해담은 퍼뜩 무릎에서 내려왔다.

"더 쉬어. 아직 열도 많던데."

"어. 넌 집에 갔다가 진서 올 시간에 맞춰 오면 되겠다."

"뭐 하러 왔다 갔다 해. 거실에서 TV 보고 있을게."

"그래, 그럼."

해담이 침대 위로 올라가자 주신은 거실로 나왔다.

등 뒤로 조용히 문을 닫고서 주신은 이마에 손을 얹은 채 낮게 한숨을 내쉬었다.

"최주신, 갈 길 멀다."

같은 시각. 해담의 집 대문 밖.

묵직한 엔진 소리를 내며 커다란 바이크 한 대가 멈추어 섰다.

헬멧을 벗은 뒤 훑고 말고 할 것도 없는 짧은 머리칼을 쓱 훑은 민혁이 이내 바이크에서 내렸다.

"아, 이 기집애 결국 내가 오게 만드네."

해담이 하도 전화를 안 받으니 다희와 헤어지고 곧장, 아니, 당구장에서 조금 놀다가 궁금증에 와 볼 수밖에 없었다.

민혁이 대문 앞에 서서 벨을 누르려 하자 철컥, 문 열리는 소리가 울려 퍼졌다. 그리고 불쑥 밀가루 반죽처럼 허연 얼굴의 꼬맹이 하나가 밖으로 나왔다.

순간적으로 낯이 익은 느낌에 민혁은 눈을 깜빡였다.

"넌 누구냐?"

"예?"

"누군데 이해담네 집에서 나오냐?"

"그러는 아저씨는 누구신데요?"

민혁이 확 미간을 구겼다.

"야. 나 아저씨 아니거든? 군복무 중일 때도 그놈의 군인 아저씨 소리에 돌아버리는 줄 알았는데."

"앗, 죄송합니다."

진서가 예의 바른 얼굴로 펴뜩 허리를 굽히자 민혁은 표정을 폈다.

"이해담네 집에서 나오는 걸 보니, 뭐, 친척이냐?"

"예, 뭐, 비슷해요."

진서가 얼버무리며 말했지만, 어차피 민혁이 해담의 친척들을 다 아는 건 아니었으니 별문제 삼지 않았다. 민혁이 흘끔 턱으로 안을 가리켰다.

"안에 이해담 있냐?"

"아저, 아니, 형은 누구신데요?"

"나? 친구."

조금 전, 처음으로 본 부모님의 다정한 모습을 떠올린 진서는 잠시 잠깐 심각한 딜레마에 빠졌다. 그 다정한 시간을 꼭 이 사람이 방해할 것만 같아 솔직히 말해 주기가 싫었기 때문이다.

"이해담 있냐니까?"

"계시기는 한데 주무세요."

"뭐냐, 그 극존칭은."

피식 웃은 민혁이 이내 고개를 삐뚜름하게 기울였다.

"지금 시간이 몇 신데 잔다는 거야?"

"그게, 어마어마하게 심한 감기 몸살에 걸려서 주무시거든요."

"감기 몸살에 걸렸다고?"

"네."

"많이 아프냐?"

"네. 약 드시고 하루 종일 주무시기만 하세요."

민혁은 금세 난감한 표정으로 이마를 긁적였다. 그 감기 몸살을 떠안긴 사람이 바로 자신이 아닌가 싶었기 때문이다.

달달달 떨면서 뒤도 돌아보지 않고 발걸음을 옮기던 해담을 떠올리자 더 더욱 자신이 원인 제공자 같았다.

"아, 젠장. 꼴랑 찬바람 좀 맞았다고 감기에 걸리냐?"

작게 투덜거린 민혁은 물끄러미 자신을 올려다보고 있는 진서를 응시했다.

"야. 근데, 너 나 모르냐?"

"모르겠는데요."

"이상하네. 어디서 본 것 같은 기분인데."

이내 고개를 절레절레 저은 민혁이 이맛살을 구겼다.

"기집애가 약해 빠져가지고 감기는 걸리고 난리야."

짜증스럽게 내뱉은 민혁은 바이크로 가서 탑박스를 열었다.

"야. 일루 와 봐."

진서가 말없이 다가오자 민혁은 탑박스에서 커피숍 로고가 찍힌 종이 상자를 꺼내 내밀었다.

아까 다희와 헤어질 때 커피숍에서 먹은 애플 타르트가 너무 맛있어서 엄마 주려고 하나 포장해 온 거였다. 해담이 아프다니 이거라도 주고 가야 마음이 편해질 것 같았다.

“야. 이거 이해담한테 전해 줘. 설민혁이 줬…….”

“예?”

“아니, 아니다. 그 기집애, 지랄 맞은 성질머리로는 내가 줬다고 하면 안 먹고 버릴 테니까 그냥 네가 샀다고 그러고 줘.”

“예에?”

진서가 눈을 동그랗게 뜨거나 말거나 민혁은 말을 이었다.

“네가 산 걸로 전해주고, 이해담이 다 먹거든 그때 설민혁이 줬다고 그래. 알았지? 설민혁이야.”

“……네, 네.”

진서가 황당한 표정을 지으며 억지로 받아들자 민혁은 품에서 지갑을 꺼냈다.

“자. 이건 심부름값.”

“아뇨, 아뇨. 됐어요. 괜찮아요.”

진서가 화들짝 놀라 만류했지만 민혁은 굳이 점퍼 주머니에 5만 원짜리 지폐 하나를 찔러주고서 훌쩍 바이크에 올랐다.

“꼭 이해담이 다 먹은 다음에 설민혁이 줬다고 해야 돼. 알았지?”

“네에.”

헬멧을 쑥 눌러쓴 민혁은 바이크의 시동을 걸고 요란한 엔진 소리를 내뿜으며 자리를 떴다.

바이크가 완전히 사라질 때까지 그 자리에 서 있던 진서는 종이 상자를 바라보다 이내 유리를 만나러 발걸음을 옮겼다.

적당한 속력을 유지하며 집으로 향하던 민혁은 뭔가 기분이 이상했다.

“희한하네. 분명히 그 꼬맹이 안면이 있는데, 어디에서 봤더라. 좀 떠올라라, 떠올라라."

순간, 생각 하나가 번뜩이며 뇌리를 스쳐 지나갔다.

"맞다. 그 얼굴!"

8.

영하의 맹추위로 인해 황량함이 감도는 작은 놀이터.

홀로 그네에 앉아 바닥만 응시하고 있는 유리의 입에서 연방 허연 입김이 새어 나왔다. 차가운 바람이 불 때마다 한 갈래로 높이 묶은 긴 머리가 사정없이 흔들린다.

탁탁탁탁. 저만치서 달려오는 발소리에 유리의 고개가 번쩍 들렸다. 상대방을 확인한 유리의 동그란 눈이 반가움으로 활짝 열렸다.

"진서야!"

"유리야!"

손을 흔들어 화답한 진서가 금세 그네로 달려와 가쁜 숨을 몰아쉬었다.

"하아. 많이 기다렸어?"

"아니. 나도 이제 막 왔어."

호흡을 고른 진서가 유리의 옆 그네에 앉았다. 잠시 서로를 마주 보고 있는 아이들의 얼굴에 수줍음 담긴 미소가 한가득 떠올랐다.

유리의 얼굴이 이내 걱정으로 물들었다.

"다친 곳은 괜찮아?"

"다친 곳?"

"나 때문에 넘어졌잖아."

사실, 영주의 심부름으로 간장을 사러 나갔던 그날 진서는 발을 헛디뎌서 넘어진 게 아니었다.

땅바닥을 응시하며 걷던 유리가 지나가는 오토바이를 미처 못 보고 부딪칠 뻔한 걸 진서가 구해주면서 넘어지는 바람에 생긴 상처였다. 괜히 유리에게 불똥이 튈까 걱정되어 어른들께는 사실대로 말할 수가 없었다.

"아. 다 나았어. 조금 까진 건데 뭐."

쾌활하게 대답한 진서가 보란 듯이 손바닥을 내밀어 보였다.

"봐봐. 이제 괜찮지?"

"아직 흉터 있네, 뭐."

"에이, 이 정도는 아무렇지도 않아."

"정말?"

"응."

"다행이다. 너 많이 아플까 봐 걱정했는데."

솔직히 아직도 세수하거나 손을 씻을 때 비눗물 때문에 따갑긴 했다. 유리가 걱정하니 절대 티를 낼 수는 없었다.

그때, 툭, 하는 소리와 함께 한 갈래로 묶여 있던 유리의 머리가 풀어졌다.

"어. 머리끈이 끊어졌나 봐."

유리가 당황한 표정으로 바닥을 보자 역시나 끊어진 고무줄 하나가 떨어져 있었다.

"머리 묶었다가 풀면 이상한데."

"괜찮아. 하나도 안 이상해."

"진짜?"

"응. 진짜."

그제야 유리가 얼굴을 풀고서 배시시 웃어 보였다.
“그건 뭐야?”
유리의 시선이 진서가 들고 있는 자그만 상자로 향했다.
“어, 이거?”
설민혁이라는 아저씨가 엄마한테 내가 산 척하며 전해 드리라고 한 거야.
그렇게 말하려는데, 갑자기 ‘꼬르륵’하는 소리가 자그맣게 흘러나왔다.
유리의 얼굴이 민망함으로 확 붉어지자 진서는 그 소리가 유리의 배에서 난 것임을 알았다.
“유리 너, 배고파? 점심 안 먹었어?”
“아, 아니. 아니야. 배고파서 그런 거 아닌데.”
또다시 꼬르르륵 소리가 튀어나왔다. 이번에는 조금 더 크고 길게.
“아, 아까 삼각김밥 먹었는데.”
“…….”
진서는 물끄러미 유리를 응시하다 이내 상자를 내밀었다.
“자. 이거.”
“이걸 왜 나한테 주는데?”
“어, 그게, 서, 선물. 크, 크리스마스잖아.”
거짓말을 하려니 말도 버벅거리고 유리만큼이나 진서의 얼굴도 발갛게 달아올랐다.
“나 주려고 가져온 선물이라고?”
“어, 응.”
“난 준비한 거 없는데.”
유리가 미안한 듯 표정을 흐리자 진서가 퍼뜩 손을 내저어 보였다.
“아냐, 아냐. 이거 나도 갑자기 생긴 거라서 부담 안 가져도 돼.”
“정말?”

"응. 정말."

"그럼, 같이 먹자."

"여, 여기서?"

당황한 진서가 눈을 동그랗게 떴지만 유리는 아무렇지 않은 얼굴로 크게 고개를 끄덕였다.

"아. 그, 그래."

유리가 당장 먹고 싶어 하는 것 같아, 진서는 상자를 열고 애플 타르트를 조각내어 내밀었다. 상큼하고 달콤한 애플 타르트를 한 입 먹은 유리의 얼굴이 더없이 밝아졌다.

"와, 진짜 맛있어."

행복해 하는 유리를 보고 있자니, 거짓말을 한 것과 물건을 제대로 전달 못 한 죄책감이 아주 조금 가신다.

'이따가 사실대로 말씀드리면 돼. 용서해 주실 거야.'

진서는 스스로를 다독이며 근심을 누르려 애썼다.

"넌 안 먹어?"

"난 점심을 늦게 먹어서 별로 생각 없어. 너 많이 먹어."

"그래도 나 혼자 먹…… 콜록, 콜록!"

조금 급하게 먹던 유리가 사레에 들려 기침을 내뱉었다.

"괜찮아? 천천히 먹지."

유리의 등을 두드려주던 진서가 몸을 일으켰다.

"잠깐만 있어 봐. 저 아래 편의점에서 물 한 통 사올게."

"콜록, 아니, 괜찮……."

유리가 채 만류하기도 전에 진서는 후닥닥 내달렸다.

진사인볼트라 불려도 될 만큼 폭풍질주로 편의점에 가서 생수 한 통을 산 진서는 숨을 몰아쉴 새도 없이 놀이터로 달렸다.

막 놀이터에 다다라 그네로 향하던 진서의 발걸음이 우뚝 멈추었다.

"야, 석유리. 너 엄마한테 말도 없이 여기 있으면 어떡해? 얼마나 찾았는지 알아?"

유리의 엄마로 추정되는 성인 여성이 유리의 어깨를 흔들며 야단을 치고 있었기 때문이다.

"아까 나올 때 밖에서 놀다 온다고 말씀드렸는데……."

"네가? 언제? 언제 그랬는데?"

"아, 아까 엄마 해, 핸드폰 게임하고 계실 때요."

유리 엄마의 얼굴이 당황스럽게 굳어졌다가 이내 더욱 매섭게 바뀌었다.

"얘가 생사람 잡네? 누가 보면 내가 집구석에서 핸드폰 게임이나 하고 있는 줄 알겠네. 어디서 거짓말을 하고 있어?"

"그, 그게 아니라……."

"아, 됐고. 얼른 집에 가. 곧 아빠한테서 전화 올 거야."

"오, 오늘 아빠한테 전화 오는 날이에요?"

"어머, 쪼끄만 게 벌써 치매가 왔나. 엄마가 오늘 아빠한테 전화 오는 날이니까 꼼짝 말고 집에 있으라고 그랬잖아."

"어, 언제요?"

"오늘 아침에! 이게 딴생각하느라 제대로 못 들었네, 못 들었어. 정신을 어따 팔고 다니는 거야?"

"……."

못내 억울한 듯 유리의 얼굴이 빨갛게 달아올랐다.

"왜, 뭐!"

"……아니에요. 제가 못 들었어요."

결국 유리가 고개를 푹 떨구자, 유리 엄마는 쯧쯧, 혀끝을 찼다.

"머리 꼴은 왜 그래? 단정히 묶고 다니랬지? 네가 그렇게 산발하고 다니면 사람들이 너한테 뭐라고 하는 게 아니라, 다 엄마 손가락질한다고 그랬어, 안 그랬어?"

"묶었는데 고무줄이 끊어졌어요."

"또 끊어 먹었니? 넌 어쩜 뭘 사 주면 제대로 하고 있는 게 없어? 지겨워, 진짜."

짜증스럽게 내뱉은 유리 엄마가 슬쩍 시선을 내렸다. 반쯤 열린 타르트 상자를 본 그녀의 이마가 사정없이 구겨졌다.

"저건 뭐야. 네가 거지야? 왜 밖에서 음식을 먹어? 누가 보면 내가 애 밥 굶기는 줄 알겠네."

"아. 그거, 제가 유리한테 선물로 준 건데, 먹어 보라고 했어요."

보다 못한 진서가 가까이 다가가 끼어들었다. 유리 엄마의 눈이 휙 진서에게로 날아왔다.

"넌 누구니?"

"안녕하세요, 전 유리 친구 최진서입니다."

진서의 머리부터 발끝까지 쫙 스캔을 한 유리 엄마가 표정을 조금 누그러뜨렸다.

"얘, 추운데 여기서 놀지 말고 집으로 가. 우리 유리도 그만 들어가야 되니까."

"네."

유리 엄마는 딸의 친구에게는 조금도 관심 없는 듯 아무것도 묻지 않고서 유리의 팔을 확 낚아챘다.

"안녕히 가세요. 잘 가. 유리야."

"으, 응. 잘 가. 나중에 봐."

퍼뜩 손을 흔들어 보인 유리가 애플 타르트 상자를 집어 들었다.

"그건 뭐 하러 가져가?"

“친구가 준 선물이잖아요. 가, 가져가게 해 주세요.”

타박하던 유리 엄마가 흘끔 진서를 보고서야 더 말하지 않고 유리를 잡아끌었다.

진서는 유리 엄마와 따라가는 유리의 모습이 보이지 않을 때까지 그 자리에서 꼼짝도 할 수가 없었다.

힘없이 끌려가는 유리의 뒷모습이 너무 가슴 아파서.

♥

“이게 어디 갔지? 이쯤 꽂혀 있었던 것 같은데.”

조금 전 집에 도착한 직후부터 민혁은 책들이 꽂혀 있는 책장을 이 잡듯 뒤지는 중이었다.

“필요 없을 때는 잘도 눈에 띄더니 꼭 찾으면 없어.”

“뭐가 막상 찾으면 없는데?”

언제 방으로 들어왔는지, 어머니의 음성이 바로 뒤에서 들려왔다.

“아니. 내 앨범. 어렸을 때 사진들 들어 있는 거.”

시선조차 주지 않고 대충 대꾸한 민혁은 짜증스럽게 미간을 구겼다.

“아, 이상하네. 분명 있었는데?”

“이거 말하냐?”

민혁이 획 돌아보자 어머니가 하드케이스의 두꺼운 앨범을 흔들어 보였다.

“어. 어. 그거 맞아. 엄마가 보고 있었어?”

“그래. 내가 보고 있었다. 막내아들램 얼굴 보기가 너무 힘들어서.”

“내가 공사가 좀 다망하잖아.”

“그러게. 너무 다망해서 아직 군대에 있는 걸로 착각될 정도다, 이놈아.”

"알았어, 알았어. 복학하기 전까지 집에 붙어 있도록 노력해 볼게."

"됐고. 아까 사온다던 거 그거나 내나 봐."

어머니가 앨범을 민혁에게 건네주고서 손을 내밀었다.

"어?"

"뭘 어냐? 애플 머시긴가가 맛있어서 엄마 준다고 포장해 온다며?"

"아, 그거!"

"그래, 그거."

그거 이해담 주고 왔는데. 차마 그렇게 말할 수가 없어 민혁은 태연한 척 어깨를 으쓱해 보였다.

"그게, 나올 때 물어보니까 테이크아웃은 안 된다더라고. 오로지 매장에서밖에 못 먹는 거래."

"그래? 아쉽네."

"솔직히, 그렇게 완전 맛있지도 않았어."

"그래?"

"어, 어. 좀 달더라고. 내가 나중에 진짜 맛있는 걸로 사다줄게."

"오냐. 알았다."

그럼에도 어머니가 조금 아쉬운 얼굴을 하고서 방을 나가자 민혁은 이마를 긁적였다.

"괜히 이해담 주고 왔나. 엄마 쏘리."

작게 중얼거린 민혁은 바닥에 주저앉아 앨범을 펼쳤다. 천천히 앨범 속 사진을 훑던 민혁의 눈이 어느 순간 동그랗게 커졌다.

"이봐, 이봐. 완전히 최주신이랑 판박이잖아?"

초등학교 3학년, 주신과 같은 반일 때 소풍 가서 찍은 단체사진이었다. 사진 속 주신은 헤어스타일과 싸늘하게까지 보이는 무표정을 제외하고 해담의 친척 꼬맹이와 흡사하게 닮아 있었다.

마치. 그때의 주신이 지금으로 날아온 게 아닌가 싶을 만큼.

"이 세상에 꼭 닮은 사람이 셋은 된다더니. 이해담 친척 꼬맹이랑 닮냐. 신기하네."

잠시 동안 주신을 응시하던 민혁의 눈동자가 조금 옆으로 이동했다. 마찬가지로 같은 반이었던 열 살의 해담에게로.

옆 친구와 함께 손을 브이자로 만들고서 해맑게 미소 짓고 있는 해담의 모습에 민혁의 입술이 슬쩍 벌어졌다.

"이해담, 이때는 완전 애기애기했네."

하긴 뭐. 지금도 별반 달라진 건 없지만.

조금 더 차분해지고, 조금 더 예뻐진 것 외에는.

"저, 아빠."

새해부터 시작할 과외수업 교재를 들여다보고 있던 주신은 쥐고 있던 펜을 놓았다. 주신은 빙글 의자를 돌려, 침대에 오도카니 앉아 있는 진서에게로 시선을 주었다.

"말조심."

"아. 네, 형."

"왜 불렀어?"

"하아."

아홉 살이 내뱉기에는 너무 크고 깊은 한숨에 주신이 한쪽 눈썹을 세웠다.

"세상 사는 게 왜 이렇게 힘들까요."

"뭐?"

주신은 어이가 없어 입이 턱 벌어지려는 것을 겨우 참았다.

"무슨 고민이라도 있어?"

"하아. 세상에 고민 없는 사람이 어디 있겠어요. 사람이 고민을 하지 않으면 죽은 거라고 책에서 그랬어요."

주신은 물끄러미 진서를 응시하다 희미하게 웃음을 머금었다. 진서가 왜 저러는지 알 것도 같았기 때문이다.

크리스마스 날, 유리를 만나러 나갔다 온 뒤부터 시무룩한 느낌이더라니.

쬐끄만 게 벌써부터 연애 문제로 속앓이를 하는 모양이다.

"혹시, 유리라는 애랑 싸웠어?"

진서는 힘없이 고개만 내저을 뿐 아무런 말도 하지 않았다. 어쩐지 안타까운 마음이 일어 주신의 입가에 머물던 웃음이 가셨다.

하지만, 연애 문제는 자신의 코도 석 자라 뭐라 조언해 줄 수 있는 게 없었다. 손을 잡아도 아무 느낌이 없다던 해담의 말이 둥실둥실 뇌를 떠다닌다.

"하아."

"하아."

주신과 진서는 동시에 한숨을 흘리고서 고개를 푹 숙였다.

새해 목표

1. 토익 800점 이상 달성.

2. 자격증 따기.

3. 대외 활동하기.

4. 기운 좋을 때 자전거 여행 가기.

5. 복근 만들기.

6. 일기 하루도 빼먹지 말고 쓰기.

7. 매일 물 10잔 마시기.

8. 핸드폰 보는 시간 줄이기.

9. 일주일에 책 한 권씩 읽기.

10. 욕 안 하기. ㅋㅋ

올해의 마지막 날을 이틀 앞두고 미리 새해 계획을 쭈욱 써 내려가던 해담은 '10. 욕 안 하기. ㅋㅋ'을 펜으로 쭉쭉 그어버렸다.

"이건 불가능해. 불가능하다고. 욕쟁이 엄마 밑에서 매일 듣고 자란 게 그건데 어떻게 고치겠냐고."

고개를 절레절레 흔든 해담은 다시 썼다.

"10. 쌍욕 안 하기. 그래. 쌍욕만이라도 하지 말자."

그렇게 쓰고 열한 번째를 쓰려 할 때였다.

지이이잉. 지이이이이잉. 책상 위 핸드폰이 진동을 해댔다. 해담은 핸드폰을 집어 들고서 액정을 확인했다.

주신의 이름이 깜빡여대고 있자 철렁, 심장이 내려앉았다. 엊그제 주신에게 안겨 있던 일이 폭풍처럼 뇌를 휩쓸어대는 탓이다.

담담하려 애썼지만, 단단하고도 포근했던 그 느낌이 자꾸만 그녀의 심장을 요동치게 만들었다. 주신이 전화를 건 건 아마도 진서 때문일 것이다.

"음, 음."

저도 모르게 목청을 가다듬고서 해담은 전화를 받았다.

"여보세요."

-나야.

"알아, 넌 거."

-통화 괜찮아?

"어. 괜찮아. 해."

정말 멋대가리라고는 귀 씻고 들어봐도 없는 대화였다. 하지만 이상하게도 해담은 주신의 음성이 조금 부드럽게 느껴졌다.

-몸은 어때? 아직 감기 기운 덜 나았어?

"이제 괜찮아. 말짱해."

주신과 이런 안부 인사를 나누는 게 낯설어 해담은 괜히 눈을 비볐다.

-내일 오후에 시간 좀 내줄 수 있어?

"내일? 왜?"

-진서 신발 사러 백화점 가려고.

"아."

역시나 진서 일로 전화를 한 게 맞았다. 진서 문제가 아니면 할 리 없지.

-새해 선물로 줄 거라 혼자 고르기가 그래. 애들 취향을 전혀 몰라서. 넌 나보다 낫지 않을까 싶은데.

"나아 뵈냐?"

쿡. 웃음소리가 흘러나왔다.

비웃거나 어이없는 게 아니라 그냥 순수하게 웃겨서 나온 웃음.

-옷들은 집 근처 매장에서 몇 벌 사줘서 그럭저럭 입고 다니는데, 신발은 신고 온 거 하나밖에 없거든.

이어지는 주신의 말에 해담은 어쩐지 가슴 속이 싸해졌다. 주신이 홀로 진서를 챙길 때, 자신은 관심 주면 안 된다는 핑계로 아무것도 신경 쓴 게 없다.

뭐가 어찌 됐든 진서는 어른들의 세심한 손길이 필요한 아홉 살짜리 아이일 뿐이니까.

'아직까지 카드 답장도 안 줬는데.'

-시간 빼기 곤란하면…….

"아냐. 같이 가. 너보다는 내 안목이 월등히 높을 것 같긴 해."

간 김에 그녀도 진서에게 줄 선물을 하나 고를 참이었다. 그래야 보내고 난 뒤 후회하지 않을 것 같아서.

그런데 주신과 단둘만 가려니 꽤나 어색하고 기분이 묘했다.

같이 버스를 타고 같이 백화점 내부를 걷고. 으. 적응 안 돼.

"내일 진서도 데리고 가면 안 돼?"

-진서도 같이 가자고?

"어. 괜히 서프라이즈니 뭐니 해서 우리 둘이 고르는 것보다는 진서 데리고 가서 마음에 들어 하는 걸로 사는 게 더 좋을 것 같아."

괜히 불편할 것 같다는 말 대신 그렇게 둘러댔다.

-진서 데리고 가면 굳이 너 안 가도 되는데.

"아니. 나도 진서 선물 하나 사주려고."

-너도?

주신의 목소리가 아주 조금 높아졌다. 혹여, 주신이 그녀가 마음을 바꾼 걸로 오해할까 봐 해담은 곧장 덧붙였다.

"다른 뜻이 있는 건 아니고, 그냥, 내 마음 편하고 싶어서. 크리스마스카드 받았는데 아직까지 답장을 못해 줬거든. 그래서 작은 거 뭐라도 하나 사주려고."

-너, 괜찮겠어?

"뭐가?"

-아냐. 그럼, 내일 오후 두 시에 집 앞에서 보자.

"그냥 사거리 지나서 커피숍 앞 버스정류장에서 봐."

굳이 집 앞에서부터 셋이 함께 다닐 필요까지는 없을 것 같았다.

-그래. 알았어.

주신이 별다른 토 달지 않고 전화를 끊자 해담은 가만히 속눈썹을 깜빡였다.

"뭐가 괜찮냐는 거지?"

고개를 갸웃거리던 해담은 핸드폰을 책상 한쪽에 두고서 나머지 열한 번째 목표를 써넣었다.

11. 남자친구 만들기(최주신 말고).

♥

"아. 뭘 입고 나가지? 왜 이렇게 입을 게 없어?"

약속 시간이 다 되어 갈 무렵, 해담은 옷장에 걸린 옷을 헤집으며 한숨을 푹푹 내쉬었다.

"분명, 살 때는 예뻤는데 왜 다시 보면 별로인 것들밖에 없지? 진짜 입을 만한 게 없네, 없어."

푸념을 하며 옷들을 살피던 해담은 문득, 이마를 찡그렸다.

"내가 지금 뭘 하는 거야. 잘 보일 사람도 없는데 웬 옷 타령."

겨우 최주신과 백화점 가는 것뿐인데.

고개를 절레절레 흔든 해담은 시계를 확인하고서 대충 옷을 챙겨 입었다. 주신보다 먼저 가려면 지금 바로 나가야 했으니까.

아무래도 바로 옆집이니 엇비슷한 시간에 집 앞에서 마주치는 사태를 피하기 위해서였다. 그럼에도 거울을 한 번 더 본 다음에야 해담은 집을 나섰다.

철컥.

막 대문 밖으로 나온 해담의 귀에 옆집 대문이 열리는 소리가 들려왔다.

윽. 설마.

고개를 돌리자, 아니나 다를까 주신과 진서가 밖으로 나오는 게 포착되었다.

아. 조졌다! 이 죽일 놈의 텔레파시는 이딴 식으로 터지냐.

"왜 이렇게 일찍 나와?"

그렇게 물은 주신이 이내 알 만하다는 듯한 표정을 지었다.

"너랑 같은 이유 아니겠어?"

해담과 주신은 누구랄 것 없이 어이없는 웃음을 흘렸다. 같이 버스정류장까지 가기 어색해서 일찍 나왔더니 똑같이 그런 생각을 하고 있을 줄이야.

해담은 입가에 미소를 짓고서 진서에게로 시선을 내렸다. 눈이 마주친 진서가 어깨를 움찔하는 것처럼 느껴졌다.

"진서, 안녕?"

"안녕하세요."

인사를 하는 진서의 목소리에 힘이 없다.

"어, 그래. 점심은 먹었니?"

"……네."

건성으로 대답하는데 얼굴도 잔뜩 가라앉아 있다.

뭐, 뭐지? 세상 짐 다 짊어진 것 같은 무거운 표정은?

진서와 대조되는 밝은 미소가 멋쩍어 해담은 슬그머니 입술 끝을 내렸다.

"가자."

갑자기 주신이 해담에게로 손을 내밀어 보였다. 영문을 몰라 빤히 손만 응시하고 있자 주신이 슬쩍 미간을 구기고서 눈짓을 해 보였다.

아뿔싸! 진서 앞에서 친한 척해야 한다는 사실을 겨우 떠올렸다.

'너, 괜찮겠어?'

어제 주신이 던진 물음의 의미를 이제야 깨닫다니.

아니. 아무리 그래도 집 앞인데. 여기서부터 손을 잡는 건 좀.

한껏 당황스러운 얼굴로 주저주저하는 사이 해담은 진서와 눈이 딱 마주치고 말았다.

흠칫!

탐색하는 듯한 저 날카로운 눈동자!

"저, 거짓말은 나쁜 거죠?"

너네 나한테 거짓말로 친한 척한 거지? 꼭 그렇게 말하는 것만 같았다.

"어, 응. 다, 당연히 거짓말은 나쁜 거지. 내가 제일 싫어하는 게 거짓말이거든."

해담의 대답에 진서가 하아, 커다랗게 한숨을 쉬었다.

"속이는…… 것도 나쁜 거 맞죠?"

해담은 머리칼이 비쭉 서는 듯했다.

너네 그때 나 속인 거 맞지? 이렇게 묻는 것만 같다.

"소, 속이는 것도 나쁜 거 마, 맞지."

"아무리 어린애라도 나쁜 건 구분해야 되는 거 맞죠?"

내가 아무리 어려도 너네 행동은 구분할 줄 알거든?

진서의 말이 자동으로 해석되어 귀를 강타하는 통에 해담은 식은땀이 삐질, 날 것만 같았다.

그래. 너만 빠른 시일 내에 보낼 수 있다면 뭔들 못하겠니.

아니 진짜. 쪼맨한 게 누굴 닮아 저렇게 눈치가 빠른 거야?

흡, 숨을 들이마신 해담은 어쩔 수 없이 팔을 뻗어 주신의 손을 슬그머니 잡았다. 그러고선 진서를 향해 억지로 입술을 올려 웃어 보였다.

"그럼. 아홉 살이면 당연히 나쁜 건 구분할 줄 알아야지."

"하아. 그렇겠죠."

땅이 꺼질 것 같은 진서의 한숨 소리에 해담은 느슨하게 잡았던 주신의 손을 꽉 힘주어 쥐었다.

"가, 가자."

피식. 주신의 입에서 희미한 웃음이 새어 나왔지만 해담은 알지 못했다. 진한 시선으로 잠시 동안 해담을 응시하던 주신이 진서에게로 고개를 돌렸다.

"진서."

"네?"

"넌 이쪽."

주신이 나머지 한 손을 내밀었다.

"넵."

진서가 이제야 겨우 눈을 반달로 만들어 보이곤 주신의 손을 잡았다.

"가자, 이제."

좌 진서, 우 해담의 손을 부드럽게 잡고서 주신이 발걸음을 옮겼다.

힐을 신어 보폭이 상대적으로 좁은 해담과 진서에게 맞춰 주신이 걸음을 조금 늦추었다. 그 배려를 알아챈 해담의 입술이 부드럽게 풀어졌다.

'의외로 은근히 챙긴다니까.'

옷을 벗어주지 않나, 목도리를 감아주질 않나. 그리고 언 손을 감싸주기까지.

어쩐지 심장이 싸해지려고 하자 해담은 작게 고개를 내저었다.

'뭐, 그때야 내 마음을 돌리기 위해 일부러 그런 거고, 지금은 친한 척하기로 했으니 이러는 거겠지.'

그럼에도 괜히 마음이 싱숭생숭한 건 가라앉지 않는다. 해담은 주신의 옆모습을 물끄러미 올려다보았다.

차가워 보이는 눈매, 곧고 날카롭게 떨어지는 콧날, 꾹 다물린 입술, 단단하고 날렵한 턱선. 새삼 주신의 수려한 외모가 해담의 눈에 또렷이 들어왔다.

너무 뚫어지게 넋 놓고 바라보고 있었는지 주신이 해담에게로 고개를 돌렸다.

"왜?"

"어, 어? 뭘?"

"나 쳐다보고 있기에. 할 말 있나 해서."

"아닌데. 먼 산 본 건데."

그녀가 생각해도 말도 안 되는 거짓말에 주신이 잔잔한 미소를 보였다.

두근.

갑자기 해담의 심장이 마구잡이로 펌프질을 해대기 시작했다. 얼굴에는 급격히 열이 오른다.

부드럽게 그녀의 손을 감싸 쥐고 있던 주신의 손마디에 힘이 들어갔다.

두근 두근 두근.

해담의 심장이 더욱 빨리 뛰어댔다. 얼굴이 빨갛게 달아오를 것 같아 해담은 고개를 정면으로 휙 돌렸다.

그런 그녀를 주신이 묘한 눈으로 응시하는 줄도 모른 채.

'어떡해. 손바닥에 땀날 것 같아.'

연말의 백화점은 인산인해를 이루었다. 연인, 가족, 친구 등 여러 군상들로 활기가 가득했다.

N브랜드 신발 매장으로 향한 해담과 주신은 진서에게 어울릴 만한 신발을 이것저것 골랐다.

"진서야, 이건 어때? 안감이 따뜻해서 겨울에 신기에 딱 좋을 것 같은데."

"네. 좋아요."

입으로는 좋다고 하는데 표정은 전혀 그렇지가 못했다.

"이건 어때?"

주신이 다른 걸 집어 들고 보여주자 진서가 또 똑같이 대답했다.

"네. 좋아요."

해담과 주신은 서로를 마주 보며 난감한 표정을 지었다. 조금 전부터 진서는 골라주는 족족 '네. 좋아요.'만 반복하고 있었다.

영혼 없는 리액션을 보이며.

"일단 다른 데 더 둘러볼까?"

해담의 제안에 혹여나 손님을 놓칠세라, 중년의 매장 직원이 퍼뜩 끼어들었다.

"고객님, 그럼, 이 상품은 어떨까요? 디자인이 무난해서 잘 나가거든요. 요즘 초등생들에게 저희 브랜드 선호도가 아주 높아요."

해담은 들고 있는 신발로 시선을 내렸다가 고개를 들었다.

"초등학생들도 좋아하는 브랜드가 있어요? 부모님들이 골라주는 걸로 신는 게 아니고요?"

"어머, 그럼요. 요즘 초등학생들이 얼마나 유행에 민감한데요. 신발은 물론이고 가방, 학용품까지 유행 안 타는 게 없어요."

"그렇구나."

새로운 사실을 알게 된 해담이 고개를 주억거리자 직원이 친근한 미소로 주신을 바라보았다.

"동생 신발 선물하러 오셨나 봐요."

"아. 네."

"여자친구분께서 안목이 굉장히 좋으시네요. 조금 전 여자친구분께서 고르신 게 저희 매장에서 제일 잘 나가는 디자인이거든요."

드라마나 소설에서 흔히 봤던 오해 가득한 상황.

해담은 '어멋! 아니거든요!' 대신 그냥 어깨만 으쓱해 보였다.

"제가 안목이 월등하다는 말을 많이 듣는 편이긴 해요."

어차피 진서가 두 눈 시퍼렇게 뜨고 지켜보는 터라 부정할 수 없기도 했고.

"진서 너는 어떤 게 좋아? 아님, 다른 데 더 둘러볼까?"

"저, 그냥 누님이 골라주신 걸로 할게요."

드디어 오케이 사인이 났다. 여전히 그다지 감흥 없는 반응이긴 했지만.

"그걸로 주세요."

주신의 말에 직원이 더욱 친절한 미소를 보이고서 진서에게로 고개를 돌렸다.

"신발 사이즈가 어떻게 되니?"

"저 220 신어요. 원래 215인데 엄지발가락이 남들보다 길어서 220으로 사야 되거든요."

"어머, 그래?"

"네. 우리 엄마도 그러시거든요. 나이 먹으면 더 길어진대요."

매장 직원과 진서의 대화에 해담은 괜히 얼굴을 확 붉혔다. 민망함에 흘끗 눈을 돌리자 주신이 그녀의 구두를 투시하듯 바라보고 있는 게 포착되었다.

"뭘 봐. 죽을래?"

해담은 주신 앞으로 다가가 작게 말했다. 그럼에도 주신이 시선을 거두지 않자, 해담은 손을 뻗어 그의 새끼손가락을 꾹 꼬집었다.

조금 어이없는 표정으로 해담을 본 주신이 지지 않고 똑같이 그녀의 손가락을 꾹 눌렀다가 놓아주었다.

"지금 해 보자는 거지?"

작게 중얼거린 해담이 야무지게 입술을 추스르고서 팔을 뻗자 주신이 가당치도 않다는 듯 손을 낚아채 봉쇄했다.

어쭈, 최주신!

재빨리 다른 손을 내밀자 주신이 그마저 나머지 손으로 움켜쥐어 막았다. 주신이 그 상태로 해담을 품으로 끌어당겼다.

뜻하지 않게 껴안은 듯한 자세. 당황한 해담이 빠져나오려 했지만 주신이 더욱 바짝 그녀를 옭아맸다.

"더 하면 집 갈 때까지 이대로 안 놔준다."

두근. 또다시 해담의 심장이 빠르게 뛰기 시작했다. 잠시, 시공간이 멈춘 듯 해담의 눈과 귀에는 아무것도 들어오지 않았다.

나지막한 경고를 뱉어낸 주신의 붉은 입술과 터질 듯한 자신의 심장 소리만 느껴질 뿐.

갑자기. 아주 갑자기 저 밑바닥에 묻어두었던 감각 하나가 피어올랐다. 집요하게 그녀를 탐하던 주신의 입술. 그 뜨겁던 키스가.

오싹, 소름이 돋아 오르고 귓불이 빨개진다.

그때, 매장 직원의 음성이 둘 사이에 파고들었다.

"고객님, 결제는 어떻게 도와드릴까요?"

찰나 동안 해담의 얼굴을 들여다보던 주신이 이내 손을 놓고서 계산대로 다가갔다. 주신이 계산을 하는 동안 해담 역시 가까스로 정신을 차리고서 표정을 추슬렀다.

"이제 집에 가는 거예요?"

"응. 가면 될 것 같아."

해담의 대답에 주신이 의아한 표정을 지어 보였다.

"너도 살 거 있다고 하지 않았어?"

"아, 맞다. 그랬지?"

도대체 정신을 어따 두고 다니는 거야? 그제야 해담은 망각하고 있던 목적을 떠올리고서 진서에게 물었다.

"진서야, 신발은 샀으니까 다른 거 갖고 싶은 거 없어?"

"없어요."

단박에 나온 대답에 해담은 작게 헛기침을 했다.

"아니, 그래도 분명히 있을 거야. 한 번 생각해 봐봐."

이번에는 곧장 거절하지 않고 진서가 눈을 깜빡이며 생각에 잠겼다. 진서가 생각을 하는 사이 해담은 저도 모르게 주신을 흘끔 보았다.

꾹 다물린 주신의 입술이 확 눈에 들어왔다.

"왜?"

"아니, 아니야."

시선을 돌리고서 해담은 속으로 한숨을 삼켰다. 아무래도 미친 게 틀림없다. 왜 자꾸 최주신이 신경 쓰이는 건지 알 수가 없다.

"저, 필요한 거 생각났어요."

생각을 끝낸 진서의 말에 해담은 속눈썹을 깜빡였다. 뭘 떠올렸는지 진서의 얼굴이 꽤나 밝아져 있었기 때문이다.

"뭐가 필요한데?"

9.

해담과 주신 그리고 진서가 간 곳은 다른 층에 위치한 액세서리 매장이었다.

자신의 신발을 살 때보다 훨씬 더 생기 넘치는 모습으로 진서가 매장을 살피고 다녔다.

해담과 주신은 조금 떨어진 곳에서 그런 진서를 지켜보고 있었다.

"참 나. 지 신발 살 때는 아무래도 좋다더니, 저건 왜 저렇게 꼼꼼히 고르고 있대?"

해담이 반쯤 어이없는 웃음을 흘리며 작게 속삭였다.

"선물할 거니까 그렇겠지."

"그러니까 더 기가 막히네. 저 필요한 거 사랬더니 웬 여자친구 선물? 그것도 나한테 사달라니."

"어쩔 수 없잖아. 재한테는 네가 엄마니까."

쿨럭! 기침을 뱉어낸 해담은 가볍게 주신을 향해 눈을 흘겨 보였다. 한숨을 푹 내쉰 해담은 물끄러미 진서의 뒷모습을 응시했다.

'뭐가 필요한데?'

'저, 머리끈이요. 머리 묶는 거 있잖아요.'

'머리끈? 그게 네가 왜 필요한데?'

'친구한테 주려고요.'

더 물어보지 않아도 뻔했다. 먼젓번 말했던 그 석유리라는 애한테 주려는 거겠지. 기가 막혔지만 진서의 눈에 너무 생기가 넘쳐 안 된다고 할 수가 없었다.

문득, 뇌리를 스치는 생각에 해담은 휙 주신에게로 시선을 주었다.

"혹시, 쟤 아까부터 계속 기분 저기압이던 게 유리라는 걔 때문이었어?"

주신의 입가에 잔잔한 미소가 떠올랐다.

"아무래도. 세상 사는 게 너무 힘들다던데."

"헐. 설마, 걔랑 싸웠대?"

"글쎄. 그건 말 안 하는데 눈치가 그런 것 같아."

"웬일이야. 쬐끄만 게 벌써부터 사랑타령이야?"

주신이 희미하게 고개를 저으며 피식 웃자, 해담도 따라 웃고 말았다. 주신과 마주 보고 웃어도 어색하지 않은 건 참 오랜만이었다.

가만히 서로를 응시하고 있는데 진서의 음성이 날아들었다.

"저, 마음에 드는 거 있어요."

시선을 거두고서 해담은 진서를 돌아보았다. 조금 수줍은 얼굴로 진서가 해담의 손을 이끌었다.

유리로 된 쇼케이스 앞으로 간 진서가 한곳을 손으로 가리켜 보였다.

"저거요. 저는 저게 제일 마음에 들어요."

고개를 끄덕인 해담은 매장 직원을 바라보았다.

"들으셨죠? 저걸로 주세요. 선물할 건데 포장 가능한가요?"

"네. 고객님. 연말 이벤트 중이라 포장 가능하세요."

진서의 입이 귀에 걸릴 듯 벌어지자 해담은 어쩐지 자신이 선물을 받은 것 같은 묘한 기분을 느꼈다.

"저, 근데 얼마예요?"

"네. 10만 2천 원입니다."

"아, 네. 10만, 네? 얼마라고요?"

"10만 2천 원입니다, 고객님."

해담은 입이 떡 벌어지려는 것을 겨우 눌렀다.

무슨 머리 묶는 끈 하나가 10만 2천 원씩이나 해?

"고객님, 보시면 아시겠지만, 크리스탈, 세라믹, 에폭시로 구성되어 있고요, 꼭 머리를 묶는 용도가 아니라 팔찌처럼 착용하실 수도 있는 거라 많이들 애용하고 계세요."

아뇨. 봐도 모르겠는데요. 전 이런 거 애용 안 한다고요. 흑흑. 아, 내 용돈!

브랜드 매장이라 가격이 있을 거라 예상은 했는데 이렇게 비쌀 줄은 몰랐다. 진서 역시 어마어마한 가격에 퍼뜩 도리질을 쳤다.

"저, 저, 그거 안 살래요. 그렇게 비싼 건 줄 모르고…… 죄송해요."

안절부절못하는 진서를 보니 마음이 약해졌다. 어차피 앞으로 다시 선물할 일이 있을까, 싶기도 했고.

"그냥. 포, 포장해 주세요."

눈은 울고 입은 웃는 요상한 표정으로 해담은 계산을 했다.

진서가 싱글벙글 머리끈이 포장되기를 기다리는 동안, 해담은 한 걸음 물러나 어지럼증을 가라앉히려 애썼다.

"괜찮아?"

주신이 슬쩍 그녀 쪽으로 고개를 기울여 속삭였다.

"괜찮아 뵈니? 난 머리끈이라고 해 봤자 천냥샵에서 파는 고무줄밖에 안 쓰는데."

"그래?"

"어. 난 세상에서 제일 돈 아까운 게 머리 묶는 끈에 돈 많이 쓰는 거야. 어우. 갑자기 그 유리라는 애가 확 궁금해지네?"

해담의 푸념에 주신이 가만히 그녀의 등을 토닥였다. 마치, 진짜 남자친구가 여자친구를 다독여 주듯이.

"선물이니까 다는 그렇고 내가 반은 보탤게."

오오, 구미가 확 당기지만 참겠소이다.

"돼, 됐어. 너도 신발 사느라 돈 많이 썼잖아. 너나 나나 부모님께 용돈 받는 건 똑같은 처진데."

"아닌데."

"아니라고? 그럼……."

해담이 의아한 표정을 지으며 질문을 던지려는 찰나였다.

"어, 쌤! 쌤 맞으시죠?"

아주 경쾌한 음성이 두 사람에게로 날아들었다. 해담과 주신의 고개가 동시에 소리가 난 쪽으로 향했다.

"쌤 맞으시네요. 와, 여기서 다 보네요?"

아주 상큼하게 생긴 여자가 주신을 향해 한껏 반가운 표정을 짓고 있었다. 주신이 채 알은척을 하기도 전에 여자가 성큼 다가왔다.

"쌤, 여긴 어쩐 일이세요?"

여자가 주신을 향해 생글생글 웃으며 물었다.

"넌 백화점에 뭐 하러 오는데. 쇼핑하러 온 거 아냐?"

"아닌데요? 전 친구들이랑 밥 먹으러 왔는데요? 쌤, 호텔이 꼭 잠자러 가는 곳만은 아니듯이 백화점에 쇼핑하러 온 거라는 고정관념을 버리세요."

무뚝뚝한 대답에도 여자는 전혀 무안한 기색이 아니었다.

해담은 찰나 동안 여자의 머리부터 발끝까지 쓰윽 살폈다. 해담 또래로 보이는 여자는 일단 아주 늘씬했다.
성숙해 보이는 동시에 귀여움까지 갖춘, 묘한 분위기였다.
'근데, 최주신한테 웬 쌤?'
의아한 표정을 짓는데 주신을 향하고 있던 여자의 눈이 휙 해담에게로 꽂혔다.
"오, 쌤 여자친구분이세요?"
눈동자에 장난기가 다분한 게 어린아이 같은 느낌도 풍기고. 해담은 뭐라고 대답해야 할지 난감해졌다.
백화점 직원이야 다시 볼 일 없으니 여친이나 애인으로 오해하든 상관없지만, 주신의 지인이라면 또 말이 달라진다.
어떻게 해야 하나 고민하는데 주신이 입을 열었다.
"마침 잘 만났다. 나가서 얘기 좀 하자."
"지금요?"
여자가 멀뚱멀뚱 볼 뿐 움직일 생각을 하지 않자 주신이 팔목을 낚아챘다.
"나가자."
"어어? 쌤 여자친구시면 저 인사라도……."
"잠깐이면 돼."
여자의 말을 자른 주신이 해담을 바라보았다.
"여기 있어. 얘기 좀 하고 올게."
"어, 어."
해담의 말이 채 끝나기도 전에 주신이 여자의 팔목을 감싸 쥐고서 매장 밖으로 나갔다. 멍하니 그 모습을 응시하고 서 있던 해담의 눈이 어느새 슬그머니 가늘어졌다.
"그냥 나가자고 하면 되지. 저 손은 아무 팔목이나 다 잡는 손이구만?"

얼떨결에 내뱉고서 해담은 으으, 작게 도리질을 쳤다.

'뭐야, 나. 최주신이 누구 팔목을 잡든 손을 잡든 무슨 상관이라고.'

그런데 왜 이렇게 기분이 심란한지 알 수가 없다. 여자의 팔목을 움켜쥐고서 나가버린 주신의 뒷모습에 왜 이렇게 열이 확 오르는지 알 수가 없다.

저 여자가 누구인지, 둘이 어떤 사이인지 궁금증마저 피어오른다. 어쩐지 속이 부글거리는 게 목덜미가 뻣뻣해져 온다.

툭툭. 무언가 가볍게 등을 두드리는 바람에 해담은 움찔했다.

"엄, 아니, 누님 괜찮으세요?"

자그만 종이가방을 손에 든 진서가 그녀를 물끄러미 올려다보고 있었다.

후우. 한숨을 흘리고서 해담은 얼굴을 이완시켰다.

"안 괜찮아 보이니?"

"네. 조금요."

아홉 살짜리가 느낄 정도로 표정이 안 좋았다는 뜻이다.

'나 진짜 왜 이러니.'

버스에서 내리자 어느새 어둑어둑해지고 있었다. 백화점으로 향할 때와 달리 돌아올 때는 아무도 손을 잡지 않았다.

주신은 무표정한 얼굴로 걷기만 했고, 해담 역시 주머니에 손을 푹 찔러 넣은 채 정면만 응시했다.

진서는 골똘히 생각에 잠긴 듯 전혀 두 사람을 신경 쓰지 않았다. 그렇게 말없이 걷다 보니 어느새 집 앞에 당도해 있었다.

"오늘 선물 사주셔서 고맙습니다. 너무 비싼 걸로 골라서 죄송해요."

진서가 정말 죄송한 얼굴로 허리를 꾸벅 숙였다.

"유리가 좋아하겠다."

해담이 놀리듯 말하자 진서의 얼굴이 금세 벌겋게 달아올랐다. 그 모습이 귀여워 머리를 쓰다듬어 주고 싶은 걸 꾹 참으며 해담은 주신을 보았다.

"먼저 들어갈게."

"잠깐만 있어 봐."

"왜?"

대답 대신 주신은 신발이 든 쇼핑백에서 알 수 없는 상자 하나를 꺼냈다. 그리고 나머지는 진서의 손에 들렸다.

"진서, 이거 가지고 먼저 들어가."

"저, 저 먼저요?"

진서가 신발이 든 쇼핑백을 받아들고서 머뭇머뭇 해담을 응시했다.

뭔가 할 말이 있는 것 같은 표정.

"왜, 나한테 할 말 있니?"

"저, 그, 그게……."

"뭔데 그래? 괜찮으니까, 말해 봐."

"……아니에요. 오늘 선물 사주신 거 고맙습니다."

진서가 다시 허리를 굽혀 보이고서 이내 몸을 돌렸다.

주신은 진서가 대문 안으로 사라지자, 방금 전 꺼내 든 정체 모를 상자를 해담 앞으로 내밀었다. 전혀, 조금도 생각지 못한 주신의 행동에 해담이 눈을 동그랗게 떴다.

"이게 뭐야?"

"집에 들어가서 봐."

"나 주는 거야?"

"어."

"뭔데. 주웠어?"

너무 당황스러워 얼떨결에 그렇게 말하자, 주신이 가당치도 않다는 듯 미간을 찌푸렸다.

“뭘 주워. 내 돈 주고, 내가 산 건데.”

“마, 말이 그렇다는 거지. 아니, 도대체 언제 산 거야?”

질문을 던진 해담의 뇌리에 아까, 백화점에서의 상황이 스치고 지나갔다.

주신이 그녀의 시야에서 벗어난 건, 그 여자와 액세서리 매장을 나갔을 때밖에 없었다.

“혹시, 그 여자와 얘기한다고 나가서 이걸 산 거야?”

“여자는 무슨. 애한테.”

“애라고?”

“해 바뀌면 고2 올라가거든.”

“그럼, 내일까지는 열일곱 살이라는 거네? 우리 또래인 줄 알았는데.”

어쩐지. 겉은 성숙해 보이는데 뭔가 귀여운 느낌도 들더라니.

“그럼, 걔가 너한테 쌤이라고 한 것도.”

“어. 다음 주부터 과외 시작이거든. 그전에 이미 면담이랑 테스트 끝나서 얼굴 알고 있었고.”

“아. 그렇구나.”

가만히 고개를 끄덕이는데, 희한하게도 조금 전까지 딱 얹힌 것만 같던 속이 확 풀어진다.

주신이 슬쩍 한쪽 눈썹을 세웠다.

“안 받고 계속 세워 둘 거야?”

“아, 미안. 근데, 이게 뭔지 모르겠지만, 나한테 왜 사주는 거야?”

“선물하는 것도 이유가 있어야 돼?”

“그건 아닌데. 그래도.”

“야. 좀. 그냥 고맙다 그러고 받아라.”

“아니, 난 아무것도 준비한 게 없는데 미안해서 그러지. 너무 뜻밖이기도 하고.”

주신이 머뭇거리는 해담의 손을 끌어당겨 선물 상자를 턱 올려놓았다.

"여자 취향을 몰라서. 급한 대로 라주영, 아까 걔한테 조언 받고 산 거니까, 마음에 안 들면 말해. 다른 걸로 교환도 가능하거든."

"……고마워. 잘 쓸게."

그제야 주신의 입술 끝이 슬쩍 올라갔다가 원래대로 돌아왔다.

"가. 이제."

"어. 너도 들어가."

가볍게 손을 흔들어 보인 해담은 선물 상자를 꼭 쥐고서 몸을 돌렸다.

대문과 현관을 거쳐 자신의 방까지 쉼 없이 직진한 다음에야 해담은 선물을 풀어보았다. 상자 안을 확인한 해담의 입이 헤, 하고 벌어졌다.

"겨울 장갑이잖아? 완전 예쁘다."

손목에 인조퍼가 달린 베이지색의 여성용 장갑이었다. 색상이며 디자인이며 딱 해담이 좋아하는 스타일이었다.

"웬일이야. 라주영인지, 걔 완전 센스 있다."

해담은 장갑을 끼고서 이리저리 살폈다. 손에 꼭 맞는 게 무척이나 마음에 들었다.

'뭐냐. 장갑이라도 끼고 다니지.'

민혁에게 호되게 당한 그날, 걱정이라기보다 핀잔에 가깝던 주신의 말이 떠오른다.

벌겋게 언 손으로 다닌 걸 지금까지 신경 쓰고 있었던 모양이다. 주신이 그걸 기억하고 있다가 장갑을 사줄 거라고는 정말 꿈에도 생각지 못했다.

"뭐야, 츤데레도 아니고."

괜스레 툴툴거리며 말했지만 어쩐지 가슴속이 찌르르 울린다. 장갑을 벗은 해담은 주신에게 전화를 걸었다.

컬러링 같은 건 없는 담백한 기계음이 흐르다 곧 주신이 전화를 받았다.

-어. 왜.

역시나 무뚝뚝한 말투지만 예전과 달리 듣기 싫지 않았다. 아니, 가슴이 붕 뜬 것 같고, 일렁이는 것 같기도 한 게, 딱히 뭐라 표현하기 어려운 기분이었다.

"장갑, 고맙다고."

-마음에는 들어?

"응. 완전 내 스타일이야. 잘 끼고 다닐게."

-그럼, 됐다. 끊어.

"어? 어, 어. 그래."

'래'를 채 내뱉기도 전에 얄짤없이 통화가 단절되었다. 어쩐지 허전한 마음에 해담은 잠시 동안 끊어진 핸드폰만 응시했다.

문득, 정신을 차린 해담은 훅, 숨을 들이켰다.

"뭐, 뭐야. 나 지금 최주신이랑 더 통화하고 싶다는 생각을 한 거야?"

그러고 보니, 오늘 오후 내내 주신이 신경 쓰여 죽을 맛이었다.

"아니, 왜?"

♥

"왜긴 왜야, 남자로 의식을 하고 있다는 증거지."

"뭐? 말도 안 돼."

해담은 언성을 높이지 않기 위해 다급히 앞에 놓인 핫초코를 한 모금 마셨다.

다음 날 오후, 해담은 유정의 집 근처 카페에 마주 앉아 있는 중이었다.

"말이 안 되긴 뭐가 안 돼."

"말이 되는 건 또 뭔데."

유정이 쯧쯧, 혀끝을 찼다.

"자. A라는 여자와 B라는 남자가 있는데 아주 앙숙이야. 서로 관심도 없어. 근데, 이 A라는 여자와 B라는 남자가 어떤 사정에 의해 친한 척 연기를 해야 하는 상황에 놓였어. 근데, 어떤 사정 때문에 친한 척하는 건데?"

"모, 몰라. 나도 자세히는. 어디서 들은 거라."

해담이 어깨를 으쓱해 보이자 유정은 눈을 가늘게 떴다가 원래대로 되돌렸다.

"자, 다시. 그 사정 때문에, 남자가 여자에게 친근하게 굴기 시작하자, 점점 여자는 남자가 신경 쓰이기 시작했어. 남자의 친근함이 좋기도 하고."

"아니! 좋은 게 아니라 싫지는 않다는 거지."

"그렇다 치고. 혹시, 여자가 남자의 친근함이 연기인지, 진짜인지 헷갈리기 시작했다고는 안 해?"

해담은 저도 모르게 손뼉을 짝 쳤다.

"어, 어. 맞아. 그렇다는 것 같았어."

"그래서 남자가 다정하게 굴 때마다, 척이 아니라 진짜인 것 같아서 얼굴이 빨개지고 가슴이 두근거린다고는 안 해?"

해담은 속눈썹을 깜빡이다 이내 감탄 가득한 표정을 지었다.

"와. 똑바로 해도 정유정, 거꾸로 해도 정유정. 너 정말 대단하다. 고등학교 때, 연애박사라는 별명을 그냥 얻은 게 아니었구나? 그, 그것도 들은 것 같았어."

유정이 비장한 얼굴로 가볍게 탁자를 탁 쳤다.

"것 봐. A는 확실히 B가 남자로 보이기 시작한 거라고. 얼굴이 빨개지고 가슴이 두근거리고, 그것만 봐도 답이 나오는 거 아냐?"

"아니. 그러니까. B의 행동이 진짜인지 척인지 헷갈려서 그럴 수도 있는 거 아냐?"

유정이 검지를 쭉 빼고서 흔들어 보였다.

"이건 척이냐, 진짜냐 또는 헷갈리냐 안 헷갈리냐. 그게 중요한 게 아니야."

"그, 그럼?"

"진짜인지 가짜인지 헷갈리고 있는 이유! 왜 헷갈리는지가 더 중요하다는 말씀."

"헷갈리는 이유가 뭔데?"

"남자로 인식하기 시작했으니까."

"뭐야. 네 말은, A가 B를 남자로 인식했기 때문에 헷갈림이 뒤따르기 시작했다는 거야?"

"빙고. 남자로 보이는 게 아니라면, B가 진짜든 척이든 아무리 헷갈리게 굴어도 A는 절대 반응 안 할 거니까."

해담은 입을 턱 벌린 채로 멍하니 유정을 보다 이내 헛웃음을 흘렸다.

"와. 정유정, 너. 개소리를 진짜 길게도 한다."

"어디가 개소린데? 반박해 봐."

유정의 콧방귀에 해담은 순간적으로 말문이 콱 막혔다. 너무 당황해서 험한 소리를 하긴 했지만, 쭉 생각하면 틀린 것 같지도 않았다.

하지만, 이게 지금 말이 돼? 내가 최주신을 남자로 보기 시작했다고?

도대체 언제부터?

'신호 바뀔 때까지만.'

조건반사처럼, 신호등 앞에서 보여주었던 주신의 따스함이 뇌리에 둥둥 떠다니기 시작했다.

"봐. 반박 못 하겠지?"

"……."

"야. 어디서 들은 얘기라면서 왜 네 얘기처럼 그렇게 충격 받은 얼굴을 하냐?"

유정이 달달한 쿠키 한 조각을 입으로 가져가며 말하자 해담은 가까스로 정신을 차렸다.

"내가? 아닌데. 그냥, 잠깐 딴생각 좀 한 거야."

"신기하네. 진짜."

유정이 진한 에스프레소를 한 모금 홀짝이고서 묘한 표정을 지었다.

"갑자기 뭐가 신기한데?"

"최주신 성격에 척 같은 걸 다 하고."

해담이 채 뭐라고 반응하기도 전에 유정이 쓰윽 몸을 앞으로 기울이고서 말을 이었다.

"너랑 최주신 얘긴 줄 처음 듣는 순간부터 알았다, 이 붕딱아."

해담은 순간적으로 뒷머리가 비쭉 일어서고, 얼굴에 핏기가 삭 가시는 기분을 맛보았다.

저도 모르게 해담은 자리에서 벌떡 일어났다.

"야. 무, 무슨! 말도 안 되는!"

커피숍 안의 이목이 확 몰리자 해담은 급격히 얼굴을 붉히며 자리에 앉았다. 물컵을 들어 벌컥벌컥 마신 다음 해담은 손바람을 일으켰다.

"그거 나 아는 사람 얘기라니까?"

"그런 것치고는 반응이 너무 격한데?"

"그거야, 네가 되지도 않는 소리를……."

"그럼, 나 최주신이랑 소개팅 시켜줘. 떡실신 된 너 데리러 오라고 부르는 그런 자리 말고 정식으로."

쿵. 분명, 유정이 도발하기 위해서 하는 말이라는 걸 알고 있지만, 해담은 심장이 내려앉는 듯했다.

"안 돼, 그건."

"왜?"

"나 최주신이랑 연락 안 한 지 꽤 됐어. 너도 그때 봤잖아. 걔 번호 수신 차단돼 있던 거."

"그럼, 네 핸드폰 보여줘 봐."

"뭐, 뭐?"

"최주신이랑 연락 안 한 지 꽤 됐으면, 당연히 최근 통화 기록도 없을 거 아냐."

유정이 가소롭다는 표정으로 피식 웃었다.

"빨랑 내놔 봐. 그럼, 믿을게."

아, 이 가스나! 유정의 집요함에 해담은 등 뒤로 식은땀이 삐질 날 것만 같았다.

해담은 잠깐 사이 바짝 말라버린 입술을 혀로 축였다.

유정에게 사실대로 말하는 순간, 아직 혼돈스럽기만 한 이 감정까지 인정하는 것만 같았기에 쉽게 입이 떨어지지 않는다.

'넌 다시 태어나도 내 스타일이 아니라서 절대 남자로 안 보이거든? 그러니까, 진서라는 그 애 때문에 억지로 나와 엮이려고 할 필요 없어. 내 결정은 변함없으니까.'

'내가 남자로 보이는 날이 오면 어쩌려고.'

'그런 날이 오는 거 보다, 나는 전설이다가 실사판 되는 게 훨씬 더 빠를 거 같은데?'

이렇게 큰소리 빵빵 쳤던 게 너무 쪽팔려 죽을 것 같았으니까.

"그냥, 인정해. 이 기집애야."

"……."

"야, 이해담. 너무 그러니까, 언니 막 섭섭해지려고 그런다? 그전에 불어라이."

해담은 한숨을 푹 흘리고서, 결국 고개를 끄덕였다.

"맞아. 나랑 최주신 얘기."

해담은 조금 착잡한 얼굴로 말을 이었다.

"나, 걔가 요즘 남자로 보이는 것 같아."

"아. 이제 살 것 같다. 네 입으로 직접 들으니 완전 사이다다야."

유정이 완전 시원하다는 표정을 지으며 덧붙였다.

"계속 아니라고 딱 잡아뗐으면, 너랑 절교하고 싶었을 거야."

"그래서 불었잖아."

"처음부터 최주신이랑 네 얘기라고 했으면 편했을 텐데."

"편하긴 뭐가. 아직까지 내 감정, 알쏭달쏭하단 말이야. 탁 털어놓고 인정하기가 쉬울 것 같아?"

치부를 들킨 것만 같은 기분에 해담의 목소리가 절로 부루퉁하게 나갔다.

"뭘 그렇게 어렵게 생각하냐? 좋으면 좋은 거고, 싫으면 싫은 거지."

"그렇게 간단하지가 않다고."

"뭐가 안 간단한데?"

"너, 기억 안 나? 내가 얼마 전까지만 해도 최주신이라면 펄쩍 뛴 거."

"하긴. 질색 팔색했지. 너네 엄마한테 비교당하는 거 징글징글하다고."

"근데, 이제 걔를 남자로 보는 내가 정상 같냐? 난 내가 죽을 때까지 최주신을 남자로 볼 일 없을 거라 생각했단 말이야."

"원래 남에서 점 하나 빼면 님 되는 거지, 뭐."

키들키들 웃은 유정이 갑자기 정색을 했다.

"너, 설마 최주신 앞에서도 그런 말 막한 건 아니지?"

"아니긴. 아주 시원하게 그랬는데."

"헐. 미친. 최주신 성격에 자존심 개박살 났겠는데."

"난 뭐 다를 것 같아? 자신만만하게 그래놓고 이렇게 됐는데."

"그러니까, 사람 관계, 특히 남녀 관계는 장담하는 게 아니랬어."

고개를 절레절레 흔들어 보인 유정이 은근한 눈으로 해담을 응시했다.

"근데, 무슨 일이 있었기에 최주신이랑 친한 척 연기를 하게 된 거야?"

"그건 말 못 해. 나 혼자만의 비밀이 아니라서. 절대 못 해."

유정을 못 믿어서가 아니라, 아직까지 진서에 대해서는 발설하고 싶지가 않았다.

"나중에. 혹시, 나중에라도 기회가 되면 그때 말해 줄게. 지금은 못 하겠어."

해담의 단호함에 유정 역시 더는 묻지 않고 고개만 끄덕여 보였다.

"그럼, 이제 앞으로 어떻게 할 거야?"

"뭘?"

"계속 친한 척만 하다가 쫑낼 셈이야?"

"몰라, 나도. 최주신 얼굴 보기가 더 껄끄러울 것 같아."

"그러지 말고 눈 딱 감고 연애를 해 봐."

"뭐, 연애? 연애라고?"

유정의 속 편한 소리에 해담은 어이가 없어 푸핫, 웃음을 터트렸다.

"연애는 나 혼자 해? 그리고 뭐든 말은 참 쉽지. 넌 내가 최주신이랑 연애 같은 걸 할 수 있을 거 같아?"

"안 쉬울 건 또 뭐고, 최주신이랑 연애 못할 건 또 뭐야."

"야. 내가 걔랑 봐온 세월이 얼만데. 아주 어릴 때부터 알고 지냈고 서로 집안 사정 낱낱이 다 아는데 그렇잖아."

"그게 뭐 어때서?"

"연애는 신비감이 있어야지. 적당한 내숭도 필요한데, 최주신과는 그게 안 되잖아. 지금 잠깐 남자로 보인다고 그 마음이 평생 갈 거라는 보장도 없고."

유정이 손을 턱에 괴고서 의아한 표정을 지었다.

"그럼, 남자로 보이는 동안만 연애해 보면 되잖아."

"그러다 잘못돼서 집안 사이 서먹해지는 건 어떻게 할 건데?"

"양가 모르게 하면 되지. 게다가 어차피 너네 사이 안 좋았잖아. 새삼스레 집안 걱정은. 그리고."

유정은 물 한 모금을 들이켜며 한 박자 쉰 다음 다시 말을 이었다.

"연애에 적당한 내숭, 신비감 당연히 필요하지. 근데, 그건 네가 최주신에 대해 샅샅이 다 안다는 전제 하에서 걱정해야 하는 거 아냐?"

"내가 최주신에 대해서 왜 몰라?"

"정말, 최주신에 대해 다 안다고 생각해?"

순간, 해담은 말문이 콱 막혔다. 요즘 주신이 보이는 행동은 그녀도 예측하지 못한 것들이었으니까.

"바꿔 물을게. 최주신은 너에 대해 다 알고 있을 거라 생각해?"

"……."

이번에도 해담은 대답할 수가 없었다.

"부모 자식, 부부 사이에도 낯설고 의외인 모습투성이라고. 너네 둘 사이에 신비감은 좀 그렇고, 일단 눈 딱 감고 내숭이라도 떨면서 연애해 봐."

유정의 현실적인 조언에도 해담은 고개를 내저어 보였다.

"불가능해 난 걔 앞에서 내숭 못 떤다고."

"하면 하지, 왜 못해?"

"그동안 욕 날린 세월이 얼만데. 꺼져, 지랄, 이 새끼, 저 새끼. 그뿐이게? 수틀리면 손가락 욕도 날렸었다고."

심각한 해담과 달리 유정은 푸하하, 웃음을 뱉어냈다.

"그거야 앞으로 안 그러면 되지."

"이미 그랬잖아. 그런 상대와 어떻게 연애를 해."

"어우, 복잡해. 야. 넌 시작도 해보기 전에 뭘 그렇게 몸을 사리냐? 결혼을 전제로 만나는 것도 아닌데."

정말 결혼이 전제가 될지도 몰라서 그런다, 기집애야.

해담은 이마를 슬쩍 찡그렸다. 진서라는 존재가 있기에 결코 연애의 무게가 가벼울 수는 없었다.

그건 주신 역시 마찬가질 것이다. 유전자 검사가 나오자마자 주신은 정해진 대로 간다고 했으니까.

아마, 해담이 연애의 감정을 조금이라도 드러내는 순간, 그녀를 옭아매려 할지도 모른다.

"근데, 그것보다 최주신의 마음이 더 중요한 거 아냐? 진짠지 아닌지 헷갈린다며."

해담은 조금 우울한 표정으로 한숨을 푹 흘렸다.

"말이 그렇다는 거고, 아니겠지. 아닐 거야."

"어허. 남녀 사이 장담하는 거 아니라니까 그러네."

유정이 몸을 해담 쪽으로 기울이고서 입술 끝을 슬쩍 올렸다.

"언니가 확인하는 법 알려줘?"

"어, 어떻게?"

"귀 좀."

유정이 야릇한 표정으로 손가락을 까딱여 보였다. 그런 유정을 미심쩍은 얼굴로 바라보던 해담은 이내 슬그머니 귀를 가져갔다.

유정이 작게 속삭이는 소리를 듣는 해담의 눈이 점점 동그랗게 떠졌다.

♥

진서는 초조한 얼굴로 놀이터의 그네 앞을 서성였다.

연일 맹추위가 기승을 부리는 데다, 독감이 유행이라 놀이터에는 아무도 발걸음 하는 이가 없었다. 그럼에도 진서가 놀이터를 서성거리는 건 혹여, 유리를 만날 수 있지 않을까 해서다.

"둘 다 핸드폰도 없고, 집 전화를 물어볼 수도 없고."

유리의 엄마가 아주 엄하셔서 절대 집 전화번호를 알려줄 수가 없다고 했다.

'대신, 매일 5시쯤에 놀이터에서 보자.'

'만약 무슨 일이 생겨서 못 오게 되면?'

'딱 10분만 기다리다가 가는 걸로 하자. 저 밑에 편의점에서 시간 물어보면 되니까.'

'어. 그러면 되겠다.'

유리와 처음 친구로 지내기로 한 날 정한 약속이었다. 이미 10분이 훌쩍 지났다는 것을 짐작하고 있었으나 진서는 발걸음을 옮길 수가 없었다.

크리스마스 날 그렇게 엄마에게 끌려간 뒤부터 유리가 보이지 않아 너무 걱정이 되었다.

그날 엄마한테 너무 혼난 게 창피해서 나오기 싫어진 건지. 혹시, 음식을 밖에서 먹였다고 유리 엄마가 놀지 말라고 한 건지, 진서로서는 근심이 한가득이었다.

어둠이 점점 놀이터를 장악하기 시작했다. 너무 늦게 가면 어른들이 걱정하시니 이제는 그만 돌아가야 했다.

"오늘은 못 전해주려나."

진서는 손에 들고 있는 자그마한 종이가방을 만지작거리다 몸을 돌렸다.

"괜찮아. 언젠가는 만나서 줄 수 있을 거야."

느릿느릿 걸음을 옮기는 진서의 작은 등이 세상 고민을 다 짊어진 듯 쓸쓸한 기운을 발산하고 있었다.

어둠이 내려앉은 밤이었다. 해담은 핸드폰을 손에 꼭 쥔 채 한참 동안 방 안을 왔다 갔다 했다. 유정이 일러준 확인 방법을 써먹어야 하나, 말아야 하나 한창 갈등을 때리며.

그 방법이 해담의 기준에서는 너무 성인 버전이라 쉽사리 실천하기가 어려웠기 때문이다. 미간을 찡그린 채 전전긍긍하던 해담의 발이 뚝 멎었다.

"일단은 고."

후욱, 숨을 들이켠 해담은 비장한 표정으로 주신에게 전화를 걸었다.

-어. 왜.

여전히 멋대가리라고는 눈곱만큼도 없는 주신의 음성이 들려왔다. 그 무덤덤한 목소리에도 해담은 심장이 덜컥 내려앉는 것만 같았다.

"통화 괜찮아? 자는데 전화한 거 아니지?"

-몇 신데 벌써 자. 무슨 일인데.

"그게, 내일 좀 볼 수 있어?"

-안 되는데. 새해 첫날이라 가족들 다 같이 1박 2일로 여행 가기로 했어. 진서도 데리고 갈 거야.

"아, 그, 그래? 그럼 모레 오겠네? 그럼, 모레는 볼 수 있지?"

수화기를 타고 작게 한숨이 흘러나왔다.

-아니, 약속이 있어. 그리고 이번 주는 안 돼.

"아, 그, 그렇구나."

-뭐 때문에 그러는데?

"아냐. 내가 나중에 다시 전화할게."

-그래, 그럼.

역시나 용건만 간단히를 실천하고 주신이 전화를 끊자 해담은 작게 입술을 깨물었다. 확인해 보기도 전에 진이 빠지는 기분이었다.

"아닌 거야. 아닌 거라고. 맞으면 이렇게 대놓고 깔 수는 없는 거라고."

괜히 유정이에게 A니, B니 하며 고민 상담을 했나.

"상담하는 바람에 괜히 내 마음만 확인한 꼴이잖아."

10.

웨딩홀에 행진곡이 울려 퍼지고 있었다. 새하얀 드레스를 입은 아름다운 신부, 해담이 행진곡에 맞춰 천천히 꽃길을 걸어갔다.

부케를 꼭 쥔 채 떨리는 심장을 진정시키기 위해 애쓰며, 해담은 정면을 주시했다.

꽃길의 끝에 두 사람이 신부를 기다리고 있다. 턱시도 차림의 수려하기 그지없는 훤칠한 신랑과 말쑥이 차려입은 꼬마신사. 행복감에 해담의 가슴이 터질 듯 울려댄다.

신랑과 꼬마 신사의 얼굴이 차례대로 눈에 들어왔다.

그것은…….

"헉."

해담은 신음을 내뱉으며 눈을 번쩍 떴다. 그녀는 취침등만 켜져 있어 어둑어둑한 천장을 끔뻑끔뻑 바라보았다.

"……미친. 새해 첫날부터, 방학 첫날이랑 똑같은 꿈을 꾸냐."

잔뜩 가라앉은 음성으로 중얼거리던 해담은 벌떡 몸을 일으켰다.

"이번에는 보였어. 보였다고."

신랑과 그 꼬맹이의 얼굴이 너무도 생생히 기억나 당황스러울 지경이었다.

분명, 신랑은 주신이었고 꼬맹이는 진서였다. 감정을 인정하자마자 기다린 듯이 이런 꿈을 꾸다니, 정녕 미친 게 틀림없었다.

양손으로 뺨을 두들긴 해담은 이내 침대를 벗어났다. 터지는 하품을 하며 물을 가지러 거실로 나간 해담의 발걸음이 뚝 멎었다.

이제 겨우 새벽 5시를 조금 넘겼을 뿐인데, 지선이 주방 식탁에 앉아 열심히 프린트물을 들여다보고 있었기 때문이다.

"엄마, 이 새벽에 뭐하세요? 만학도라도 꿈꿔요?"

화들짝!

"뭐, 뭐야. 너 벌써 일어났니?"

죄라도 지은 사람처럼 놀란 지선이 식탁 위의 것을 주섬주섬 챙기기 시작했다.

"왜 이렇게 놀라실까? 뭔데요?"

"뭐긴 뭐야. 아무것도 아냐."

해담이 다가가자 지선이 신경질적으로 프린트물을 돌돌 말아 못 보게 만들었다.

"아무것도 아니면 아니지, 왜 그렇게 화를 내고 그래요."

"내가 언제."

"방금요."

"헛소리하지 말고 아빠 일어나시면 떡국 끓여 먹자."

돌돌 만 프린트물을 혹여 해담이 볼세라 휙 손 아래로 내린 지선이 이내 방으로 향했다.

"아, 저 아줌마 수상한데."

눈을 가늘게 뜨고서 지선의 뒷모습을 응시하던 해담은 물을 가지러 걸음을 옮겼다.

♥

베이킹 수업을 마친 민혁은 잔뜩 들뜬 얼굴로 조리실을 나섰다.

"이거 은근히 재미있단 말이지."

밀가루를 계량하고 반죽을 한 뒤 오븐에 굽는 과정까지, 모두 다 민혁에게는 신세계였다.

거기다 제 손으로 직접 구운 쿠키를 엄마에게 선보일 생각에 벌써부터 뿌듯함이 밀려들었다.

부푼 마음을 안고 주차장으로 가기 위해 민혁은 엘리베이터에 올랐다. 문이 닫히고 얼마 지나지 않아 바로 아래층에 당도한 엘리베이터가 띵, 멈추었다.

아무 생각 없이 맨 뒤에 서 있던 민혁의 눈이 동그랗게 커졌다. 우르르 몰려 타는 사람들 사이로 해담이 포착되었기 때문이다.

'맞다. 이해담 영어 학원 등록했다고 했지?'

바닥을 응시하며 엘리베이터에 오른 해담 역시 민혁을 보고 눈을 크게 떴다. 하지만 이내 못 볼 것을 본 것처럼 인상을 확 쓰고서 휙 고개를 돌렸다.

'어쭈, 저게. 내가 엄마 줄 타르트까지 저한테 주고 왔구만. 모른 척해?'

물론, 감기에 걸리게 만든 죄가 있기에 민혁은 괘씸함을 눌렀다.

뒤에 더 들어오는 사람들 때문에 중간쯤 서 있던 해담이 주춤주춤 뒤로 물러나더니 이내 민혁의 바로 앞에서 멈추었다.

그 순간이었다.

'으읍!'

민혁은 단말마의 비명이 튀어나오려는 것을 간신히 삼켰다. 뒤로 물러나던 해담이 하이힐로 민혁의 발을 사정없이 찍어버린 것이다.

해담 역시 그 느낌을 눈치채고서 화들짝 놀라 뒤를 돌아보았다.

'야, 발! 발!'

발작하듯 입모양만으로 외쳐대던 민혁은 더 참지 못하고 해담의 어깨를 붙잡고 휙 돌려세웠다.

'이 기집애가 진짜, 너 일부러 그랬…….'

역시나 입모양으로 말을 쏟아내던 민혁은 말끝을 맺지 못했다. 본의 아니게 해담과 바짝 붙은 채 마주 보게 됐기 때문이다.

마스카라가 곱게 발린 속눈썹이 한 올 한 올 눈에 다 들어올 만큼 가까운 거리.

'괜찮냐?'

해담이 시큰둥하게 물었지만 민혁은 아무런 말을 할 수가 없었다.

꿀꺽. 말도 안 되게, 목울대가 움직일 정도로 침이 삼켜진다.

곧 엘리베이터가 내려가고 이내 다음 층에서 멈추었다. 다시 몇 사람이 더 엘리베이터에 들어왔다.

뜻하지 않게 해담과 민혁의 사이가 더 좁혀졌다. 해담이 '아이, 씨' 짜증을 발산했지만, 민혁은 아무렇지도 않았다.

해담에게서 나는 향긋한 향이 기분 좋게 코끝을 간질인다.

엘리베이터가 내려가는 동안 민혁은 혼이 나간 듯이 해담의 얼굴만 응시하고 있었다.

해담은 건물 로비에 도착하자마자 엘리베이터에서 내렸다.

"야, 이해담. 잠깐만."

뒤에서 민혁이 불렀지만 해담은 또각또각, 굽 소리를 내며 전진했다.

"힐 신고 오길 잘했네."

뜻한 건 아니었지만, 민혁의 발을 밟은 건 탁월한 수확이었다. 갑자기, 민혁이 그녀의 팔뚝을 낚아채고서 휙 돌려세웠다.

"야. 잠깐만 기다리라니까?"

"뭐, 왜?"

"감기는 완전히 다 나았냐? 많이 아팠다며."

예상치 못한 물음에 해담은 속눈썹을 깜빡였다.

"니가 그걸 어떻게 알아?"

"네 친척 꼬맹이가 그러던데."

"친척 꼬맹이?"

도저히 알아들을 수 없는 말에 해담이 눈동자를 굴리자 민혁이 한쪽 눈썹을 세웠다.

"그날, 크리스마스 날, 네가 하도 전화를 안 받아서 집으로 찾아갔더니, 네 집에서 웬 꼬맹이 하나가 나오던데?"

크리스마스 날 본 친척 꼬맹이라면……. 아, 진서를 봤구나.

해담은 고개를 끄덕여 보였다.

"어, 어. 맞아. 친척."

"그 꼬맹이가 그러더라고. 너 엄청 아프다고."

"그래. 누구 때문에 죽다 살아났지."

"미안하게 됐다. 그래도 일부러 그런 건 아니니 너그럽게 넘어가라. 너도 내 싸다구 날렸으니 퉁 치자."

번지르르한 말에 해담이 코웃음을 치자 민혁이 말을 이었다.

"미안해서 내가 사과도 줬잖아."

이건 또 뭔 개소리야.

"사과?"

"그 꼬맹이보고 너한테 전해 주라고 했는데. 심부름값으로 돈도 줬구만."

사과 심부름에 돈까지 줬다고?

전혀 금시초문인 소리에 해담의 눈동자에 당황스러운 기색이 담겼다.

"못 받았냐?"

"아아, 그거. 받았어. 뭐 하러 그런 걸 보내?"

혹시나 진서가 곤란할지도 몰라 해담은 퍼뜩 대답했다.

"맛있지? 그거, 내가 우리 엄마 줄려고 산 건데, 너 아프대서 준 거라고."

"그랬어? 참 눈물겹게 고맙네. 감기 걸린 사람한테 해로운 과일을 다 보내고. 병도 주고 덤으로 독도 주고."

순간, 민혁의 얼굴에 묘한 기운이 스쳐 지나갔다.

하지만 해담은 진서의 알 수 없는 행동이 신경 쓰여 조금도 눈치채지 못했다

버스에서 내려 터덜터덜 집으로 향하는 해담의 머릿속은 매우 복잡한 상태였다.

'저, 거짓말은 나쁜 거죠?'

'속이는 것도 나쁜 거 맞죠?'

'아무리 어린애라도 나쁜 건 구분해야 되는 거 맞죠?'

백화점 가던 날, 세상 고민 다 짊어진 것 같은 표정으로 진서가 왜 그런 말들을 했는지 이제야 짐작이 갔다.

유리와 다투어서 그런 게 아니라, 민혁의 사과를 제대로 전달하지 못한 죄책감 때문에 그런 것이다.

그것도 모르고 지레짐작으로 뜨끔해서는 주신의 손을 꼭 잡고 갔던 게 생각나 민망함이 치고 올라왔다.

'심부름값으로 얼마 줬는데?'

'5만 원.'

'뭐, 애한테 5만 원이나 줬다고?'

'그럼, 어떡하냐? 지폐가 5만 원짜리밖에 없었는데.'

민혁과 헤어지기 전 대화를 떠올린 해담의 미간이 미미하게 찌푸려졌다.

"그러니까, 심부름값으로 5만 원이나 받았으면서 사과도 안 전해줬다는 건데."

그럼, 그 사과는……. 더 생각하고 말 것도 없었다.

"뻔하지. 유리라는 걔한테 줬겠지. 걔 만나러 나간다고 했으니까."

어쩌면 사과로 모자라 그 돈까지 홀라당 갖다 바쳤을지도 모를 일이다.

"와, 진짜 아들 키워봤자 소용없다는 게 헛말이 아니었잖아. 그 유리라는 애 진짜 궁금하네?"

손부채질을 하며 말을 내뱉던 해담은 이내 어이없는 웃음을 흘렸다.

"내가 지금 무슨 말도 안 되는 소리를 하는 거야. 키우긴 뭘 키워. 아들은 또 뭐야. 어차피 있는 곳으로 돌아가면 볼 일도 없는데."

고개를 절레절레 내저으며 마음을 다잡기는 했으나 마음이 무거운 건 어쩔 수 없었다.

백화점에서 돌아온 뒤 뭔가 할 말이 있는 것처럼 보였지만 끝내 아무 말도 하지 않던 진서의 얼굴이 떠오른다.

"그때라도 말을 했어야지."

그때도 이미 크리스마스에서 며칠이나 흐른 뒤였으니 빠른 건 아니었다. 하지만, 해가 바뀌고도 며칠이 더 지난 지금까지 아무런 말이 없는 걸 보면, 아예 사실대로 말할 생각이 없는 거다.

이상하게 묘한 배신감이 스멀스멀 피어오른다. 꼭 사과를 전달해 주지 않아서라기보다는 솔직하지 못한 진서에게 실망감이 인다고 할까.

착잡한 심경으로 전진하는데 코트 속 점퍼에서 진동이 일었다. 핸드폰을 꺼내 확인하자 유정의 이름이 깜빡이고 있었다.

"어. 유정."

-어떻게 됐어? 확인해 봤어?

다짜고짜 날아든 질문에 해담은 고개를 갸우뚱했다.

"앞뒤 다 잘라먹고 뭔 소리야?"

-뭐야. 언니가 알려준 거 있잖아.

잠깐 눈동자를 굴리던 해담은 이내 '아!'하고 탄식을 흘렸다.

동시에 폭풍 같은 한숨을 뱉어냈다.

-어, 뭐지. 그 태풍이 휘몰아치는 소리는? 연락이 없다 했더니 잘 안 된 거야?

"그게 아니라 확인 못 해봤어. 앞으로도 안 하려고."

-아니, 왜? 못 한 건 뭐고, 앞으로도 안 한다는 건 또 뭐야?

"그날 밤에 전화해서 보자고 했더니, 이번 주 내내 시간이 안 된다고 얄짤없이 자르더라."

-최주신이 그래?

"어. 그게 진짜가 아니라 척만 한다는 뜻이지 뭐겠어. 학기 중도 아니고 방학인데, 잠깐 얼굴 보자는 것도 안 된다면 말 다한 거 아냐? 집이 먼 것도 아니고 엎어지면 코 닿을 덴데."

-그, 그건 좀 그렇네. 남자든 여자든 마음 있는 사람이 불러내면 없는 시간도 쪼개서 나오는 게 정석인데.

"야, 그뿐이게? 전화는 얼마나 간단명료한데. 시간 안 된다는 용건만 말하고 바로 끊더라. 나 무슨 국제전화 하는 줄 알았잖아. 요새 국제전화도 그렇게는 안 끊겠다."

-오구오구, 우리 해담이 많이 서운했구나.

해담은 코웃음을 쳤다.

"아니? 하나도 안 서운해. 그러니까 앞으로도 절대 확인 같은 거 안 해볼 거야. 내가 잠깐 눈이 삔 걸로 미쳤지. 걔랑 나랑은 안 맞아. 안 맞다니까."

-야. 진짜로 바쁠 수도 있지, 뭘 또 그걸로 그렇게까지…….

"아냐. 걔랑 나랑은 성격적으로 절대 안 맞아. 원래 최주신이 내 스타일도 아니고."

-하긴. 넌 원래부터 다정하고 오글거리는 버터 스타일 좋아했지?

"버터까지는 아니고. 아무튼 확실히 최주신은 아니야. 아니라고. 평생 그 무뚝뚝을 감수하며 불행하게 지내느니 혼자 살고 말지."

-뭐? 최주신이랑 평생 가려고 했던 거야?

"아, 아니. 말이 그렇다고."

유정과 통화를 하는 사이 어느새 저만치 집이 보였다. 대충 통화를 마무리하고 핸드폰을 주머니 속에 밀어 넣을 때였다.

해담의 동공이 순식간에 확장되었다. 주신이 막 대문 밖으로 나오고 있는 게 포착되었기 때문이다.

쿵쾅쿵쾅. 잔잔하던 심장이 요란하게 요동치기 시작했다. 하지만 두어 발짝 더 앞으로 가던 해담의 얼굴은 금세 당황스러움으로 물들고 말았다.

'최주신이 아니라, 유신 오빠네.'

주신을 유신으로 헷갈린 적은 많아도, 유신을 주신으로 착각한 적은 한 번도 없었는데.

"음? 해담이 아냐?"

해담을 발견한 유신이 가벼운 미소를 띠고서 다가왔다.

"안녕하세요, 오빠."

"응. 그래. 날씨가 많이 춥지?"

"네. 겨울이잖아요."

"하긴. 겨울은 추워야 맛이지. 그래도 옷 따뜻하게 입고 다녀. 집에 들어가면 손발 잘 씻고. 요새 독감이 유행이잖아.”

“네. 그럴게요.”

유신의 다정함에 해담의 얼굴이 편안하게 풀어졌다.

“그럼, 추운데 얼른 들어가. 난 저 아래 커피숍에 약속이 있어서.”

“네. 먼저 가세요.”

유신이 발걸음을 옮기자 해담은 그가 시야에서 사라질 때까지 못 박힌 듯 서 있었다.

“하다 하다, 이제 유신 오빠를 보고 최주신으로 착각하냐.”

거기다 주신이 아니라 유신임을 인지하자마자 마구잡이로 뛰던 심장도 원래대로 되돌아왔다. 장장 3년 동안 유신을 좋아했던 건 뭔가 싶어 황당할 지경이었다.

‘갈대도 아니고. 아. 자괴감 든다.’

♥

어둠이 대기를 집어삼킨 저녁, 모처럼 세 식구가 다 같이 식탁 앞에 모여 앉았다.

해담은 홍합살이 떠다니는 미역국을 몇 번 떠먹고는 이내 입맛이 없어 숟가락을 내려놓았다. 사발째로 미역국을 들이켜던 형진이 의아한 표정을 지었다.

“우리 딸, 무슨 걱정거리 있어?”

“예? 아뇨. 그런 거 없어요.”

“그런데 밥 좋아하는 밥순이가 왜 그렇게 밥을 못 먹어? 너 좋아하는 계란말이는 손도 안 대고.”

“아니에요. 지금 먹으려고 했어요.”

해담은 계란말이 하나를 젓가락으로 집어먹었다. 기계적으로 우물우물 씹고서 꿀꺽 삼킨 해담이 가만히 지선을 응시했다.

“엄마.”

“왜.”

“엄마, 만약에요. 엄마 친구분이 엄마한테 전해 드리라고 저한테 뭘 줬단 말이에요.”

“엄마 친구가 나한테 뭘 전해 주래? 영미 아줌마 만났니?”

“아니, 그건 아니구요. 그러니까, 만약에요.”

‘이게 또 뭔 헛소리를 하려고.’ 하는 표정으로 젓가락질을 멈춘 지선이 해담에게 시선을 주었다.

“그랬는데, 내가 그걸 엄마한테 안 전해 준 거예요. 입도 싹 닦아버리고.”

“그러니까, 나한테 올 걸 네가 먹튀했다는 거네?”

“그렇죠! 그걸 나중에 전해 들은 거예요. 그것도 친구분한테서요. 그럼, 엄마 어떻게 하실 거예요?”

지선이 심드렁한 표정으로 다시 젓가락을 움직였다.

“어쩌긴 뭘. 싼 건 돈으로 배상하라 그러고, 비싼 건 비 오는 날 먼지 나게 처맞아야지.”

“엄마, 그거 아동 학대예요!”

지선의 적나라한 말에 해담은 벌컥 외쳤다.

“네가 언제부터 아동이야? 새해부터 나이를 거꾸로 잡수기로 하셨어요?”

“아, 아니. 내가 만약 아홉 살 정도라는 가정하예요.”

“그럼, 처음부터 그렇게 얘기할 것이지.”

쯧쯧, 혀끝을 찬 지선이 다시 말을 이었다.

“아홉 살짜리면 뭐, 그래도 혼내야지. 그거, 엄연히 도둑질이니까.”

“예에? 도, 도둑질이라고요?”

"그럼, 당연히 도둑질이지. 지 물건도 아닌데 몰래 가로챘으니까 도둑질 맞지."

해담은 놀라 입만 벌리고 있을 뿐 아무런 대꾸도 할 수가 없었다.

"사람 속이고 거짓말하고 남의 물건에 손대는 나쁜 짓은 초장에 잡아야 다시는 안 그러니까 호되게 혼내야지. 세 살 버릇이 여든 간다는 게 폼으로 있는 속담이 아니거든."

"그래, 그건 아빠도 니 엄마 생각이랑 같다. 사람을 기만하는 건 아주 못된 행동이야. 그런 건 엄하게 대처해야지."

형진까지 강경하게 나오자 해담은 목구멍 깊숙한 곳에서부터 한숨이 나오려는 걸 억지로 눌렀다.

도둑질…… 도둑질이라니.

솔직히 조용히 넘어가고 싶었지만, 부모님의 말씀을 듣고 나니, 목구멍에 가시가 걸린 것 같아 그럴 수가 없다.

'진서 얘를 대체 어떻게 해야 하지?'

저녁 식사 후, 설거지를 끝내고 방으로 돌아온 해담은 핸드폰을 집어 들었다. 설거지 내내 아무리 생각해 봐도 이건 그냥 넘어갈 문제가 아니라는 판단이 섰다.

다시는 주신에게 먼저 전화를 걸지 않으려 했는데. 쓴 표정으로 해담은 주신에게 전화를 걸었다.

뚜르르르르르. 뚜르르르르르. 뚜르르르르. 뚜르르르르.

제법 오래 신호가 간 다음에야 주신이 전화를 받았다.

-어. 왜.

이놈의 '어, 왜.' 로봇이야? 앵무새야? 전화만 하면 어, 왜야?

한참만에야 억지로 받는 듯한 인상에 해담의 이마가 확 찡그려졌다. 게다가 시장통처럼 주변은 너무 시끄럽다.

"너 지금 집 아니야? 되게 시끄러운데."

-어. 밖이야.

왁자지껄. 소란스러운 소리가 수화기를 타고 여과 없이 들려왔다.

-저기요, 여기 500 두 개 더 주세요!

-여기, 노가리 하나 추가요!

이건 백 퍼 술집에서 나는 소리다. 해담은 기가 막혀 헛웃음이 나오려는 걸 가까스로 참았다.

하. 최주신, 이번 주 내내 시간 안 된다는 게, 술 마시러 다닌다고 그런 거였어?

서운함과 화기가 한데 똘똘 뭉쳐 가슴을 마구 할퀴어 댄다.

때려치워! 안 맞아. 안 맞다고.

"너한테 볼 일은 아니고. 진서 좀 봤으면 싶어서 전화한 건데."

-진서를?

"밖이라니 됐어. 술집에 애 데리고 갔을 리는 없고, 집에 있겠지. 내가 알아서 할게. 끊어."

싸늘하게 말한 해담은 틈을 주지 않고 먼저 전화를 뚝 끊었다. 먼저 끊고 나니 묘한 카타르시스가 피어오른다.

해담은 다시 전화를 걸었다. 이번에는 주신의 집전화로.

-네, 여보세요?

영주의 목소리였다.

"안녕하세요, 아주머니. 저 해담이에요."

-어, 그래. 해담아.

"저녁은 드셨어요?"

-아니. 이제 막 먹으려던 참이었어. 너는?

"저는 조금 전에 먹었어요. 아주머니, 진서 지금 집에 있죠?"

-어. 주신이 방에 있을 거야. 왜 바꿔줄까?

"아뇨. 그냥, 제가 지금 좀 보잖다고 집 앞으로 나오라고 전해 주시겠어요?"

-집 앞으로? 그래, 알았어.

영주와의 통화를 끝낸 해담은 외투를 걸쳐 입었다.

대문 밖으로 나오자 찬바람이 사정없이 얼굴을 때려댔지만, 해담은 추운 줄도 몰랐다.

주신의 집 대문 앞으로가 기다리기를 잠시, 문이 열리고 진서가 모습을 나타냈다.

"아, 안녕하세요."

해담과 눈이 마주친 진서가 움찔거리며 인사했다. 그 모습에, 스스로 지은 죄가 있다는 걸 아는 듯해 그나마 마음이 누그러졌다.

"아직 저녁밥 안 먹었다며?"

"네, 네."

"따라와."

해담은 진서를 데리고 집 근처에 있는 베이커리로 향했다.

빵 몇 개가 담긴 접시와 우유 한 잔을 테이블 위에 두고 해담은 진서와 마주 보고 앉았다.

"먹어."

"……."

진서가 고개를 푹 숙인 채 먹을 생각을 하지 않자 해담은 굳이 먹이려 하지 않았다.

"최진서. 너, 내가 왜 보자고 한 줄 알아?"

"……네."

"그럼, 뭘 잘못했는지도 알겠네?"

"네에."

"뭘 잘못했는데?"

"……엄마 친구분께서 전해 달라고 한 게 있는데, 제가 안 드렸어요."

엄마라고 부르는 것을 정정해 주고 싶었지만, 그게 포커스가 아니니 그냥 넘겼다.

"또."

"엄마께 바로 솔직하게 말씀드려야 하는데 안 그랬어요."

기어가는 목소리로 말한 진서가 더더욱 고개를 푹 숙였다. 어쩐지 안쓰러운 마음이 일었지만, 지선과 형진의 조언들이 뇌에 둥둥 떠다닌다.

"왜 그랬어?"

"그게……."

"아니다. 왜 그러긴 다른 사람한테 주느라 그랬겠지. 누구한테 줬니?"

"유, 유리요."

역시나. 해담은 팔짱을 끼고서 짐짓 엄한 표정을 지었다. 이러고 있으니 정말로 자신이 잘못한 아들에게 참교육을 하고 있는 것 같은 기분이었다.

"나한테 주라는 걸 유리한테 준 거, 너 그거, 도둑질이야. 알아?"

화들짝 놀란 진서가 번쩍 고개를 들고서 눈을 동그랗게 떴다.

"도, 도둑질이요?"

"네 것도 아닌데 함부로 빼돌린 게 도둑질이 아니면 뭐야? 그게 물건을 훔친 거랑 뭐가 달라? 도둑질은 도둑놈들이나 하는 거 몰라? 정말, 너한테 실망했어."

진서의 새까만 눈이 충격을 받고 사정없이 흔들린다.

"저, 저, 저는 진짜, 정말로……."

울먹울먹, 입술이 일그러지며 금세 흐느낌을 토해냈다.

"흑흑, 죄, 죄송해요. 말씀드리려고…… 그랬는데…… 잘못했어요."

"앞으로 또 그럴 거야?"

흐느끼느라 차마 말을 잇지 못한 진서가 고개를 내저었다. 애를 너무 잡는 건 아닌가 싶어 속이 따끔따끔거려 죽을 맛이었다.

하지만, 역시나 부모님의 말씀이 떠올라 해담은 겨우 냉정함을 유지했다.

"좋아. 처음이니까 이번에는 그냥 넘어갈 거야. 하지만, 한 번만 더 어른 속이고 거짓말하면 절대 용서 안 해. 알겠어?"

"……네에."

작은 어깨를 떨며 훌쩍이는 진서가 참 딱해 보여 토닥여주고 싶으나 참았다.

이런 건 엄하게 다스려야 한댔으니까.

"저기요, 이거 다 싸주세요."

지금 상태로 진서가 빵을 먹을 것 같지도 않아 해담은 주인에게 주문했다. 주인이 싸주는 것과 다른 빵 몇 개를 더 구입한 다음, 해담은 진서를 데리고 베이커리를 나섰다.

"……."

"……."

두 사람은 집까지 말없이 갔다.

"죄송해요. ……제가 정말 잘못했어요."

집 앞에 도착해서야 진서가 울어서 조금 부은 얼굴로 말했다.

"잘못한 걸 알면 됐어. 앞으로 안 그러면 되고."

"네에."

"자, 이거 가지고 가서 먹어. 배고프겠다."

해담은 진서의 품에 빵이 든 봉투를 안겨주었다.

"……저, 아빠한테 말씀드릴 거예요?"

"아니. 이번 일은 아무한테도 말 안 할게."

"네에. 고맙습니다."

"이제 들어가."

여전히 딱딱하고 엄한 목소리로 말하는 해담의 얼굴을 한 번 본 진서가 이내 고개를 꾸벅 숙였다.

진서가 대문 안으로 들어가고 완전히 시야에서 사라져서야 해담은 무겁디무거운 한숨을 쏟아냈다.

"아. 정말 힘들다."

해담은 가만히 담벼락에 기대어 서서 하늘을 올려다보았다.

흐느껴 울던 진서의 모습이 허공에 떠다니자, 대침으로 찔린 듯 가슴이 시큰거려 온다.

"눈물 닦으라고 티슈라도 뽑아줄걸."

연방 소맷자락으로 눈물을 훔치며 베이커리를 나서던 진서의 모습도 사무친다.

"안 되겠다. 동네라도 한 바퀴 돌고 들어가야겠다."

그냥 집으로 들어가기에는 가슴이 너무 갑갑했다. 해담은 찬바람에 몸을 맡긴 채 가로등 불빛을 벗 삼아 걸음을 옮겼다.

이런저런 생각들로 복잡한 머리를 식히며 한참이나 무작정 걷던 해담은 집에서 너무 벗어난 걸 깨닫고 멈추어 섰다.

여러 종류의 술집들이 즐비한 골목까지 온 걸 보니 제법 멀리까지 온 듯했다.

"잠깐 나온다 그러고 온 건데, 엄마 걱정하시겠다."

집으로 가기 위해 발길을 돌리려는데 누군가 그녀의 어깨를 툭툭 두들겼다.

"어이, 아가씨. 혼자 왔으으?"

깜짝 놀라 돌아보자, 술 냄새가 코를 찔러 왔다. 저도 모르게 미간을 찡그리고서 상대방을 확인한 해담의 눈이 확장되었다.

"어, 승철 선배?"

같은 과 선배와 초면인 남자 하나가 해담을 향해 빙글거리고 있었다. 다행히 낯선 남자가 접근한 건 아니라 안도의 숨이 새어 나왔다.

그런데, 제법 술을 마신 듯 냄새도 그렇고, 몸도 건들거린다.

"이야, 여기서 해담 후배를 다 만나네?"

"그러게요. 술 마시고 귀가하시는 길인가 봐요?"

"에이, 아니지, 아니지. 2차 가야지 2차. 혼자 온 거 같은데 우리랑 같이 가자."

"아뇨. 저, 일행 있는데요."

해담은 승철의 별명이 진드기라는 걸 떠올리고 딱 부러지게 말했다. 만약 집으로 가는 길이라 그러면 백 퍼 한 잔 더 하고 가라며 붙잡을 게 뻔했다.

갑자기 승철의 광대가 위로 승천했다.

"일행? 오호, 여자 일행? 그럼, 우리 합석할까? 이렇게 만난 것도 운명인데."

윽. 이 거머리, 또 슬슬 발동 거네.

해담은 난감한 기색으로 손사래를 쳤다.

"아뇨, 저 남자랑 왔는데요?"

"엉? 남자? 에헤이. 딱 보니 여자 일행 맞는데, 뭘. 옷도 그렇고, 화장도 안 한 걸 보니."

"일행이 기다려서요. 먼저 가볼게요."

대충 얼버무리고 따돌리려는데 승철이 해담의 팔목을 덥석 붙잡았다.

"해담 후배, 그냥 가면 섭섭하지. 우리가 쏠게. 합석하자니까?"

"선배, 이거 놓고요. 그리고 저 진짜 여자랑 온 거 아니에요."

"그래? 그럼, 그 일행 어디 있는데? 일행 보여주면 놔주지이."

"그 일행. 여기 있는데."

전혀 생각지도 못하게, 익숙한 저음이 날아들었다. 온 힘을 다해 손을 빼내려던 해담의 눈이 커다랗게 열렸다.

몇 걸음 떨어진 곳에서 팔짱을 낀 주신이 삐딱한 표정으로 지켜보고 있었다.

11.

아니, 최주신 네가 여기를 어떻게?

승철 때문에 질문도 못 던지고 해담은 놀란 눈만 끔뻑거렸다. 근데, 짜증나게도 너무 반갑다.

마치, 주신에게서 후광이 비치고 있는 것 같은 착시현상마저 든다.

"어, 어? 해담 후배 일행이 지, 진짜 남자였네?"

승철 역시 얼빠진 표정으로 주신을 응시했다.

"그 일행 봤으니까 손 좀 놔주면 좋겠는데."

주신이 여전히 팔짱을 낀 채로 승철을 향해 까칠하게 내뱉었다. 압도적인 피지컬의 주신을 위아래로 훑던 승철이 그제야 슬그머니 해담의 손을 놓았다.

"하하하, 확인했으니 놓지, 뭐. 해담 후배도 참. 하도 후줄근하게 나와서 여자 일행인 줄 알았잖아"

마치, 해담의 탓이라는 듯 말한 승철이 퍼뜩 덧붙였다.

"해담 후배, 내가 남자로서 충고 하나 할게. 남자 만날 때는 그렇게 후줄근하게 다니는 거 아니야. 그렇게 다니면 남자들이 금방 싫증 낸다?"

지랄 염병하고 자빠졌네.

"선배도 술 취해서 아무 여자 손목이나 막 덥석덥석 잡고 그러면 여친한테 싸다구 맞아요. 아, 여친이 없죠? 모쏠이라 마법사가 꿈이랬죠?"

욕이 치받혔으나 취한 놈과 논쟁해 봤자 득될 게 없어 그렇게 대꾸하고 말았다.

취해서 무안한 감정도 모르는 승철이 '아하하하!' 웃어젖혔다.

"나 갈게, 해담 후배!"

손을 흔들어 보인 승철이 다른 일행과 비틀비틀 자리를 떠났다. 그제야 해담은 이마에 손을 얹고서 한숨을 흘렸다.

"저 사람, 학교 선배야?"

어쩐지 바짝 날이 선 듯한 주신의 음성이 머리 위로 날아들었다.

"어. 같은 과 선배."

"친하게 지내지 마. 특히 술자리 같은 곳에서는."

"별로 안 친해. 원래 술 한 잔 마시면 여기저기 잘 들러붙어서 거머리라는 별명으로 불리거든."

"아무튼 가까이하지 마."

"알았어."

대답을 하고 나니, 남자친구가 여자친구를 걱정하는 듯한 대화처럼 느껴져 기분이 묘했다.

"근데, 넌 혼자 여기서 뭐 해. 밤 되면 여기 술 취한 사람들 많이 다녀서 위험한데."

"아니. 어쩌다 보니, 동네 한 바퀴 돈다는 게 여기까지 와 버렸어."

해담은 이내 뾰족한 표정으로 주신을 응시했다.

"그런 넌 여기 어쩐 일이야? 아, 이 근처에서 술 마시고 있었던 모양이네."

"흠."

주신이 가볍게 한숨을 흘리며 흘끗 턱짓을 해보였다.

"따라와."

"뭐. 어디를?"

"여기 있으면 또 이상한 놈들 꼬일지 모르니까 따라오라고."

해담이 미심쩍은 표정으로 뚱하니 서 있자, 주신이 팔짱을 풀고서 성큼 다가왔다. 주저하는 해담의 손목을 붙잡고서 주신이 앞장섰다.

불쾌하던 승철과는 완전히 다른 느낌에 해담은 훅, 숨을 들이켜며 주신을 뒤따랐다.

해담이 주신을 따라 들어선 곳은, 조금 전 승철과 실랑이 벌였던 장소가 아주 잘 보이는 주점이었다.

"저기 잠깐 앉아 있어."

주신이 입구 쪽 테이블을 가리키며 말했다.

"뭐, 여기서 술이라도 마시자고?"

"무슨. 나 알바하는 곳이야."

예상치 못한 전개에 해담의 눈이 확 커졌다. 조금 전까지 짓고 있던 뚱한 표정은 온데간데없이.

"여기서 알바 중이었어?"

"어. 잠깐만 앉아 있어."

주신이 홀을 가로질러 안쪽으로 사라졌다.

"치. 알바하는 거면 말을 하지. 괜히 혼자 오해했잖아."

이번 주 내내 바쁘다고 했던 주신의 말이 거짓이 아니다. 그것도 모르고 혼자 괜한 오해를 한 게 머쓱해졌다.

잠시 아기자기한 가게 내부를 눈으로 훑는 사이, 주신이 다가왔다.

"가자."

"간다고? 일은?"

"오늘은 그만 한다고 했어."

"왜?"

"영업 방해되니까 나가자."

"아. 그래."

민폐를 끼치긴 싫었기에 고개를 끄덕인 해담은 퍼뜩 몸을 일으켜 밖으로 향했다. 주신과 나란히 걸으며 해담은 조금 걱정스러운 표정을 지었다.

"일하는 도중인데 그냥 나와도 돼?"

"그럼, 아까 그걸 보고도 너 혼자 보내냐."

"설마, 나 바래다주려고 그런 거야?"

"어."

주신의 배려에 해담은 입이 벌어지려는 것을 겨우겨우 억눌렀다. 이렇게 보면 또 척만은 아닌 것 같기도 하고.

도무지 종잡을 수가 없다.

"그래도 나 때문에 안 그래도 되는데. 주인한테 찍히는 거 아냐?"

"평일이라 초저녁만 조금 바쁘지 지금은 괜찮아. 충분히 양해도 구했고."

아까, 주신과 통화할 당시 왁자지껄하던 소리를 떠올린 해담은 어색하게 웃었다.

"한창 바쁠 때 내가 전화한 거였네."

그저, 어깨만 가볍게 으쓱해 보인 주신이 곧 통화 내용을 떠올렸다.

"아. 진서는 만났어? 진서 때문에 전화한 거잖아."

"어. 봤어."

"무슨 일 때문인데."

"아니, 별거 아니야. 베이커리 데려가서 빵 사줬어."

진서와의 약속도 있고, 딱히 거기에 대해서 말하고 싶지 않아 해담은 대충 얼버무리고서 화제를 바꾸었다.

"알바는 이번 주까지 하는 거야? 이번 주까지 바쁘다고 했잖아."

"어. 이번 주만 대타 뛰는 거라서. 친구가 급한 일 있다고 부탁하는 바람에."

"아, 그렇구나."

고개를 주억거리고서 계속 걷는데 주신이 물어왔다.

"참. 너 나한테 볼일 있다며."

해담은 가볍게 어깨를 움찔했다.

"어, 어. 그랬지."

"일찍 나온 김에 지금 해, 그럼."

"뭐? 지금?"

해담은 펄쩍 뛸 듯 놀라 그 자리에 멈추어 섰다. 커피숍에서 유정과 나누었던 대화들이 자동으로 머릿속을 휩쓸어댄다.

'최주신이 척인지, 진짜인지 확인하는 방법은 스킨십이 확실하지.'

'뭐, 스킨십? 스킨십을 하라고?'

'아니. 네가 하는 게 아니라, 하게끔 스킨십을 유도해야지.'

'어떻게?'

'일단, 조명이 야시시한 장소나, 어두컴컴한 곳으로 약속을 잡아. 그게 여의치 않으면 인적이 드문 공원 벤치도 괜찮아. 단, 테이블을 사이에 두고 마주 보는 곳은 안 돼. 거기는 스킨십하기가 힘드니까. 그런 의미에서 극장을 강추한다. 어두컴컴한데다, 나란히 앉을 수 있으니까.'

'그래서?'

'영화관이라고 치고. 영화 보면서 친밀하게 귓속말을 하는 거야. 간질간질 입김을 분다는 느낌으로.'

'입김? 으으. 생각만으로도 오글거리고 간지러워 죽을 것 같은데?'

'그렇지. 그게 포인트거든. 사람 귀가 은근 예민하거든. 귀가 성감대인 사

람도 꽤 많다?'

'그, 그래?'

'그렇게 한껏 달군 다음에, 눈이 마주치잖아? 그럼, 그럴 때마다 혀로 입술을 핥아. 넌 나와 키스를 하고 싶다, 키스를 하고 싶다. 이런 몽롱한 눈빛을 발사하면서.'

'컥! 최주신 앞에서 입술을 혀로 핥으란 말이야? 야, 그거 너무 19금 아니야?'

'19금은 무슨 12금도 안 되겠구만. 그리고 자세히 살펴봐. 최주신의 아담스애플이 꼴깍꼴깍 움직일 거야. 그럼, 다시 영화 보는 척하다가 졸린 것처럼 꾸벅거려.'

'졸린 척?'

'그렇지. 그러다 슬그머니 어깨에 기대보는 거야. 너무 대놓고 누르면 무거우니까 목에 힘 빡 주고.'

'헐. 목 디스크 오겠다. 근데, 이거, 방법이 맞긴 한 거지?'

'당연하지! 단, 이 모든 걸 행하고 난 뒤에는 순진무구, 무관심한 표정을 지어야 해. 네가 먼저 관심 있는 걸 티 내면 끝이라고. 질척이지 않게. 깔끔하게.'

'어, 어. 알았어. 그럴게.'

'귀에 바람 넣고, 눈 게슴츠레 뜨며 입술을 핥고, 머리를 기대기까지 했는데도 아무 반응 없으면 그냥 때려치우면 돼. 마음이 없는 거야.'

찰나 동안 생각에 잠겼던 해담은 이내 고개를 내저었다.

"아무것도 아니야."

"아무것도 아니라고?"

솔직히 유정의 말에 혹해서 확인해 보고 싶기도 했지만, 다 부질없는 생각이었다.

장장 3년 동안이나 유신을 보며 두근거리고 설레었다. 한데, 이렇게 쉽게 손바닥 뒤집듯 마음이 변할 줄이야.

지금 주신에게 흔들리고 있는 것도 언제 멈추어질지 알 수가 없다.

당장 내일일 수도.

스스로도 확신이 없는 상태에서 굳이 주신의 마음을 확인하겠다는 것 자체가 이상한 거다.

“응. 진짜 아무것도 아니야.”

미심쩍게 듯 바라보던 주신이 갑자기 해담의 어깨에 손을 두르고 자신의 품 쪽으로 끌어당겼다.

쿵. 해담의 심장이 바닥으로 내려앉았다. 뒤이어 술에 취한 아저씨가 아슬아슬하게 해담을 스치듯 지나갔다.

“안 되겠다. 네가 이쪽에서 걸어.”

“어, 그래. 고마워.”

자리를 바꾼 해담은 미친 듯이 일렁이는 심장을 잠재우려 애쓰며 주신의 옆모습을 바라보았다.

이런 작은 행동들이 얼마나 큰 의미를 부여하는지 주신은 전혀 모르는 듯 무심히 정면만 응시하고 있었다.

잠시, 두 사람 사이에 침묵이 일었다. 하지만 해담은 이 고요함이 싫지 않았다.

지금은 이렇게 나란히, 조용히 걷는 게 더 편했다.

해담과 함께 걷다 보니, 어느새 집 근처에 도착했다.

손을 잡고 싶고, 어깨를 감싸고 싶은 걸 얼마나 참으며 왔는지 모른다. 어찌나 주먹을 꽉 쥐고 걸었던지, 패딩점퍼 주머니에 푹 찔러 넣었던 손마디가 얼얼할 지경이었다.

아쉬운 티도 내지 못한 채 주신은 느릿느릿 해담의 집 대문 앞에서 멈추어 섰다.

"고마워. 네 덕분에 곤란한 상황도 모면했고. 이렇게 데려다주기까지 해서."

"뭐, 별로."

주신은 어쩐지 입술 끝이 올라갈 것 같아 먼 산을 보며 툭 내뱉었다.

"그만 들어갈게. 잠깐 나갔다 온다 그러고 한참 있었거든. 엄마 걱정하시겠다."

뭐, 벌써? 얼마 만에 함께 있게 된 건데.

해담이 몸을 돌리려 하자 주신은 조급해졌다.

"일요일에 혹시 약속 있어?"

"일요일?"

해담이 눈동자를 굴리며 생각에 잠겼다가 이내 대답했다.

"없기는 한데, 또 모르지. 생길지도."

"현재는 없다는 거네."

"어, 뭐. 그렇지."

"그럼, 영화 보러 가자."

정말 그가 생각해도 뜬금없는 제안이 아닐 수 없다. 해담의 한쪽 눈썹이 위로 올라갔다.

"영화? 너랑 나랑?"

"음. 아니, 진서. 진서가 애니메이션 보고 싶다고 한 게 있어서. 지금 한창 개봉 중이더라고."

"아."

기지를 발휘해 진서 핑계를 대자 해담은 별다른 의심을 하지 않았다.

"그래, 그럼."

역시, 진서를 앞세운 건 탁월한 선택이었다. 물론, 둘이 나란히 앉아 진한 멜로를 볼 수 없는 게 아쉽기는 했지만.

♥

"진서, 일요일에 영화관 가자."

주신은 개봉 중인 어린이용 애니메이션 몇 개를 상당히 고심해서 선정해 놓고 진서에게 말했다.

한데, 무슨 생각을 하는지 진서는 대꾸조차 없이 멍하니 허공을 보고 있었다.

'무슨 생각을 저렇게 골똘히 하는 거야.'

그러고 보니, 요 며칠 자주 저러는 것 같기는 했다. 거기다 표정도 조금 어두운 것 같고.

"진서."

"네? 저 부르셨어요?"

조금 힘주어 불러서야 진서가 정신을 차리고 주신에게 고개를 돌렸다.

"일요일에 극장 가자고."

"극장이요?"

"응. 괜찮은 애니메이션이 상영 중이라서. 몇 작품 봐놨으니 네가 보고 싶은 걸로 골라봐."

주신이 보고 있던 노트북을 가리켰다. 하지만, 진서는 난감한 얼굴로 어색하게 웃었다.

"저, 영화관 가는 거 별로 안 좋아하는데요."

예상치 못한 반응에 주신의 표정이 난감함으로 물들었다.

"영화관이 싫어?"

"싫다기보다, 어둡고 답답해서요. 저는 책 보는 걸 더 좋아하거든요."

주신은 찰나 동안 말문이 막혔다. 진서가 영화관을 탐탁지 않아 할 줄은 꿈에도 몰랐다.

이미 해담에게 진서가 애니메이션을 보고 싶어 한다고 선의의 거짓말까지 해놓은 상탠데.

근데, 그 진서가 영화관이 가기 싫다니. 그렇다고 싫다는 애를 끌고 갈 수도 없는 일이 아닌가.

낭패감에 어떻게 해야 하나 머리 터지게 고민하는데, 진서가 슬그머니 끼어들었다.

"같이 가드릴까요?"

"응?"

"그냥, 제가 같이 가드릴게요."

진서가 네 마음 다 안다는 듯 빙긋이 웃어 보였다. 어린 녀석에게 속을 들킨 것 같아 주신은 헛웃음을 삼켰다.

"대신, 마법사 나오는 거 말고 동물들 나오는 걸로요."

"알았어."

"그리고. 저, 부탁드릴 게 있어요."

말은 부탁이라지만 딜 하자는 소리로 들린다. 주신은 팔짱을 낀 채 턱을 슬쩍 들어 올렸다.

"뭔데."

"아빠 핸드폰이나 노트북을 조금만 쓰면 안 돼요?"

"그건 왜?"

"검색할 게 있어서요."

조금 싱거운 거래에 주신은 픽, 웃고서 핸드폰을 내밀었다.

♥

민혁은 침대에 누워 멀뚱멀뚱 천장을 응시했다.

한 올 한 올 동그랗게 말린 숱 많은 속눈썹과 단아한 콧날 그리고 빨간 입술.

아이보리색 벽지에, 바로 코앞에서 봤던 해담의 예쁜 얼굴이 둥둥 떠다닌다.

엘리베이터에서 킬힐로 발을 찍힌 그 후, 계속해서 이런 증상이 나타났다.

"미쳐버리겠네, 진짜."

상체를 일으킨 민혁은 거칠게 머리칼을 흐트러뜨렸다.

다른 사람도 아니고, 하필 그 욕쟁이 계집애가 왜 이렇게 머릿속을 점령하고 있는지 알 수가 없다.

지이이이잉. 지이이이잉. 핸드폰이 진동을 해댄다. 심드렁한 얼굴로 핸드폰을 집어 든 민혁의 심장이 사정없이 아래로 추락했다.

해담의 이름이 떠있었기 때문이다. 훅, 숨을 들이켠 민혁이 이내 전화를 받았다.

"어. 웬일이냐, 이해담. 네가 전화를 다 하고."

-그러게. 내가 너한테 전화할 일이 다 생기네.

"무슨 일인데."

-너, 시간 언제 돼? 좀 봤으면 좋겠는데.

뭐지, 이건? 이 기집애가 갑자기 왜 보자고 하는 거지?

"좀 바쁜데. 내가 워낙 공사가 다망해서. 그래도 네가 보자면……."

-알았어, 그럼. 나중에 시간 될 때 전화해.

뒷말을 다 잇기도 전에 해담이 단정을 하고서 전화를 끊어버리자 민혁은 기막힌 웃음을 흘렸다.

"뭐야, 이 기집애. 진짜, 웃긴 기집애네? 아니, 사람 말을 끝까지 들어봐야 할 거 아냐? 왜 제멋대로 판단하고 끊는 거야? 애가 어릴 때도 그렇더니 예의가 없어요, 예의가."

혼자 식식 열을 낸 민혁은 고개를 절레절레 내저었다.

"이런 기집애가 뭐 예쁘다고 자꾸 눈에 아른거려?"

민혁은 미간을 구긴 채 친구에게 전화를 걸었다.

"어, 나야. 야, 소개팅 자리 좀 알아봐라. 욕 같은 건 하나도 못 하는 섹시한 스타일로. 위아래 셋까지 오케이."

♥

토요일 밤이었다.

해담은 내일 메이크업을 잘 받기 위해 차가운 마스크 팩을 얼굴에 붙이고 침대에 누웠다. 단순히 애니메이션을 보러 가는 것일 뿐인데도 괜히 데이트 약속이 잡힌 것처럼 마음이 싱숭생숭했다.

"옷도 골라 놨고, 머리는 풀고 가면 되고. 아, 영화 보고 나서 밥은 내가 사야겠다."

이번 달 용돈 받는 날짜가 아직 많이 남긴 했지만, 아껴 쓰면 그럭저럭 버틸 수는 있을 것 같았다.

"나도 짬 내서 알바할 수 있으면 좋은데. 알바 안 한다고 하루 종일 공부하는 것도 아닌데. 고시생도 아니고."

눈을 감은 채 복화술을 하며 시간이 지나기를 기다리고 있을 때였다. 핸드폰이 진동하기 시작했다.

"팩할 때 말하면 주름 생긴다던데."

해담은 더듬더듬 핸드폰을 집어 들었다. 주신의 이름이 떠 있자 저도 모르게 눈이 번쩍 뜨인다.

"음, 음. 아, 아."

목소리를 가다듬고서 해담은 전화를 받았다.

"여보세요."

-어, 난데. 너, 지금 집이야?

"어. 집인데. 왜?"

-혹시, 진서 거기 갔어?

"진서? 아니. 나, 빵 사준 뒤로는 진서랑 안 만났는데."

뭔가 불길한 예감에 해담은 슬그머니 상체를 일으켰다.

"왜, 진서 집에 없대?"

-어. 어머니 말로는 오후쯤 볼일 보고 온다 그러고는 아직까지 안 들어왔대.

해담의 눈이 퍼뜩 시계로 향했다. 8시를 조금 넘기고 있었다.

"아직 늦은 시간은 아닌데. 유리라는 애랑 놀고 있는 거 아냐?"

-아니. 진서 항상 늦어도 어둡기 전에는 들어오거든. 이런 적 처음이야.

해담은 마른침을 삼키고서 퍼뜩 물었다.

"넌 지금 알바 중이지?"

-응.

"그럼, 내가 동네 한 바퀴 돌아볼게. 밖에서 놀다 보면 시간 가는 줄 모를 수도 있으니까. 그 나이 때는 다 그렇잖아."

-그래 줄래?

"어. 내가 한 바퀴 돌고 다시 전화할게."

-그래, 고맙다.

전화를 끊으려 하자 주신이 말을 이었다.

-진서, 요 며칠 무슨 걱정이 있는지 계속 얼굴이 어둡던데. 넌 혹시 알아?

해담은 작게 숨을 들이마셨다. 혹시, 그날 혼난 걸 아직 속에 담아 두고 있는 게 아닌가 싶어 가슴 한구석이 시큰해진다.

"일단, 내가 진서 찾아보고 다시 전화할게. 일해."

전화로 구구절절 말하기도 그렇고, 진서와의 약속도 있기에 해담은 얼버무리고 전화를 끊었다.

해담은 여전히 얼굴에 덮인 마스크 팩을 떼어내고 대충 두드려 흡수시켰다. 그러고서 추위를 막을 두툼한 점퍼로 중무장하고서 해담은 방을 나섰다.

"이해담, 너 이 시간에 어디 가게?"

막 현관문을 열려는데, 가게를 마감하고 들어서던 지선과 딱 마주쳤다.

"저 잠깐만 요 앞에 나갔다가 올게요."

"너무 늦게 다니지 마. 세상 험한데. 특히 술 처마시고 방황하지 말고."

"술 안 마셔요. 다녀올게요."

지선을 지나치던 해담은 문득, 드는 생각에 걸음을 멈추고 뒤를 돌아보았다.

"엄마, 며칠 전에 물어봤던 거 있잖아요. 만약, 제가 엄마한테 전해질 물건을……."

"아, 먹튀하고 입 싹 닫는다던 그거?"

"네. 그게 도둑질이라서 무조건 엄하게 혼내야 한다면서요."

"근데?"

"그럼, 저한테 도둑질했다고 대놓고 야단치실 거예요?"

지선이 '얘가 왜 이래.' 하는 표정으로 미간을 찌푸리면서도 입을 열었다.

"미쳤니? 애한테 도둑질이라는 표현을 쓰게?"

"예, 에? 그럼 안 되는 거예요?"

"안 될 건 없지만 그럼 너무 충격 받잖니. 너 도둑놈이다, 하는 거랑 같은 건데. 내가 너한테 욕은 곧잘 날렸어도, 사기꾼이니, 도둑놈이니 하는 말은 한 적이 없다."

충격으로 해담은 몸이 휘청거리려는 걸 간신히 바로 잡았다.

도둑질에다, 도둑놈이란 표현까지 다 해버렸는데.

"아, 아니, 도둑질이니 엄하게 다스려야 한다면서요?"

"뭐래, 얘가. 아무리 그래도 자기 자식한테 도둑놈이라고 몰아세우는 부모가 어딨니?"

여기 엄마 딸이요.

해담은 빳빳이 당기는 목덜미를 붙잡은 채 숨을 몰아쉬다 정신을 차렸다.

"……저, 다녀올게요."

해담은 제일 먼저 동네 놀이터로 가보았다. 겨울이라 짙은 어둠 때문에 놀이터는 썰렁하기만 했다.

뒤이어 동네 근처의 공원도 찾아보았다. 하지만 진서는 보이지 않았다. 혹시나 몰라 인근의 PC방도 몇 군데 돌아다녔으나 진서의 그림자조차 볼 수가 없었다.

그러다 보니 금세 시간은 9시를 가리키고 있었다. 밤의 맹렬한 바람에도 해담의 이마에는 송골송골 땀이 맺혔다.

가쁜 숨을 몰아쉰 해담은 주머니에서 핸드폰을 꺼냈다.

"어떡해. 벌써 9신데, 얘가 어디를 간 거야."

해담은 발을 동동 굴리며 주신에게 전화를 걸었다.

-어. 진서 찾았어?

전화를 받은 주신이 곧장 물어왔다. 해담은 마른 입술을 혀로 축였다.

"아니, 없어. 놀이터도 없고, 공원, 인근 PC방까지 다 찾아봤는데 안 보여. 이제 어떡해."

-넌 지금 어딘데?

해담은 주위를 휘휘 둘러보았다. 마구잡이로 뛰어다니다 보니 제일 처음 왔었던 놀이터였다.

"놀이터에 있어."

-잠깐 거기 있어. 거의 도착했으니까.

대답을 하기도 전에 전화가 끊어졌다. 입술을 잘근거리며 기다리길 잠시, 저만치 택시 한 대가 멈추었다. 택시 뒷좌석에서 내리는 사람이 주신임을 확인한 해담이 다급히 다가갔다.

"알바는 어떻게 하고 왔어?"

"잘 양해 구하고 왔어. 어차피 오늘까지라 더 볼일도 없고. 마무리가 깔끔하지 못한 건 찝찝하긴 하지만."

해담은 이마에 손을 얹고서 한숨을 흘렸다.

"너, 괜찮아? 안색이 안 좋아."

아닌 게 아니라, 한 시간 동안 어찌나 쉼 없이 쫓아다녔던지 어지럼증이 밀려왔다. 작게 한숨을 흘린 주신은 해담의 손을 잡고서 근처에 있는 벤치로 향했다.

"잠깐 여기 앉아."

마지못해 벤치에 앉은 해담은 어두운 얼굴로 주신을 올려다보았다.

"아무래도 나 때문인 것 같아."

"그게 무슨 소리야."

"며칠 전에 내가 진서를 야단친 일이 있었거든. 내가 생각해도 심하게."

"그런 일이 있었어?"

해담은 움푹 꺼진 눈을 한 채 고개를 끄덕였다.

"아마, 진서가 며칠 내내 우울했던 것도 그거 때문일 거야."

주신은 해담의 옆에 나란히 앉아 의아한 표정을 지었다.

“지금 진서가 안 보이는 것과 그게 무슨 상관인데.”

“가출을 한 거지. 나한테 너무 서운하고 화가 나서 가출을 감행한 거야.”

너무도 처연한 해담의 모습에 주신은 상황이 심각한데도 헛웃음이 날 것 같았다.

“아냐. 그럴 녀석이. 생각이 많아서 고민도 많은 녀석이긴 한데, 그렇게 무모하지는 않아.”

“그럼? 그럼 도대체 어디를 간 건데? 여기 아는 사람이 있는 것도 아닌데, 코빼기도 안 보인다고!”

처절하게 외친 해담이 바짝 말라버린 입술을 달싹였다.

“가출한 거라고. 나 때문에. 충격을 받아서.”

“일단 조금 더 찾아보고 안 되면 지구대라도 가보자.”

“내가 너무 심했어, 심했다고.”

중얼거리던 해담이 번쩍 눈을 크게 떴다.

“설마, 있던 곳으로 돌아가 버린 건 아니겠지?”

잠시, 주신의 표정이 묘해졌다.

“그건 네가 원하던 거니까 잘된 거 아냐? 그런 거라면 더더욱 걱정할 게 없지.”

맞다. 내가 원한 게 그거지? 진서를 빨리 돌려보내기 위해 주신과 친한 척 쇼도 한 거고.

그런데, 왜 이렇게 고구마 백 개 먹은 것처럼 속이 답답하지?

멍하니 주신을 응시하던 해담은 이내 힘없이 고개를 저었다.

“적어도 지금은 아냐. 갈 때 가더라도 내 사과는 받고 가야지. 안 그럼, 나 평생 가슴에 피멍 들 것 같아. 내가 너무 아프게 야단쳤거든.”

“…….”

주신은 아무런 말없이 해담의 어깨에 손을 올려 다독였다. 걱정으로 일그러진 해담의 얼굴을 어루만져 주고 싶은 건 간신히 누르고서 그는 손을 내렸다.

"어디 갔을까? 유리라는 걔 집에 간 건 아니겠지? 차라리 시간 가는 줄 모르고 거기서 놀고 있는 거면 정말 좋을 텐데."

땅이 꺼질 듯 한숨을 쏟아내는 해담을 물끄러미 바라보던 주신의 뇌리에 뭔가 스치고 지나갔다.

'아빠 핸드폰이나 노트북을 조금만 쓰면 안 돼요? 검색할 게 있어서요.'

"아. 잠깐만."

주신은 주머니에서 핸드폰을 꺼내 살피기 시작했다. 요 며칠 너무 바빴기에 통화할 때가 아니면 거의 핸드폰을 만진 적이 없다. 진서가 했던 검색 기록이 남아 있을지도 몰랐다.

잠시 핸드폰 화면을 들여다보던 주신은 이내 의아한 표정으로 해담을 바라보았다.

"이 녀석, 아무래도 여기 간 거 같은데."

"뭐? 어디?"

주신은 핸드폰 화면을 해담에게 보여주었다.

"카페 크레마 청강대점? 웬 카페?"

"엊그제, 진서가 검색할 게 있다고 핸드폰을 달라고 했거든. 뭘 검색했는지 혹시나 해서 봤는데 가는 버스 노선까지 죄다 검색해 봤네."

해담의 입이 턱 벌어졌다.

"아니, 애가 카페는 왜? 거기다 청강대점이면 버스를 두 번 갈아타야 해서 1시간도 넘게 걸리는 거리 아냐?"

"맞아. 1시간 넘게 걸리지."

"맙소사! 애가 커피를 마시러 간 것도 아니고, 그 먼 곳까지 갔다고? 아니, 도대체 누구랑?"

순간, 해담의 눈이 가늘어졌다.

"설마, 유, 유리인가 하는 걔랑 거기 데이트하러 간 건 아니겠지?"

자신이 생각해도 어이가 없어 해담은 이내 고개를 저었다.

"에이, 설마. 애들이 무슨 커피 맛을 아는 것도 아니고 거기까지. 9살짜리 둘이서 놀러 가기는 너무 멀고 위험하지."

"확실하지 않으니까 전화 한 번 해볼게."

주신이 액정에 떠 있는 카페로 전화를 걸고서 해담도 들을 수 있도록 스피커 기능을 눌렀다.

"주신아, 내가 물어볼게."

"……."

해담은 예전에 그랬던 것처럼 성을 빼고 불렀지만, 그것마저도 느끼지 못했다.

뚜르르르. 뚜르르르. 신호가 가고 상대방이 곧 전화를 받았다.

-네. 카페 크레마, 청강대점입니다.

"안녕하세요, 저기, 뭐 하나 여쭤보려고요."

-네. 말씀하세요.

"오늘 혹시, 매장에 어린 남자아이가 온 적 없었나요?"

-어린 남자아이요?

"네. 아홉 살 정도 된 아이고요, 아주 똘똘하고 예쁘게 생겼어요. 피부도 하얘요. 혼자 왔거나 어쩌면 또래의 여……."

-아! 혹시, 혼자 온 초등학생 말씀하시는 건가요? 이름이 진서랬나, 그럴 거예요.

"네, 네! 진서예요, 최진서."

일단, 행방은 확인했으니, 해담과 주신은 누구랄 것 없이 한숨을 흘렸다.

-초등학생이 혼자 카페 오는 게 흔하지 않잖아요. 거기다 자기 이름까지 또랑또랑하게 말해서 인상 깊었어요. 저희 매장에 애플 타르트를 사러 왔더라고요.

해담과 주신은 눈을 동그랗게 뜨고서 서로를 마주 보았다.

"애, 애플 타르트요? 그걸 사러 거기까지 갔다고요?"

-네. 그렇더라고요. 꼭 엄마 드려야 한다고 포장해 갔어요.

그 엄마가 본인임을 충분히 알기에 해담은 조금 얼빠진 표정을 지었다.

나한테 애플 타르트를 사주려고 거기까지 갔다고? 아홉 살짜리가?

아니, 왜? 왜 뜬금없이 애플 타르트야?

말문이 막힌 해담 대신 주신이 물었다.

"그게 몇 시쯤입니까?"

-음, 글쎄요. 정확하지는 않지만 저녁 6시는 훌쩍 넘었던 것 같아요. 7시는 안 됐을 때고요.

"알겠습니다. 고맙습니다."

통화를 끝낸 주신은 핸드폰을 주머니에 넣고서 이마를 쓸어 올렸다.

"일단, 가자."

멍하니 생각에 잠겼던 해담은 주신이 팔을 끄는 바람에 정신을 차렸다.

"어딜?"

"버스정류장 가서 기다리자. 카페까지 혼자 잘 찾아갔으니, 올 때도 잘 찾아오겠지."

"아아."

고개를 끄덕인 해담은 한껏 피곤한 얼굴로 주신과 걸음을 옮겼다.

나한테 애플 타르트를 사주기 위해 그 먼 곳까지, 검색해서 갔다고? 도대체 왜? 뭐 때문에? 내 생일도 아니고, 기념일 같은 것은 더더욱 아닌데.

거기다 단 한 번도 진서 앞에서 애플 타르트를 좋아한다고 한 적이 없었다.

버스정류장에 놓인 기다란 나무 의자에 앉아 오매불망, 진서를 기다리는 내내 드는 의문이었다.

"이 녀석, 돌아오면 정말 혼나야겠다. 이렇게 어른들 걱정을 시키다니. 아홉 살짜리가 겁도 없이."

주신이 기다란 다리를 꼰 채 짐짓 엄한 표정을 지었다.

"나도 며칠 전에 혼냈는데, 너도 그러게?"

"혼날 건 혼나야지. 근데, 넌 무슨 일로 그런 건데."

"진서와 아무에게도 말 안 하겠다고 약속해서 자세히는 말 못해. 그냥, 사과 때문인 것만……."

순간, 해담의 머리에 번쩍, 번개가 치는 듯했다.

사과? ……설마, 애플 타르트? 설민혁이 말한 사과가 과일이 아니라, 애플 타르트였어?

거기까지 생각이 미치자, 그제야 진서의 행동을 이해할 수 있었다.

더불어, 자신이 얼마나 심하게 몰아붙였으면, 그 어린애가 홀로 거기까지 갈 생각을 했을까 싶어 억장이 무너지는 듯했다.

도둑질, 도둑놈들, 실망이야.

진서 앞에서 매몰차게 내뱉었던 말들이 부메랑이 되어 해담의 가슴을 찔러댄다. 어린 마음에 얼마나 큰 상처를 입었을지 짐작조차 하기 힘들었다.

해담의 입술이 파르르 떨렸다.

"흑. 어떡해."

갑작스레 터진 눈물에 주신의 한쪽 눈썹이 올라갔다.

"뭐야, 너 지금 울어?"

"내가…… 애를 그렇게 몰아붙여서 그래."

참으려고 했지만, 속이 너무 상해서인지 금세 눈물이 차올랐다. 작게 흐느끼는 해담을 당황스러운 표정으로 바라보고 있던 주신이 이내 손을 뻗었다.

빨갛게 달아오른 해담의 얼굴을 양손으로 감싸 쥐고서 엄지로 부드럽게 눈물을 닦았다.

"돌아오면 따뜻하게 대해 줘."

"……응."

"심했다 싶은 건 사과하고. 어른답게."

"……응."

훌쩍이며 작게 고개를 끄덕인 해담이 젖은 눈을 들어 주신과 시선을 마주했다.

"알았어. 그럴게."

쿵. 주신의 심장이 사정없이 바닥으로 추락했다. 변태도 아닌데, 울고 있는 해담이 너무 예뻐 순간적으로 사고가 정지해 버렸다.

풀리지 않는 마법에 걸린 것처럼, 주신은 얼굴을 감싸 쥔 그 상태로 고개를 숙였다.

습한 방울이 조롱조롱 달린 해담의 속눈썹이 바르르 떨린다.

동공이 커지기는 했으나 해담은 피하지 않았다. 주신의 입술이 그대로 해담의 것을 머금었다.

영하의 날씨에 노출되어 차갑고 메말랐으나 서로의 온기가 닿는 순간 짜릿하게 달아올랐다.

놀라 동그랗게 떠졌던 해담의 눈이 가만히 감겼다. 얼굴을 감싸 쥐고 있는 손에 바짝 힘이 들어갔지만, 주신은 느릿하게 해담의 입술을 탐했다.

바짝 조바심이 이는 걸 눌러 참으며, 해담의 입술이 열릴 때까지 부드럽게.

하아.

해담이 가쁜 숨을 몰아쉬기 위해 입술을 여는 순간을 주신은 놓치지 않았다. 주신은 고개를 비스듬히 기울여 한 치의 빈틈도 없이 서로의 입술을 밀착했다.

“흐읍.”

강렬한 입맞춤에 해담이 다급히 주신의 옷깃을 붙잡았다. 뜨겁게 얽히는 속살을 맛보며 주신과 해담은 점차 무아지경으로 빠져들었다.

찬바람이 마구잡이로 때려대고 있었지만, 해담과 주신은 얼굴을 붉힌 채 버스를 기다리고 있었다. 진한 키스 뒤에 찾아온 민망함으로 인해 둘은 얼굴도 쳐다보지 못했다.

‘미쳤어, 미쳤어! 이 상황에서 최주신과 키스를 하다니. 도대체 어쩌려고! 아니, 재는 왜 또 나한테 키스한 거야?’

그저, 버스가 오는 곳만 뚫어지게 응시한 채 머릿속으로만 부르짖을 뿐이었다.

“너무 늦는데.”

한참만에야 주신이 말했다. 민망함은 민망함이고, 해담 역시 걱정이 되던 참이었다.

“일곱 시 정도에 탔어도 벌써 오고도 남을 시간인데.”

앉아서 기다리기가 답답해 일어선 두 사람은 버스정류장을 서성였다. 뚫어지게 오는 방향을 바라보며.

그때였다. 해담의 핸드폰이 울린 것은.

퍼뜩 핸드폰을 꺼내 발신지를 확인한 해담은 떨떠름한 표정이 되었다. 이

모든 사달의 원흉인 민혁의 전화였기 때문이다.

"여보세요."

-어디냐?

"왜? 나 지금 바쁜데 나중에 통화……."

-야, 니 친척 꼬맹이 좀 데려가라.

12.

“뭐라고? 누굴 데려가라고?”

-니 친척 꼬맹이 말이야.

민혁이 한 번 더 확실히 말해서야 해담은 눈을 동그랗게 떴다.

“그게 무슨 소리야? 걔, 지금 너랑 같이 있어?”

-그래, 인마.

“아니, 왜? 어떻게?”

-전화로 읊어?

“아냐, 됐어. 내가 갈게. 지금 어딘데?”

-우리 집.

해담은 허, 기막힌 웃음을 흘렸다.

“일단, 알았어. 내가 갈게.”

통화를 끊자 몇 걸음 떨어진 곳에서 서성이던 주신이 다가왔다.

“왜. 누군데 그래?”

“설민혁.”

“설민혁?”

"어. 진서 지금 설민혁 집에 있대."

해담만큼이나 주신 역시 놀란 표정을 지었다.

"진서가 설민혁 집에 있다니, 그게 무슨 소리야."

"나도 자세한 건 몰라. 가봐야 알 것 같아."

"진서가 설민혁을 어떻게 아는데."

"아. 그냥 오다가다 집 앞에서 만나서 알게 된 사이인가 봐."

"그래?"

그럼에도 주신은 다소 황당한 표정으로 말을 이었다.

"가자, 데리러."

"아니, 나 혼자 갈게."

주신이 슬쩍 눈썹을 찌푸렸다.

"왜."

"설민혁은 진서가 내 친척인 줄로 알거든. 그래서 나한테 데리러 오라고 전화 준 거야."

"그게 뭐."

조금 딱딱해진 목소리에 해담은 눈에 힘을 팍 주었다.

"내 친척인데, 네가 지금 같이 가면 당연히 이상하게 보겠지. 너랑 나랑 이때까지 견원지간인 거 뻔히 알고 있는데. 거기다, 너 진서랑 완전 빼다 박았거든?"

그제야 주신은 마지못해 고개를 끄덕였다. 여전히 이맛살은 구긴 채.

"아주머니 걱정하시겠다. 넌 얼른 가서 진서, 설민혁 집에 있더라고 설명드려. 난 바로 데리러 갈게."

"그래. 전화해."

"알았어."

해담과 주신은 반대 방향으로 걸음을 옮기기 시작했다.

목적지에 도착한 해담은 민혁에게로 전화를 걸었다. 한 손을 점퍼 주머니에 푹 찔러 넣은 채 기다리길 잠시, 민혁이 전화를 받았다.

-어, 그래. 어디쯤 왔어?

"나, 지금 너네 집 대문 앞까지 왔어."

-그래? 그럼, 들어와라.

뭐래. 해담은 슬며시 이마를 찡그리며 입술을 움직였다.

"이 시간에 거길 어떻게 들어가? 어른들한테 완전 민폐일 텐데. 진서만 데리고 나와."

-진서 방금 막 밥 먹고 잠들었는데?

"뭐?"

-애가 밥도 못 먹고 쫄쫄 굶고 다닌 것 같은데 찾을 생각도 않고. 쯧쯧.

"안 찾긴 누가. 내가 얼마나……."

-야, 들어와. 엄마, 아빠 주말여행 가셨어. 내일 오후에나 오시니까.

민혁이 해담의 항변을 사뿐히 자르고서 전화를 뚝 끊어버렸다. 뒤이어 철컥, 등 뒤로 대문이 열렸다.

고개를 절레절레 저은 해담은 어쩔 수 없이 대문 안으로 발을 옮겼다.

"어쩌겠어. 애가 잠들었다는데, 그냥 끌고 나오라고 할 수도 없고."

정원을 가로질러 현관 앞까지 가자 민혁이 도어록을 해제시키고서 문을 열었다.

"어서 와라."

"어. 실례 좀 할게. 진서는 어디 있어?"

"소파."

민혁이 팔짱을 낀 채 흘끔 거실 안쪽을 가리켰다. 현관문을 닫고서 안으로 들어선 해담은 슬리퍼도 신지 않고 물끄러미 소파를 응시했다.

소파에 길게 누워 쌔근쌔근 잠들어 있는 진서를 보자, 형언할 수 없는 감정이 치솟아 올랐다.

혼자 그 먼 곳까지 다녀오느라 얼마나 힘들었으면 이 낯선 곳에서 저렇게 곤하게 잠을 자고 있을까.

"밥 먹고 식탁 치우는 사이에 저렇게 잠들었더라고."

민혁의 말에 해담은 휙 몸을 돌렸다.

"어떻게 된 거야? 진서가 왜 여기 있어?"

"어떻게 되긴. 길에서 주웠다."

"길에서 주워?"

민혁은 입술 끝을 슬쩍 올리며 조금 전까지 있었던 일을 말하기 시작했다.

어둠이 내리깔린 밤, 민혁은 바이크 동호회 〈과속 금지〉 회원들과의 모임을 끝내고 집으로 향하는 중이었다.

모두 저녁 식사를 하고 볼링센터로 가자고 외쳤지만, 민혁은 대충 사양하고 빠져나왔다.

마이볼이 아닌 하우스볼은 그렇다 치더라도 누가 신은 건지도 모를 신발까지 신어야 하는 더러움을 감수하고 싶지는 않았다. 여성 라이더들의 아쉬움을 뒤로한 채 민혁은 고고하게 바이크를 몰았다.

버스로 세 정류장 정도의 거리를 두고 신호에 걸려 대기를 하고 있을 때였다. 민혁의 시야에 절대 잊을 수 없는 얼굴이 딱 포착되었다.

"어라? 저 꼬맹이는."

심부름값 5만 원과 애플 타르트 먹튀범인 해담의 친척 꼬맹이가 터벅터벅 인도를 걷고 있었다.

해담이 '타르트'가 아닌 '과일'이라는 표현을 쓰는 순간 알아챘다. 저 꼬맹이 자식이 눈물을 머금고 준 타르트를 빼돌렸다는 걸.

"오호. 원수는 외나무다리에서 만난다더니."

눈을 가늘게 뜬 민혁은 인도 쪽으로 휙 바이크를 몰았다.

거대한 엔진음에 진서가 움찔 놀라 옆을 돌아보자, 민혁은 바이크를 멈추고서 헬멧의 쉴드를 위로 올렸다.

"하이, 꼬맹아. 어딜 가냐?"

헬멧을 쓰고 있어서인지 알아보지 못한 진서가 눈만 끔뻑거렸다. 민혁이 고개를 삐딱하니 기울이고서 씩 웃어 보였다.

"이해담 주라고 준 애플 타르트는 어쨌냐? 네가 먹었냐?"

그제야 알아본 진서의 동공이 하염없이 흔들린다.

"쯧, 심부름값까지 줬더니 배째라 전법으로……."

"혀엉!"

갑자기 진서가 처절하게 외치며 와락 한쪽 팔을 껴안는 바람에, 민혁은 미간을 구겼다.

"어쭈, 이 먹튀범이 어디서 친한 척이야?"

민혁이 떼어내려 머리를 슬쩍 밀었지만, 진서는 마치, 구세주라도 만난 듯 악착같이 매달렸다.

"정말, 죄송한데 저, 저 동네까지만 좀 데려다주시면 안 돼요? 네?"

민혁은 기가 막혀 실소를 흘렸다.

"뭐냐, 너 길 잃었냐?"

"네, 네. 가는 건 잘 갔는데, 올 때 깜빡 잠드는 바람에 버스에서 잘못 내려서……."

말끝을 흐린 진서가 훌쩍, 흐느꼈다.

"어디 갔었는데?"

진서가 등 뒤로 감추고 있던 종이 상자를 내밀어 보였다.

"이거 이해담한테 주라고 했던 거랑 똑같은 거잖아. 왜 먹튀해 보니 너무 맛있어서 직접 사러 가기라도 한 거냐?"

삐딱하니 말한 민혁의 눈이 이내 커졌다.

"야, 너, 설마 이거 사러 갔다 오는 길이야?"

"네에."

"혼자서?"

"네에."

"허. 맙소사네. 어린노무 새끼가 겁도 없이 거리가 어디라고 거기까지 가냐? 어른들은 알고 있어?"

진서가 작은 머리를 절레절레 흔들었다.

"잠깐 나갔다 온다고만 했어요."

"나 참, 그래놓고 거기까지 갔다 왔다고? 설상가상으로 길까지 잃고?"

"……네에."

"이야. 브라보다, 브라보."

쯧쯧, 혀끝을 찬 민혁은 탑박스에서 헬멧을 꺼내 진서에게 내밀었다.

"야. 이거 써."

진서가 퍼뜩 헬멧을 받아들고 쓰자 민혁은 손을 내밀었다.

"뒤에 올라타."

"네, 네."

민혁의 도움을 받아 진서가 겨우 뒤에 올랐다. 한숨을 푹 내쉰 민혁은 입고 있던 점퍼를 벗었다.

"어으, 추워."

두툼한 목 폴라티를 입고 있긴 했지만 영하의 바람은 시릴 정도로 차가웠다. 하필 라이더 모임이라 입고 있는 점퍼 외에는 따로 챙겨간 것이 없어 어쩔 수가 없었다.

"야. 딱 붙어."

"아, 넵."

진서가 뒤에서 허리를 껴안으며 들러붙었다. 민혁은 마치 포대기처럼, 벗은 점퍼를 진서의 등에 감싼 다음, 양팔 부분을 앞쪽으로 가져와 배 쪽에서 꽉 묶었다.

혹시나 몰라 떨어지지 않게 나름대로 취한 조치였다.

"간다."

"넵."

잔뜩 긴장한 목소리로 진서가 대답하자 민혁은 이내 바이크를 출발시켰다.

'아, 시불! 얼어 뒤지겠네!'

"야, 좀 천천히 먹어라. 괜히 체하기라도 하면 나 이해담한테 욕먹는다."

민혁은 물 한 잔을 따라 내밀었다.

"밥이 너무 맛있어서요."

"그래도 천천히 먹어. 네가 체하잖아? 그럼, 이해담 걔가 쌍심지를 켜고 나한테 난리 칠 거거든. 너한테 독 먹인 거 아니냐면서."

민혁의 과장에 진서가 풉, 웃음을 흘리며 고개를 끄덕였다.

"네. 조심히 먹을게요."

물 한 모금을 마신 진서는 따끈하게 데워진 즉석밥을 천천히 먹었다. 조금 전 민혁은 전후 사정을 듣기 위해 진서를 집으로 데려왔다.

배에서 천둥 치는 소리가 너무 커, 대충 밥을 차려준 다음 이야기를 듣는 중이었다. 민혁은 식탁 앞에 마주 보고 앉아, 밥을 먹으면서 진서가 말해준 것들을 되짚었다.

"그러니까, 내가 준 타르트는 네 친구한테 줬고, 이해담에게 딱 들키는 바람에 네가 직접 사주려고 거기까지 갔다, 이거지?"

"네에. 정말 죄송해요. 일부러 그러려고 그런 건 아니었어요."

고개를 푹 숙이며 사죄한 진서가 주머니에서 지폐를 꺼냈다.

"그리고 주신 돈은 여기 있어요. 다시 되돌려 드리려고 했는데 안 보이셔서요."

민혁은 팔짱을 낀 채 툭 내뱉었다.

"난 한 번 내 손을 떠난 건 다시 넣지 않아."

"예에?"

"그냥, 가지라고."

"예? 그치만."

"됐으니까, 넣어둬. 그냥, 친척 누나 친구가 용돈 줬다고 생각해."

"그, 그래도."

"어허, 자꾸 그러면 이 마음 착한 형이 화낸다?"

민혁이 눈을 부릅뜨고서 위아래로 흘겨봐서야 진서가 부스스 돈을 다시 집어넣었다.

"……고맙습니다. 잘 쓸게요."

입술에 포물선을 떠올린 민혁은 이내 식탁에서 일어났다.

"먹고 있어. 너, 여기 있으니 데리러 오라고 연락해 줄게."

"아, 걱정 많이 하실 텐데, 어떡하죠?"

진서의 얼굴이 금세 어둡게 꺼졌다.

"야, 걱정 마. 내가 잘 말해 줄 테니까, 어서 밥이나 먹어."

"네. 고맙습니다."

민혁이 믿음직스러웠는지 진서는 남은 밥을 마저 먹기 시작했다.

민혁에게서 대략적인 상황을 전해 들은 해담은 입을 턱 벌렸다.

"세상에. 동네에서 세 정거장이나 떨어진 곳에서 진서를 만났다고?"

"어. 더 멀리서 버스를 잘못 내렸을지도 모르지. 다행히 운 좋게 나를 만나서 고생 끝난 거고."

해담은 이마에 손을 얹은 채 한숨을 흘렸다.

"고마워. 정말. 너 아니었으면 무슨 일이 생겼을지도 모르는 거잖아. 어린 애가 얼마나 혼자 무서웠겠어."

싸가지가 없고 다혈질이라고만 생각했던 민혁에게 이런 모습이 있나 싶어 새삼 놀라울 지경이었다.

"고마우면 밥이나 한 번 쏘든가."

"어. 그럴게. 근데, 이번 달은 안 돼. 나 용돈 받으려면 아직 멀었거든."

"콜."

해담은 여전히 쿨쿨 자고 있는 진서를 깨우기 위해 소파로 다가갔다. 그러자 민혁이 다급히 팔목을 잡아 저지했다.

"뭐하게? 애 깨우게?"

"어. 그러려고. 깨워야 데려가지."

"놔둬. 저렇게 잘 자는데. 여기서 재우고 내일 와서 데려가."

너무 곤히 자는 모습을 보니, 아주, 잠시 잠깐 그럴까 싶기도 했지만 해담은 고개를 저었다.

아무리 그래도 낯선 곳에 재울 수는 없었다. 아마 주신이었대도 그녀와 같은 생각일 것이다.

"안 돼. 잠은 집에서 자야지."

"그럼, 내가 업어서 데려다줄게. 깨우지 마."

"뭐?"

순간적으로 해담은 자신의 귀를 의심했다.

"네가 잠든 애를 업을 수는 없잖아. 내가 집까지 업어다 준다고."

"설민혁. 너 오늘 쥐약 먹고 물 안 마셨어?"

"농약 먹고 물 안 마셨다, 됐냐?"

그럼에도 해담이 어리벙벙한 표정으로 보고 있자 민혁이 덧붙였다.

"쬐끄만 게 측은해서 그런다, 측은해서. 네가 아까 쟤 몰골을 못 봐서 그래. 동네까지 데려다 달라고 얼마나 처절하게 나한테 매달렸는지 모른다고. 그러니까, 깨우지 말고 업혀주기나 해."

해담은 가슴이 싸해져 자고 있는 진서를 측은한 눈으로 바라보았다.

얼마나 춥고 두려웠을까. 내가 그렇게까지 몰아세우지만 않았어도 잘못만 빌고 말았을 텐데.

미안한 마음이 커져만 간다. 해담은 민혁에게로 시선을 돌리고 고개를 끄덕였다.

"알았어. 부탁 좀 할게."

해담의 허락이 떨어지자 민혁의 입술이 슬그머니 올라갔다가 다시 내려왔다.

"근데, 쟤, 되게 신기하지 않냐?"

"뭐가?"

"아니, 니 친척인데 어떻게 최주신을 빼다 박았냐?"

컥. 해담은 급격히 당황스러워져 얼굴에 열이 확 올랐다.

"어, 어? 진서가 최주신을 닮았다고? 아닌데에? 난 모르겠는데에?"

아, 이놈의 발연기.

"어, 어. 닮았는데에? 난 완전 잘 알겠는데에?"

"그, 그래? 그럼 그렇다고 쳐."

"못 믿겠으면 내가 초딩 때 앨범 보여줄게. 완전 똑같더라고. 너도 보면 깜짝 놀랄걸? 난 초딩 최주신이 지금으로 날아온 줄 알았을 정도라니까? 지금 저 상태로 비교해 보면 되겠다."

민혁이 앨범을 가지러 갈 기세이자 해담은 퍼뜩 그의 팔을 껴안듯 양팔로 붙잡았다.

“아냐! 됐어. 됐다고.”

예기치 않게 바짝 붙은 상황에 민혁의 가슴이 빠르게 두근거리기 시작했다.

“지금 시간이 몇 신데 앨범을 보재? 나 피곤하니까 데려다줄 거면 빨리 가. 아님, 진서 깨워서 갈래.”

민혁의 상태를 알 리 없기에 해담은 더더욱 팔을 옭아맸다.

민혁의 목울대가 꿀꺽. 움직임을 만들어냈다. 또 이런다. 이해담이 가까이 붙으니 심장이 제멋대로 날뛰어댄다. 도대체 왜 이런지 알 수가 없다.

민혁은 미간을 구긴 채 손을 뻗어 해담의 머리를 쭉 밀어냈다.

“알았으니까 좀 비켜, 기집애야. 데려다줄 테니 꼬맹이 업는 거나 도와.”

해담이 그제야 뒤로 물러나자 민혁은 미미하게 숨을 내쉬었다.

나 정말 왜 이러지? 어쩐지 열이 오를 것 같은 기분이다.

주신은 양쪽 집의 대문 앞을 서성이며 이제나저제나 해담과 진서가 오기만을 기다리는 중이었다. 마중 나가고 싶었지만, 혹시 길이 엇갈릴까 봐 관두었다. 그리고 오는 동안 해담과 진서 둘만 나눌 대화도 있을 것 같았고.

기다리는 내내 주신의 입에서는 자책 가득한 한숨이 흘러나왔다.

“미친놈. 그 상황에서 키스는 왜 해가지고.”

너무 성급했다. 너무 놀란 해담이 피하지도 못한 채 키스를 받아준 게 떠올라 벽에 헤딩이라도 하고 싶은 심정이었다.

해담이 자신을 짐승 대하듯 하면 어쩌나, 자책감이 파고든다. 이제 겨우 그에 대해 거부감 정도는 누그러뜨린 것 같았는데.

또다시 해담의 태도가 원점이 될까 심히 걱정스러웠다.

주머니에 양손을 찔러 넣은 채 해담과 진서가 보이기만을 기다리고 있을 때였다. 푸하하하, 웃는 소리가 멀찍이서 들려왔다.

"이 밤에 매너 없게."

쯧, 혀끝을 차며 슬쩍 이마를 구기는 순간이었다. 전혀 생각지 못한 광경에 주신의 동공이 한껏 확장되었다.

해담이 진서를 업은 민혁과 나란히, 아주 다정한 모습으로 걸어오고 있었기 때문이다.

주신의 까만 안광이 형형하게 번뜩였다

해담은 조심스레 현관문의 도어록을 해제시키고서 뒤를 돌아보았다.

"쉿. 조용히 들어와. 부모님 안 깨시게."

작게 소곤거리자 진서를 업은 민혁이 고개를 끄덕거렸다. 거실로 들어선 해담은 전등 대신 핸드폰의 플래시를 켜고서 살금살금 자신의 방으로 향했다.

혹여, 부모님이 깰세라 문을 열고, 모두 들어온 뒤 닫는 것도 아주 조심스럽게 행해졌다.

"휴. 들킬까 봐 조마조마했네."

방 안의 불을 밝히며 그제야 해담은 한숨을 몰아쉬었다. 들고 왔던 애플타르트 상자를 책상 위에 올리고서 민혁에게 턱짓을 했다.

"진서, 침대에다 눕혀줘."

말없이 진서를 침대에 눕힌 민혁이 해담에게 의아한 표정을 지어 보였다.

"왜 그래, 죄지은 사람처럼. 나, 너네 집에 오면 안 되는 사람이었어?"

"네가 우리 집에 오면 안 되는 사람이냐니, 그게 무슨 소리야?"

"근데, 뭘 그렇게 들킬까 봐 조마조마한 건데. 도둑처럼 불도 안 켜고 들어오고."

해담의 얼굴에 곤란한 기색이 떠올랐다. 문제는 민혁이 아니라, 진서 때문이었다.

지선이나 형진은 진서에 대해 전혀 모르고 있는 상태였으니까.

만약, 두 사람 중 누구라도 맞닥뜨리면 틀림없이 진서가 누구인지 물을 것이다. 그런 사태가 벌어지면, 진서를 그녀의 친척으로 알고 있는 민혁이 이상하게 여길 것은 자명한 일이었다.

"아니, 우리 부모님 깨실까 봐 그렇지. 특별한 일이 없는 이상 두 분 다 10시쯤에 주무셔. 그래서 드라마도 항상 재방으로 몰아서 보시거든. 제시간에 본 적이 없으셔. 그런 분들 깨워 놓으면 몹시, 무지 죄송하잖아."

괜히 찔려 해담은 안 해도 될 말까지 주절주절 늘어놓았다.

"음. 그렇지. 죄송하지."

그제야 미심쩍은 얼굴을 풀고서 민혁은 슬그머니 해담의 방을 훑어보았다.

"오랜만이네, 네 방."

"그러고 보니, 나도 너네 집 되게 오랜만에 간 거였네?"

"그러게?"

마주 보고 눈을 깜빡이던 두 사람이 이내 피식 가볍게 웃음을 흘렸다. 민혁은 물끄러미 해담을 응시하며 입을 열었다.

"너 웃는 것도 되게 오랜만에 본다."

"내가 네 앞에서 웃을 일이 뭐가 있겠어?"

"없을 건 또 뭐야."

"야, 너 때문에 감기 몸살로 죽을 뻔했지, 애한테 괜히 과자 쪼가리를 전해 달래서 이 사달을 만들었지, 뭐, 그전에 것도 줄줄 읊어줘?"

"됐다, 됐어, 기집애야. 내가 너랑 무슨 말을 하냐?"

민혁이 미간을 팍 찡그리고서 절레절레 고개를 내저었다.

"그럼, 말 그만하고 성인답게 행동으로 할까?"

순간, 민혁은 번개를 맞은 것처럼 머릿속이 아찔해지고, 시야가 하얘졌다.

'성인답게 행동'이란 말만 뇌에 커다랗게 떠다녔다. 음란마귀가 씐 것처럼, 금세 목울대가 일렁이자 민혁은 다급히 정신을 차렸다.

"기집애가, 미쳤나? 무슨 성인답게 행동……."

"뭐래. 이거 좀 벗겨 줘."

어느새 침대에 걸터앉은 해담이 진서의 상체를 비스듬히 일으키고 있었다.

"아. 애 겉옷 벗기는 거 말하는 거였어?"

"그럼, 뭐."

"아냐, 나도 그렇게 생각했어."

머쓱하니 머리를 긁적인 민혁은 침대로 가 진서의 겉옷을 벗기는 걸 도왔다. 캐릭터가 그려진 위아래 내복만 남기고 겉옷을 다 벗기는데도 얼마나 피곤했는지 진서는 미동조차 없었다.

"아. 그러고 보니 애 양치도 안 하고 그냥 자네."

"한 번쯤 그냥 잘 수도 있지, 안 죽어."

"한 번쯤이 두 번 되고, 두 번이 세 번 되기 십상이야. 치아는 어릴 때부터 관리하는 습관을 들여야 하는 거라고. 평소에도 잘했나 모르겠네."

민혁이 기가 막힌 웃음을 뱉었다.

"야. 이제 보니 친척이 아니라, 네가 쟤 엄마 같다."

"뭐, 뭐래! 내 나이가 몇인…… 읍."

도둑이 제 발 저린다고, 저도 모르게 목청을 올리던 해담은 민혁의 손에 의해 입이 막혔다.

"야, 목소리 낮춰. 부모님 깨울까 봐 걱정이라더니, 목청이 왜 이렇게 커?"

민혁은 낮게 윽박지르고서 혹여나 어른들이 깼을까 봐 조용히 귀를 기울였다. 다행히 거실에서 아무런 기척도 나지 않자 민혁은 후, 안도의 숨을 뱉었다.

그리고 해담의 얼굴을 보던 민혁은 잠시, 일시 정지 상태가 되었다.

한 손은 해담의 뒷머리를, 또 한 손은 입을 감싸고 있는 자신의 행동이 확실히 인지되었기 때문이다.

매끄러운 머리칼과 작고 부드러운 입술의 감촉이 동시에 느껴졌다. 오싹, 소름이 돋고 심장이 벌렁벌렁거린다.

그때, 해담이 민혁의 팔뚝을 손으로 툭툭툭 두들겼다.

그럼에도 멍하니 해담을 응시하고 있던 민혁은 옆머리를 콱, 잡히는 바람에 눈을 번쩍 떴다. 그가 퍼뜩 양손을 거두어들이자 해담도 야무지게 움켜쥐고 있던 머리를 놓았다.

"야, 탭을 쳤으면 빨리 놔줘야지. 숨 막혀 죽는 줄 알았잖아."

"그렇다고 머리를 그렇게 세게 쥐어 뜯냐?"

"아. 머리 대신 네 인중에 엘보 꽂을 건데 그랬다."

흡, 숨을 들이켜며 저도 모르게 양손으로 인중을 가리던 민혁은 고개를 내저었다.

'내가 이렇게 거칠어빠진 기집애랑 뭘 하고 있는 거야.'

한숨을 흘린 민혁은 이내 몸을 일으켰다.

"나 간다. 인중에 엘보 꽂겠다는 애랑은 무서워서 더 못 있겠다."

"아, 잠깐만."

민혁을 만류한 해담도 덩달아 침대에서 일어났다.

"왜?"

"며칠 전에 내가 너한테 봤으면 좋겠다고 전화했잖아."

"아, 맞다. 그랬지."

민혁도 기억을 떠올리고서 가볍게 손뼉을 부딪쳤다.

"뭐 때문에 보자고 한 건데."

"너, 진서한테 5만 원 준 거 때문에."

해담은 걸어둔 핸드백에서 지갑을 꺼내 5만 원짜리 지폐를 빼서 내밀었다.

"아무리 생각해도 돌려주는 게 맞는 것 같아서. 처음 본 애한테 심부름값으로 돈을 덥석 주는 건 너무 과하잖아, 물론, 그 심부름도 제대로 못 했지만."

"됐어. 그 심부름 제대로 하겠다고 그 먼 길까지 다녀왔는데 도로 받을 수는 없지."

"그치만."

"아, 됐다고. 걔도 아까 돌려준다는 걸 내가 싫다고 했어."

의외의 얘기에 해담은 조금 놀란 표정을 지었다.

"진서가 그 돈 돌려준다고 했어?"

"그래, 인마. 그러니까 너도 넣어둬. 뻐기면서 용돈이라고 했는데, 니 거 받으면 네가 준 게 되잖아."

"아."

해담은 머쓱하니 돈을 바라보다가 다시 지갑에 집어넣었다.

"이제 가도 되냐?"

"어. 가도 돼. 나 배웅 안 할 거니까, 조용히 나가. 부모님 안 깨시게."

"알았어, 알았다고."

퉁명스럽게 내뱉고서 민혁은 걸음을 옮겼다.

"설민혁."

막 문고리를 잡고 방문을 열려는데 해담이 그를 불렀다.

"뭐. 또 왜. 이번에는 그 타르트 돌려주게?"

흘끔 고개만 돌려 보자 해담이 가볍게 고개를 내저은 다음 입술에 미소를 지어 보였다.

"오늘 정말 고마웠다고. 잘 가."

민혁은 잠시 그 미소를 응시하다 손을 슬쩍 들어 보이고서 방을 나섰다.

까치발로 거실을 가로질러 현관문을 열고 나가서야 민혁은 폭풍 같은 호흡을 내뱉었다.

"뭐, 뭐야. 저 기집애. 당황스럽게. 뭘 또 저렇게 사근사근하게 웃냐."

얼굴이 시뻘게진 것도 모른 채 민혁은 대문 밖으로 향했다.

민혁이 가고 난 뒤, 해담은 작게 코까지 골며 잠든 진서의 얼굴을 물끄러미 들여다보았다.

"진짜 힘들었나 보네."

점점 진서의 존재가 커다랗게 자리를 잡는 것 같아, 여러모로 머리와 마음이 복잡해진다. 이불을 목까지 덮어준 해담은 핸드폰을 집어 들고 메시지를 작성했다.

[조금 전, 진서 데리고 집으로 왔어. 오늘은 여기서 재울게.]

곧장 답문자가 날아왔다.

[그래, 수고했어. 근데, 진서는 설민혁을 어떻게 아는데. 카페에 갔던 애가 그 집에는 왜 가 있고.]

[아아. 그게, 설명하자면 길어. 며칠 전, 아니, 네 궁금증을 다 해소해 주려면, 어쩌면 2년 전 얘기까지 다 끄집어내야 돼서 문자로 하기는 그래.]

[2년 전?]

[어. 나중에 얼굴 보고 얘기해 줄게.]

[그래. 알았어. 다른 할 말은 없지?]

해담은 액정을 응시하며 고개를 갸웃거렸다.

"다른 할 말? 무슨 다른 할 말?"

순간, 해담의 뒷머리가 주뼛, 곤두섰다.

서, 서, 설마. 아까 그 키스 얘기를 하는 거야?

"미쳤어. 미쳤어."

얼굴이 순식간에 뜨끈뜨끈 달아오르자 해담은 다시 문자를 보냈다. 아주 단호하게.

[없어.]

문자를 확인한 주신의 한쪽 눈썹이 위로 쭉 올라갔다.

"없……다고?"

주신은 한 손에 핸드폰을 쥔 채로 팔짱을 끼었다. 분명 설민혁이 진서를 업고 집까지 데려다주는 걸 봤는데.

10시가 넘은 시각임에도 불구하고 집 안까지 들어갔다가 한참만에야 밖으로 나온 것도 지켜봤는데.

"흐음."

방 안을 서성이던 주신은 다시 문자를 보냈다.

[없으면 됐어. 진서는 일어나는 대로 보내.]

[아니, 진서 아침밥 먹여서 보낼게. 입을 만한 옷이 없어서 여기서 씻기는 그렇고.]

[그렇게 해, 그럼. 내일 보자.]

[내일? 왜?]

곧장 날아온 문자에 주신은 이마에 빠직, 핏대가 솟는 듯했다.

"잊어버렸어?"

주신은 언짢은 표정으로 메시지를 보냈다.

[진서 영화 보여주기로 했잖아.]

[아, 맞다! 내 정신 좀 봐. 10시 40분 예매랬지?]

[어.]

[그럼, 아침밥 먹여서 진서 바로 보낼게. 한율시네마, 서중대역이라고 했지? 시간 맞춰서 갈 테니, 영화관에서 보자. 예매 창구 근처에 있을게. 거기서 만나.]

집 앞에서 만나는 게 아니라 따로 가서 극장에서 보자고? 왜.

주신의 표정이 조금 싸늘하게 가라앉았다. 그는 가만히 액정을 응시하다가 손을 움직였다.

[좋을 대로 해.]

♥

이른 아침, 기지개를 쭉 켜며 거실로 나온 지선은 주방으로 가려다 걸음을 멈칫했다.

"가만, 이해담 이게 들어왔나? 딸 들어왔는지 안 들어왔는지 확인도 안 하고 잠들어버렸네."

휙 방향을 돌린 지선은 해담의 방 문고리를 돌렸다. 어차피 자고 있거나, 무단외박을 했으면 없을 테니, 노크는 무의미했다.

문을 휙 열고 침대를 본 지선의 눈이 휘둥그레졌다.

침대에 옆으로 나란히 누운 해담과 진서가, 로댕의 생각하는 사람과 똑같은 자세로 자는 중이었기 때문이다. 이불은 이미 발밑에서 따로 놀고 있었다.

"허, 이걸 뭐라고 해야 해?"

기막힌 웃음을 흘린 지선은 저벅저벅 침대로 가 해담의 엉덩이를 찰싹, 내리쳤다.

"응…… 뭐야아……."

"니 애미다."

해담은 눈도 뜨지 못한 채 몸을 꾸물꾸물 반대 방향으로 돌렸다.

"……좀 더 잘게요. 늦게까지 잠 설쳤다고요."

"지금 이 상황 설명하고 자."

이 상황이라면. 으앗! 해담은 마치 불에 데기라도 한 것처럼 번쩍 눈을 떴다. 진서가 있다는 걸 까맣게 망각하고 있었다.

게다가 나, 왜 침대에서 자고 있지? 분명, 밑에서 잤는데. 뻔하다. 잠결에 화장실 갔다가 습관적으로 침대에 기어올라 갔겠지.

금세 잠이 확 달아난 해담은 상체를 일으켰다. 그러다 팔짱을 낀 채 '어디 설명해 보실까?' 하는 지선과 정통을 눈이 마주쳤다.

여전히 쿨쿨 자고 있는 진서를 흘끔 보고서 해담은 입을 열었다.

"그게…… 얘가 누구냐면, 내 친한 친구……."

"아니. 주신이 집에서 지낸다는 애가 왜 네 방에서 자고 있냐고."

"어? 엄마도 얘를 알아요?"

"알지, 그럼. 주신이 가게에 올 때마다 수시로 데리고 오는데."

"최주신이 엄마 가게에 자주 드나드는 모양이네요."

순간, 아차 싶었는지 지선이 한껏 당황스러운 표정을 지었다. 하지만 이내 평온한 얼굴로 아무렇지 않게 응수했다.

"그래, 뭐. 반찬 사고 국 사러 와. 도시락도 사서 가고. 영주 언니가 내 음식 좋아하잖아. 조미료 안 들었다고. 그래서 자주 사러 와. 그게 뭐 이상해?"

"이상하다고 한 적 없는데?"

해담이 눈을 끔뻑끔뻑거리며 대꾸하자 지선이 입을 꾹 닫았다.

아, 이 아줌마 저번부터 정말 수상한데.

가만 생각해 보니, 진희 언니 대신 잠깐 알바할 때도 주신이 마감 시간에 맞춰 가게에 왔었다.

'그때도 엄마를 찾았고, 엄마도 딱 맞춰 주신이 바꿔 달라고 했단 말이지. 거기다 지금까지 수시로 드나드는 중이고. 최주신이랑 뭘 하는 게 분명하긴 한데. 뭘 하지?'

물어봤자 지선이나 주신은 절대 말을 안 할 거고, 짬 내서 진서한테나 살살 물어봐야 할 모양이었다.

"그러니까, 주신이 친구 동생이라는 애가 왜 너랑 한 침대에서 자고 있느냐고."

"나도 아는 친구 동생이라서요. 친구 동생, 하루 재워 주는 게 어때서요. 침대는 내가 밑에서 자다가 잠결에 올라온 거고요."

"주신이는 뭐 하고?"

"몰라요. 사정이 있겠죠. 걔 사정까지 일일이 물어봐요? 그냥, 둘 다 아는 친구 동생이고, 바로 옆집이니 하루 재워 달라고 한 거예요. 됐죠?"

지선이 혀끝을 쯧쯧, 찼다.

"잠자리 자주 바뀌는 거 애한테 별로 안 좋은데."

"사정이 있다니까 어쩔 수 없죠."

더 뭐라고 할 건더기가 없어 슥 몸을 돌리려던 지선의 눈에 자고 있는 진서의 발이 포착되었다.

"풉! 신기하네."

"뭐가요?"

"너, 애 발 봤어? 야, 너랑 나랑 똑같이 생겼다. 엄지발가락 길고 못생긴 것 좀 봐. 이건 네 외가 쪽 특징인 줄 알았는데, 또 있었네?"

"그러니까요. 하필이면 못생긴 발을 닮아가지고."

해담은 진서를 보고 말한 것이었지만, 알아듣지 못한 지선은 어깨를 으쓱했다.

"난들 너한테 이런 발을 물려주고 싶었겠냐? 나도 우리 엄마한테 대물림됐고, 우리 엄마는 또 엄마한테 이어받은 건데, 탓해 봤자 뭐 해. 그래도 보이는 손가락이 못생긴 것보다는 발 못생긴 게 낫잖아. 양말 신으면 안 보이고."

"예, 뭐. 그렇네요."

떨떠름한 해담을 가볍게 흘기고서 지선은 이내 방을 나섰다.

작게 한숨을 흘린 해담은 발밑에서 뒹굴고 있는 이불을 끌어다 진서에게 덮어주었다. 벽시계를 보니 이제 겨우 5시 반을 가리키고 있었다.

젠장. 3시간밖에 못 잤네.

일요일이라 사람들로 꽤나 바글거릴 줄 알았는데, 웬걸 서중대역 한율시네마는 한산하기 그지없었다. 건물 자체도 번화가와 달리 조금 작은 데다, 영화관 역시 그리 큰 규모는 아니었다.

썰렁한 대기실의 스툴 의자에 앉아 멍하니 시계를 본 해담의 입에서 절로 픽, 웃음이 튀어나왔다. 영화 상영 시간은 10시 40분인데 이제 겨우 9시 30분이었으니까.

"너무 빨리 왔나."

혹여 백화점에 가는 날처럼 쓸데없이 마주치는 텔레파시가 터질까 봐 일부러 일찌감치 나와 버렸다.

"근데, 너무 일찍 왔네. 너무 일찍 왔어."

그래도 집 앞에서 같이 오는 어색함보다는 이편이 훨씬 나았다. 근처에 비치된 영화 팸플릿 하나를 빼서 보는데 눈에 하나도 안 들어온다.

해담은 급격히 피곤함이 밀려들어 늘어지게 하품을 했다. 새벽까지 잠을 못 잔 원인이 머리를 잠식하기 시작하자 더더욱 피로해진다.

'도대체 최주신은 왜 나한테 키스한 거야? 정말, 그냥 척만 하는 게 아니라 나한테 마음이 있나?'

눈동자를 굴리던 해담은 고개를 살래살래 저었다. 그런 것치고는 너무 그녀를 무뚝뚝하게 대한다. 말랑거림이라고는 눈 씻고 찾아볼 수가 없다.

'아니, 그런데 왜.'

도무지 알 수 없는 주신의 속내를 가늠해 보려 머리를 굴리고 있을 때였다.

"어? 누님!"

또랑또랑하면서 익숙한 음성이 저만치서 해담의 귀를 잡아챘다. 해담은 입을 턱 벌린 채 소리가 난 쪽으로 고개를 돌렸다.

맙소사. 설마. 버, 벌써?

싱글벙글 웃고 있는 진서와 해담만큼이나 더 낭패감 짙은 얼굴을 하고 있는 주신이 시야에 들어왔다.

13.

정말 코가 막히고 기가 막힌다, 그죠? 예전 어느 개그 코너에서 유행했던 개그우먼의 멘트가 바로 옆에서 들려오는 듯했다.

'뭐냐고! 나 왜 일찍 나온 거냐고!'

이 죽일 놈의 텔레파시는 왜 자꾸 이런 타이밍에만 터지는 건데?

주신과의 마찰을 최대한 피하기 위해 무려 한 시간 이상이나 일찍 왔건만 이 웃기지도 않는 상황이라니.

해담, 진서, 주신은 나란히 스툴 의자에 앉아 말없이 정면만 응시하는 중이었다. 샌드위치 속처럼 양쪽에 끼어 이리 흘끔 저리 흘끔 보던 진서가 슬그머니 입을 열었다.

"저기, 오락실 있는데, 가서 오락 좀 하고 오면 안 돼요?"

"안 돼."

"안 돼."

누구랄 것 없이 동시에 대답했다. 가뜩이나 어색한데 진서까지 없으면 이 분위기가 수습이 안 될 것 같았다.

진서의 표정이 일그러지자 주신이 작게 한숨을 흘렸다.

"그래, 갔다 와."

지갑에서 지폐를 꺼내려 하자 진서가 손을 내저었다.

"저, 돈 있어요. 딱 2천 원, 아니, 3천 원어치만 하고 올게요. 그래도 되죠?"

어차피 영화 상영 시간까지 할 게 있는 것도 아니니 해담도 고개를 끄덕였다.

"그래. 가서 해."

신이 난 진서가 뛰듯이 오락실로 가버리자 해담과 주신 사이에는 적막감만 맴돌았다.

한참만에야 주신이 침묵을 깼다. 여전히 정면만 응시한 채.

"왜 이렇게 일찍 온 건데."

"그러는 넌."

해담 역시 정면을 보며 되물었다.

"시간을 잘못 봤어. 너는?"

억! 그런 대답이 있었네!

조금 아쉽고 분해 째려보던 해담은 주신의 수려한 옆모습을 마주하고서 다시 시선을 정면으로 돌렸다.

숨이 막힐 것만 같다. 의자 하나를 사이에 두고 있음에도 바짝 붙어 앉은 것처럼 주신의 존재감이 너무 크다. 덕분에 어제의 키스가 너무도 생생히 뇌를 잠식하기 시작했다.

부드럽게 얼굴을 감싸 쥐던 커다란 손. 그녀를 내려다보던 진한 눈빛. 입 안을 점령하던 뜨거운 키스.

오싹, 소름이 돋아 오르고 열이 치솟는다.

'왜 나만. 키스를 한 놈은 아무렇지도 않은 얼굴인데 왜 나만 이렇게 신경을 쓰는 건데.'

미미하게 숨을 들이켠 해담은 겨우 툭 내뱉었다.

"난 느긋하게 커피 한 잔 하려고."

이렇게 불편하게 있는 것보다는 차라리 그게 나을 것 같았다.

"그럼, 가자."

"너, 너도 가게?"

"너한테 들을 얘기 있잖아."

들을 얘기라니? 잠깐, 의아하던 해담은 어제 주고받았던 문자를 떠올리곤 그 의미를 이해했다.

주신이 신장 187센티미터의 커다란 몸을 쓱 일으키고서 내려다보자 해담은 미미하게 미간을 구기고서 일어났다.

두 사람은 오락실 바로 옆에 위치한 작은 카페로 발걸음을 옮겼다. 각자 커피를 주문하고서 매장 밖에 비치된 테이블에 마주 보고 앉았다.

동그란 테이블이 워낙 아기자기한 덕분에 거리가 가까워져 더욱 어색한 느낌이었다.

"이제 말해 봐. 진서가 왜 설민혁 집에 있었는지."

해담은 작게 고개를 끄덕이고서 이야기를 풀어놓기 시작했다.

민혁과 얽힌 스토리를 다 듣고 난 후에도 주신은 별다른 반응이 없었다. 그저, 이제야 궁금증이 풀렸다는 얼굴이었다.

"참. 그래서 어제는 설민혁이 집까지 데려다줬어. 진서가 거기서 잠든 바람에. 어제는 경황이 없어 문자로 얘기 못 했어."

"알아."

주신이 조금 전 나온 커피잔을 입으로 가져가면 짤막하게 대꾸했다.

해담의 눈이 동그랗게 커졌다.

"네가 그걸 어떻게 알아?"

"밖에서 기다리고 있다가 셋이 같이 오는 거 봤어."

"그때까지 밖에서 기다렸다고?"

"어."

전혀 몰랐다.

"근데 왜 알은척 안 했어?"

"뭐 하러. 무사히 도착했으면 됐지. 이산가족 상봉하는 것도 아니고 요란스럽게."

"내가 진서도 못 데려왔을까 봐 굳이 확인하려고 기다렸던 거야?"

주신이 커피잔을 내려놓고 시선을 부딪쳐 왔다.

"확인 아니고 걱정. 네 걱정, 진서 걱정."

분명, 별다른 뜻 같은 건 없는 밋밋한 말투인데 해담은 조금 들뜨고 말았다.

아, 이렇게 보면 또 마음이 있어 보이는 것도 같은데.

도무지 속내를 알 수가 없다. 답답함에 커피만 홀짝이던 해담은 어느 순간 눈을 번쩍 떴다.

"어머, 어떡해!"

"왜. 갑자기."

"나, 설민혁이랑 진서 얽힌 얘기, 너한테 안 할 거라고 진서와 약속했는데."

"안 할 수가 없잖아. 어제 일이 그냥 웃고 넘길 일도 아니었고."

전혀 심각성을 모르는 주신과 달리 해담은 양손으로 머리를 감쌌다.

"내가 심하게 굴었던 거, 아직 사과도 못 했는데 약속까지 못 지킨 거 진서가 알면 내 체면이 도대체 뭐가 되냐고."

해담이 상체를 앞으로 기울여 바짝 얼굴을 들이밀자, 주신이 움찔, 몸을 뒤로 물렸다.

"방금 내가 너한테 했던 말은 못 들은 거야, 알았지?"

"……."

"진서 앞에서 설민혁의 '설' 자도 꺼내지 말고 애플 타르트의 '애' 자도 꺼내지 마. 넌 아무것도 모르는 거야. 알았지?"

"……."

"왜 대답이 없어?"

주신이 팔짱을 낀 채 해담의 뒤쪽을 향해 흘깃 턱짓을 해 보였다. 모골이 송연해지는 느낌에 해담은 로봇처럼 뻣뻣하게 뒤로 돌아보았다.

언제부터 있었는지 진서가 바로 뒤에 서서 말똥말똥 그녀를 응시하고 있었다.

"어머! 깜짝이야!"

죄지은 사람처럼 화들짝 놀란 해담은 멋쩍은 표정을 지었다.

"언제부터 있었어?"

"조금 전부터요. 아빠한테 제 얘기하셨다는 거 다 들었어요. 아니, 들렸어요."

해담은 머리칼이 비쭉 서는 듯했다.

"그, 그랬니? 미, 미안해. 일부러 말하려던 건 아니었어."

"괜찮아요. 엄마."

진서가 짐짓 의젓하게 대답하고서 입술 끝을 슬쩍 올렸다.

"저도 일부러 타르트를 도둑질해서 유리한테 준 건 아니거든요."

역시. 도둑질이란 말에 상당히 상처를 입은 모양이다.

와. 저렇게 비꼬니 완전 최주신 판박이다.

어쩔 줄 몰라 울상을 짓고 있던 해담은 이내 진서에게 손을 내밀어 보였다.

"미안해. 너한테 심하게 말한 거. 약속 못 지킨 거. 사과 받아줄 거야?"

물끄러미 해담을 응시하던 진서가 덥석 손을 잡으며 눈웃음을 지었다.

"네. 받아들일게요."

그제야 해담은 얼굴을 확 펴며 맞잡은 손을 흔들었다. 그런 두 사람을 바라보고 있는 주신의 입가에도 진한 미소가 떠올랐다.

"제가 여기 앉을게요."

작은 팝콘 상자를 손에 든 진서가 예약된 좌석 세 개 중 제일 오른쪽을 날름 차지했다.

"그럼, 이해담 네가 가운데 앉아."

주신이 왼쪽에 앉으며 말했다.

"어, 그래. 알았어."

옆에 모르는 사람들과 나란히 앉아 팔걸이 싸움을 하는 것보다는 이편이 훨씬 좋았다. 이건 단순한 척이 아니라 배려인 것 같아 해담은 기분이 오묘했다.

'아. 진짜 뭔가 있기는 있는 것 같은데.'

앞으로 절대 주신의 마음을 확인하지 않을 거라 다짐했던 게 스멀스멀 사라지기 시작했다. 아니, 어쩌면 어제 주신이 키스를 하는 순간 와르르 무너진 건지도 모른다.

'이쯤 되면 확인이라도 해봐야 돼. 그게 맞는 거야. 내가 궁금해서 죽겠는 걸 어떡해. 확인만 해본다고 해서 큰일이 나는 것도 아닐 테고.'

멜로 영화가 아니라 어린이 애니메이션인 게 아쉽긴 했지만 뭐 어떠랴.

진서는 어린이답게 영화를 보느라 정신없을 테고, 민폐를 끼칠 정도의 행동이 있는 것도 아니고.

'뭐였더라? 아, 일단 귓속말을 하랬지? 바람을 불어넣으면서. 그다음이…… 눈을 게슴츠레 뜬 채로 입술 핥기고. 마지막이 졸린 척 어깨에 기대라고 했지? 목에 힘 빡 주고.'

해담이 차분히 유정 박사의 지령을 떠올리는 사이, 어느덧 어둠이 내려앉고 광고가 시작됐다.

'근데, 그렇게 해서 나와야 하는 반응이 뭐지? 아, 씨. 그걸 안 물어봤잖아?'

코믹한 광고에 관람객들이 저마다 웃음을 터트렸지만 해담은 골똘히 생각에 잠겼다.

'내 손을 잡는 거? 손은 진작 잡아봤는데? 그럼, 설마 키스?'

생각이 거기까지 미치자 해담은 절레절레 고개를 저었다.

'에이, 키스도 이미 했지만, 모르겠는 걸 보면 그것도 아닌 거지. 애들 우글우글한 곳에서 그러는 것도 미친 짓이고.'

긴 광고 뒤 영화가 시작되어서야 해담은 나름대로 결론을 내렸다.

'그래. 고백이지, 고백. 사실은 척만 하는 게 아니라 마음이 흔들리고 있다고. 그것밖에는 없지. 더 확실한 반응이 어디 있어? 근데, 귀에 바람 불고, 입술 핥고, 졸린 척 기대면 상대방이 고백을 하긴 하나?'

조금 미심쩍긴 했지만, 유정이 아주 강력하게 밀어붙인 것이니 틀림없을 것이다. 고등학교 때부터 연애에 관한 한 타의 추종을 불허했으니까.

'마음에 있으면 하겠지. 고백 안 하면…… 마는 거지, 뭐.'

흠, 숨을 내쉰 해담은 진서 쪽을 보았다.

역시나. 스크린에 눈을 고정한 채 화면 가득한 환상의 세계를 체험하느라 정신이 없었다.

'진서는 오케이.'

이번에는 주신 쪽으로 흘긋 곁눈질했다. 고개를 해담 쪽으로 비스듬히 기울인 채 역시나 정면을 응시하고 있었다.

'오, 이쪽도 오케이.'

귀가 가까우니 작업해 보기가 훨씬 수월할 듯싶었다.

잠시 눈동자를 두룩두룩 굴리며 타이밍을 가늠해 보던 해담은 이윽고 실행에 옮겼다. 슬그머니 입술을 주신의 귀로 가져가 작게 속삭였다.

"저, 있잖아. 이 영'화아'는 어떻게 고른 거'햐'?"

"그냥. 진서 취향."

"아. 그렇군'하'. 진서가 좋아하는 거군'하아'."

짤막한 대화에 네 번의 바람을 불어넣고서 입술을 뒤로 물린 해담은 슬쩍 눈치를 보았다.

잠잠.

말 그대로 주신은 아무런 반응 없이 영화에만 몰두했다.

'너무 약하게 불었나? 다시 도즈언.'

해담은 다시 입술을 귀로 가져가 작게 소곤거렸다.

"근데, 이 영화 매'후우욱!' 재밌다."

꿈틀. 주신이 움찔하더니 획 해담에게로 시선을 날렸다. 해담은 터질 듯 울려대는 심장을 겨우 진정시키며, 태연히 영화에 빠진 척 정면을 응시했다.

"……."

주신이 그런 그녀를 몇 초 동안 더 바라보다 곧 스크린을 응시했다.

'바람 불었으니 이제는 게슴츠레 입술 핥기.'

유정에게 가르침을 받을 때도 그랬지만, 막상 실행하려니 오글거려 미칠 것만 같았다.

해담은 여전히 진서가 영화에 빠진 것을 확인한 다음 다시 주신에게로 슬쩍 몸을 기울였다.

"최주신."

나지막이 부르자 주신이 '또 왜.' 하는 듯한 표정으로 해담을 보았다.

해담은 그 순간을 놓치지 않았다. 눈을 게슴츠레 뜨고서 혀로 윗입술을 핥았다.

주신의 미간이 사정없이 구겨지자 해담은 아랫입술도 혀로 쓸었다.

“흠.”

깊은 한숨을 흘린 주신이 손가락으로 그녀의 무릎에 놓인 핸드백을 가리켰다.

응? 해담이 눈을 깜빡이자 주신이 작게 말했다.

“거울 봐.”

뭔가 이상해도 대단히 이상한 기분에 해담은 퍼뜩 핸드백 속에서 거울을 꺼냈다.

뜨아. 해담의 얼굴에 경악스러운 기색이 떠올랐다.

입술을 너무 과도하게 핥는 바람에 립스틱이 온 입술 주변에 번져 피에로 분장이 따로 없었다. 퍼뜩 티슈를 꺼내 벅벅 닦고서 거울과 함께 백 속으로 밀어 넣었다.

‘뭐. 그래도 일단 두 개는 했어. 이제 라스트.’

마지막 건 굳이 부를 필요도 없고, 과한 행동을 요구하는 것도 아니니 식은 죽 먹기였다.

열심히 영화를 보는 척 한참 동안 정면을 응시하던 해담은 졸린 척 고개를 꾸벅거렸다. 그러다 슬그머니 주신의 어깨에 안착하려는 찰나였다.

툭. 툭. 툭.

의자 등받이를 차는 소리로 인해 해담은 눈을 번쩍 떴다.

뭐야, 매너 없게!

저도 모르게 짜증이 확 치받혀 뒤로 째려보자 진서 또래의 남자아이가 해담을 향해 ‘메롱’을 해 보였다.

‘뭐야, 얘는?’

해담은 기가 막혀 아이의 옆에 앉아 있는 엄마쯤으로 보이는 젊은 여성에게로 휙 시선을 주었다.

움찔. 아주, 매우, 엄청나게 기 센 언니의 포스를 풀풀 풍기는 젊은 여성이 '뭐, 왜' 하듯이 해담을 노려보고 있었다.

어색하게 웃어 보인 해담은 스크린 쪽으로 몸을 돌리며 속으로 욕을 퍼부었다.

'웃긴 여자네, 진짜. 애 교육을 저따위로 시키냐. 애가 공공장소에서 매너 없게 굴었으면 사과를 해도 모자랄 판에 어디서 눈을 부라려? 눈깔에 먹물을 쫙 뽑아버릴라.'

진서를 보자, 아주 얌전히 앉아 영화를 관람 중이었다. 기특하고 예뻐 저도 모르게 진서의 머리를 쓱쓱 쓰다듬어 주었다.

영화에 빠진 진서는 아무런 반응을 보이지 않았지만.

'아, 씨. 기분 잡치는데 그만할까? 이 미친 짓을 계속해야 돼?'

아니, 아니다. 2단계까지 갔는데 여기서 포기할 수는 없었다. 마지막까지 완수해야 후회가 없을 듯싶었다.

훅, 숨을 들이켠 해담은 다시 스크린에 눈을 박고 있다가 졸린 척 꾸벅거렸다. 그리고 스르륵 주신의 어깨에 기대었다.

툭. 툭. 툭. 툭.

다시 의자 뒤에서 발길질 소리가 났으나 이번에는 완전히 무시해 버렸다.

너는 차라. 나는 기대고 있을란다.

그 자세로 슬그머니 한쪽 눈을 뜰락 말락 하던 해담은 주신이 시선을 주는 바람에 확 눈꺼풀을 덮었다.

'목에 힘 빡.'

은 개뿔. 그러고 있으니 목 디스크가 올 것 같아 털썩, 기대고 말았다.

모든 미션 클리어.

희미하게 미소를 지은 채 해담은 조는 척 그 상태를 유지했다. 그런데, 주신의 어깨가 너무 편했다. 너무 안락해서 원상 복구하기 싫을 만큼.

그러다 보니 뜻하지 않게 졸음이 퍼붓기 시작했다.

'안 돼. 여기서 자면. 너무 쪽팔리잖아.'

하지만 눈꺼풀은 본드로 붙여 놓은 것처럼 달라붙어 떨어지지 않았다. 반대로 입술은 누군가가 벌리고 있는 것처럼 스리슬쩍 열린다.

해담은 그 상태로 미친 듯이 졸기 시작했다.

해담이 눈을 뜬 건 러닝타임이 끝난 뒤 주신이 어깨를 흔들어서였다.

헉. 신음과 함께 잠에서 깬 해담은 안 잔 것처럼 눈에 힘을 빡 주었다.

"많이 피곤하셨나 봐요?"

진서가 얼굴을 들여다보며 걱정스럽게 물었다. 해담은 너무 민망해 얼굴을 벌겋게 붉히며 자리에서 일어났다.

그 와중에 등받이에 발길질한 무매너 모자의 얼굴을 제대로 보기 위해 해담은 고개를 돌렸다. 언제 나갔는지 자리가 비어 있자 해담은 쯧, 혀끝을 찼다.

"언제 간 거야. 안 나갔으면 한소리 하려고 했는데."

"왜."

"아까 의자에 발길질을 하잖아. 니 어깨에 기대…… 하여튼 영화 볼 때 계속 발로 차서 기분 별로였어. 애 엄마라는 사람은 내가 보니까, 뻔뻔하게 같이 째려보고. 싸우려다가 참았어."

"잘했어."

주신은 감정 없는 투로 짤막하니 대꾸한 뒤 진서를 데리고 비상구로 향했다. 어쩐지 아까보다 훨씬 딱딱한 분위기에 해담은 기분이 이상했다.

'영화 안 보고 잠만 잤다고 한심하게 보였나?'

그게 누구 때문인데. 네가 키스하는 바람에 밤새도록 신경 쓰느라 잠 못 자서 그런 거잖아.

혼자 질문과 변명을 다한 해담은 터벅터벅 비상구로 향했다.

영화관에서 나온 세 사람은 근처에서 점심을 먹고 다른 일정 없이 돌아오는 버스에 올랐다.

버스 맨 뒷좌석에 나란히 앉아 가는 동안 주신과 해담은 딱히 대화를 나누지 않았다. 그저, 진서의 장단에 맞춰 기계적으로 대꾸하고 웃어줄 뿐이었다.

해담은 창밖으로 휙휙 지나가는 경치를 물끄러미 응시했다.

'뭔가 있을 거라고 기대한 내가 멍청이지. 있긴 뭐가 있어.'

주신에게서 고백은커녕 아무런 이상 상태조차 감지할 수가 없는데 뭐가 있겠는가.

점심을 먹는 내내 대화를 이끌어 나가려 했던 건 그녀였고, 주신은 늘 그렇듯 짤막한 대꾸가 다였으니까.

'그래, 됐어. 이걸로 된 거야. 이제 알았으니 나도 더는 신경 쓰지 말자. 괜히 우스운 꼴 안 당한 걸로 만족해.'

그렇게 스스로를 위안했으나 실연이라도 당한 것처럼 속이 쓰렸다.

"오늘 영화 정말 재미있었어요. 두 분과 함께여서 더 좋았어요."

집 앞에 도착해 진서가 피곤한 기색도 없이 들떠서 말했다.

"엄마, 얼른 씻고 주무세요. 아까 코도 고시던데요."

해담의 입이 떡 벌어졌다.

"저, 정말?"

"농담이에요."

"요게!"

해담이 딱밤을 날릴 것처럼 자세를 취하자 진서가 킥킥킥 웃으며 도망치듯 대문 안으로 사라졌다.

"은근 장난꾸러기라니까."

피식, 웃으며 중얼거리던 해담은 역시나 웃고 있던 주신과 시선이 마주쳤다.

주신이 웃음기를 싹 지워버리자 해담은 급격히 무안해졌다.

“들어가. 간다.”

해담이 대답을 하기도 전에 주신이 몸을 돌렸다. 너무 기가 막혀 해담은 순간적으로 울컥 치받혀 올랐다.

평소라면 절대 안 그랬을 테지만, 해담은 주신의 등에다 냅다 외쳤다.

“야, 최주신. 너 도대체 나한테 왜 키스했어?”

주신의 걸음이 우뚝 멈추었다.

그가 해담을 향해 돌아섰다. 딱딱하게 굳은 입술, 미미하게 모아진 짙은 눈썹.

뭔가 언짢아 보이는 듯한 표정에 해담의 심기가 더욱 상했다.

“대체 왜 그랬어? 첫 번째는 그래, 내가 술주정 부리는 바람에 그럴 수밖에 없었던 거라고 이해할 수 있어. 근데, 어제는? 어제는 왜 그랬어?”

주신이 몇 걸음 걸어와 바로 지척에 멈추었다.

“지금 그걸 몰라서 묻는 거야?”

그렇게 되묻는 주신의 눈동자에 어이없는 기색이 담겨 있었다.

“그걸 내가 어떻게 알아?”

“음.”

주신은 짙은 한숨을 뿌리고서 쓴웃음을 지었다.

“그동안의 신호는 그렇다 쳐도 어제는 눈치챘을 거라고 생각했는데.”

“내가 뭘 눈치 못 챘다는 거야?”

“눈치가 제법 빠르다고 생각했는데, 남녀 문제에 관한 건 완전 눈치 꽝이네.”

“알아듣게 좀 말해.”

"내가 아무한테나 마음에도 없는 키스 따위를 하고 다닐 놈으로 보여?"
그게 뭐? 해담은 눈을 가늘게 뜨고서 주신을 올려다보았다.
"진서 때문에 나한테는 할 수 있었겠지."
단호한 해담의 말에 주신의 고개가 비딱하니 기울었다.
"아니. 잘못 알고 있어. 진서 때문이 아니라 너니까 할 수 있었던 거지."
해담의 눈썹이 위로 향했다.
"그게 무슨……."
갑자기 주신이 고개를 숙이는 바람에 해담은 흡, 숨을 들이켰다. 바짝 그녀 가까이로 몸을 기울인 주신이 이마를 구기고서 입술을 움직였다.
"네가 좋으니까 그런 거 아냐. 이 멍청아."
해담의 입술과 동공이 동시에 확장되었다. 심장은 덜컥, 무거운 추를 단 것처럼 바닥으로 떨어져 버렸다.
"진서가 나타났기 때문에 너를 받아들이겠다는 게 아니라, 너니까, 이해담 너라서 진서를 받아들이기로 마음먹은 거였다고."
이어진 주신의 말에 해담은 벌어진 입술만 벙긋거릴 뿐 아무런 대꾸도 할 수가 없었다.
"아직 전혀 못 알아채고 있었다니. 어렵다, 이해담."
한숨과 함께 고개를 절레절레 흔든 주신은 해담을 두고서 몸을 돌렸다.
주신이 자신의 집 대문 안으로 사라지는 모습을 멍하니 응시하던 해담은 한참만에야 정신을 차렸다.
"바, 바, 바, 바, 방금, 그거 고백 맞지?"
귀로 직접 들었음에도 해담은 좀처럼 믿을 수가 없었다.
마음이 흔들린다거나, 여자로 보이기 시작했다는 정도가 아니라, 직구가 날아와 버렸다.

'네가 좋으니까 그런 거 아냐. 이 멍청아.'

으앗! 세상에, 맙소사!

저 최주신이 좋다는 말을 입으로 직접 하다니! 천지가 개벽할 일이었다. 놀라서 얼떨떨하기도 잠시, 해담은 검지로 이마를 긁적였다.

"근데, 고백을 해놓고 왜 그냥 들어가 버리지?"

보통 고백 같은 걸 하고 나면 사귀자고 하든지, 뭔가 뒷얘기가 있어야 할 게 아닌가. 한데, 바람처럼 들어가는 건 도대체 무슨 의미인지 알 수가 없다.

해담은 기가 막혀 코웃음을 쳤다.

"내가 눈치가 없는 게 아니잖아? 참 나, 지가 이렇게 행동하는데 어떤 여자가 알아채느냐고."

그저, 반응 정도가 아니라 완벽한 고백을 받았는데도 황당한 이 기분은 뭐란 말인가.

해담은 어이없는 표정을 하고서 몸을 돌렸다.

♥

진서는 느릿느릿 놀이터로 걸음을 옮겼다. 오늘은 유리가 있기를 바라며 작은 종이가방을 단단히 손에 쥐었다. 혹여 없어도 실망하지 않을 것을 다짐하며 바람을 맞서며 목적지로 향했다.

놀이터에 다다른 진서의 심장이 쿵, 아래로 떨어졌다. 믿을 수 없게도 유리가 그네에 앉아 다리를 까딱이고 있었기 때문이다.

"유, 유리야!"

너무 반가워 진서의 목청이 높아졌다.

"어, 진서야!"

유리 역시 한껏 커다란 목소리로 외치고서 손을 흔들어 보였다. 진서는 단숨에 내달려 그네 앞에 도착했다.

"오랜만이야, 유리야. 그동안 안 보이던데 어디 갔었던 거야?"

유리가 그네에서 일어나 진서를 향해 웃어 보였다. 어쩐지 그 웃음이 어둡게 느껴지는 건 왜인지 알 수가 없다.

"응, 그게. 시골 외할머니 댁에 있었어."

"외할머니 댁에?"

"응. 엄마가 며칠 집을 비우실 일이 있었는데, 나를 혼자 두고 가실 수가 없어서 외할머니 댁에 데려다주셨거든. 그래서 어제 왔어."

"아아. 그렇구나. 난 그것도 모르고 무슨 일이 있는 건 아닌지 걱정했거든."

유리의 동그란 눈에 이채가 담겼다.

"설마, 계속 나 만나러 여기 왔던 거야?"

"응."

고개를 크게 끄덕인 진서가 지금껏 전해 주지 못한 작은 상자를 내밀었다.

"전해 줄 게 있었거든."

"이게 뭐야?"

"풀어 봐."

유리는 조금 주저하는 듯하더니 이내 진서가 내민 것을 받아들었다. 상자를 열고 포장지에 싸인 내용물을 확인한 유리의 눈이 확 커졌다.

"머리끈이잖아? 와, 진짜 예쁘다."

"예쁘지? 내가 골랐어."

"응. 완전 예쁘다. 근데 이거 되게 비싸게 보인다."

진서는 조금 멋쩍게 뒷머리를 긁적였다.

"응. 그게, 좀 비싸. 백화점에서 산 거라. 엄마한테 죄송해서 죽는 줄 알았거든."

"뭐? 백화점에서 샀다고? 이 비싼 걸 나 준다고? 돼, 됐어. 그럼, 나 안 가질래. 엄마께 돌려 드려."

유리가 포장지째로 단호히 내밀자 진서는 머리에 지진이 날 것만 같았다.

"아, 아냐. 이거 안 비싼 거야. 백화점에서 샀다는 것도 노, 농담이야."

이러지 않으면 유리가 절대 받지 않을 것 같아 거짓말을 해버렸다.

"백화점에서 산 게 아닌데, 이렇게 예쁘다고?"

"그, 그렇다니까? 진짜야. 비싼 거 아니고 백화점에서 산 것도 아니야."

"진짜야?"

"당연하지. 어떤 엄마가 백화점에서 파는 비싼 머리끈을 아들한테 사 주겠어?"

속이 따끔거려 왔지만, 어쩔 수가 없었다. 스스로가 이렇게 거짓말을 잘했었나 싶어 자책감이 마구 들었다.

그제야 유리가 수줍게 웃으며 머리끈을 받아들었다.

"고마워. 진서야. 잘 쓸게. 지금 묶어 봐도 되지?"

"어, 응."

유리가 신난 얼굴을 하고서 장장 10만 원짜리 끈으로 머리를 단정히 묶었다.

"괜찮아?"

유리가 고개를 돌려 묶은 걸 보여주었다.

"응. 잘 어울려."

싱긋이 웃은 유리가 다시 그네에 앉았다. 진서가 옆 그네에 나란히 앉자 유리가 물끄러미 응시했다.

"근데, 진서야."

"응?"

"넌 어느 초등학교 다녀? 우리 학교에서는 한 번도 못 본 것 같은데."

진서는 심장이 튀어나올 뻔했다. 이마에 식은땀이 삐질 흐를 것만 같았다.

"어, 그, 그게 난 이 근방 학교 안 다녀."

"그럼, 어디서 다녀?"

"어, 조, 좀 멀어."

"이름 얘기해 줄래? 나중에 검색해 볼게."

"아냐! 아냐. 검색해도 안 나와."

진서가 너무 펄쩍 뛰는 바람에 조금 놀란 얼굴을 하던 유리가 이내 고개를 끄덕였다.

"알았어. 이제 안 물어볼게."

마치, 진서가 곤란한 것을 아는 듯이.

"진서야, 우리 끝말잇기 할래? 지는 사람이 딱밤 맞기."

"어, 나 그거 자신 있는데."

"나도."

"그래? 그럼, 나부터 시작할게. 그네."

"네? 네네치킨? 야아, 시작부터 그러는 게 어디 있어?"

진서와 유리는 마주 보고 킥킥, 웃음을 터트렸다.

어둠이 어둑어둑 내려앉을 무렵 진서는 집으로 향했다.

며칠 전 혼자 카페까지 간 사건으로 인해 어른들을 걱정시킨 뒤부터, 완전히 어두워지기 전까지는 무조건 귀가를 해야 했다.

오랜만에 유리와 만나 그토록 전해 주고 싶었던 선물도 주었고, 재미있게 놀기도 했는데 마음 한구석이 텅 빈 것 같았다.

집에 거의 다다라, 저 멀찍이서 걸어오고 있는 해담을 보아서야 진서는 이 복잡한 마음의 정체를 깨달았다.

거짓말을 한 죄책감 때문이었다.

"어, 진서 놀다가 오는 거야?"

진서를 발견한 해담이 반갑게 다가왔다.

"네. 유리랑 놀았어요."

"그랬어?"

"어디 다녀오시는 길인가 봐요?"

"응. 학원에서 수업 듣고 왔지."

처음 떡하니 눈앞에 나타났을 때와 달리 한층 부드러워진 해담을 마주하니 더더욱 마음이 안 좋았다.

"저, 엄마."

"야."

"아, 죄송해요."

"듣는 사람 없으니 괜찮아. 근데, 왜?"

조금 머뭇머뭇하던 진서는 커다랗게 숨을 들이켜고서 이내 입술을 움직였다.

"저, 오늘 유리한테 엄마가 사 주신 머리끈 줬어요."

"응? 아, 그거? 그거 산 지가 언젠데 이제 줬어?"

"그동안 유리가 시골 외할머니 댁에 가 있어서 못 줬거든요."

"아, 그랬구나. 그거 받고 유리가 좋아했어?"

진서는 푹, 한숨을 흘려보냈다.

"왜? 걔가 지 마음에 안 든대?"

해담의 눈이 세모꼴로 올라가자 진서가 퍼뜩 손을 내저었다.

"아뇨! 아니에요. 사실은 비싼 거라고 했더니 안 받으려고 해서요."

"호오, 그래?"

"그래서 싼 거라고 거짓말했어요. 죄송해요!"

눈을 질끈 감고서 냅다 털어놓은 진서는 해담의 호통을 기다렸다.

쓰윽. 부드러운 손길이 가볍게 머리를 쓰다듬는 느낌에 진서는 슬그머니 눈을 떴다. 해담의 표정이 평온한 것을 보며 진서가 눈을 끔뻑였다.

"저, 거짓말했는데 안 혼내세요?"

"거짓말했지만, 사실대로 말해 줘서 안 혼낼 거야."

"저, 정말요? 저한테 실망하시거나 그런 거 아니시죠?"

해담의 입가에 포물선이 걸렸다.

"실망을 왜 해. 이렇게 솔직하게 얘기해 줬는데."

"아, 다행이다. 걱정 많이 했거든요."

가슴에 손을 얹고 안도의 숨을 뱉어낸 진서가 허리를 꾸벅 숙였다.

"전 들어가 볼게요."

"잠깐만 진서야."

"네?"

"……니 압, 아니, 최주신은? 집에 있어?"

"아까 나가셨어요. 오늘 과외 있는 날이라고 하셨거든요."

"아."

고개를 끄덕인 해담은 이내 진서의 어깨를 토닥였다.

"그래, 들어가."

"네. 들어가세요."

♥

"선생님, 사모님께서 간식 좀 드시면서 하라고 하시네요."

주영의 집 가사도우미가 정갈하게 차려진 다과상을 들고 들어왔다. 곧 저녁식사 시간이라 간식은 그다지 생각이 없었으나 주신은 예의상 받아들었다.

가사도우미가 나가고 음료만 한 모금 마시는데 주영이 묘한 표정으로 이리저리 눈치를 살폈다.

"할 말 있으면 해."

주신의 허락에 주영의 얼굴이 확 펴졌다.

"수업에 관련된 것만."

"쌤, 짝사랑 중이시죠?"

주영과 주신의 입에서 동시에 말이 튀어나왔다. 주신이 곧장 덧붙였다.

"수업 관련된 거 아니면 하지 마."

"에이, 그 언니 완전 깍쟁이에 도도하게 보이던데."

갑자기 목이 타는 바람에 주신은 음료를 한 모금 더 들이켰다. 그러고 보니, 해담이 털털하면서도 은근히 깍쟁이에 도도했다.

"쌤, 고백은 하셨어요?"

"……."

"오, 하셨구나? 그 언니가 뭐래요?"

주신은 눈을 반짝반짝 빛내고 있는 주영을 무표정하게 몇 초간 응시하다 단호히 내뱉었다.

"안 되겠다. 그만 먹고 계속 문제 풀자."

주신이 상을 저만치 치워버리자 주영이 입술을 삐죽이면서도 중얼거렸다.

"그 언니가 받아주기로 했는지, 사귀기로 했는지 그것만 말해 주지이. 궁금해 죽겠는데"

주신의 얼굴이 미미하게 굳었다가 펴졌다.

그러고 보니, 그걸 안 했다.

샤워를 마치고 수건을 머리에 두른 채 방으로 온 해담은 침대에 털썩 앉았다. 이불 위에 아무렇게나 놓인 핸드폰을 들고서 살핀 그녀의 미간이 확 찡그려졌다.

부재중 전화는커녕 문자나 메신저 등 주신에게서 연락 온 게 하나도 없었기 때문이다.

"아니, 얘는 좋다고 고백해 놓고 뭐 이렇게 감감무소식이야?"

해담은 반쯤 어이없는 얼굴로 핸드폰을 내려놓고 수건으로 젖은 머리를 털었다. 대충 물기가 털린 머리를 빗으로 정돈하는데 핸드폰 진동이 울렸다.

덜컥. 괜스레 심장이 내려앉았다. 해담은 몸을 날리다시피 침대로 가 핸드폰을 들어 올렸다.

정유정.

푸시시 김이 샌 해담은 '그럼, 그렇지' 하는 얼굴로 통화를 연결시켰다.

"어. 유정."

-집이야?

"어. 조금 전에 들어왔어."

-학원은 다닐만해? 재미있어?

"뭐, 그럭저럭. 공부가 재미는 무슨. 그냥 억지로 하는 거지."

유정이 큭큭큭 웃음을 터트렸다.

"왜 전화했어? 내 공부가 궁금해서 그런 건 아닐 테고."

-아. 너 진짜 이 언니가 말해준 방법 확인 안 해볼 거야?

갑자기 영화관에서 했던 민망한 행동들이 떠올라 해담은 귀까지 달아올랐다.

"야, 정유정, 그거 맞아?"

-어, 왜?

"나, 영화관에서 그거 하는데, 완전 오글거려 죽는 줄 알았단 말이야."

-오오! 그걸 했어? 어떻게 됐어?

"야, 어떻게 되긴. 그거 해도 반응 하나도 없었어."

솔직히 해담이 직구를 던져서야 주신에게서 고백을 받은 거지, 유정의 지령 덕분은 확실히 아니었다.

-어, 정말? 그럼, 최주신 너한테 마음 없는 건데?

"지랄한다. 걔 나한테 마음 있대."

-헐! 마음 있대? 최주신이 너한테 마음 있대? 아니, 반응 없었다며?

"그냥 내가 직접 물어봤다, 이년아."

-아.

한숨처럼 뱉어낸 유정이 곧장 말을 이었다.

-흐음. 그럼, 나도 그거 써먹으면 안 되겠다. 너 그걸로 효과 봤으면 실행해 보려고 했는데.

"뭐? 너, 그거 네가 먼저 해보고 알려준 거 아냐?"

-아닌데? 너 먼저 시켜보고 반응 봐서 나도 해보려고 한 건데?

순간, 해담의 목덜미가 뻣뻣하게 당겨왔다.

"야, 정유정!"

-어머, 해담, 나 전화 들어온다. 이만 끊자.

유정이 깔깔거리며 통화를 끊어버리자 해담은 뒷목을 붙잡았다.

"어쩐지, 이상하다 했어. 이 기집애 만나기만 해봐. 요망한 아가리를 찢어버릴 거야."

씩씩거리며 얼굴에 오른 열을 식히는데 다시 핸드폰이 진동을 울렸다. 조금 전과 달리 아무렇지 않게 액정을 본 해담은 잠시, 동작 그만 상태가 되었다.

이번에는 주신이었기 때문이다.

"왜, 왜, 왜 전화했는데."

연락 한 통 하지 않을 때는 그거대로 얄밉더니, 막상 전화가 오니 심장이 터질 것만 같았다.

몇 번이나 숨을 몰아쉰 다음에야 해담은 태연한 척 전화를 받았다.

"여보세요."

-나야. 통화 괜찮아?

아니, 안 괜찮은데. 튕기면 곧장 전화를 끊을 놈이라 해담은 자제했다.

"어. 괜찮아. 말해."

-이따가 만나자. 할 말 있어.

해담은 작게 숨을 들이켰다. 뭔가, 올 것이 오고 있는 것 같은 기분이랄까.

해담은 새치름하니 몇 초 뜸을 들이다 입술을 움직였다.

"알았어."

14.

“집 근처 커피숍 <물가>에서 봐. 30분 정도면 도착할 수 있을 것 같아. 시간 촉박하면…….”

-딱히 준비할 것도 없는데 시간 촉박할 게 뭐 있어? 30분 뒤 물가에서 봐.

“그래.”

해담과의 통화를 끝낸 주신은 작게 숨을 뱉어냈다. 그답지 않게 조금 긴장이 되는 탓에 절로 표정이 굳었다.

사실, 그는 조바심을 내지 않을 생각이었다. 까닥 잘못하다가는 역효과가 날지도 모르니까.

한데, 조금 전 과외를 마치고 주영의 집을 나서는데, 주영이 따라나와서 해준 충고가 떠올라 고민할 수밖에 없었다.

‘쌤, 고백하셨으면 밀어붙여야 해요. 생각할 시간을 많이 주잖아요? 도망가게 돼 있거든요. 특히나 고백했는데도 반응 없는 상대일수록 더 그래요. 그러니까, 딴생각하기 전에 딱! 밀어붙여야 돼요.’

‘쪼끄만 게 뭘 안다고 끼어들어.’

‘왜 몰라요? 지금껏 살면서 이 미모에 고백을 한 번도 안 받아 봤겠어요?

다 경험에서 우러나는 충고란 말이에요. 나한테 고백해 놓고 뜨뜻미지근하게 구는 애들보다는 적극적으로 확 밀어붙이는 쪽으로 훨씬 관심이 가더라구요. 그 언니도 똑같을 걸요?'

'…….'

'일단 무조건 밀어붙이는 거예요. 조금 질척인다 싶을 정도로 들이대야 돼요. 그럼, 넘어오게 돼 있어요. 아셨죠?'

물론, 주영의 조언을 전적으로 믿는 건 아니었다. 하지만 주영의 그 '고백해 놓고 뜨뜻미지근하게 구는 애들'이라는 대목이 신경 쓰여 결심을 했다.

그러고 보니 자신이 딱 그쪽 같았으니까. 고백을 한 이상 행동에 책임을 지는 게 마땅했다.

"어르신, 조금만 더 빨리 부탁드립니다."

70대는 돼 보이는 택시 기사에게 정중하게 부탁한 주신은 초조하게 창밖만 바라보았다.

주신이 가고 난 뒤 책상 앞에 앉아 배운 것을 복습하던 주영은 펜을 놓았다. 의자를 뒤로 빼고서 몸을 일으킨 주영은 엄지손톱을 물어뜯으며 방 안을 서성였다.

초조한 얼굴로 왔다 갔다 하던 주영은 이내 방을 나섰다. 1층 거실로 내려가자 어머니가 소파에 앉아 누군가와 통화하는 모습이 보였다.

기다리길 잠시, 통화가 끝날 무렵이었는지 금세 어머니가 전화를 끊었다. 주영은 조심스레 다가가 어머니와 마주 보고 앉았다.

"왜 내려왔어? 복습하고 있을 시간 아니야?"

"엄마, 저 수학 과외 일주일에 세 번으로 늘려주시면 안 돼요?"

"왜?"

"제가 수학이 좀 약하잖아요. 방학이니까 예습 철저히 해놓으려구요."

어머니가 크게 신경 쓰지 않는 얼굴로 고개를 끄덕였다.

"그래, 그럼. 선생님과 얘기해 볼게. 대신 다른 과목에 지장 있으면 안 돼. 알겠니?"

"걱정 마세요. 저, 그럼 올라갈게요."

유순한 미소를 보인 주영은 가벼운 발걸음으로 나선형 계단을 올라갔다.

♥

조금 전 주신과의 통화에서 자신만만하게 말한 것과 달리 해담은 눈코 뜰 새가 없었다. 얼굴에 비비크림을 다다다다, 두들겨 바르고서 눈썹을 그렸다.

"젠장. 샤워하고 나온 직후라는 걸 깜빡하다니. 으으. 무슨 시간이 이렇게 빨리 가?"

겨울이라 짧지 않은 머리를 말리는 것만 해도 시간을 꽤나 잡아먹었다. 메이크업도 다 지운 상태라 다시 해야 했고.

뷰러로 눈썹뿌리부터 끝까지 힘 빡 줘서 세운 뒤 마스카라로 마무리하고 나니 어느새 20분이 지나 있었다. 대충 립글로스까지 바르고 머리는 한 갈래로 질끈 묶은 다음 거울을 보았다.

"이 정도면 크게 신경 쓴 것 같지도 않고, 추레하지도 않으니 오케이."

외투를 걸쳐 입고서 해담은 후다닥 밖으로 뛰어나갔다.

"으헉, 헉, 헉."

미친 듯이 달려 커피숍 앞에 선 해담은 가쁜 숨을 몰아쉬며 유리벽 안을 들여다보았다. 저 안쪽에 홀로 앉아 있는 주신의 옆모습이 보였다.

혹여 시선이 마주칠세라 해담은 퍼뜩 유리벽에서 몸을 떼었다.

"뭐야, 벌써 왔어?"

커피숍 의자에 앉아 거울을 다시 한 번 볼 여유도 없는 셈이다. 오만상을 찌푸리고서 호흡을 마저 고른 다음에야 그녀는 커피숍의 문을 열었다.

딸랑딸랑. 풍경 소리가 울리자 상념에 잠겼던 주신이 입구 쪽으로 눈길을 주었다.

조금 도도하게 턱을 든 그녀는 전혀 바쁘게 준비한 사람 같지 않게 느릿느릿 주신의 테이블로 향했다.

자신에게로 쏟아지는 주신의 관심이 고스란히 느껴져 심장이 쿵쾅거리기 시작했다.

"빨리 왔네?"

최대한 자연스럽게 말을 건넨 해담은 의자를 빼서 주신과 마주앉았다.

"조금 일찍 도착했어."

"왜 보자고 한 거야?"

"주문부터 하고."

"아."

아르바이트생을 불러 해담은 라떼 종류를, 주신은 아메리카노 한 잔을 주문했다.

"저녁 안 먹었으면 뭐라도 먹을래? 여기 포카치아 괜찮아. 크림도 곁들여 주거든."

점심 이후로 지금까지 아무것도 안 먹은 탓에 조금 출출하던 참이었다.

은근히 챙긴다니까. 이런 생각을 다 해주고.

"응. 그래, 그럼."

해담이 동의하자 주신이 아르바이트생을 바라보며 주문을 마무리했다.

주신의 시선을 정면으로 받은 여자 아르바이트생이 얼굴을 조금 붉히며 자리를 떠났다.

"왜?"

주신의 의아한 표정을 보고서야, 해담은 팔짱을 낀 채 눈을 세모꼴로 뜨고 있다는 걸 깨달았다. 해담은 퍼뜩 팔짱과 눈을 풀었다.

"아냐. 아무것도."

해담은 그 짧은 찰나, 아무것도 아닌 걸로 알바생에게 질투를 느낀 자신이 너무 황당할 지경이었다.

"이제 말해. 왜 보자고 한 거야?"

"대답을 안 들었더라고."

"무슨 대답?"

"내 고백에 대한 네 대답."

주신의 전화를 받는 순간부터 올 것이 왔다는 예감을 하긴 했지만, 이렇게 훅 치고 들어올 줄이야.

해담은 들뜨거나 두근거리지 않도록 무던히도 스스로를 다독였다.

"내 대답이 필요한 거였어? 나는 너 그렇게 들어가서, 내 대답 같은 건 아무래도 상관없는 줄 알았는데."

"기다렸으면 그 자리에서 대답해 줄 수는 있었고?"

"당연히 그건 아니지. 뜬금없는 고백 받고 곧장 대답할 수 있는 사람이 몇이나 되겠어?"

"뜬금없는 건 아니지. 왜 키스했냐고 물은 건 너니까. 난 네 궁금증에 대해 솔직한 답을 했을 뿐이고."

술술 흘러나오는 주신의 항변에 해담의 표정이 애매해졌다.

따지고 보니 틀린 말은 또 아닌 것 같았으니까. 게다가 만약 주신이 먼저 가지 않았으면 그녀가 집으로 도망쳤을 것이다.

잠시 말문이 막힌 해담의 얼굴을 들여다보며 주신이 말을 이었다.

"하지만. 네 입장에서는 황당했을 거라는 거 알아."

항변할 때와 달리 주신의 음성이 훨씬 부드러워졌다.

"나도 그런 식으로 말하게 될 줄은 몰랐으니까. 그래도 후회는 안 해."

어쩐지 해담은 얼굴이 뜨끈거릴 것 같아 물을 들이켰다. 다행히 종업원이 주문한 것을 내오는 덕에 잠시나마 어색함을 감출 수 있었다.

포카치아를 뜯어 함께 나온 크림에 찍어 먹는데, 솔직히 아무런 맛을 느끼지 못했다.

뜨거운 라떼를 후 불어 몇 모금 홀짝일 때까지 계속해서 주신의 눈이 그녀에게 붙어 있는 게 느껴진다.

눈으로 어루만진다는 게 이런 건가 싶을 정도로.

주신이라서 당연한 거겠지만, 심장이 마구잡이로 쿵쾅거린다. 더 먹고 마시다가는 딱 얹힐 것 같아 해담은 잔을 내려놓으며 주신을 바라보았다.

"나한테서 어떤 대답이 듣고 싶은데."

"사귈래에 대한 대답."

"뭐, 뭐?"

"사귈래?"

콜록, 콜록!

몸쪽 꽉 찬 돌직구에 해담은 사레가 들려 기침을 뱉어냈다.

한참이나 기침을 하고, 주신이 건넨 물을 벌컥벌컥 마신 뒤에야 해담은 겨우 진정을 했다.

"사레가 들릴 정도로 충격이야?"

"갑자기 사귀자는데 그럼 안 놀라? 다른 사람도 아니고 넌데?"

"알아. 너 나한테 마음 없다는 거."

주신의 음성이 낮게 가라앉았다.

아닌데, 아니라는 말이 나오지 않는다.

'아냐, 나도 네가 남자로 보여. 너한테 마음 있어.'

라는 말을 입 밖으로 내는 순간, 절대 헤어날 수 없는 수렁에 빠져버릴 것 같은 느낌이었다. 솔직히, 주신의 고백을 듣고 난 뒤 다른 감정보다 얼떨떨함이 더 컸다.

쉽게 믿기지 않아 조금 비현실적인 그런 기분. 주신이 고백 외에는 아무런 액션을 취하지 않기도 했고.

그래서 주신이 '사귈래'라는 말을 던진 순간, 급격히 현실로 끌어당겨졌다. 확실히 주신에게서 고백 받은 게 실감이 난다고 할까.

"절대 남자로 안 볼 거라고 한 것도 기억하고 있고."

이어진 주신의 말에 해담은 머리칼이 비쭉 서는 듯했다.

미안하다, 남자로 봐서!

"그, 그런데 사귀자는 말이 나와? 와, 진짜 너무 뜬금없어."

해담은 당황한 것을 감추기 위해 괜히 세게 나갔다.

주신이 자세를 고쳐 테이블 앞쪽으로 몸을 기울이는 바람에 해담은 미미하게 움찔, 굳었다. 그의 입술 끝이 조금 위로 향했다.

"그러게. 나오네. 뜬금없이."

주신의 잔잔한 미소가 너무도 섹시해서 심장이 속절없이 떨려댄다. 더불어, 주신과 나누었던 키스가 머릿속에 커다랗게 떠다니기 시작했다.

짜릿한 전율이 몸을 휘감자 이대로 예스라고 외치고 싶은 심정이었다.

하지만, 인간은 생각하는 동물이다. 고로, 심사숙고해서 결정할 일이었다.

"음, 나는……."

"지금 거절하는 건 안 돼. 무지 기분 나쁠 것 같거든."

대답을 지레짐작한 주신이 해담의 말을 잘랐다.

"거절할 거라고 생각하는 거야?"

"뭐. 90퍼센트는."

"그런데도 사귀자는 말을 해?"

"네 궁금증에 대한 답이라고는 해도 고백한 거니까. 고백까지 한 마당에 망설이는 거 무의미하고. 난 너와 남자, 여자로 만나고 싶거든."

해담은 마른침을 삼켰다.

최주신, 한 번 마음 정하니 심히 당황스러울 정도로 직진하는구나.

그럼에도 싫지 않은 기분. 해담은 시선을 깔고 잠시 동안 커피잔을 만지작거리고 나서야 고개를 들었다.

“좋아. 생각할 시간을 줘. 지금 당장 거절은 안 할게.”

주신의 눈동자가 묘하게 빛을 발했다.

“오래 걸리지는 마.”

해담이 고개를 끄덕이자 주신이 쓱 몸을 일으켰다.

“그만 가자. 너 보니까 더 먹을 것 같지도 않은데.”

해담은 눈동자를 굴리다 퍼뜩 내뱉었다.

“아냐. 난 조금 더 있다가 갈게. 혼자 생각 좀 하고 싶어.”

이 상태로 같이 집까지 가다가 심장에 무리가 올 것 같아 사양했다. 주신 역시 찰나 동안 생각에 잠겼다가 고개를 끄덕였다.

“그래, 그럼.”

이 정도면 나름 충분히 들이댔다는 결론에 주신은 몸을 돌렸다.

해담에게서 대답은 듣지 못했지만, 당장 거절을 받지 않은 건 큰 성과였다.

사실, ‘미쳤어? 나, 너 남자로 안 보인다니까? 근데, 사귀자고? 돌았냐?’라며 길길이 날뛸 거라고 예상했었으니까.

생각 외로 ‘들이대’라는 주영의 조언이 훌륭했던 모양이다.

역시, 배움에는 노소가 없다는 게 맞는 말이었다.

♥

어둠이 내려앉은 저녁, 민혁은 번화가에 위치한 한 백화점의 7층 파스타

전문점에서 소개팅을 하는 중이었다.

시간 되면 종종 오고 싶을 정도로 파스타가 맛있어 민혁은 깜짝 놀랐다.

"……."

마주 앉은 소개팅녀가 빤히 응시하는 것도 못 느낀 채 그는 폭풍흡입, 먹방을 시전했다.

"……점심, 굶고 오셨나 봐요."

"아닌데? 우리 엄마가 해준 한식으로 밥 두 그릇 먹었어요."

"아, 네."

순식간에 접시를 싹싹 비우고서 물을 마신 다음에야 민혁은 슬그머니 자세를 뒤로 하고 소개팅녀를 보았다.

차분하면서도 섹시한 스타일이 딱 그가 친구에게 부탁했던 취향에 부합되는 여자였다.

"저녁을 먹고 오셨나 봐요."

처음 나올 때와 똑같은 소개팅녀의 파스타 접시를 보며 민혁이 말했다. 소개팅녀의 눈매가 가늘어졌다.

"그럴 리가요. 소개팅이 저녁 시간인데 먹고 올 리가 있나요."

"근데, 왜 안 드세요?"

"입맛이 없어서요."

소개팅녀가 대놓고 딱딱하게 대꾸했다. 민혁의 눈이 번뜩 빛났다.

"그럼, 그거 내가 먹어도 돼요?"

소개팅녀의 입이 기가 막힌 듯 슬며시 벌어졌다. 그녀가 말없이 접시를 민혁 쪽으로 내밀고서 벌떡 몸을 일으켰다.

민혁이 위로 올려다보자 소개팅녀가 싸늘한 표정으로 말했다.

"야, 소개팅할 마음도 없으면서 여긴 왜 나왔니?"

"올려다보기 목 아프니까 궁금하면 앉아서 물읍시다."

민혁의 말에 여자는 입매를 굳히고서 다시 털썩 자리에 앉았다.

"그냥 갈 줄 알았는데 앉으시네?"

민혁이 조금 놀라서 보자 여자가 팔짱을 끼고서 민혁을 째려보았다.

"궁금해서. 분명, 딱 나 같은 스타일과 소개팅하고 싶어 하는 걸로 들었거든. 근데, 내가 고작 파스타한테 밀릴 줄은 몰랐거든. 그래서 이유가 궁금해졌어."

민혁의 입술이 위로 향했다.

"누님. 저보다 연상 맞으시죠?"

"그게 뭐. 위아래로 세 살까지 오케이라고 했다면서."

"세 살까지는 맞죠. 근데, 나 올해 스물셋인데."

"스물셋? 스물넷 아니고? 난 스물넷으로 들었는데."

"스물셋입니다, 누님."

소개팅녀의 미간이 구겨졌다. 그녀는 올해 스물일곱으로 네 살 차이였으니까. 소개팅녀가 반쯤 어이없는 웃음을 흘리고서 다시 일어났다.

"확실한 이유라 지랄도 못 하겠고. 파스타나 맛있게 먹고 가. 돈은 네가 내고. 네가 다 먹은 거니까."

민혁이 싱긋이 웃으며 손을 흔들어 보이자, 소개팅녀는 휙 몸을 돌렸다.

"음. 그 누님 진짜 쿨하시네."

민혁은 눈을 끔뻑이며 다시 파스타를 흡입했다. 이상하게도 허기가 지는 게, 자꾸만 먹을 게 당긴다.

무표정하게 파스타 전문점을 나와 엘리베이터에 오른 애리는 저도 모르게 피식 웃음을 흘렸다.

'주애리, 그렇게 선배 들으라고 큰소리치고서 소개팅 나오더니 꼴좋다.'

로비에 도착한 애리는 멍한 표정으로 엘리베이터에서 내렸다.

꼬르르륵. 속에서 천둥이 쳐댄다.

'파스타는 먹고 올 걸 그랬나. 되게 맛있어 보였는데.'

터벅터벅 지하철역으로 발걸음을 옮기는데 핸드폰이 울려댔다. 핸드백 속 전화기를 꺼내 액정을 확인한 애리의 눈매가 가늘어졌다.

"웬 전화? 왜, 내가 소개팅한다니까 신경은 쓰인 모양이지?"

애리는 전화를 받지 말까 하다가, 이내 통화를 연결시켰다. 늘 아쉬운 쪽은 더 먼저, 더 많이 좋아한 그녀였으니까.

"네, 선배."

-어디야?

"어디긴. 퇴근할 때 오늘 소개팅 있다고 했는데 못 들었어요?"

-근데, 왜 밖이야. 차 소리들 시끄럽게 나는데.

"그냥 나왔어요. 너무 어린애가 나와서."

쿡쿡. 들려오는 웃음소리에 애리는 한숨을 흘렸다. 그녀는 이 남자의 웃음에 너무 약했다.

-그럼, 대타는 어때? 나랑 저녁 먹을래?

이럴 때는 거절해야 하는데, 그녀도 한 번쯤은 튕겨야 하는데 그럴 수가 없다.

솔직히 아직 화도 안 풀렸고, 오해도 안 풀렸는데. 물론, 그게 선배는 전혀 알지 못 하는 혼자만의 화고, 오해일지라도.

"그래요, 그럼."

-어딘데? 내가 그쪽으로 데리러 갈게.

장소를 알려준 애리는 전화를 끊었다. 끊고서 마구 자신의 이마를 주먹으로 두들겼다.

"주애리, 너 진짜. 최유신한테 약해도 너무 약해. 멍청이 같다, 정말."

저녁 먹는 김에, 지난 일요일 영화관에서 어린 여자애와 함께 있는 걸

봤다고 말해 볼까?

애리는 이내 고개를 저었다. 유신에게서 어떤 대답이 나올지 겁이 나서 그럴 수가 없다.

그녀는 아직 유신에게 아무것도 아닌 여자였으니까.

그저, 같은 학교 후배에다, 부하직원일 뿐이니까.

♥

아침 일찍, 지선이 가져다준 뜻밖의 소식에 해담의 입이 귀에 걸렸다. 출근 준비를 마친 지선이 해담에게 가게 일을 도우라고 했기 때문이다.

"정말, 저 엄마 가게에서 일해도 돼요?"

해담과 달리 지선의 표정은 썩은 과일을 먹은 것처럼 탐탁지 않았다.

"그래. 최저시급 챙겨줄게. 모레부터 이번 달까지만 해. 그리고 조건 있어."

"뭔데요?"

"학원 수업에 지장 있으면 안 돼."

"걱정 마세요. 시간 조정 가능해서 아침반 듣고 바로 가게로 가면 돼요."

평소라면 보지 못할 적극적인 해담의 모습에 지선이 어이없는 표정을 지었다.

"다른 애들은 알바하지 말고 공부만 하라는 부모를 좋아할 텐데, 넌 어쩜 일하라는데도 그렇게 신나서 어쩔 줄을 모르냐?"

엄마 딸이 공부보다는 일 체질이라서 그래요.

하는 말이 목구멍까지 올라왔으나 그랬다가는 앞으로 가게에 얼씬도 못하게 할 것 같아 꾹 눌렀다.

"공부하면서 알바도 하면 되죠."

영 미심쩍은 듯 지선의 얼굴이 펴질 줄 모르자 해담이 퍼뜩 물었다.

“근데, 진희 언니는 왜 갑자기 이번 달까지 못 나온대요? 저번에도 그러더니.”

“집안 사정이라 자세히는 말 안 하는데, 누가 아픈가 보더라.”

“아.”

“진희랑 한 해 두 해 같이 일한 것도 아니고, 이번 달까지만 쉬고 다음 달부터 다시 온다는데 매정하게 못 자르겠더라. 그래서 그러라고 했어.”

“잘하셨어요. 진희 언니 엄청 열심히 하시잖아요.”

“그러니까, 요령 피우지 말고 진희 몫은 해야 돼. 안 그럼 자를 거야.”

“넵, 알겠습니다!”

지선이 절레절레 고개를 젓고서 나가자 해담은 소리 없이 만세를 외쳤다. 그녀는 정말 공부보다는 가게 일이 좋았다.

뭐랄까, 틀어박혀 책 보는 것보다, 백 배는 좋았다. 해담은 정말 공부 체질이 아니었다.

“알바는 모레부터지만 당장 내일부터 8시 수업 듣는 게 좋겠지? 그래야 적응도 하고. 이따 학원에 문의해 봐야겠네.”

♥

띵똥. 메신저가 도착했다.

[야, 설민혁. 나와라. 이따 당구 치고 술 한 잔 하게.]

민혁은 침대에 누운 채 꾸물꾸물 메시지를 확인하고서 짤막하게 답장을 보냈다.

[귀찮.]

그 뒤로 몇 통이나 메시지들이 날아왔지만 사뿐히 다 씹었다. 정말로 그는 만사가 귀찮았다.

전날 소개팅 아닌 소개팅 자리를 파하고 집으로 온 뒤부터 민혁은 침대와 한 몸이 되었다.

똑똑똑.

노크소리가 났지만 민혁은 끔뻑끔뻑 천장만 응시하고 있을 뿐 반응을 보이지 않았다.

벌컥, 문이 열리고 어머니가 방 안으로 들어왔다.

"이노무 새끼. 안에 있으면서 대답도 안 하고."

"……."

"밥 차렸으니까 나와. 밥 먹게."

"……."

"이 자식이 진짜. 엄마가 말하는데?"

급기야 어머니가 민혁의 허벅지를 철썩 때렸지만 꿈쩍도 하지 않았다.

"안 일어나? 아침도 굶었잖아."

"엄마."

"왜, 인마."

"나 아무래도 사달이 난 것 같아."

"뭐?"

"큰 병에 걸린 것 같아."

어머니의 눈이 커다랗게 떠졌다. 어머니가 침대에 걸터앉아 걱정스러운 표정을 지었다.

"왜 그래? 너, 어디 아파?"

"몰라. 그냥 다 귀찮아. 밥도 먹기 싫고, 움직이기도 싫고, 아무것도 하기 싫어. 힘도 없어."

"뭐야, 몸살이라도 난 거야?"

열이 나는지 이마를 짚어본 어머니가 미간을 찌푸리며 찰싹, 이마를 때렸다.

"엄살 피우지 말고 일어나. 자꾸 이러면 용돈 반으로 줄인다."

"그러시든가요. 안 나갈 거니까 돈도 필요 없어."

"아니, 얘가 왜 이래?"

기가 막힌 얼굴로 민혁을 바라보던 어머니가 질문을 던졌다.

"야, 너 그럼 그 베이킹인가 뭔가 하는 데도 안 나갈 거야?"

"베이킹?"

곱씹는 민혁의 정신이 아주 조금 돌아왔다.

"그래. 너 내일 베이킹 수업 있는 날이잖아. 너, 귀찮아서 안 갈 거면 엄마가 너 대신 한번 가보려고. 그래도 되지?"

베이킹 학원도 귀찮기는 마찬가진데……. 그래도 거기는 갈까. 왜? 왜 가야 되지?

이해담 학원도 같은 건물이잖아. 수업 끝나는 시간이 비슷해서 자연스럽게 볼 수도 있고.

저도 모르게, 정말 순간적으로 그렇게 생각을 떠올린 민혁의 동공이 사정없이 흔들렸다.

민혁은 굳은 표정으로 어머니를 응시했다.

"엄마."

"왜."

"학원은 갈게. 아니, 꼭 가야 돼. 반드시 가야 할 이유가 생겼어."

어머니가 의아한 표정으로 고개를 갸웃거렸다.

"학원이 그렇게 재미있냐? 그러니까, 나도 가서 배우고 싶긴 하네."

홍미와 궁금증 가득한 어머니와 달리 민혁의 얼굴은 비장하기만 했다.

베이킹 수업은 엉망진창이었다. 수업 내용이 귀에 하나도 들어오지 않았고, 계량도 잘못해 결과물도 볼품없었다. 멍한 상태로 하는 바람에 생크림도 오버휘핑 되어 버터로 만들어버렸고.

엉성하게 만들어진 롤케이크를 대충 백팩에 넣고서 조리실을 나온 민혁은 허겁지겁 엘리베이터에 올랐다. 바로 아래층에서 엘리베이터가 멈추자 민혁은 눈을 부릅떴다.

수업을 마친 듯 한 무리가 엘리베이터에 올랐다. 하지만, 고개를 빼서 훑어도 해담은 보이지 않았다.

'어? 오늘은 시간대가 안 맞나? 아님, 오늘은 수업이 없는 날인가? 그것도 아니면 벌써 그만둔 건가?'

별의별 생각들이 머리를 스치는 와중에도 민혁은 아쉽고 허전해 한숨을 흘렸다.

요 며칠 모든 게 귀찮고 의욕이 없을 때도 그 이유를 전혀 몰랐다. 그저, 겨울이라 이불 밖이 위험해서인 줄로만 알았다.

한데, 어머니에게서 베이킹 수업이라는 말을 듣고 해담을 떠올린 순간 깨달았다.

그를 흐물흐물하게 만든 장본인이 바로 해담임을.

그래서 확인해 보고 싶었다.

해담을 인위적으로 불러내지 않고 자연스럽게, 우연히 마주치고 싶었다.

그렇게 해담을 마주하면 어떤 기분이 들지 궁금했었다. 그런데, 보이지 않으니 난감하고 답답했다.

잠시 후 엘리베이터에서 내린 민혁은 해담에게 문자를 날렸다.

[이해담, 오늘 영어 학원 안 왔냐?]

얼마 지나지 않아 답장이 왔다.

[아니? 갔다 왔는데, 왜?]

[아니. 나 수업 마치고 나왔는데 네가 안 보여서. 보통 비슷한 시간에 끝난 것 같았는데.]

[아. 나 아침반으로 수업 시간 바꿨어. 앞으로 아침 일찍 수업 들어.]

어쩐지 안 보이더라니.

베이킹 수업이라고 해 봤자 고작 일주일에 두 번인데, 그마저도 못 마주치게 생겼다.

이맛살을 구긴 민혁은 다시 문자를 날렸다.

[이해담, 그 밥 쏜다는 거 오늘 저녁에 쏴라.]

[오늘은 안 되는데. 약속 있어.]

[그럼, 내일은?]

[나, 내일부터 알바해서 시간 내기가 좀 그래.]

[뭐? 알바를 한다고? 어디서?]

[엄마 가게서. 이번 달까지만 할 거야. 그니까, 재료 소진돼서 일찍 마치는 날, 내가 연락할게. 아님, 일요일은 휴무니까 그때 보든가.]

핸드폰을 들여다보며 민혁은 실소를 흘렸다.

"와. 이 기집애가 도와줬더니 배짱 튕기네. 아니, 일요일까지 이 답답해서 죽겠는 채로 지내라고?"

고개를 내젓고서 민혁은 주차장으로 걸음을 옮겼다.

민혁에게서 더 이상 메시지가 날아오지 않자 해담은 슬쩍 이마를 긁적였다.

"하여튼 설민혁 타이밍 참 못 맞춘다니까. 김 다 빠지게스리."

방금 막, 마음의 결정을 내리고 주신에게 연락하려던 참에 민혁에게서 메시지가 온 것이다.

오늘 저녁 약속이 있다고 한 건, 주신과 만나기 위해 미리 시간을 비워둔 거고. 후욱, 커다랗게 숨을 들이켠 다음 해담은 전화 대신 민혁처럼 메시지를 택했다.

[이따가 시간 돼?]

보내자마자 곧장 답장이 도착했다.

[어. 돼. 언제 볼까.]

마치, 바짝 기다린 것 같은 칼대답에 해담은 슬그머니 미소를 지었다. 며칠 동안 용케 연락 한 통 하지 않고 기다려준 게 기특하기도 하고.

[너 편한 시간 아무 때나.]

[넌 지금 어딘데.]

[난 지금 집.]

[그래? 그럼, 지금 봐. 나도 집이거든. 내가 갈게.]

헉. 뭐가 이렇게 급해?

펄쩍 뛸 듯 놀란 해담은 '안 돼!'라고 하려다가 멈칫했다.

가만 생각하니, 동네 커피숍에서 마주앉아 대화하는 것보다는 아무도 없는 집이 더 나을 것 같기도 했다.

거울을 보니, 상태가 그다지 나쁜 것 같지도 않고.

[그래. 알았어. 집으로 와.]

[지금 바로 가.]

짤막한 문자를 확인한 해담은 앞머리를 손으로 다듬고서 거실로 나갔다.

띵동. 채 3분이 지나지 않아 벨소리가 울려 퍼졌다. 떨리는 심장을 억누르며 해담은 화면을 확인한 뒤 문을 열어주었다.

현관문까지 열자 말쑥한 차림의 주신이 모습을 나타냈다.

"어, 어서 와."

하루 이틀 주신을 보는 것도 아닌데 해담의 가슴이 마구 쿵쾅거렸다. 성큼 다가와 안으로 들어서는 주신에게서 맡은 적 있는 스킨향이 풍겼다.

그 향에 취할 것 같아 해담은 걸음을 뒤로 물렸다.

"뭐라도 마실래? 주스 있고 커피 있는데."

"아니. 아무것도."

주신이 조금 딱딱하게 말하고서 소파로 향했다. 해담 역시 주신의 맞은편에 앉았다.

"……."

"……."

두 사람은 잠시 아무런 말 없이 어색하게 서로를 마주 보았다. 그래서인지 더더욱 심장이 제멋대로 날뛰어댄다.

"내가 며칠 동안 생각을 해 봤어."

주신이 그녀에게 시선을 고정시킨 채 듣기만 하자 해담은 말을 이었다.

"그래서 말인데. 내 대답을 하기 전에, 나도 질문 하나 할게."

"해."

"너, 언제부터 나 좋아했어? 난 전혀 몰랐는데."

일단은 주신에게 공을 토스했다.

주신의 얼굴에 난감한 기색이 스쳤다가 사라졌다.

"왜? 말하기 곤란해?"

"아니. 곤란한 건 아니고. 그냥 싫어."

"얘기하기 곤란한 것도 아니고 그냥 싫다고?"

"어. 그건 지극히 내 개인적인 영역이라 말하기 싫어. 너도 네 생각, 네 마음 시시콜콜 다 나한테 해 줄 거 아니잖아."

"어? 그, 그거야 그렇지."

은근 냉정한 대답에 해담은 상당히 무안해졌다. 순간, 얘가 정말 나를 좋아하는 게 맞나 싶을 만큼.

갑자기 확 때려치우고 싶은 생각이 슬그머니 피어오른다.

"해담아."

성을 뺀 조용한 부름에 해담은 작게 숨을 들이쉬었다. 어쩐지 너무 달콤해 녹아버릴 것만 같다.

"그게 궁금하면, 나중에 얘기해 줄게. 지금은 안 하고 싶거든."

속눈썹을 깜빡거린 해담은 이내 고개를 끄덕였다.

"알았어. 굳이 안 해도 돼."

"이제 대답해 봐."

공이 다시 그녀에게로 넘어왔다. 해담은 입술을 축이고서 말문을 열었다.

"좋아. 우리 사귀자. 남자, 여자 그거 한 번 해 보자고."

전혀 예상 못 한 듯 주신의 동공이 커다랗게 확장되었다.

"너, 방금 뭐라고……."

"대신 조건이 있어."

희열을 담고 펴지던 주신의 얼굴이 냉수를 맞은 것처럼 굳어졌다.

"뭔데."

"양가 부모님들은 당연하고, 유신 오빠도 우리 사이 몰라야 돼. 만에 하나 틀어지면 정말 어색해지고 이상해질 거야."

주신이 고개를 끄덕였다.

"그렇게 해. 난 상관없으니까."

"그리고."

"또 있어?"

"어. 있어."

음, 한숨을 흘린 주신이 다시 고개를 끄덕였다.

"해."

"미래를 염두에 두고 너랑 사귀겠다는 거 아니야. 나한테 미래를 강요하지 말라는 뜻이야. 사귀게 됐다고 해서 너와의 결혼까지 마음먹은 건 아니니까. 난 아직도 정해진 미래는 없다고 생각해."

"알았어. 강요 안 해."

"사귀는 도중 너랑 안 맞으면 언제든 다 그만둘 거야."

"그래. 그렇게 해."

어째, 너무도 순순히 대답이 흘러나왔다. 그래도 주신이 한 입으로 두말할 성격은 아니었으니, 앞으로 부담 주지는 않을 것이다.

"내 조건은 그게 다야. 넌 없어?"

해담의 물음에 주신이 가볍게 고개를 저었다.

"없어."

주신의 대답을 끝으로 잠시 침묵이 일었다. 이성 간의 교제는 처음이라 해담은 이 분위기를 어떻게 해야 할지 알 수가 없다.

마주앉은 주신은 당최 무슨 생각을 하는지 모르겠고.

해담은 속눈썹을 파닥이고, 눈동자를 이리저리 움직이며 어떻게 해야 할지 머리를 굴렸다.

어떻게 된 게, 사귀자는 놈보다 대답을 하는 쪽이 더 전전긍긍하는 느낌이었다.

그때, 주신이 소파에서 몸을 일으켰다.

"가자."

"어? 어디를?"

"커플링 맞추러. 기념으로. 오늘부터 우리 1일이잖아."

에? 에에엑? 해담은 진심으로 경악스러운 표정을 지었다. 귓불이 훅 달아오르는 게 오글거려 미쳐버릴 것만 같았다.

"오, 오늘부터 1일? 그건 애들이나 하는 거 아냐? 거기다 벌써 무슨 커플링?"

펄쩍 뛰는 해담을 보니 주신은 뭔가 이상했다.

"……이거 아냐? TV에서는 다들 이렇게 하는 것 같던데."

"어. 그거 완전 아니야. 오글거려 죽을 것 같아."

그렇게 내뱉은 해담은 이내 빵, 커다랗게 터지고 말았다. 천하의 최주신도 못 하는 게 있구나 싶어 이제야 조금 사람처럼 보인다.

해담이 배를 잡고 웃어대자 주신은 슬쩍 미간을 구겼다.

"그만 좀 웃어라."

"우, 웃긴데 어떡해. 오늘부터 우리 1일이래, 오늘부터 우리 1일…… 푸하하하!"

눈물까지 그렁대는 해담을 보며 주신이 눈을 가늘게 떴다.

"계속 그렇게 나온다 이거지."

입매를 굳힌 채 주신이 다가오자 해담은 다람쥐처럼 소파 끝으로 피했다.

해담이 혀를 내밀며 소파를 사이에 두고 약을 올렸다. 주신은 양손을 허리에 얹고서 한숨을 흘렸다.

돌연, 그의 눈매가 달라졌다.

"이해담, 잡히면 가만 안 둔다."

"절대 안 잡히지."

슬금슬금 뒷걸음질 치던 해담은 냅다 방으로 내달렸다. 해담은 이 순간이 마치 어릴 때, 장난치던 시절로 되돌아온 듯한 느낌이었다.

막 문고리를 잡고서 돌리려는 순간이었다. 단단한 팔이 순식간에 뒤에서 그녀의 허리를 휘감았다.

심장이 저 아래로 뚝 떨어지는 기분을 맛보기도 전에 해담은 주신에 의해 돌려 세워졌다.

방문과 주신의 몸에 갇힌 채 해담은 숨을 몰아쉬었다.

"너무하잖아. 사귀자마자 나 잡아봐라는. 동심의 세계로 회귀도 아니고."

나직한 주신의 음성이 심장을 간질거리게 만든다.

"나 잡아봐라가 싫으면 술래잡기는 어때?"

조금 도발적인 해담의 물음에 주신의 입꼬리가 위로 향했다.

"싫은데."

청색 빛이 감돌 정도로 까만 주신의 눈동자가 옴짝달싹 못 하게 해담을 옭아맸다.

"그럼, 뭐 할 건데."

"어른들의 연애."

해담의 눈이 동그랗게 벌어졌다.

주신의 손이 올라와 해담의 얼굴을 감싸 쥐고서 부드럽게 어루만졌다.

두근두근. 가슴이 마구잡이로 울려댄다.

주신의 고개가 해담에게로 숙여졌다. 점점 가까워지는 주신의 숨결을 느끼며 해담은 스르르 눈을 감았다.

주신의 뜨거운 입술이 포개지는 순간, 오싹, 소름이 돋아 오르고 발바닥에서부터 전류가 흐른다.

머뭇머뭇, 어찌할 줄 모르던 해담의 입술이 조금씩 열렸다. 자그만 입술을 핥은 주신이 본격적으로 해담의 입 안을 탐하기 시작했다.

숨이 막힐 정도로 뜨겁고 집요하게.

동심은 순식간에 사라지고 어른들의 연애가 시작됐다.

15.

늦은 밤, 해담은 침대에 엎드려 예전에 작성했던 새해 계획을 들여다보고 있었다.

11. 남자친구 만들기(최주신 말고)

"젠장. 11번은 실패네, 실패야."

해담은 4. 기운 좋을 때 자전거 여행 가기와 11번 항목을 싹 지우고서 다시 썼다.

최주신과 기운 좋을 때 자전거 여행 가기.

그렇게 써놓고 괜스레 민망해 베개를 팡팡 두들긴 해담은 벌러덩 몸을 굴려 천장을 보고 누웠다.

"하아."

아직도 믿기지 않는다. 얄미운 비교의 대상이었던 주신과 남자, 여자로 사귀게 된 사실이.

"근데, 최주신 안 그런 척하면서 되게 응큼하단 말이지."

오케이 하자마자 입술부터 들이대다니.

거기다, 늘 짓고 있던 싸늘한 표정과 달리 입술은 무진장 뜨거웠다. 몸속 어디에 그런 맹렬함을 숨겨 두고 살았을까 싶을 만큼.

주신과 나누었던 키스가 떠오르자 해담은 붕붕 고개를 저었다.

"이해담, 생각 스톱. 이러다 잠 못 자서 내일 아침 학원 못 갈라."

그럼, 지선 성격에 알바하라고 했던 것부터 취소할 게 뻔했다. 방 안을 밝히고 있던 불을 끄고서 해담은 눈을 감았다.

제발 와라, 잠님아!

오늘부터 1일. 커플링.

포털 사이트의 녹색 창에 검색을 쭈욱 해본 주신은 노트북을 들여다보며 고개를 갸웃거렸다.

"완전 아닌 게 아니잖아. 다들 그렇게 하고 있는데?"

오늘부터 1일이라며 커플링한 걸 인증샷으로 남긴 블로거도 수두룩했고, 그런 사연들도 검색 결과에 차고 넘쳤다.

모두 오글거려 하기는커녕, 아주 행복해 보였다.

"애들이나 하는 거라더니 낫살깨나 먹어 보이는 커플들도 다 그렇게 챙기는데, 왜."

그런데, 어째서 해담은 그렇게 질색을 하며 놀려댄 건지 알 수가 없다. 물론, 그 덕분에 본의 아니게 나 잡아봐라도 했고, 농밀한 키스도 했지만.

"민망해서 그런가."

나름대로 그렇게 결론을 내린 주신은 책상 서랍 속에서 다이어리를 꺼냈다. 그리고 해담과 사귀기 시작한 어제 날짜에 〈오늘부터 1일♡〉이라고 기록해 두었다. 괜히 가슴이 뿌듯한 게 희열이 피어오른다.

"아빠, 무슨 좋은 일이라도 있으세요?"

방금 막 씻고 방으로 들어온 진서가 눈을 깜빡이며 물었다.

"그렇게 보여?"

진서가 검지로 자신의 입술을 양옆으로 벌려 보였다.

"아까부터 계속 이러고 계셨어요."

당연히 좋은 일이 있다. 예상치도 못하게 해담과 이렇게 급진전이 됐으니. 미래를 염두에 두지 말라고는 했으나, 진서가 눈에 밟히는 게 틀림없다.

그렇지 않고서야 마음을 바꾸었을 리가 없다. 진서 덕분에 그에게 향해 있던 거부감도 날려버린 듯했고.

"뭐, 별로."

주신은 얼굴이 달아오를 것 같아 짤막하니 대꾸하고서 노트북을 껐다. 그러고서 의자를 빙글 돌려 진서를 바라보았다.

"진서."

주신의 부름에, 인상을 쓴 채 찐득한 어린이용 로션을 바르던 진서가 얼굴을 폈다.

"예?"

"넌 유리랑 만나면 뭐 하고 놀아?"

"예에?"

진서가 뭐 그런 걸 묻느냐는 표정으로 눈을 동그랗게 떴다. 불쑥 질문을 던지긴 했으나 주신 역시 자신이 생각해도 기가 막히긴 했다.

"아니야. 됐다. 계속 발라."

아무리 연애 경험이 없다지만, 내가 지금 아홉 살짜리 애한테 무슨 조언을 얻겠다고.

희미하게 고개를 젓던 주신은 문득, 스치는 생각에 다시 진서를 응시했다.

"진서."

"예?"

이어지는 부름에도 진서는 싫은 기색 없이 똘망똘망한 시선을 들었다.

"넌 계속 아홉 살인 거야? 해가 바뀌었잖아."

생각지 못한 듯 진서가 동그란 눈동자를 이리저리 굴리다 가까스로 입을 열었다.

"그렇지 않을까요? 어차피 전 원래대로 돌아가도 아홉 살이잖아요."

"음."

"그래서 유리한테도 그냥 처음부터 동갑이라고 그랬어요. 유리는 올해 아홉 살이 됐거든요."

빤히 진서를 응시하던 주신의 미간이 슬쩍 모아졌다.

"너, 이리 와 봐."

진서가 얼굴을 톡톡 마저 두드리며 책상 앞으로 다가가 서자 주신이 머리에서 발끝까지 쫙 훑었다.

"왜 그러세요?"

"처음 여기 왔을 때보다 좀 자란 것 같기도 하고."

"에이, 그럴 리가요."

웃으며 손사래를 치는 진서의 손과 발을 유심히 바라본 주신 역시 조금 어이없는 표정을 지었다.

하긴. 2주 조금 넘게 있었는데 눈에 띄게 자라는 게 이상한 거지.

진서에게서 시선을 떼려던 주신의 눈에 조금 위로 밀려올라간 소매가 들어왔다. 정확히는 소매 아래 드러난 진서의 팔목 안쪽이었다.

"잠깐만."

주신은 진서의 팔목을 쥐고서 소매를 팔꿈치까지 걷어 올렸다. 예전에 어디서 긁혔는지 모르겠다던 상처가 여전히 진서의 손목에서부터 위를 향해 선명하게 자리를 잡고 있었다.

늘 잔소리하지 않아도 혼자서 잘 씻고, 옷도 꼬박꼬박 잘 갈아입기에 신경 쓰지 않았더니 이제야 다시 상처를 보게 된 것이다.

"이 상처가 아직 안 나았어?"

주신이 믿기지 않는 표정을 짓자 진서가 아무렇지 않게 어깨를 으쓱해 보였다.

"아, 이거요. 그래도 조금 지워진 거예요. 그때는 여기까지 있었는데 이제 이만큼 없어졌거든요."

자세히 보니 팔꿈치 안쪽 가까이 나 있던 상처가 조금 아래까지 내려와 있긴 한 것 같았다.

마치, 일부러 그 윗부분만 깨끗하게 지운 것처럼.

'상처가 이렇게 아무는 경우가 있을 수 있나?'

상식적으로 말이 되지 않아 의아하게 진서의 팔을 들여다보는데 핸드폰이 울렸다. 진서의 팔을 놓아주고서 핸드폰을 집어 든 주신의 눈에 화륵 불길이 치솟았다.

해담이었다. 주신은 조금 들뜬 얼굴로 전화를 받았다.

"어, 해담아."

-뭐 해? 바빠?

해담의 맑은 목소리가 흘러나오자 가슴 한쪽이 뻐근해진다.

"아니, 안 바빠."

설령 바빠도 너랑 통화할 시간은 있지.

"넌 뭐 해?"

-나? 엄마 가게서 알바 중이지. 점심타임 끝나고 이제 조금 한가해졌거든. 잠깐 밖에 나와서 전화한 거야.

당연하지 않느냐는 듯 말한 해담이 곧장 덧붙였다.

-아, 참. 너한테는 말 안 했지? 당분간 엄마 가게서 알바하기로 했어.

꿈틀. 주신의 숱 많은 눈썹이 미미하게 굳어졌다. 이러면 얼굴 볼 시간이 너무 줄어드는 게 아닌가 싶었기 때문이다.

가뜩이나 과외 시간도 더 늘었는데. 갑자기 스스로가 너무 옹졸하게 느껴져 주신은 급격히 당황스러워졌다.

“언제까지 하는데.”

-이번 달 말까지만 하면 돼.

음, 그럼, 적어도 2월 한 달 동안만큼은 충분히 함께 시간을 보낼 수 있다는 뜻이다. 생각만으로도 입술이 올라가려 했다.

-오늘 저녁에 뭐 해? 약속 없으면 진서랑 같이 저녁 먹을까? 알바비 일당으로 받기로 했거든. 우후후후.

“안 되는데. 오늘 약속 있어.”

-아. 그래? 그럼, 내일은?

주신은 마른침을 삼키며 앞머리를 쓸어 올렸다. 그의 얼굴에 잔뜩 아쉬움과 난감한 기색이 떠올랐다.

“어떡하지? 내일도 선약 있는데.”

-오늘이 금요일이고, 내일이 토요일인데 죄다 약속이 있다고?

“그렇게 됐어.”

-…….

찰나 동안 해담이 침묵을 고수했다. 서운하고 화가 났다는 의미인 것 같아 주신은 곧장 말을 이었다.

“일요일은 어때? 일요일은 하루 종일 괜찮아.”

하아. 핸드폰 안에서 긴 한숨이 흘러나온 뒤 해담의 목소리가 이어졌다.

-일요일은 내가 안 돼. 약속이 있을 것 같거든.

“그게 무슨.”

-엄마, 부르셔. 들어가 봐야 할 것 같아.

"이따가 내가 전화……."

-아니. 하지 마. 바쁘면 전화 받기가 그래. 엄마 눈치도 보이고. 끊어.

그러고서 잘 벼린 칼에 잘린 듯 전화가 뚝 끊어졌다. 주신은 끊어진 핸드폰을 잠시 동안 들여다보았다.

선약이 있는 것도 아니고 있을 것 같거든?

음. 역시 화가 난 거다.

그럼에도 어쩔 수가 없는 일이라 주신의 입에서 커다랗게 한숨이 튀어나왔다.

찬바람이 쌩쌩 부는 가게 앞에서 해담은 팔짱을 낀 채 샐쭉한 표정을 짓고 있었다.

"불금에다 황금 같은 토요일까지, 여친이 아닌 다른 사람과 약속이 있다고? 이게 말이야 방구야?"

하긴. 어제 겨우 사귀겠다는 답을 했는데. 훨씬 전부터 잡혀 있었던 약속이겠지. 그럼에도 아주 조금 서운해서 가슴이 쓰라리긴 했다.

밤새도록 혼자 들떠 잠도 제대로 못 자고, 목소리를 들으려 먼저 전화하고.

"이 자식, 알고 보면 밀당의 고수 아냐?"

부루퉁하게 내뱉은 해담은 이내 자신의 뺨을 양손바닥으로 톡톡 두들겼다.

"우리 주신이가 그럴 성격은 절대 아니지. 설민혁이라면 몰라도."

진짜 중요한 약속일 거라 스스로를 위로하고서 해담은 가게 안으로 발걸음을 옮겼다.

"엄마는 조금 더 있다가 들어갈 테니 너 먼저 들어가."

조리실과 홀 청소가 끝날 무렵 지선이 카운터 앞에 앉으며 말했다. 오늘 홀과 조리실에서 사용했던 앞치마와 두건들을 거두어 가방에 챙긴 해담이 의아한 표정을 지었다.

"왜요? 정산 다 끝나셨잖아요."

"조금 이따가 도시락 예약해 둔 거 손님이 가지러 오기로 했으니 그리 알고 먼저 가."

"언제요? 오늘 저녁에 도시락 가지러 온다는 예약 전화 한 통도 못 받았는데요."

"어제. 너 알바하기 전에 받은 주문이야."

"진짜요?"

자꾸만 물고 늘어지는 해담에게 욕설을 날리려다, 퇴근 준비를 마친 주방 직원, 은혜가 나오자 지선은 입을 다물었다.

"사장님, 이만 퇴근하겠습니다."

"그래요, 수고했어요. 내일 봐요."

"네, 사장님. 해담아, 내일 봐."

해담도 퍼뜩 미소를 보이며 고개를 숙였다.

"네, 언니 안녕히 가세요."

은혜가 딸랑딸랑 문소리를 내고서 완전히 밖으로 나가자 지선이 인상을 팍 썼다.

"야, 너 빨리 안 가? 꼭 은혜 보내놓고 둘이 작당하는 거 같잖아?"

"그렇게 말하면 내가 아, 정말 큰일인데요? 그럼, 얼른 저 먼저 가보겠습니다! 이럴까 봐서요? 어차피 모녀지간이고 한집에 사는 거 뻔히 아는데 같이 퇴근하나 보다 생각하겠죠."

실눈을 하고서 해담이 하는 말에 지선이 입을 벌리고서 헛웃음을 흘렸다.

"저번에도 나보고 먼저 가라고 하지를 않나, 진짜 이 아줌마 수상한데?"

"수상할 것도 참 많다. 피곤하니까 말 시키지 말고 좀 가."

"손님 기다리는 거면 같이 있다가 가요. 아님, 내가 여기 있다가 손님 오면 줄게요. 알바비 더 달라고 안 할게."

지선의 눈이 금세 세모꼴로 떠졌다.

"이노무 기집애가 진짜. 가서 공부 안 해? 오늘 학원서 배운 거 복습도 안 하고 여기서 죽치고 있겠다고? 알바 오늘로 끝낼 거면 그러든가."

무시무시한 지선의 엄포에 어쩔 수 없이 해담은 입술을 내밀고서 가방을 멨다. 지선이 오늘 일당이 담긴 흰 봉투를 내밀었다.

"집에 가자마자 앞치마랑 두건 세탁기 돌리고."

"알았어요. 먼저 가요, 그럼."

해담이 봉투를 받아 챙기자 지선이 말하기도 귀찮다는 듯 손만 휘휘 내저었다.

가게 밖으로 나온 해담은 진짜 예약 손님이 맞는지 확인해 볼까 하다가 관두었다.

"그래. 두 번은 참아주는 게 인지상정이지."

찝찝함을 누르고서 몇 걸음 옮길 때였다.

갑자기 가게 건물 옆으로 나 있는 어두운 골목에서 불쑥 손이 나오더니 해담의 팔을 움켜쥐었다.

"으앗! 뭐, 뭐야!"

너무 놀라 비명을 지른 해담이 마구잡이로 나머지 팔을 휘두르자 다급한 음성이 흘러나왔다.

"해담아, 나야."

동작을 멈춘 해담의 눈이 토끼처럼 커다래졌다.

"최주신!"

"미안. 많이 놀랐어?"

"그럼, 안 놀래? 갑자기 누군지도 확인 못 한 상태에서 팔을 잡혔는데."

"미안, 미안. 조금 놀래켜 준다는 게 그만."

해담은 겨우 폭풍 같은 한숨을 뱉어내고서 주신을 올려다보았다.

두근. 가슴이 울려댄다.

"여기는 어쩐 일이야? 약속 있다면서."

하지만 얼떨떨한 게 더 컸기에 해담은 질문부터 던졌다.

"너 집까지 데려다주고 가려고."

"내가 언제 나올지 어떻게 알고?"

"지금쯤이면 마칠 때 됐겠다 싶었어. 얼마 안 기다렸어."

그러니까, 약속도 있으면서, 그녀를 집까지 데려다주기 위해 일부러 여기까지 왔다는 거였다.

너무나 예상 밖이기도 하고, 어쩐지 감동적이기도 하고, 또 한편으로는 정말 주신이 남자친구가 됐구나 싶어, 해담은 기분이 묘했다.

"가자."

주신이 해담의 한쪽 손을 꼭 잡고서 앞장섰다.

해담은 나란히 걸으며 주신의 옆모습을 흘긋 올려다보았다. 아무래도 오늘, 내일 선약 있는 게 마음이 걸렸던 모양이다.

'최주신, 진짜 은근히 세심하다니까.'

괜히, 통화할 때 딱 잘라 끊었던 게 미안해지고, 동시에 설렘도 피어올랐다.

해담은 슬그머니 주신에게 잡힌 손을 움직여 깍지를 꼈다. 주신이 흠칫 놀라 돌아보려 하자 해담은 퍼뜩 뱉었다.

"그, 그냥. 앞만 보면서 가. 보면 손 뺄 거야."

주신이 쿡, 희미하게 웃음을 흘리고서 깍지 낀 손에 더욱 힘을 주었다. 칼바람이 쌩쌩 불었지만, 뜨끈해진 얼굴과 귀에는 시원함만이 느껴졌다.

가게까지 그리 멀지 않은 거리였지만, 주신과 오니 눈 깜짝할 사이 집 앞까지 도착했다.

“얼른 가봐. 약속에 늦으면 어떡해.”

해담은 아쉬움이 뚝뚝 묻어나는 음성으로 깍지 끼었던 손을 놓았다.

“그래. 들어가.”

주신 역시 느릿느릿 옭아매다시피 했던 손에 힘을 풀었다.

해담이 예쁘게 웃으며 손을 흔들고서 몸을 돌렸다. 그 미소에 심장이 찌르르 울려대고, 미칠 듯한 허전함이 주신을 감쌌다.

주신은 막 대문 앞으로 가려는 해담의 팔목을 움켜쥐었다.

“왜?”

주신은 돌아보는 해담을 끌어당겨 그대로 품에 가두었다.

두근두근. 누구의 것인지 모를 심장 소리가 울려 퍼졌다. 찰나 동안 으스러져라, 해담을 껴안았던 주신이 작은 어깨를 밀어냈다.

“더 있고 싶지만 정말 약속에 늦을 것 같아서 안 되겠다.”

해담은 빨갛게 달아오른 얼굴로 빠르게 고개를 끄덕였다. 해담의 얼굴을 애잔한 표정으로 쓰다듬은 주신이 이내 손을 거두어들였다.

“들어갈게.”

주신이 고개를 끄덕이자 해담은 다시 몸을 돌려 대문으로 향했다.

해담이 완전히 대문 안으로 들어가서야, 주신은 입술을 꾹 다물고 표정을 추슬렀다.

“5분 안에 도착한다.”

눈매마저 달라진 주신은 흡사, 바람돌이 소닉이 된 것처럼 전력을 다해 달리기 시작했다.

그 모습을 대문 안에서 몰래 지켜보고 있던 해담은 가만히 이마를 긁적였다.

"뭔가 이상한데. 내가 나올 시간을 어떻게 알고 와 있었지?"

그러고 보니 맞잡은 손도 차갑지 않았다. 물론, 우연히 그녀의 마감 시간과 주신이 나온 때가 겹칠 수도 있겠지만 뭔가 석연치 않았다.

순간, 해담의 머리에 생각 하나가 스치고 지나갔다.

"혹시?"

아직 날이 새지 않은 이른 새벽, 태석은 늘 그렇듯 식구들 중 제일 먼저 일어났다.

지난밤 로펌 회식으로 인해 늦게 잤음에도 불구하고 습관이 돼버려 꼭 이 시간에 눈이 떠졌다. 영주가 깰세라 조용히 침실을 나온 태석은 그제야 마음껏 기지개를 켰다. 온몸이 찌뿌드드한 게 피곤이 확 몰려왔다.

"이럴 때는 동네 사우나에 가서 땀 한번 쫙 빼면 좋은데."

간 김에 오랜만에 등도 좀 밀고. 하지만, 그 등을 밀어줄 놈들이 하나도 없다.

"이제 머리들 다 컸다고 목욕탕도 같이 안 가주니, 원."

투덜거리며 주방으로 가 물을 한 잔 들이켠 태석은 2층으로 발걸음을 옮겼다.

"오랜만인데 한 놈이라도 낚아서 가야겠어."

계단을 올라 2층 복도에 선 태석은 유신과 주신의 방을 번갈아 보았다.

"어느 놈을 낚아서 가야 되나. 주신이 놈은 싫은 건 죽어도 안 하는 놈이니 패스. 유신이 놈은 싫지만 억지로라도 따라는 갈 놈이니, 큰놈 낙점."

어차피 답은 정해져 있었지만 나름 고민을 끝낸 태석은 유신의 방문 앞에 섰다.

똑똑똑.

노크를 했지만 반응이 없었다. 다시 한 번 더 노크를 한 태석은 슬그머니 방문을 열어젖혔다.

"응? 없네?"

텅 빈 침대를 본 태석은 팔짱을 낀 채 눈썹을 찌푸렸다.

"안 들어온 거야, 벌써 나간 거야?"

침대가 너무 깔끔한 걸 보니 안 들어왔다는 쪽에 무게가 실렸다. 문을 닫고서 태석은 주신의 방문 앞에 섰다.

"음. 이 녀석은 절대 안 가려고 할 텐데."

사춘기 이후부터는 절대 대중탕으로는 발걸음도 하기 싫어하는 터라 솔직히 무리해서까지 데려가고 싶은 마음은 없었다.

"어쩔 수 없지, 뭐. 혼자라도 가야지."

무척이나 아쉬운 마음을 달래며 돌아서려 할 때였다. 문고리가 돌아가더니 방문이 슬쩍 열리는 게 아닌가.

비몽사몽, 얼굴에 잠을 한가득 담은 채 진서가 방을 나오고 있었다.

"어이구, 진서 벌써 일어났어?"

잠이 덜 깬 와중에도 진서가 허리를 숙여 보였다.

"……오줌이 ……마려워서요."

"그럼, 얼른 가서 눠야지."

비척비척 화장실로 향하는 진서를 보고 있는 태석의 눈이 날카롭게 빛났다.

"오호. 그렇지, 저 녀석이 있었지?"

얼마 지나지 않아 화장실에서 진서가 나오자 태석은 자세를 낮추어 눈높이를 맞추었다.

"진서야."

"예?"

"아저씨랑 목욕탕 갈까?"

아주 푹 숙면을 취한 주신은 가뿐하게 눈을 떴다. 일어나자마자 해담의 목소리가 듣고 싶어 저도 모르게 핸드폰을 찾던 주신은 시간을 보고서 멈칫했다.

겨우 6시를 넘겼을 뿐이었다. 아직 자고 있을지도 모르니 자제를 해야 했다. 기지개를 쭉 켜고서 옆을 보자 침대가 텅 비어 있었다.

"음? 진서가 벌써 일어났나?"

웬일인가 싶어 피식 웃고서 주신은 욕실로 직행했다.

잠시 후 간단히 샤워를 마치고 아래층으로 내려가자 영주가 안방에서 나오고 있었다.

"잘 잤니?"

"네. 안녕히 주무셨어요."

"어, 그래."

뻐근한 듯 어깨를 돌린 영주가 말을 이었다.

"아침은 너랑 나랑 둘이서 먹겠다. 간단한 걸로 때우자."

주신이 한쪽 눈썹을 세웠다.

"집에 어머니랑 저만 있어요?"

"응. 새벽에 네 아버지 진서 데리고 목욕탕 가셨어. 네 형은 일 때문에 회사에서 잔다고 어젯밤에 연락 왔었고."

"아. 어쩐지 진서가 안 보인다 했어요."

무심히 고개를 끄덕이던 주신은 순간, 떠오른 생각에 펄쩍 뛰어오를 뻔했다.

"방금 목욕탕에 가셨다고 하셨어요?"

"그래. 목욕탕. 자고 일어났더니 메모 남겨 놓으셨더라. 진서랑 목욕탕 갔다가 아침까지 해결하고 온다고."

주신은 난감함에 이마를 쓸어 올렸다. 목욕탕에 갔으면 분명 진서의 꼬리뼈에 있는 하트 모양의 점을 보셨을 텐데.

집안 남자들에게만 있는 그 요상한 점을 보고 이상하게 여길 게 자명했다. 괜히 아버지가 진서를 추궁이라도 하면 그 어린 녀석이 술술 다 불어버릴 수도 있고.

"니들이 머리 컸다고 하도 같이 목욕탕에 안 가주니, 그런 거잖아. 얼마나 허전했으면 진서 데려갈 생각까지 했을까. 매정한 것들."

영주가 혀끝을 쯧쯧, 차며 말하자 주신은 미간을 구겼다.

"그 점만 없었어도 갔겠죠."

어릴 적 삼부자가 목욕탕이라도 갈라치면 그놈의 꼬리뼈에 있는 점 때문에 사람들의 관심 폭발이었다. 셋이 똑같이 문신한 거 아니냐는 소리도 들었다.

조부 살아생전에는 넷이서 그러고 목욕탕을 누비며 다녔고.

솔직히 사춘기 이전에도 아는 녀석들을 만날까 봐 얼마나 조마조마했는지 모른다. 한데, 그걸 지금 와서 또 겪으라고? 정말로 사양하고 싶었다.

"하긴. 나라도 좀 부끄럽긴 하겠다."

영주가 알 만하다는 듯 피식피식 웃고서 주방으로 향했다.

"제가 달걀 프라이 할게요."

"그래라. 샐러드랑 토스트는 내가 할게. 간단히 그렇게 때우자."

"네."

주방으로 가 달걀 프라이를 하는 내내 주신은 머릿속이 복잡했다.

태석이 진서의 꼬리뼈를 못 봤기를.

봤어도 별 의심 없이 넘어갔기를.

주신은 일이 복잡해지는 걸 결코 원치 않았다.

샐러드와 토스트 그리고 달걀 프라이로 대충 아침을 때우고 있을 때, 도어록이 해제되는 소리가 조용한 집에 울려 퍼졌다.

"다녀왔습니다!"

뒤이어 들려온 진서의 목소리에 주신은 저도 모르게 벌떡 몸을 일으켰다.

"아버지 오셨나 봐요."

'네가 언제부터 아버지를 그렇게 반겼어?' 하는 얼떨떨한 표정으로 영주가 보거나 말거나 주신은 다급히 주방을 나섰다.

슬리퍼로 바꿔 신고 안으로 들어서고 있는 태석과 진서를 마주하자 괜히 심장이 떨어지는 듯했다.

"진서와 목욕탕 가셨다면서요."

초조함을 감추며 주신이 태석의 얼굴을 살폈다. 태석이 고개를 끄덕거리며 아주 흡족한 웃음을 지었다.

"간만에 갔더니 어찌나 개운하던지. 아, 진서 이 녀석이 등도 얼마나 잘 밀어줬다고. 니들 두 놈보다 진서가 백 배는 낫더라."

"……그러셨어요?"

진서가 방긋방긋 웃으며 주머니에서 오만 원짜리 지폐를 꺼냈다.

"저한테 용돈도 주셨어요."

"그랬어?"

"네."

주신이 다시 태석의 표정을 읽으려 애쓰는 사이 영주가 주방을 나왔다.

"주신이랑 둘이서 대충 아침 때우고 있었는데, 먹고 오는 길이죠?"

"응. 먹었어요. 목욕탕 근처 콩나물 해장국이 맛있더라고. 진서도 얼추 다 먹었고."

"그러니까 국 먹고 싶네."

"당신한테 전화할 걸 그랬나? 포장도 되던데."

"아. 이따 지선이네 가게 가서 국이랑 이것저것 사와야겠어요. 먹고 싶네."

부모님의 대화를 뒤로 한 채 주신은 가만히 진서의 팔을 잡고서 2층으로 향했다. 방으로 와 문을 닫고 소리를 차단한 뒤 주신은 진서와 시선을 맞추었다.

"진서."

"네?"

"혹시, 무슨 말씀 안 하셨어?"

이리저리 눈동자를 굴린 진서가 고개를 갸웃거렸다.

"무슨 말씀요?"

"네 꼬리뼈에 있는 점을 보고 아무 말씀 안 하셨냐고. 이상하게 여기셔서 너에 대해 묻거나."

그제야 진서가 '아!' 하며 작은 손바닥을 딱 부딪쳤다.

"아무 말씀 안 하셨어요. 제 꼬리뼈는 못 보셨을 거예요."

"그래?"

"아이고, 나이를 먹으니 눈이 침침해져서 그런지 이런 데 오면 앞이 잘 안 보이네. 그러셨거든요."

진서의 태석 흉내에 주신은 작게 웃음을 흘렸다.

"그러셨어?"

"네. 그러니 걱정 마세요."

주신은 평상시와 별다를 게 없던 태석의 얼굴을 떠올리고서 안도의 숨을 내쉬었다. 동시에, 앞으로 목욕탕은 직접 따라가야 하나 싶어 심각한 고민에 빠졌다.

♥

오늘은 학원 강의가 없는 날이라 해담은 한결 수월하게 하루를 시작했다. 덕분에 가게에도 조금 일찍 나왔고, 홀뿐 아니라 주방 일까지 도왔다.

깔끔하게 포장된 음식들을 쇼케이스에 진열하고 테이크아웃 예약 전화와 손님을 받고 나니 어느새 훌쩍 정오가 가까워져 있었다.

잠시 손님이 없는 틈을 타 한숨을 돌리는데 해담의 핸드폰이 울렸다. 혹시나, 하는 마음에 가슴이 쿵쾅거렸다.

요즘은 핸드폰만 울리면 괜히 심장부터 벌렁거리는 증상이 나타났다. 핸드폰을 집어서 발신지를 확인한 해담의 입술 끝이 아래로 늘어졌다.

'아니네, 아니야.'

해담은 입술을 원위치로 돌리며 통화를 연결시켰다.

"왜, 설민혁."

-가게냐?

"어. 가게. 왜?"

-왜는. 내일 일요일이잖아. 밥 쏘라고.

"아. 그래, 그럴게."

지금 잠깐 잊고 있긴 했지만, 계속 머릿속에는 있었기에 해담은 순순히 대답했다. 그래서 일요일에는 시간이 남는다던 주신을 거절한 것이기도 했고.

-어디서 몇 시에 볼래?

"너 좋을 대로 해. 내가 신세 져서 갚는 거니까."

-그럼, 점심시간으로 해. 자세한 시간, 장소는 내가 정해서 문자할게.

"그래, 그럼."

민혁과의 통화를 끝낸 해담은 잠시 고개를 갸웃거렸다.

"설민혁, 왜 이렇게 목소리가 딱딱해? 무슨 AI랑 통화하는 줄 알았네."

핸드폰을 제자리에 두고서 몸을 돌리는데, 풍경 소리가 울렸다.

'어서 오세요' 하던 해담의 얼굴이 순간, 확 밝아졌다.

"안녕하세요!"

진서가 씩씩하게 외치며 안으로 들어오고, 주신이 뒤따라 왔기 때문이다.

"주신이랑 진서 왔어?"

오픈된 주방에서 지선이 고개를 빠끔히 빼고서 반갑게 두 사람을 맞았다.

"네. 어머니 심부름 왔어요."

주신과 진서가 주방 쪽으로 허리를 숙여 인사를 하고서 해담에게로 다가왔다. 가까이 다가온 진서의 머리를 쓰다듬으며 해담은 조금 붉어진 얼굴로 주신을 올려다보았다.

"뭐 사러 온 거야?"

"응. 어머니께서 국 드시고 싶다고 하셔서. 온 김에 다른 것도 사 가려고. 진서도 따라오겠다고 해서 같이 왔어."

대답한 주신이 주방 쪽으로 슬쩍 시선을 주었다. 한창 조리 중인 지선을 확인한 주신이 해담의 손을 슬그머니 움켜쥐었다.

'야아, 엄마 보시면 어쩌려고.'

주신의 돌발 행동에 해담은 순식간에 귀까지 시뻘게져서 펄쩍 손을 빼내려 했다.

하지만 주신이 꼭 붙잡고서 놓아주지 않자 이러지도 저러지도 못한 채 해담은 연방 주방 눈치만 보았다.

그런 두 사람을 보며 씨익 웃은 진서가 퍼뜩 주방 쪽으로 향했다.

"뭐 하시는 거예요?"

"응? 돈가스 튀겨. 왜, 너도 먹을래? 하나 튀겨줄까?"

"아, 넵! 고맙습니다."

"잠깐만 이거 하고 나서."

"제가 도와드릴 건 없어요?"

"아이고, 착하기도 하지. 그냥 거기 가만히 있는 게 도와주는 거예요. 알았지?"

"넵!"

진서가 지선의 시선을 끌어주는 동안 주신과 해담은 조금 더 손을 맞잡았다. 주신이 다시 한 번 주방을 보고서 해담의 귓가로 입술을 내렸다.

"내일 뭐 해?"

"나 내일 약속 있다니까?"

"그냥 한 말 아니었어?"

"아닌데?"

주신이 슥 몸을 떼고서 미간을 찡그려 보였다.

"누구랑?"

"넌 어제, 오늘 누구랑?"

해담이 맞받아치자 주신은 '졌다'는 표정으로 해담의 손을 꾹 누른 다음 두어 걸음 뒤로 떨어졌다.

물끄러미 해담을 응시하며 주신은 속으로 한숨을 삼켰다.

'이해담, 아직 화가 안 풀렸어.'

"엄마, 엄마!"

방을 나온 민혁은 곧장 주방으로 향했다.

"왜, 왜? 무슨 일 있어?"

너무 다급한 민혁의 음성에 점심 식사를 준비하던 어머니가 화들짝 놀라 돌아보았다.

"엄마, 팩 없어?"

"팩?"

"그 왜, 엄마 가끔씩 얼굴에 붙이는 거 있잖아."
"아, 그거."
"어, 그거. 어디 있어? 나도 그거 좀 하게."
어머니가 그제야 안도의 한숨을 내쉬고서 휙 민혁을 째려보았다.
"야. 이놈아. 그거 물어보려고 그렇게 미친 듯이 엄마를 불렀냐? 난 또 큰 일 생긴 줄 알고 심장 떨어지는 줄 알았잖아."
"나한테는 중요해. 그거 어디 있어?"
"팩 붙이는 게 뭐 중요하다고. 안방에 가서 엄마 화장품 냉장고 열어보면 있을 거야. 근데, 여자 거라서 너한테 맞겠냐?"
민혁이 콧방귀를 뀌며 아주 자신만만한 표정을 지었다.
"이거 왜 이러셔? 엄마, 나 설민혁이야. 내 얼굴이 얼마나 작은데."
"어이구, 참 잘 빠졌다."
고개를 절레절레 흔든 어머니가 곧장 덧붙였다.
"야. 곧 상 차릴 건데 이따가 밥 먹고 붙여."
"아, 됐어. 나중에 내가 알아서 먹을게요."
민혁이 귓등으로도 안 듣고 주방을 나서자 어머니는 혀끝을 찼다.
"오늘은 무슨 바람이 불어 팩까지 찾는담?"
안방으로 직행해 화장품 냉장고에서 팩을 찾아낸 민혁은 비장한 표정을 지었다.
"완전 중요하지. 드디어 이해담을 만나는 건데."

저녁이 되고 어김없이 가게 마감 시간이 돌아왔다.
늘 패턴대로 청소를 끝내고 세탁물을 수거한 해담은 카운터에 앉아 포스기 화면을 응시하는 지선에게로 눈을 돌렸다.
"정산 아직 안 됐어요?"

"그래, 아직. 넌 다 됐으면 먼저 들어가."

"마저 하고 같이 가요."

"엄마 약속 있어. 정산 끝내고 바로 약속 장소로 갈 거니까 먼저 가."

화면에서 눈을 떼지 않는 지선을 찰나 동안 바라본 해담은 고개를 끄덕였다.

"알았어요. 그럴게요."

너무 순순한 대답에 지선이 휙 시선을 주었다가 다시 제자리로 돌렸다. 지선이 내미는 일당 봉투를 받아 든 해담은 두말 않고 가게를 나왔다.

점퍼의 지퍼를 목까지 채우고서 몇 발짝 걷는데 저만치 주신이 걸어오는 게 보였다.

그저, 평범한 패딩 점퍼를 입었을 뿐인데도 모델 포스를 풀풀 풍기는 게, 새삼 주신의 외모에 감탄사가 나올 지경이었다.

'으흠.'

하지만 멋있고 반가운 건 둘째 치고, 촉이 먼저 발동했다. 눈을 가늘게 뜨고서 주신을 응시하던 해담은 그가 성큼 다가오자 퍼뜩 표정을 풀었다.

"여긴 어쩐 일이야?"

"너 집까지 데려다주러."

이번에도 딱 맞춰서 왔겠다?

"어머, 정말? 약속 있다면서. 오늘은 안 그래도 되는데."

"괜찮아. 가자."

주신이 마치 습관이라도 된 것처럼 해담의 손을 잡고서 앞장섰다. 차가운 바람이 매섭게 불자 주신이 해담의 손을 움켜쥔 채로 자신의 점퍼 주머니에 넣었다.

주신의 길고 커다란 손이 지금 이 순간 더욱 친밀하게 느껴졌다. 아, 이러니 촉이 둘째가 되고, 멋있고 반가운 게 첫 번째가 돼 버린다.

집까지 가는 길이 계속 이어졌으면 하는 바람.

하지만 조금 걸은 것 같은데 어느새 집 앞이었다. 오늘따라 가게가 가까운 게 너무도 안타깝다. 조금만 더 멀지.

아쉬움을 접으며 해담은 주신의 주머니에서 손을 쏙 빼냈다.

"들어가."

"응."

찬바람에 붉어진 해담의 얼굴을 쓰다듬으려던 주신은 동네 사람이 지나가는 바람에 동작을 멈추었다.

그사이 해담이 주신에게서 벗어나 쪼르르 대문 앞으로 가버렸다.

"얼른 가. 약속 늦겠어."

손을 흔들어 보인 해담이 뒤도 안 돌아보고 대문 안으로 모습을 감추었다.

섭섭함과 멋쩍은 기분에 이마를 구기고 있던 주신은 이내 몸을 돌렸다. 그리고 다시 육상선수처럼 달리기 시작했다.

주신의 발소리가 완전히 사라지자, 대문 안에 있던 해담은 슬그머니 밖으로 나왔다.

"확인해 보실까."

목을 한 바퀴 돌리고, 양쪽 발목도 몇 바퀴 돌려 몸을 푼 해담은 입술을 야무지게 추슬렀다.

해담은 학창 시절 달리기만큼은 자신 있던 실력을 발휘해 왔던 길을 내달렸다. 어제부터 혹시나, 하고 있던 궁금증을 해결하기 위해.

16.

"오호, 역시."

곧장 가게 근처까지 달려 숨을 고른 다음, 멀찍이서 안을 본 해담은 눈을 가늘게 떴다. 혹시나 하던 예상대로 주신의 금요일, 토요일 저녁 약속 상대가 지선은 맞았다.

지선과 주신이 한 테이블에 나란히 앉아 뭔가를 열심히 하고 있는 중이었다.

"어쩐지 주신이 딱딱 맞춰 온다고 했어."

마감 시간 무렵, 지선이 주신에게 '이제 와도 된다' 하는 정도의 연락을 했던 게 틀림없다.

딸이 주신과 사귀는 줄은 꿈에도 모르는 지선은 어떻게든 둘을 마주치지 않게 하기 위해 그토록 해담을 내쫓았던 거고.

주신 역시 지선과의 비밀을 지키기 위해 끝까지 해담에게는 함구했던 모양이다.

"근데, 도대체 두 사람 뭘 하는 거지?"

눈을 크게 뜨고 봐도 거리가 조금 있어서인지 알 도리가 없다. 가까이 갔다가 눈이라도 마주치면 괜히 서로 곤란해질 것 같았다.

해담도 부모님께 모든 걸 다 털어놓지 않듯이, 지선 역시 자신만의 비밀이 있을 것이다. 지선이 알리고 싶어 하지 않는 이상, 그녀가 멋대로 캐낼 권리는 없었다.

"최주신 약속 상대가 엄마라는 걸 알았으니 이걸로 된 거지, 뭐."

사실, 주신이 지선에게 개인적으로 요리 강습을 받는 게 아닌가 예상을 했는데 확실히 아닌 듯했다.

오히려 주신 쪽에서 뭔가 말을 하면, 지선이 열심히 고개를 끄덕이는 모양새였다.

"엄마가 최주신한테 뭘 배우고 계신 건가."

잠시 동안 가만히 두 사람을 바라보던 해담의 입술에 슬며시 미소가 번졌다. 지선과 주신의 다정한 모습에 어쩐지 가슴 한구석이 벅차오르는 느낌이랄까.

이런 감정은 처음이라 기분이 너무 묘했다.

조금 더 가게 안을 응시하던 해담은 기분 좋은 웃음을 걸고서 몸을 돌렸다. 앞으로 지선이 먼저 가라고 해도, 밤늦게 온다고 해도 걱정이 안 될 같았다.

주신과 함께 올 거라는 걸 알았으니까.

다시 집으로 온 해담은 주머니에서 핸드폰을 꺼냈다. 조금은 짓궂은 표정으로 해담은 전화를 걸었다.

"바베비보부, 다데디도두. 이런 식으로 읽으면 되는 거야?"

"네. 맞아요. sole는 솔레, domanda는 도만다. 자음과 모음을 조합한 그대로 읽으면 되는 거라 발음이 크게 어렵지 않죠?"

"응. 그렇네."

고개를 끄덕인 지선이 신기한 표정으로 주신을 바라보았다.

“참 희한하단 말이지. 내가 인강을 보려고 그러면 집중이 안 돼서 도저히 시청이 안 되고, 이 교재도 혼자 보면 5분이 안 돼서 졸음이 퍼붓거든. 근데, 주신이 너랑 같이 하니까 어쩜 이렇게 귀에 쏙쏙 들어오니?”

“그러셨어요?”

“그렇다니까? 네가 요점 프린트해 준 것도 집에서 보면 얼마나 복습이 잘된다고. 역시 공부 잘하는 사람은 뭐가 달라도 다르다니까.”

지선의 칭찬에 주신이 조금 멋쩍게 웃고서 설명을 이어나갔다.

“여기서 몇 가지 예외가 있는데, H는 묵음이…….”

지이이이이잉. 지이이이이잉.

커다랗게 핸드폰의 진동이 울리는 바람에 주신의 말이 끊어졌다.

“죄송합니다.”

“아냐. 괜찮아.”

지선이 교재에서 시선을 떼지 않으며 고개를 저어 보였다. 핸드폰을 확인한 주신이 갑자기 벌떡 몸을 일으켰다.

그 바람에 교재를 보고 있던 지선의 눈이 절로 주신에게 향했다.

“저, 전화 좀 받고 오겠습니다.”

“어, 그래.”

전혀 그런 적 없는 주신이 허둥지둥 가게 밖으로 나가자 지선은 한쪽 눈썹을 세웠다.

“무슨 전환데 저렇게 들떠서 나가? 그새 여자친구라도 생겼나?”

눈동자를 굴리던 지선이 이내 고개를 끄덕거렸다.

“그럴 수도 있겠네. 하긴. 저렇게 근사한 애를 누가 안 낚아채겠어? 어쩐지 요새 표정이 예전 같지 않게 조금 부드러워졌다 했네. 여자친구가 생겨서 그랬구만?”

지선의 얼굴에 금세 아쉬운 표정이 가득 떠올랐다.

“어휴, 딱 내 사위 삼았으면 좋겠는데. 해담이 이 기집애는 왜 그렇게 주신이 이름만 나와도 경기를 하는지 몰라. 지 주제에 주신이가 가당키나 해? 내 딸이지만 주제를 몰라요, 주제를.”

지선이 한숨을 푹 쉬고서 고개를 흔들었다.

“하긴. 주제만 몰라? 분수도 모르지. 수학, 국어, 잘하는 게 있었어야 말이지.”

못내 안타까운 지선이 괜한 화풀이를 해담에게 퍼붓는 사이, 가게 밖으로 나온 주신은 전화를 받았다.

“어, 해담아.”

-약속 장소에는 도착했어?

어쩐지 상냥하게 들려오는 해담의 목소리에 주신의 얼굴이 풀어졌다.

“아까 도착했지.”

-너 혹시 지금 여자랑 있어?

순간, 주신은 말문이 콱 막혀 눈만 끔뻑거렸다. 여자가 맞긴 맞는데, 그렇다고 곧이곧대로 말할 수 있는 게 아니니 심히 당황스러웠다.

주신은 마른침을 꿀꺽 삼켰다.

“어, 성별은 여성이지. 근데, 어른이셔.”

거짓말도 하지 않고 나름 해담이 오해하지 않을 만한 답을 내놓았다.

-그래?

“응.”

-알았어. 네가 그렇다면 그런 거겠지. 참, 주신아.

부드러운 부름에 주신의 가슴이 저릿해졌다.

“응. 말해.”

-나, 내일 점심 약속이거든. 그래서 말인데. 우리 저녁, 같이 먹을래?

'우리'라는 게 이렇게 듣기 좋은 단어였던가.

거기다 뜻밖의 횡재에 슬슬 광대가 승천하기 시작했다.

"어, 그래. 그러자."

-진서랑 같이.

승천하던 광대가 올라가다 말고 거기서 딱 멈추었다.

"진서도 같이?"

-왜? 진서는 안 데리고 나오려 했어?

"아니, 뭐. 그건 아니고."

-그럼, 내일 7시에 우체국 사거리에 있는 패밀리 레스토랑에서 봐. 시간, 장소 괜찮지?

"어, 그래."

그러고서 아주 담백하게 전화가 끊어졌다.

물끄러미 핸드폰을 응시하던 주신은 모서리로 가볍게 자신의 이마를 쿡쿡 찍었다.

"바보냐. 그새 잊었냐."

최주신이라면 경기를 일으키던 해담이 어째서 마음을 열었는지, 요즘 조금 가까워졌다고 까맣게 잊고 있었다.

두 사람의 관계에 있어서, 적어도 해담에게는 진서의 존재가 아주 클 테니까.

"아직 둘만은 어색하겠지. 이상하고."

입 밖으로 숨을 뱉어낸 주신은 가게로 발걸음을 옮겼다. 안으로 들어서자 지선이 조금 미안한 웃음을 지어 보였다.

"아줌마가 눈치도 없이 황금 시간대에 너 붙잡고 있나 보다."

주신은 어리둥절한 얼굴로 다가가 앉았다.

"네?"

"여자친구 생긴 것 같은데 말을 하지. 그랬으면 금요일, 토요일 연속으로 보자고 안 했지. 미안해서 어쩌니."

"아."

지선의 눈치 빠름에 주신은 저도 모르게 감탄사를 내뱉었다가 곧장 말을 이었다.

"아니에요. 저번 주에 제가 아르바이트하느라 약속을 못 지켜서 이번 주에 몰아서 하는 거니 제가 더 죄송하죠."

"그래도 주말에 붙잡고 있으려니 영 마음이 안 좋네."

"괜찮습니다. 괘념치 않으셔도 돼요."

주신이 정말로 아무렇지 않은 표정을 지어 보이자 지선은 그제야 조금이나마 마음이 편해졌다.

하지만, 지선은 주신이 못내 아쉬워 속으로 입맛만 다실 뿐이었다.

♥

다음 날 오전.

"시간 낮 1시, 장소 미라 백화점 10층 스시보노?"

해담은 방금 막 민혁에게서 온 문자를 읽으며 미간을 찌푸렸다.

"설민혁, 이게 미쳤나. 그냥 동네 밥집 아무 데서나 먹을 것이지, 웬 미라 백화점 스시집? 거기까지 지하철로 몇 정거장인데 피곤하게."

몸서리를 친 해담은 민혁에게 전화를 걸었다.

-어, 왜. 이해담.

딱딱한 민혁의 음성에 해담은 피식, 웃음을 흘렸다. 전화만 했다 하면 앵무새처럼 '어, 왜.'만 하던 주신이 순간적으로 떠올랐기에.

"야, 나 방금 문자 확인했는데, 약속 장소 다른 데로 잡으면 안 돼?"

-왜. 스시 별로야?

"아니. 좋아는 하는데 너무 멀잖아. 집 근처도 스시 전문점 있는데 굳이 거기까지 갈 필요가 있을까 싶어서."

-좋아하는 거면 그냥 거기로 해. 거기 스시 맛있어.

이 자식아. 맛있는 거 말고 너무 멀다는 거에 초점을 맞추라고.

동네는 대충 씻고 나가서 밥 한 그릇 후딱 먹는 걸로 끝이지만, 거기까지 가는 거면 적어도 메이크업은 해야 하니까.

"아무리 생각해도 밥 한번 먹자고 거기까지 가는 건 좀 그렇다. 설민혁, 그러지 말고 그냥……."

-벌써 예약해 뒀어.

민혁이 말을 탁 끊자 해담은 한 손을 이마에 얹었다.

"무슨 예약씩이나."

-차 막힐지도 모르니까 12시까지 집 앞으로 나와. 데리러 갈게.

해담의 눈매가 순식간에 가늘어졌다.

"뭘 데리러 와. 뭐, 또 그 바이크라도 끌고 오시게?"

-아니. 엄마 차 하루 빌렸으니까 그렇게 알고 12시에 집 앞으로 나와.

뚝. 전화가 끊겼다.

"얘, 뭐야. 엄마 차까지 빌리고. 밥 한번 산다고 했더니 아주 그냥 뽕을 뽑아 먹으려고 그러네? 예약까지 해 놨다는데 안 갈 수도 없고."

해담은 허, 어이없는 숨을 뱉어내고서 시계를 보았다. 지금부터 슬슬 준비를 해야 얼추 시간에 맞출 수 있을 것 같았다.

"아, 귀찮아. 대충 모자 쓰고 순대국밥이나 먹으러 가려고 했는데."

투덜거리며 해담은 욕실로 향했다.

가벼운 메이크업에 대충 재킷을 걸쳐 입고 방을 나서던 해담은 지선과 딱 마주쳤다.

"어디 가냐?"

"네. 점심 약속 있어요."

해담을 위아래로 훑어본 지선이 눈을 번쩍 떴다.

"야. 너도 남자친구 생겼냐?"

"너도라니, 그게 무슨 말씀이세요?"

"아니. 주신이 걔 여자친구 생긴 모양이더라고."

갑자기 온몸의 세포가 확 일어서는 기분에 해담의 얼굴이 딱딱하게 굳었다.

"걔, 걔가 그래요? 여자친구 생겼다고?"

"대놓고 그런 건 아닌데, 정황이 그래 보였어. 굳이 부정하지도 않는 걸 보면 있는 거지, 뭐."

지선이 해담을 응시하며 한쪽 눈썹을 올렸다.

"근데, 넌 표정이 왜 그래. 꼭 귀신 본 것처럼."

해담은 마른침을 꾹 삼키고서 입술을 움직였다.

"아니. 걔한테도 여자친구가 생겼다니 너어어무 놀라서요. 걔를 좋아하는 여자도 참 보살이다 싶어서 그래요."

지선이 눈을 가늘게 뜨며 해담을 위아래로 흘겨보았다.

"말이야, 막걸리야. 주신이 같은 애가 또 어디 있다고. 야, 너 나중에 주신이 반만, 아니, 반의반만이라도 되는 녀석으로 데려와 봐라. 내가 너 업고 다니겠다."

"내가 어때서. 내가 눈이 얼마나 높은데요."

"어이구. 그래, 두고 보자, 어디."

코웃음을 친 지선이 다시 질문을 던졌다.

"너도 남자친구 생겨서 지금 만나러 가는 거냐니까?"

"아니에요. 친구 만나러 가요, 친구."

해담은 입술을 삐죽 내밀고서 거실을 가로질렀다.

"다녀올게요."

"나가는 김에 저녁도 먹고 와. 엄마 밥하기 귀찮아. 아빠랑 시켜 먹을 거야."

"예. 그럴 줄 알고 이 효녀는 저녁 약속도 미리 잡아뒀답니다."

"하루에 두 탕씩이나? 잘 나가네."

"그럼요. 누구 딸인데요."

작게 웃은 해담은 밖으로 향했다.

그 시각, 민혁은 이제나저제나 해담이 나오기를 기다리고 있는 중이었다. 나오라고 한 건 12시였지만, 사실 30분 전부터 근처에서 대기를 하고 있었다.

어쩌다 보니 너무 일찍 준비를 마쳐서.

"흐음. 언제 나오려나. 시간 다 돼 가는데."

평소라면 기다리는 걸 딱 질색하는 그였지만 오늘만큼은 희한하게도 아무렇지 않았다.

룸미러로 자신의 잘생긴 얼굴을 이리저리 보며 감탄을 하고 있을 때였다. 철컹, 대문 열리는 소리가 민혁의 귀를 잡아챘다.

퍼뜩 시선을 돌린 민혁의 얼굴이 비스듬하게 기울었다. 이제 눈에 익숙한 꼬맹이, 진서가 주신의 집 대문을 열고 뛰어나왔기 때문이다.

"이해담 사촌 꼬맹이가 왜 최주신 집에서 나오지?"

밝은 얼굴로 어디론가 뛰어가는 진서의 모습이 사라질 때까지 응시하던 민혁은 목이 아파 정면으로 고개를 돌렸다.

"바로 이웃해 있어서 친척이 드나들 정도로 친한가?"

조금 의아한 표정을 짓고 있는데, 이번에는 해담의 집 대문이 열리는 게 시야에 포착되었다.

꿀꺽. 목울대를 타고 마른침이 삼켜졌다.

대문 밖으로 완전히 나온 해담의 모습을 눈에 담는 순간, 민혁의 심장이 롤러코스터를 탄 것처럼 저 아래로 뚝 떨어졌다. 뒤이어 가슴에 통증이 느껴질 정도로 격하게 심장이 뛰어대기 시작했다.

그를 찾는 듯 해담이 이리저리 두리번거려서야 민혁은 정신을 차리고 차에서 내렸다.

"이해담, 여기."

다른 쪽을 보고 있던 해담은 부르는 소리에 고개를 돌렸다.

"거기 있었어?"

"어. 타."

정말 바이크가 아닌 승용차에 안도하던 해담은 잠시 자신의 눈을 의심했다. 차에서 내린 민혁이 조수석으로 오더니 손수 문을 열어주는 게 아닌가.

"너 뭐 하냐?"

"밥 얻어먹는데 이 정도는 해야지."

"어우, 얼마나 나를 벗겨 먹으려고 이러는지 모르겠네."

해담이 투덜거리며 차에 오르는 사이 민혁은 얼굴이 화끈 달아올랐다.

'나를 벗겨'라는 말이 뇌에서 음란마귀를 발동시켰기 때문이다.

'이런 미친. 설민혁 이 새끼야, 돌았냐?'

스스로에게 욕설을 퍼부으며 민혁은 조수석의 문을 닫고 운전석으로 향했다. 차에 오른 민혁은 최대한 아무렇지 않은 얼굴로 해담에게 고개를 돌렸다.

"벨트."

"아. 습관이 안 돼서."

마음 같아서는 직접 채워주며 드라마 속의 한 장면을 연출하고 싶었지만 꾹 눌렀다.

해담이 벨트를 채우자 민혁은 차를 출발시켰다.

"얼마나 맛있는 집이기에 예약까지 해 놓은 거야? 밥 먹는 것보다 왕복하는 시간이 더 걸리겠다."

"겁나게."

"오. 그럼, 만약 맛없으면 네가 돈 다 내는 거야, 콜?"

"그래. 그러지, 뭐."

순순한 대답에 해담이 휙 바라보며 의아한 표정을 지었지만 민혁은 정면만 응시했다.

그는 지금, 아니, 집 밖으로 나온 해담을 눈에 담는 순간 확실히 깨닫고 말았다. 이제까지 나타났던 모든 증상들의 이유를.

이 까칠한 계집애가 가슴 속에 콱 박혀버렸다는 것을.

"우와, 완전 맛있어!"

민혁이 이것저것 주문한 초밥을 큰 기대하지 않고 입 안으로 넣은 해담은 저도 모르게 감탄사를 흘렸다. 단연코 지금까지 먹어본 것 중 가장 맛있는 초밥이었다.

꼭꼭 씹어 삼키고서 다른 초밥을 한 점 더 먹으며 해담은 미간을 찡그려 보였다.

"분하다. 역시나 내가 사야 되는 거구나."

"당연하지. 내가 겁나게 맛있다고 했잖아."

해담을 응시하며 민혁은 입술 끝을 슬며시 올렸다. 아이처럼 잘 먹는 해담을 보니, 괜히 뿌듯함이 밀려들었다.

아침부터 아무것도 먹지 않았음에도 전혀 배가 고프지 않았다. 먹는 것만 봐도 배가 부르다는 게 바로 이런 기분인 모양이었다.

탄성을 내지르며 맛있는 것을 음미하는 해담이 예뻐 보인다. 감정을 인정하고 나니 거침없이 욕설을 내뱉던 저 입술마저 귀엽다.

갑자기 폐부 깊숙한 곳에서부터 뜨거운 열기가 치솟았다. 더불어 '얼마나 나를 벗겨 먹으려고'하던 해담의 말이 뇌를 잠식했다.

옷 속에 숨겨진 하얀 목덜미를 치아로 잘근거린 다음 혀로 핥으면…….

"넌 왜 안 먹고 나 보고 있어?"

열심히 초밥을 간장에 찍어서 먹기 바쁘던 해담은 물끄러미 자신만 보고 있는 민혁을 의아하게 응시했다.

민혁이 미미하게 움찔, 하고서 퍼뜩 젓가락을 들어 자신의 초밥 접시로 가져갔다.

"네가 너무 게걸스럽게 먹으니까 신기해서 좀 쳐다봤다."

그제야 해담은 속도를 조금 늦추고서 배시시 웃었다.

"초밥이 너무 맛있어서 나도 모르게."

"한 번씩 생각나서 와 볼 것 같지?"

"응. 당연히."

"여기 새우튀김이랑 우동도 맛있어."

"그래?"

"먹어 볼래?"

해담은 1초도 생각하지 않고 도리질을 쳤다.

"놉. 오늘은 초밥만. 네가 너무 많이 시켰잖아. 다른 건 다음에 먹어보면 되지, 뭐."

민혁은 흐뭇한 표정을 감추며 종종 해담을 데리고 와야겠다는 생각을 했다.

반면, 해담은 초밥을 오물거리며 나중에 꼭 주신을 데려와야겠다고 마음

먹었다.

초밥을 별로 안 좋아하면 다른 메뉴도 있으니 주신도 딱히 싫어하지는 않을 것 같았다.

'그러고 보니 주신이 어떤 음식을 좋아하는지도 모르네?'

하긴. 함께 어울린 지 얼마나 됐다고. 지금부터 알아 가면 되지.

각자의 생각에 빠져 있던 해담과 민혁은 눈이 마주치자 씨익, 웃고 말았다.

해담과 민혁이 나름 화기애애한 분위기를 연출하는 사이.

같은 장소, 다른 테이블에서 눈이 째져라 두 사람을 응시하는 시선이 있었다. 해담과 민혁보다 먼저 와서 식사를 하고 있던 애리였다.

"야, 주애리. 너 왜 자꾸 저쪽 테이블을 보냐? 아는 사람들이야?"

친구 서경의 물음에 애리는 시선을 거두고서 우동가락을 후루룩 빨아들였다.

"안다고 하기도 그렇고 모른다고 하기도 그런 사람?"

"뭐야, 그게."

"남자 쪽은 얼마 전 소개팅남이었고."

"아, 너를 앞에다 두고 스파게티만 줄창 먹었다는 어린애?"

키득거린 서경이 흘끔 시선을 주고서 감탄사를 날렸다.

"야. 네 살 어리다더니, 완전 근사하다야. 저 정도면 내가 막 들이대고 싶은데?"

"일행 안 보여?"

'아.'하며 고개를 끄덕인 서경이 해담을 곁눈질하고서 애리를 바라보았다.

"그럼 여자애 쪽은?"

진한 메이크업 대신 립밤만 바른 애리의 입술이 비틀려 올라갔다.

“저쪽이 더 애매해.”
“누군데?”
“막내가 하도 졸라서 저번 주 일요일 애니메이션 보러 갔다가, 내 바로 앞자리에서 유신 선배 봤다고 했잖아.”
“어. 그랬지.”
“그때 선배 옆에 앉아 있던 걔야.”
“정말? 확실해?”
서경이 티 나도록 고개를 돌렸다가 애리의 눈초리에 다시 목을 제자리로 가져왔다.
“확실히 걔 맞아. 얼굴 봐서 똑똑히 기억해.”
“진짜? 뭐 이런 우연이 다 있어? 각자 따로 마주치는 것도 일어나기 힘든 일인데, 그 둘이 같이 있는 걸 보게 되다니.”
서경의 입이 떡 벌어지는 것을 보며 애리는 조금 신경질적으로 우동을 마저 먹었다.
그때 영화관에서의 일만 생각하면 열통이 확 터졌다.
생각지도 못하게 바로 앞좌석에 앉은 사람이 유신인 걸 알고 얼마나 기뻤는지 모른다. 저 여자애가 유신에게 바짝 붙어 귓속말을 하고 어깨에 기대기 전까지는.
그래서 옆자리의 막냇동생을 시켜 등받이를 마구 발로 차기도 했다. 그때 휙 고개를 돌려 째려보던 저 여우 같은 얼굴이 절대 잊힐 리 없었다.
물론, 스스로가 생각해도 너무 무개념한 행동에 동생을 데리고 중간에 나가버리긴 했지만.
“그럼, 걔 지금 양다리 중인 거네?”
“몰라, 그건. 저 둘이 어떤 사이인지 모르니까.”
“이렇게 보니까 눈웃음을 살살 치는 게 보통 여우가 아닌 것 같은데?”

"그치, 그치? 그때도 뒤에서 보는데 가관도 아니었어."

친구에게 동조해 마구 해담을 흉보던 애리는 이내 푹 한숨을 내쉬었다.

"아, 나 진짜 못났다, 못났어."

"못났긴. 좋아하는 사람이 다른 여자와 친밀하게 붙어 있는 걸 봤는데 화가 안 나?"

"화낼 자격은 있고? 내가 유신 선배한테 뭐라도 되면 몰라도."

서경이 이맛살을 구겼다.

"야. 유신 선배도 참 너무하다, 너무해. 대학생 때부터 그렇게 들이댔으면 이제는 답을 주든 거절을 하든 할 때도 됐잖아. 어장관리 하는 것도 아니고."

"선배 어장관리 한 적 없어. 일하느라 여자 보기를 돌처럼 봐서 그렇지."

"그럼, 쟤는 뭔데? 영화관에서 그렇게 친해 보였다며."

"……."

"그러지 말고 까놓고 쟤한테 물어볼래? 넌 죽었다 깨어나도 최유신한테 직접 확인은 못 할 거 아니야."

"마, 만약 그랬다가 선배랑 만나는 사이거나 썸이라도 타는 사이면 어떡해?"

"어떡하긴 쟤 지금 양다리 걸치는 거 증거 포착해서 선배한테 찔러야지."

애리의 동공이 사정없이 확장되었다.

"말도 안 돼. 무슨 사이인지 어떻게 알고. 친구끼리 밥 먹으러 온 걸 수도 있잖아."

"그러니까 확인해 봐야지."

정신없이 초밥을 먹고 나자 슬슬 배가 차올라, 해담의 젓가락질도 느려졌다.

"실컷 먹었냐?"

"어. 완전. 초밥만으로 이렇게 배 터지게 먹은 건 처음인 것 같아."

해담이 부른 배를 어루만지며 하는 말에 민혁은 빙긋이 웃었다.

"그런데도 거의 안 남기고 먹었네. 네가 이렇게 먹는 거 좋아하는 줄은 또 몰랐는데."

"당연히 남기면 안 되지. 누가 쏘는 건데."

해담은 남은 초밥 몇 개를 차례차례 입으로 가져갔다. 접시가 완전히 바닥을 보여서야 해담은 젓가락을 놓았다.

맛있게 잘 먹긴 했지만 어제 받은 일당을 오늘 다 탕진할 것 같아 해담은 속이 쓰렸다.

"커피는 내가 쏜다."

"됐어. 더 들어갈 자리도 없어."

"그럼 여기 디저트로 아이스크림 제공하는 것도 못 먹겠네?"

"아이스크림이 무료 제공이야?"

"응. 녹차 아이스크림."

"그 정도는 위가 알아서 자리를 만들어 주니까 들어갈 수 있어."

킥킥대며 말한 해담이 몸을 일으켰다.

"잠깐 화장실 가서 손 좀 씻고 올게. 시켜 놔."

민혁이 고개를 끄덕이자 해담은 화장실로 향했다. 그런 해담의 뒷모습에서 시선을 떼지 않은 채 지켜보고 있을 때였다.

"아니, 이게 누구야?"

조금 과장된 듯한 여성의 음성이 민혁의 귀를 잡아챘다. 고개를 돌리자 안면이 있는 여자가 민혁을 향해 다가오고 있었다.

"안녕? 나 기억하지?"

"누구시더라?"

애리는 어이없는 웃음을 흘리고서 민혁 앞에 섰다.

"와. 내가 이렇게 존재감이 없었다니. 하긴. 스파게티한테 밀렸는데 말해 뭐 하겠어."

그제야 민혁은 기억을 떠올렸다. 그때와 달리 진한 색조화장을 거의 하지 않아 퍼뜩 못 알아봤다.

"아. 소개팅 누님."

"이런 곳에서 또 보내. 설마, 오늘도 소개팅 중?"

"아닌데."

애리는 잠깐 동안 바짝 말라버린 입술을 혀로 축였다.

"그럼, 여자친구?"

민혁은 미간을 슬쩍 찌푸리고서 입술을 비틀었다.

"누님, 우리가 이런 대화까지 나눌 정도로 친밀한 사이는 아니잖아요?"

완전히 귀찮은 듯한 말투에 애리는 얼굴이 확 달아올랐다. 자신이 지금 뭐 하고 있는지 한심하기 짝이 없어서.

민혁이 화장실 쪽으로 흘끔흘끔 눈치를 보더니 다시 애리를 올려다보았다.

"일행 와서 이상한 오해하기 전에 좀 가주시죠?"

애리는 순간 깨달았다. 지금 이 녀석과 화장실 간 그 애는 친구가 아니라는 것을.

"어머, 미안. 여자친구랑 온 줄도 모르고 내가 실례했네? 그럼, 맛있게 먹고 가."

민혁이 가볍게 묵례만 해 보이자 애리는 몸을 돌려 제자리로 돌아왔다.

"어떻게 됐어? 친구랑 온 거래?"

자리에 털썩 엉덩이를 대자마자 서경이 목소리를 낮춰 질문을 퍼부었다.

"아무래도 저 여자애, 양다리가 맞는 것 같아. 분위기가 확실히 친구는 아닌 것 같아. 일부러 여자친구라는 단어를 써봤는데 부정을 안 해."

"뭐? 이런 여우 같은 게."

"쉿. 목소리 낮춰."

자신보다 더 날뛸 것 같은 서경을 진정시키고서 애리는 한숨을 흘렸다.

"이제 어떡하지?"

"어떡하긴. 증거를 포착해서 선배한테 찔러야지."

그러는 사이 화장실 갔던 해담이 자리로 돌아갔다. 눈을 세모꼴로 뜨고서 해담을 바라보던 서경이 다급히 애리를 부추겼다.

"일단 저 애들 둘 다 나오게 각도 잡아서 셀카를 여러 장 찍어."

애리는 찰나 동안 생각에 잠겼다가 비장한 표정으로 핸드폰을 집어 들었다.

♥

똑똑똑.

이때 해담과 만날 때 입을 옷을 고르고 있던 주신의 귀에 노크 소리가 들렸다.

"네."

주신이 조금 건성으로 대답하고서 옷장을 살피는 사이 유신이 쑥 방 안으로 들어왔다.

"바쁘냐?"

주신은 손을 멈추고서 몸을 돌렸다.

"왜?"

유신이 잔뜩 곤란한 표정으로 손에 들고 있던 핸드폰을 주신에게 내밀었다.

"이 사진들 좀 봐봐. 어떤 게 제일 나아 보이냐?"

주신은 핸드폰을 받아 들고서 액정으로 시선을 내렸다.

"흠. 아무리 봐도 모르겠거든? 내가 보기에는 다 똑같은데 여기서 제일 잘 나온 거 하나 골라달란다."

조금 기가 세 보이는 한 여성이 웃는 얼굴로 찍은 셀카 여러 장이 메신저에 도착해 있었다. 클릭해서 대충 휙휙 넘긴 주신이 시선을 올렸다.

"누군데 이런 걸 봐 달래."

"학교 후배? 음. 회사 동료기도 하고."

"썸이나 여자친구도 아닌 여자가, 어떤 게 제일 잘 나왔는지 봐 달라고 자기 얼굴 사진을 보냈다고?"

"응. 왜, 그러면 안 되는 거냐?"

주신의 고개가 삐딱하니 기울었다가 제자리로 돌아왔다.

"안 되는 건 아닌데. 그걸 형이 골라주려고 고민하는 게 이상해서. 나라면 내 여자친구도 아닌 사람이 이런 거 보내면 짜증나서 바로 지우고 차단할 것 같거든."

"그래?"

"더군다나 직접 고르기 힘들어서 나한테까지 봐 달라 그러고."

유신의 표정이 조금 야릇해졌다.

"흠. 네 말 듣고 보니 그렇네. 좀 웃길 정도로 애매하게 굴고 있기는 하네."

유신이 싱거운 웃음을 흘리고서 곧장 덧붙였다.

"그래도 지금까지 한 번도 이런 부탁해 본 적 없는 친구니까 이번은 들어줘야지. 그러니까 빨리 하나 골라 봐봐. 숫자 사라졌는데 답 안 주면 기분 나쁠 거 아냐."

내가 해담이 셀카조차 한 번도 골라준 적이 없건만.

희미하게 고개를 저은 주신은 액정을 자세히 들여다보았다.

어? 주신의 짙은 눈썹이 슬쩍 찌푸려졌다.

여자의 얼굴 뒤에 깨알같이 찍힌 배경 사람들 중 해담으로 추정되는 인물이 있었기 때문이다. 곧장 사진을 확대한 주신의 눈이 동그랗게 떠졌다.

크게 해서 보니 추정이 아니라, 확실히 해담이 맞았다. 해담이 일행과 마주 보고 앉아 뭔가를 먹고 있었다. 그 일행이 설민혁이라는 건 의심할 여지가 없었고.

"이 사진 언제 찍었대?"

"방금 막 찍어서 보냈대. 친구와 점심 먹으면서 프로필 사진 찍었다더라고."

"……."

주신은 잠시 말없이 다섯 장 정도의 사진을 모두 다 제대로 살폈다. 모조리 빠지지 않고 해담과 민혁이 배경으로 찍혀 있었다.

"그렇게까지 열과 성의를 다해 볼 필요는 없고."

사정을 알 리 없는 유신의 말에 대꾸 않고 사진만 뚫어져라 응시하던 주신은 이내 핸드폰을 내밀었다.

"네 번째 거. 그게 제일 나아."

여자는 모르겠고 일단 해담은 그게 제일 잘 나왔다.

묘하게 기분이 나빠져 머리에 열이 스멀스멀 오르는 와중에도 주신의 눈에는 그렇게 보였다.

"그래? 고맙다. 그렇게 보낼게."

유신이 속도 모르고 방을 나가자 주신은 그제야 표정을 굳혔다.

식사를 끝낸 해담과 민혁은 집으로 향하는 중이었다.

아. 결국 어제 받은 알바비는 거의 거덜이 나버렸다. 입은 만족스러운데 속은 쓰린 경험을 하며 해담은 빠르게 휙휙 지나가는 창밖을 응시했다.

"오늘 너무 무리했지?"

운전을 하느라 정면을 응시한 채 민혁이 말했다. 해담은 따뜻한 히터와 채워진 배가 가져다주는 노곤함을 만끽하며 고개를 끄덕였다.

"당연히 무리했지. 난 동네서 순대국밥이나 한 그릇씩 먹을 생각이었거든."

"야. 나 순대국밥 안 좋아해. 순대볶음이라면 몰라도."

"뭐가 됐든 오늘 먹은 초밥보다는 저렴하잖아."

"그런 의미에서 다음번에는 내가 쏜다."

자연스럽게 다음을 기약하기 위해 민혁은 선심 쓰듯 대꾸했다.

"뭐래."

"오늘은 내가 너 벗겨 먹……음. 흠."

아. 이놈의 벗겨! 또다시 음흉한 생각들이 비집고 올라오려 하자 민혁은 헛기침을 뱉고서 말을 이었다.

"하여튼 오늘 네가 돈 많이 썼으니까 다음번에는 내가 산다고."

해담은 어이없는 얼굴로 민혁의 옆모습을 응시했다.

"야. 난 내 힘으로 번, 내 노동력의 대가를 기꺼이 너한테 할애한 거야. 물론, 점심 한 끼로 쓰기에는 아까운 금액이었지만, 그래도 부모님 돈은 아니거든. 근데, 내가 너를 벗겨 먹잖아? 그건 니 부모님께서 피땀 흘려 버신 돈을 갈취하는 거나 마찬가지라고. 알아듣겠냐?"

"모르겠는데."

해담은 그럴 줄 알았다는 표정으로 고개를 절레절레 저었다.

"하긴. 네 손으로 만 원 한 장 벌어본 적이 없는 애한테 내가 무슨 말을 하겠어. 요점은 부모님께서 주신 용돈을 허투루 쓰지 말라는 말씀."

의미심장하다 못해 심오하기까지 한 해담의 일장 연설에 민혁은 기가 막히면서도 웃음이 났다. 어쩐지 귀여워 민혁은 쓱 한 손을 옆으로 뻗어 해담의 볼을 꼬집었다.

"아. 뭐 하는 짓이야? 오늘 쌍으로 무지개다리 한 번 건너볼래?"

해담이 볼에 머문 손을 탁 쳐내고 나서야 민혁은 손을 거두었다.

잠시 뒤 해담과 민혁이 탄 차가 목적지에 멈추었다.

"덕분에 오늘 잘 먹었다."

"나도 네 덕에 맛집 하나 발굴했어."

해담이 벨트를 풀며 문을 열려 하자 민혁이 다급히 팔목을 잡아 저지했다. 이대로 해담을 보내기가 너무 아쉬워 저도 모르게 나온 행동이었다.

"왜?"

민혁은 당황한 기색을 감추려 무던히도 노력하며 가까스로 생각을 쥐어짰다.

"어, 그게, 꼬맹이는 요새 잘 지내냐?"

"아. 진서."

해담의 입술이 슬그머니 풀어졌다.

"응. 잘 지내."

"걔는 방학 동안 너네 집에서 지내는 거야?"

"어? 뭐, 그렇지."

괜히 진서에 대해 더 얘기하다가 이상하게 여길 만한 것을 흘릴 수도 있기에 해담은 퍼뜩 문을 열었다.

차에서 내린 해담은 상체를 숙여 운전석의 민혁에게 손을 흔들어 보였다.

"얼른 가."

"어. 들어가라."

민혁의 차가 완전히 골목을 빠져나가서야 해담은 걸음을 옮겼다.

"어우, 피 같은 내 알바비."

민혁에게 잘난 척한 것과 달리 입술을 삐죽대던 해담의 발이 뚝 멈추었다. 그리고 해담의 동공이 놀라움과 반가움으로 확장되었다.

편의점 로고가 찍힌 봉투를 한 손에 든 주신이 몇 발자국 떨어진 곳에 서 있었기 때문이다.

17.

"어, 주신아."

해담은 금세 들뜬 얼굴로 주신에게 다가갔다.

"편의점 갔다 오는 길이야?"

주신이 고개를 끄덕여 보였다.

"난 점심 약속 끝나고 막 도착하는 길이었어."

"그래. 들어가."

반가움 넘치는 해담과 달리 주신이 짤막하게 말하고서 그녀를 스쳐 지나갔다.

뭐지? 뭐야, 이 분위기는.

해담은 얼떨떨하니 서 있다가 이내 몸을 돌려 주신의 앞을 가로막고 섰다.

"너, 왜 그래?"

"왜. 뭐가."

"표정이 별로 안 좋아 보여서. 무슨 일 있었어?"

주신이 해담을 빤히 응시하며 입을 열었다.

"오늘 약속 상대가 설민혁인 거 왜 말 안 했어?"

"아, 차에서 내리는 거 봤구나?"

"어."

너무 차가운 눈동자와 음성으로 인해 해담은 꽤나 당황스러웠다.

"그게, 굳이 말했어야 하는 거였어?"

"내가 물었잖아. 넌 계속 대답 안 했고."

"그거야, 너도 나한테 금요일, 토요일 약속에 대해 말 안 한 건 마찬가지잖아."

뭐가 문제인지 알 수가 없어 황당한 해담과 달리 주신의 얼굴은 더욱 서늘해졌다.

"난 안 한 게 아니라 못 한 거고. 그분과 비밀을 지키기로 약속을 했으니까. 그래도 너한테는 여성이고 연세가 많다는 건 말했어."

잠시 말문이 막힌 해담이 속눈썹만 깜빡이자 주신이 말을 이었다.

"너도 설민혁과의 약속이 비밀스러운 일이었어?"

"아냐, 무슨 그런 말을 해? 그냥, 밥 먹은 게 다야."

"근데 왜 내가 물을 때마다 말 안 한 건데."

이건 마치 바람피우다가 걸린 와이프가 된 듯해, 순식간에 해담도 기분이 나빠져 톡 쏘아붙였다.

"네가 하도 말을 안 하니까 나도 그래 봤어, 됐어?"

"……."

주신은 더 이상 캐묻지 않았지만 그렇다고 표정이 풀린 것도 아니었다.

"알았으니까, 들어가."

작게 한숨을 흘린 주신은 입술을 움직였다.

"오늘 저녁은 다음으로 미루자."

그러고서 주신은 다시 해담을 지나쳐 집으로 향했다. 고개를 돌려 그런 주신의 뒷모습을 바라보는 해담의 얼굴이 착잡함으로 물들었다.

요즘 꽤나 많이 부드러워졌다고 생각했는데 또다시 무뚝뚝하고 차가운 최주신으로 돌아간 것 같아 속이 시큰거린다.

해담은 이내 대문 쪽으로 발걸음을 옮겼다.

함께 보내기로 한 저녁 시간이 무산되어, 해담은 집으로 돌아오자마자 메이크업을 싹 지우고 샤워부터 했다.

젖은 머리를 말리지도 않고 대충 수건만 둘러둔 채 해담은 벌러덩 침대에 누웠다.

"내가 설민혁이랑 밥 한 번 먹은 게, 저녁까지 취소할 정도로 기분 나쁠 일이야?"

천장을 응시한 채 도대체 주신이 기분 나빠하는 포인트가 뭔지 헤아리려 노력했다.

"어렸을 때부터 다 같이 친구였으니 설민혁이랑 밥 먹은 걸로 화가 난 건 아닐 거고. 그럼, 말 안 해준 것 때문에?"

겨우 그거 때문에 저녁 시간까지 취소하다니, 이유라고 하기에는 애매했다.

"아. 도대체 뭔데? 뭐 때문에 시베리아 벌판이 된 거냐고?"

유정에게 조언을 구해볼까 하다가 금세 관두었다. 얼마 전까지는 유정이 정말로 연애 박사인 줄만 알았는데 이제 보니 그런 것도 아닌 듯했다.

"정유정 이게 어디서 주워들은 건 많아가지고 이때까지 순진한 애들 상대로 우롱을 한 거지. 장래 희망이 작가라더니 친구한테까지 소설을 쓰냐."

이런 문제는 타인의 조언보다는 당사자끼리 해결하는 게 가장 속이 시원할 것 같았다.

해담은 베개 옆에 둔 핸드폰을 집어서 메시지를 작성했다.

[아무리 생각해도 네가 기분 나빠 하는 이유를 모르겠어. 왜 그러는 거

야?]

전송 버튼을 누르고서 해담은 뚫어지게 액정만 들여다보았다. 그런데, 한참을 기다려도 답이 안 온다. 아니, 아예 메시지 옆 1이 사라질 생각을 하지 않는다.

"염병, 왜 확인을 안 해?"

해담은 벌떡 몸을 일으켜 머리에 두르고 있던 수건을 벗었다. 시간 끌며 전전긍긍하는 건 체질상 맞지 않았다.

해담은 화장대 앞으로 가 대충 머리를 말리고서 질끈 묶었다. 겉옷을 걸쳐 입은 그녀는 옷장 한쪽에 고이 걸려 있는 주신의 점퍼와 머플러를 챙겼다.

예전 주신이 그녀에게 입혀 보냈던 점퍼와 신호를 기다리는 동안 둘러주었던 그 머플러였다.

"둘 중 하나만 챙겨갔다가 나머지는 유사시에 또 써먹을까."

잠시 갈등을 때렸지만 너무 속 보이는 짓 같아 해담은 둘 다 팔에 안아 들고서 방을 나섰다.

"저녁 약속 나가냐?"

거실 소파에 형진과 나란히 앉아 TV를 시청 중이던 지선이 보지도 않고 말을 날렸다.

'취소'라고 대답하려다 해담은 쪼르르 소파로 가서 앉았다.

유정보다야 그래도 연애결혼에 골인한 부모님이 훨씬 더 조언을 잘해 줄 것 같았다.

"엄마, 아빠."

"왜."

"왜."

두 사람이 여전히 화면에 시선을 꽂은 채 건성으로 대꾸했다.

"남자랑 여자랑 둘이서 사귀게 됐어요."

"셋이서 사귀는 거 아니면 됐지, 뭐."

지선이 '그게 뭐'하는 얼굴로 툭 말했다.

"그게, 사귄 지 얼마 안 된 커플이거든요. 여자 쪽에서 비밀로 한 채 남자 사람 친구랑 단둘이서 밥을 먹었는데, 들킨 거예요."

"응? 남자 사람 친구? 그게 뭐냐?"

홍미가 당긴 형진이 TV에서 해담에게로 시선을 옮겼다.

"당신은 그것도 몰라요? 요즘 애들은 성별 다른 친구를 그렇게 불러요. 진짜 남자친구와 성별이 남자인 그냥 친구와는 구별돼야 하는 거잖아요."

"아, 그래? 그럼, 여자는 여자 사람 친구야?"

"네. 그렇죠."

형진과 지선은 아예 TV를 끄고서 본격적으로 해담에게 집중했다.

"그래서? 들켜서 어떻게 됐는데."

"뭘 어떻게 되겠어? 남자친구한테 말도 안 하고 다른 놈을 만났으니 대판 싸웠겠지요. 더군다나 사귄 지 얼마 되지도 않았으면 그 남자친구 폭발했겠는데."

지선의 물음에 형진이 당연하지 않느냐는 듯 냉큼 대답했다. 지선이 허, 기가 찬 웃음을 뱉으며 형진을 바라보았다.

"남자 사람 친구라잖아요. 아니, 연애하면 다른 남자랑 밥도 못 먹어요?"

"당연히 먹으면 안 되죠. 엄연히 남자친구가 있는데 왜 다른 놈이랑 밥을 먹어요? 말도 안 되는 소리."

"그럼, 그 밥은 맨날 남자친구랑만 먹어요? 앞으로 애인 생기면 무조건 그 남자친구 뒤만 졸졸 따라다녀야겠네요?"

"아니, 누가 그렇대? 문제는 비밀로 하고 만났다는 거잖아요. 그게 뭐겠어요? 뭔가 구린 게 있으니까 그런 거지. 아닌 말로 남자 사람 친구가 뭐야? 다

말장난이지. 남자랑 여자가 어떻게 친구가 돼요?"

"구리긴 뭘 구려요? 그 남자친구란 놈이 당신처럼 구시대적 발상을 하고 있으니 피곤해서 아예 말을 안 한 거죠. 그리고 남자랑 여자도 충분히 친구할 수 있어요. 안 되긴 왜 안 돼요?"

"뭐, 뭐요? 내가 왜 구시대적이야? 내가 얼마나 신시대적인 사람인데. 해담아, 네가 말해 봐라. 아빠가 얼마나……."

서로를 마주 보며 열띤 토론을 하던 두 사람은 텅 빈 해담의 자리를 보고 두리번거렸다.

"애가 나갔네요."

"음. 그렇네요."

"기집애가 얘기를 하다 말고 가네. 궁금하게스리."

멋쩍게 내뱉은 지선이 이내 TV 리모컨을 눌렀다.

"TV나 봐요."

"그럽시다."

그사이 밖으로 나온 해담은 고개를 절레절레 내저었다.

"어휴, 조언 좀 얻으려다 부부싸움 시키겠네. 연애 문제는 당사자들끼리 해결하라더니 맞는 말이네. 맞는 말이야."

단숨에 주신의 집 대문 앞에 선 해담은 심호흡을 한 번 한 다음 벨을 눌렀다.

띵동. 띵동.

기다리는 동안 괜히 초조함이 밀려들었다.

-어, 해담이네?

유신의 목소리가 흘러나오고 곧장 대문이 열렸다. 해담은 결전을 치르러 가듯 빠르게 정원을 가로질렀다.

"어서 와. 해담아."

유신이 현관문을 열고서 특유의 서글서글한 얼굴로 해담을 맞았다.

"오빠 안녕하세요."

"어, 그래. 집에 어른들 안 계시니까 예의 차리지 말고 들어와."

해담은 어쩐지 다행스러운 기분을 느끼며 안으로 들어섰다.

"바람이 많이 불어서 춥지?"

"열통이 터져서 추운 것도 모르겠어요."

"응?"

영문을 모른 유신이 고개를 갸웃거리자 해담은 2층 계단 쪽으로 시선을 주었다.

"주신이 지 방에 있죠?"

"어, 어. 안 나갔으니 있을 거야. 왜 주신이랑 또 싸운 거야?"

"그렇죠, 뭐."

연애하는 티 나지 않게 평소처럼 대답한 해담이 걸음을 떼려 하자 유신이 짝, 박수를 쳤다.

"참. 해담아. 내가 웃긴 거 하나 보여줄까?"

"예? 뭔데요."

"오늘 직장 동료가 잘 나온 사진을 골라달라고 보냈는데, 신기하게도 거기 너랑 민혁이가 찍혔더라고."

"네?"

유신이 거실 탁자 위에 있던 핸드폰을 가져와 해담에게 보여주었다.

화면으로 시선을 내리자 정말로 그녀와 민혁이 마주앉아 있는 게 배경처럼 깨알같이 찍혀 있었다.

그런데, 그 모습이 어찌나 다정하게 보이는지 모르는 사람이 보면 딱 오해하기 십상이었다.

"오빠, 이거 혼자 봤어요?"

"아니. 주신이도 봤어. 내가 보기에는 사진들이 다 똑같더라고. 주신이한테 골라달라고 했지."

해담은 속으로 한숨을 삼켰다. 주신이 왜 그렇게 기분이 가라앉았는지 조금은 알 것도 같았다.

"민혁이랑 둘이서 데이트라도 한 거야? 되게 다정해 보이네?"

"네? 설민혁 개랑 데이트를요? 말도 안 돼. 아니에요."

농담처럼 나온 유신의 말에 해담은 조금 민감해져 너무 정색을 하고 말았다. 유신이 찔끔해서 보자 해담은 어색하게 웃어 보이곤 2층으로 향했다.

주신의 방문 앞에 선 해담은 노크를 했다. 잠시 기다렸지만 반응이 없어 다시 문을 두드렸다. 이번에도 역시 잠잠하기만 할 뿐 아무런 소리도 나지 않았다.

"유신 오빠가 방에 있다고 했는데."

해담은 문고리를 돌려 슬그머니 안을 보았다. 이어폰을 낀 채 책상 앞에 앉아 두꺼운 서적을 들여다보고 있는 주신이 포착되었다.

'누가 취미가 공부 아니랄까 봐 찜찜하게 헤어진 뒤에도 저러고 있다니.'

신기해서 감탄이 튀어나올 지경이었다.

독하다, 독해. 그녀라면 죽었다 깨어나도 못 할 짓이었다.

해담은 학습에 몰두 중인 주신의 옆모습을 물끄러미 응시했다. 단 한 번도 책상 앞에 앉아 있는 남자가 멋지다거나 섹시해 보인 적이 없었는데, 오늘부로 철회해야 할 듯싶었다.

지금 주신의 모습은 아주 근사하고 매력적이었다. 여기 온 목적을 눌러버릴 만큼.

'나중에 다시 보면 되지 뭐.'

방해하면 미안할 것 같아 해담은 조용히 몸을 돌렸다.

"옷이랑 머플러는 두고 가야지."

낮은 음성이 목덜미를 잡아채는 바람에 해담은 헉, 신음을 흘렸다. 해담이 펄쩍 뛸 듯 뒤로 돌아보자 주신은 여전히 책에서 시선을 떼지 않고 있었다.

"뭐야, 나 온 거 알면서도 모른 척한 거야?"

기가 막혀 해담의 눈이 절로 세모꼴로 떠졌다. 주신은 꽂고 있던 이어폰을 빼고서 해담을 향해 의자를 빙글 돌렸다.

"아니. 방금 막 봤어."

전혀 그런 느낌이 들지 않았지만 해담은 터벅터벅 다가가 들고 온 옷과 머플러를 내밀었다.

"여기 옷이랑 머플러. 깜빡하고 계속 안 돌려줬더라고."

주신이 두 개를 받아 들었다. 받아 들면서 서로의 손이 맞닿는 바람에 괜스레 해담의 심장이 일렁였다.

"세탁하고 돌려줘야 하는 건데 내가 깜빡했어. 네가 세탁소에 맡기든 해."

"그럴게."

고개를 끄덕인 주신이 팔짱을 낀 채 해담의 얼굴을 응시했다.

"이거 주러 여기까지 온 건 아닐 테고."

"아닌데. 그거 주러 온 거 맞는데."

"그럼, 가."

매정하게 말하는 주신을 향해 눈을 흘긴 해담은 이내 입을 열었다.

"네가 메시지를 하도 안 봐서 직접 왔어."

주신이 메시지를 확인하려 책상 한쪽에 둔 핸드폰을 집어 들자 해담은 말을 이었다.

"근데, 내가 너한테 보낸 메시지의 답을 조금 전에 알게 됐어. 뭐, 완벽히는 아니지만."

메시지를 읽은 주신이 핸드폰을 책상에 놓고서 해담에게 시선을 주었다. 주신의 표정이 조금 미묘해졌다.

그는 그 답을 듣기 위해 몸을 일으켜 침대로 가서 걸터앉았다. 해담에게는 의자에 앉으라는 듯 턱짓을 해보였다.

계속 서서 대화할 수는 없기에 해담은 순순히 의자에 앉아 주신과 마주 보았다.

"뭔데."

"유신 오빠한테 온 사진 보고 기분이 나빠졌다는 거 알아. 올라오기 전에 유신 오빠가 보여주더라. 사진 속 설민혁이랑 내가 다정해 보여서 기분 나빴던 거지?"

"그건 두 번째. 너무 친해 보였어."

해담은 미간을 찡그렸다.

"두 번째? 그럼 말 안 해준 게 첫 번째야?"

"세 번째였어. 아까 너한테 그 이유 들었고 이해했어. 내가 말 안 해주니까 너도 오기로 그럴 수 있겠다 싶어. 그건 삭제."

"이유가 세 개나 있었어?"

해담은 입을 턱 벌렸다가 이내 추슬렀다.

"뭔데. 남은 그 첫 번째는. 저녁을 취소할 만큼 네 기분을 가라앉게 만든 이유."

주신이 흐음, 숨을 뱉어내고서 말문을 열었다.

"이해담."

"왜."

"너 나와 단둘이 마주 보고 밥 먹은 적 있어?"

해담은 가만히 속눈썹을 펄럭거리다 고개를 저었다.

"음, 없어. 하지만 그건."

"알아. 우리 함께할 때마다 대부분 진서가 같이 있었다는 거. 그래야 덜 어색하니까."

"……."

"근데, 진서라는 연결고리가 없는데도 설민혁과 단둘이 마주앉아 있는 너를 보고 머리를 얻어맞은 기분이었어. 내가 너랑 못해 본 걸 설민혁은 왜 하고 있나 싶어서. 그게 첫 번째 이유."

솔직히 주신이 이런 생각을 하고 있을지 몰랐기에 해담은 놀란 한편, 살짝 웃음을 터트리고 말았다.

"웃어?"

주신이 짙은 눈썹을 구겼지만 해담은 웃음기를 지우지 않았다.

"질투 난다는 말을 참 길게도 한다 싶어서."

당황한 주신의 얼굴이 확 붉어지자 해담은 입술을 움직였다.

"두 번째, 다정해 보였던 건 내가 기분이 좋아서 그렇게 찍힌 거야. 거기 음식이 너무 맛있었거든. 마지막 후식까지 전부 다."

주신은 여전히 달아오른 얼굴로 듣기만 했다.

"그래서 일어서기 전까지 내가 무슨 생각을 했냐면. 나중에 너랑 꼭 와야겠다, 다짐을 했어. 그런 생각을 하니까 기분이 좋더라구. 사진에 내 마음까지 담기지는 않잖아."

구겨졌던 주신의 눈썹이 차츰 제자리를 찾아 옮겨갔다.

"세 번째는 이해했다니 패스. 그리고 첫 번째는."

잠시 끊고 한 템포 쉰 해담은 말을 이었다.

"인정. 네 입장에서는 서운했을 수도 있겠다 싶어. 그건 인정할게. 그치만 나도 화가 좀 났어. 나한테 제대로 물어보지도 않고 화를 냈으니까."

"……."

"그리고 설민혁은 연필이야."

"뭐?"

뜬금없는 말에 제자리를 찾던 주신의 눈썹이 다시 찡그려졌다.

"설민혁은 개업식 가게 앞에 서 있는 에어댄서고, 음, 노트북이야. 책상, 의자 정도? 내가 설민혁을 보는 눈? 아니면 감정? 나한테 설민혁은 무생물과 똑같아. 그건 설민혁도 다르지 않을 거고."

주신의 입에서 실소가 흘러나왔다. 정말, 유신의 핸드폰을 통해 두 사람을 봤을 때는 목덜미가 뻐근해질 정도로 화가 났었다.

물론, 둘이 단순히 친구인 걸 누구보다도 잘 알고 있었지만, 해담의 말대로 질투가 나는 걸 어쩌겠는가.

마음을 가라앉히지 않은 상태에서 해담을 대하다가 감정 상할 것 같은 말을 뱉을 것 같아 저녁도 취소한 것이다. 해담이 방으로 들어왔을 때도 사실, 화가 가라앉지 않았다. 머리로는 별일 아닌 걸로 정리가 됐지만, 가슴 속 불씨는 사라지지 않았으니까.

한데, 기어코 실소까지 뱉게 만들다니.

"이해담, 대단하다."

"뭐가."

"나를 이렇게 속 좁은 놈으로 몰아붙이고."

"맞는데?"

"죽을래? 그 사진 보고 화 안 낼 놈 없을걸."

하아. 깊은숨을 흘린 주신은 자신이 앉아 있는 침대를 툭툭 두들겨 보였다.

"이리 와."

두근. 심장이 빠르게 울리기 시작했지만 해담은 혀를 내밀어 보였다.

"싫은데."

그러고서 뒤로 빠지려 했지만 주신이 한 발 빨랐다. 그가 팔을 뻗어 해담이 앉은 의자를 쑥 자신에게로 끌어당겼다.

주신이 양쪽 의자 손잡이를 꽉 잡는 바람에 해담은 그대로 갇혀버렸다.

"나 잡아봐라는 한 번으로 족해."

주신의 나직한 음성에 해담의 가슴이 더더욱 세게 뛰어댔다.

"내가 들어서 옮길까. 네가 올래."

"몸무게 공개는 한 번으로 족해."

해담은 먼젓번 감기에 걸렸던 그때를 떠올리며 주신의 말투를 흉내 냈다. 주신이 웃음을 터트리고서 옆으로 오라는 턱짓을 했다.

해담이 못 이기는 척 옆에 앉자 곧장 주신의 손이 다가와 해담의 턱을 어루만졌다.

아. 최주신 은근히 스킨십 대마왕이라니까.

하지만 그 다정한 손길에 해담의 심장이 저릿했다. 주신의 스킨십 대상이 그녀인 것도 정말 다행스러운 일이고. 다른 여자에게 이러는 걸 상상하는 것만으로도 머리가 폭발해 버릴 것만 같았다.

"맛있는 건 많이 먹었어?"

"응. 배 터지도록. 덕분에 어제 받은 일당 홀라당 다 날아갔지만."

여전히 해담의 턱을 엄지로 어루만지며 주신이 한쪽 눈썹을 세웠다.

"그게 무슨 말이야."

"내가 설민혁 것까지 다 계산했거든."

"더치페이도 아니고 네가 왜 설민혁 것까지 계산해?"

"그러고 보니, 네 첫 번째 불만을 풀어줄 수도 있겠네. 먼젓번 진서 일로 신세진 것 때문에 밥 한 번 산다고 했는데, 그게 오늘이 된 거였거든."

"음. 결국 설민혁 만난 것도 진서 때문인 거네."

"그렇지."

주신이 조금 미안하고 멋쩍은 듯한 표정을 지었다.

"그런 것도 모르고. 미안."

해담은 짓궂게 눈을 흘기며 철썩 주신의 가슴팍을 때렸다.

"그러니까. 앞으로 조금이라도 껄끄러운 일이 생기면 나랑 먼저 대화를 할 것. 오케이?"

"그럴게. 대신."

"어? 왜 또 조건이 붙는 건데."

턱에 머물러 있던 주신의 손이 이동하더니 해담의 볼을 꾹 꼬집었다. 부드럽던 주신의 눈빛도 조금 달라졌다.

"앞으로 친인척을 제외한 남자와 단둘이 만나는 건 무조건 안 돼."

"그럼, 남자 둘에 나 하나는?"

"그래도 돼."

"정말?"

"죽으려면 무슨 짓을 못해."

살벌한 주신의 말에 해담은 다시 한 번 주신의 가슴팍을 툭 쳤다.

"최주신, 질투가 너무 심한 거 아냐?"

"그럼 너는 내가 여자와 단둘이 만나도 아무렇지 않아?"

"불순한 의도만 없으면 상관없는데?"

"불순한 의도인지 아닌지는 어떻게 판단할 건데."

"너한테 과외 받는 애도 여자 아냐? 단둘이 밀폐된 공간에 있는 거잖아."

"야, 걔가 무슨 여자야."

"여자 맞지. 그것도 아주 예쁘고 성숙한 외모를 가진. 너는 어린애 취급하지만, 너랑 나이도 다섯 살 차이밖에 안 나."

주신의 얼굴에 어이없는 감정이 실렸으나 해담은 말을 이었다.

"내가 그런 걸로 하나하나 다 트집 잡으면 좋겠어? 난 너 믿어. 너만 굳건하면 예쁜 걸그룹 멤버가 네 앞에서 알짱거린다고 해도 아무렇지 않아."

물론 완전 매우 당연히 시뻘건 거짓말이다. 절대 일어날 리 없는 일이기에 자신만만하게 까부는 것일 뿐.

하지만 해담의 말발에 넘어가고 만 주신은 '졌다'는 듯 희미하게 한숨을 흘렸다.

"좋아. 남자와 단둘이 만나더라도 꼭 날짜, 시간, 장소, 상대방은 알려줄 것."

"왜. 와서 염탐이라도 하게?"

"뭐. 봐서."

정말 못 말린다, 최주신. 저 차가운 눈을 하고서 질투의 화신처럼 굴다니. 해담은 고개를 절레절레 내저으면서도 은근히 이런 소속감이 싫지는 않았다.

"대답 안 해?"

"그래, 알았어. 알았다고. 그렇게 해줄게. 칼같이 알려줄게."

해담의 확답에 주신의 입매가 부드럽게 풀어졌다.

아. 저 섹시 터지는 입술. 그래. 내가 저 입술에 홀라당 가버린 거지. 이따금씩 보여주는 미소에 속절없이 가슴이 뛰어 대서.

해담은 가만히 손을 들어 주신의 입술을 쓸어보았다. 주신의 눈썹이 꿈틀, 움직임을 만들어냈다.

"와. 최주신 입술 진짜 부드러워. 너무 부럽다."

유혹이라든지, 끼를 부린다든지 하려던 것은 아니었다. 그저, 주신이 그녀의 턱을 어루만지듯이 손으로 감촉을 느껴보고 싶을 뿐이었다.

"나는 겨울만 되면 너무 잘 터서 무조건 립밤…… 흐읍."

정말 순식간에 주신의 고개가 숙여지고 해담의 입술이 막혔다. 양쪽 얼굴을 감싸 쥔 주신이 해담의 고개를 뒤로 젖혀 자그만 입술을 열었다. 주신의 혀가 곧장 입 안으로 침범해 들어가 말캉한 속살을 낚아챘다.

아…….

그 뜨거움에 해담은 정신이 아득해져 왔다. 주신의 팔을 움켜쥔 채 해담은 수줍게 키스를 되돌렸다. 그것이 도화선이 되어 부드럽던 키스가 점점 격해지기 시작했다.

거친 숨결을 흘리며 서로의 혀와 타액을 탐하느라 점점 더 무아지경으로 빠져들었다.

그녀를 태워버릴 것 같은 주신의 뜨거움이 버거우면서도 해담은 묘한 짜릿함에 정신을 차릴 수가 없었다.

주신의 입술이 볼을 타고 내려와 목덜미에 안착했다가 자그만 귀로 옮겨가 키스를 이어나갔다. 뜨거운 혀가 귓바퀴를 따라 움직이자 해담은 생소하면서도 짜릿한 감각에 나지막이 한숨을 흘렸다.

그 순간이었다.

단단하고 기다란 주신의 손이 그녀의 셔츠 자락을 들추며 들어온 것은.

들추고 들어온 손이 부드럽게 허리를 쓰다듬자 해담은 오싹 소름이 돋아 올랐다. 뒤이어 성마른 손길이 위로 올라와 브래지어까지 덮는 통에 해담은 흡, 숨을 들이켰다.

번쩍 눈을 뜬 해담은 입술을 떼어내고서 다급히 주신의 팔목을 움켜쥐었다.

"주, 주신아. 잠깐만. 이, 이건 좀."

오늘따라 더욱 까맣게 가라앉은 주신의 눈동자를 마주하자 심장이 터질 것만 같았다.

"……알아. 더 안 해."

잠깐 사이 잔뜩 가라앉은 목소리로 말한 주신이 손을 거두어들였다. 작게 한숨을 흘리는 해담을 응시하던 주신이 그녀의 이마와 얼굴에 입술을 눌렀다.

"불쾌했다면 미안."

"아냐. 조, 조금 놀랐어."

해담은 주신의 품에서 벗어나 몸을 일으켰다.

"나, 그, 그만 갈게. 엄마한테 잠깐 나갔다 온다고 그랬거든."

주신의 대답도 듣지 않고 몸을 돌린 해담은 허둥지둥 방을 나섰다. 아래층 거실 소파에는 그녀가 내려온 줄도 모른 채 열심히 통화 중인 유신이 있었다.

인사할 생각도 못한 채 해담은 현관문을 열고서 밖으로 나갔다. 대문 밖까지 나와서야 해담은 멈추다시피 했던 숨을 몰아쉬었다.

"……미쳤어. 미쳤어. 뭘 한 거야."

멍하니 중얼거린 해담은 찬바람이 옷 속으로 파고드는 바람에 무심코 아래를 내려다보았다.

헉. 신음을 흘린 해담은 바지에서 삐져나온 셔츠를 집어넣었다. 주신의 손에 열린 것이 분명한 재킷 지퍼도 끌어올렸다.

방금 전은 단순한 키스가 아닌, 좀 더 끈적끈적한 행위였다. 분명 이론은 빠삭한데 실전이 되고 보니 정신이 하나도 없었다. 해담은 낮술이라도 한 것처럼 시뻘게진 얼굴로 걸음을 옮겼다.

♥

민혁은 거울을 들여다보며 불만스러운 표정을 지었다.

"아, 진짜. 왜 이렇게 머리가 안 자라? 헤어스타일이 이따위니 미모가 죽잖아."

"핑계는. 야, 지디는 너보다 더 짧아도 멋있더라."

어머니가 불쑥 방문을 열고 들어와 말했다.

"아, 씨. 엄마 노크. 노크 몰라, 노크?"

"했어, 인마. 했는데 네가 대답 안 해서 연 거야."

"아, 그래?"

금세 수긍하는 단순한 아들에게 혀끝을 차 보인 어머니가 침대에 걸터앉았다.

"아들. 거기 좀 앉아봐."

"아, 왜애."

툴툴거리면서도 민혁이 책상 의자를 빼 와서 어머니와 마주 보고 앉았다.

"무슨 일이십니까, 싸모님?"

"엄마 차 하루 빌려달랄 때부터 알아보긴 했는데. 너, 여자 생겼냐?"

"이건 뭔 뜬금포실까."

민혁은 짐짓 태연하게 응수했다.

어머니가 '이런 하수 같으니' 하는 얼굴로 손바닥을 척 펼쳐 보였다.

"이게 엄마 차에 떨어져 있더라."

민혁은 눈을 끔뻑이며 어머니의 손바닥에 놓인 것을 유심히 살폈다.

"그건."

"그래. 여자 귀걸이. 엄마 차 며칠 전에 싹 세차했고, 그 뒤로 여자라고는 한 번도 태운 적 없는데 이게 떡하니 있더라? 너도 알다시피 엄마는 귀 안 뚫었고."

뭐야, 그럼 이해담 거란 말이야? 도대체 언제?

집으로 돌아올 때의 장면 하나가 민혁의 머리를 스치고 지나갔다.

아. 볼 꼬집었을 때, 기집애가 손을 탁 밀쳐내면서 그때 빠진 거구만?

"엄마 차에서 뭔 짓을 했기에 귀걸이가 다 떨어져 있어? 앞으로 엄마 차 빌릴 생각 꿈에도 하지 마."

마치, 부정한 짓이라도 저지른 것처럼 어머니의 얼굴이 살벌해져 있었다.

아. 또 시작됐다. 우리 엄마 상상의 나래 펼치는 거. 뭔 짓이라도 했으면

억울하지는 않지.

"무슨 소리야? 그거 친구 거야. 이해담 거라고. 내가 이해담이랑 차에서 뭘 해, 하긴."

이번 건 순순히 불지 않으면 절대 믿어줄 것 같지 않아 정공법을 택했다.

"뭐? 해담이?"

"예, 예. 해담이. 걔랑 밥 먹으러 갔다 온 거밖에 없어요. 뭐 어쩌다가 빠진 것 같네."

"그래? 근데, 걔랑 밥 먹으러 가면서 엄마 차는 왜 빌려?"

"아, 걔가 바이크면 경기를 해서요. 난 또 지하철, 버스는 딱 질색이고. 내가 밥 먹고 싶은 가게가 먼데 어떡해? 엄마 차라도 빌려야지."

"너, 정말이야? 블랙박스 보면 다 나와?"

"예, 예. 그러시든가요."

그제야 의심을 푼 어머니가 자그만 링귀걸이를 민혁에게 내밀었다.

"네가 돌려줘. 찾겠다."

"알았어요."

어머니가 나가자 손에 들린 귀걸이를 보며 민혁은 입이 째져라 웃었다.

"아싸, 만날 구실 하나 더 생겼고."

어깨춤을 추던 민혁은 이내 의아한 표정을 지었다.

"근데, 얘는 귀걸이 잃은 것도 몰라? 연락 한 통을 안 하네? 둔한 거야, 쿨한 거야?"

밤새도록 잠을 설치는 바람에 다크서클이 턱까지 내려온 채로 해담은 침대에서 일어났다. 학원을 가려면 일찍 나서야 하기에 좀비처럼 방을 나선 해담은 욕실로 향했다.

반쯤 감은 눈으로 세면대 앞에서 양치를 하는데 뭔가 허전한 기분이 들었다. 뭔지 알 수가 없어 고개를 갸웃거리던 해담은 눈이 완전히 떠지고 거울이 제대로 들어와서야 깨달았다.

"어, 귀걸이 한쪽이 어디 갔지? 잠결에 빠졌나?"

18K 금으로 된 아주 자그마한 링귀걸이라 잘 때도 안 빼는 거였다. 1년 전 생일 선물로 지선에게 받은 뒤로는 거의 빼 본 적이 없었다.

샤워를 한 뒤 방으로 돌아와 침대를 샅샅이 살폈지만 귀걸이는 보이지 않았다.

"이게 어디 간 거야? 분명, 어제는 있었는데?"

설민혁을 만나러 갈 때도 그렇고, 집에 돌아왔을 때도 있었던 것 같았다.

그럼, 도대체 어디에…….

해담은 순간적으로 확 달아오르고 말았다. 주신과의 진한 스킨십이 커다랗게 뇌에 떠올랐다.

마지막, 키스가 귀로 옮겨갔을 때, 그때 빠진 게 틀림없었다. 없어진 것도 주신이 키스를 퍼부었던 딱 그쪽이었다. 주신의 감촉이 생생히 기억나는 바람에 해담은 양손으로 얼굴을 감싸 쥐었다.

"어떡해."

해담은 울상을 지으며 한숨을 푹푹 내쉬었다. 우리가 19금 행위를 하다가 귀걸이가 빠진 것 같으니 찾아보란 말을 어떻게 한단 말인가.

"아빠 과외 가시는 거예요?"

주영의 집으로 가기 위해 교재 등을 챙긴 주신은 진서를 바라보았다.

"응. 넌 오늘 유리 안 만나?"

"아. 유리 아빠한테서 전화 오는 날이라 안 만나요."

"아빠랑 따로 살아?"

"저도 몰라요. 안 물어봤어요. 유리도 말 안 해주고요."

“그래.”

진서의 머리를 부드럽게 쓰다듬어주고 방을 나서려는데, 핸드폰이 울렸다. 액정에 뜬 해담의 이름을 본 주신의 입에서 절로 깊은 신음이 비집고 나왔다.

어제 브레이크가 걸리지 않아 너무 심하게 막 나가버렸다. 그렇게 보내놓고 몇 번이나 통화를 할까 하다가 관두었다.

해담이 더 부담스러워할까 봐.

해담이 무슨 말을 할지 몰라 바짝 긴장한 채로 주신은 통화를 연결시켰다.

“어. 해담아.”

-저기, 혹시 집이야?

“어. 아직. 과외 가려던 참이었거든.”

-그럼, 이따가 돌아오면 뭐 하나만 찾아봐 줄래?

다행히 절교라든가 ‘짐승 같은 너랑은 못 사귀겠어’ 하는 등의 말이 아니라 안도가 되었다.

“뭐 잃어버렸어?”

-어, 그게…….

조금 머뭇머뭇 거리다 해담이 기어들어가는 목소리로 말했다.

-……내 귀걸이. 네 방에서 빠졌나 봐.

“네 귀걸이?”

되묻던 주신은 채 2초도 되지 않아 목덜미가 화끈거려 왔다. 무슨 말인지 확실히 깨달았다.

“어, 그래. 알았어. 찾아볼게.”

-18K 금으로 된 작은 링인데, 작년 내 생일에 엄마한테 선물 받은 거거든. 그러니까, 꼭 좀 부탁할게.

여전히 작은 목소리로 신신당부한 해담은 다른 말은 일절 하지 않고 전화를 끊었다. 주신은 마른침을 삼키고서 다급히 침대를 헤집기 시작했다.

하지만, 귀걸이는커녕 해담의 머리카락 한 올도 나오지 않았다. 시계를 본 주신은 책을 읽고 있는 진서를 보았다.

"진서."

"예?"

"부탁 하나만 하자."

"예. 말씀하세요."

"아빠 다녀올 때까지 이 방을 샅샅이 뒤져서…… 음. 귀걸이 한쪽이 있는지 좀 찾아봐 줄래?"

"귀걸이요? 누구 건데요? 엄마 거예요?"

음. 진서가 어른들의 세상을 알 리 없다는 걸 알면서도 주신은 민망함을 느꼈다.

"응. 금으로 된 동그란 귀걸이야. 찾아봐 줄 수 있지?"

"넵."

진서가 책을 놓고서 비장한 얼굴로 고개를 끄덕였다.

그날 밤이었다. 해담의 사정을 전혀 알지 못한 민혁은 종일 전화만 기다렸다. 혹시나 해담이 먼저 전화해서 귀걸이의 행방을 물어봐 주길 기다리며.

그럼, 모르는 척 조금 놀리다가 겨우 찾은 것처럼 돌려줄 생각이었다. 그 핑계로 또 데이트도 하고.

근데, 귀걸이에 대한 행방은커녕, 그 흔한 안부 문자 한 통도 없었다.

"아니, 얘 뭐야? 금귀고리를 잃어버려 놓고 찾지도 않아? 귀걸이 존재 자체를 잊어버렸나?"

방 안을 서성이던 민혁은 더 기다리지 못하고 해담에게 전화를 걸었다.

-어, 설민혁.

어쩐지 목소리에 힘이 없다.

"어디냐? 아직 가게야?"

-아니. 퇴근하고 집. 왜.

귀걸이 행방을 꺼내려다 민혁은 조금 놀라게 해줄 요량으로 말을 쏙 집어넣었다.

"아냐. 그냥 안부인사."

-누나 피곤하다. 끊는다.

뚝. 전화가 끊어지자 민혁은 코웃음을 쳤다.

"어쭈, 이렇게 나온다 이거지? 확 버릴까 보다."

뭐. 그럴 수야 없지만.

"목마른 놈이 우물을 파야지, 어쩌겠어."

외투를 걸치고서 거울에 자신의 얼굴을 이리저리 비쳐 본 다음 민혁은 집을 나섰다.

잠시 뒤, 해담의 집 근처로 온 민혁은 짧은 머리를 한번 쓱 매만지고서 핸드폰을 꺼내 들었다. 막 해담에게 집 앞으로 나오라는 전화를 하려고 할 때였다.

철컹. 해담의 집 대문이 열리더니 해담이 나오는 게 아닌가.

'오, 텔레파시 죽이고!'

핸드폰을 코트 주머니에 다시 넣는데, 이번에는 옆집 대문이 철컹 열리더니, 주신이 밖으로 모습을 나타냈다.

'이건 뭔 시추에이션?'

뭔가 묘한 기분에 민혁은 선뜻 나서지 못한 채 두 사람을 지켜보았다. 해담과 주신이 두어 걸음 정도 거리를 둔 채 마주 보고 섰다.

어쩐지 친밀해 보이는 건 그냥 기분 탓일 것이다. 둘이 얼마나 사이가 나쁜데.

"아직 못 찾았어?"

"어. 진서도 함께 찾았는데 안 보여."

꼬맹이까지 같이 뭘 찾는 거야?

귀를 쫑긋 세우고서 민혁은 두 사람의 대화를 엿들었다.

"어떡해. 엄마가 사 주신 거라 잃어버리면 되게 죄송한데."

"혹시 다른 데서 잃어버린 거 같지는 않아?"

"아냐. 거기밖에 없어."

해담이 뭔가를 잃어버려 애타게 찾고 있는 것 같은 대화였다.

민혁의 눈이 번쩍 뜨였다.

오호, 이 귀걸이를 찾고 있었구만? 근데, 왜 귀걸이 행방을 최주신한테 찾아?

언뜻 이해가 되지 않아 의아한 표정을 짓던 민혁은 다음 순간 들려오는 대화에 심장이 뚝 떨어지는 듯했다.

"미안. 나 때문에. 내가 그렇게 키스만 안 했어도 잃어버릴 일 없을 텐데."

"아, 아냐. 괜찮아."

18.

늦은 밤이었지만 민혁은 정처 없이, 미친 듯이 바이크를 몰고 다녔다. 빠아앙! 누군가 경적을 울리며 차창을 내리고서 외쳤다.

"야이, 폭주족 새끼야! 운전 똑바로 안 해?"

평소 같으면 승용차 운전자에게 중지를 내밀어 보였을 테지만, 민혁은 그저 속도를 더 올려 질주를 이어나갔다.

한참이나 그렇게 달리던 민혁은 어디쯤인지 모를 어느 공원을 지나려 할 때였다.

끼이이익!

급박하게 걸린 브레이크로 인해 소름 끼치는 마찰음이 대기 중에 울려 퍼졌다. 갑자기, 아주 순식간에 튀어나온 짐승 한 마리를 피하려다 민혁은 중심을 잃고 옆으로 나동그라졌다.

공원이라 속도를 늦추었기에 망정이지, 안 그랬다면 큰 사고로 이어졌을 것이다.

"젠장, 진짜."

헬멧도 제대로 쓴 상태고, 심하게 미끄러진 건 아니었기에 민혁은 욕설을 뱉으며 바이크에서 빠져나왔다.

무겁디무거운 바이크를 겨우겨우 일으킨 민혁은 질질 끌고 공원 안으로 가져갔다. 바이크 진입이 불가든지 말든지 아무렇게나 세워 놓고 민혁은 헬멧을 벗었다.

근처 벤치로 가 앉는데 한쪽 팔꿈치와 무릎이 욱신거린다. 하지만, 이런 것쯤은 마음의 통증에 비하면 아무것도 아니었다.

'미안. 나 때문에. 내가 그렇게 키스만 안 했어도 잃어버릴 일 없을 텐데.'

'아, 아냐. 괜찮아.'

해담과 주신의 대화가 파도처럼 머릿속을 강타했다. 늘 마주 보기만 하면 으르렁거려 댔기에 정말, 티끌만큼도 예상하지 못한 조합이었다.

최주신과 이해담이라니.

그 둘이 마주 보고 서서 키스니, 뭐니 하는 대화를 하고 있다니!

"도대체 언제부터!"

밤이 늦어 썰렁한 공원에 민혁의 포효가 울려 퍼졌다.

"이것들, 내가 군대 가 있는 동안 눈이 맞은 거야?"

마치, 해담이 고무신을 거꾸로 신기라도 한 것처럼 중얼거린 민혁은 어금니를 꽉 깨물었다.

"괘씸한 기집애. 내 앞에서는 인중에 엘보를 꽂니 마니하며 드세게 굴어 놓고, 최주신 앞에서는 왜 그렇게 내숭을 떠는 건데?"

수줍은 소녀 같던 해담을 떠올리자 속이 따끔거렸다.

"아니, 무슨 키스를 어떻게 했으면 귀걸이 행방을 최주신한테 찾아?"

씩씩거리며 씹어뱉은 민혁의 얼굴이 금세 벌겋게 달아올랐다.

분명, 키스보다 더 진한 걸 했겠지. 물고 빨고…….

"최주신 이 새끼를 그냥!"

주신이 늑대처럼 해담을 탐하는 모습이 머릿속에 그려지자 확 치솟는 화기로 인해 돌아버릴 것만 같았다.

"하, 젠장. 설민혁, 머리를 식혀라. 차갑게 식히라고."

흥분은 금물이었다. 흥분하면 지는 걸 인정하게 되는 거니까. 민혁은 눈을 감은 채 화를 가라앉히려 무던히도 애썼다.

하지만 그럴수록 기가 막히고 황당하고 열통이 터져 민혁은 눈을 번쩍 떴다.

"아니, 내가 지금 열 안 받게 생겼어? 최주신, 이 새끼는 왜 차고 넘치는 여자들 중에 이해담이야? 왜 하필 내가 좋아하게 되니까 먼저 선수를 치는 거냐고! 이 새끼는 꼭 이래! 고등학교 때도 그러더니!"

그때도 꼭 마음에 드는 여자애가 있으면 그 애는 주신에게 더 관심을 보였다.

분이 안 풀려 거친 숨을 몰아쉬던 민혁은 문득 뇌를 강타하는 생각에 심장이 멎는 것만 같았다.

"서, 설마. 둘이 벌써 잔 건 아니겠지?"

상상만으로도 주신을 갈아서 마셔버리고 싶은 욕구가 치받혔다.

"아니겠지. 분명 아닐 거라고……."

말끝을 흐린 민혁은 장갑에 쌓인 손을 들어 볼을 훔쳤다. 장갑에 묻어 있는 뜨거운 눈물을 쓰윽 문지른 민혁은 멍하니 허공을 응시했다.

이대로 해담을 포기해야 할 생각을 하니 온몸이 뒤틀리는 것만 같았다.

그럼, 이제 앞으로 어떡하지? 재수 없고 싫을지라도 지금껏 주신과는 친구라는 이름으로 지내온 세월이 긴데.

끊임없이 질문에 대한 답을 짜내던 민혁은 이내 표정을 굳힌 채 쓰윽 몸을 일으켰다.

"어쩌기는 뭘. 둘이 결혼한 것도 아닌데 빼으면 그만이지."

최주신한테 꼭 의리를 지켜야 할 의무가 있는 것도 아니고.

그렇게 마음을 먹자 터질 것만 같던 속이 이주 조금 누그러졌다.

까만 어둠이 세상을 물들인 밤. 책상 앞에 앉아 오늘 수강했던 내용을 복습하던 해담은 영 집중이 되지 않아 미칠 노릇이었다.

같은 부분만 무한 반복 중이었지만, 잡생각이 너무 많아 그것마저 머리에서 흡수를 못 하고 있었다.

"도대체 그놈의 귀걸이는 어디에 처박힌 거야."

진서까지 함께 온 방을 다 찾아도 없다니. 귀신이 곡할 노릇이었다. 아니. 사실 그녀의 머리가 어지러운 이유는 따로 있었다.

귀걸이야 사실대로 고하면 죄송한 마음으로 끝이었으니까.

지금 그녀는 마치, 고등학교 시절 친구들과 19금 로맨스 소설을 몰래 보고서 '꺅꺅!'거리던 소녀가 된 기분이었다. 자꾸만 주신과의 진한 스킨십이 뇌를 떠다니고 있는 통에 미칠 노릇이었다.

"보통 그런 스킨십을 하면 덜컥 겁부터 난다던데 왜 난 그런 것도 없냐고."

당황스럽고 정신이 없기는 했지만, 주신이 선사해 주는 그 짜릿함이 너무 좋았다. 갑자기 자신이 너무 밝히는 사람 같아 자괴감이 일었다.

정신을 차리기 위해 해담은 몸을 일으켰다. 시원한 물이라도 한 잔 마시고 다시 집중해 볼 요량으로 방을 나섰다.

거실로 나가자마자 쪽, 쪽 키스하는 소리가 울려 퍼지는 바람에 해담은 발을 뚝 멈추었다.

지선과 형진이 소파에 나란히 앉아 조금 진한 영화 채널을 보고 있는 게 아닌가!

무미건조하게 보고 있는 부모님과 달리 해담은 눈을 왕방울만 하게 뜨고서 화면을 보았다.

화면 속 남녀 주인공의 야시시한 스킨십이 주신과 자신처럼 보여 순식간에 확 달아올랐다. 물이고 뭐고 해담은 다급히 발을 돌려 방 안으로 들어오고 말았다.

다시 의자에 털썩 앉은 해담은 책상에 엎드렸다.

"주신이 보고 싶다."

아까도 봤는데 눈앞에 없으니 자꾸만 아른거린다.

문자라도 보내볼까 하다가 혼자만 너무 안달 내는 것 같아 주저주저하고 있는데, 메시지 도착 음이 울렸다.

후다닥 핸드폰을 들고 확인한 해담의 입술이 순식간에 옆으로 찢어졌다.

[자?]

이런 텔레파시는 언제든 환영이었다. 해담은 다다다 답장을 보냈다.

[당연히 안 잤지.]

[귀걸이 못 찾아서 어쩌지.]

[할 수 없지, 뭐. 엄마한테 잃어버렸다고 말씀드리면 돼. 너무 신경 쓰지 마.]

[뭐 하고 있었어?]

[학원 수업 복습 중이었어.]

[빨리 자. 아침 일찍 학원도 가야 되잖아.]

해담은 어이없으면서도 웃음이 났다.

[뭐래. 영감님처럼. 그 말 하려고 문자한 거야?]

[아니.]

[그럼?]

[보고 싶어서.]

딱 다섯 글자건만 롤러코스터를 탄 것처럼 심장이 싸해졌다.

[지금 잠깐 볼래, 그럼?]

[아니.]

곧장 날아온 거절에 해담은 눈썹을 구겼다.

"뭐야, 보고 싶다더니. 이 자식 진짜 밀당의 고수 아니야?"

조금 씩씩거리는데 뒤이어 메시지가 도착했다.

[지금은 안 돼. 보는 걸로만 못 끝낼 것 같거든.]

금세 말뜻을 이해한 해담의 눈이 한껏 커졌다. 가슴이 쿵쾅쿵쾅 속절없이 울려대고 입술이 바싹 말라왔지만 해담은 새침하니 메시지를 보냈다.

[짐승.]

[알아, 나도.]

[알면 됐어.]

진한 미소를 걸고서 답을 한 해담은 곧장 마지막 메시지를 날렸다.

[나 하던 거 마저 해야 돼.]

[그래.]

핸드폰을 책상 한쪽에 둔 해담은 밀려드는 아쉬움을 접고서 펜을 집어 들었다.

밤이 더욱 깊어지고서야 해담은 교재를 덮고서 기지개를 쭉 켰다.

"아. 정말 공부는 체질에 안 맞아."

얼마 앉아 있지 않았는데도 좀이 쑤셔 죽을 맛이었다. 게다가 자꾸만 졸음이 밀려와 도저히 더 버틸 재간이 없었다. 물론, 침대에 누우면 곧장 눈이 말똥말똥해지는 마법을 경험하기도 하지만.

띵동.

침대로 가려는데 메시지 도착 음이 울렸다. 이번에도 주신일 거라는 예감에 해담은 번개처럼 손을 뻗었다. 핸드폰을 확인한 해담은 삐딱하니 고개를 기울였다.

"설민혁, 이 자식은 지금 시간이 11시가 다 됐는데 문자질이야? 미친 거 아냐?"

[뭐하냐?]

라고 민혁이 메시지를 날렸기 때문이다.

[잔다, 이 자식아. 매너 좀.]

침대에 앉으며 메시지를 보내자 곧장 답장이 왔다.

[너는 자면서도 문자하냐? 창문 한번 열어봐.]

"뭔 개소리야. 이 한밤중에 창문은 왜……."

말끝을 흐린 해담은 순간, 솜털이 비쭉 서는 듯했다.

"설민혁, 이거 설마."

해담은 커튼을 걷고서 창문을 아주 조금만 열어서 밖의 동태를 살폈다. 그녀의 입이 턱 열렸다.

대문 밖, 그녀의 방 창문 쪽을 바라보며 민혁이 손을 흔들어 보였기 때문이다. 바로 문을 닫고 커튼을 확 친 해담은 전투적으로 메시지를 날렸다.

[야, 너 미쳤어? 지금이 몇 신데 불쑥 나타난 거야?]

[됐고. 나와서 귀걸이나 가져가.]

전혀 예상치 못한 전개에 해담의 눈이 번쩍 뜨였다. 귀걸이라고?

[설마, 내 귀걸이가 너한테 있어?]

[어. 가져가라.]

아니, 어떻게 설민혁이 내 귀걸이를 가지고 있는 거야?

[알았어. 지금 나갈게.]

[야. 올 때 집에 구급상자 있으면 그것도 같이 가져와.]

뜬금없는 소리에 해담은 미간을 찌푸렸다.

[웬 구급상자? 그건 왜?]

[좀 다쳤어. 바이크 사고.]

메시지를 확인한 해담은 심장이 쿵 내려앉고, 눈은 화등잔만 해졌다.

"이 새끼가 미쳤나? 사고가 났으면 병원부터 갈 일이지, 왜 여기를 와서 구급상자 타령이야?"

기가 막혀 욕설을 뱉은 해담은 고개를 절레절레 내저으며 손가락을 움직였다.

[야, 문 열어줄게. 일단 들어와. 밖에서 뭘 해.]

이 늦은 밤에, 더군다나 이 추위에, 구급상자를 들고 바깥 왕진이라니.

벌벌 떨며 공원에 앉아 나이팅게일 흉내를 내는 것도 웃긴 일이기에 일단 그렇게 답했다.

"어우, 설민혁 이 개똘추를 진짜."

해담은 방문을 열어둔 채 거실로 나와 인터폰 버튼을 눌렀다. 혹여, 부모님이 깰까 조심조심 도어록을 해제시키고 현관문까지 열었다.

얼마 지나지 않아 민혁이 쑥 모습을 나타냈다.

"조용히 들어와."

검지를 입술에 댄 채 작게 속삭이고서 해담은 방으로 직행했다. 뒤따라온 민혁까지 완전히 들어오고 방문을 닫은 후에야 해담은 눈을 세모꼴로 떴다.

"야, 너 미쳤어? 사고가 났으면 병원을 가야지 왜 여기를 찾아와?"

다다다, 쏘아붙이던 해담은 찢어진 점퍼와 바지를 보고서 흡, 숨을 들이켰다. 한쪽으로 심하게 쓸린 듯 다리와 손바닥에는 피가 맺혀 있었다.

"여기로 앉아 봐."

의자를 끌어다가 민혁을 앉힌 해담은 서랍 속에 있는 구급상자를 꺼냈다. 해담은 바닥에 주저앉아 민혁과 마주 보았다.

"안 아프냐?"

"아파."

계속해서 침묵을 지키던 민혁이 그제야 한마디를 던졌다.

"당연히 아프겠지. 혼자 넘어진 거야? 설마, 접촉사고는 아니겠지?"

"갑자기 고양이가 튀어나오는 바람에 피하려다가."

"윽. 고양이는 괜찮아?"

"넌 고양이가 문제냐?"

민혁이 조금 딱딱하게 되묻자 해담은 어깨를 으쓱했다.

"여기까지 멀쩡히 온 거 보니까 크게 다친 것 같지도 않구만, 엄살은."

"그게 아니라."

"그게 아니면 뭐?"

민혁은 한숨을 내쉬고서 고개를 저었다.

"……아냐. 됐다."

눈을 깜박인 해담은 한쪽 다리에 난 상처를 들여다보았다.

"이거, 피가 다 말라비틀어진 것 같은데 어떻게 해야 하는 거야? 그냥 위에다 약 바르면 되는 건가?"

"몰라. 그냥 밴드나 좀 붙여주든가."

"이런 걸 해 본 적이 있어야 말이지."

으으, 인상을 쓴 해담은 손바닥부터 새살이 솔솔 돋아난다는 연고를 발라주었다.

"아프면 말해. 더 세게 발라줄게."

"……."

그녀의 농담에도 평소와 달리 대꾸하지 않는 민혁이 이상했지만, 해담은 대충 보이는 상처에 조심스레 연고를 마저 발랐다.

구급상자에서 밴드를 꺼내 손바닥에 붙여주고, 다리 쪽에는 밴드가 적어

거즈를 대려 할 때였다.

쓰윽. 민혁의 손이 다가와 그녀의 한쪽 머리를 귀 뒤로 넘겼다. 황당함에 해담은 시선을 들어 민혁의 얼굴을 응시했다.

"너, 뭐 하냐?"

"귀걸이."

무미건조하게 툭 내뱉은 민혁이 주머니에서 핸드폰을 꺼냈다. 핸드폰에 달린 고리를 본 해담의 눈이 동그랗게 열렸다.

"아, 내 귀걸이 주러 온 거지. 핸드폰 고리에 걸고 있었구나."

"잃어버릴까 봐."

여전히 짤막하게 말한 민혁은 귀걸이를 해담의 귀로 가져갔다.

"야, 내가 할게."

해담의 만류에도 민혁은 극구 손수 귀걸이를 채워주었다. 혹여, 다칠까 봐 가만히 있던 해담은 귀걸이가 채워져서야 쓱 몸을 뒤로 물렸다.

"자빠지더니 뇌에 이상 생겼냐? 왜 안 하던 짓을 하고 난리?"

"……."

대꾸 없는 민혁에게 반쯤 어이없는 표정을 지어 보인 해담은 이내 질문을 던졌다.

"근데, 이 귀걸이가 어떻게 너한테 있어?"

"엄마가 차에 떨어져 있는 걸 발견하셨더라고."

"아주머니 차에 떨어져 있었어, 이게?"

"어. 세차한 뒤로 여자를 태운 적이 없으셨대. 우리 엄마는 귀 안 뚫었고. 그래서 차 빌려 탄 나한테 가져오셨더라고."

"어쩐지 아무리 찾아도 안 나오더라. 아니, 귀를 긁은 적도 없는 것 같은데, 왜 차에서 떨어진 거야? 희한하네, 정말."

의아함에 고개를 갸웃거리던 해담은 이내 안도의 한숨을 내쉬었다.

"엄마한테 선물로 받은 건데, 잃어버린 줄 알고 마음이 안 좋았거든. 찾아서 정말 다행이야."

"잘 간수해라. 소중한 거면. 이상한 짓 하다가 잃어버리지 말고."

순간, 도둑이 제 발 저린다고 해담은 확 달아오르고 말았다.

"무, 무슨 말도 안 되는 소리야. 이상한 짓 뭐?"

대답 대신 어깨만 으쓱해 보인 민혁이 쓱 몸을 일으켰다.

"간다."

"지금 가려고?"

"왜. 자고 가?"

"미친."

욕설을 내뱉고서 해담은 손을 휘휘 내저어 보였다.

"얼른 가. 부모님 안 깨시게 조용히 나가. 자고 일어나서 아프면 내일 꼭 병원에 가보고."

고개를 끄덕인 민혁은 방을 나섰다.

조금 전 당황한 탓에 민혁이 평소와 조금 다르다는 것을 전혀 눈치 못 챈 해담은 이내 상자를 정리했다.

비척비척 기계처럼 대문 밖까지 나온 민혁은 돌아서서 해담의 창문을 응시했다.

"기집애야. 몸이 아니라 마음이 아프다, 마음이."

이른 아침, 해담은 얼굴에 피곤함을 한가득 담고서 대문을 나섰다. 밤늦게 찾아온 민혁 때문에 잠을 설쳐 버렸다.

물론 귀걸이를 되찾은 건 다행이었지만, 도저히 아침에 눈이 떠지지 않아 학원이고 뭐고 다 관두고 싶을 정도였다. 그럼에도 지선의 퍼런 서슬을 떠올리고서 겨우겨우 준비해서 나왔다.

입김도 얼어붙을 것만 같은 강추위에 절로 몸이 부르르 떨렸다. 터지는 하품을 늘어지게 하며 발을 옮기려 할 때였다.

"벌레 들어간다."

합. 낮은 음성에 저도 모르게 입을 닫은 해담은 화들짝 놀라 옆을 돌아보았다.

피곤함 따위는 조금도 찾아볼 수 없는 산뜻하고 말쑥한 모습으로 주신이 몇 걸음 떨어진 곳에서 작게 미소 지으며 서 있었다. 덜 깬 잠이 확 달아나고 심장이 쿵쿵쿵 빠르게 울려댔다.

아침부터 왜 저렇게 멋있고 난리야. 달려가서 안기고 싶잖아.

어젯밤, 보는 것만으로는 못 끝낼 것 같다던 주신의 심정이 이해 갈 것도 같았다.

"학원 가는 거지?"

주신의 물음에 해담은 마음을 가라앉히고서 고개를 끄덕였다.

"응. 넌 아침 일찍부터 어디 가려고?"

"나도 학원."

"너도 학원 등록했어?"

"아니."

"학원 간다면서?"

주신이 가볍게 어깨를 으쓱하고서 앞장섰다. 해담은 조금 의아한 표정을 하고 있다가 이내 눈을 확 뜨고서 옆으로 따라붙었다.

"최주신. 너, 설마."

"어. 맞아."

"맞아? 나 학원에 데려다주려는 거?"

"어."

대답을 들었음에도 얼떨떨해서 해담의 입술이 슬그머니 열렸다.

"뭐 하러. 안 그래도 돼. 힘들게."

주신과 함께 있을 수 있는 게 너무 기쁘면서도 한편으로는 너무 무리하는 것 같아 미안함이 밀려들었다.

"어쩌겠어. 이렇게라도 붙어 있을 시간을 만들어야지."

"그래도 내가 너무 미안하잖아."

"내가 좋아서 하는 거야. 아주머니 계신데 가게 가서 얼쩡거릴 수도 없고, 밤늦게는 내가 너 불러내기 그렇고."

정면을 응시한 툭 내뱉은 주신이 해담의 어깨를 감싸고서 바짝 옆으로 끌어당겼다.

"가족들 보면 어쩌려고."

"볼 사람도 없어."

집에서 얼마 벗어나지 못했기에 해담은 주변 눈치를 보면서도 일렁거리는 가슴을 진정시키려 애썼다.

"아, 맞다. 나 귀걸이 찾았어."

해담이 머리칼을 귀 뒤로 넘기며 양쪽에 낀 귀걸이를 보여주었다.

"어디서? 어제 메시지 주고받을 때도 그런 말 없었잖아."

"나도 너랑 문자 끝난 뒤에야 알았어. 설민혁이 가지고 있더라고."

"설민혁이 네 귀걸이를?"

주신의 눈썹이 순식간에 쭉 위로 향했다.

"어. 나도 너무 의외라 깜짝 놀랐잖아. 민혁이랑 밥 먹으러 갔다 오는 길에 차에서 빠졌나 보더라고."

"아."

"아주머니가 차에 떨어진 걸 발견해서 민혁이한테 줬나 봐. 어젯밤에 가지고 왔더라고."

"찾아서 다행이네. 걱정됐는데."

"그것도 모르고 진서까지 동원해서 온 방을 헤집었으니. 어쩔 거야."

고개를 절레절레 저으며 웃던 해담은 화제를 바꾸었다.

"참. 진서는?"

주신의 표정이 금세 부드럽게 풀어진다.

"아직 꿈나라. 어려서 그런지 아침잠이 많더라고."

해담은 조금 어이없는 표정으로 입술을 삐죽 내밀었다.

"아니. 걔는 좋은 건 다 널 닮고, 세상 살면서 그다지 도움 안 되는 것만 날 닮았을까나. 발가락 못생긴 것도 그렇고."

주신이 시선을 내려 해담을 응시했다.

"아침잠 많아?"

"무지무지. 우리 엄마 말로는 드으으럽게 많대. 오늘도 겨우 일어나서 나온 거야."

해담의 표현에 주신이 부드럽게 웃었다.

"아침잠 많은 게 뭐 어때서."

"그거 되게 불편한 거야. 지금이야 엄마가 어지간한 건 다 챙겨주시니까 상관없지만, 나이 먹어서도 그럴 수는 없잖아."

"내가 챙기면 되지."

무방비 상태에서 주신이 훅 치고 들어오는 바람에 해담의 얼굴이 확 달아올랐다.

"니, 니가 왜 날 챙겨."

"내가 아침잠이 없으니까. 커피, 아침 식사, 설거지. 깨우는 것도 나름 잘해."

그 말이 마치 '난 너와 결혼할 거야' 하는 것처럼 들려온다. 예전 같으면 길길이 뛰었을 테지만 지금은 당황스럽고 부끄럽기만 했다. 이럴 때는 뭐라고 대꾸해야 할지 몰라 머릿속이 온통 하얘졌다.

별것도 아닌데 쑥스러워 눈만 끔뻑이고 있는 해담이 너무 귀여워, 주신은 고개를 숙여 볼에 살짝 입을 맞췄다.

"야아, 누가 보면 어쩌려고."

"안 본다니까."

새침데기 여우와 엉큼한 늑대 한 쌍처럼 토닥이며 해담과 주신은 버스정류장으로 향했다.

조금 떨어진 뒤쪽에서 누군가가 보고 있다는 건 꿈에도 모른 채.

"안 보긴. 내가 다 봤다, 이것들아."

점점 작아지는 해담과 주신을 물끄러미 응시하는 눈매가 묘하게 가늘어졌다.

19.

“어머니, 주신이 언제 나갔어요?”

한 손에 핸드폰을 든 유신이 2층 계단을 내려오며 물었다.

“방금 막 나갔는데, 왜?”

“주신이 핸드폰이 2층 테이블에 있더라고요.”

“어머, 거기 둔 걸 모르고 갔나 보다.”

“그럼, 제가 후딱 가서 전해주고 올게요.”

“얘, 그래라. 웬일이니, 걔가 지 물건을 다 놓고 다니고.”

유신은 점퍼를 챙기러 다시 올라갈 새도 없이 집을 나섰다.

“어후, 추워라.”

부르르 떨며 동생에게 핸드폰을 전해주겠다는 일념으로 달리던 유신의 눈에 저만치 목표물이 포착되었다.

“어? 혼자가 아니네?”

분명, 옷이며 긴 기럭지며 주신의 뒷모습이 맞는데, 옆에 웬 여자가 떡하니 있다. 뒷모습이라 누군지는 알 수 없었지만, 주신이 어깨를 끌어안다시피 하고 있는 걸로 봐서 그냥 친구는 아닌 듯했다.

"호오. 이 자식, 연애 중이었구만. 그래서 핸드폰 떨어진 것도 모르고 급히 나온 모양이네."

주신이 여자 만나는 걸 본 게 처음이라, 매우 흥미로움을 느꼈지만, 핸드폰만 전해주자 싶어 조용히 뒤따랐다.

두 사람의 대화 소리가 자그맣게 들려올 만큼 거리가 좁혀진 순간, 유신은 여자가 누군지 금세 알 수 있었다.

이건 해담이 목소린데?

잠시, 귀를 의심했지만, 슬쩍슬쩍 주신과 눈을 맞출 때 보이는 옆모습은 확실히 해담이 맞았다.

'허, 이것들 연애 중이었어? 아니, 언제부터?'

눈만 마주쳐도 지지고 볶고 서로 못 잡아먹어서 안달이던 녀석들이 저렇게 친밀해지다니. 눈으로 보고 있음에도 믿기가 힘들 지경이었다.

'이 깜찍한 것들 같으니라고.'

어리벙벙하기도 잠시, 두 녀석이 친해진 게 너무 기뻐 절로 아빠미소가 지어진다. 겉옷이 없지만 추운 줄도 모른 채 흐뭇하게 웃던 유신의 귀에 두 사람의 대화가 흘러들어왔다.

"참. 진서는?"

"아직 꿈나라. 어려서 그런지 아침잠이 많더라고."

"아니. 걔는 좋은 건 다 널 닮고, 세상 살면서 그다지 도움 안 되는 것만 날 닮았을까나. 발가락 못생긴 것도 그렇고."

유신은 대화가 언뜻 이해되지 않아 눈을 깜빡였다. 친구 동생이라는 진서가 왜 두 사람을 닮았다는 건지 알 수가 없다.

의아하게 대화를 곱씹는 사이, 두 사람은 언제 사이가 안 좋았냐는 듯 애정행각을 해댄다.

"야아, 누가 보면 어쩌려고."

"안 본다니까."

유신은 핸드폰을 전해주려던 목적마저 잊은 채 점점 멀어져가는 둘을 지켜볼 뿐이었다.

"주신이 만났어?"

현관문을 열고 들어서자 막 주방에서 나온 영주가 물었다.

"아뇨. 못 만났어요."

두 사람이 만나는 걸 숨기는 듯 보였기에 유신은 거짓말로 얼버무렸다.

"그래? 핸드폰도 없이 답답하겠네."

"아마 못 느낄 거예요."

"응?"

"아니에요."

피식 웃으며 유신이 고개를 젓자 영주가 조금 의아한 듯 보다 이내 화제를 돌렸다.

"유신아, 올라가서 진서 좀 깨워서 데려와. 애 밥 먹어야지."

"네. 그럴게요."

유신은 2층 주신의 방으로 향했다.

똑똑. 노크를 하고 문을 열자 여전히 꿈나라를 여행 중인 진서가 보였다.

"자는 자세 한 번 특이하네."

이불은 저 발밑에 뒹굴고 있는 데다, 옆으로 누워 있는 게 꼭 로댕의 생각하는 사람과 비슷한 자세였다.

유신은 책상 위에 핸드폰을 올려두고 침대에 걸터앉았다. 물끄러미 진서의 잠든 얼굴을 들여다보았다.

처음 봤을 때부터 주신과 붕어빵처럼 닮아 있어 신기하게 생각하긴 했었다. 물론, 그 덕에 자신과도 닮은 느낌이 나서 기분이 조금 묘하기도 했고.

그래서인지 조금 전 주신과 해담의 대화 내용이 자꾸만 머릿속에서 메아리쳐댄다.

"너, 정말 주신이 친구 동생 맞냐?"

중얼거린 유신은 스스로가 어이없어 웃고 말았다.

"아니면, 뭔데. 진짜 둘이 사고라도 쳐서 만든 결과물이기라도 할까 봐?"

그랬으면 10년 전쯤 양쪽 집안이 발칵 뒤집혀도 뒤집혔을 것이다.

진서가 아홉, 아니, 해가 바뀌었으니 열 살. 해담과 주신, 두 사람이 올해 스물셋.

최소한 둘이 열넷에는 진서를 낳았어야 말이 되는 거니까.

"이걸 뭘 또 계산하고 앉았냐. 나도 참."

고개를 절레절레 내젓고서 유신은 손을 뻗어 진서의 다리를 흔들었다.

"진서야, 최진서. 그만 일어나야지."

그러고 보니 얘도 성이 최 씨다. 왜 하필……. 내가 지금 무슨 생각을 하는 거야. 최 씨가 희귀 성씨도 아닌데.

"근데, 이 녀석 되게 안 일어나네?"

유신은 발바닥으로 타깃을 바꾸어 슬금슬금 간지럼을 태웠다.

"이래도 안 일어날 거야?"

작은 발이 움찔움찔, 반응을 보이기 시작했다. 유신은 사악하게 웃으며 더욱 강도를 높였다.

"으으응……으으으……."

"역시 간지럼이 직방이라니까."

드디어 진서가 잠에서 깨어나 그만두려는 찰나, 여전히 졸음 가득한 음성이 유신의 귀에 박혀 들어왔다.

"큰아빠아…… 간지러워요……."

유신의 움직임이 뚝 멈추었다. 뭐라고, 큰아빠?

진서는 잠이 덜 깬 상태에서 한 말을 자각하지 못한 채 부스스 눈을 뜨고서 상체를 일으켰다.

"안녕히 주무셨어요."

"어, 어. 그래."

얼떨떨하니 내뱉은 유신은 뭐에 홀린 듯 한참 동안 진서에게서 눈을 뗄 수가 없었다.

"이제 그만 가. 나도 올라가 볼게."

"어."

"아까부터 대답만 하고 왜 안 가?"

"넌 왜 안 올라가는데."

"그거야 네가 안 가니까 그런 거잖아."

"네가 안 올라가니까 내가 못 가는 거지."

학원 로비 입구. 마치 티격태격 대는 것 같은 해담과 주신의 대화에 드나들던 사람들이 조금 어이없는 표정으로 지나갔다.

네가 가니, 내가 가니, 하는 것과 달리 두 사람이 맞잡은 손을 만지작거리며 놓지 않고 있었기 때문이다.

"하아. 최주신. 앞으로 나 학원 데려다주러 오지 마. 너무 고민스럽잖아."

"고민하지 말고 올라가라니까. 강의 늦겠다."

"그치만, 혼자 가는 널 두고 내가 어떻게 올라가? 핸드폰도 깜빡하고 집에 놓고 왔다면서? 얼른 가. 너 가는 거 보고 올라갈게."

"너 올라가는 거 봐야 내 마음이 편해서 그래. 너나 올라가, 좀."

그러면서 자석처럼 붙어 떨어질 생각을 하지 않자, 별안간 웬 음성이 날아들었다.

"아이고, 그냥 동시에 등 돌리면 될 거 아냐? 보는 내가 답답해 죽겠네.

청소도 해야 되는데, 거 좀 비켜요. 언제까지 기다려줘야 해?"

청소도구를 든 나이 지긋한 아주머니가 미간을 찌푸린 채 해담과 주신을 응시하고 있었다.

본의 아니게 민폐를 끼치게 되어 화들짝 놀란 두 사람은 얼굴을 붉히며 고개를 숙였다.

"나, 나 올라갈게."

"어, 그래. 가. 이따가 전화할게."

서슬 퍼런 아주머니의 눈치를 보며 두 사람은 로미오와 줄리엣처럼 아침 이별을 했다.

창피함에 뜨끈해진 얼굴로 엘리베이터에 오른 해담은 이내 피식, 피식 웃음을 흘렸다.

함께 탄 사람들이 그녀를 흘끔거렸지만 해담은 자꾸만 새어 나오는 웃음을 멈출 수가 없었다.

'민망해 죽겠는데 왜 이렇게 웃음이 나는 거야?'

♥

영주는 집에서 멀지 않은 대형 마트 지하에서 장을 보고 있는 중이었다. 평소라면 혼자 카트를 끌고 다녔을 테지만, 오늘은 진서와 함께였다. 혹시나 해서 물어봤더니, 냉큼 따라오겠다고 해서 얼마나 예뻤는지 모른다.

"진서는 뭐 좋아하는 음식 없어?"

채소들을 골라 카트에 담고서 영주가 물었다.

"저는 아무거나 다 좋아요."

"아줌마도 알지. 진서가 가리는 거 없이 다 잘 먹는 거."

영주의 입가에 흐뭇한 미소가 떠올랐다. 아닌 게 아니라, 요즘 아이들답지 않게 전혀 편식을 하지 않아 내심 놀랐었다. 주면 주는 대로 남기지 않고 어찌나 잘 먹는지 대견할 정도였다.

"그래도 특별히 좋아하는 거 있을 거 아냐."

"특별히 좋아하는 거요?"

"응. 그래. 가령, 진서 엄마가 맛있게 만들어 주는 음식이나 반찬 같은 거 있잖아."

진서가 잠시 동안 생각에 잠겼다가 아주 진지하게 영주를 올려다보았다.

"저, 꼭 엄마가 만들어 주신 걸로 대답해야 돼요?"

"왜?"

"그게…… 엄마가 만드신 음식은 좀 정체불명인 게 많아서요."

"어머, 그래?"

"네. 어떨 때는 오므라이스에서 발 냄새가 나서 토할 뻔했거든요. 몸에 좋은 거라고 먹으라고 하시는데 죽을 뻔했어요."

자못 심각한 진서의 대답에 영주는 웃음이 터질 것만 같았다. 하지만, 괜히 아이 엄마가 요리 못 하는 걸로 비웃는 느낌을 줄까 봐 꾹 눌렀다.

"엄마가 굉장히 실험 정신이 투철하시구나?"

"네. 그래서 주로 요리는 아빠가 하시는 편이세요. 그래도 아빠는 엄마 요리 좋아하세요. 엄마가 해 주신 건 하나도 안 남기고 다 드시거든요."

"그렇구나."

영주는 진서를 바라보며 잔잔한 미소를 지었다.

아이의 말을 듣고만 있는데도, 그 가정의 따뜻함이 전해지는 듯해 마음이 편안해졌다.

"그럼, 진서는 아빠가 해 주신 음식 중에 뭘 제일 좋아해?"

"전 계란말이요."

진서가 눈을 반달로 만들며 한 치의 망설임도 없이 답했다.

"계란말이?"

"네. 엄마가 계란말이를 좋아하시거든요. 아빠가 자주 해 주시다 보니 저도 좋아하게 됐어요."

"그럼, 오늘은 아줌마가 계란말이 맛있게 만들어 줘야겠다."

"와, 고맙습니다!"

작은 거 하나에도 감사할 줄 알고, 즐거워하는 진서가 기특해 영주는 가만히 머리를 쓰다듬어 주었다.

언젠가 기회가 된다면 아이의 부모와 함께 차라도 한 잔 하고 싶은 마음도 들었다.

그런데, 어쩌다 이 어린아이를 남의 집에 맡기게 되었을까. 그녀가 진서의 엄마라면 보고 싶어서 하루도 못 견딜 것 같은데.

"진서는 집에 무슨 일이 생겼는지는 모르는 거지?"

"……아, 네. 저는 잘……."

진서의 얼굴에 곤란한 기색이 떠오르자 영주는 더 캐묻지 않았다. 하긴. 어린애가 뭘 알겠어. 나쁜 일만 아니면 됐지.

"진서야."

"예?"

"나중에 집에 돌아가더라도 아줌마한테 한 번씩 놀러 올래?"

진서가 가고 나면 꽤나 아쉬울 것 같아 영주는 저도 모르게 그렇게 물었다. 진서의 표정이 마치 어른들의 것처럼 묘해져 있었다.

"왜, 싫어?"

"아니에요. 올게요. 꼭."

진서가 눈을 반달 모양으로 만들며 해맑게 대답했다. 영주의 입술에도 기쁨이 걸렸다.

"자, 이제는 뭘 살까."

카트를 밀며 진열된 제품들을 살피며 가는데, 아주 익숙한 음성이 뒤에서 들려왔다.

"어, 작은 이모?"

걸음을 멈춘 영주가 뒤로 돌자 두꺼운 뿔테 안경을 낀 미모의 여성이 아주 반색을 하며 다가왔다.

영주와는 나이 차가 많이 나는 큰언니의 딸 기영이었다. 곧 마흔이라 사촌임에도 불구하고 주신이 꼬박꼬박 존대를 쓰는 상대였다.

"이모, 여기 장 보러 오셨어요?"

영주의 얼굴 역시 반가움으로 한가득 떠올랐다.

"어머, 기영아. 어쩜 여기서 다 보니? 넌 집 방향도 아닌데."

"아아. 근처에서 점심 약속이 있었어요. 연구소 들어가기 전에 뭐 좀 살 게 있어서 잠깐 들른 거예요."

"그랬구나. 난 장 보러 왔어."

"네. 다들 잘 지내시죠?"

"그럼. 잘 지내지. 넌 어때?"

"여느 워킹맘들과 같아요. 매일 눈코 뜰 새 없죠, 뭐."

안부 인사를 주고받던 기영이 그제야 진서를 발견했다.

"애는 누구예요?"

"어. 주신이 친구 동생. 사정이 생겨서 당분간 우리 집에서 지내고 있어."

영주의 말이 끝나자마자 진서가 퍼뜩 기영을 향해 허리를 숙였다.

"안녕하세요, 저는 아홉 살, 최진서입니다."

"어머, 똘똘하기도 하지. 그래, 안녕. 아줌마는 주신이 사촌 누나야."

입가에 미소를 지으며 대답한 기영이 시선을 영주에게로 옮겼다.

"언제부터 같이 지냈어요?"

"응? 글쎄. 작년 크리스마스 전인가 그럴 거야. 왜?"

"아뇨. 이모랑 굉장히 친밀해 보여서요. 누가 보면 막내아들인 줄 알겠어요."

기영의 말에 영주가 호호호, 고음으로 웃었다.

"배 안 부르고, 출산의 고통 없고, 시간 맞춰 수유 안 해도 되는 이런 예쁜 막내아들이 떡하니 나타나면 얼마나 좋겠니? 나야, 완전 대환영이지."

"어머, 그렇게 말해 놓고 보니 유신이 주신이랑도 되게 닮았네요?"

"그치, 그치? 안 그래도 처음 주신이가 데려왔을 때 얼마나 놀랐다고. 오죽했으면 주신이한테 친구 동생이 네 아들 같냐, 그랬다니까."

"하하. 많이 닮긴 했네요."

가벼운 투로 넘긴 기영이 갑자기 손뼉을 가볍게 부딪쳤다.

"이모. 우리, 여기서 이렇게 만난 기념으로 사진 한 장 찍을까요?"

"응? 웬 사진? 여기서?"

너무 뜬금없는 제안에 영주가 주변을 둘러보며 말했지만, 기영은 이미 핸드폰의 카메라 기능을 켜고서 옆으로 붙었다.

"너도 괜찮지?"

"아, 넵."

진서가 손가락으로 '브이'자를 그리며 포즈를 취한 바람에 영주 역시 얼떨결에 자세를 낮추었다.

"자, 찍을게요. 스마일."

기영의 신호에 맞춰 세 사람은 나란히 핸드폰을 보며 미소를 지었다.

찰칵.

"와. 다 잘 나왔네요. 이모한테도 지금 보낼게요."

찍은 사진을 바로 영주에게 메신저로 보내고서 기영은 진서와 시선을 맞추었다.

"진서랬지?"

"네."

"만나서 반가웠어. 다음에 또 보자."

"네. 저도요. 안녕히 가세요."

기영은 여전히 서글서글한 얼굴로 영주에게 작별 인사를 건넸다.

"이모, 저 점심시간 끝날 때가 돼서요."

"어, 그래. 얼른 가봐."

"나중에 윤후 데리고 한번 놀러 갈게요."

"그래, 나도 윤후 보고 싶다."

"네. 갈게요."

고개를 숙인 기영이 몸을 돌리자 영주와 진서도 다시 카트를 밀며 나아갔다.

저만치 가던 기영이 발걸음을 뚝 멈추고서 다시 뒤를 돌아보았다. 기영은 연방 영주와 대화를 주고받으며 가는 진서를 물끄러미 응시했다.

조금 전까지 보였던 서글서글한 미소 대신, 미묘한 표정만 한가득 떠올라 있었다. 이내 발걸음을 옮기며, 기영은 들고 있던 핸드폰으로 전화를 걸었다.

에미 로섬이 부른 오페라의 유령 OST가 들려오고, 얼마 지나지 않아 상대방이 전화를 받았다.

-어. 기영 누나.

"그래, 유신아. 바쁘니?"

-아냐, 통화 괜찮아. 점심시간이거든.

"너 언제 시간 되면, 누나랑 데이트 한 번 안 해 줄래?"

-왜 이러실까, 유부녀께서.

예전 같았으면 유신의 너스레에 웃었을 테지만, 기영은 표정의 변화 없이 말했다.

"조금 전 마트에서 우연히 이모 만났거든."

-아, 그랬어?

"응. 그래서 너한테 물어보고 싶은 게 있어."

아니, 확실히 확인해 봐야 할 게 있었다.

♥

"응. 알았어. 그럼 일요일 낮에 거기서 봐."

기영과의 통화를 끝낸 유신은 조금 의아한 눈으로 핸드폰을 바라보다 곧 책상에 내려놓았다.

'어머니를 마트에서 만났는데 나한테 물어봐야 할 게 뭐지? 따로 보자는 걸 보면 전화로 묻기 곤란하다는 건데.'

아무리 생각해도 알 수가 없어 유신은 생각을 접었다. 점심시간도 거의 끝나가고 있어 슬슬 오후 업무에 돌입해야 했다.

여기저기서 휴식시간을 보내던 무리들도 하나둘 사무실로 복귀했다. 그 무리에 있던 애리와 눈이 마주친 유신은 늘 그렇듯 눈웃음을 지어주었다.

한데, 애리는 표정을 삭 굳히더니 휙 고개를 돌리고서 자신의 자리로 가버렸다. 요 며칠, 애리가 계속 저런 반응을 보이는 통에 유신은 난감했다.

시계를 흘끔 본 유신은 애리에게 메신저를 보냈다.

[잠깐 휴게실로 와.]

애리가 메신저를 확인하는 것을 보고 유신은 사무실을 나섰다. 휴게실 의자에 잠깐 앉아 있으니 곧 애리가 다가왔다. 무표정한 얼굴로 애리가 마주 보고 앉았다.

"무슨 일인데요."

"너, 요즘 나한테 왜 그래?"

"뭐가요?"

"다른 사람들 하고는 평소처럼 잘 지내면서 나한테는 왜 그렇게 화난 사람처럼 굴어? 나한테 뭐 화난 거 있니?"

애리는 수 초 동안 빤히 유신을 보다가 비딱하니 웃었다.

"나는 뭐 선배만 보면 웃고 살살거리는 사람이어야 해요?"

"뭐?"

"그렇잖아요. 지금 선배 앞에서 사근사근하게 안 군다고 이러는 거잖아요."

"애리야. 난 그냥 네가 나한테 화가 난 것 같아서 물어보는 거야. 너를 화나게 만들었으면 그 이유가 뭔지 나도 알아야 할 거 같아서 그래. 그래야 사과를 해서 용서를 구하든, 오해를 풀든 할 거 아니야."

"그런 거 없어요."

하아. 한숨을 흘린 애리는 이맛살을 구기고서 몸을 일으켰다.

"디버깅해야 돼서요."

냉랭하게 가버리는 애리의 뒷모습을 당황스럽게 응시하던 유신은 거칠게 이마를 쓸어 올렸다.

방금 막 과외를 끝내고 학생 집 대문을 나오자마자 주신은 주머니 속 핸드폰부터 꺼냈다. 수업 중에 온 메시지를 확인하고 싶어 얼마나 전전긍긍 거렸는지 모른다.

메시지를 확인한 주신의 광대가 눈썹에 닿을 듯 위로 올라갔다.

[아직 과외 중이지? 오늘 일찍 마칠 것 같아. 점심시간부터 계속 손님이 밀려서 오늘 재료 금방 소진될 것 같거든. 마감까지 다 하고 나면 7시 조금 넘을 듯.]

이건 분명, 저녁 약속을 잡아라! 하는 해담의 신호였다.

입술을 올리며 주신은 빠르게 답문자를 보냈다.

[일찍 마감하면 같이 저녁 먹자.]

얼마 지나지 않아 곧장 메시지가 날아왔다.

[그럴까? 그럼, 이따가 끝나면 전화할게. 가게로 올래?]

[가게?]

[어. 아까 보니까 냉장고에 스파게티 해 먹을 재료가 있더라고. 가게서 스파게티 해 먹자. 나 완전 잘해!]

주신은 심장이 쿵, 내려앉는 기분이었다. 살아생전 해담이 해 주는 음식을 맛볼 수 있는 날이 올 줄이야.

감동이 폭풍처럼 밀려들었다.

[나야 좋지만 그래도 돼?]

[어. 그래도 돼. 나만 믿어.]

신혼부부처럼 해담과 나란히 서서 요리를 하는 장면이 머릿속에 둥둥 떠다닌다.

요리를 하다 눈이 맞아 진한 키스도 하고. 이마에, 양쪽 볼에, 입술에 그리고 목덜미에…….

상상이 망상으로 변질되어 버리자 주신은 다급히 정신을 차렸다.

'짐승도 아니고.'

어떻게 해담만 생각하면 음란마귀가 발동을 하는지 알 수가 없다. 한숨을 흘린 주신은 다시 문자를 보냈다.

[진서, 데리고 갈까?]

[어, 그래 줄래?]

문자인데도 반가워하는 감정이 담긴 것만 같았다. 그 역시도 감정 조절 못 하고 짐승처럼 들이대는 것보다 진서가 있어 주는 편이 나았다.

[알았어. 데려갈게. 끝나면 전화해.]

[응.]

핸드폰을 주머니에 넣는데, 정말로 갑자기 바로 뒤에서 주영의 음성이 끼어들었다.

"쌤, 잠깐만요."

주신은 한쪽 눈썹을 세우고서 몸을 돌렸다.

"언제부터 거기 있었어?"

"쌤 나가고 바로 뒤따라 왔는데요?"

"기척을 해야지."

"했는데, 쌤이 전혀 못 알아채시고 핸드폰만 만지시던데요?"

어쩌면 그랬을 수도 있기에 주신은 작게 헛기침을 하고서 턱을 들어 올렸다.

"왜."

"쌤, 궁금한 게 있어서요. 저번부터 물어보고 싶은 걸 참았는데, 이제 도저히 못 참겠어요."

"뭔데. 짧게 물어봐."

입술을 삐죽거리던 주영은 주신이 몸을 돌리려 하자 퍼뜩 질문을 던졌다.

"쌤, 그 언니한테 들이대 봤어요? 어떻게 됐어요?"

조금 귀찮기는 했지만 그래도 주영의 충고 덕에 잘된 면도 있으니 주신은 입술을 움직였다.

"잘 됐어."

"……잘 됐다고요?"

"어. 사귀게 됐어."

"……."

주영이 대꾸 대신 입꼬리를 늘어뜨렸다.

"표정이 왜 그래. 잘 되라고 해준 충고 아니었어?"

"아, 아뇨. 당연히 잘 되시라고 해준 충고죠."

퍼뜩 입술을 올린 주영이 덧붙였다.

"것 봐요. 내가 들이대라고 했잖아요. 넘어온다고. 앞으로도 그 언니와의 사이에 문제가 생기면 나한테 말해요. 내가 성심성의껏 조언해 줄게요."

"그래, 고맙다."

"고마우면 밥 한 번……."

말끝을 흐린 주영은 입술이 씰룩여지려는 걸 간신히 참았다.

주신이 지갑을 꺼내더니 만 원짜리 세 장을 척척척 빼서는 주영의 손에 딱 쥐어준 것이다.

"가서 밥 사 먹어. 내가 바빠서."

그러고는 번개처럼 홱 몸을 돌려서 가버리는 게 아닌가.

"……기막혀."

주영은 삼만 원을 손에 쥔 채 점점 작아지는 주신의 뒷모습을 하염없이 지켜보았다. 주신이 완전히 사라져서야 주영은 홱 몸을 돌려 집 안으로 들어갔다.

뛰다시피 2층 방까지 직행한 주영은 책상 서랍 속에 깊숙이 넣어둔 책을 꺼냈다.

〈쏠로 탈출 연애백서 : 나만 따라와~ 그럼 너도 커플!〉

"이 책 뭐야. 완전 사기잖아. 한쪽이 너무 들이대면 더 싫어진다며? 근데 왜 사귀는 건데?"

분에 못 이겨 잠시 식식댄 주영은 이내 이성을 찾고서 팔짱을 끼었다.

"그럼, 앞으로 이 책 반대로 하면 된다는 건가?"

20.

살을 엘 듯한 시린 바람이 불어대고 날은 진작 어둑해졌지만 진서와 유리는 발걸음을 뗄 수가 없었다.

"어떡해. 재 많이 추운 것 같아."

걱정 가득한 유리의 말에 진서의 얼굴 역시 안쓰러움으로 물들었다. 조금 전, 평소처럼 놀다 헤어지려고 할 때였다.

유리가 새끼로 추정되는 작은 길고양이 한 마리를 발견하면서 둘의 발이 딱 묶여버렸다.

사람이 없는 정자 아래 쪼그리고 앉아 벌벌벌 떨고 있는 고양이에게서 진서와 유리는 눈을 뗄 수가 없었다.

"너무 불쌍한데 어디 따뜻한 곳으로 데려가 볼까?"

유리의 물음에 진서는 퍼뜩 고개를 내저었다.

"아. 그러면 안 될 것 같아. 유리야."

"왜? 얼어 죽으면 어떡해. 오늘 너무 추운데."

"그게, 책에서 봤는데 길에 있는 아기 고양이는 함부로 데려가면 안 된대."

"그건 왜?"

"엄마가 찾을 거래."

"근데 없잖아."

"아마 먹을 걸 구하러 갔을지도 몰라. 돌아왔는데 아기가 없으면 얼마나 슬퍼하겠어."

"아. 정말 그렇겠다."

그제야 이해를 한 유리가 고개를 끄덕이고서 어두운 표정을 지었다.

"그럼, 그냥 놔두고 가면 되는 거야? 너무 추울 것 같아서 불쌍한데……."

"유리야, 잠깐만. 여기 있어 봐."

"왜?"

"편의점에 가서 물이랑 먹을 거 사올게. 혹시 엄마 고양이가 먹을 걸 못 구했을지도 모르잖아."

"응. 알았어."

진서는 빠르게 달려 편의점으로 향했다. 숨이 가쁜 줄도 모르고 한달음에 도착한 편의점 입구에서 진서는 잠시 멈칫했다.

편의점 앞 파라솔 테이블에 백발이 성성한 웬 노인이 엎드린 채 졸고 있었기 때문이다. 테이블에 뒹굴고 있는 빈 술병으로 보아 술에 취해 잠이 든 듯했다.

'오늘 되게 추운데.'

어쩐지 마음이 쓰여 잠시 노인을 지켜보던 진서는 이내 편의점 안으로 들어갔다.

"저, 여기 고양이가 먹을 수 있는 음식 없나요?"

"고양이? 참치나 소시지 같은 거 먹는 거 아냐?"

"아…… 사람 먹는 건 안 좋다고 책에서 본 거 같아서요."

"그래? 그럼, 여긴 고양이 음식을 따로 팔지는 않는데."

진서가 어떻게 해야 할지 몰라 망설이고 있자 편의점 직원이 덧붙였다.

"길고양이한테 주려고 그러는 거 아냐?"

"네, 네."

"한 번쯤 사람 먹는 거 줘도 큰일 안 날 거야. 굶어 죽는 거보다는 뭐라도 먹는 게 낫지 않아? 저기 닭가슴살 캔 정도는 줘도 괜찮을 텐데."

딴에는 듣고 보니 맞는 말 같았다. 진서는 편의점 직원이 가리키는 닭가슴살 캔과 생수도 한 병 집어 들었다.

"그냥 주면 캔에 다칠 수도 있으니까 접시에 담아서 줘야지."

그러면서 직원이 일회용 접시 봉투를 뜯어 하나를 내밀었다.

"자, 이건 네 마음씨가 기특해서 그냥 주는 거야."

"아, 고맙습니다."

접시를 받아든 진서가 고개를 숙였다. 바코드를 찍고 계산을 하는 사이 유리문 밖, 여전히 테이블에 엎드려 자고 있는 노인이 보였다.

"저, 밖에서 주무시는 할아버지 아세요?"

진서가 돈을 건네며 물었다.

"아니? 아는 할아버지는 아닌데, 수시로 술에 취해서 주무시고는 해. 술주정 같은 건 안 해서 신고는 안 했지만. 왜, 넌 아니?"

"아뇨. 밖이 많이 추워서요."

직원이 입가에 미소를 걸었다.

"너, 되게 착한 아이구나? 길고양이 걱정에다가 누군지 모를 할아버지까지 생각해 주고."

수줍은 표정으로 거스름을 건네받으려던 진서는 퍼뜩 몸을 돌려 온장고로 향했다. 안을 들여다본 진서는 망설임 없이 초코 음료를 꺼내서 카운터로 갔다.

"이것도 같이 계산해 주세요."

"설마, 저 할아버지한테 드리게?"

"네."

흐뭇하게 웃은 직원이 바코드를 찍은 다음 음료만큼의 가격을 빼고서 거스름돈을 내밀었다.

거스름돈을 주머니에 넣고 편의점을 나온 진서는 가만히 파라솔로 다가갔다.

조심스레 노인의 곁에 선 진서가 들고 있던 따뜻한 음료를 꼬질꼬질한 점퍼 주머니에 넣어주려 할 때였다.

"헉."

갑자기 노인이 눈을 떠 진서의 옷깃을 확 낚아챘다.

"뭐냐, 넌?"

"아, 아, 안녕하세요. 저, 전 최진서입니다."

술에 취한 사람답지 않게 노인의 눈빛이 너무도 매섭고 또렷해 진서는 두려움이 밀려와 마구 더듬거리며 인사를 했다.

"안녕이고 나발이고, 쪼끄만 녀석이 어디서 남의 주머니에 손을 대려 해? 고얀 놈의 자식 같으니라고."

"예? 아, 아니에요! 전 그냥 이걸 주머니에 넣어 드리려고 했을 뿐이에요."

진서가 금방이라도 울 것 같은 표정으로 들고 있던 초코 음료를 내밀어 보였다. 초코 음료를 본 노인이 눈가에 주름을 가득 만들며 진서를 응시했다.

"그걸 내 주머니에 넣으려고 했다고? 그걸 왜."

"여기서 주무시는데 추우실까 봐서요."

노인이 눈을 몇 번 끔뻑거리며 '믿어 줘, 말아?' 하는 사이 편의점 문이 열렸다.

"할아버지. 그 애 말이 사실이니까 그만 놔주시죠? 할아버지 추우실까 봐 직접 그거 산 거라고요. 계속 그 애 괴롭히시면 신고할 거에요."

보다 못한 편의점 직원이 나와서 진서의 편을 들었다.

"뭐야? 내가 뭘 잘못했다고 신고를 해!"

버럭 소리를 지른 노인은 편의점 직원이 핸드폰을 내보여서야 슬그머니 진서를 놓아주었다.

"얘, 앞으론 아무한테나 그런 거 하지 마. 실컷 좋은 일 해봤자 저 할아버지처럼 못 알아먹는 사람들 천지거든."

직원이 일침을 가하고서 안으로 들어가 버렸다.

"저, 저, 요즘 것들 버릇없는 건…… 쯧쯧쯧."

혀끝을 찬 노인은 여전히 겁에 잔뜩 질린 듯 서 있는 진서를 돌아보았다.

"뭐 하냐? 그거 나 준다고 샀다면서."

"아, 네, 네."

진서가 퍼뜩 두 손으로 내밀자 노인은 음료를 받아들었다.

"제가 빨리 가봐야 해서요."

노인이 따뜻한 음료를 따며 귀찮은 듯 손을 휘휘 내저어 보였다. 고개를 꾸벅 숙이고서 몸을 돌린 진서가 몇 걸음 만에 멈추어 섰다.

노인을 돌아본 진서는 주저주저 입을 열었다.

"할아버지, 바깥에서 주무시면 감기 걸려서 안 돼요."

"……."

대꾸 없는 노인에게 다시 인사를 한 진서는 유리와 아기 고양이가 기다리고 있을 정자로 걸음을 재촉했다.

그런 진서의 뒷모습을 물끄러미 응시하던 노인은 음료를 입으로 가져갔다. 한 모금 마신 노인의 주름진 미간이 확 구겨졌다.

"아으, 뭐가 이렇게 달아? 기왕 사 주려거든 좀 덜 단것으로다가 줄 것이지."

투덜투덜 내뱉으면서도 노인은 초코 음료를 버리지 않고 끝까지 마셨다.

참 오랜만에 느껴보는 온정이었다.

마감을 다 끝낸 저녁, 해담은 막 가게를 나서기 위해 핸드백을 챙기는 지선의 눈치를 흘끔 보며 입을 열었다.

"엄마, 오늘은 먼저 들어가세요."

지선이 머플러를 단단히 두르며 고개를 돌렸다.

"왜. 여기서 뭐 하게."

으앗, 귀신이닷!

"여기서 하긴 뭘 해요. 저 약속 있어서요. 요 앞에서 만나기로 했는데 시간이 어중간해서 그래요. 미리 나가 있으면 춥기도 하고 그래서 좀 앉아 있다가 시간 되면 나가려고요."

"그래, 그럼."

장황한 설명에 짤막하니 대꾸한 지선이 말을 이었다.

"문단속 잘하고 나가. 간판 잘 끄고."

"알았어요."

"술 처먹고 방황하지 말고."

"알았어요."

그러고서 지선이 가게를 나서자 해담은 후닥닥 주신에게로 전화를 걸었다.

뚜르르르르.

-어, 해담아. 마쳤어?

기다렸다는 듯 신호가 얼마 가기도 전에 곧장 주신이 전화를 받았다.

"응. 방금 엄마 나가셨어."

-어, 그래. 근데, 재료 미리 손질하지 말고 조금만 기다려 줄래?

"왜?"

-같이 하게.

해담은 크흡, 숨을 들이켰다. 심쿵한다는 게 이런 거구나!

"응. 알았어."

-조금만 기다려. 금방 갈게.

"응."

'응'이 아니라 '앙'이라고 괴상한 소리를 낼 뻔한 걸 간신히 누르고서 해담은 전화를 끊었다.

해담과의 통화를 끝낸 주신은 콧노래가 나오려는 것을 참으며 2층 욕실 앞을 서성였다. 조금 전 손발을 씻으러 들어간 진서를 기다리는 중이었다.

"진서, 아직 멀었어?"

기다리다 못해 묻는 찰나, 욕실 문이 열리고 진서가 밖으로 나왔다.

"다 씻었어요."

한껏 멋을 내고 차려입은 주신을 본 진서가 눈을 깜빡였다.

"아빠, 어디 가세요?"

"응. 밥 먹으러. 너도 가자."

"저도요?"

"그래. 엄마가 가게에서 스파게티 만들어준대."

순간, 진서의 표정이 아주 미미하게 굳었다가 펴졌다.

"아, 아니에요. 저는 그냥 집에서 밥 먹을래요."

"왜? 스파게티 싫어해?"

"네. 아니요, 아니, 오늘은 밥이 좋아요."

"그래?"

"네, 네. 드시고 오세요."

진서가 허둥지둥 방으로 향했다. 진서가 없어 브레이크가 안 걸릴까 걱정하기도 잠시, 해담과 단둘이서 오붓한 시간을 보낼 생각에 다시금 설렘이 퍼졌다. 주신은 입술을 귀에 걸고서 계단을 내려갔다.

주신이 완전히 계단을 내려가자 2층은 고요함을 맞았다. 뒤이어 유신의 방문이 슬그머니 열렸다.

텅 빈 2층 복도를 바라보는 유신의 얼굴은 황당함과 당황함이 뒤섞인 표정이었다.

"뭐야, 내가 지금 뭘 들은 거야?"

주신은 바람처럼 달려 해담이 기다리고 있는 가게, 소반 앞에 도착했다. 잠시 가쁜 숨을 고르며 간판이 꺼진 가게 안을 보는 주신의 가슴이 울렁였다.

생각에 잠겨 있는 듯 골똘히 카운터에 앉아 있는 해담의 모습이 그림처럼 예뻤다. 바람에 흐트러진 머리를 손으로 쓱쓱 매만진 다음 주신은 두꺼운 유리문을 밀었다.

딸랑딸랑. 풍경 소리가 울리자 사색에 잠겼던 해담이 퍼뜩 시선을 주었다.

"왔어? 어서 와."

해담이 반가움 가득한 표정을 하고서 다가왔다.

"오는데 많이 춥지?"

"아니."

가볍게 고개를 내저은 주신은 해담의 허리를 끌어당겨 품에 가두고 싶은 욕구를 꾹 눌렀다. 대신 머리만 부드럽게 쓰다듬고서, 흐트러진 머리칼을 귀 뒤로 넘겨주었다.

가만히 시선을 깔고서 주신의 손길을 느끼고 있던 해담이 문득, 생각난 듯 눈을 올렸다.

"진서는? 같이 온다고 했잖아."

"아. 안 온대."

"왜? 스파게티 안 좋아한대?"

"오늘은 집밥이 더 좋대."

해담은 어이가 없어 픽 웃었다.

"쪼끄만 게 집밥 타령은."

"그러게."

주신도 작게 따라 웃었다. 갑자기 해담이 눈을 반짝반짝 빛내며 손바닥을 짝 부딪쳤다.

"우리, 그럼, 진서 없으니까 매콤 스파게티 해 먹을래?"

"매콤 스파게티?"

"응, 응! 나 그거 완전 맛있게 잘하거든. 그냥 스파게티는 조금 먹다 보면 느끼하잖아. 근데, 내가 만든 건 전혀 안 느끼해서 폭풍 흡입할걸?"

매운 걸 일부러 즐기지는 않았으나, 그래도 웬만큼은 먹을 줄 알기에 주신은 흔쾌히 끄덕였다.

"그러자."

"그럼, 넌 면 삶아. 난 다른 재료 준비할게."

"응."

해담과 주신은 다정히 조리대로 향했다. 해담은 슥슥 소매를 걷고서 본격적으로 솜씨를 보이기 시작했다.

정말, 해담은 전문가인 지선의 딸 아니랄까 봐 마치, 요리사를 방불케 할 정도였다.

재료 손질이며, 볶는 것도 어찌나 후딱후딱 해치우는지 옆에서 보는 내내 감탄을 금치 못할 지경이었다. 면이 삶아지고 얼마 지나지 않아 뚝딱 요리가 완성되었다.

"짜란, 이해담표 특제 스파게티 완성."

예쁘게 플레이팅된 스파게티 접시 두 개가 테이블에 놓였다.

"네가 도와줘서 빨리 끝냈어."

"면 삶은 거 말고는 한 것도 없는데, 뭐."

해담과 주신은 마주 보고 앉았다.

"얼른 먹어 봐. 완전 기절할걸?"

해담이 기대감 가득한 표정으로 주신에게 권했다. 주신은 포크로 면을 돌돌 말았다. 매콤하면서도 고소한 향이 코끝을 자극했다. 그리고 입으로 가져가 한입 먹는 순간, 주신은 그대로 기절할 뻔했다.

용가리가 콧김을 뿜어낼 정도로 매워도 너무 매웠기 때문이다. 곧장 물을 찾고 싶은 걸 억지로 누르고서 주신은 꼭꼭 씹었다.

씹는데, 매울 뿐만 아니라, 짭짤한 멸치의 향과 딱딱한 식감도 함께 느껴진다.

"어때, 어때? 죽이지?"

해담이 기도하듯 양손까지 꼭 모아 쥔 채 자신감과 기대감을 드러냈다. 정말 죽을 것만 같았지만, 주신은 꿀꺽 삼키고서 엄지를 들어 보였다.

"응. 정말 죽인다."

"그치, 그치? 독특하게 맵고 맛있지? 내가 영양을 생각해서 멸치도 넣었거든."

"그, 그랬구나."

주신이 흘끔 시선을 내려 스파게티 접시를 보니 진짜로 잔잔한 멸치가 언뜻언뜻 보였다.

"맛있다니 정말 다행이다. 네 입맛에 안 맞으면 어쩌나 내심 걱정했는데."

"아냐. 맛있어. 진짜."

"많이 먹어, 주신아."

라며 해담이 자신의 것을 반이나 덜어 주신의 접시에 넘겨주었다. 저도 모르게 흠칫, 하던 주신은 해담과 눈이 마주치자 미소를 지었다.

"어, 그래. 고마워. 너도 먹어."

"응."

해담은 돌돌돌 포크로 면을 말아 예쁘게 입으로 가져갔다.

"아, 내가 만들었지만 너무 맛있다."

주신은 전혀 매운 기색 없이 감탄을 날리는 해담이 너무 신기했다.

"안 매워?"

"난 딱 좋은데. 왜, 넌 매워? 혹시, 너한테 너무 매운 거 아냐?"

잔뜩 걱정스러운 해담의 얼굴을 보니 절대, 제대로 말할 수가 없어 주신은 고개를 저었다.

"아냐. 나도 좋아."

해담이 믿지 않을까 봐 주신은 조금 전보다 훨씬 많이 면을 말아 입으로 직행했다.

넣는 순간 입속이 타는 것 같고, 기침이 튀어나올 것만 같았다. 겨우겨우 씹어 삼킨 주신은 저도 모르게 물을 찾아 벌떡 일어났다.

"왜?"

해담이 올려다보자 주신은 마음의 평화를 되뇌며 가까스로 말했다.

"맥주 안 마실래?"

"맥주?"

"응. 맥주가 생각나는 맛이라서."

괜히 물을 찾았다가 해담이 이상하게 생각할 수도 있기에 이 방법밖에는 없었다.

"오, 그 정도로 맛있어?"

"어. 응. 술을 부르는 맛."

"근데, 난 맥주 500 한 잔만 마셔도 졸음이 퍼붓는데."

"그럼, 캔 하나 사 올 테니, 반씩 나눠 먹자."

"그럴까?"

"금방 갔다 올게."

"응."

주신은 곧장 가게를 나와 바로 옆에 위치한 작은 마트 앞에 섰다.

후아, 후아. 주신은 거친 숨을 뱉어내며 잔뜩 성이 난 세포들을 다독이려 애썼다.

"어떡하지. 더 먹으면 죽을 것 같은데."

이마에 송골송골 맺힌 땀을 훔친 주신은 기다리고 있는 해담을 생각해 마트로 들어갔다. 주신은 냉장고로 가 맥주 한 캔과 우유 한 팩을 집어 들었다.

계산을 마치자마자 그 자리에서 우유 한 팩을 원샷으로 마셨다. 그러고 나니 아주 조금은 살 것 같았다. 맥주 캔 하나만 들고서 밖으로 나온 주신은 심호흡을 했다.

멸치 특유의 향이나 짭짤함은 나름 독특해서 견딜 만했지만, 매운 건 정말 정신마저 혼미해질 지경이었다. 일생일대 최대의 위기가 아닐 수 없었다.

"지금이라도 이실직고해?"

아니, 안 된다. 해담이 실망하는 모습은 절대로 보고 싶지 않았다.

"최주신. 넌 할 수 있어."

비장한 표정으로 주신은 다시 가게 안으로 들어갔다. 생글생글 웃고 있는 해담을 보자 다짐은 더욱 강해졌다.

그래. 난 네가 기뻐하는 일이라면 뭐든지 한다!

"에이. 아니겠지. 당연히 아니지. 말도 안 되는 일이지."

아니, 그런데 왜 난 잠까지 설쳐가며 이딴 고민을 하고 있느냐고?

가족 모두가 꿈나라를 헤매고 있는 이른 새벽, 유신은 퀭한 눈으로 뒤척이고 있었다. 너무 궁금하고 이상해서 도저히 잠이 오지 않는 탓이다.

유신은 원래 뭔가 껄끄럽거나 이상한 게 있어도 그다지 관심을 두는 편이 아니었다. 사정이 있겠지, 그럴 이유가 있겠지, 하고 그냥 무던히 넘어가는 성격이었다. 그런데, 그런데! 이번 건 도저히 그냥 넘길 성격의 것이 아니었다.

"왜 진서가 주신이 녀석한테 아빠라고 부르는 건데. 왜 주신이는 진짜 아빠인 것처럼 굴고 있고."

정말, 사고라도 쳐서 낳아 온 아들을 대하는 것처럼. 거기다 진서 녀석은 자신에게 큰아빠라고 부르지를 않나.

잠결에 실수한 거라 여겼지만, 가만 생각하니, 잠결이기에 어린아이가 있는 그대로 말할 수 있었던 게 아닌가 싶기도 했다.

불현듯 유신의 뇌리에 생각 하나가 스쳐 지나갔다. 유신은 이불을 밀쳐내고서 침대를 벗어났다. 한 손에 핸드폰을 들고서 유신은 주신의 방으로 향했다.

"내가 이 무슨 말도 안 되는 이상한 생각을 하는지 모르겠네."

주신의 방문 앞에 선 유신은 조금 주저했지만 이내 조심스레 문고리를 돌렸다. 애매한 상태로 있는 것보다는 확인을 해 보는 게 훨씬 나았으니까.

안으로 들어선 유신은 플래시 기능은 너무 밝았기에, 핸드폰 화면만 켜고서 침대를 비쳐 보았다. 나란히 누워 있는 주신과 진서는 한창 잠의 세계를 유영하고 있었다.

'이 녀석, 자는 자세는 여전하네.'

먼젓번에도 본 거지만, 유신은 큭, 웃음이 나오려는 것을 간신히 참았다.

'뭐, 그 덕분에 좀 더 수월하게 볼 수 있긴 하겠네.'

옆으로 누워 있으니 굳이 무리해서 몸을 돌릴 필요도 없다. 침대로 살금살금 다가간 유신은 핸드폰 액정 불빛을 진서에게로 비추었다.

만에 하나 이러다 들키면 딱 미친 변태로 오인 받기 십상인데. 하지만, 지금 당장 확인을 해 보려면 어쩔 수가 없었다.

꿀꺽. 긴장감으로 인해 절로 마른침이 삼켜진다.

'정말 미안하다. 진서야. 나 진짜로 변태 아니야.'

유신은 조심조심 손을 뻗어, 원샷원킬 하기 위해 내의 바지와 속옷을 한꺼번에 밑으로 내렸다.

꼬리뼈에 불빛을 비추어 확인하는 순간, 유신은 하마터면 핸드폰을 떨어뜨릴 뻔했다.

소사, 소사, 맙소사다!

너무 놀라, 굳어 있는 사이 진서가 꿈틀, 움직임을 만들었다.

윽. 속으로 신음을 삼킨 유신은 다급히 옷을 올려주고서 핸드폰 불빛을 껐다. 조금 뒤척이던 진서가 잠잠해지자 유신은 다시 핸드폰을 켜고서 방을 빠져나왔다.

자신의 방으로 돌아온 유신은 침대에 털썩 앉아 멍하니 눈을 깜빡였다.

"내가 제대로 본 거 맞지? 확실히 본 거 맞지?"

설마, 설마 했는데, 기가 막히게도 진서의 꼬리뼈에 떡하니 하트가 있었다. 어찌나 강한 유전자인지 이 집안 남자에게는 무조건 있는 그 하트 모양 점이.

멍하던 유신의 동공이 순식간에 경악스런 기색으로 바뀌었다.

"최주신, 이 자식! 진짜, 사고라도 쳤던 거야? 그것도 열네 살에?"

말도 안 돼!

♥

"이번 주 토요일은 가게 문 안 열 거니까, 이따가 집 가서 A4용지에 프린트 좀 해."

마감 청소를 하던 해담은 지선의 요청에 잠깐 하던 걸 멈추었다.

"왜요? 토요일에 어디 가세요?"

"어. 아빠랑 온천 다녀올 거야. 1박 2일로."

"온천요? 어디? 일본?"

"일본 같은 소리 한다. 니 아빠 자꾸 허리 쑤시대서, 어젯밤에 갑자기 잡힌 계획인데 일본은 무슨. 그냥 속초 갔다가 올 거야."

"아. 속초."

"주말에 별다른 계획 없으면 너도 같이 가든가."

"이 효녀는 사양하겠습니다. 간만에 두 분이서 오붓하게 다녀오세요."

고개를 내젓고서 다시 청소를 하던 해담은 눈을 번쩍 떴다.

"1박 2일로 다녀오신다고요?"

"어. 좀 느긋하게 다녀오려고."

해담의 심장이 마구마구 두근거리기 시작했다. 집이 비는 것이다. 무려, 1박 2일 동안이나! 갑자기 오만가지 생각들이 해담의 머릿속을 휩쓸고 다닌다.

집에서 주신과 함께 밥을 먹고, 느긋하게 차를 마시고, 나란히 앉아 TV를 시청하고, 그리고…… 으앗! 생각 스톱!

"엄마, 아빠 없다고 외박할 생각부터 하지?"

지선이 마구마구 승천하고 있는 해담의 광대를 보며 알 만하다는 듯 툭 내뱉었다.

나하하하! 그럴 리가요! 무조건 내박할 생각입니다요!

"외박 안 해요. 이불 밖이 얼마나 위험한데 외박을 왜 해요?"

지선이 퍽이나, 하는 표정을 짓고서 포스기로 시선을 돌렸다. 해담은 입이 귀에 걸릴 것 같은 걸 간신히 참으며 청소를 마무리했다.

[이번 주 토요일은 개인 사정으로 쉽니다. 더 정성 담긴 손맛으로 다음 주부터 다시 뵙겠습니다.^^]

하얀 용지에 휴무 안내 문구를 프린트한 해담은 그것을 책상 위에 올려놓고 방 안을 서성였다. 1박 2일로 집이 빈다는 기쁨도 잠시, 이 사실을 어떻게 주신에게 알려야 할지가 심히 고민이었다.

"이번 주말에 엄마 아빠 1박 2일로 속초 가셔서 집이 비는데, 집에서 놀래?"

어쩐지 너무 노골적으로 꼬시는 듯한 느낌이 들어 이건 내키지 않았다. 그녀는 그저, 집이라는 아늑한 공간에서 주신과 편한 데이트를 하고 싶을 뿐이었다.

뒹굴뒹굴 만화책을 보고, 영화도 보고, 그러다 배고프면 맛있는 것도 만들어 먹고. 밤이 깊어지면 대문 앞까지 나가 배웅도 하고.

남자친구가 생기면 꼭 해보고 싶은 데이트 중 하나였다. 생각보다 기회가 빨리 와서 조금 당황하긴 했지만.

잠시 동안 고민에 빠졌던 해담은 몇 번이나 심호흡을 하고서 전화를 걸었다.

-어, 그래. 해담아.

잘 정돈된 저음이 감미롭게 귀에 감겨 왔다.

"어디야? 집이야?"

-응. 방금 막 집에 들어왔어. 진서랑 마트 다녀왔거든.

"그랬어? 뭐 사러 갔다 왔는데?"

-칫솔 포함 이것저것. 형이 실수로 칫솔 세 개를 모두 다 변기에 빠트려 버렸대. 형 거, 내 거는 여분이 있어서 교체했는데, 진서 게 없어서.

"아. 그랬구나."

고개를 끄덕인 해담은 조금 말라버린 입술을 축이며 본론으로 들어갔다.

"토요일에 혹시 약속 있어?"

-응. 있어.

뭐시라? 또? 짜증이 스멀스멀 올라오려는 찰나, 주신이 흠흠, 헛기침을 하고서 덧붙였다.

-너랑.

유치한 농담을 너무 진지하게 하는 바람에 해담은 육성으로 빵 터지고 말았다.

"풉! 뭐야, 최주신. 그걸 개그라고 한 거야? 아하하하."

사실, 별로 웃긴 것도 아닌데, 왜 이렇게 웃음이 나는지 모를 일이다. 잠시 뒤 웃음이 잦아들자 해담은 다시 본론으로 돌아왔다.

"그럼, 토요일에 같이 밥 먹고 영화 볼래?"

-그래. 그러자. 난 좋아.

"근데, 최신 영화가 아니라도 괜찮아?"

-난 아무거나 괜찮아. 어디에서 보려고?

그날, 집에서 데이트하자는 말만 하면 되는데 왜 이렇게 빙빙 돌려 말하게 되는지 모를 일이다.

"우리 집에서."

-집?

"그날, 부모님 속초 온천 가신대. 1박 2일로."

드디어 말하고서 촉각을 곤두세우는데, 핸드폰 속에서 흡, 숨을 들이켜는 소리가 여과 없이 흘러나왔다.

그 뒤로 잠시 정적이 흐르자 해담이 먼저 말을 했다.

"왜. 별로야? 별로면……."

-콜, 콜.

성마르고도 긴박함 가득한 음성이 곧장 튀어나왔다.

유신은 대형 아파트 근처 커피숍에서 기영을 기다리는 중이었다. 이래도 되나 한참 동안 고민했지만, 결심을 굳히고서 퇴근하자마자 곧장 찾아오고 말았다.

동생의 프라이버시를 심각하게 침해하는 일이라는 걸 잘 알고 있었다. 하지만 부모님을 생각하면 형인 자신이 모른 척 넘어갈 수가 없었다. 그러자면, 확실히 해 둘 필요가 있었다.

기다리길 잠시, 기영이 커피숍에 모습을 나타냈다. 조금 묘한 표정을 한 기영이 다가와 마주 보고 앉았다.

"일요일에 보기로 해 놓고, 어떻게 갑자기 여기까지 온 거야?"

"일요일은 누나 볼일이고, 오늘은 내 볼일."

"니 볼일?"

의아한 얼굴을 하는 기영 앞에 유신은 지퍼백 두 개를 내밀었다. 어린이용과 성인용 칫솔이 각각 담겨 있는.

변기에 자신의 것까지 빠뜨렸다는 거짓말을 하고서 챙긴 주신과 진서의 칫솔이었다.

"무리한 부탁인 거 아는데, 누나한테 DNA검사 의뢰 좀 하려고."

21.

유신이 가고 난 뒤, 기영은 홀로 남아 생각에 잠겨 있는 중이었다.

마트에서 진서라는 아이를 보는 순간, 예전, 주신이 유전자 검사를 부탁했던 게 바로, 이 아이였구나 하는 직감이 왔었다. 더불어, 나이를 보나 뭘로 보나 유신이 친부가 아닐까 싶은 의심도 들었고.

유신이 직접 부탁하기가 곤란해 주신을 통해서 확인을 해 봤던 게 아닌가 나름대로 예측을 하고 있었다.

"근데, 유신이 얘는 왜 또 나한테 DNA 검사를 부탁하고 간 거지?"

분명, 주신에게서 부모 양쪽 모두 친생자 관계가 성립한다는 검사결과를 전해 들었을 텐데.

"먼젓번 결과를 못 믿어서 직접 확인하려고 그런 건가?"

그럴 리는 없겠지. 친자확인 검사에 오류가 거의 없다는 건 이미 널리 알려져 있는 사실이고 그걸 유신이 모를 리 없을 테니까.

"아니면, 이건 다른 사람의 부탁으로 온 건가?"

하지만 그런 것치고는 유신의 표정이 너무 딱딱하게 굳어 있었다.

헉. 혹시? 기영의 뇌리에 번뜩, 경악스러울 만한 가정 하나가 스쳐 지나갔다.

그 진서라는 아이의 친부가 유신이 아니라 이모부라면?

그 사실을 최근에야 이모부와 주신이 함께 알게 되었고, 그걸 계기로 이모부가 주신을 통해 비밀리에 친자확인 검사를 한 거라면?

"홀로 진서를 낳아서 키우던 여자가 도저히 안 되겠어서 이모부한테 데려다준 거야. 그걸 우연히 주신이가 목격하는 바람에 딱 걸려버렸고."

검사 결과가 나온 뒤 애를 어떻게 하나 고민을 하다 결국 주신이 친구 동생으로 둔갑시켜 집으로 들인 거지.

물론, 이모부의 주도하에. 입이 무거운 주신은 철저히 침묵을 할 수밖에 없을 것이다.

유신은 전혀 그걸 몰랐다가, 최근에야 이상한 낌새를 느끼고서 혼자 전전긍긍 거리다, 이부모와 진서의 DNA 분석을 부탁하기에 이른 거고.

"아…… 이건 너무 막장스러운데."

이상한 쪽으로 자꾸만 확신이 가려 하자 기영은 이내 생각을 멈추고 몸을 일으켰다.

일단 DNA를 분석해 보면 알겠지.

만약, 먼젓번 주신이 부탁했던 DNA와 이번 시료가 일치한다면, 이 막장에 어느 정도 무게가 실리게 된다.

굳이 큰아들, 작은아들이 같은 DNA를 가지고 각자 몰래 검사 의뢰를 한다는 건 그 대상이 집안의 가장이기 때문이 아니겠는가.

"벌써부터 머리가 아프네."

모쪼록 자신이 막장 드라마를 쓰고 있기를 바라며 기영은 지퍼백들을 집어들었다.

♥

민혁은 책상 앞에 앉아 종일 노트북을 들여다보는 중이었다. 아침도 생각이 없어 굶는 바람에 배 속에서 쪼르륵거리는 소리가 울려 퍼졌다.

똑똑똑.

노크 소리가 났지만 그것도 모른 채 모니터만 몰두했다. 벌컥, 문이 열리고 어머니가 들어왔다.

"아들."

어머니의 음성이 들려와서야 민혁은 미간을 팍 찡그린 채 의자를 빙글 돌렸다.

"엄마! 노크, 노크 좀 하라고 내가 몇 번이나 말해?"

짝! 등짝에 어머니의 손바닥이 들러붙었다.

"이 자식이 진짜. 너야말로 노크하면 대답 좀 해라, 대답 좀!"

"아, 했어?"

"그래, 이 자식아."

민혁은 따가운 등을 움찔거리며 짜증을 발산했다.

"또 왜애. 나 지금 바쁘단 말이야."

"백수 주제에 바쁘긴 뭐가 바빠?"

"내가 왜 백수야? 학생이지."

"복학 안 했으면 백수야, 인마."

"아."

금세 수긍하며 고개를 끄덕인 민혁은 이내 건성으로 어머니를 보았다.

"왜애."

"밥 먹자고, 이 자식아. 12시가 훌쩍 넘었는데 시간 가는 줄을 몰라? 아침도 쫄쫄 굶어가며 뭘 하는 거야?"

"밥?"

"그래, 밥. 귀찮아서 배달 음식 시키려는데, 하나는 안 되니까. 너 뭐 먹을래?"

"그냥, 아무거나 먹으면……."

귀찮아서 대충 내뱉던 민혁은 머리를 스치는 아이디어에 번쩍 눈을 떴다.

"엄마, 우리 사서 먹자."

"뭘."

"왜. 도시락 같은 거 있잖아. 요즘 도시락도 집밥처럼 잘 나온대."

"귀찮게 뭐 하러. 그냥 시켜 먹어."

"내가 사올게."

어머니가 놀란 표정을 지었다.

"정말 네가 사온다고?"

"응, 응. 그러니까, 싸모님은 방에서 편하게 기다리셔."

"웬일이야. 심부름은 딱 질색하는 놈이."

민혁은 어머니가 어리둥절해하거나 말거나 다급히 장롱 문을 열었다. 습관처럼 라이더 점퍼를 꺼내려던 민혁은 이내 마음을 바꿨다.

가뜩이나 짧은 머린데 헬멧으로 볼륨까지 짓누르고 싶지는 않았다. 가게가 그렇게 먼 것도 아니니 걸어가도 무방했고. 게다가 거기 가면 아주 오랜만에 해담의 어머니까지 마주할 텐데, 반듯한 인상을 심어주고 싶었다.

"돈 줄까?"

"아냐, 있어. 됐어."

건성으로 대답한 민혁은 얌전한 재킷을 걸치고서 거울을 들여다보았다. 머리 짧은 거 하나 빼고는 완벽하다 여기는 자신의 얼굴을 몇 번이나 들여다보고서 민혁은 휙 방을 나섰다.

뭐에 홀린 것처럼 나가버리는 아들을 응시하던 어머니는 민혁이 앉아 있던 책상으로 다가갔다.

"이 녀석, 도대체 뭘 하느라 방 안에 콕 처박혀 있는 거야? 평소에는 집에 있는 꼴을 못 보겠더니."

중얼거리며 미처 끄지 않은 노트북을 본 어머니가 한쪽 눈썹을 쭉 추어올렸다.

"이게 뭐야? 남친 있는 여자 뺏기?"

기가 막힌 웃음을 흘린 어머니가 혀끝을 차며 고개를 절레절레 내저었다.

"이런 미친놈."

가게 〈소반〉 앞에 도착한 민혁은 쇼윈도 안을 슬쩍 보았다. 가게 안을 본 민혁의 미간이 슬그머니 찌푸려졌다.

"무슨 사람이 저렇게 많아? 원래 이렇게 장사가 잘됐어?"

한 번도 와본 적이 없으니 알 턱이 없다. 오는 내내 지선에게 인사를 건넨 뒤, 해담과 오붓하게 대화나 나눌까 했는데, 천만의 말씀, 만만의 콩떡이었다.

계산대에 줄까지 서 있는 사람들을 보니 대화는커녕 눈도 제대로 못 마주칠 것 같았다.

"아 씨, 타이밍 너무 안 좋은데."

머리를 긁적인 민혁은 계산하랴, 봉투에 담아주랴, 바쁜 해담을 물끄러미 응시했다. 두건과 앞치마를 단정히 착용한 채 생글생글 친절히 웃고 있는 게 더없이 예쁘다.

"저 웃음, 나한테 반만 보여주지. 그럼, 격하게 아껴줄 텐데."

뭐. 그게 아니더라도 충분히 예쁘지만.

조금 더 지켜보던 민혁은 어머니가 배고파 쓰러질까 봐 문을 열고 들어갔다.

"어서 오세요."

풍경 소리에 자동으로 인사를 한 해담이 손님이 민혁임을 확인하고서 애매한 표정을 지었다.

"어서 와. 여긴 어쩐 일이야?"

"어쩐 일이긴. 도시락 사러 왔지. 엄마 심부름."

"아. 골라 봐, 그럼."

그러고서 다시 정신없이 계산과 봉투 포장을 반복했다. 민혁은 진열된 제품들을 쭉 둘러보다 오픈되어 있는 주방 쪽으로 시선을 주었다.

지선과 직원이 조리대에서 바쁘게 음식을 만들고 있었다. 괜히 옷매무시를 가다듬고서 민혁은 인사를 건넸다.

"안녕하세요."

커다란 웍에 열심히 무언가를 볶던 지선이 흘끔 고개를 들었다.

"네, 안녕하세요."

얼핏 민혁임을 알아보지 못한 지선이 손님에게 대하듯 인사를 받았다. 헛기침을 하고서 조금 머쓱하니 서 있는데, 줄을 서서 계산을 기다리는 손님들이 흘긋흘긋 시계를 보는 게 눈에 들어왔다.

봉투에 담는 것만이라도 일손을 덜면 해담이 좀 더 수월할 텐데. 언뜻 생각이 들자 민혁은 곧장 행동으로 나섰다.

민혁은 바로 카운터로 가, 해담이 스캐너로 찍은 것을 빼앗다시피 해서 봉투에 담았다.

해담의 눈이 곧장 민혁에게로 날아왔다.

"너, 지금 뭐 해?"

"도와주잖아."

"네가 뭘 할 줄 안다고 그래. 빨리 저리 가."

"뭐, 봉투에 담는 것도 못할까 봐?"

"엄마 심부름 왔다면서?"

"천천히 가도 돼."

잠시 티격태격 대느라 행동이 멈추자 누군가 '저, 바빠요.'를 외쳤다.

"바쁘시다잖아. 빨리빨리 찍어. 담는 건 내가 할 테니."

어쩔 수 없이 해담은 위생 장갑을 꺼내 민혁에게 내밀었다.

"이거나 끼고 해."

"오케이."

멈추었던 계산이 다시 시작되었다. 해담이 바코드를 찍은 다음 계산을 하는 동안 민혁이 봉투에 담으니, 정말로 진행이 한결 빨라졌다.

그러는 사이 주머니 속 핸드폰이 마구 진동을 해댔으나 민혁은 확인하지 않았다. 누군지 안 봐도 뻔했으니까.

'엄마, 쏘리.'

시간이 지나, 줄이 점점 줄어들고 마지막 사람까지 계산을 마치고 나가서야 해담과 민혁은 비소로 한시름 돌렸다.

"와, 여기 장사 잘되네?"

"어떨 때는 지금보다 더 바쁘기도 해. 그런 날은 일찍 마치고."

뻐근한 손가락을 주무르며 대답한 해담은 조금 놀란 표정을 지어 보였다.

"근데, 설민혁. 네가 이런 것도 다 도와주고. 다시 보인다?"

"야. 이렇게 바쁜데 나 몰라라 도시락만 홀짝 사서 가냐? 어차피 줄 서서 기다리는 것도 딱 질색이고."

가게가 조용해져 두 사람의 대화를 들은 지선이 그제야 목을 빼고서 민혁에게로 시선을 주었다.

"어머, 니가 민혁이었니? 어쩐지 낯이 익다 했는데."

"예. 안녕하셨어요."

"그래. 오랜만이야. 아까는 저 사람이 저기서 왜 저러지, 했는데 민혁이 네가 해담이 도와주느라 그랬구나?”

“네, 저였습니다.”

“군대 갔다 왔다더니, 훨씬 늠름해졌네?”

“하하. 그렇죠? 제가 군대 가기 전에는 잘생기기만 했는데, 갔다 왔더니 멋짐까지 더해졌죠?”

민혁의 너스레에 해담이 어이없는 표정을 지었지만, 지선에게는 통했다.

“아유, 어쩜 성격도 서글서글하지.”

지선의 칭찬에 민혁이 특유의 살인미소를 보이자 해담은 땡감 씹은 얼굴로 입술을 움직였다.

“야. 너 엄마 심부름 왔다면서? 계속 이러고 있어도 돼?”

“아, 맞다.”

그제야 망각했던 심부름을 떠올리고서 민혁은 얼마 남아 있지 않은 도시락을 몇 개 무작위로 골랐다.

“이거 다 계산해 줘.”

“어.”

해담이 계산을 해서 봉투에 담아 내밀었다. 묵직한 봉투를 든 민혁이 지선에게 꾸벅 허리를 숙여 보였다.

“저, 그만 갑니다.”

“그래, 오늘 도와줘서 고마웠어.”

“별말씀을요. 자주 사러 올게요. 안녕히 계세요.”

“어, 그래. 다음에 오면 아줌마가 잘 챙겨줄게.”

민혁이 허리를 숙이고 가게를 나서자 해담도 따라나섰다.

“오늘 고마웠어.”

“친구 좋은 게 뭐냐. 입장 바뀌면 너도 그랬을 거 아냐.”

“아닌데. 내가 왜.”

"하긴. 넌 인정머리가 없어서 쌩까고 그냥 갈 수도 있겠다."

해담이 피식, 웃자 민혁이 설핏 이맛살을 구겨 보였다.

"야, 근데. 넌 내가 바이크 사고 난 거 어떻게 됐는지 걱정도 안 됐냐? 어떻게 그동안 문자 한 통이 없어?"

"안 죽을 것 같더라. 뭘 새삼스레."

하. 이 뻣뻣하기가 나무젓가락보다 더한 기집애, 어디가 좋다고 내가 이러나 몰라.

"병원에는 가 봤어?"

"안 죽을 만큼인데 병원은 뭐 하러."

툴툴거리는 민혁에게 곱게 눈을 흘긴 해담은 이내 걱정스러운 표정을 지었다.

"조심히 좀 다녀. 네가 다치면 부모님께서 걱정하시잖아. 바이크가 한 번 사고 나면 크게 난다더라."

"걱정 마셔. 내 라이딩 테크닉이 얼마나 좋은데."

고개를 절레절레 흔든 해담은 손을 휘휘 저어 보였다.

"가. 이제."

"참. 꼬맹이는 잘 지내냐? 귀걸이 주러 갔을 때는 못 봤던 것 같은데."

해담이 아주 찰나 눈동자를 굴리다 퍼뜩 대답했다.

"아. 진서는 원래 다른 방에서 자. 버스에서 잘못 내린 그날은 고생한 애를 혼자 두기 짠해서 내 방에서 재운 거고."

"누가 보면 친척이 아니라 엄만 줄 알겠네."

해담의 얼굴이 미미하게 굳었지만 민혁은 눈치채지 못한 채 말을 이었다.

"걔는 보통 어디서 노냐?"

"그건 왜?"

"아니, 뭐. 요즘 꼬맹이들은 뭐 하고 노나 싶어서."

"놀이터에 가서 잘 놀더라. 글쎄, 세상에. 벌써 여자친구가 있는 거 있지? 걔 만나러 그렇게 열심히 놀이터로 가더라고. 요즘 애들이 진짜 빠르다니까."

마치, 아이를 둔 엄마처럼 수다스럽게 말하던 해담은 이내 입술을 추슬렀다.

"야, 너 안 가? 아주머니 무지 배고프시겠다."

"안 그래도 간다, 가."

다시 손을 흔들고서 가게 안으로 들어가 버리는 해담을 조금 더 보고 있던 민혁도 몸을 돌렸다.

"하여튼 기집애가 츤데레 기질은 있어가지고. 그냥 걱정된다고 하면 될 것을 부모님까지 들먹이고."

민혁의 입가에 진한 미소가 걸렸다. 이제 지선과도 순조롭게 눈도장을 찍었고, 진서가 놀이터에 출몰한다는 정보도 입수했으니 슬슬 계획을 진행해 볼 참이었다.

♥

유신과 애리는 클라이언트와의 미팅을 마치고 나란히 엘리베이터에 올랐다. 지하층을 누르고서 애리는 바닥만 응시할 뿐 유신 쪽으로는 곁눈질조차 하지 않았다.

유신에 대한 마음을 접기로 한 순간부터 그녀는 의도적으로 쌀쌀맞게 굴었다. 그러지 않으면 또 스스로를 무너뜨릴까 봐.

스시 전문점에서 셀카를 가장한 여러 장의 사진을 보냈던 그날, 알았다. 유신은 전혀 그녀에게 관심이 없다는 걸.

그때, 유신은 그녀가 가장 못나게 나오고, 초점조차 흔들린 사진을 고르고서 메시지를 보내왔다.

'애리야, 참 신기한 우연이 다 있네? 네가 봐달라는 사진 배경에 깨알같이 찍힌 애 있지? 우리 바로 옆집에 사는 애거든. 진짜 예쁘고 귀엽지?'

유신이 고른 건 배경처럼 찍힌 그 여자애가 가장 예쁘게 나온 사진이었다. 그래서 그날, 유신을 마음에서 떠나보내기로 완전히 결정을 내릴 수밖에 없었다.

잠시 뒤 엘리베이터가 지하 주차장에 도착했다. 유신과 애리가 아무런 대화 없이 함께 타고 온 차로 향하는데 핸드폰이 울렸다.

유신은 계속 걸음을 옮기며 액정을 바라보았다. 사촌 누나의 이름이 떠 있자, 절로 심호흡이 쉬어진다. 유신은 곧바로 전화를 받았다.

"어. 누나. 결과 나온 거야?"

-응. 나왔어.

"어떻게…… 됐어?"

-남자의 성염색체가 XY잖아. 이 Y염색체는 아들에게 유전이 되거든. 분석 결과, 부자지간이 맞아. 확실해.

숨마저 죽인 채 듣고 있던 유신은 핸드폰 든 손을 아래로 떨구고서 걸음을 멈추었다.

이미 진서의 꼬리뼈에 있는 하트 모양의 점을 보는 순간, 이럴 거라 예상한 거였다. 그럼에도, 과학적으로 확실히 확인까지 하고 나니 정신이 멍해졌다.

"이 미친 자식이!"

갑작스런 욕설에 화들짝 놀란 애리가 걸음을 멈추고서 돌아보았다.

"선배?"

유신은 잔뜩 화가 난 것 같았고, 또 황당해하는 것 같기도 했다. 한편으로는 걱정이 가득한 것 같기도 한 유신의 복잡한 표정에 애리는 다짐도 잊고 다급히 다가갔다.

"선배, 괜찮아요?"

"……."

"안색이 많이 안 좋아요."

유신은 들고 있던 차키를 내밀었다.

"미안한데, 애리 네가 운전 좀 해 줄래?"

"어, 응. 그럴게요."

"미안. 부탁할게."

유신이 더없이 가라앉은 얼굴로 저벅저벅 걸어가자 애리도 다시 걸음을 옮겼다.

"먼저 들어가. 엄마 약속 있어서 조금 있다……."

"예. 그럴게요."

지선의 말이 끝나기도 전에 해담이 앞치마 등 세탁물을 챙기고서 가방을 멨다. 지선이 조금 놀란 표정으로 해담을 응시했다.

"웬일이야, 귀찮게 안 하고?"

웬일이긴요. 오늘 주신이 오는 날인가 보다, 싶어서 그렇죠.

"피곤해서요. 얼른 들어가서 씻고 싶어서요."

"그래. 가."

"이 효녀는 먼저 갑니다."

"저, 저. 효녀도 아닌 것이 듣기 싫게 효녀 타령은."

혀끝을 차는 지선에게 입술을 삐죽 내밀어 보인 해담은 슬그머니 가게를 나섰다.

최대한 조용히 밖으로 나온 해담은 가게 바로 옆 골목 쪽으로 슬금슬금 다가가 전화를 걸었다. 그러자 어두운 골목에서 신나는 전화 벨소리가 울려 퍼졌다.

뒤이어 주신이 바로 전화를 받았다.

"어, 해담아."

전화기가 아닌 골목에서 들려오는 주신의 음성에 해담은 피식 웃고서 말했다.

"어딘데 이렇게 바로 옆에서 대화하는 것처럼 잘 들리지?"

"……."

그제야 상황 파악을 한 주신이 당황스러운 표정으로 골목에서 빠져나왔다.

"어머, 주신아. 거기 있었어?"

장난기 가득한 해담의 얼굴을 보며 주신도 실소를 흘리고 말았다. 주신이 양팔을 벌리자 해담은 쪼르르 다가가 허리를 껴안았다. 주신이 그녀를 마주 껴안았다가 놓아주었다.

해담의 얼굴과 머리칼을 쓰다듬으며 주신이 의아한 얼굴을 했다.

"나 여기 있는 거 어떻게 알고 전화했어."

"몰랐는데? 난 그냥 일 끝났다고 전화한 건데, 골목에서 네 벨소리, 목소리 들리더라."

"아."

해담의 능청에 주신은 그대로 속아 넘어갔다.

"가자."

주신이 해담의 어깨에 다정히 팔을 두르고 에스코트를 시작했다. 금세 도착한 집 앞에서 해담과 주신은 헤어지기가 아쉬워 괜스레 손을 만지작거렸다.

"얼른 들어가."

"응. 알았어."

지선이 기다릴 걸 알기에 해담은 먼저 손을 놓고서 고개를 끄덕였다. 주신은 가만히 고개를 숙여 이마에 쪽, 볼에 쪽, 그리고 입술까지 쪽, 한 다음에야 해담을 놓아주었다.

"누가 보면 어쩌려고."

해담이 조금 발갛게 달아오른 얼굴로 가볍게 주신의 팔을 때렸다.

"안 봐. 들어가, 얼른."

여전히 불그스름한 얼굴로 고개를 끄덕인 해담은 몸을 돌렸다. 해담이 완전히 대문 안으로 들어가서야 주신은 입매를 굳히고서 내달리기 시작했다.

주변이 완전히 고요해지자, 가로등이 없는 어두운 골목길에서 저벅저벅 발소리가 났다.

"안 보기는. 허, 이것 참."

형형하게 빛나고 있는 매서운 눈길 잠시 동안 허공을 응시하고 있었다.

♥

대망의 날을 하루 앞둔 금요일 이른 아침이었다.

겨우겨우, 억지로 일어난 해담이 학원에 가기 위해 씻고 욕실을 나오는데, 식탁 앞에 마주 보고 앉은 형진과 지선의 대화 소리가 들려왔다.

"여보, 우리 내일 속초 가는 거, 가지 말까?"

형진의 조심스러운 말에 지선은 눈썹을 추어올렸다.

"갑자기 왜요? 회사에 무슨 일이라도 생겼어요?"

"아니. 그건 아닌데."

"그럼, 그냥 가요. 모처럼 만에 근교로 나가는 건데."

"아니면 일요일 일찍 나서서 당일치기로 다녀올까?"

"당일치기로?"

"굳이 1박 2일로 다녀올 필요가 있나 싶어서."

"아니, 속초까지 가는데 1박 2일은 잡고 다녀와야 안 피곤하죠. 피곤 풀려고 거기까지 가는 건데, 피로를 더 얻어오면 안 되잖아요. 그리고 근방 호텔 예약하는데 얼마나 힘들었는 줄 알아요?"

어림도 없다는 듯 날 선 지선의 소리에 형진은 더 말 못하고 눈만 끔뻑거렸다.

"아빠, 운전하기 피곤해서 그러세요?"

보다 못한 해담이 끼어들었다. 그 순간, 해담은 레이저가 나올 것만 같은 형진의 눈과 딱 부딪치고 말았다.

흠칫. 왜, 왜 저러시지?

해담이 표정을 굳히자 형진이 아차, 하는 얼굴로 퍼뜩 눈을 풀었다.

"어, 그래. 아빠가 운전이 피곤해서 그래."

"어이구, 참 속초까지 얼마나 걸린다고. 내가 할게요. 올 때 갈 때 다 내가 하면 됐죠?"

그럼에도 형진은 뭔가 석연치 않은 얼굴로 작게 한숨을 내쉬었다.

보다 못한 지선이 버럭 소리를 지르고 말았다.

"아, 가지 마! 가지 말자고요!"

"여, 여보."

"아니, 내가 나 좋자고 핸드폰 들여다보면서 호텔 예약하고 그런 줄 알아요? 당신 찬바람 불고 허리 아플 때마다 온천 갔다 오면 가뿐하다 그래서 나도 겨우 시간 낸 거라고요."

"알았어요. 미안해요. 가요."

"아, 가지 말자니까 그러네? 가기 싫은데 뭐 하러 억지로 가?"

"아니에요. 내가 잘못했어요. 갑시다. 가자니까요."

형진이 매달리다시피 애원했지만 지선은 말없이 식탁에 아침 식사를 차렸다. 슬그머니 방으로 들어온 해담은 기초화장품을 바르고서 문자 한 통을 날렸다.

[어쩌면 우리 부모님, 온천 안 가실지도 몰라. 아니. 안 가실 것 같아. 그렇게 알고 있어.]

해담을 학원까지 무사히 호위해 주기 위해 씻고 방으로 들어온 주신은 문자를 확인하고 하아, 한숨을 흘렸다.

해담과 함께 아침을 맞이할 수 있는 절호의 찬스가 저 멀리 날아간 것이다.

그는 계획이 이랬다.

따뜻한 영화와 적당한 가격의 와인으로 오붓하게 분위기를 낸다.

그러다 해담이 잠들면 침대로 옮겨 재우고, 그는 소파에서 잔다.

그리고 날이 밝으면 모닝커피와 토스트를 준비해서 해담을 깨운다.

그렇게 함께 아침 햇살을 받으며 아침을 맞이할 생각이었다.

"음. 물 건너갔네."

뭐, 어쩌면 잘된 일일 수도 있었다. 계획은 순수함 그 자체지만, 사실, 해담과 한 공간에 둘만 있는 건 지극히 위험한 일이었다.

나름 자제력이 있는 편이라 믿었는데, 해담만 옆에 있으면 그게 너무 힘든 일이 돼버린다.

자꾸만 볼을 꼬집고 만지고 싶고, 온 얼굴에 쪽쪽쪽, 입술 도장을 찍고 싶어 몸이 근질거릴 지경이었으니까. 그러다 보면 더 진도가 나가고 싶어 음란마귀가 스멀스멀 그를 잠식한다.

하. 나 변탠가?

허리에 손을 얹은 채 심각하게 고민을 하는데, 똑똑똑, 노크 소리가 들려왔다.

"네."

문이 열리고 유신이 방 안으로 들어왔다.

흠칫, 주신은 유신의 얼굴에 늘어진 다크서클을 보며 슬쩍 뒤로 물러났다.

"얼굴이 왜 그래? 무슨 일 있어?"

"……."

잠시, 아무런 말 없이 주신을 응시하던 유신이 입을 열었다.

"너, 형한테 할 말 없냐?"

"무슨 말."

1초도 생각지 않고 나간 대답에 유신이 눈을 가늘게 떴다.

"정말, 네가 먼저 할 말 없어?"

왜 이래. 주신은 가만히 눈을 깜빡이다 다시 말했다.

"없는데."

"하아."

땅이 꺼져라 한숨을 흘린 유신이 작게 고개를 끄덕였다.

"그래. 니가 없다면 내가 해야지. 오늘 저녁에 나랑 술 한 잔 하게 약속 잡지 마. 약속 있어도 취소하고."

뭔가 비장하고도 날이 선 것 같은 유신의 분위기에 주신은 고개를 끄덕였다.

"알았어."

"저녁에 보자."

유신이 조금 거칠게 문을 닫고 나가버리자 주신은 고개를 삐딱하니 기울였다.

"왜 저러지? 본인이 할 말 있는 거 같은데."

어깨를 으쓱한 주신은 이내 침대로 향했다.

“진서, 이만 일어나야지.”

엉덩이를 툭툭 두들기자 진서가 꼼지락꼼지락거리더니 이불을 푹 덮어썼다. 주신은 피식, 웃으며 고개를 절레절레 저었다.

“확실히 아침잠이 많아. 일찍 자는데도.”

진서처럼 이불 속에서 꾸물거리며 나오지 않으려는 해담의 모습이 상상이 가, 주신의 입에 진한 미소가 걸렸다.

그런 해담을 모닝키스로 깨울 날이 언제쯤이면 올까. 생각만으로도 가슴이 빠근해지고 광대뼈가 위로 향한다.

학원을 마치고 곧장 가게로 온 해담은 유리문에 여전히 붙어 있는 문구를 보고 씩, 입술을 올렸다. 지선이 저걸 안 뗀 걸 보니, 계획대로 온천에 가기로 한 모양이었다.

“어우, 웬일이야. 임지선 씨 불뚝 성질에 절대 안 갈 줄 알았는데.”

막 주신에게 알려주려던 해담은 이내 생각을 바꾸었다. 어떻게 될지 확실히 모르니, 오늘 저녁에 두 분의 분위기를 본 다음 알리는 게 좋을 것 같았다.

그래도 다시 설렘이 치고 올라와 작게 콧노래를 흥얼거리며 해담은 가게로 들어갔다.

오늘따라 식사시간 대가 아닌데도 계속 가게에 손님이 들끓었다. 내일 가게 문을 열지 않는 탓에 반찬이며, 도시락을 미리 챙겨두려는 사람들이 끊임없이 드나들었기 때문이다.

아무래도 오늘은 일찍 끝날 모양이었다. 늦은 오후가 되어, 재료가 떨어져 갈 때쯤이 되어서야 해담은 겨우 의자에 엉덩이를 붙이고 앉았다.

‘계획대로 진행될 것 같으니, 내일 볼 만한 영화쯤은 미리 골라 놓는 센스 정도는 발휘해야지.’

피곤한 줄도 모른 채 검색을 하기 위해 핸드폰을 집어들 때였다. 때맞춰 핸드폰이 울려댔다.

"아, 이 가스나 타이밍은."

해담은 가게 밖으로 나와 전화를 받았다.

"어, 유정아."

-어. 해담. 많이 바빠? 메신저 확인을 안 해서 전화해 봤다.

"어, 그랬어? 너무 바빠서 이제 겨우 핸드폰 드는데 네가 전화한 거야. 왜? 무슨 일 있어?"

-야, 대박 사건.

웬 대박 사건? 유정이 워낙 청순한 외모와 달리 호들갑스러운 성격이기에 해담은 덤덤히 말을 받았다.

"뭔데."

-야, 주해주 다음 달에 결혼한단다.

"뭐?"

해담은 저도 모르게 언성을 높이고 말았다. 해주는 유정을 포함한 해담의 고등학교 시절 몰려다니던 패거리 다섯 명 중 하나였다.

아주 얌전하고 조용해서 있는 듯 없는 듯 그런 아이랄까.

"해주가 결혼한다고?"

-어, 그렇댄다. 내가 어제 이 기집애를 만났는데, 그러더라. 다음 달 말쯤 결혼할 거라고.

"와, 뭐가 그렇게 급해서. 졸업도 하기 전에 결혼부터 한대?"

-사고 쳤댄다, 사고. 지금 해주 임신 중이래.

헐퀴! 해담은 믿기지가 않아 입만 턱 벌렸다.

우리 중 제일 늦게 결혼할 거라 여겼던 애가 임신부터 해서 결혼을 한다니, 정말 너무 놀라 말문이 막혔다.

-자기도 그렇게 될 줄 몰랐는지 울고불고하는데, 참 그렇더라. 학교도 그만둬야 할 모양이더라. 자세히는 말 안 하는데, 신랑 될 사람 어머니 성격이 끝판 대왕인가 봐.

"어머, 어떡해. 해주 불쌍해서."

-불쌍해도 어떡해. 이미 임신을 해 버렸는데. 둘 다 성인씩이나 돼서 피임도 제대로 안 하니, 그 사달이 났지.

너무도 구체적인 유정의 발언에 해담은 괜히 헛기침을 했다.

"야. 했는데, 실패했을 수도 있지."

-그럼, 하늘이 내린 선물이겠지. 왜, 연예인들 혼전 임신하면 단골로 하는 말 있잖아. 하늘이 선물을 일찍 줬다고.

해담이 픽 웃자, 유정이 말을 이었다.

-아무튼, 너도 최주신이랑 연애 계획성 있게 해. 평생 땅 치고 후회하지 말고.

갑자기 얘기가 이쪽으로 빠져버리자 해담은 확 얼굴을 붉혔다.

"이, 이게 미쳤나. 왜 난 걸고넘어져?"

-너도 연애 중이니까 그렇지. 친구로서 하는 충고니까 새겨들으라고.

한숨 섞인 투로 말한 유정은 곧장 덧붙였다.

-나중에 해주가 따로 전화 돌린대. 내가 너한테는 말한다고 했으니까 모른 척 안 해도 되고.

"어, 그래. 알았어."

-이해담, 계획성 있게. 알았지?

끝까지 당부를 하고서 유정이 전화를 끊자 해담은 잠시 멍하니 허공을 응시했다.

결혼이라는 건 그녀와는 그다지 상관없는 아주 먼 세계의 일이라 여겼는데, 갑자기 현실로 쑥 다가온 느낌이었다. 그간 애써 묻어 두고 있던 현실 하나가 불쑥 불거져 나와 머릿속을 헤집는다.

티를 내지는 않지만 주신은 늘 '결혼'을 염두에 두고 있을 거라는 것. 이 사귐의 끝이 결혼이 아니라고 처음부터 그녀가 못 박아 두긴 했지만, 실상 주신의 마음은 그렇지 않을 것이다.

매일매일 같은 방에서 부대끼며 지내는 진서가, 이제는 완전히 아들처럼 느껴질 테니까. 그녀도 오며 가며 마주치면 형언할 수 없는 감정이 들고, 속절없이 끌리는데 주신은 오죽하겠는가.

해담은 마냥, 주신과 알콩달콩 사귀기만 할 수 없다는 걸 확실히 깨닫고 있었다.

♥

"우와, 완성됐다!"

진서와 유리는 알록달록한 색종이로 꾸며진 상자를 보며 환호성을 질렀다. 며칠 내내 둘이서 함께 꾸민 길고양이 집이었다.

저 아래 편의점 누나에게 부탁해 얻은 상자로, 시간 가는 줄도 모른 채 만든 거였다. 나름 지붕도 있고, 바닥에는 이불도 깔았다.

"이제 엄마랑 아기가 덜 춥겠지?"

유리가 〈키티와 큐티의 집〉이라고 써넣은 상자를 보며 신나서 말했다.

"여기서 살면 그렇지 않을까?"

"아. 제발 여기서 살았으면 좋겠다."

바람을 가득 담아 진서는 봉투에 담아온 고양이용 사료를 큼지막한 접시에 담아서 상자 안에 넣었다. 그리고 생수도 오목한 그릇에 부어 사료 접시 옆에 놓았다.

진서는 며칠 전, 영주와 함께 마트에 갔을 때 부탁해서 산 사료를 지금껏 매일 이곳에 놓아두고 있었다. 두고 갔다가 다음날이 되면 다 먹고 없는 게 얼마나 뿌듯했는지 모른다.

진서와 유리는 조심스레 상자를 어미와 아기 고양이가 자주 보이는 구석진 곳에 두었다. 사람이 있으면 오지 않기에 진서와 유리는 멀찍이 떨어져서 지켜보았다.

얼마 지나지 않아 고양이가 슬금슬금 상자 쪽으로 다가가는 게 보였다.

"어, 상자로 들어간다, 들어가."

숨죽여 지켜보던 유리가 신나서 작게 속삭였다. 진서 역시 그런 유리를 응시하며 뿌듯하게 웃었다.

유신에게서 전화가 온 건 날이 완전히 어둑해져서였다. 집 근처 횟집에 있으니 오라는 말만 하고서 전화를 뚝 끊어버렸다.

대충 옷을 챙겨 입고 아래층으로 내려간 주신은 완벽히 차려입은 영주를 보고서 걸음을 멈추었다.

"어머니, 어디 가세요?"

"응. 니 아빠랑 저녁 모임 있어. 왜?"

주신은 음, 한숨을 삼키며 고개를 저었다.

"아니에요. 즐거운 시간 보내고 오세요."

"싱겁긴."

주신은 다시 2층으로 올라가 해담에게로 전화를 걸었다.

-응. 주신아.

"해담아, 오늘 일찍 끝났다고 했지?"

-응. 집이야. 왜?

"그럼, 미안한데 진서 좀 부탁해. 난 형이 기다려서."

-맞다. 유신 오빠랑 약속 있다고 했지?

"응. 어머니도 아버지와 저녁 모임 때문에 나가신다 그러고. 부탁 좀 할게."

잠시 동안 해담이 말이 없자 주신은 조금 초조해졌다. 혹시, 해담이 급격히 부담을 느낀 건 아닌가 싶어서.

-주신아.

"응."

-나한테 부탁 안 해도 돼. 나도…… 진서에 대한 책임 있잖아.

순간, 쿵하고 심장이 떨어졌다. 진정 해담의 입에서 나온 말이 맞는지 실감이 나지 않는다. 그간 해담의 마음에 변화가 생긴 것 같아 가슴이 벅차오른다.

-여보세요? 듣고 있어?

"어, 듣고 있어. 조금 의외라."

-뭐야. 니가 그렇게 말하면 나 되게 무책임한 사람 같잖아.

주신은 해담이 투정 부리듯 말하는 것마저도 사랑스러워 가슴이 뿌듯했다.

-지금 진서 데리고 집 앞으로 와. 내가 나갈게.

"응."

전화를 끊은 주신은 방문을 열고서 진서를 향해 웃음을 보였다.

"진서야, 나가자."

"예?"

"엄마한테 가자."

영문을 몰라 눈을 끔뻑거린 진서가 이내 미소를 지었다.

"네."

진서와 함께 밖으로 나가자 해담이 이미 대문 앞에서 기다리고 있었다. 집에서 입고 있던 얇은 옷차림을 보고서 주신은 거의 본능적으로 해담을 품으로 끌어당겼다.

“추운데 옷을 이렇게 입고 나오면 어떡해.”

“금방 들어갈 건데, 뭐.”

잠시 주신의 품에 안겨 있던 해담은 이내 벗어나 진서와 시선을 맞추었다.

“진서 안녕.”

“네. 안녕하세요.”

해담은 어쩐지 가슴이 뭉클거리는 기분에 진서의 머리를 쓰다듬고서 주신을 올려다보았다.

“늦을 것 같으면 그냥 진서 집에서 재울게.”

“응. 그래. 고맙다.”

“고맙다는 말도 앞으로 안 해도 돼.”

그렇게 말한 게 쑥스러워 해담은 진서의 손을 잡았다.

“진서야, 들어가자.”

주신은 그냥 들어가려는 해담의 팔을 붙잡았다. 눈을 동그랗게 뜨고서 흘끔 진서의 눈치를 본 해담이 이내 까치발을 했다.

주신이 고개를 숙여주자 쪽, 소리가 나게 입술을 부딪친 해담이 이내 얼굴을 붉혔다. 오히려 진서는 아무렇지 않은 표정이었다.

“오빠 기다리시겠다. 얼른 가. 들어갈게.”

해담과 진서가 손을 흔들고서 대문 안으로 사라지자, 주신 역시 진한 미소를 입술에 걸고서 몸을 돌렸다.

유신이 일러준 횟집으로 온 주신은 직원이 안내해 주는 룸으로 향했다.

창호지가 발린 미닫이문을 열고서 안으로 들어가자 아침보다 더 다크서클이 심한 유신이 번쩍 고개를 들었다.

“둘이 먹는데 웬 룸까지.”

주신은 뭔가 불길한 예감을 직감하며 좌식 의자에 앉았다.

"음식, 조금 이따 달라고 했으니 얘기부터 하고 먹자."

"그래, 그럼."

무슨 일 때문에 유신이 이러는 건지 궁금해 음식이 안 넘어갈 것 같기도 했다.

"뜸 안 들이고 단도직입적으로 물을게."

주신이 고개를 끄덕이자 유신이 입술을 움직였다.

"진서, 니 아들 맞지?"

의아한 얼굴을 하고 있던 주신의 표정이 순식간에 굳어졌다.

22.

“진서, 니 아들 맞지?”

주신은 아주 찰나 동안 정신이 멍해지는 기분을 맛보았다. 유신의 할 말이라는 게 진서일 줄은 꿈에도 상상하지 못했다.

지은 죄도 없건만, 전쟁터에서 급습을 당한 것처럼 눈앞이 아찔해지는 그런 느낌이었다.

“어설픈 변명 같은 거 할 생각 말고 있는 그대로 진서에 대해 서술해 봐.”

쉽게, 대충 얼버무리는 정도로는 결코 넘어가지 않을 것 같은 유신의 기세에 주신은 잠시 침묵을 지켰다.

“야, 인마. 최주신. 입 다문다고 해결될 일 아니잖아.”

“그게 아니라.”

“아니면 제대로 말해. 증거 있으니까 거짓말할 생각도 말고.”

주신의 한쪽 눈썹이 올라갔다.

“증거?”

그렇게 묻던 주신의 뇌리에, 유신이 칫솔을 모두 변기에 빠뜨렸다고 한 사실이 떠올랐다.

"나 몰래 칫솔로 유전자 검사를 해 봤어?"

유신이 조금 뜨끔한 얼굴을 했으나 곧장 턱을 들었다.

"그래, 했어. 꼬우면 불법으로 고소하려면 하든가."

흠. 작게 한숨을 흘린 주신은 이내 고개를 끄덕였다.

"검사해 봤으면 알겠네. 맞아. 진서 내 아들."

이번에는 유신이 커다랗게 한숨을 쉬고서 주신을 똑바로 응시했다.

"어떻게 일을 이 지경까지 오게 만들 수가 있냐? 하, 진짜. 열넷이면 겨우 중학생 아냐. 기도 안 찬다, 정말."

유신이 상상하는 게 어떤 건지 충분히 짐작이 갔지만 주신은 입을 꾹 다물었다.

"그동안 무슨 일이 있었는지, 왜 진서가 이제야 나타난 건지, 하나도 빠짐없이 설명해."

"그건 내가 멋대로 말할 수 있는 사항이 아니라서."

"뭐, 인마?"

"잠깐 기다려."

주신이 몸을 일으키자 유신이 한쪽 눈썹을 쭉 치켜세웠다.

"얘기하다 말고 어디가, 이 자식아."

"당사자한테 허락 구하러."

유신은 조금 어이없는 표정을 짓기는 했으나 제지하지는 않았다. 룸을 나온 주신은 성큼성큼 빠른 걸음으로 가게 밖으로 향했다.

"도대체 어떻게 눈치를 챘지."

워낙 유신이 타인의 일에는 관심을 두지 않는 성격이라, 형 앞에서 너무 안일하게 진서를 대하다 들킨 건지도 모른다. 주신은 주머니에서 핸드폰을 꺼냈다.

해담의 집은 형진, 지선, 해담 그리고 진서, 네 사람이 식탁에 둘러앉아 한창 저녁 식사를 하는 중이었다.

"세상에, 진서는 나물무침도 잘 먹는구나?"

"맛있어서요."

지선의 칭찬에 진서가 배시시 웃으며 말했다.

"고 녀석 참 똘똘하니 이쁘게 생겼네. 부모님은 밥 안 먹어도 배부르겠다."

형진이 진서에게 흠뻑 빠진 눈으로 말하자, 해담은 뭔가 기분이 묘해 어색한 표정을 지었다. 지선과 달리 이렇게 마주앉은 게 처음인 형진은 연방 진서에게서 눈을 못 떼고 있었다.

"당신은 진서 처음 보죠? 먼젓번에도 여기서 잔 적 있었는데, 그때는 당신 일찍부터 산 타러 간다고 못 봤고요."

"아, 그랬어요?"

형진이 진서 앞으로 이것저것 반찬들을 챙겨 주었다.

"많이 먹어라. 그래야 쑥쑥 크지."

"네. 고맙습니다."

지 아빠 닮았으면 평균 이상으로 아주 쑥쑥 클 테니 걱정 안 하셔도 돼요.

속으로 그렇게 응수해 놓고 해담은 스스로가 조금 어이없어 실소를 흘렸다.

'뭐래. 얼마 전까지 운명은 개척하는 거라고 부르짖어 놓고.'

어쩐지 최주신과 최진서라는 덫에 갇혀 옴짝달싹 못하게 돼 버린 것 같다. 앞으로 점점 더 단단히 옥죄어질 것 같은 느낌. 그런데도 싫지는 않다.

옆집 웬수 놈일 때의 주신과 남자친구로서의 주신은 정말 완전히 딴판이었으니까.

무뚝뚝할 줄로만 알았는데 생각 외로 달달하고, 사려 깊고, 또 스킨십을 좋아하고…….

문득, 남편으로서의 주신은 어떨까, 그런 생각까지 급습하자 해담은 애써 정신을 차렸다. 가족 다 있는 식탁 앞에서 너무 오버 중이었다.

"그럼, 진서는 오늘 여기서 자고 가는 거야?"

형진의 질문을 받은 진서가 어찌 대답해야 할지 몰라 해담에게로 시선을 주었다.

"아. 아마 그럴 거예요. 주신이 집에 지금 아무도 안 계시거든요. 귀가가 늦으면 여기서 재운다고 그랬는데, 그냥 여기서 자게 하려고요."

해담의 대답에 순간적으로 형진의 눈동자가 반짝 빛을 발했다.

"그럼, 진서 내일도 아저씨 집에서 자지 않을래?"

"내일도요?"

속눈썹을 몇 번 깜빡인 진서가 다시 해담의 눈치를 보았다. 해담이 뭐라고 대답하기도 전에 형진이 퍼뜩 입을 열었다.

"내일 엄마, 아빠 속초 갔다가 모레 오면, 그때까지 너 혼자 집에 있어야 하는데, 많이 무서울 거 아냐. 진서랑 함께 있으면 엄마 아빠도 마음 놓이고 얼마나 좋아."

해담은 황당한 얼굴이 되고 말았다.

"저 안 무서운데요? 한두 살 먹은 애도 아니고, 혼자 하루 이틀 있어 봤던 것도 아닌데 새삼스레 왜 그러세요."

"네가 애가 아니니까 이러는 거지. 애였으면……."

다소 딱딱하게 내뱉던 형진은 의아해하는 지선과 해담의 시선을 동시에 받고서 슬그머니 수그러들었다.

"애였으면 같이 가겠지. 아, 아무튼 진서야. 내일 아저씨 집에서 하루 더 잘 수 있지?"

진서의 눈동자가 형진과 해담의 얼굴을 번갈아 오갔다. 어찌해야 할지 몰라 잔뜩 곤란한 듯 진서가 어색하게 웃고만 있자 지선이 끼어들었다.

"아니, 당신은 왜 남의 집 귀한 아들한테 부담을 주고 그래요? 우리 집이 불편할 수도 있는데."

"내, 내가 언제 부담을 줬다고. 난 그냥 해담이 혼자 두고 가기가 걱정돼서."

"당신, 혹시 속초 가기 싫어서 자꾸 이러는 거면."

지선의 눈매가 싸늘히 굳어지자 형진이 퍼뜩 손을 내저었다.

"아니, 아니에요. 내가 온천을 얼마나 좋아하는데 가기 싫을 리가 있겠어요."

"아닌데 왜 갑자기 쓸데없는 걱정을 하는 척해요? 해담이 두고 집 비우는 거 한 번, 두 번도 아니면서. 오버하지 말고 당신 아픈 허리나 신경 써요."

지선의 면박에 형진이 작게 헛기침을 했다. 해담 역시 형진이 조금 이상하긴 했으나, 점점 연세가 드셔서 걱정이 많아지신 게 아닌가 짐작할 뿐이었다.

조용히 식사가 이어지는 가운데, 거실 테이블에 두었던 해담의 핸드폰이 진동을 울렸다.

젓가락을 놓고서 거실로 가 핸드폰 액정을 확인한 해담은 곧장 방으로 들어갔다. 입가에 미소를 건 채 해담은 전화를 받았다.

"응. 주신아."

-진서, 옆에 있어?

어쩐지 가라앉은 듯한 음성.

"아니, 주방에서 밥 먹고 있어. 난 방으로 들어왔고. 왜, 바꿔 줄까?"

-잠깐만. 너한테 먼저 얘기하고.

"뭐, 뭔데?"

뭔가 기분이 싸한 게, 좋은 쪽은 아닌 것 같아 심장이 쿵쿵 울린다.

-형이 진서와 내 친자확인 검사를 해봤나 봐.

빠르게 뛰던 심장이 이번에는 철렁 아래로 추락했다.

"유신 오빠가 그, 그랬다고?"

-응. 가끔 긴장 풀고 진서를 대할 때가 있었는데, 그때 눈치채고 검사를 해 본 것 같아.

"그럼, 유신 오빠도 진서에 대해 알게 됐다는 거잖아."

-형은 내가 어릴 때 사고 쳐서 그런 걸로 짐작하고 있어.

해담은 이마에 손을 얹고서 눈살을 찌푸렸다.

"말도 안 돼. 네가 그럴 리 없다는 거, 유신 오빠가 누구보다 더 잘 알 거면서."

-그거 외에는 진서가 설명 안 되니까 어쩔 수 없잖아. 그래서 더 배신감이 큰 모양이고.

"그럼, 유신 오빠한테만이라도 솔직히 말하는 게 좋지 않아? 네가 그런 오해 받는 건 내가 싫어."

-그래서 너한테 전화한 거야. 네 의견을 들어야 할 것 같아서.

"어떤 의견?"

-네가 원하지 않으면 너에 대해서는 언급 안 하려고. 나중에 형 마주할 때마다 네가 부담스러워할 것 같아서.

해담은 작게 숨을 들이켰다. 솔직히 미처 거기까지는 생각하지 못했다.

당사자들끼리만 비밀을 공유하는 것과 가족 한 사람이 더 알게 된다는 건 확실히 그 느낌이 달랐다. 어깨 위에 묵직한 뭔가가 얹힌 듯한 기분이랄까.

잠시 동안 생각에 잠겼던 해담은 결단을 내렸다.

"주신아, 지금 어딘데?"

-여기 오려고?

"응. 그래야 할 것 같아."

수화기를 타고 한숨 소리가 흘러나왔다.

-그래도 괜찮겠어? 내키지 않으면 억지로 오지 않아도 돼.

"억지로 가려는 거 아냐. 괜찮아. 너한테만 떠맡기는 거 안 하고 싶어서 그래. 너와 나 두 사람의 문제니까."

단호한 해담의 의지에 주신은 아주 잠깐 침묵을 지켰다가 이내 대답했다.

-그래. 고맙다.

짤막한 말이지만 주신의 진심이 가득 담겨 있는 느낌이었다.

"고맙다는 말하지 말라니까."

-응.

"진서한테는 내가 상황 설명하고 갈게."

-응. 알았어.

뒤이어 주신이 설명해 주는 장소를 머릿속에 새기고서 해담은 전화를 끊었다. 작게 심호흡을 한 해담은 다시 식탁 앞으로 향했다.

"진서야, 지금 잠깐 나 좀 볼래?"

밥을 먹던 진서가 토 달지 않고 숟가락을 내려놓았다.

"애 밥 먹는데, 할 말 있으면 이따가 하지."

지선이 조금 못마땅한 투로 말했지만 해담은 진서를 데리고 방으로 들어왔다. 혹여 말이 새어나갈까 문을 꼭 닫고서 해담은 진서와 바닥에 마주 보고 앉았다.

"진서야."

"네."

"유신 오빠가 너에 대해서 알게 됐어."

"네? 큰아빠가요? 어, 어떻게요?"

"나도 자세히는 몰라."

해담은 말을 이었다.

"네 문제로 지금 유신 오빠 만나러 갈 거야."

"아. 네."

"그래서 너한테 먼저 동의를 구하려고. 유신 오빠한테 너에 대해서 아는 만큼 다 말하려고 하는데, 그래도 될까?"

까만 눈동자를 이리저리 굴리던 진서가 곧 고개를 끄덕였다.

"네. 저는 괜찮아요."

"그래. 가서 밥 먹어."

해담이 머리를 쓰다듬어 주자 진서가 몸을 일으켰다. 물끄러미 진서의 뒷모습을 응시하던 해담도 자리에서 일어났다.

어릴 적부터 봐왔던 옆집 오빠 유신을 보러 가는 게 아니라, 마치 어려운 상대를 대면하러 가는 것 같은 긴장감이 밀려든다.

해담과의 통화를 끝내고 룸으로 온 주신은 다시 유신과 마주 보고 앉았다.

"허락은 잘 받고 왔냐?"

"응. 뭐."

"허락 받았으면 이제 말해 봐."

유신은 턱을 치켜든 채 비꼬듯 말했다.

"조금 더 기다려야 할 것 같은데."

"뭐, 인마?"

무던히도 침착하려 노력했지만, 시종일관 주신이 보여주는 행태에 유신의 이마가 확 구겨졌다.

"너, 지금 나 놀리냐?"

"진서 엄마 온대. 지금."

"뭐, 뭐? 지금 애 어머니가 오신다고?"

전혀, 예정에 없던 황당한 상봉에 유신의 입술이 턱 벌어졌다. 한껏 당황한 유신과 달리 주신은 차분히 말했다.

"올 때까지 조금만 더 기다려줘. 그때 다 말할 테니."

그 말을 끝으로 주신과 유신이 마주앉아 있는 공간은 한참 동안 침묵으로 물들었다. 팔짱을 낀 채 주신의 얼굴을 응시하고 있는 유신은 참 기가 막혔다.

'아니, 사태를 이렇게 만들어 놓은 주제에 어쩌면 저렇게 당당한 표정으로 앉아 있을 수가 있지?'

아무리 동생이지만 도무지 유신은 주신의 태도를 납득할 수가 없었다. 지은 죄가 있으면 의당 수심이 가득하기 마련인데, 전혀 그런 티도 없다.

오히려 없던 위경련이 생길 것 같은 쪽은 유신이었다. 이 사실을 알고 기절하실 것 같은 부모님을 떠올리면 벌써부터 숨이 콱 막힐 지경이었다.

이 사태를 어떻게 현명히 마무리해야 할지 머리가 터질 것만 같았다. 물론, 지금 당장은 여기로 온다는 아이 생모가 어떤 사람인지가 더 궁금했다.

솔직히 유전자 검사 결과를 들은 직후에 떠오른 건, 얼마 전 몰래 듣게 되었던 주신과 해담의 대화 내용이었다.

'아니. 걔는 좋은 건 다 널 닮고, 세상 살면서 그다지 도움 안 되는 것만 날 닮았을까나. 발가락 못생긴 것도 그렇고.'

그래서 되지도 않게 정말, 해담이 생모가 아닌가 하는 망상을 조건반사처럼 했었다.

하지만, 그건 아주 단순히 생각해도 말이 되지 않았다. 그때 그런 사고가 있었으면 그 당시 양쪽 집안이 뒤집어져도 뒤집어졌을 것이다.

어린 해담이 주변 사람들 아무도 모르게 임신과 출산을 한 뒤 진서를 키웠을 리는 더더욱 만무했고. 아무리 생각해도 아이 생모는 주신보다 한참 연상인 성인 여성이었던 게 분명했다.

'그 당시 같은 학생이었으면 그쪽에서 그냥 넘어갔을 리 없잖아. 집안을

쑥대밭으로 만들고 딸 앞길 막은 주신이 저놈 가죽을 홀라당 벗겼겠지.'

아니. 진작 유부남 딱지를 단 채 아이 아빠 노릇을 하고 있을지도.

주신이 미성년자이다 보니, 성인인 생모가 지금까지 조용히 혼자 진서를 키워 왔던 게 확실했다.

해담이 그때 왜 그런 푸념을 한 건지, 아직 그건 의문이었지만, 확실한 건 진서에 대해 알고 있다는 것이다.

그때, 문밖에서 인기척이 나더니, 익숙한 음성이 들려왔다.

"저기 유신 오빠, 들어가도 돼요?"

해담의 목소리에 유신은 눈썹을 세우고서 주신을 보았다.

"야. 해담이가 여기 왜 와?"

최대한 목소리를 낮춰 물었으나, 주신은 대꾸 대신 몸을 일으켜 손수 문을 열어주었다. 그 모습을 지켜보고 있는 유신은 그저 이상하고 당황스러울 따름이었다.

문이 열리자 해담이 방 안으로 들어왔다.

"오빠, 안녕하세요."

"어, 어. 그래. 네가 여, 여긴 어쩐 일이니?"

너무 얼떨떨해 유신은 연방 주신과 해담을 번갈아 보았다.

주신과 함께 나란히 좌식 의자에 앉은 해담이 입술을 움직였다.

"내가 꼭 와야 할 것 같아서요."

아뿔싸! 아이의 어머니가 온다는 걸 그새 주신이 알린 모양이었다. 그래서 현재 여자친구인 해담이 '나도 여기 낄 자격 있어!' 하며 온 게 분명했다.

일을 너무 복잡하게 만들려는 주신에게 해담만큼은 보내라는 눈짓을 마구 날릴 때였다.

"내가 진서 엄마거든요."

"아."

순간적으로 해담의 말이 제대로 뇌에 주입되지 않아 그렇게 반응한 유신이 이내 눈을 화등잔만 하게 떴다.

"뭐? 뭐, 뭐, 뭐, 뭐라고? 해담이 네가 뭐라고?"

"믿기 힘드시겠지만."

해담은 한 박자 쉬고서 말을 이었다.

"내가 진서를 낳는대요. 미래에서요."

해담과 주신 그리고 유신이 마주앉은 방 안은 마치, 한겨울의 운동장처럼 황량해졌다.

진서에 대해 들은 유신이 얼빠진 얼굴로 눈만 끔뻑거리고 있었기 때문이다.

"형의 반응도 이해가 돼. 해담이와 나도 처음에 그랬거든."

한참만에야 주신이 입을 열었다.

"니들 지금, 그 말을 나더러 믿으라고? 진서가 미래에서 온 니들 아들이라고?"

유신이 기막힌 웃음을 흘렸다.

"그럼, 오빠는 주신이랑 내가 중학생 때 어른 흉내라도 내다가 진서를 부모님 몰래 낳았다고 생각하세요? 쥐도 새도 모르게 어디서 키우다 이제야 데려오는 게 가능하다고 보고요?"

"솔직히 주신이 쪽은 가능할 수도 있지만, 넌 아니라고 본다."

주신이 미간을 구기며 노려보았지만 유신은 덧붙였다.

"솔직히 해담이 네가 진서 엄마라는 사실이 쉽게 안 믿긴다."

"뭐. 오빠가 못 믿는 것도 납득이 가요. 난 유전자 검사 결과를 듣고서도 한참 동안 현실이 아니라 꿈같고 그랬으니까요."

유신이 눈을 번쩍 떴다.

"너희 둘, 유전자 검사까지 해본 거야?"

"당연하지. 안 할 수가 없는 상황이었으니까."

"허."

"사실 처음에는 그럴 생각 없었어. 뜬금없이 다 큰 아이가 나타나 내가 니들 자식이다, 그러는데 어떻게 믿겠어. 누군가의 장난이거나, 그저 정신 나간 아이인 줄 알고 신고하려 했거든."

부쩍 흥미가 당긴 유신이 침을 꿀꺽 삼키며 귀를 곤두세웠다.

"근데?"

"근데, 양쪽 집안이며, 해담이나 나에 대해서도 모르는 게 없는 거야. 나 혼자만 아는 비밀까지 알고 있고. 심상치 않다 싶어 집으로 데려왔는데, 가족 모두 내가 진서와 판박이라고 한마디씩 하지. 어떻게 유전자 검사를 안 해 볼 수가 있겠어."

주신의 대꾸에 해담이 불현듯 생각나 작게 쿡, 웃었다.

"처음 봤을 때, 꼬리뼈에 하트 모양 점이 있는 것도 바지 벗고 보여주려 해서 얼마나 당황했다고요."

유신이 크게 고개를 주억거렸다.

"그래. 내가 진서 꼬리뼈에 있는 그 점을 보고 DNA 검사를 의뢰하기로 결심을 한 거거든."

주신이 한쪽 눈썹을 세웠다.

"형이 진서 꼬리뼈를 어떻게 봤어?"

유신은 크게 당황한 기색으로 어버버거리다 퍼뜩 대답했다.

"우, 우연히 씻는 걸 봤어."

거짓말을 한 게 찔려 물을 한 모금 들이켠 유신은 화제를 돌렸다.

"너, 설마 기영 누나한테 검사 의뢰했던 거야?"

"진서가 미성년자라 다른 곳에 해 볼 수가 없었어. 설마, 형도?"

"당연하지, 인마. 나도 같은 이유니까."

유신이 고개를 절레절레 흔들었다.

"기영 누나가 우리한테 무슨 일이 생긴 게 아닌가 걱정하고 있겠다. 형제가 시간차를 두고 같은 DNA 검사를 부탁했으니."

유신은 후우, 한숨을 흘렸다. 이 둘의 말이 사실이라면, 그날, 해담이 했던 푸념에 대한 의문도 풀리게 된다.

정말, 진서가 두 사람의 아들이 맞으니, 그런 대화가 가능했던 것이다.

"좋아. 백 번 양보해서 니들 말이 맞다고 쳐. 그럼, 진서는 여기 어떻게 왔대? 무슨 능력으로?"

주신이 고개를 내저었다.

"자세히는 몰라. 거기에 대해 물으면 얼버무리더라고."

"그럼, 왜 왔대? 온 이유가 있을 거 아냐."

이번에도 주신은 고개를 저었다.

"그것도 확실히는 몰라. 대답하기 곤란한지 물어보면 입을 다물거든."

"하. 조그만 녀석이 뭔 비밀이 그렇게 많아?"

"그래서 그냥 짐작만 하고 있어."

"짐작? 그게 뭔데."

유신이 저도 모르게 쓰윽 앞쪽으로 몸을 기울였다.

"해담이와 나를 가까워지게 만들려고 온 게 아닌가 싶어. 자기도 모르게 얼핏 흘리더라고."

"엄마, 아빠가 과거에 사이가 안 좋았다는 걸 알고 큐피드 역할을 하러 신기한 능력을 발휘해서 왔다?"

팔짱을 끼고 눈썹을 모은 채 중얼거린 유신은 뭔가 석연치 않았지만, 어쩔 도리가 없었다.

이 기이한 현상에 대해 명확히 설명할 방도가 있는 것도 아닌데다 진서를 협박해서 강제로 불게 할 수도 없는 노릇이고.

유신은 물끄러미 해담과 주신을 번갈아 응시했다.

"그래서 너희들은 다가올 미래를 충실히 맞이하기 위해 연애해 보기로 작정한 거야?"

해담과 주신의 눈이 동시에 커지자 유신이 덧붙였다.

"뭐, 본의 아니게 너희 둘 애정행각 하는 거 봤어. 누가 보면 어떡해? 아무도 안 봐. 안 보기는. 내가 다 봤는데."

유신이 두 사람의 흉내를 내며 이죽거리자, 해담은 민망해져 눈을 가늘게 떴다.

"오빠, 생각보다 굉장히 채신머리가 없으신 편이네요."

"음. 내 생각에도 그렇네. 미안."

"그리고 주신이와 난 정해진 미래를 충실히 맞이하기 위해 연애해 보기로 한 게 아니에요."

무슨 말이야? 유신이 눈을 깜빡이며 바라보자 해담이 말을 이었다.

"주신이가 나 좋다고 사귀자 그래서요."

유신이 동공이 조금 커졌다.

"그, 그랬어? 저 녀석이?"

주신이 조금 쑥스러운 얼굴로 음, 흠, 헛기침을 했다.

"나도 주신이랑 사귀는 거…… 싫지 않았고요."

그러고서 해담이 새침한 얼굴을 하자, 주신은 꿀이 뚝뚝 떨어지는 눈빛을 하고서 해담을 바라보았다.

서로 눈이 마주치자 누구랄 것 없이 불그스름하게 달아올랐다.

주신이 붉은 해담의 볼을 부드럽게 어루만진 다음 무릎 위에 얌전히 놓인 작은 손을 꼭 붙잡았다.

그 모습을 지켜보고 있는 유신의 입술이 턱 벌어졌다.

이 녀석들, 솔로를 앞에 앉혀 놓고 이렇게 염장을 질러대다니!

헛웃음을 흘린 유신은 이내 입술을 추슬렀다.

"이제 니들은 앞으로 어쩔 생각이야? 부모님 모르게 계속 진서를 이대로 둘 생각이야?"

"안 두면? 진서를 돌려보낼 수 있는 방법을 아는 것도 아니고."

주신의 말이 맞지만, 유신으로서는 왜 이렇게 마음이 불편한지 알 수가 없었다.

깊은 밤. 해담은 책상 의자를 빼고 앉아 쌔근쌔근 잠들어 있는 진서를 물끄러미 응시했다.

'넌 진짜 여기 어떻게 왔어?'

'그냥 대학생인 나와 주신이 보고 싶다는 생각을 하니까 오게 된 거야?'

'나랑 주신이 언제 결혼을 해? 넌 언제 태어나?'

'난 미래에 무슨 일을 하는 사람이야? 주신이는 또 뭘 하고?'

'주신이와 난 결혼을 하고도 지금처럼 사이가 좋아?'

'넌 정말 언제 돌아가는 거야? 돌아가는 방법을 알기는 해?'

지금까지 의식적으로 눌러오고 눌러왔던 궁금증들이 봇물 터지듯 머릿속에 요동쳐 댄다. 주신과의 미래를 조금도 염두에 두지 않았기에 이런 궁금증 자체가 용납 되지 않았었다.

어차피 진서가 눈앞에서 사라지면 지금의 일들은 그저, 일장춘몽처럼 잊히고 말 거라 여겼으니까.

하지만 이제는 아니었다. 주신과 진서, 두 사람과 함께인 미래가 조금씩 눈앞에 그려진다. 그래서인지 궁금한 것들이 자꾸만 그녀를 어지럽게 만들고 있었다.

한참 동안이나 진서를 바라보던 해담은 시간이 너무 늦었음을 깨닫고 몸을 일으켰다.

"이러니 아침 일찍 일어나지를 못하지."

뭐, 일찍 자도 마찬가지긴 하지만.

침대로 가 발아래까지 내려온 이불을 덮어주려 할 때였다.

"……안, 안 돼요."

진서가 몸을 움찔거리며 자그맣게 중얼거렸다.

"잠꼬대 중인가?"

해담은 대수롭지 않게 생각하며 이불을 어깨까지 덮어주었다.

"……오, 오면 안 돼요……."

음성이 한껏 불안정하게 흔들리는 통에 해담은 눈을 동그랗게 떴다.

"어떡해. 악몽 꾸나 봐."

깨워야 할지 말아야 할지, 이럴 때는 어떻게 하는 건지 알 수가 없어 곤란하기만 했다.

"……아직은 ……안 되는데……."

볼을 타고 눈물까지 흘러내리자 해담은 더 두고 볼 수가 없어 작은 어깨를 흔들었다.

"진서야, 진서야."

"헉!"

아이답지 않은 깊은 신음을 흘리며 진서가 벌떡 상체를 일으켰다.

"진서야, 괜찮아? 무서운 꿈 꾼 거야?"

진서를 다독이려 침대에 걸터앉는 순간, 작은 팔이 쑥 다가오더니 해담의 목을 끌어안았다. 뒤이어 흐느낌까지 터져 나왔다.

"흐윽……."

너무 당황스러워 어찌할 줄 모르던 해담은 이내 진서의 등을 토닥였다.

"무서운 꿈을 꿨구나. 괜찮아, 괜찮아."

진서를 진정시키는 내내 해담은 기분이 이상했다. 짠하기도 하고, 뭉클

하기도 한 게, 참 복잡 미묘한 감정이었다.

잠시 뒤 흐느낌이 잦아들고, 얼마 지나지 않아 진서가 잠이 들자 해담은 조심스레 누였다. 볼에 묻은 눈물자국을 닦아준 해담은 한참 동안이나 진서를 응시하고 있었다.

다음 날 아침 지선과 형진은 속초로 향할 채비를 마쳤다.

해담은 잠을 놓치는 바람에 얼마 못 잤지만, 부모님 배웅은 해야겠기에 억지로 겨우겨우 일어났다.

해담은 캐리어를 직접 끌어다 트렁크에 실어주고서 뒤따라 나온 부모님께 꾸벅 고개를 숙였다.

"엄마, 아빠 조심히, 재미있게, 오붓하게 다녀오세요."

"그래. 너도 오늘 내일은 푹 쉬어."

쿨하게 말한 지선이 운전석에 앉았지만, 형진은 자못 비장한 얼굴로 해담 앞에 섰다.

"해담아, 아빠 말 잘 들어."

"예?"

"남자는 다 늑대야. 절대 믿으면 안 돼."

"예?"

무슨 말인지 몰라 해담은 속눈썹만 깜빡였다.

형진이 갑자기 손가락을 '브이자'로 만들어 자신의 양쪽 눈 가까이로 가져갔다.

"아빠가 이 두 눈으로."

더더욱 영문을 몰라 해담이 미간을 찌푸리자, 형진이 브이자 손가락을 해담의 눈 쪽으로 가져왔다.

"이렇게 너를 지켜보고 있다, 생각해야 돼. 알았지?"

"예?"

황당한 해담과 달리 형진은 레이저가 나올 것처럼 눈을 부릅뜨고 있었다.

"당신, 안 타고 뭐 해요? 나 혼자 가?"

"지금 타요."

지선의 면박이 날아와서야 형진은 퍼뜩 손을 거두어들이고 허둥지둥 조수석으로 향했다.

조금 어이없는 표정으로 형진이 차에 타는 걸 지켜본 해담은 이내 지선에게 손을 흔들어 보였다.

"엄마, 운전 조심하셔야 돼요."

"오냐. 갔다 올게."

시꺼먼 선글라스를 꺼내 착용한 지선이 손을 한 번 펼쳐 보이고서 차를 출발시켰다.

해담은 부모님의 차가 완전히 시야에서 사라질 때까지 서 있다가 집 안으로 들어왔다.

"으으으으."

기지개를 쭉 켜고서 방으로 들어간 해담은 여전히 자고 있는 진서를 보며 미소를 지었다.

"일찍부터 잤는데, 아직도 안 깨는 걸 보면 아침잠 많네, 많아."

핸드폰을 집어 들고서 해담은 거실로 나왔다. 아직 시간이 조금 이르긴 했지만 부모님의 출타 상황을 주신에게 알려줄 참이었다.

어제저녁에 귀띔해 주려 했지만 유신과의 만남으로 이래저래 잊고 있었다. 긴 소파에 누워 해담은 메시지를 날렸다.

[굿모닝.]

옆에 하트 하나를 넣을까 하다가 그냥 담백하게 보내고 말았다.

[잘 잤어? 일찍 일어났네.]

곧장 답변이 오자 해담의 입술이 옆으로 벌어졌다.

[응. 조금 전에 엄마 아빠 속초 가시는 거 배웅하고 들어왔거든.]

[어? 가셨어?]

우후후후후! 가셨지!

문자를 조합하기도 전에 곧장 성마른 메시지가 날아왔다.

[언제 갈까. 지금?]

해담은 눈을 동그랗게 뜨고서 벌떡 상체를 일으켜 앉았다.

"최주신 얘, 미쳤나 봐."

입으로 중얼거리며 손으로는 부지런히 메시지를 보냈다.

[안 돼. 진서 깨워서 밥도 먹여야 되고 청소도 해야 돼.]

[내가 도와줄게.]

안 돼! 나 아직 눈곱도 안 뗐다고!

이럴 때 보면 또, 밀당 같은 건 전혀 할 줄 모르는 것 같다.

[안 돼. 지금은.]

[왜.]

[엄마, 아빠 혹시나 두고 가신 거 있어서 되돌아오시면 어쩌려고?]

[아.]

그녀가 생각해도 아주 좋은 핑계거리였다.

[이따가 엄마랑 통화해 보고 도착하실 때쯤 되면 말해 줄게.]

[그래. 그게 좋겠다.]

주신이 금세 수긍하자 해담은 후우, 한숨을 흘렸다.

[이따가 봐.]

[응.]

주신과의 대화를 끝낸 해담은 몸을 일으켰다.

"이러고 있을 게 아니지. 처음으로 남자친구를 집으로 초대하는 건데."

벌써부터 가슴이 설레고 광대가 이마까지 상승하려 하자 해담은 겨우 마음을 다잡았다.

"일단 진서 깨워서 밥부터 먹이고."

나머지 준비는 진서 보내고 난 다음에.

"이 머저리 같은 놈."

주신은 스스로를 자책하며 핸드폰을 책상 위에 놓았다. 지금 가기는 어딜 가.

해담과 대화를 끝내고서야 주신은 자신이 아무런 준비도 하지 않았음을 깨달았다. 조금 전까지만 해도 해담의 부모님 여행 계획이 무산된 줄로만 알고 있었으니까.

남자친구가 된 후 처음으로 해담의 집에 방문을 하는 건데, 그냥 갈 수는 없었다. 장롱을 열어 아무거나 손에 잡히는 대로 외투를 걸친 주신은 허둥지둥 방을 나섰다.

마침, 막 욕실에서 씻고 나오는 유신이 포착되었다.

"형. 나 차 좀 빌려줘."

다른 건 몰라도 자신의 차만큼은 끔찍하게 여기는 유신이 떨떠름한 표정을 지었다.

"내 차를 왜?"

"지금 쓸 데가 있어서."

"왜. 내 차로 해담이랑 주말 데이트라도 가게?"

"그건 아니고."

"그럼, 뭐?"

"뭐 좀 살 게 있는데 대중교통으로 다녀오기가 애매해서. 오래 안 걸려. 1시간 정도면 돼."

구체적인 사용 시간을 제시해서야 유신은 방으로 가 차키를 들고 나왔다.

"딱 한 시간이다. 냄새 배거나, 지저분하게 만들면 절대 다음부터 안 빌려줄 거야."

"1시간인데 뭘 그렇게 쓸까 봐."

주신은 고개를 절레절레 흔들며 차키를 받아들었다. 몸을 돌리려는데 유신이 조금 멋쩍은 표정으로 물었다.

"저기, 진서는? 아직 해담이 집에서 안 왔어?"

"어. 아직 안 일어났을 거야."

"그래? 그럼, 언제 일어나서 온대?"

바보 같은 질문에 주신과 유신이 동시에 피식, 웃었다. 고개를 절레절레 저은 유신이 손을 휘휘 저어 보였다.

"가라. 올 때 되면 오겠지."

"……."

물끄러미 그런 형을 응시하던 주신이 입술 끝을 슬쩍 올리고서 말했다.

"해담이가 아침밥 먹여서 바로 보낼 거야."

"어, 응. 그래."

피는 물보다 진하다고 했던가. 친자확인 검사 결과를 듣고 난 뒤부터 희한하게 유신은 진서가 눈앞에 아른거렸다. 유신은 괜스레 쑥스럽게 웃고서 방으로 향했다.

진서에게 아침을 먹여서 보낸 뒤 해담은 눈코 뜰 새 없이 바빴다. 청소며, 설거지, 빨래 등등을 끝내놔야 실컷 놀아도 마음이 편할 것 같았으니까. 후딱후딱 해치우고 나자 겨우 씻을 여유가 생겼다.

머리와 몸에 커다란 타월을 돌돌 만 채 화장대 앞에 앉아 기초화장품을 바르던 해담은 문득 옷 걱정이 되었다.

"근데, 뭘 입고 있지?"

해담은 다급히 장롱 문을 열고서 안을 살폈다. 죄다 편안함을 추구한 아동틱한 것들이거나 대놓고 나 외출복이요, 하는 종류의 옷밖에는 보이지 않았다. 해담은 이마를 긁적였다.

집에서 너무 티 나게 외출복을 입고 있는 건 너무 오버스러웠다. 그렇다고 평소처럼 추레한 티 쪼가리에 레깅스를 입고 기다릴 수는 없는 노릇 아닌가.

"아. 다들 남자친구가 집에 오면 어떻게 입고 있는 거야? 이런 걸 해 봤어야 알지."

유정에게 SOS를 쳐볼까 하다가 해담은 퍼뜩 핸드폰을 들어 올렸다. 초록초록한 검색창에 궁금증을 알아보던 해담의 입이 떡 벌어졌다.

[남자친구를 집에 초대하는데 겉옷이 왜 중요함? 겉은 전혀 중요하지 않음. 야시시한 망사에 레이스가 달린 위아래 세트 속옷부터 챙기셈.]

순간, 해담의 머리에 음란마귀가 자리 잡고 말았다.

23.

한참 동안 책상 앞에 앉아 노트북을 들여다보고 있던 유신은 눈이 뻑뻑해져와 의자를 뒤로 물렀다. 진한 커피 한 잔이 생각나 유신은 눈을 비비며 방을 나섰다.

나선형 계단을 내려가던 유신의 걸음이 뚝 멎었다. 언제 왔는지 진서가 거실 소파에 앉아 어머니와 대화를 나누고 있었다.

"그래서, 고양이들은 밥 잘 먹고 있니?"

"네. 물이랑 같이 놔두고 지켜보면 와서 먹어요."

"참 기특하기도 하지. 길고양이들도 챙길 줄 알고."

진실을 안 뒤라 그런지, 이제는 두 사람이 영락없는 할머니와 손자처럼 보인다. 물론, 영주가 알면 기절할 테지만.

한창 얘기를 나누던 영주가 계단 중간쯤에 멈춰 서 있던 유신과 눈이 마주쳤다.

"왜. 뭐 필요하니?"

진서의 시선도 자연스레 유신에게 향했다. 유신은 뭐라 형언할 수 없는 감정이 피어올라 찰나 동안 진서를 응시했다.

저 애가 미래에서 왔다니, 솔직히 아직도 어리둥절하고 황당하기는 매한가지다. 그럼에도 한 가지 확실한 건, 진서는 주신의 친생자가 맞았고, 더불어 자신의 친조카라는 것.

유신은 다시 계단을 내려가며 입을 열었다.

"커피 한 잔 마시려고요."

"그래? 그럼, 엄마 것도 한 잔 부탁할게."

"네."

유신은 주방으로 가 커피머신에 진한 원두커피 두 잔을 내려 소파로 왔다. 어머니 앞에 한 잔, 자신 앞에 한 잔 놓고 나니, 진서 쪽이 너무 허전해 보였다.

"아. 진서도 뭐 마실래?"

"아니에요. 괜찮아요."

진서가 예의 바르게 대답했다.

예전 같으면 그냥 참 예절 교육을 잘 받은 아이구나, 하고 말았을 것이다. 한데, 이제는 두 녀석들이 진서를 아주 잘 키웠구나, 하는 생각부터 앞선다.

뜨거운 커피를 후후 불어 한 모금 마시는데, 테이블 위에 놓인 영주의 핸드폰이 울렸다. 영주가 잔을 내려놓고서 핸드폰을 들어 올렸다.

"니 큰이모 전화네?"

전화를 받으며 영주가 안방으로 들어가 버리자, 소파에는 유신과 진서만 남았다. 커피를 홀짝인 유신이 진서와 시선을 마주했다.

"진서야."

"네?"

"너에 대한 얘기 다 들었어."

"네. 그러시다는 거 저도 엄마한테 들었어요."

해담이나 주신을 향해 엄마, 아빠라고 하는 게 아직은 영 어색했다.

"그 말, 진짜 다 사실이야?"

"네."

진서의 눈은 참 맑고 순수했다. 한 치의 거짓말도 없다는 것을 증명하듯.

"그럼, 여긴 왜 온 거야? 이유가 있지?"

"그, 그건."

"그리고 무슨 능력으로 여기 올 수 있었던 거야? 다시 돌아가는 방법도 알고 있어?"

거듭되는 질문에 진서의 얼굴이 차츰 어두워졌다. 마치, 그가 아이를 괴롭히고 있는 것처럼.

더 집요하게 물어봤다가는 당장이라도 울음을 터트릴 것만 같다.

뭐든 물어보면 얼버무린다는 주신의 말이 떠올라, 유신은 작게 한숨을 흘렸다. 유신은 가만히 손을 뻗어 진서의 어깨를 토닥였다.

"미안. 안 물어볼게. 곤란하면 대답 안 해도 돼."

"네에. 죄송해요."

"아냐, 아냐. 괜찮아."

잠시 동안 테이블 끝만 응시하던 진서가 이내 시선을 들었다. 어쩐지 진서의 말간 눈에 아이답지 않은 처연함이 담긴 것 같아 유신은 마음이 싸했다.

조금 어색한 침묵이 흐르는 사이, 통화를 하느라 안방으로 갔던 영주가 외투를 걸쳐 입고 거실로 나왔다.

"어머니, 어디 나가세요?"

"응. 니 큰이모가 점심 먹자고 그러네?"

"아. 네. 다녀오세요."

"그래. 니들 점심은 알아서 챙겨 먹어."

"네. 그럴게요."

"진서야, 아줌마 갔다 올게."

영주가 눈웃음을 지으며 손을 흔들자 진서가 벌떡 일어나 허리를 숙였다.

"다녀오세요."

영주가 나가고 다시 거실에 고요함이 찾아오자 유신이 손뼉을 짝 쳤다.

"진서야, 우리 이따가 중국집에서 짜장면 시켜먹을까?"

"저는 볶음밥이요."

"어, 그래."

예의 바르고 아무거나 잘 먹어도 볶음밥 좋아하는 취향만큼은 지 애비랑 똑같았다. 유신의 입술에 잔잔한 미소가 떠올랐다.

빛의 속도로 볼일을 보고 집으로 돌아온 뒤부터 주신은 계속해서 방 안을 서성이고 있었다. 이제나저제나 해담의 연락이 오기를 기다리느라 눈이 빠질 것만 같았다.

유신이 점심을 먹자는 것도 사양하고 지금껏 기다리다 보니, 어느새 오후가 되었다.

"지금쯤이면, 속초까지 왕복을 하고도 남았을 시간인데. 왜 이렇게 연락이 없지?"

무슨 일이 있는 건 아닌가 연락을 해보고 싶었지만 꾹 눌렀다. 너무 성마르게 굴면, 해담이 정말로 짐승 취급할 수도 있으니까.

괜히 핸드폰을 들었다 놨다 하며 시간이 가기만 바라고 있는데, 띵동 메시지가 날아왔다.

[이제 와도 돼.]

오매불망 기다리던 소식에 주신은 흡, 숨을 들이켜고서 답장을 보냈다.

[지금 가.]

주신은 방 한쪽에 놓인 거울 앞에 서서 머리부터 발끝까지 쫙 훑었다.

이상하거나 어색한 부분이 없나 꼼꼼하게 체크를 한 다음, 그는 오전에 쇼핑했던 것들을 큼지막한 부직포 재질의 가방에 챙겼다.

방을 나와 아래층으로 내려가자 소파에 마주 보고 앉아 있는 유신과 진서가 눈에 들어왔다.

"어디 가냐?"

"어. 어머니는?"

"큰이모랑 통화하시더니, 나가셨어."

"그럼, 어머니 돌아오시면 나 오늘 안 들어온다고 말씀 전해 줘."

유신이 알 만하다는 듯 비릿한 웃음을 짓자, 주신은 왜 저래, 하는 표정으로 말을 이었다.

"형. 진서 좀 부탁해."

"알았다, 인마."

"진서."

주신의 부름에 진서가 몸을 일으켜 쪼르르 다가왔다.

"네."

"오늘 놀러 나갈 거야?"

"네. 유리랑 고양이 집을 더 만들기로 했거든요."

"어둡기 전에 들어오는 거 알지?"

"넵."

"어른들 걱정시키면 안 되는 것도 알지?"

"네."

"갔다 올게. 내일 보자."

"네. 다녀오세요."

주신이 머리를 쓰다듬고서 휙 현관 밖으로 향했다. 다시 진서가 소파로 돌아오자 유신은 물끄러미 아이를 응시했다.

정말, 기분이 이상했다. 어리다고만 생각했던 주신이 자신보다 더 어른스럽게 느껴지다니.

"진서야."

"네?"

"뭐 갖고 싶은 거 없어?"

커다란 눈을 몇 번 깜빡인 진서가 이내 활짝 웃었다.

"있어요."

"뭔데?"

"고양이 사료요."

"응?"

한창 장난감을 좋아할 나이기에 그런 종류일 줄 알았는데, 고양이 사료라니.

"공원이랑 놀이터 쪽으로 가면 길고양이들이 많거든요. 사료라도 챙겨 주고 싶어서요."

"아아."

이런 깜찍하고 착한 녀석 같으니라고. 어린아이가 이렇게 기특한 생각을 하고 있을 줄이야.

"그래. 큰아, 큼, 흠. 내가 나중에 사다 줄게."

"와, 고맙습니다."

이런 게 조카를 가진 삼촌의 마음이구나.

흐뭇하게 웃던 유신의 머리에, 지금껏 한 번도 심각하게 생각해 본 적 없는 단어가 두둥실 떠다녔다.

결혼. 아이.

띵동. 띵동.

주신은 단숨에 해담의 집 대문 앞에 서서 벨을 눌렀다. 얼마 지나지 않아 대문이 철컥, 열렸다.

주신은 한 손에 부직포 가방을 단단히 들고서 성큼성큼 여자친구, 해담의 집 안으로 발을 옮겼다. 현관의 도어록이 해제되는 소리에 괜히 가슴이 일렁인다.

머리칼을 몇 번이나 쓸고서 주신은 이내 현관 안에 발을 디뎠다.

"어서 와."

현관 앞에 서서 자신을 맞아주는 해담을 보는 순간, 주신의 눈이 휘둥그레졌다.

'올림머리에, 드, 드레스?'

해담이 마치, 레드카펫에 선 여배우처럼, 벨벳 재질의 몸에 딱 달라붙는 화려한 원피스를 입고 있었기 때문이다.

올림머리와 너무 잘 어울려 예쁘긴 정말 예뻤지만, 어찌나 짧은지 보고 있기가 민망할 지경이었다. 저 상태로 소파에 앉을 수 있을지 의문이 들었다.

주신을 맞이한 해담 역시 마찬가지로 동공이 확장된 상태였다.

'트, 트렌치코트에, 슈, 슈트?'

마치, 당장 면접이나 선을 보러 가도 될 정도로 근사하긴 했지만, 집 안에서 입고 있기에는 너무 불편할 것 같았다. 저러고 소파에 앉아 있으면 얼마나 답답할까.

"……."

"……."

잠시, 서로의 얼굴을 들여다보며 해담과 주신은 침묵을 지켰다.

"어, 그, 그건 뭐야?"

어색함을 깨기 위해 해담이 주신의 손에 들린 것을 보며 물었다.

"어. 별거 아니야. 이따가 저녁에 먹으려고. 와인이랑 치즈케이크."

"어머, 뭘 이런 걸 사왔어. 그냥 와도 되는데."

해담이 주신의 손에 있는 것을 받아들었다.

"……."

"……."

다시 서로의 모습을 보며 침묵하던 해담과 주신은 누가 먼저랄 것 없이, 피식, 피식 웃음을 흘렸다.

"뭐야, 최주신. 오늘 여기 면접 보러 온 거야?"

"레드카펫은 어디 있어?"

주신의 되물음에 해담이 새치름한 표정을 지었다.

"여배우처럼 예쁘다는 뜻 맞지?"

"면접 보러 가도 될 만큼 말쑥하다는 뜻이지?"

다시 주거니 받거니 하던 해담과 주신은 대놓고 웃음을 터트리고 말았다. 한참 동안 웃던 두 사람이 작게 헛기침을 하고는 동시에 입을 열었다.

"들어가서 갈아입고 나올까?"

"집에 가서 갈아입고 올까?"

못 말린다는 표정으로 고개를 절레절레 흔든 두 사람은 이내 고개를 끄덕였다.

"그러자."

"금방 갔다 올게."

잠시 뒤 해담과 주신은 각자 편안한 옷으로 갈아입고서 다시 거실에서 조우했다. 치즈케이크와 와인을 주방에 가져다 놓고, 두 사람은 소파에 나란히 앉았다.

"내가 영화 몇 개 찜해 놓은 거 있는데 볼래?"

편한 레깅스와 티셔츠 차림으로 소파에 기대에 앉은 해담이 리모컨을 들며 물었다.

“응. 난 아무거나 네가 보고 싶은 거면 다 괜찮아.”

아까와 달리 깔끔한 스웨터에 면바지를 입어 한결 편안한 모습의 주신이 해담의 어깨에 손을 올리며 대답했다.

“그럼, 우리 이거 보자. 작년에 극장 개봉한 건데, 내가 아직 못 봤거든.”

해담이 눈을 반짝이며 리모컨을 꾹꾹 눌러 유료 결제를 마쳤다. 뒤이어 해담이 고른 영화가 커다란 TV 화면에 시작되었다. 잔뜩 기대하고 있는 해담과 달리 주신은 조금 당황스러웠다.

“이게 보고 싶었어?”

“응, 응. 아, 마블리 완전 좋아.”

덩치 큰 근육맨 남자 배우가 경찰로 나와 범죄자들을 소탕하는 그런 내용이었다.

멜로라든가, 하다못해 로맨틱코미디라도 보며 분위기를 내려던 주신은 피 튀기는 화면에 아연실색했다.

하지만, 영화 자체의 몰입도는 아주 최고인데다, 웃음 포인트도 좋아 주신 역시 점점 영화에 빠져들고 말았다.

“아하하! 역시 마블리라니까. 본격 주인공 걱정이 안 되니 마음 편하게 볼 수가 있잖아.”

웃기는 장면에서 해담이 까르르르 넘어가며 주신의 허벅지를 팡팡 두들겼다. 주신은 영화도 영화지만 해담의 제스처가 더 재미있어 따라 웃고 말았다.

‘습관 여전하네, 이해담.’

해담은 웃을 때 옆 사람의 다리를 가볍게 두드리거나, 옆에 사람이 없으면 바닥을 곧잘 두드렸다. 어떨 땐 발도 동동 굴리며 보는 사람이 해담 때문에 더 웃게 만드는 재주가 있었다.

멜로나 로맨틱코미디가 아니더라도 해담이 이리 즐겁게 보니, 그것만으로도 주신은 충분했다.

"푸하하! 어떡해! 연변 사투리 너무 재미있어! 너 내가 누군지 아눠?"

다시 폭소를 터트리며 넘어가고 있는 해담의 어깨를 더욱 바짝 옆으로 끌어당길 때였다.

흡!

주신은 다급히 숨을 들이켜며 모든 움직임을 멈추었다. 해담 역시 헉, 소리를 내며 동작 그만 상태가 되고 말았다.

웃으며 주신의 허벅지를 두드리던 해담의 손 위치가 아주 애매한 곳에 닿았기 때문이다.

해담의 손이 정확히 주신의 중심부를 두드리고 만 것이다.

퍼뜩 손을 거두어들이긴 했으나 이미 두 사람의 머릿속은 새하얗게 탈색되고 말았다.

"……."

"……."

잠시 잠깐, 얼음이 와르르 쏟아진 것처럼 분위기가 싸해졌다. 뒤이어 불을 지핀 것처럼 해담과 주신의 얼굴이 시뻘겋게 달아올랐다.

"미, 미, 미, 미, 미안."

"……괘, 괜찮아."

더듬거리며 사과를 주고받으니 더더욱 어색함이 밀려들었다. 해담은 토마토처럼 빨개진 얼굴로 어찌할 줄 몰라 숨만 몰아쉬었다.

하필, 하필! 거기를 두드리다니.

도무지 수습할 방도가 생각나지 않았다. 이대로 바닥 속으로 빨려 들어가거나 하늘 높이 치솟아 지구를 떠나고 싶은 심정이었다.

"음, 흠. 우리 와인 마실래?"

도저히 수습할 방도가 없어 주신이 말을 꺼냈다.

"어, 어. 어. 그럴래?"

어색할 때는 알코올이 조금 들어가는 것도 나쁘지 않을 것 같았다.

아직 술을 마시기에는 시간이 이르긴 했지만, 방금 전의 실수를 잊기 위해 뭐라도 해야 했다.

"내, 내가 잔 하고 치즈케이크 가져올게. 주신이 넌 와인 따줄래?"

"응. 오프너 어디 있어?"

"저, 저기 서랍 속에."

주신이 귀까지 시뻘게진 채로 신속히 움직이자 해담도 후다닥 주방으로 향했다.

'아 나, 미쳐, 미쳐! 내가 못 살아!'

너무 민망하고 미안해 돌아가실 지경이었다. 아니, 쪽이 너무 팔려 눈물이 날 것 같았다. 도저히 주신의 얼굴을 볼 엄두가 나지 않았다.

하지만, 여기서 대놓고 민망한 티를 냈다가는 더 어색할 것 같아 해담은 억지로 태연하게 와인잔으로 손을 뻗었다.

쨍그랑!

요란한 소리와 함께 꺼내려던 와인잔이 바닥에 떨어져 와장창 깨지고 말았다.

"……."

좀처럼 하지 않는 실수 연발에 해담은 기가 막혀 한숨을 흘렸다.

"괜찮아? 안 다쳤어?"

소리에 놀란 주신이 다급히 다가왔다. 너무 속상한 마음에 해담은 털썩, 무릎을 접고 앉아 얼굴을 묻어버렸다.

"나 오늘 왜 이래, 진짜."

좋은 분위기를 그녀가 다 망치고 있다는 생각에 급격히 기분이 다운되었다.

주신은 마찬가지로 무릎을 접고 앉아 해담을 응시했다. 그가 가만히 손을 뻗어 해담의 어깨를 어루만졌다.

"뭐 어때. 해담아, 나 봐."

"……."

대꾸 없이 수 초 동안 그 자세로 꼼짝 않고 있던 해담이 이내 잔뜩 민망한 표정으로 쓰윽 고개를 들었다.

그런 해담의 얼굴을 부드럽게 어루만진 주신이 이내 그녀의 어깨를 붙잡고서 일으켰다.

"내가 치울 테니, 소파에 가서 마블리 보고 있어."

솜사탕처럼 사르르 녹을 것만 같은 다정함에 해담은 덥석 주신의 허리를 껴안았다.

"네가 이러니까 더 미안해지잖아."

"미안하면 좀 떨어져 주면 안 될까."

"그냥 이렇게 있고 싶어서 그래. 조금만 있을게."

해담이 더욱 꽉 허리를 껴안고서 얼굴을 가슴팍에 파묻자 주신은 이마에 한 손을 올렸다.

아까부터 스멀스멀 피어오르는 뜨거운 열기를 겨우 가라앉히고 있는데 해담이 도움을 안 주니, 주신으로서는 심히 당황스러웠다. 해담이 여전히 허리를 껴안은 채로 고개만 뒤로 젖혀 시선을 부딪쳐 왔다.

말간 눈동자로 올려다보는 해담이 너무 예뻐 주신은 그대로 고개를 숙이고 싶은 걸 간신히 참았다.

이제 키스만으로는 절대 만족하지 못할 걸 잘 아니까.

"주신아."

"응."

"나도…… 네가 좋아."

뚝. 예상치 못했던 뜻밖의 고백에 인내의 끈이 그대로 끊어지고 말았다.

"방금 그 말, 다시 한 번 해줄래?"

주신의 음성이 조금 거칠어졌다. 까만 눈동자가 내뿜는 기운 역시 방금 전과는 확연히 달랐다.

너무도 뜨겁고 집요한 눈빛에 해담은 얼굴이 따끔거리는 착각마저 들 정도였다. 오롯이 그녀만을 향하고 있는 주신의 그 눈길이 너무 좋아 해담은 속으로 한숨을 삼켰다.

"빨리."

주신이 양손으로 해담의 얼굴을 감싸 쥐며 재촉했다.

좋아한다는 그 낯간지러운 말을 또 하라니. 해담은 얼굴을 발갛게 붉힌 채로 입술을 삐죽 내밀었다.

"너도 한 번밖에 했잖아. 그것도 내가 물어서야 겨우 툭 던져놓고."

"미안. 앞으로는 매일 해줄게."

"아니, 뭐 그렇게까지 할 필요는……."

"네가 좋아. 정말."

해담의 입술이 민망함으로 턱 벌어졌다. 손발이 마구 오그라들고 머리에서 뜨끈한 스팀이 날 것만 같았지만, 그럼에도 기분은 너무 좋았다.

받았으면 돌려줄 줄도 알아야 하는 법이다.

"그래, 뭐. 한 번 더 해준다고 입술이 닳는 것도 아니고. 나도 네가 좋……."

그대로 주신의 고개가 숙여지고 입술이 맞닿는 바람에 마지막 말이 막히고 말았다. 주신의 입술이 살짝 닿았다가 떨어졌다.

그녀를 태워버릴 것만 같은 열기 가득한 주신의 눈빛에 해담은 작게 숨을 들이켰다. 그 찰나의 순간 주신의 입술이 다시 해담에게로 겹쳐졌다.

심장이 오그라들 것 같은 아찔함에 해담은 눈을 질끈 감았다.

살짝 벌어진 해담의 입술 사이로 약탈자처럼 침략해 들어간 주신이 곧장 여린 살점을 감아올렸다.

"흐읍."

해담은 주신의 등을 꽉 붙잡은 채 다급히 호흡을 하려 애썼다. 주신의 맹렬한 키스에 해담은 부쩍 숨이 가빠졌다. 더불어 심장이 미칠 듯이 울려대고 아랫배는 짜릿하게 달아오른다.

주신은 양쪽 얼굴을 감싸 쥐고 있던 한 손을 내려 해담의 허리를 바짝 품으로 끌어당겼다. 해담은 고개를 젖혀 주신을 깊숙이 받아들이며 점점 더 무아지경으로 빠져들었다.

서로의 숨결을 삼키는 동안 주신의 손이 해담의 옷자락 안으로 파고 들어갔다. 조심스레 등을 어루만지는 손길에 해담은 아주 잠깐, 움찔했지만 먼젓번처럼 놀라 밀어내지는 않았다.

오히려 깃털처럼 움직이는 손가락의 감각에 해담은 저릿저릿, 몸이 달아올랐다.

"네 피부 진짜 부드러워."

살짝 키스를 멈추고서 조금 거칠게 중얼거린 주신이 다시금 해담의 입술을 삼켰다. 해담은 적극적으로 키스에 응하며 거친 숨을 흘렸다.

'어떡해. 기분이 너무 좋아.'

묘하고도 뜨거운 감각이 해담의 몸과 마음을 모조리 삼켜버릴 듯 급격히 치솟는다. 입 안의 예민한 점막과 혀를 끊임없이 갈구하던 주신의 입술이 한참만에야 떨어졌다.

"하아."

해담이 그제야 가쁜 숨을 몰아쉬는 사이, 주신의 입술이 턱을 타고 내려가 부드러운 목덜미에 안착했다.

기다랗고 서늘한 손은 등에서 앞쪽으로 넘어와 아슬아슬하게 브래지어 부근을 어루만지고 있었다.

만약 그 경계를 들추고 주신의 손이 들어온대도 지금 기분으로는 막지 않을 것만 같았다.

'나 진짜 미쳤나 봐.'

뭔가 너무 저릿한 감각에 취해 막나가는 게 아닌가 하는 마음이 일었다. 그것도 잠시, 주신이 다시 그녀의 입술을 머금자 걱정이 저만치 날아가 버렸다.

'뭐 어때…… 좋아하는 남자친구와 스킨십 하는 건데…….'

하지만 이 상태가 계속되면, 키스와 터치만으로 끝나지 못할 거라는 걸 그녀도 짐작하고 있었다.

이대로 나아가다 주신과 사랑을 나누게 된다면.

한 번도 본 적 없는 서로의 몸을 끊임없이 쓰다듬고, 진하게 음미하고, 은밀하게…….

상상만으로도 홧홧하게 치솟는 열기로 인해 오싹, 소름이 돋아 올랐다.

그 순간, 덜컥 임신이 돼서 다음 달에 결혼한다던 해주가 떠올랐다. 더불어, 유정의 충고도 뇌리에 확 박혀 왔다.

'너도 최주신이랑 연애, 계획성 있게 해. 평생 땅 치고 후회하지 말고.'

그때까지도 주신과 진한 키스를 나누던 해담은 눈을 번쩍 떴다.

"……주신아, 잠깐만."

입술을 떼어내며 해담은 작게 숨을 흘렸다.

주신 역시 음, 짙은 한숨을 흘리고서 등을 어루만지던 움직임을 멈추었다. 손끝에 감겨오는 부드러운 피부를 더 음미하고 싶은 욕구가 그를 괴롭혀댄다.

하지만, 주신은 헐렁한 셔츠 속에 머물던 손을 가만히 빼냈다. 더 이상 욕심을 채워서는 안 된다는 걸 잘 알고 있었다. 짐승 같은 욕망을 이만큼이라도 받아 준 해담이 너무 고맙고 미안했다.

"미안. 더 안 할……."

"우리, 콘돔이 필……."

거의 동시에 튀어나온 말이었다. 해담과 주신은 누구랄 것 없이 입술과 동공을 턱 확장시켰다.

수 초 동안 그 상태 그대로 서로의 얼굴만 응시했다.

"바, 방금 뭐라고 했어?"

정신을 조금 차린 뒤에야 주신이 자신의 귀를 의심하며 더듬거리며 물었다. 해담은 귀까지 시뻘게지긴 했지만 말을 돌리지는 않았다.

"아니, 우리 더 하려면…… 코, 콘돔이 필요하지 않을까 해서."

주신의 입술이 2차로 벌어지자 해담은 헉, 신음을 흘림과 동시에 사색이 되고 말았다.

"그, 그런 거 아니야? 나, 나 혼자만 막나갔……."

"아냐. 그런 거 맞아!"

주신이 평소와 달리 아주 성마르게 외치며 확 얼굴을 붉혔다. 작게 헛기침을 한 주신이 이내 표정을 추스르고서 해담의 귓불을 어루만졌다.

"내가 더 원해. 내가 너를 더 원한다고. 훨씬 더 많이."

"그럼, 갔다 와."

그렇게 말한 해담이 잔뜩 부끄러운 표정으로 속눈썹만 깜빡이자 주신은 그녀를 품으로 끌어당겼다.

으스러질 듯 꽉 해담을 껴안은 주신이 그녀의 어깨를 살짝 밀어내고서 얼굴을 들여다보았다.

"갔다 올게. 빨리."

주신이 '빨리'에 힘을 꾹 주고 말하자 해담은 고개를 끄덕였다. 한쪽에 걸어둔 외투를 걸쳐 입고서 주신은 아주 비장하게 거실을 가로질렀다.

주신이 현관 밖으로 사라지자, 해담 역시 장엄한 얼굴로 허둥지둥 방으로 향했다. 인터넷에서 보았던 말이 머릿속에 커다랗게 떠다닌다.

[남자친구를 집에 초대하는데 겉옷이 왜 중요함? 겉은 전혀 중요하지 않음. 야시시한 망사에 레이스가 달린 위아래 세트 속옷부터 챙기셈.]

야시시한 망사 속옷까지는 없었지만, 최소 세트로는 챙겨 입어야 하니까.

곧장 밖으로 나온 주신은 태연한 얼굴과 달리 미친 듯이 발걸음을 옮겼다. 세상에. 해담이 자신을 허락해 주는 날이 이렇게나 빨리 올 줄이야. 필요한 것을 사러 약국으로 향하고 있는 지금도 꿈같기만 했다.

벌써부터 머릿속이 아찔해지고 열기가 확확 치솟을 지경이었다. 오늘따라 약국이 왜 이렇게 멀게 느껴지는지 모를 일이다. 저만치 약국이 보이자 발걸음은 날아갈 듯 빨라졌다.

약국에 도착해 두꺼운 유리문을 밀고서 안으로 들어선 주신은 곧장 판매대 앞으로 향했다.

머리털 나고 단 한 번도 피임기구를 사 본 적이 없었지만, 이런 일일수록 속전속결로 치러야 했다.

"저, 코……."

"어머, 주신이 아니니?"

정말 다행이었다. 'ㄴ' 받침을 붙이기 전에 말을 걸어와서. 주신은 뜨끈뜨끈한 열기를 가라앉히려 애쓰며 뒤로 돌아보았다.

"주신이 맞네? 어머니는 잘 지내시지?"

동네 미용실 미용사 아주머니였다.

주신이 꾸벅 고개를 숙이자 미용사가 생글거렸다.

"다음 주부터 우리 샵에서 펌이랑 염색 할인 이벤트 들어갈 거거든? 어머니한테 오시면 잘해드린다고 꼭 말씀드려 줄래? 아마, 머리하실 때 되셨을 거야."

"네."

대화가 끝나자 약사가 끼어들었다.

"손님 뭐 달라고 하셨어요?"

주신의 시선이 옆에 웃으며 서 있는 미용사에게로 갔다가 다시 약사에게로 향했다.

머피의 법칙도 아니고 뭐 이렇게 곤란한 상황이 다 있단 말인가.

굳이 이름까지 밝혀진 이곳에서 그 중요한 걸 사고 싶은 마음은 눈곱만치도 없었다.

"……코감기 약 한 통 주세요."

약사가 약을 내밀자 주신은 후딱 계산을 치르고 밖으로 나와 잠시 고민에 빠졌다.

근처 가까운 편의점에도 원하는 것이 있을 테지만, 거기는 워낙 자주 드나드는데다 또래의 학생이 알바생이라 가기가 꺼려졌다.

다 큰 성인이니 나쁜 짓을 하는 건 아니었지만, 그럼에도 처음이라 민망할 수밖에 없었다. 결국 주신은 조금 거리가 있는 약국 쪽으로 바람처럼 내달렸다.

제발 그사이 해담이 마음을 바꾸지 않길 바라며.

"사정이 있어서 오늘은 쉰다고?"

말쑥하고 단정하게 차려입은 민혁이 〈소반〉의 유리문 앞에 붙여진 문구를 보며 허탈한 표정을 지었다.

일부러 바쁜 점심시간을 피해 저녁에 왔건만, 아예 영업을 하지 않다니.

지선에게 잘 보이기 위해 유명 브랜드 제과의 호두파이까지 구매해서 온 참이었다.

"무슨 일이라도 있나?"

고개를 갸웃거린 민혁은 핸드폰을 꺼내 해담에게로 전화를 걸었다. 음악이 몇 초 흘러나오다 곧 해담의 음성이 튀어나왔다.

-어, 설민혁. 나 지금 바쁘니까 나중에 통화해.

"야, 야. 잠깐만."

정말 무슨 일 생긴 거 아냐?

-왜. 나중에 통화하자니까.

"야, 집에 무슨 일 있냐?"

-무슨 일이라니?

"무슨 일 있어서 끊자는 거 아냐? 지금 가게에 도시락 사러 왔는데, 문도 닫혀 있고."

-무슨 일이 있는 건 아니고. 엄마, 아빠 오늘 온천 가셨거든. 그래서 가게 쉬어.

"아."

-나 지금 바쁘니까 나중에 통화해. 끊는다.

그러고서 매정할 정도로 전화가 딱 끊겼다.

"아, 이 기집애. 진짜 드럽게 뻣뻣하다니까. 아니, 뭘 하느라 세상 혼자 바쁜 척이야?"

핸드폰의 시꺼먼 액정을 보며 투덜대던 민혁의 이마에 핏대가 솟았다.

"뭐야, 설마. 부모님 온천 보내놓고, 지금 최주신 그 새끼랑 같이 있느라 그런 거 아냐?"

생각만으로도 화가 확 뻗쳐 씩씩대던 민혁은 금세 누그러졌다.

"음. 아닌데?"

그 최주신이 바로 근처에 있는 약국으로 들어가는 게 포착되었기 때문이다. 해담과 주신이 지금 함께 있는 게 아니라서 안도한 민혁은 이내 눈을 가늘게 뜨고서 다가갔다.

“저 자식은 뭘 사러 왔기에 바로 코앞에 사람이 서 있는데도 못 보고 그냥 들어가?”

마음 같아서는 무시해 주고 싶었지만, 해담을 온전히 빼앗기 전까지는 친구 관계를 유지하고 있어야 했다.

슬그머니 약국 앞으로 가 유리 안쪽을 보니 주신이 판매대 앞에서 뭔가를 유심히 보는 게 보였다.

“뭘 저렇게 유심히 보는 거야?”

바짝 붙어 눈을 크게 뜨고서 바라보던 민혁의 미간이 구겨졌다.

“저 자식, 지금 보고 있는 거 콘돔인데?”

눈이 튀어나올 정도로 보고 있는데, 물건을 고른 주신이 계산을 했다. 다급히 약국 문에서 몇 발짝 떨어진 민혁은 핸드폰을 귀에 대고 통화하는 척했다.

얼마 지나지 않아 문이 열리고 주신이 밖으로 나왔다. 이번에도 역시, 주변은 전혀 눈에 안 들어오는 듯 주신이 곧장 몸을 돌려 제 갈 길을 가버렸다.

“하. 망할.”

민혁은 적지 않은 충격으로 인해 이마에 한 손을 올린 채 가쁜 숨을 몰아쉬었다. 방금 구입한 저걸 해담과 쓸 거라는 생각에 온몸의 세포가 곤두서는 듯했다.

‘설마, 설마 했는데.’

정말로 갈 데까지 간 사이라니.

순간, 민혁의 눈에 불길이 확 치솟았다. 부모님이 온천에 갔으니 지금은 집이 비었을 것이고, 그 틈을 타 저걸 쓰려는 게 아니겠는가. 진서, 그 꼬맹이가 있다지만 놀러 보내면 그만이었다.

어지럼증이 밀려들 정도로 노기가 치밀었으나 민혁은 입술을 꾹 다물고서 발걸음을 옮겼다.

"내가 그냥 둘 줄 알고."

못 봤다면 모를까, 지금만큼은 무슨 수를 써서든 말려야 했다. 자글자글 끓는 열기를 다스리며 주신의 뒤를 따를 때였다.

끼이이익!

브레이크가 급히 걸리는 소리가 울려 퍼졌다.

"아유! 어떡해!"

골목에서 나오던 배달용 작은 바이크가 미처 보지 못한 민혁을 피하기 위해 황급히 핸들을 꺾었다. 바이크가 넘어지긴 했으나, 속도가 높지 않아 운전자나 민혁이 다치는 사고가 일어나지는 않았다.

하지만 주변 사람들은 누구랄 것 없이 경악스러운 표정을 지었다. 바이크 박스에 실렸던 음식물이 쏟아지고 튀며 민혁을 덮쳤기 때문이다.

"아이고, 총각. 괜찮아요? 이를 어째!"

운전자 아주머니가 다급히 다가왔지만 민혁은 돌처럼 굳은 채 숨만 몰아쉬었다.

"……."

엉망진창이 된 자신의 몰골이 한 가게의 쇼윈도를 통해 드러나자 피가 거꾸로 솟는 듯했다.

지금은 해담이나 주신이 문제가 아니었다. 자신의 꼴이 너무 처참해 돌아버릴 지경이었다.

웅성웅성 사람들이 모여드는 와중에도, 주신은 아무것도 안 보이고 안 들리는 듯 뒤도 돌아보지 않고, 오로지 직진만 했다.

민혁은 지금 이 상황이 꿈이길 바라며 눈을 질끈 감았다.

젠장. 망할.

띵동. 띵동.

초조하게 거실을 서성이던 해담은 벨소리에 심장이 뚝 떨어지는 듯했다. 인터폰 화면으로 주신임을 확인하고 대문을 열어주었다.

현관의 도어록을 해제하는데 손끝이 바르르 떨려왔다. 스킨십을 할 때는 몰랐는데, 막상 그다음을 위해 기다리고 있으니 너무 긴장돼 속이 탈 지경이었다.

조금 무섭기도 했고, 한편으로는 한 번도 겪은 적 없는 일에 대한 기대감도 들고.

입술을 잘근거리고 있기를 잠시, 현관문이 열리고 주신이 안으로 들어왔다.

"많이 기다렸지?"

그렇다고 하기도, 아니라고 하기도 애매해 해담은 그저 어색한 웃음만 보였다. 주신이 신발을 벗고 들어와 바짝 다가서자 해담의 가슴이 터질 듯 울려댔다.

주신의 눈동자는 나가기 전보다 훨씬 더 의지를 가득 담은 채 불타고 있었다. 주신의 기다란 팔이 뻗어와 해담의 허리를 감고 바짝 끌어당겼다.

"아직 마음 변함없어?"

"변했으면?"

긴장을 풀기 위해 해담은 조금 장난스럽게 대꾸했다. 주신의 동공이 찰나 동안 흔들렸으나 이내 차분히 고정되었다.

"당연히 여기서 그만둘 거야."

단호한 대답과 달리 주신의 팔은 더욱 단단히 해담의 허리를 감고 있었다.

"말과 행동이 너무 다른 것 같은데?"

음, 한숨을 흘린 주신이 슬그머니 팔을 풀려 하자 해담은 그사이 말라버린 입술을 축이고서 덧붙였다.

"안 변했어. 전혀."

아주 어려운 일을 해결한 것처럼 안도한 표정으로 주신이 성마르게 해담의 이마에 입술을 눌렀다가 떼어냈다. 주신은 다소 결연한 눈빛으로 해담을 응시했다.

"확실히 해둘 게 있어."

"뭐, 뭔데 그렇게 비장해."

"끝까지 가면, 앞으로 절대 너 못 놔줘. 무슨 일이 있어도 너 안 놔."

주신의 선전포고에 해담은 작게 숨을 들이켰다. 무슨 뜻인지 머리와 가슴이 동시에 알아들었다.

아찔함과 미칠 듯한 두근거림이 한꺼번에 밀려들었다. 해담은 자신을 향한 주신의 이런 간절함과 애절함이 좋았다.

몇 번이나 속눈썹을 깜빡인 다음에야 해담은 주신의 얼굴을 응시하며 가만히 고개를 끄덕였다.

"응. 놓지 마."

주신은 세상을 다 얻은 것만 같은 감격스러운 얼굴이 되었다. 해담을 품에 가둔 채 잠시 동안 향긋한 향을 들이마시던 주신의 눈매가 돌연 변했다.

주신은 해담의 허리를 감고 있는 그 자세 그대로 번쩍 들어 올렸다. 공주님 안기 같은 오글거리는 행동이 아닌 게 천만다행이었다.

그런 생각도 잠시, 해담은 마구잡이로 울렁거리는 가슴을 억누르며 주신의 어깨에 얼굴을 묻었다.

주신에게 안겨 방으로 향하는 동안, 해담은 앞으로 일어나게 될 어마어마한 일들을 떠올리며 눈을 질끈 감았다.

부끄러움, 두려움, 야릇함, 긴장감. 모든 것이 한꺼번에 쏟아져 내린다.

24.

해담을 아이처럼 안고서 방으로 직행한 주신은 그녀를 침대에 내려놓았다.

침대에 앉게 되자 해담의 긴장감은 배가 되었다. 급격히 가빠진 호흡으로 인해 해담의 가슴이 크게 오르락내리락했다.

주신이 입고 있던 외투를 벗어 의자 위에 던지다시피 올려놓았다. 금세 다가와 곁에 앉은 그가 해담의 얼굴을 붙잡고 입술을 부딪쳐 왔다. 해담이 입술을 열어주자 곧장 혀가 밀려들어와 속살을 잡아챘다. 조금 성마르기도 하고, 대놓고 소유욕을 드러내듯 주신의 키스는 진하고 뜨거웠다. 저릿한 감각이 피어오르자 해담은 주신의 옷자락을 꽉 붙잡았다. 서로의 혀와 입술이 얽히는 소리가 더없이 색스럽게 울려 퍼졌다.

주신의 손이 티셔츠 속으로 들어와 가느다란 허리를 부드럽게 어루만졌다.

"하아."

숨이 턱까지 차오르고 머리가 어지러울 지경이었다. 이미 마지막 순서가 뭔지 머릿속에 잡혀 있었기에 아까보다 훨씬 더 몸과 마음이 예민해져 있었다.

"흡."

키스에 열중하던 해담은 다급히 숨을 들이켜며 눈을 번쩍 떴다. 허리와 등을 오가던 주신의 긴 손이 어느 순간 속옷을 들추고 들어온 것이다.

말랑한 속살을 덮는 서늘한 느낌에 해담은 흠칫, 몸을 떨었다. 그 상태로 미약하게 악력이 가해지고 어루만져지자 해담은 이내 스르르 눈을 감았다. 입 안의 속살을 모조리 삼켜버릴 것처럼 주신의 키스가 더욱 농밀해졌다.

속옷 속에 머물고 있는 손의 움직임 역시 집요해졌다. 손가락 하나가 정점을 빙글빙글 돌리자 금세 딱딱하게 고개를 들었다.

"아……."

몸서리 처질 정도의 아찔한 감각으로 인해 해담의 발가락이 한껏 오그라들었다. 한참이나 키스 세례를 쏟으며 젖가슴을 어루만지던 주신이 움직임을 멈추었다. 거친 숨을 몰아쉬며 주신은 입술을 떼고 옷 속에 있던 손도 빼냈다.

두근 두근 두근.

다음 장면이 머리에 그려지자 해담은 심장이 터질 것만 같았다. 주신 역시 긴장한 얼굴로 숨을 길게 뱉은 다음, 입고 있던 스웨터를 머리 위로 벗었다.

처음으로 보는 주신의 맨 상체에 해담은 감탄사를 흘렸다. 딱 보기 좋을 만큼의 근육이 자리 잡은 탄탄한 상체가 조각 작품처럼 너무도 보기 좋았다. 만져보고 싶을 만큼.

주신이 이번에는 해담의 옷을 벗기기 위해 옷자락 끝에 손을 대자 그녀는 다급히 그의 팔을 붙잡았다.

"주신아, 잠깐만."

"왜."

한껏 낮아진 주신의 음성이 초조하게 느껴졌다.

"나, 나. 너무 떨려. 조금 무섭기도 하고."

"나도 그래."

주신이 해담의 손을 붙잡고서 입술로 가져가 꾹 눌렀다. 그 작은 행동에 미약하나마 안심이 된 해담은 몇 번이고 심호흡을 한 다음 고개를 끄덕였다.

"이제 괜찮아."

주신이 해담의 티셔츠 자락을 붙잡고서 머리 위로 끌어올렸다. 해담은 슬그머니 팔을 들어 주신에게 협조했다.

벗겨 낸 옷을 침대 아래 내려놓은 그가 브래지어로 손을 뻗었다. 훅. 숨을 들이켜는 사이 속옷까지 벗겨져 침대 한쪽으로 치워졌다.

민망함에 팔로 가릴 새도 없이 주신이 여린 그녀의 몸을 끌어당겨 품에 가두었다. 서로의 부드러운 맨살을 껴안은 채 두 사람은 거친 호흡만 내뱉었다.

주신은 해담을 안정시키려 끊임없이 긴 머리칼을 쓸어내리고 부드러운 등도 어루만졌다. 한참이나 해담을 다독이던 주신이 슬쩍 몸을 떼고서 시선을 내렸다.

"해담아, 나 봐."

여전히 시뻘겋게 달아오른 얼굴로 해담이 눈을 들었다. 주신은 흐트러진 해담의 머리칼을 귀 뒤로 넘겨주며 입술을 움직였다.

"평생 너만 볼게. 나한테 여자는 죽을 때까지 너 하나뿐이야. 맹세해."

너무도 진지한 고백에 해담은 가슴이 뭉클해졌다. 해담은 대답 대신 가만히 손을 올려 주신의 얼굴을 어루만졌다. 지금 이 순간은 다른 대화가 필요 없었다.

주신은 가만히 해담의 허리를 감고서 조심스레 침대에 눕혔다. 해담이 여전히 긴장한 얼굴로 숨만 몰아쉬고 있자 주신은 그녀에게로 몸을 겹치며 입술을 머금었다. 달달한 입맞춤은 금세 뜨겁게 타올랐다. 서로의 혀와 타액을 빨아들이고 맛보느라 여념이 없었다.

한참이나 집어삼킬 듯 농밀한 키스를 퍼붓던 주신이 속도를 늦추며 입술을 떼었다. 그제야 해담은 잊고 있었던 숨을 몰아쉬었다. 주신 역시 거친 숨결을 흘리고서 입술을 아래로 미끄러뜨렸다. 주신의 입술은 목덜미를 거쳐 쇄골을 훑은 다음 곧장 탐스러운 젖가슴을 한입에 머금었다.

해담은 점점 아찔해져 오는 감각에 자그맣게 입술을 깨물었다. 주신은 낮게 신음을 흘리며 본능적으로 혀와 치아를 동원해 가슴의 정점을 핥고 잘근거렸다. 세상에서 가장 유혹적이고 달콤한 것을 맛보듯 주신은 딱딱하게 솟은 유두를 끊임없이 괴롭혔다. 다른 쪽 가슴 역시 손으로 꽉 움켜쥐고서 예민한 부분을 문지르자 기다렸다는 듯 금세 뾰족하니 고개를 들었다.

"하아……."

해담이 저도 모르게 신음을 뱉어내며 몸을 흠칫거렸다. 그 반응에 주신의 몸이 한껏 달아올랐다.

"미치겠어. 네가 너무 예뻐서."

잔뜩 가라앉은 음성으로 중얼거린 주신이 손과 입술의 위치를 바꾸어 다시 가슴을 탐하기 시작했다. 양쪽 가슴에 가해지는 적나라한 자극에 해담은 고개를 뒤로 젖힌 채 뜨거운 숨결을 토해냈다. 발끝이 저릿저릿하고 아랫배가 팽팽하게 조여들었다. 허벅지 안쪽이 뜨겁게 달아오른다.

주신은 여전히 입으로 가슴의 정점을 빨아들이며 한 손을 밑으로 내렸다. 매끄러운 배를 거쳐 더 아래로 내려가, 아직 해담의 하체를 감싸고 있는 바지 속으로 손을 밀어 넣었다.

자그마한 팬티 위를 천천히 어루만지자 해담이 허벅지에 힘을 주었다. 본능적으로 다리를 오므린 해담이 다급히 주신을 바라보았다.

"주신아……."

"괜찮아. 괜찮을 거야."

주신이 해담의 얼굴에 잔잔히 입술 도장을 찍으며 그녀를 안심시키려 애썼다. 욕망과 긴장감으로 점철된 눈을 잠시 동안 깜빡이던 해담은 이내 스르륵 다리에 힘을 풀었다.

마른침을 삼킨 주신은 해담의 입술을 머금으며 팬티 속으로 손을 밀어 넣었다. 부드러운 수풀을 거쳐 더 아래로 손을 내리자 해담이 어깨를 흠칫했다. 하지만, 이번에는 다리를 모으거나 거부감을 드러내지 않았기에 주신은 조심스레 꽃잎 사이를 손가락으로 쓰다듬었다.

"음."

주신은 해담의 입 안으로 깊은 숨을 불어넣었다. 아직 본격적인 탐험도 하지 않았으나 촉촉하고 뜨겁고 부드러운 살점으로 인해 정신이 나가버릴 것만 같았다. 팽배해진 욕망을 정신력으로 누르며 주신은 해담의 예민한 부분을 중지로 느릿하게 문질렀다.

민망함에 눈만 질끈 감고 있던 해담은 중심부에서부터 피어오르는 쾌감으로 인해 뜨거운 한숨을 흘렸다. 아랫배가 불을 지핀 듯 화끈하게 달아오르고 허벅지 안쪽은 흘러나오는 꿀물로 인해 한껏 촉촉해졌다. 허벅지가 점점 양쪽으로 벌어져 입고 있는 바지가 불편하다고 느껴질 무렵 주신이 손을 멈추었다.

"바지…… 벗길게."

거칠어진 음성으로 말한 주신은 해담이 채 고개를 끄덕이기도 전에 허리춤에 손을 갖다 댔다. 바지를 벗기겠다는 말과는 달리 주신은 성마른 손길로 팬티까지 한 번에 아래로 끌어내렸다. 혹여 해담이 부끄러워할까 봐 주신은 자신에게 남아 있는 것도 모조리 벗었다.

아직 서로의 알몸을 아무렇지 않게 마주할 자신이 없었기에 해담은 얼굴을 붉힌 채 눈을 감아 버렸다. 그런 해담에게로 몸을 겹친 주신이 뜨겁게 입술을 부딪쳐 왔다. 아직 방금 전까지 달아올랐던 열기가 가라앉지 않았기에 해담은 입술을 열고서 열렬히 키스에 응했다.

다시 주신의 한 손이 허리를 쓰다듬고 내려와 곧장 허벅지 안쪽에 안착했다. 속옷과 바지를 입고 있을 때와 완전히 알몸일 때와는 그 기분이 너무도 달라 해담은 슬쩍 허벅지를 모았다. 뭔가 이 상태에서 허벅지를 여는 건 너무 창피했기 때문이다.

하지만 끊임없이 도도록한 살점을 문질러대는 주신의 손길로 인해 해담은 점차 창피함을 잊어갔다. 입술 사이로 끊임없이 신음이 흘러나오고 엉덩이는 자꾸만 위로 향했다. 점점 양쪽으로 벌어진 허벅지는 흠뻑 젖어든 여성을 여과 없이 드러내고 있었다. 마치 유혹하는 듯한 그 모습에 주신은 더 이상 인내할 수가 없었다.

자세를 곧추세운 주신은 성마른 손길로 콘돔을 씌우고서 해담의 다리 사이에 자리를 잡았다. 잠시 멈추어진 쾌락에 몽롱한 눈을 깜빡이던 해담은 여성의 입구에 와 닿는 감촉으로 인해 흡, 숨을 들이쉬었다.

"미안, 더는 못 참겠어서."

주신이 잔뜩 상기된 얼굴로 겨우겨우 내뱉으며 욕망 덩어리를 서서히 해담의 안으로 밀어 넣었다. 형언할 수 없을 만큼 짜릿한 감각으로 인해 주신의 몸이 더더욱 달아올랐다.

"읏."

최대한 조심하려 애썼지만, 해담이 고통의 신음을 뱉어내는 통에 놀란 주신이 다급히 움직임을 멈추었다.

"괜찮아? 많이 힘들어?"

후욱, 심호흡을 흘리며 해담은 가만히 고개를 저었다.

"괜, 괜찮아."

찡그려진 미간이 전혀 괜찮지 않아 보였기에 주신은 마음이 아팠다. 그럼에도 딱딱하다 못해 터질 것 같은 분신으로 인해 도저히 더 멈추어 있을 수가 없었다.

"미안. 정말 미안해."

쥐어짜듯 말한 주신은 허리에 힘을 주어 좁고 뜨거운 통로 깊숙한 곳으로 한 발짝 더 나아갔다. 느릿느릿, 온 신경을 곤두세운 채 여린 허벅지 안쪽을 채우기를 한참, 드디어 더 들어갈 수 없을 만큼 여성 속이 꽉 채워졌다.

"후우."

숨을 내쉬는 주신의 얼굴에서 땀이 뚝뚝 떨어졌다. 주신은 여전히 고통에서 자유스럽지 못해 인상을 쓰고 있는 해담의 등을 꽉 끌어안았다. 그 상태로 껴안는 것만으로도 희열이 넘쳐흘렀다.

"해담아…… 네가 너무 좋아."

감미롭기 그지없는 주신의 음성이 귓가에 와 닿았다. 해담은 구겼던 미간을 펴고서 가만히 그의 목에 팔을 감았다.

"응, 응. 나도 네가 좋아."

여유라고는 조금도 없었지만 주신은 슬쩍 웃어 보였다. 해담이 화답하듯 같이 미소를 보이자 주신은 온 얼굴에 키스를 흩뿌렸다. 그러는 사이 흥분할 대로 흥분한 남성은 뜨거운 여성 속에서 자꾸만 꿈틀대고 있었다.

"……이제 정말 못 참겠어."

해담이 채 대답을 하기도 전에 주신은 살짝 벌어진 입술을 집어삼키며 허리를 움직이기 시작했다.

"으읏."

해담이 그의 입 안으로 다급한 신음을 뱉었지만 주신은 그녀의 등을 꽉 껴안은 채 여린 속을 채웠다 비우기를 반복했다. 더없이 감질나게 감겨오는 좁고 뜨거운 여성으로 인해 주신은 정신을 차릴 수가 없었다. 그저 거친 키스를 퍼부으며 전진과 후퇴를 반복했다.

해담 역시 아릿한 아픔과 함께 뭔지 모를 기묘한 감각에 도취되어 열정적으로 키스를 되돌리며 주신의 움직임에 동참했다. 그가 빠져나갔다 들어오는 순간 본능적으로 엉덩이를 들어 올려 맞이하고 옥죄기를 반복했다.

달뜬 숨소리. 후끈 달아오른 공기.

뜨겁게 서로를 갈구하는 쾌락의 몸짓이 한동안 방 안을 가득 채웠다.

해담은 몽롱한 눈을 끔뻑끔뻑 깜빡이며 천장을 응시했다.

한 팔을 괸 채 주신은 사랑스러운 눈빛으로 하염없이 해담의 얼굴을 들여다보고 있었다.

해담과 사랑을 나누고, 이렇게 한 침대에 나란히 누워 있는 지금 이 순간이 꿈같기만 했다. 너무 소중하고 감격스러워 조바심이 날 만큼.

하나가 되고 나니, 주신은 더더욱 해담이 귀엽고 사랑스러웠다. 한시도 떨어져 있기 싫어질 정도로.

"주신아."

"응."

"절로 좀 떨어지면 안 돼?"

"왜."

"숨쉬기가 힘들어."

도통 알아들을 수 없는 말에 주신이 의아한 표정을 짓자 해담이 슬그머니 얼굴을 붉혔다.

"……배에 힘주고 있느라 힘들어 죽겠다고."

"아."

그제야 깨닫고 주신은 멋쩍게 웃었다. 한쪽 팔은 머리를 괴고 있었지만, 나머지 한 손은 이불 속 해담의 배를 계속 어루만지는 중이었다.

"괜찮으니까 숨 편하게 쉬어."

"안 돼. 그럴 수 없어."

"너, 배 하나도 안 나왔어."

"그거야 내가 힘을 꽉 주고 있으니까 그렇지."

"그럼, 위로 옮긴다?"

몇 초 동안 주신의 말을 곱씹은 해담이 곧장 눈을 세모꼴로 하고 째려보았다.

"죽을래?"

"그럼, 그냥 숨 편하게 쉬어. 어차피 아까 다 만져봐서 아는데, 뭐."

다시 천장을 응시하며 생각에 잠겼던 해담이 이내 포기하고서 푹, 숨을 내쉬었다. 주신이 쿡쿡 웃음을 흘리며 해담의 배를 손으로 쓸었다.

"봐. 배 하나도 없다니까. 그리고 더 많이 있어도 괜찮아."

"몰라. 복근 만들 거야."

툴툴거리는 해담이 귀여워 주신은 고개를 숙여 하얗게 드러난 동그란 어깨에 자잘한 입맞춤을 했다. 계속 어깨에 쪽쪽, 입술 도장을 찍으며 주신이 슬쩍 말을 흘렸다.

"해담아."

"응."

"이제 호칭을 바꿔야 하지 않을까."

해담이 옆으로 몸을 돌려 주신과 마주 보았다. 배에 머물던 주신의 손은 자연스레 잘록한 허리에 놓였다.

"호칭? 갑자기 호칭은 왜?"

"이름은 아무한테나 다 부르는 거잖아. 우리 이제 더 특별해졌는데, 이름 부르면서 야, 너, 하는 거 좀 그래서."

은근한 주신의 말에 해담은 풉, 웃음을 터트렸다.

"뭐, 자기라고 불러줄까?"

어이가 없어 튀어나간 말이지만 주신의 눈은 반짝 빛났다.

"응. 그거 좋아."

"뭐래. 난 싫어. 벌써부터 무슨 자기야, 자기는. 어우 어색해."

해담이 칠색 팔색을 하자 조금 아쉬운 표정을 짓던 주신은 번뜩, 생각 하나가 떠올랐다.

"그럼, 둘만 있을 때 부르는 애칭이라도 지을까."

커플 사이에 흔한 애칭 정도는 나쁘지 않았기에 해담은 고개를 끄덕였다.

"그건 괜찮아."

"난 생각난 거 있어."

빠른 전개에 해담은 조금 놀라면서도 기대감 드러냈다.

"뭔데?"

"예쁜이."

"악!"

해담은 곧장 비명을 지르며 이불 속에서 발을 마구 굴렀다. 해담은 시뻘게진 얼굴에 손부채질을 했다.

"어우, 손발이 없어질 것 같아. 예쁜이가 뭐야, 예쁜이가."

"예뻐서 예쁜이라고 하는데 뭐가 문제야."

"창의성이 없잖아요."

주신이 어깨를 으쓱해 보였다.

"내가 네이밍 센스가 없어서."

"그래도 예쁜이는 좀 민망해."

눈썹을 모은 채 심각하게 생각에 잠겼던 주신이 어느 순간 표정을 확 폈다.

"그럼, 창의성을 발휘해서 아름이?"

해담의 입이 턱 벌어졌다.

"와. 넌 내가 그렇게 예쁘고 아름다워? 도저히 다른 애칭이 안 떠오를 만큼?"

"뭐. 내 눈에는 그래."

툭 뱉는 말에 해담은 반쯤 어이없는 표정을 지으면서도 자꾸만 웃음이 났다. 해담은 바짝 주신에게로 얼굴을 가져가서 눈을 빛냈다.

"이렇게 내가 좋으면서, 왜 그렇게 예전에는 못되게 굴었을까? 진짜 궁금해."

주신은 괴고 있던 팔을 거두고서 해담과 시선을 맞춰 누웠다.

그가 가만히 손을 뻗어 해담의 귓불을 꼬집듯 가볍게 눌렀다.

"예쁜이, 넌 내가 너한테 못되게 군 것만 기억하지?"

오글거리는 애칭에 기가 막혀 웃음을 터트린 해담은 이내 눈을 깜빡였다.

"난 너한테 못되게 군 적 없는데?"

"정말 없다고 생각해?"

"없어, 진짜. 니가 먼저 나한테 못되게 굴어서 나도 같이 오기로 그런 거잖아. 그러다 친구 사이도 멀어지게 된 거고."

주신의 눈동자가 꽤나 묘하게 짙어졌다. 이쯤 되니 해담도 자신할 수가 없어 애매하게 웃었다.

"어, 없는데. 아, 아닌가?"

"중3, 1학기 기말고사 성적표 나온 다음 날."

"중3, 1학기 기말고사 성적표 나온 다음 날?"

"점심시간, 네 친구들과 모여서 내 얘기했잖아."

"점심시간…… 내 친구들이랑 모여서……?"

가만히 주신의 말을 따라 되새기던 해담의 동공이 커다랗게 확장되었다.

"헉. 그, 그, 그때 너 들었어?"

주신은 무미건조한 얼굴로 고개만 끄덕끄덕해 보였다. 확장된 동공만큼이나 놀란 해담의 입술도 쩍 열렸다. 등줄기를 타고 식은땀이 날 것만 같았다. 그날, 친구들 앞에서 정말 대차게 주신을 씹었으니까.

“미안. 정말 미안해.”

일단 해담은 사과부터 했다. 아무것도 걸치지 않은 채 이불을 가슴께까지 끌어올린 상태에서의 사과가 조금 우스꽝스럽기는 했지만. 주신의 한쪽 눈썹이 슬쩍 위로 향했다.

“너무 쿨하게 사과하는데.”

“나, 나중에 정식으로 사과할게. 지금은 상태가 이래서. 진짜, 진짜 미안해.”

해담은 두 손을 모아 비는 시늉을 해 보였다.

“그럼, 정식으로 사과하는 거 보고 받아줄지 말지 결정할게.”

주신이 조금 삐딱하니 말하자 해담은 한숨을 푹 흘렸다. 아무리 이렇게까지 관계가 진전됐다 하더라도 주신이 그날 일에 대해 마음을 풀지 않는 것도 충분히 이해가 갔다.

다른 것보다 배신감이 많이 느껴졌을 것이다. 어렸을 때부터 쭉 친하게 지낸 친구였는데, 없는 자리에서 뒷담화 하는 것을 봤으니까.

‘최주신 진짜 재수 없어. 옆집 사는 것도 싫고, 부모님끼리 아는 것도 정말 싫어. 이제 걔랑은 엮이는 것도 토 나올 것 같아. 정말 꼴도 보기 싫어.’

자세한 단어까지는 기억나지 않았지만 친구들 앞에서 대충 그렇게 말했던 것 같았다.

“왜 그랬어?”

“그게…… 성적표 때문에.”

“성적표?”

해담은 조금 가라앉은 얼굴로 고개를 끄덕였다.

"그 전날, 성적표 받고 엄마한테 정말 심하게 혼났었거든. 역시나, 너랑 엄청 비교를 하시더라. 아주 처참하고 무참하게 밟으셨어."

"……."

"어릴 때부터 늘 있어 왔던 비교라 꾹 참고 넘겼는데, 다음 날, 우리 반 어떤 여자애가 너와 나 사이를 오해하고 나한테 좀 못된 짓을 했어. 아마 너를 좋아하고 있었던 것 같아."

"못된 짓?"

"응. 근데, 말하기 싫어. 지금도 입에 담기 싫을 만큼 기분 나빴거든."

"……."

"그래서 그 애와 대판 싸우고 점심시간에 친구들 앞에서 한탄한다는 게, 그동안 성적으로 비교당한 것까지 다 떠올라서 좀 흥분을 해버렸어."

해담은 이마를 탁 치며 고개를 절레절레 저었다.

"근데, 그걸 네가 들었을 줄은 정말 꿈에도 몰랐어. 네가 나만 보면 표정 굳히며 무시했던 게 그때부터였구나. 그럴 만했어. 난 그것도 모르고 너 못됐다고만 했는데. 사정이야 어쨌든 내 잘못이야. 정말 미안."

"정말 미안해?"

"응, 응."

"그럼, 한 번 더 할까."

아주 진지한 얼굴로 주신이 말했다. 해담은 눈을 흘기며 주신의 어깨를 찰싹 때렸다. 희미하게 웃은 주신이 해담의 손을 쥐고서 입술로 가져왔다.

손바닥과 맥이 뛰는 손목 안쪽에 몇 번이나 입술을 누르고서 주신이 가만히 해담의 얼굴을 들여다보았다.

"아직도 비교 심하셔?"

"뭐. 그렇지."

"음."
깊은 한숨을 흘린 주신이 자못 심각한 얼굴을 했다.
"그럼, 그럴 때마다 나한테 말해."
"왜? 우리 엄마한테 그러지 말아 달라고 부탁이라도 하게?"
"아니. 그럴 수는 없지."
"그럼?"
"네 기분 풀어줄게."
해담은 물끄러미 주신을 응시하다 입을 열었다.
"이긴 자의 여유처럼 보이는 건 뭐지?"
"우리 예쁜이 기분 풀어주는 충실한 남자친구로 봐주면 안 될까."
해담은 다시 주신의 어깨를 찰싹 때리고서 키득키득 웃었다.
"그 예쁜이 타령 좀 안 해주면 되게 고마울 것 같은데?"
"난 입에 붙고 좋은데."
가볍게 눈을 흘기던 해담은 문득 떠오르는 주신의 애칭에 이내 박수를 짝 쳤다.
"아, 나도 애칭 생각났어."
"뭔데."
"네 이름이 주신이잖아. 그래서 쭈."
"쭈? 쭈우?"
주신이 영 이상하다는 표정을 지었지만 해담은 눈을 빛냈다.
"왜, 별로야? 난 완전 좋은데. 쭈, 뭐 해? 쭈, 오늘 밥 같이 먹을래? 봐, 얼마나 좋아. 입에 딱딱 붙고."
"흠. 그럼, 넌 땀이야?"
주신 딴에는 떨떠름하니 그냥 해 본 말이었지만 해담은 신박해 하는 얼굴이었다.

"어! 그거 좋다. 예쁜이보다는 백만 배 나은데? 재미있기도 하고."

주신이 어이없는 웃음을 흘렸다.

"땀은 어감이 별로야. 그냥, 난 예쁜이라고 부를게. 넌 자기라고 불러주면 안 될까."

"자기는 너무 오글거리지 않아?"

"난 너무 듣기 좋은데."

조금 시무룩하니 말한 주신이 갑자기 입술 끝을 슬쩍 올렸다.

"음. 예쁜이라고 부르게 해주고, 네가 자기라고 불러주면, 너한테 서운했던 거 다 없어질 것 같은데."

해담은 기가 막혀 헛웃음을 흘렸다.

"최주신. 너무 치사한 거 아냐?"

"알아. 치사한 거."

"와. 진짜 그렇게까지 해서 자기 소리가 듣고 싶어?"

주신이 귀여운 강아지처럼 눈빛을 반짝이며 고개를 끄덕였다. 주신이 이렇게 원하니 또 마음이 약해진다. 입술을 삐죽 내민 해담은 어쩔 수 없이 한 발 양보했다.

"알았어. 그렇게 불러줄게."

"정말?"

"대신."

고공행진 하던 주신의 광대가 딱 멈추었다.

"대신 뭐?"

"네가 예뻐 보일 때만 그렇게 불러줄 거야."

"알아서 기라는 거지?"

"빙고."

조금 못마땅한 표정을 짓긴 했지만 주신은 이내 수긍했다.

"좋아. 콜. 그런 의미에서 지금 한 번만 불러줘."

"지금?"

"응."

"어우, 오글거리게, 진짜."

툴툴거린 해담은 작게 헛기침을 하고서 슬며시 입술을 움직였다.

"자, 자, 자기야. 어우, 진짜!"

해담이 민망하거나 말거나 주신의 입술은 째질 듯 귀에 걸렸다. 주신이 부드럽게 해담의 허리를 어루만지며 물었다.

"아침에 일어나면 뭐 먹고 싶어?"

"음, 토스트 한 조각에 진한 커피…… 말고 그냥 밥. 아침에는 밥이 좋아. 왜?"

"내가 해줄게."

"뭐, 여기서 자고 가려고?"

주신이 고개를 끄덕이며 해담의 허리를 바짝 끌어당겼다. 아무것도 입지 않은 매끄러운 맨살이 맞닿았다.

"아, 안 돼. 이따가 그냥 집에 가. 아직 같이 자는 건 좀."

"벌써 오늘 집에 안 들어간다고 하고 왔어."

"뭐?"

"세면도구도 다 챙겨왔고."

선전포고를 하듯 말한 주신이 해담의 이마에 입맞춤을 했다.

잠시 동안 해담의 등을 꽉 끌어안고 있던 주신은 그 상태로 몸을 굴려 그녀를 누이며 위로 올라갔다.

"자, 잠깐, 너 또……."

놀란 해담이 눈을 동그랗게 떴지만 곧장 내려앉은 주신의 입술로 인해 뒷말은 삼켜지고 말았다.

다시 시작된 달달한 키스에 해담은 가만히 주신의 목을 끌어안았다.

서로의 입술과 속살을 한껏 맛보며, 해담과 주신은 조금씩 더 대담하고 애틋하게 연인들의 몸짓을 이어나갔다.

다음 날. 희끄무레 바깥이 밝아오기 시작한 이른 아침이었다. 주신은 반쯤 엎드린 상태로 한창 꿈나라를 유영 중인 해담을 들여다보는 중이었다. 주신의 입가에 미소가 가득 떠올랐다.

"자는 게 진서랑 똑같네."

해담의 얼굴을 보면서 아침을 맞이하는 날이 이렇게 금세 올 줄은 정말 몰랐다. 생각보다 해담이 빨리 마음을 열어준 게 주신은 너무 고맙고 예뻤다.

살짝 벌어진 저 입술에 진한 키스를 선사하고 싶은 마음을 꾹 누르고서 주신은 이내 몸을 일으켰다. 아침에는 밥이 좋다는 해담을 만족시키려면 지금부터 부지런히 준비를 해야 했으니까.

"음."

침대 밑으로 내려서는데, 입에서 신음소리가 절로 터져 나왔다. 간밤에 너무 무리를 하는 바람에 온몸이 아우성을 쳐댄다.

둘 다 서툴기는 마찬가지였지만, 그럼에도 해담이 훨씬 더 힘들어했기에, 조심, 또 조심하느라 근육이 너무 긴장한 모양이었다.

평소에 운동을 하는 자신도 이런데 해담은 얼마나 고될까 생각하니 속이 쓰렸다. 해담의 종아리까지 말려 올라간 이불을 내려주고 나가려던 주신은 픽, 작게 웃음을 터트렸다.

"정말 진서랑 발가락도 똑같다."

주신은 귀여운 발가락을 꽉 깨물어 주고 싶은 충동을 누르고서 대신 조심스레 어루만졌다.

다음번에는 꼭 깨물어 봐야지.

"……으응……."

간지러웠던지 해담이 발가락을 꼼지락거렸다. 화들짝 놀란 주신은 퍼뜩 손을 떼고서 동작 그만 상태로 해담을 살폈다.

아침잠이 많다더니, 다행히 해담은 깨지 않았다. 안도의 한숨을 내쉰 주신은 슬며시 이불을 내려주었다. 미리 챙겨왔던 세면도구를 들고서 주신은 욕실로 향했다.

잠시 뒤, 샤워를 마치고 나온 주신은 본격적으로 아침을 준비하기 위해 주방으로 갔다. 주방 상태를 본 주신이 멋쩍게 고개를 절레절레 저었다.

"이것도 안 치웠네."

어제 해담이 꺼내다 깬 와인잔 파편이 그 자리에 그대로 있었다. 하긴. 어제 어지간히 긴박했어야지.

둘 다 너무 긴장하고 당황하는 바람에 깨진 와인잔에 대해서는 완벽히 잊어버린 것이다. 주신은 깨진 와인잔부터 말끔히 치우기 시작했다. 혹여, 누가 다칠세라 아주 꼼꼼히 쓸고 닦았다.

말끔히 치운 다음, 주신은 일단 밥솥을 열어보았다. 텅 비어 있는 깨끗한 솥이 눈에 들어왔다. 시작부터 난관에 봉착했다. 쌀이 어디 있는지 알 턱이 없다.

"내 집도 아닌데 여기저기 들쑤실 수도 없고."

그렇다고 자는 해담을 깨우기도 싫었다. 하지만 실망은 금물이었다. 편의점에 가면 즉석밥이 있으니까.

원래 토스트를 계획했을 때부터, 조용히 근처 마트에 다녀올 계획이긴 했으니, 편의점에 잠시 들르는 건 일도 아니었다.

조심스레 외투를 가지러 방으로 간 주신은 문득, 또 다른 고비에 부딪쳤다.

"아. 비밀번호."

간밤에 진한 사랑을 나눈 뒤 물어봤어야 했는데, 해담이 너무 힘들어하는 통에 다독여 재우느라 그럴 틈이 없었다. 외출하고 돌아오면 무조건 해담을 깨울 수밖에 없다는 뜻이다.

"이게 아닌데."

살다 살다 지금처럼 마음먹은 대로 안 되기는 처음이었다. 잠시, 고민에 빠졌던 주신은 문득 진서를 떠올렸다.

예전, 해담이 몸살로 아팠을 때 진서가 약국에 가서 쿨패치를 사다 붙여 줬다는 게 기억났다. 그렇다는 건 진서가 이곳 비밀번호를 알고 있다는 뜻이다.

외투 주머니에서 핸드폰을 꺼낸 주신은 다시 거실로 나왔다. 주신은 지금이 아주 이른 시각이라는 것도 잊고 유신에게로 전화를 걸었다.

-……여보세요.

한참만에야 아주 허스키하게 가라앉은 유신의 목소리가 흘러나왔다.

"어, 형. 나야."

-누구…….

"나, 주신이."

-하아. 이 자식아. 지금 시간이 몇 신데 전화질이냐.

"미안. 내가 좀 급해서 그래."

-……뭔데, 뭐.

"진서, 형 옆에서 자?"

-어. 너도 없는데 혼자 재우기 그래서.

"그럼, 진서 깨워서 나 좀 바꿔 줘."

-이 자식이 미쳤나. 급한 거 아니면 나중에 해. 자는 애 깨우지 말고.

"급하다고 좀."

-기다려 봐.

구시렁구시렁 욕설과 유신이 진서를 깨우는 소리가 희미하게 들려왔다. 얼마 지나지 않아 완전히 잠에 취한 진서의 음성이 들려왔다.

-……여보……세요.

"어, 진서야. 나야, 아빠."

-……네에.

"깨워서 미안한데, 혹시, 엄마 집 비밀번호 기억해?"

-엄마…… 집…… 비밀번호요오.

"응, 그래. 좀 급해서 그런데 불러줄래?"

-…….

"진서야?"

-…….

"진서."

애타게 불렀으나 계속해서 잠잠하기만 하더니, 어느새 유신이 전화를 돌려받았다.

-야, 애 잔다. 앉아서 존다, 졸아.

"음. 알았어, 그냥 재워."

아쉬움에 한숨을 흘린 주신은 이대로 아침 계획에 실패할 수 없어, 퍼뜩 방법을 바꾸었다.

"형, 그럼, 내 부탁 하나만 들어줘."

-하. 아침 댓바람부터 무슨 부탁. 잠 좀 자자, 잠 좀.

"형은 내가 해담이랑 잘되는 게 싫어? 그래야 진서가 있는데."

-뭐, 인마?

억지라는 걸 너무도 잘 알고 있었지만 어쩔 수가 없었다.

"해담이한테 점수를 따고 싶어서 그래. 신세는 꼭 갚을게."

-아, 이 자식. 연애하더니 이상해졌어.

"부탁해, 형."

-나중에 열 배는 넘게 부려먹을 거다.

"그렇게 해."

-뭔데, 뭘 해주면 되는데.

주신은 안도의 숨을 내쉬며 슬며시 웃었다.

"응. 장 좀 봐오라고."

-뭐, 장?

황당해 하고 있는 유신의 얼굴이 눈앞에 그려졌으나, 주신은 꿋꿋이 목록을 부르기 시작했다. 유신이 기막혀 하거나 말거나, 목록을 쭉 읊고서 덧붙였다.

"참. 대문 앞에 도착하면 벨 누르지 말고 전화해. 괜히 벨 눌렀다가 시끄러워서 우리 예쁜이 깰라."

곧장 커다란 욕설이 튀어나오자 주신은 슬쩍 핸드폰을 귀에서 떨어뜨렸다.

창가에 드리워진 두꺼운 커튼 틈으로 햇살이 비집고 들어왔다. 한창 잠에 빠져 있던 해담은 뭔가가 얼굴을 간질이는 느낌에 흠칫, 했다.

어제 혼자 잤다면 얼굴을 벅벅 긁고서 다시 잠을 청했을 테지만, 그게 아니었다는 걸 확 인식했다.

'맞다. 주신이랑 같이 잠들었지!'

순식간에 잠이 확 달아나버렸지만 해담은 금방 눈을 뜨지 않은 채 침착하려 애썼다. 어젯밤 너무 피곤하고 힘이 들어 그대로 주신의 품에서 잠든 게 떠올랐다.

'아. 망했다. 완전 몸부림 심한데.'

그 모습을 보여주기 싫어 보내려 한 건데, 보내기는커녕, 먼저 잠까지 들고 말았다.

'몸부림 심한 거 알고 정떨어졌으면 어쩌지? 아, 민망해 죽겠네.'

걱정으로 쉽사리 눈을 못 뜨고 있는 사이, 부드러운 무언가가 이마에 와 닿았다.

쪽, 쪽, 쪽.

정확히 세 번 이마에 키스를 한 입술이 코끝으로 옮겨갔다가 다시 얼굴로 향했다.

쪽, 쪽, 쪽. 쪽, 쪽, 쪽.

양쪽 볼에 내려앉은 주신의 키스에 해담은 걱정을 스르르 날렸다. 정떨어진 상대에게 절대 할 수 없는 다정한 모닝키스였으니까.

게다가 벌써 샤워까지 한 듯 상큼한 향이 그녀의 기분을 두둥실 뜨게 만들었다. 해담은 가만히 눈을 떴다.

"잘 잤어?"

감미로운 음성과 애정이 듬뿍 담긴 진한 주신의 눈빛이, 햇살보다 더 뜨겁게 그녀에게로 쏟아졌다.

"응."

침대에 앉은 주신이 흐트러진 해담의 머리칼을 부드럽게 쓸었다.

"일으켜줄까?"

해담은 나른한 기분에 취해 끄덕이려다가, 문득 이불 아래 자신의 상태가 떠올라 퍼뜩 고개를 저었다.

"아니, 아니. 괜찮아."

입은 게 아무것도 없으니 절대 그럴 수가 없다. 주신은 저렇듯 머리부터 발끝까지 말쑥한 차림이라, 더더욱 민망했다.

"내가 일어날 테니까, 좀 나가주면 안 돼?"

해담이 가슴께에 있던 이불을 목까지 끌어올리며 말했다. 그제야 주신은 이불 아래 해담의 몸을 떠올리고서 확 얼굴을 붉혔다.

"어, 어. 그래."

주신이 허둥지둥 밖으로 나가자 해담은 그제야 몸을 일으켰다.

"으으윽."

온몸에서 발산되는 통증으로 인해 비명이 터져 나왔지만, 다급히 입술을 틀어막았다. 아마, 그녀가 크게 소리를 내는 순간, 분명 주신이 뛰어 들어올 테니까.

해담은 이불을 내리고서 겨우겨우 여기저기 떨어진 속옷과 겉옷을 꿰입었다. 그런 다음 대충 머리를 한 갈래로 묶고서 해담은 방을 나섰다.

방을 나서자 음식 냄새가 후각을 자극하는 통에 해담은 눈을 동그랗게 뜨고서 주방으로 향했다. 식탁에 음식을 차리고 있던 주신이 기척을 느끼고 돌아보았다.

"배고프지?"

해담은 얼떨떨한 표정으로 식탁을 훑었다. 조촐하긴 했으나 밥, 국, 반찬이 아기자기하게 차려져 있었다.

"설마, 이거 네가 다 차린 거야?"

주신이 주변을 이리저리 둘러보는 시늉을 했다.

"여기 아무도 없는 걸 보면 그런 같은데."

"세상에. 어제 그냥 한 말 아니었어?"

"내가 빈말한 적 있나."

하긴. 그거야 그렇다. 하지만, 이렇게 국까지 준비할 줄은 몰랐다. 해담이 너무 감격한 얼굴을 하고 있자 주신은 조금 머쓱한 표정을 지었다.

"어차피 다 산 거니까, 너무 감동 먹으면 곤란해."

"그래도. 난 잠만 잤는데."

"우리 예쁜이 더 자라고 내가 준비한 건데, 뭘."

해담은 쪼르르 다가가 주신의 허리를 껴안고서 얼굴을 묻었다.

"고마워, 정말."

"고마워?"

"응."

"예쁘기도 하겠네?"

"응."

"그럼, 해줘야지."

해담은 반쯤 기막힌 웃음을 흘리며 주신의 등을 툭 치고서 슬쩍 고개를 들었다.

"고마워, 자, 자기야."

뿌듯한 미소를 지으며 주신이 해담의 어깨를 꽉 껴안았다가 놓아주었다.

"국 식겠다. 얼른 먹자."

"나, 씻고."

"먹고 씻어."

씻고 싶은 마음이 굴뚝같았지만, 일찍부터 준비한 주신의 성의를 위해 나중으로 미루었다. 식탁에 앉아 밥을 먹는데, 자꾸만 입술이 위로 향해 곤란할 지경이었다.

주신의 말처럼 죄다 산 것들이라 집밥의 맛은 아니었지만, 그 어느 때보다 맛있었다.

"나중에는 내가 직접 만들어 줄게. 오늘은 뭐가 어디 있는지 몰라서 어쩔 수가 없었어."

"아냐, 아냐. 이걸로도 너무 좋아. 맛있어."

주신이 흐뭇하게 웃으며 스팸 한 조각을 해담의 밥 위에 올려주었다.

'아, 어떡해. 너무 행복하잖아.'

이래서 사람들이 결혼을 하고 가정을 꾸리는구나 싶을 정도로.

♥

유신은 미리 예약이 되어 있는 중식당 룸에서 기영을 기다리고 있었다.

아침 댓바람부터 형님에게 장 봐오라는 심부름을 시킨 아우 놈 때문에 연방 하품이 나왔다. 정말, 사랑을 하면 나사가 빠지는 사람이 있다더니, 딱 주신이 그랬다.

"뭔 연애를 그렇게 유난스럽게 하는지, 원."

절레절레 고개를 흔든 유신은 쭉 기지개를 켰다. 아직 약속 시간까지는 조금 남아 있었기에 유신은 핸드폰을 꺼냈다. 액정을 바라보는 유신의 입에 진한 미소가 드리워졌다.

"아, 이 녀석. 벌써부터 잘생긴 것 좀 봐. 확실히 잘생김 유전자가 강하다니까."

어제 함께 있는 동안 몇 장 찍은 것과 쌔근쌔근 자는 게 너무 귀여워 또 몇 장 찍어 둔 진서의 사진이었다.

"하긴. 해담이도 한 인물 하기는 하지. 해맑은 눈매는 해담이를 닮은 것도 같고."

자꾸 보다 보니, 어릴 때부터 아이답지 않게 싸늘했던 주신의 눈매는 확실히 아닌 듯했다.

"아닌가. 눈매는 날 닮았나?"

그래놓고 괜히 쑥스러워 쿡쿡쿡 웃고 있는데, 똑똑똑 노크 소리가 났다. 유신은 핸드폰을 내려놓고 대답했다.

"네."

문이 열리고 기영이 안으로 들어왔다. 어쩐지 어두워 보이는 표정으로.

"오래 기다렸니? 일찍 나온다고 챙겼는데, 차가 좀 밀리더라고."

"나도 조금 전에 왔어. 어차피 늦은 것도 아닌데, 뭘."

기영이 다가와 마주 보고 앉았다.

뒤따라 들어온 종업원에게 이것저것 주문을 하고서 잠시 룸이 고요해지자 유신이 말문을 열었다.

"무슨 일 때문에 보자고 한 거야?"

"저, 그게, 일이 좀 복잡해졌어."

알아듣지 못할 뜬금없는 말에 유신은 의아한 표정을 지었다. 기영이 한숨을 흘리고서 핸드백 속에서 핸드폰을 꺼냈다.

이리저리 핸드폰을 터치한 기영이 주신에게로 액정을 보였다. 별생각 없이 액정으로 시선을 내린 유신의 눈썹이 쭉 위로 향했다. 어머니, 영주와 진서 그리고 기영이 함께 찍은 사진이었다.

"누나가 언제 이런 사진을 같이 찍었어?"

"왜. 너한테 보자고 전화했던 날, 마트에서 이모 만났다고 했잖아. 그때 그 애도 같이 있더라고."

"아."

가볍게 고개를 주억거린 유신이 눈썹을 깜빡였다.

"근데, 이걸 왜."

"사실은 너한테 보자고 한 이유가 그 애 때문이었어."

"왜애."

뭔가 불길한 예감에 유신의 음성이 조금 늘어졌다.

"사실은 니가 부탁하기 전에 주신이가 먼저 나한테 친자확인 검사를 부탁하러 왔었거든. 작년 크리스마스 며칠 전에."

유신은 꿀꺽 마른침을 삼켰다. 기영의 눈썹이 슬쩍 모였다.

"안 놀라는 거 보니까 너도 주신이가 DNA 검사한 거 알고 있었나 보네?"

"음. 그게, 바로 며칠 전에야 주신이가 그랬다는 걸 알게 됐어."

이번에는 기영의 눈매가 가늘어졌다가 원래대로 돌아왔다. 기영이 눈동자를 유신에게 고정시킨 채 가만히 고개를 주억거렸다.

"역시. 그럴 줄 알았어."

"뭐, 뭘."

"주신이가 준 시료와 네가 준 칫솔의 DNA가 정확히 일치하더라고. 너희 둘 다 같은 사람의 것을 검사 의뢰한 거지."

이미 주신과 해담이 검사를 해봤다는 말을 했을 때부터, 기영이 이상하게 생각할 거라 예상은 하고 있었다.

"근데, 그게 오늘 누나가 나를 보자고 한 이유는 아니지 않아? 내가 검사를 의뢰하기 전에 잡은 약속이잖아."

"그랬지."

기영이 물 한 잔을 따라 마신 다음 말을 이었다.

"니가 검사를 부탁하기 전에는 주신이 준 시료의 주인이 너랑, 그 애인 줄 알았으니까."

"뭐, 뭐?"

"마트에서 그 애를 본 순간, 니가 그 애의 아빠인 줄 알았다고. 많이 닮았더라고."

너무 황당해 유신이 입을 턱 벌리긴 했으나, 나름 기영의 오해도 이해가 갔다. 그렇다고 이제 스물셋밖에 안 된 주신을 의심할 수는 없으니.

기영이 말을 이었다.

"근데, 니가 굳이 따로 검사를 의뢰하는 순간, 아니라는 걸 짐작했어. 주신이 준 것과 니가 준 게 동일 인물이라는 결과를 보고 확신을 했고."

"뭐, 뭘 확신했는데."

"그 아이."

이번에는 유신이 타는 목을 축이려 물을 들이켰다. 컵을 내려놓자마자 기영이 말을 덧붙였다.

"이모부 혼외자식 맞지?"

25.

“그 애, 이모부 아들 맞지?”

엉? 아니, 불똥이 왜 그리로 튀는 거지?

유신은 너무 예상을 비켜나가는 기영의 질문에 처음에는 어리둥절했다. 아무것도 모르는 상태에서는 아, 이렇게도 상상할 수가 있겠구나 싶어 뒤에는 헛웃음이 튀어나왔다.

“너, 지금 웃어?”

“사진 속 그 애가 아버지의 혼외자식이냐고 묻는데 웃음이 안 나고 배겨?”

당황이 아니라, 황당함 그 자체인 유신의 표정을 보며 기영은 눈썹을 깜빡였다. 연기라고 하기에는 너무 자연스럽다. 하지만 기영은 여전히 미심쩍은 기분을 누를 수가 없었다.

“내가 잘못 짚은 거라고 할 참이야? 너랑, 주신이랑, 이모부랑 셋이 꼭 닮았는데? 마트에서 딱 보자마자 느낌이 왔을 정돈데.”

“흠. 왜 갑자기 아버지까지 소환이 됐는지 모르겠는데, 누나는 검사나 경찰 비슷한 직업을 안 가진 게 참 다행인 것 같아.”

“뭐?”

"거기다 마트에서 그 애를 보고 조금 닮았다는 이유로 단박에 내 아들이라는 의심까지 하다니. 대단한 오해를 했네."

결코 그냥 발뺌하기 위해 둘러대는 뉘앙스가 아니었다. 유신의 눈동자와 음성은 기영이 잘못 짚었다는 것을 여실히 표출하고 있었다.

"아니라고?"

"당연하지. 그 애, 내 아들 아니고, 아버지의 혼외자식도 절대 아니야. 죽었다 깨어나도 그렇게 될 수가 없지."

진서 큰아빠에, 할아버지라면 몰라도.

기영에게 진서에 대한 진실을 말하지는 않았으나, 그렇다고 거짓도 아니었으니, 유신은 조금도 위축되거나 거리낄 게 없었다. 너무도 당당한 유신의 행동에 오히려 당황한 건 기영 쪽이었다.

"그럼, 그 애는 누구야?"

"마트에서 만났을 때 어머니한테 안 물어봤어?"

"물어는 봤지. 주신이 친구 동생이라고."

"들었네. 근데, 왜 내 아들이라는 의심을 했다가, 아버지 혼외자라는 결론을 내릴 수가 있어?"

"정말로 그냥 주신이 친구 동생일 뿐이라고?"

"그렇게 주신이가 데리고 들어왔어."

교묘하게 돌려 대꾸하긴 했으나 이것 역시 거짓이 아니니, 유신은 전혀 흔들리지 않았다.

졸지에 오지랖 넓고, 망상까지 하는 사람으로 전락할 위기에 처하자 기영은 즉각 반격에 나섰다.

"주신이와 네가 따로 준 시료가 같은 DNA인 건 어떻게 설명할 건데?"

"누나. 나랑 주신이가 준 시료가, 왜 아버지와 그 아이 거라고 단정 지어?"

기영은 잠시 말문이 콱 막혔다. 이 형제에게서 받은 게 같은 DNA일 뿐이지, 이모부와 진서 그 아이의 것이라는 증거는 아무 데도 없으니까. 그럼에도 석연치 않아 기영은 다급히 입술을 움직였다.

"그래. 니들이 준 게 이모부와 그 애 거라는 증거는 지금 없어. 네 말대로 정말 아니라면 내가 이모부와 그 애 DNA를 검사해 봐도 돼? 그럼, 내가 소설 쓰는 건지 아닌 건지 확인할 수 있잖아."

"누나가 정 의심을 못 풀겠으면 그렇게 해."

"뭐?"

"대신, 아버지께도 그 아이 쪽 부모님께도 사정 말씀을 드리고 동의를 얻은 다음에 진행해야 할 거야."

기영은 기가 막혀 입술을 턱 벌렸다.

"니들 필요할 때는 절차 무시하고 턱턱 잘만 시료 갖다 줘 놓고 나한테는 당사자 동의를 구해라? 너무 양심이 없지 않니?"

"아버지는 인척이라 넘어갈 수 있다 쳐도, 진서는 어떻게 할 건데? 만에 하나라도 그 애 부모님이 알게 되면 그 책임 다 질 수 있어?"

유신은 작게 고개를 절레절레 저으며 말을 이었다.

"그리고 주신이가 부탁한 건, 서류를 작성하지 못할 사정이 있어서 그런 거지, 검사 당사자들은 확실히 동의를 한 거였어."

주신과 해담이 당사자에 부모니, 확실히 합의가 된 건 사실이었으니까.

"솔직하게 말하자면 난 몰래 한 게 맞아. 그래서 누나한테 부탁했고. 근데, 난 그 뒤에 곧장 당사자에게 말해서 양해 구했어. 그러니까, 누나도 의심이 돼서 검사를 하려거든 동의는 구해야 할 거야."

유신은 어깨를 으쓱하고서 덧붙였다.

"물론, 이 일과 아무런 상관이 없는데, 뜬금없이 친자확인 검사를 해 보자고 한다면 아버지께서 무지 어이없어하시기는 하겠지만. 아, 졸지에 외도 의혹을 받게 돼서 기분이 무척 나쁘시려나?"

"……."

"주신이도 좋은 마음으로 친구 동생 돌봐 주려다 괜한 의심 받게 만든 걸 알면 엄청 미안하겠고."

"……."

"누나. 생각해 봐. 만약 누나 짐작대로 아버지의 외도로, 흠. 입에 담기도 싫네."

유신이 상당히 불쾌한 얼굴로 미간을 구기자 기영이 민망한 표정을 지었다.

"만약 그런 거였다면, 나나 주신이 누나한테 검사를 부탁했을까? 이상하게 여길 거 빤히 아는데?"

"그거야, 법적 절차 때문에 어쩔 수 없었던 거잖아."

"돈만 주면 뭐든 해주는 곳 천지야. 정말로 아버지 문제였으면 절대 누나에게 부탁 안 했을 거야."

기영은 가만히 미간을 구긴 채 유신의 얼굴을 들여다보았다. 저렇게까지 나오니 자신이 헛다리를 짚은 게 아닌가 싶었다.

"부모가, 음, 부모님이 두 분 다 멀쩡히 계신 애한테 뜬금없이 아버지를 갖다 붙이는 건 너무했어. 세상에 닮은 사람이 몇인데."

유신이 가당치도 않다는 듯 쐐기를 박았다.

"그럼, 주신이랑 네가 부탁한 주인공은 누군데?"

"있어. 그런 녀석이. 주신이랑 내가 아는 녀석. 그 녀석 사생활이니 더 말하는 건 도리가 아니라서 그만할게."

설마, 자신의 아버지를 녀석으로 칭하지는 않을 터였다. 기영은 커다랗게 한숨을 흘리며 죽을상을 했다.

"어쩌면 좋아."

"왜?"

"아니, 그게…… 내가 들어오면서 일이 좀 복잡하게 됐다고 했잖아."

유신이 고개만 끄덕이자 기영은 마른침을 삼키고서 말을 이었다.

"금요일에 니 매형이랑 시후 데리고 양재동에 가서 저녁을 먹었는데."

양재동은 기영의 어머니이자, 유신의 큰이모가 사는 곳이었다.

"시후가 내 핸드폰으로 사진 찍고 노는 걸 엄마가 옆에서 보고 계셨거든. 근데, 시후가 찍은 걸 같이 확인하시다가 그만, 그 애가 찍힌 사진까지 보시게 됐지, 뭐야."

"뭐, 이모도 닮았다고 조금 신기해 하셨겠네. 그게 왜?"

"……."

기영은 마른 입술을 축인 다음에야 입을 열었다.

"애가 예쁘게 생겼다고, 꼭 니들 어릴 때 닮았다고 하시는데, 거기다 대고 내가 그랬어. 그럼, 형젠데 안 닮아요, 라고."

"뭐라고?"

유신의 눈동자가 커지자 기영은 한껏 쪼그라들었다.

"미, 미안해. 내가 저녁 먹으면서 술을 몇 잔 했더니, 잠깐 제정신이 아니었어."

"정말? 진짜로 이모 앞에서 그랬단 말이야?"

"어, 어."

"아니, 어떻게 제대로 확인도 안 해보고 그럴 수가 있어? 완전 누명 씌우는 수준 아니야?"

"그러니까, 진짜 미쳤었나 봐. 나도 순간적으로 나온 말에 너무 놀라서, 퍼뜩 농담으로 둘러대긴 했어."

하. 유신이 어이없는 숨을 뱉어냈다.

"그러니까 이모가 농담으로 받아들이셨어?"

"받아들이시는 것 같긴 했어. 근데, 표정이 오묘하셨던 것 같기도 하고.

……잘 모르겠어."

"맙소사네, 진짜."

"지금까지 별다른 징후 없는 걸 보면 농담으로 받아들이신 것 같기도 한데."

고개를 작게 내저으며, 걱정 가득한 기영을 응시하던 유신은 별안간 뒷머리가 비쭉 서는 듯했다.

"음. 누나 말대로 일이 복잡해질 예감이야."

"왜, 왜?"

"어제 점심시간에 어머니가 큰이모 전화를 받고 나갔다가 오셨어."

"뭐, 정말? 어제 엄마랑 이모가 만나셨어?"

"응."

기영이 낭패감 가득한 얼굴로 가방에서 핸드폰을 꺼내 어머니에게로 전화를 걸었다. 유신은 팔짱을 낀 채 기영이 통화하는 것을 지켜보기만 했다.

"네, 엄마. 저예요. 어제 막내이모 만나셨다면서요? 왜요? 갑자기? 그제 밥 먹을 때도 이모 만난다는 말씀 없으셨잖아요. ……아아, 네."

잠시 동안 가만히 들으며 고개를 끄덕이는 기영의 표정이 조금씩 펴지고 있었다.

"그렇구나. 알았어요. ……아니, 지금 유신이랑 점심 먹는데, 어제 두 분이 만나셨다는 얘기를 들었거든요. 무슨 일인가 궁금해서요. ……뭐, 다른 얘기는 안 하셨죠? ……아니에요. 알았어요, 끊어요."

기영이 통화를 끝내자 유신이 곧바로 물었다.

"두 분 왜 만나신 거래?"

"다음 달에 성남 이모 생신이시래. 그래서 선물로 뭘 해주면 좋을까 싶어서 의논 차 만나신 거래."

"아. 그런 거면 다행인데."

“넌 어제, 오늘 이모가 평소와 다르다는 거 못 느꼈어?”

잠시 기억을 더듬은 유신이 작게 고개를 흔들었다.

“아니. 어제 집에 오셨을 때도 그렇고, 오늘도 별다른 점은 없었던 것 같아.”

“하긴. 엄마가 이모한테 조금이라도 이상한 소리 하셨으면 지금쯤 난리가 났겠지?”

“그렇겠지?”

유신과 기영은 마주 보고 동시에 한숨을 흘렸다.

“정말, 미안해. 내가 괜한 오해로 평지풍파 일으킬 뻔해서.”

“오해 풀렸으니 됐지, 뭐. 이모도 농담으로 넘어가셔서 다행이고.”

♥

[엄마, 아빠는 이따가 점심 먹고 오후에나 출발할 거야.]

오전에 일찍 도착한 형진의 문자 덕에, 해담과 주신은 마음이 꽤나 느긋했다. 점심을 먹고 디저트까지 한 뒤에 헤어져도 시간이 충분할 것 같았다.

점심을 준비하기 위해 주신과 함께 주방에 선 해담은 한쪽에 걸려 있는 여러 개의 에이프런 중, 형진의 것을 집어 들었다.

“주신아, 이리 와봐.”

손을 씻고서 물기를 닦은 주신이 말 잘 듣는 학생처럼 해담 앞에 섰다.

“고개.”

해담의 명령에 이번에도 주신은 순순히 고개를 숙여 주었다. 앞치마가 목에 걸리자 주신은 더 말하지 않아도 안다는 듯 뒤로 돌아주었다. 흐뭇하게 웃은 해담은 허리끈을 리본 모양으로 묶었다.

“다 묶었어. 어디 봐.”

주신이 다시 몸을 돌리자 해담은 두어 걸음 물러나 머리부터 발끝까지 쫙 훑었다. 그녀는 양손을 모아 쥐고서 감탄사를 날렸다.

“어떡해. 너무 잘 어울려! 누구 남자친군데 이렇게 멋진 거야? 너 매일매일 앞치마만 걸치고 다니면 안 돼?”

주신이 못 말린다는 얼굴로 쿡쿡, 웃고서 걸려 있는 다른 앞치마를 벗겼다.

“이리 와봐. 네 건 내가 해줄게.”

“나는 괜찮은데.”

말은 그렇게 하면서도 해담은 주신에게로 다가가 섰다. 주신이 목 부분을 걸어주자 별생각 없이 돌아서려던 해담은 그가 껴안듯 팔을 허리 뒤로 가져가는 바람에 멈추고 말았다.

주신의 향기가 기분 좋게 코끝에 감겨왔다. 맞닿아 있는 주신의 품이 더없이 포근하게 느껴졌다. 주신에게 안긴 채 리본이 묶이기를 기다리는 그 잠깐 동안, 심장이 마구 간질거린다.

“다 됐어.”

주신의 저음이 내려앉자 어쩐지 이 시간이 조금 더 길었으면 하는 아쉬움이 밀려들었다. 주신도 해담과 같은 마음이었다.

리본을 다 묶었음에도 허리에 감고 있는 손을 쉽게 거두어들이지 못했다. 해담은 고개를 뒤로 젖혀 주신을 올려다보았다.

사랑에 빠지면, 눈만 마주쳐도 불꽃이 튄다 했던가. 시선이 부딪치는 순간, 주신의 고개가 아래로 숙여지고, 해담은 발끝을 들어 올렸다. 다급히 입술을 찾으며 서로의 몸을 바짝 끌어안았다.

주신은 조금 성마르게 해담의 호흡과 함께 입 안의 속살을 맛보고서 슬쩍 입술을 떼어냈다.

"……괜찮겠어?"

살짝 거칠어진 음성이 더없이 섹시했지만, 해담의 동공은 흔들렸다. 키스 이상 진도를 나가겠다는 의미였으니까.

키스까지만 생각했던 해담은 혀로 입술을 축이며 잠시 잠깐 심각한 고민에 빠졌다. 힘이 넘쳐 남아도는 주신이, 해담은 아직 너무 버거웠다.

해담이 미친 듯이 갈등에 빠진 사이, 주신의 입술은 끊임없이 연약한 목덜미와 귀로 옮겨 다녔다.

간질간질. 짜릿짜릿. 오싹오싹. 자꾸만 발가락이 오그라들고 차츰 숨이 가빠졌다.

"하아…… 진짜."

미간을 찌푸린 채 해담은 양팔로 주신의 목을 감았다. 기다렸다는 듯 주신의 입술이 곧장 해담의 것을 집어삼켰다.

방으로 향할 사이도 없이 주신은 해담의 허리를 번쩍 들려 올려 식탁 위에 앉혀 놓았다.

해담과 주신은 맹렬히 서로의 입술을 맛보며, 본격적인 사랑을 나누기 위해 애써 묶은 앞치마 매듭을 다시 풀기 시작했다. 식탁 위에서 불타오른 두 사람의 사랑은 방으로 향한 뒤에야 정점을 찍었다.

해담과 주신이 다시 앞치마를 매고 주방으로 나온 건 한참 만이었다.

"앞으로 키스도 하지 말까 봐."

해담이 통통통, 오므라이스에 들어갈 당근을 썰며 새침하게 말했다. 온몸이 쑤시고 쓰라려 죽을 것 같았으니까.

"음, 흠. 미안."

주신은 그저 죄인 모드가 되어, 아침에 유신이 사다 놓고 간 즉석밥을 전자레인지에 데웠다.

"달걀은 내가 풀게."

주신은 눈치껏 달걀을 볼에 깨고서 열심히 휘저었다.

“…….”

해담은 말없이 칼질만 할 뿐이었다. 솔직히 그 자신이 생각해도 조금 심하게 해담을 몰아붙이긴 했다.

해담이 힘들지 않게 조심하려 애썼으나, 막상 사랑을 나누게 되면 머리부터 발끝까지 빠짐없이 소유하고 싶은 욕구가 넘쳤으니까.

이러다 해담과 결혼에 골인하기는커녕, 도망가지나 않으면 다행이었다. 앞으로는 무슨 일이 있어도 인내를 할 참이었다.

해담이 아무것도 안 걸친 채 앞치마만 입고 왔다 갔다 해도 참는다!

굳게 다짐한 주신은 전투적으로 달걀을 저었다. 그런 주신을 보며 해담은 희미하게 미소를 지었다.

잠시 뒤, 볶음밥을 달걀지단에 감싼 두 개의 오므라이스 접시가 식탁에 놓였다.

“오므라이스에는 비타민C가 부족하단 말이야.”

수저를 놓으며 중얼거린 해담이 눈을 반짝 빛냈다.

“주신아. 우리, 여기다가 레몬아 뿌려 먹자.”

순간적으로 주신은 자신의 귀를 의심했다.

“뭘 뿌리자고?”

“왜, 비타민C 말이야. 새콤달콤한 게 맛있을 것 같지 않아? 부족한 영양소도 채워주고.”

아니, 전혀. 고생해서 만든 음식에 그게 웬 말인가.

“음, 그냥 다른 채소를…….”

“아. 별로야?”

해담의 표정이 살짝 흐려지려 하자 주신은 음, 속으로 진한 한숨을 삼키고서 대답했다.

"아냐. 괜찮을 것 같아."
"정말? 네가 별로면 억지로 안 그래도 돼."
"괜찮아. 가져와."
"그치, 그치? 맛있을 것 같지?"
해담이 기대를 가득 담고서 방으로 향하자 주신은 피식, 웃음을 흘리며 고개를 살래살래 저었다.
먼젓번, 해담이 가게서 스파게티를 해준다고 했을 때 진서가 극구 사양했던 것이 떠올랐기 때문이다.
'진서 녀석이 정색할 때부터 알아봤어야 했는데.'
해담은 실험 정신이 너무 투철했다. 그래도 어쩔 수 없었다. 아들이 안 먹으니 남편이라도 열심히 먹어 줘야지. 물론, 그 남편이 되기 위해서라도 꼭 먹어야 했다.
팔랑팔랑 방으로 갔던 해담이 갑자기 사색이 되어 나왔다. 손에는 레몬아 대신 핸드폰이 들려 있었다.
"주신아, 어떡해!"
"왜 그래. 무슨 일이야."
"방금 엄마한테서 전화 왔는데, 동네에 도착하셨대."
뜻밖의 소식에 주신도 살짝 당황했다.
"아까 문자에는 점심 드시고 오후에 출발하신다고 하셨잖아."
"그러니까. 분명히 아빠는 그렇게 보내셨거든. 어떡하지?"
해담은 잔뜩 어질러진 싱크대와 떡하니 식탁에 놓인 접시 두 개를 보며 발을 동동 굴렀다. 척 봐도 누군가를 불러들인 흔적이 역력했다.
그 누군가가 여자친구가 아니라는 것은 바보가 아닌 이상 다 알 터였다. 주신은 당황해서 어쩔 줄 모르는 해담의 양쪽 어깨를 붙잡고 진정시켰다.
"해담아, 우리, 지금이라도 사귀는 거 말씀드리는 게 어때?"

"뭐, 지금?"

"응. 솔직히 이런 식으로, 들키고 쫓기듯이 말씀드리는 거 나도 내키지 않아. 근데."

"근데, 뭐?"

"네가 부모님께 거짓말하는 게 더 싫어. 난 여기서 나가면 그뿐이지만, 넌 거짓말 짜내고, 변명 짜내서 혼자 부모님 감당해야 하는 거잖아."

해담은 퍼뜩 판단하지 못한 채 흔들리는 동공만 바닥에 박았다. 주신은 해담의 양쪽 얼굴을 붙잡고서 시선을 마주하게 만들었다.

"너 혼자 두고 도망치듯 나가는 거 싫어."

"……."

"우리, 좋아하잖아. 아주 많이. 부모님께 말씀드리자."

평온한 음성과 따뜻하고도 믿음직한 주신의 눈빛에 해담은 차츰 마음이 안정되었다.

하긴. 계속 부모님 몰래 만날 수는 없는 노릇이었다. 수 초 동안 생각에 잠겼던 해담은 고개를 끄덕였다.

"응. 말씀드리자."

현관문이 도어록이 해제되는 소리가 울리는 순간, 그 앞에 대기하고 서 있던 해담은 훅, 숨을 커다랗게 들이켰다. 오히려 주신은 덤덤하게 해담의 어깨를 가볍게 토닥이고서 현관문을 응시했다.

"곧 2월인데 무슨 바람이 이렇게 차가운……."

몸을 부르르 떨며 안으로 들어서던 지선이 안을 보고서 화들짝 놀라 멈추었다.

"아우, 깜짝이야."

1차로 현관 입구에 누군가가 지키고 있는 데서 놀란 지선이, 그게 해담과 주신임을 확인하고 2차로 의아한 표정을 지었다.

"주신이 오랜만에 집에 왔네? 웬일로 니들이 같이 있어? 진짜 해가 서쪽에서 떴나."

주신이 마치 낯선 사람처럼 정중하게 허리를 숙였다 들자 지선이 눈을 끔뻑였다.

"저, 주신이랑 막 점심 같이 먹으려던 중이었어요."

해담이 가까스로 입을 열었다.

"그랬어?"

지선의 표정이 조금 오묘해졌다. 니들이 웬일로? 거기다 하필, 어른들이 집을 비운 이때? 라고 묻듯 해담을 쳐다보자 주신이 침묵을 깼다.

"저희 사귑니다."

"……응? 뭐라고?"

"엄마, 주신이랑 저랑 사귀고 있어요."

해담이 말을 받았다. 이번에는 제대로 들은 지선의 눈과 입술이 동시에 확장되었다.

"너희 둘, 사귄다고?"

"네."

"네."

해담과 주신이 동시에 대답했다. 지선의 입이 더더욱 크게 벌어졌다.

"세상에. 진짜? 진짜 둘이 그냥 친구 아니고, 사귀는 거야?"

"네."

"네."

이번에도 두 사람이 같이 대답하자 지선이 '어머머머'를 반복했다.

"웬일이야, 진짜. 맨날 보기만 하면 지지고 볶아대더니. 니들이 미운 정이 들었나 보다."

그러면서도 얼굴에는 기쁜 티가 역력했다.

"일단, 나 안으로 좀 들어가자. 니들이 떡하니 버티고 있으니 들어갈 수가 없잖아."

해담과 주신이 어색하게 웃으며 옆으로 비켜났다. 지선이 슬리퍼를 신고서 거실로 들어섰다.

"아빠는요?"

"어. 주차. 들어오실 거야."

주방으로 가 상태를 슬쩍 본 지선이 알만하다는 듯 고개를 주억거리며 다시 거실로 나왔다. 해담과 주신에게로 다가온 지선이 자못 미안한 표정을 지었다.

"아이고. 내가 실수했네. 좀 늦게 올걸."

"아닙니다. 허락도 없이 방문해서 죄송합니다."

"무슨 소리야. 우리 사이에 허락이고 뭐고가 어디 있다고. 잘 왔어, 잘 왔어."

해담은 오후에나 출발한다던 아빠의 문자에 대해 물어보고 싶었으나, 타이밍이 애매해 꾹 눌렀다. 연방 흐뭇하게 웃던 지선이 가볍게 손바닥을 부딪쳤다.

"참. 영주 언니는 알고 있어? 니들 사귀는 거?"

"아직 말씀 안 드렸습니다. 곧 말씀드리려고요."

주신의 대답에 해담이 퍼뜩 끼어들었다.

"엄마, 우리가 말씀드리기 전까지 아주머니한테 먼저 말씀하시면 안 돼요."

"알았어. 영주 언니 반응 되게 궁금하다. 뭐라고 할까? 나보다 훨씬 더 깜짝 놀랄 텐데."

자신이 더 신나서 말하던 지선이 이내 주신을 올려다보았다.

"주신아."

"네."

"나중에 아줌마가 정식으로 초대할게. 집으로 놀러 와."

"네. 고맙습니다."

갑자기 지선이 주신의 손을 덥석 잡았다.

"내가 더 고마워. 해담이랑 사귀어줘서."

"엄마는."

해담이 입술을 삐죽이자, 지선과 주신이 마주 보며 작게 웃음을 흘렸다. 그런 두 사람을 보고 있으니 해담은 어쩐지 마음이 따뜻해지는 기분이었다.

"그래서 어른들 없는 틈을 타서 둘이 오붓하게 기분 내는 중이었어?"

지선이 놀리듯 말하는데, 현관문이 열리고 형진이 모습을 나타냈다.

"아빠, 다녀오셨어요."

"안녕하세요."

해담과 주신이 형진을 향해 인사를 했다. 지선의 반응이 너무도 좋아 형진 역시 별반 다르지 않을 거라 여기며.

"……."

하지만 현관에 우뚝 멈추어선 형진은 표정 없는 얼굴로 눈만 깜빡이고 있을 뿐이었다.

"여보, 애들 인사하잖아요."

"나도 들었어요."

형진이 툭 쏘는 바람에 무안해져 헛기침을 한 지선이 다시 말을 붙였다.

"참. 여보 있죠. 얘들이 사귄대요. 깜짝 놀랐죠?"

"……."

형진은 전혀 깜짝 놀라지 않은 표정으로 입을 꾹 다물고 있었다. 분위기가 순식간에 차갑게 식자, 민망해진 지선이 만회하기 위해 열심히 입술을 움직였다.

"우리가 너무 일찍 왔지 뭐예요. 아이고, 둘이서 실컷 음식 했는데, 우리가 오는 바람에 손도 못 대고 지금 벌을 서고 있네요."

갑자기 형진의 눈치 마치 화살처럼 주신에게로 날아갔다. 그 눈빛이 너무 살벌해 주신은 물론이고 해담과 지선까지 흠칫, 할 정도였다.

"당신 왜 그래요, 진짜."

"……."

"아니, 애들이 인사하는데 받지도 않고, 안으로 들어오지도 않고, 왜 그러느냐 말이에요."

"……."

여전히 나무처럼 버티고 서서 한 마디도 하지 않던 형진이 이내 입을 열었다.

"올 때 운전을 했더니 피곤해서 그래요."

한숨 섞인 목소리로 말한 형진이 조금 전보다는 다소 누그러진 눈으로 주신을 응시했다.

"음식 식겠다. 가서 먹어. 아저씨는 피곤해서 먼저 들어간다."

주신이 대답을 채 하기도 전에 안으로 들어선 형진이 곧장 방으로 향했다.

쾅. 문이 세게 닫히는 소리에 해담은 어깨를 움찔했다.

"저 양반이 왜 저러지, 진짜."

주신에게 미안해진 지선이 어색한 웃음을 보였다.

"주신아, 아저씨가 정말로 피곤해서 저래. 신경 쓰지 마."

"아닙니다. 괜찮습니다."

"둘이 얼른 가서 밥 먹어."

지선은 너무 놀라 잔뜩 굳어진 해담과 애써 덤덤함을 유지하고 있는 주신의 등을 떠밀다시피 해서 식탁 앞까지 데려다주었다.

"먼지 다 앉겠다. 얼른들 먹어. 아빠한테는 내가 가볼게."

지선이 안방으로 들어가고 나자 주신은 해담 쪽 식탁 의자를 빼주었다.

"앉아, 해담아."

"……."

해담은 금방이라도 울음을 터트릴 것처럼 귀까지 달아올라 숨만 몰아쉬었다. 주신은 그런 해담의 어깨를 끌어당겨 억지로 의자에 앉혀 주었다. 해담의 손에 수저를 쥐어 준 다음 주신은 해담의 맞은편에 앉았다.

"먹자. 응?"

"……."

"아. 레몬아를 안 뿌려서 그래?"

주신의 농담에 해담은 한숨을 흘리고서 표정을 풀었다.

"아빠가 많이 놀라셨나 봐."

"응. 그러신 것 같아."

"미안해."

"그런 말 안 해도 돼. 얼른 먹자. 나 배고파."

"어, 응. 그래."

그녀가 안 먹으면 주신도 못 먹을 것 같아 해담은 억지로 한 숟가락 떴다. 분명, 민망하고 당황스러울 텐데도 전혀 티 내지 않는 주신이 고맙고 미안해 눈물이 날 것만 같다.

"맛있다. 아닌가. 비타민C를 안 뿌려서 맛이 덜한가."

주신의 농담에 해담은 억지로 입술을 벌려 웃었다.

"다음에 두 개 뿌려줄게."

주신이 고개를 끄덕이며 씨익 웃었다.

♥

거실 소파에 앉아 골똘히 생각에 잠겨 있던 영주는 계단에서 나는 발소리에 고개를 들었다.

두툼한 옷을 야무지게 차려입은 진서가 평소처럼, 고양이 사료 등이 든 봉투를 들고서 계단을 내려오고 있었다.

"진서는 오늘도 고양이 밥 주러 가는 거야?"

"네."

"착하기도 하지."

흐뭇한 미소를 보인 영주가 작게 숨을 들이쉬었다가 뱉어냈다.

"진서야, 이리 와서 좀 앉아볼래?"

"넵."

진서가 계단을 마저 내려와 소파로 다가왔다. 들고 있던 봉투를 한쪽에 두고 진서가 맞은편 소파에 앉자 영주는 입을 열었다.

"진서가 주신이 친구 동생이랬지?"

"아, 네."

짤막한 대답이라 그런지 진서의 음성은 평소와 별반 다르지 않았다. 물끄러미 진서를 응시하는 영주의 머릿속이 한껏 복잡함으로 물들었다.

어제 큰언니를 만나고 온 뒤부터, 영주는 마음의 갈피를 못 잡고 있었다. 만나자던 이유는 곧 다가올 작은언니의 생일선물 때문이었으나, 실상은 그게 아니었다.

'참. 너희 집에 어린애 하나 들어왔다며?'

'아, 주신이 친구 동생. 언니가 그걸 어떻게 알아?'

'기영이가 그러더라. 마트서 너랑 같이 있는 거 봤다고. 사진도 같이 찍었다며?'

'아, 그때.'

'얘. 내가 사진 보고 얼마나 놀랐게. 유신이 주신이 어릴 때 생각나서.'

'그치? 나도 처음에 주신이가 데리고 들어오는데 얼마나 웃겼다고. 친구 동생이 아니라 니 아들 같다, 그랬지 뭐야.'

'난 얘, 그 애 사진 보자마자 기영이한테, 제부가 밖에서 막내 데리고 들어왔다고 해도 믿겠다, 그랬다니까?'

'뭐? 하하. 언니도 참, 농담을 해도.'

'웬만큼 닮았어야 말이지. 나중에 꼭 그 애 데리고 나와 봐. 밥 한 번 같이 먹자. 실물이 더 궁금하다, 얘.'

큰언니의 농담에 영주는 별생각 없이 호탕하게 웃었다. 대화의 시작이 그랬듯, 마무리 역시 생일선물로 산뜻하게 매듭지어지기도 했고.

한데, 집으로 돌아온 뒤, 코앞에서 진서를 보자 기분이 너무 이상한 게 아닌가.

웬만큼 닮았어야지.

언니의 농담에 꼭 뼈가 있는 것처럼 느껴진다. 진서를 굳이 데리고 나와 보라는 것도 이상했다. 거기다 지금 생각하니, 마트에서 기영의 행동도 이상했다. 굳이 그때 진서의 사진을 찍어 간 것도 그렇고, 그 사진을 큰언니에게 보여준 것도 그렇고.

"왜 그러세요?"

저도 모르게 멍하니 생각에 잠겼던 영주는 진서가 물어서야 정신을 차렸다.

'내가 지금 애한테 뭘 알아내겠다고 불러 앉힌 거야.'

영주는 굳었을 법한 얼굴을 폈다.

"아, 그게…… 고양이 사료는 아직 많이 남았니?"

"네. 아직 있어요. 큰아, 큰형님도 사주신다고 하셨고요."

"큰형님? 유신이?"

"네."

따지고 보면 별거 아닌 호칭인데도 영주는 괜히 심장이 철렁 떨어지는 느낌이었다.

언니의 농담 한 마디가 이토록 마음의 파장을 일으킬 줄이야.

자신이 이렇게 귀가 얇은 사람이었나 싶어, 한심할 지경이었다. 문득, 영주는 진서의 성이 최 씨라는 게 떠올랐다.

영주는 마른침을 삼키고서 진서를 바라보았다.

"진서야."

"네?"

"아줌마가 물어볼 게 하나 있거든."

"네. 말씀하세요."

진서가 평소처럼 해맑게 바라보며 질문을 기다리자 영주는 주저하다 입술을 움직였다.

"저기, 아버지 성함이……."

띠릭띠릭띠릭띠릭.

채 질문을 끝맺기도 전에 현관의 도어록이 해제되는 소리가 울려 퍼졌다. 현관문이 열리고 외박을 했던 주신이 안으로 들어오는 바람에 대화는 단절되고 말았다.

"형!"

진서가 한껏 반가운 얼굴로 뛰다시피 주신에게로 가 매달렸다.

"어른들 말씀 잘 듣고 있었어?"

"넵."

진서의 머리를 쓰다듬어 준 주신이 영주에게 꾸벅 고개를 숙였다.

"저 왔어요."

"응, 그래. 친구가 다쳐서 밤새 병원에 있었다면서."

"네?"

라고 되묻던 주신은 떨떠름한 표정을 숨기지 못한 채 겨우 대답했다.

"아, 네."

유신이 이상한 외박 이유를 갖다 댄 모양이었다. 그냥, 놀러 갔다고 하면 될 걸 굳이 아픈 친구를 만들 건 뭐란 말인가.

그가 곤란하라고 일부러 그런 게 분명했다. 서글서글한 척해도 은근히 짓궂은 편이었으니까.

"친구는 좀 괜찮고?"

"네, 네."

"피곤하겠다. 병원 있었으면 잠도 제대로 못 잤겠네."

다른 이유로 잠을 못 자긴 했으나, 거짓말을 하려니 양심이 쿡쿡 찔려 온다. 작게 헛기침을 한 주신은 진서에게로 시선을 내렸다.

"나가려는 길이었어? 외투 입고 있네."

"네."

커다랗게 고개를 끄덕여 보인 진서가 아까 하다 만 대화를 잇기 위해 영주를 돌아보았다.

이 상황에서 더 물어볼 수가 없어 영주는 미소를 보였다.

"진서, 고양이 밥 주러 간댔지? 얼른 가봐. 고양이들이 기다리고 있겠다."

"아, 네!"

고양이란 말에 금세 질문은 잊은 진서가 싱글싱글 웃으며 사료가 든 봉투를 챙겨 들었다.

"차 조심하고."

"네."

"늦지 않게 오고."

"네. 다녀오겠습니다!"

진서가 영주와 주신에게 꾸벅, 꾸벅 인사를 해 보이고서 이내 밖으로 향했다.

"저 올라가 볼게요."

그러고서 주신이 휭하니 계단을 오르자 영주는 더더욱 착잡해졌다. 주신의 행동은 친구 동생을 대하는 게 아니라, 꼭 친동생을 마주하는 것처럼 보인다. 이러면 안 되는데, 왜 자꾸 언니의 농담이 진담처럼 느껴지는 걸까.

주신이 성큼성큼 계단을 중간쯤 올라갔을 때였다.

"주신아."

"어머니."

영주의 부름과 주신이 멈춰 서며 돌아보는 게 거의 동시에 이루어졌다.

"어, 어. 왜?"

영주가 먼저 퍼뜩 응했다.

"저, 여자친구 생겼어요."

주신이 평소와 달리 조금 어색한 투로 말했다.

"정말? 여자친구가 생겼어?"

"네. 나중에 시간 될 때 집에 초대할게요."

"그래, 그렇게 해. 듣던 중 반가운 소리네."

쑥스러워 슬쩍 시선을 떨어뜨렸던 주신이 이내 영주를 응시했다.

"저한테 뭐 하실 말씀 있으세요?"

찰나 동안 고민하던 영주는 입 안에 맴도는 말을 삼키고 말았다.

"아니야. 푹 쉬라고."

"네."

주신이 다시 몸을 돌려 완전히 계단을 올라갔다. 텅 빈 거실 소파에 앉아 영주는 팔짱을 낀 채 한참이나 허공만 응시했다.

자신의 방으로 들어온 주신은 살짝 고개를 갸웃거렸다. 여자친구 존재에 대해 처음으로 밝힌 것치고는 영주의 반응이 어쩐지 뜨뜻미지근하게 느껴진다. 솔직히 완전 들떠서 이것저것 질문을 쏟아낼 줄 알았다.

하긴. 반응이 의외인 사람이 어머니뿐 만은 아니었으니까.

부모는 자식에게 연애 상대가 생기면 마냥 기쁘기만 한 게 아닌가 싶어 꽤나 당황스러웠다.

'나도 나중에 그러려나.'

조금 씁쓸해진 기분을 달래는데 핸드폰이 울렸다. 핸드폰을 꺼내 확인한 주신의 표정이 거짓말처럼 확 펴졌다.

해담이었다. 주신은 곧장 전화를 받았다.

"응. 해담아."

-집에 들어갔어?

주신은 책상을 빼고 앉았다.

"응. 그럼. 방에 들어왔지."

-오늘 아빠 때문에 많이 당황스러웠지?

"왜 그런 말을 해. 난 괜찮아."

-미안해.

해담의 음성이 잔뜩 흐렸다.

음. 주신은 깊은 한숨을 흘리고서 입술을 움직였다.

"그러지 말라니까. 뭐가 미안해. 원래 딸 남자친구는 다 도둑놈으로 보인다잖아. 너같이 예쁜 딸 있으면 난 더 할 건데."

-치. 뭐래.

미안해하면서도 새침한 해담의 표정이 안 봐도 눈앞에 훤했다. 조금 전까지 함께 있었음에도 목소리를 들으니 또 해담이 보고 싶어 심장이 뻐근해진다.

"해담아. 나도 어머니한테 여자친구 있다고 말씀드렸어."

사실, 이렇게 통화로 알리려던 건 아니었다. 이러지 않으면 해담이 계속 미안해하고만 있을 것 같아 마음을 바꾸었다.

-헉. 말씀드렸어? 뭐, 뭐라고 하셔?

역시나 금세 해담의 관심이 옮겨갔다.

"아직 자세히는 말씀 안 드렸어. 그냥, 여자친구가 있다고만 했어."

-아. 나인 거 알면 좋아하실까?

괜한 걱정에 주신은 피식, 웃음을 흘렸다.

"바보냐. 예전에 어머니 말씀 기억 안 나? 너보고 며느리 하자고 하신 거."

-헉!

해담의 신음이 더 커졌다.

-어떡해. 나 그때 아주머니 면전에 대고 대차게 거절했잖아. 니 흉보면서.

"잘했어."

하아. 커다랗게 한숨을 흘리고서 해담이 주신을 불렀다.

-주신아.

"응."

-네가 정말 좋아.

"내가 더 많이 좋아할걸."

-응. 그건 맞는 것 같아.

해담과 주신은 누구랄 것 없이 웃음을 터트렸다.

♥

여느 날처럼 진서는 일찌감치 놀이터로 와 고양이 밥을 주고 있었다. 밥을 주고 멀찌감치 떨어지면 신기하게, 경계를 하면서도 사료 주변으로 하나

둘 모여들었다.

"언제쯤이면 날 알아보고 반겨줄까."

기대에 들떠 중얼거리던 진서는 이내 쓰게 웃었다. 고양이들이 자신을 알아보기 전에 이곳을 떠나야 하겠지.

머릿속에 떠도는 수많은 생각의 파편들로 인해 어지러워지려 할 때 뒤에서 묵직한 음성이 날아들었다.

"뻔질나게 놀이터를 왔다 갔다 한다 했더니, 고양이들한테 밥을 챙겨주고 있었던 모양이구먼."

진서는 생각을 멈추고서 뒤를 돌아보았다. 조금 어두워졌던 진서의 얼굴이 확 밝아졌다.

"할아버지. 안녕하세요."

진서가 허리를 꾸벅 숙여 보이자, 노인이 눈가에 짙은 주름을 만들었다.

지난번, 놀이터 근처 편의점에서 술에 취해 잠들었다가, 진서가 준 초코음료를 받아먹은 뒤부터 나름 친해진 사이였다.

진서가 노인에게로 다가가 킁킁, 냄새를 맡았다.

"와. 오늘은 술 안 드셨네요?"

"이놈아. 내가 무슨 술주정뱅이인 줄 아냐? 맨날 술만 마시고 다니게."

버럭, 내뱉은 노인이 두리번두리번 주변을 살폈다.

"여자친구는 어디 가고 오늘은 혼자냐?"

"예? 여, 여, 여, 여자친구요?"

진서가 금세 새빨개진 얼굴로 펄쩍 뛰자 노인이 큭큭, 웃었다.

"유, 유리는 조금 있으면 올 거예요."

"여자친구 이름이 유리야?"

"어휴, 왜, 왜 그러세요. 치, 친구예요."

"누가 뭐랬다고. 여자애라서 여자친구라고 한 건데, 뭐가 잘못됐냐?"

"……."

틀린 말이 아니기에 반박은 못 한 채 진서는 확 달아오른 얼굴에 손부채질을 했다. 노인이 피식피식 튀어나오는 웃음을 삼키느라 애를 쓸 때였다.

열심히 손부채질을 하느라 살짝 아래로 당겨진 외투 소매 밖으로, 진서의 하얀 손목이 삐죽 드러나 보였다.

순간, 표정을 확 굳힌 노인이 다급히 진서의 팔목을 낚아챘다. 갑작스런 노인의 행동에 화들짝 놀란 진서가 눈을 동그랗게 떴다.

"왜, 왜 그러세요?"

노인은 대꾸 없이 진서의 옷소매를 팔뚝 쪽으로 쭉 걷어 올렸다. 팔목에서부터 팔꿈치가 접히는 부분까지 눈으로 확인한 노인이 희미하게 입술을 떨었다.

"너, 이놈."

〈2권에서 계속〉